당시별재집 2
唐詩別裁集
칠언고시(七言古詩)
An Anthology of Tang Poems

엮은이 심덕잠(沈德潛, Shen Deqian, 1673~1769) : 청대 시인이자 시론가. 자는 확사(確士)이고 호는 귀우(歸愚)로 중국 소주(蘇州) 사람이다. 고향에서 교육자로 살다가 고령인 67세에 과거에 급제하여 건륭제의 인정을 받은 후 고속으로 승진하여 예부시랑(禮部侍郎)에 이르렀다. 『당시별재집』 이외에 『고시원』(古詩源, 1725), 『명시별재집』(明詩別裁集, 1734), 『청시별재집』(淸詩別裁集, 1761) 등을 편찬했고, 그 밖에 시론집인 『설시수어』(說詩晬語), 『두시우평』(杜詩偶評) 등을 펴냈다.

옮긴이 서성(徐盛, Seo, Sung) : 홍익대학교 산업디자인과와 고려대학교 중어중문학과를 졸업했다. 고려대 중어중문학과에서 석사학위를, 북경대학 중문학과에서 박사학위를 받았다. 현재 열린사이버대학교 교수로 재직 중이다. 펴낸 책으로는 『양한시집』, 『한 권으로 읽는 정통 중국문화』, 『중국문학의 즐거움』(공저), 『삼국지, 그림으로 만나다』 등이 있고, 『그림 속의 그림』, 『대력십재자 시선』 등을 번역하였다.

당시별재집唐詩別裁集 **2** — 칠언고시(七言古詩)

1판 1쇄 인쇄 2013년 6월 15일 **1판 1쇄 발행** 2013년 6월 25일

엮은이 심덕잠 옮긴이 서성 펴낸이 박성모 펴낸곳 소명출판
등록 제13-522호 **주소** 137-878 서울시 서초구 서초동 1621-18 (란빌딩 1층)
대표전화 (02) 585-7840 **팩시밀리** (02) 585-7848
이메일 somyong@korea.com **홈페이지** www.somyong.co.kr

ISBN 978-89-5626-890-3 94820   값 37,000원   ⓒ 한국연구재단, 2013
ISBN 978-89-5626-888-0 (전 6권)

이 번역도서는 2007년도 정부재원(교육인적자원부 학술연구조성사업비)으로 한국연구재단의 지원에 의하여 연구되었음.

당시별재집 2

칠언고시(七言古詩)

심덕잠 엮음 | 서성 옮김

唐詩別裁集

소명출판

◆ **일러두기**

1. 이 책은 1975년 중화서국(中華書局)에서 영인한 청대 교충당(敎忠堂)의 1763년 간행본 『당시별재집』(唐詩別裁集)을 저본으로 하여 번역하였다.
2. 시 원문의 교감 및 심덕잠의 오류는 상해고적출판사(上海古籍出版社)에서 1979년에 간행한 표점본 『당시별재집』을 참고하였으며, 시인 및 제목과 관련된 착오는 학계에서 공인된 의견을 참고하여 해설에서 밝혔다.
3. 모든 시는 각 구마다 원시와 번역문을 함께 제시하는 방식으로 축구(逐句) 번역하였다. 주석은 각주로 처리하였으며, 심덕잠(沈德潛)의 주석은 '심주'(沈注)라 표시하여 각주에 넣었다. 작품에 대한 심덕잠의 평은 작품 말미에 '평석'이라 표시하여 붙였으며, 각 작품 끝에 번역자가 간단한 '해설'을 달았다.
4. 한자가 필요한 경우는 우리말 독음 뒤 괄호 안에 한자를 넣었으며, 이름과 지명 등 고유명사의 독음은 대부분 한국 한자음으로 달았다. 주요한 지명은 괄호 안에 현재의 지명을 적었다.
5. 시인에 대한 소개, 시인별 작품 목록, 원시 제목 색인은 별책부록으로 만들었다.

당시별재집 권5 – 칠언고시(七言古詩)

당시별재집 권6 – 칠언고시(七言古詩)

당시별재집 권7 – 칠언고시(七言古詩)

당시별재집 권8 – 칠언고시(七言古詩)

당시별재집 전체 차례

왕발(王勃)

등왕각(滕王閣)[1][2]

滕王高閣臨江渚,[3]　　등왕이 지은 높은 누각 강가에 솟았는데

---

1) 심주 : 등왕 이원영이 예장군 성 서쪽 장강문 밖에 세운 누각이다.(滕王元嬰建閣於豫章郡城西章江門外.) ○ 염 도독이 누각에서 손님을 청하여 잔치를 열 때 먼저 그 사위에게 서문을 지어두라 명해놓고서는, 지필을 내어 손님들에게 두루 청하였지만 감히 쓰는 사람이 없었다. 왕발이 사양하지 않으니, 도독이 아전을 보내 그 문장을 보라 하니 한 번 두 번 알려올 때마다 글이 더욱 기이하여 염 도독이 '천재'라고 말하였다.(閻都督宴客於閣, 先命其婿作序, 出紙筆遍請, 客莫敢當. 勃不辭, 都督遣吏伺其文, 一再報, 語益奇, 公曰天才也.)
2) 滕王閣(등왕각) : 현재 강서성 남창에 소재. 당 고조의 아들 등왕 이원영(李元嬰)이 홍주(洪州)도독으로 있을 때인 639년(貞觀 13년) 세운 누각이다.

珮玉鳴鸞罷歌舞.[4]　패옥소리 방울소리 춤과 노래도 지금은 자취 없네
畫棟朝飛南浦雲,　아침이면 남포의 구름이 채색 두공에 날아들고
珠簾暮卷西山雨.　저녁이면 서산의 비가 주렴에 걷히어라
閑雲潭影日悠悠,　연못에 비쳐진 한가한 구름은 날마다 유유하고
物換星移幾度秋.[5]　별이 돌고 경물이 변하며 몇 번이나 가을이 지났나
閣中帝子今何在?[6]　누각의 등왕은 지금 어디 있는가
檻外長江空自流!　난간 밖으로 긴 강물만 부질없이 흘러라

해설 남창의 등왕각을 노래하였다. 누각이 세워졌을 때의 성대한 장면을 시작으로 누각의 화미함과 풍경의 수려함을 나타내고, 구름과 별로 자연의 순환에 비기어 세월의 흐름 속에 사라진 인물을 상기하였다. 이는 곧 유한한 인생과 무한한 자연의 대비 속에 고금의 성쇠를 바라보는 감정 구조로, 중국 고전시의 주요한 정감적 인식 가운데 하나이다. 이 시와 관련된 일화는 『당척언』(唐摭言)에 가장 자세하다. 왕발이 26세 때인 675년(上元 2년) 교지(交趾)에 부친을 뵈러 가는 길에 홍주(洪州)에 들렀는데, 마침 홍주 도독 염백서(閻伯嶼)가 9월 9일 중양절을 맞아 누각에서 연회를 개최하는지라 왕발도 참가하여 즉석에서 「등왕각 서문」(滕王閣序)을 짓고 끝에 이 시를 붙였다. 「서문」에 나오는 명구로는 "떨어지는 노을은 들오리와 나란히 날고, 가을 강물은 하늘과 한 빛이라"(落霞與孤鶩齊飛, 秋水共長天一色.)"가 있으며, 이 「서문」은 시와 함께 역대 평자들의 격찬을 받았다. 왕발의 천재성이 잘 나타난 일화이다.

---

3)　江渚(강저) : 공강(贛江)의 강가. 공강은 남창부를 지나 파양호로 흘러든다.
4)　鳴鸞(명란) : 수레의 방울을 울리다. 鸞(란)은 난새로, 천자 또는 제후가 타는 수레의 말굴레에 다는 방울이 난새 모양인 데서 나왔다.
5)　星移(성이) : 세성(歲星)이 움직이다. 목성이 한 번 도는데 십이 년이 걸리므로 고대에는 일반적으로 이별로 세월의 변천을 나타내었다.
6)　帝子(제자) : 황제의 아들. 곧 등왕을 가리킨다.

노조린(盧照隣)

장안 고의(長安古意)[1]

長安大道連狹斜,[2]	장안의 한길이 골목으로 이어지니
青牛白馬七香車.[3]	푸른 소와 흰 말이 칠향거(七香車)를 끌고 가네
玉輦縱橫過主第,[4]	옥 가마들 종횡으로 공주 저택 들어가고
金鞭絡繹向侯家.[5]	금 채찍 말들은 끊임없이 공후(公侯) 저택 향하네
龍銜寶蓋承朝日,[6]	용이 물고 있는 화려한 산개 아침 해를 받고
鳳吐流蘇帶晚霞.[7]	봉황이 토하는 술은 저녁노을에 물들어
百丈遊絲爭繞樹,[8]	벌레가 뱉어낸 거미줄이 나무에 감기고
一群嬌鳥共啼花.	한 무리 아리따운 새들이 꽃들을 노래하네
遊蜂戲蝶千門側,	천문만호 옆에서 벌과 나비 노니는데
碧樹銀臺萬種色.	비취 나무 은빛 누대는 만 가지 색이라
複道交窓作合歡,[9]	복도의 투각 살창은 합환 무늬로 짜여있고

---

1) 古意(고의) : 고대의 일을 빌려 지금의 뜻을 기탁함. 육조 이래 시의 제목으로 자주 쓰였다.

2) 狹斜(협사) : 골목 길. 한대 악부 「장안 골목의 노래」(長安有狹斜行)에 "두 수레가 좁은 길에서 만났으니, 길이 좁아 수레를 비키지 못하더라"(相逢狹路間, 道隘不容車.)는 구가 있다. 그 밖에 기원(妓院) 또는 기녀라는 뜻도 있다.

3) 七香車(칠향거) : 일곱 종류의 향목으로 만든 수레.

4) 玉輦(옥련) : 옥으로 장식한 가마. 원래 황제가 타는 수레이나, 여기서는 귀인의 수레를 가리킨다. ○ 主第(주제) : 공주의 저택.

5) 絡繹(낙역) : 끊이지 않고 이어진 모양.

6) 寶蓋(보개) : 화개(華蓋). 화려한 산개. 이 구는 산개의 대에 용머리가 손잡이를 물고 있는 형상으로 조각되어 있음을 형용하였다.

7) 流蘇(유소) : 술. 비단이나 깃털로 둥글게 만들어 깃발이나 가마 등에 다는 장식물. 이 구는 휘장 윗부분에 있는 봉황 조각의 입에서 유소가 매달려 있는 모양을 형용하였다.

8) 遊絲(유사) : 봄날 벌레들이 토하는 거미줄같이 가는 실.

9) 複道(복도) : 누각과 누각 사이를 연결하는 길. 이층으로 되어 있으므로 복도라 하였

雙闕連甍垂鳳翼. [10]　　　쌍궐의 용마루는 봉황이 날개를 편 듯해라

梁家畵閣天中起, [11][12]　　양기(梁冀) 저택 누각은 하늘 위로 솟았고

漢帝[13]金莖雲外直. [14]　　한 무제의 금동 선인은 구름 위로 곧추섰네

樓前相望不相知,　　　　　누각 앞에 사람 많아도 서로를 모르니

陌上相逢詎相識? [15]　　　길 위에서 만난들 어찌 알아볼 수 있으랴

借問吹簫向紫煙, [16]　　　묻노니 구름으로 날아가며 퉁소 부는 농옥(弄玉)처럼

曾經學舞度芳年. [17]　　　일찍이 춤 배우며 청춘을 보낸 소녀여

得成比目何辭死, [18]　　　비목어(比目魚)가 된다면 죽음도 마다 않고

願作鴛鴦不羨仙.　　　　　원앙이 되어 산다면 신선도 부럽지 않으리

比目鴛鴦眞可羨,　　　　　비목어와 원앙새가 정말로 부러우니

雙去雙來君不見?　　　　　쌍쌍이 오고 가는 모양 그대들 못 보는가?

生憎帳額繡孤鸞, [19]　　　제일 싫은 건 휘장에 수놓인 외로운 난새 한 마리

다. ○ 交窓(교창) : 투각한 격자창. '고시십구수'에 '투각한 격자창은 꽃문양같이 곱고'(交疏結綺窓)란 표현이 있는데 이를 말한다. ○ 合歡(합환) : 원래 나무 이름으로, 대칭으로 난 잎이 밤에는 마주 붙기에 그 뜻을 취해 남녀의 애정을 표시했다. 여기에서 유래하여 대칭 문양을 가리키며, 이러한 문양이 들어가면 '합환석'(合歡席)이나 '합환선'(合歡扇)처럼 물건 이름으로 삼는 경우가 많다.

10)　雙闕(쌍궐) : 한대 미앙궁의 동궐과 북궐. ○ 甍(맹) : 용마루. ○ 垂鳳翼(수봉익) : 봉황 날개를 늘어뜨리다. 한대 건장궁 환궐(圜闕) 위에는 금빛 봉황 장식이 있어 봉궐이라 하였다.

11)　심주 : 양기는 토목 공사를 지극히 화려하게 하였다.(梁冀窮極土木.)

12)　梁家(양가) : 동한 순제 때 외척 양기(楊夔)가 낙양에 호사스럽게 지은 저택. 여기서는 낙양의 일을 빌려 장안을 형용하였다.

13)　심주 : 한 무제.(漢武.)

14)　金莖(금경) : 한 무제가 세운 건장궁의 청동 기둥. 그 위에 청동으로 만든 신선이 승로반을 들고 천상의 감로(甘露)를 받고 있다.

15)　심주 : 서로 모른다는 말로, 사람이 많음을 형용하였다.(不相知識, 甚形其多.)

16)　吹簫(취소) : 퉁소를 불다. 진 목공의 딸 농옥(弄玉)이 퉁소를 잘 부는 소사(簫史)에게 시집을 가서, 나중에 함께 봉황을 타고 날아간 이야기를 환기한다. ○ 紫煙(자연) : 자줏빛 구름. 신선 세상의 구름.

17)　芳年(방년) : 꽃다운 나이. 젊은 때.

18)　比目(비목) : 비목어. 『이아』 「석지」(釋地)에 "동방에 비목어가 있는데 나란히 있지 않으면 가지 않는다. 그 이름은 접(鰈)이다"(東方有比目魚焉, 不比不行, 其名謂之鰈.)라 하였다.

好取門簾帖雙燕.　　　좋아하는 건 문발에 제비 문양을 쌍으로 붙이는 것
雙燕雙飛繞畫梁,　　　제비 한 쌍 나란히 날아와 조각 들보 휘돌고
羅幃翠被鬱金香.[20]　　비단 휘장 비취 이불엔 울금향 향기로다
片片行雲著蟬鬢,[21]　　구름이 매미 같은 머리타래에 날아온 듯
纖纖初月上鴉黃[22][23]　가늘고 긴 초승달은 이마에 아황으로 올랐어라
鴉黃粉白車中出,　　　노란 화장에 흰 분의 여인들 수레에서 나오니
含嬌含態情非一.　　　교태를 부리고 자태 있는 모습 제각기 달라라
妖童寶馬鐵連錢,[24]　　아리따운 동자는 철연전(鐵連錢) 명마를 끌고
娼婦盤龍金屈膝.[25]　　가무희들은 금 경첩에 용 새겨진 수레를 탔어라
御史府中烏夜啼,[26]　　어사대 관청 안은 밤 되니 까마귀 울고
廷尉門前雀欲棲[27][28]　정위 사는 문 앞에는 저녁이면 참새가 깃들어

---

19) 生憎(생증) : 가장 싫어하다. 당대 구어(口語)이다. ○帳額(장액) : 휘장 처마. ○孤鸞
(고란) : 외로운 난새. 혼자 사는 일을 비유한다.
20) 翠被(취피) : 물총새 깃털로 장식한 이불. ○鬱金香(울금향) : 생강과에 속하는 여러해
살이 초본식물인 울금으로 만든 향료. 이를 이불에 스미게 하여 향기를 내게 한다.
21) 蟬鬢(선빈) : 머리 모양의 일종. 매미의 몸이 검고 광택이 나는데서 이름 붙여졌다.
당대에는 귀밑머리를 밖으로 빗어 최대한 확장하였는데, 그 얇은 층이 매미의 날개
와 같았다. 여기서는 머리가 구름 같음을 형용하였다.
22) 심주 : 이마 화장이다.(額裝也.)
23) 鴉黃(아황) : 여인들이 화장할 때 이마에 바르는 노란 분.
24) 妖童(요동) : 미소년. 시정의 경박한 젊은이. ○鐵連錢(철연전) : 말의 털빛이 푸른 색
의 동전이 이어져 있는 모양을 말한다.
25) 娼婦(창부) : 노래하고 춤추는 여인. ○屈膝(굴슬) : 문창이나 병풍 따위가 굽혀지도
록 하는데 쓰이는 경첩. 여기서는 반룡 장식이 새겨진 경첩이 달린 수레의 문, 곧
수레를 가리킨다. 병풍 또는 여인의 비녀를 가리킨다는 설도 있으나 취하지 않는다.
26) 御史(어사) : 어사대부. 관리의 탄핵을 관장한다. ○烏夜啼(오야제) : 까마귀가 밤에
울다. 어사대와 관련된 전형적인 이미지이다. 한대 장안 어사대의 측백나무에 까마
귀가 천 마리나 서식하였다. 『한서』「주박전」(朱博傳) 참조.
27) 심주 : 두 구는 법을 집행하는 관리가 알려고도 하지 않고, 유협아들이 창가를 왕래
하도록 방임하는 것을 말한다.(二句言執法之官不過而問, 任遊俠之人往來娼家也.)
28) 廷尉(정위) : 형법을 관장하는 관리. ○雀欲棲(작욕서) : 참새가 깃들려하다. 한대 적
공(翟公)이 정위였을 때는 빈객들이 문에 가득했지만, 퇴직하고 나니 한산하여 문밖
에 그물을 쳐 참새를 잡을 수 있을 정도였다. 『사기』「급정열전」(汲鄭列傳) 참조.
두 구는 저녁 시간을 가리키면서, 법을 집행하는 관리들이 일을 하지 않고 한가히

隱隱朱城臨玉道,²⁹⁾　　은은히 붉은 성은 옥돌 깔린 길에 있고

遙遙翠幰沒金堤.³⁰⁾　　아득히 비취 휘장의 수레는 둑 너머 사라지네

挾彈飛鷹杜陵北,³¹⁾　　두릉의 북쪽에서 탄환 쏘아 매를 잡고

探丸借客渭橋西.³²⁾　　위교의 서쪽에서 탄환 골라 청부 살인 자행하지

俱邀俠客芙蓉劍,³³⁾　　모여서 부용검을 걸머진 협객을 맞이하고

共宿娼家桃李蹊.³⁴⁾　　다 함께 창기 집에 몰려가 잠을 자더라

娼家日暮紫羅裙,　　창기 집에 날 저물자 자주 비단 여인이

清歌一囀口氛氳.³⁵⁾　　맑은 노래 한 곡 부니 입에서 향기가 짙어라

北堂夜夜人如月,³⁶⁾　　북당에선 밤마다 여인이 달과 같고

南陌朝朝騎似雲.³⁷⁾　　남쪽 길에선 아침마다 말 탄 사람들 구름 같아

南陌北堂連北里,³⁸⁾　　남쪽 길과 북당은 북리(北里)로 이어지고

五劇三條控三市.³⁹⁾　　오거리 삼거리에 시장이 들렀어라

지냄을 말한다.

29) 朱城(주성) : 담장을 붉게 칠한 성. ○玉道(옥도) : 박석을 깐 길.

30) 翠幰(취헌) : 비취색 수레 휘장. ○金堤(금제) : 쇠처럼 견고하게 만든 둑.

31) 挾彈(협탄) : 탄환을 끼다. 사냥하다. ○杜陵(두릉) : 한 선제의 능묘. 장안 동남에 소재. 당시 장안의 유협 청년들이 노는 지역이었다.

32) 探丸借客(탐환차객) : 사람을 대신하여 탄환을 골라 복수하다. 한대 장안에는 관리를 암살하는 청년들의 조직이 있었다. 행동 개시하기 전에 적환, 흑환, 백환 세 개를 섞어 둔 후, 적환을 잡은 사람은 무관을 죽이고, 흑환을 잡은 사람은 문관을 죽이고, 백환을 잡은 사람은 수행 중 희생된 사람을 책임진다. 『한서』「윤상전」(尹賞傳) 참조.

33) 芙蓉劍(부용검) : 춘추시대 월나라에서 만든 검. 월왕 윤상(允常)이 구야자(歐冶子)를 초빙하여 만든 다섯 자루 보검 가운데 하나인 순균검(純鈞劍). 진나라 설촉(薛燭)이 이를 보고 "부용이 상수에서 막 피어난 듯하다"(如芙蓉始生於湘)고 평하였다.

34) 桃李蹊(도리혜) : 복사꽃과 오얏꽃을 보러 가면서 난 샛길. 원래『사기』「이장군열전」에 나오는 "복사꽃과 오얏꽃은 말을 안 해도 그 아래로 절로 샛길이 난다"(桃李不言, 下自成蹊.)는 말에서 유래했으나, 여기서는 사람들이 몰려간다는 뜻만 취했다. 동시에 꽃으로 창가를 비유하기도 하였다.

35) 囀(전) : 노래를 구성지게 부르다. ○氛氳(분온) : 향기가 짙은 모양. 여기서는 가녀가 노래 부를 때 입에서 나는 향기.

36) 北堂(북당) : 여인이 거주하는 집. 여기서는 부호의 집에서 축양하는 가녀가 사는 집.

37) 南陌(남맥) : 창가에서 남으로 통하는 길. 위에서 말한 '桃李蹊(도리혜). ○騎似雲(기사운) : 말이 구름 같다. 손님이 많음을 형용하였다.

38) 北里(북리) : 평강리(平康里). 당대 장안의 기녀들이 모여 사는 곳.

弱柳靑槐拂地垂,　　　버들과 푸른 홰나무는 땅까지 늘어졌고

佳氣紅塵暗天起.[40]　　번화한 기운과 붉은 먼지에 하늘이 어두워라

漢代金吾千騎來,[41]　　한나라 집금오 천 명이 기마를 타고 와

翡翠屠蘇鸚鵡杯.[42][43]　앵무 술잔에 비췻빛 술을 따라서 마시더라

羅襦寶帶爲君解,　　　비단 저고리 보옥 허리띠를 그대들 위해 풀고

燕歌趙舞爲君開.　　　연나라 노래와 조나라 춤을 그대들 위해 펼친다네

別有豪華稱將相,[44][45]　게다가 스스로 장군과 재상이라 칭하는 자들

轉日回天不相讓.[46]　　하늘의 해마저 되돌리는 권세로 서로 양보 않더라

意氣由來排灌夫,[47]　　의기는 애초부터 관부(灌夫)를 배척하고

專權判不容蕭相.[48]　　권력은 결코 소망지(蘇望之)를 용납하지 않더라

專權意氣本豪雄,[49]　　권력과 의기로 치면 본래 호걸이어니

---

39)　심주 : 교착된 길을 극이라 한다. '삼조'는 세 방면으로 통하는 길이다. '삼시'는 아홉 개 시장 가운데 세 곳이다.(路交錯爲劇. '三條', 三達之路. '三市', 九市之三也.)

40)　佳氣(가기) : 번화한 기상. ○紅塵(홍진) : 시장의 먼지.

41)　金吾(금오) : 관직 이름으로 집금오(執金吾)를 말한다. 금군을 통솔하는 장교이다. 당대에는 좌금오위, 우금오위, 금오대장군 등이 있었다. 한대부터 당대까지 금오는 대부분 귀족 자제로 충당하였다. 이들의 발호와 음일에 대해서는 동한 신연년(辛延年)의 「우림랑」을 비롯하여, 당대 고황의 「소년의 노래」와 왕건의 「우림랑」 등에 일부 반영되어 있다.

42)　심주 : 협객뿐만 아니라 집금오도 창가에서 잔다.(不止俠客, 執金吾亦宿娼家矣.)

43)　屠蘇(도소) : 술 이름. 명주로 처음 이 술을 만든 곳이 도소여서 이름 붙여졌다. 일설에는 풀이름이라는 설도 있다. ○鸚鵡杯(앵무배) : 앵무 소라로 만든 술잔. 앵무 소라는 동지나해에서 나는 소라의 일종이다.

44)　심주 : 집금오 뿐만이 아니다.(又不止金吾矣.)

45)　稱將相(칭장상) : 스스로 나가서는 장수요 들어서는 재상이라고 말하다.

46)　轉日回天(전일회천) : 해를 되돌리고 하늘을 움직이다. 권력이 막대함을 비유하였다. 해와 하늘은 일반적으로 천자를 비유하므로, 천자를 움직일 정도로 큰 권세를 말한다. 동한의 환관 좌관(左悺)이 권력을 전횡할 때는 상채후(上蔡侯)에 봉해졌고 당시 사람들이 '좌회천'(左回天)이라 불렀다.

47)　灌夫(관부) : 한 무제 때의 장군. 협기가 있고 술을 좋아하였다. 두영(竇嬰)과 결탁하였으나 승상 전분(田蚡)에 죄를 지어 족멸되었다.

48)　判(판) : 물리치다. 앞 구와의 대구 관계로 보아 '결코'라 새길 수도 있다. ○蕭相(소상) : 소망지(蘇望之). 한 선제 때 어사대부와 태자태부를 역임했고, 원제 때 전장군이 되었다. 중서령 환관 석현(石顯)의 모해를 받아 자살하였다.

靑虯紫燕坐春風.[50]　　푸른 구름 같은 '자연'(紫燕) 타고 춘풍 속을 내달린다

自言歌舞長千載,　　스스로 말하기를 노래와 춤으로 천 년을 가고

自謂驕奢凌五公.[51]　　스스로 일컫기를 교만과 사치는 다섯 공자보다 더하
　　　　　　　　　　다지

節物風光不相待,[52]　　계절은 바뀌고 풍광은 머물지 않으니

桑田碧海須臾改.[53]　　뽕밭이 바다 되는 건 순식간이더라

昔時金階白玉堂,　　그 옛날 황금 계단에 백옥으로 세운 집

卽今唯見靑松在.[54]　　지금에 보이는 건 솔밭뿐이로다

寂寂寥寥揚子居,[55]　　적막하고 쓸쓸한 양웅의 거처

年年歲歲一床書.　　해마다 넌마다 상 가득 책뿐이로다

獨有南山桂花發,[56]　　더구나 종남산에 계화가 피어

飛來飛去襲人裾.　　흘날려 오가다가 옷깃에 떨어지네

평석 장안의 큰길에는 사치스러운 부호와 귀족, 아리땁고 세련된 기녀 등 없는 것이 없다.

---

49) 豪雄(호웅) : 호걸. 여기서는 패도를 부리는 사람.

50) 靑虯(청규) : 청룡. 여기서는 명마. ○ 紫燕(자연) : 준마 이름. ○ 坐春風(좌춘풍) : 봄
바람 속에서 달리다. 득의만만한 모습을 형용한다.

51) 심주 : 오공은 장탕, 두주, 소망지, 풍봉세, 사단 등이다.('五公', 謂張湯、杜周、蘇望
之、馮奉世、史丹.)

52) 節物(절물) : 계절의 변화에 따라 변하는 만물.

53) 桑田碧海(상전벽해) : 뽕밭이 바다가 될 정도로 큰 변화. 갈홍(葛洪)의 『신선전』(神仙
傳)에 나오는 전고에서 유래했다. 선녀 마고(麻姑)가 신선 왕방평(王方平)에게 말했
다. "곁에서 모신 이래로 동해가 세 번 뽕나무밭으로 바뀌는 걸 보았는데, 봉래산으
로 가는 중 바닷물이 얕아져 예전의 반밖에 되지 않았습니다. 다시 언덕이 될까요?'
왕방평이 말했다. "동해에 다시 흙먼지가 일어날 것이네." (麻姑謂王方平曰 : "自接待
以來, 見東海三變爲桑田, 向到蓬萊, 水乃淺於往者略半也. 豈復爲陵乎?" 王方平曰 :
"東海行復揚塵耳.")

54) 심주 : 무덤을 말한다.(以墓田言.)

55) 揚子(양자) : 서안 말기의 양웅(揚雄). 한 애제 때 정치상으로 뜻을 얻지 못해 집에서
문을 닫아걸고 『태현』 등을 저술하여 이름을 남겼다.

56) 南山(남산) : 종남산. 장안 남쪽 교외에 소재. ○ 桂花(계화) : 서한 회남소산(淮南小
山)이 「은사를 부르다」(招隱士)에서 "계수나무 우거졌네, 깊은 산 속에"(桂樹叢生兮
山之幽)라 노래한 후 계수나무 또는 계화는 은거지를 가리킨다.

비빈으로부터 협객, 금오, 권신에 이르기까지 모두 창기 집에 놀러가 묵으며, 스스로 영원히 부귀를 누릴 수 있다고 말한다. 그러나 눈 깜짝할 사이에 세상은 변하고 무덤만 남으니, 오히려 독서하며 자신의 가치를 지키는 것만 못하다. 양웅을 빌린 것은 자신의 상황을 말하는 것일 뿐이다.(長安大道, 豪貴驕奢, 狹邪艶冶, 無所不有. 自嬖寵而俠客, 而金吾, 而權臣, 皆向娼家遊宿, 自謂可永保富貴矣. 然轉瞬滄桑, 徒存墟墓, 不如讀書自守者之爲得也. 借言子雲, 聊以自況云爾.)

해설 시인이 직접 목도한 광경과 역사에서 뽑아 낸 내용을 엮어 수도 장안의 다양한 모습을 만화경처럼 그려내었다. 번화한 가운데 귀족과 권세가들의 황음과 사치에 초점을 맞추고 있어 상당히 비판적인 태도임을 볼 수 있다. 종횡으로 서술하는 가운데 말미에서 일종의 비약을 이루어 장안의 호화스런 광경과 권세의 추구보다는 안빈낙도를 예찬하였다. 특히 말미 4구는 비록 전체 시의 의미를 제한하는 사족(蛇足)으로 볼 수 있지만, 시인이 자신을 위로함으로써 이 시를 쓰게 된 동기를 뚜렷이 밝히고 있으며, 시를 형식적으로 완결하는 작용을 한다. 문일다(聞一多)는 이 시에 대해 "궁체시 가운데 파천황의 대전변"(他是宮體詩中一個破天荒的大轉變)이라며 그 의의를 높이 평가했다. 일부 육조의 어휘와 정서가 있지만, 풍부한 내용을 웅건한 필력과 부염한 언어를 구사하여 넓은 경계를 이룩한 당대 칠언가행체(七言歌行體)의 선구적 작품이다.

낙빈왕(駱賓王)

제경편(帝京篇)

山河千里國,[1]	산하는 천 리
城闕九重門.[2]	성궐은 구중궁궐
不睹皇居壯,	황궁이 웅장한지 보지 못하면
安知天子尊?	천자의 존엄을 어찌 알리오?
皇居帝里崤函谷,[3]	황궁은 효산(崤山)과 함곡관에 둘러싸이고
鶉野龍山侯甸服.[4]	순수(鶉首)와 용산은 후복(侯服)과 전복(甸服)을 거느리네
五緯連影集星躔,[5]	다섯 개 별이 연이어 하늘에 궤적을 그리고
八水分流橫地軸.[6]	여덟 개 하천이 지축을 가로지르며 흘러간
秦塞重關一百二,[7][8]	진 지방 관문은 둘이 백을 당할 만큼 굳세고

---

[1] 國(국) : 여기서는 국도(國都). 도읍지 장안. 이 구는 도읍지 주위의 산하가 천 리에 이른다는 뜻이다.

[2] 城闕(성궐) : 성벽과 궐문. 장안을 가리킨다. ○九重門(구중문) : 아홉 겹으로 된 궁문. 천자의 거처를 말한다.

[3] 崤函谷(효함곡) : 효산(崤山)과 함곡관. 효산은 지금의 하남성 낙녕(洛寧)에, 함곡관은 지금의 하남성 신안(新安)에 소재했다.

[4] 鶉野(순야) : 순수(鶉首). 하늘의 28수 가운데 남방 7수 중의 앞에 있는 2수(井과 鬼). 지상에 대응되는 분야는 진(秦) 지방, 즉 장안을 중심으로 한 관중 지역이다. ○龍山(용산) : 용수산(龍首山). 대명궁이 있는 곳이다. ○侯甸服(후전복) : 후복과 전복. 도성 밖 천 리 지역을 왕기(王畿)라 하고, 왕기 밖 오백 리 지역을 후복이라 하고, 후복 밖 오백 리 지역을 전복이라 하였다.

[5] 五緯(오위) : 오성(五星). 금성, 목성, 수성, 화성, 토성의 합칭. ○星躔(성전) : 일월성신 등 별들이 운행하는 거리와 각도.

[6] 八水(팔수) : 관중의 여덟 줄기 강. 즉 경수, 위수, 파수(灞水), 산수(滻水), 노수(澇水), 휼수(潏水), 풍수(灃水), 호수(滈水). ○地軸(지축) : 대지의 축. 일반적으로 대지를 가리킨다.

[7] 심주 : 여기까지 형세를 마무리하였다.(結上形勢.)

漢家離宮三十六.[9)10)]　　한나라 이궁은 서른여섯 개

桂殿嶔崟對玉樓,[11)]　　계전(桂殿)은 드높이 옥루와 마주하고

椒房窈窕連金屋.[12)]　　초방전(椒房殿)은 깊숙이 금옥과 이어지네

三條九陌麗城隈,　　세 줄기 아홉 갈래 길이 성 모퉁이를 돌고

萬戶千門平旦開.　　천문만호 궁문들이 새벽에 열리네

復道斜通鵝鵲觀,[13)]　　복도는 비스듬히 지작관(鵝鵲觀)으로 통하고

交衢直指鳳皇臺.[14)]　　사통팔달의 도로는 곧바로 봉황대를 가리키네

劍履南宮入,[15)]　　검을 차고 신발 신고 남궁에 들어가며

簪纓北闕來.[16)]　　비녀에 갓끈 맨 대신들이 북궐에서 나오네

聲明冠寰宇,[17)]　　예악은 세상에서 제일이요

文物象昭回.[18)]　　문물은 별의 운행을 본받아

---

8)　百二(백이) : 백에 둘. 이만 명으로 적군 백만 명을 막다. 장안 주위가 산과 강으로
　　둘러싸여 있어 지리적으로 안전한 형세임을 말했다.

9)　심주 : 여기서부터 궁궐을 묘사하였다. (起下宮闕.)

10)　離宮三十六(이궁삼십륙) : 반고(班固)의 「서경부」에 "이궁과 별관이 36개 소"(離宮別
　　館三十六所.)란 말이 있다.

11)　桂殿(계전) : 계궁(桂宮). 한대 미앙궁 북쪽에 있는 궁전으로 원비(元妃)가 거처했다.
　　○嶔崟(금음) : 높고 험준한 모양. ○玉樓(옥루) : 화려한 누대. 『십주기』(十洲記)에
　　서는 신선이 사는 곳에 열두 개의 옥루가 있다고 하였다.

12)　椒房(초방) : 초방전. 한대 미앙궁에 있던 궁전으로 벽에 진흙과 산초를 이겨 발라
　　따뜻하고 향기가 나게 했다. ○金屋(금옥) : 한 무제가 아교를 살게 하겠다고 말한
　　궁전. 화려한 궁전.

13)　鵝鵲觀(지작관) : 한대 궁전. 한 문제 때 감천궁 밖에 지었다.

14)　交衢(교구) : 사통팔달의 도로. ○鳳皇臺(봉황대) : 궁중의 누대. 진 목공이 딸 농옥을
　　위해 봉대(鳳臺)를 지어준 고사를 환기한다.

15)　劍履(검리) : 검리상전(劍履上殿). 황제가 대신에게 내리는 일종의 특수 대우로, 조회
　　때 검을 차고 신발을 신고 대전에 오를 수 있는 자격을 말한다. ○南宮(남궁) : 남으
　　로 향한 궁전.

16)　簪纓(잠영) : 비녀와 갓끈. 관리의 관식으로 높은 관직을 비유한다. ○北闕(북궐) : 궁
　　궐의 북쪽에 있는 성루. 신하들이 상서를 올리거나 알현하기 위해 기다리는 곳이다.

17)　聲明(성명) : 성교(聲敎)와 명교(名敎). 곧 예악을 통한 정치. 『좌전』 '환공 2년'조에
　　"문(文)과 물(物)로 이를 표시하고, 성(聲)과 명(明)으로 이를 나타낸다"(文物以紀之,
　　聲明以發之)는 말이 있다. ○寰宇(환우) : 천하. 우주.

18)　文物(문물) : 전장제도. ○昭回(소회) : 별빛이 회전함.

鈞陳肅蘭阤,[19]	구진성(鈞陳星) 별빛이 계단에 엄숙하고
璧沼浮槐市.[20]	벽옹(辟雍)의 연못이 괴시(槐市)로 흘러라
銅羽應風回,[21]	동오(銅烏)는 바람에 따라 돌고
金莖承露起.[22]	청동 기둥은 승로반을 들고 일어섰네
校文天祿閣,[23]	천록각에서 문장을 교감하고
習戰昆明水.	곤명지에서 군사 훈련을 하는구나
朱邸抗平臺,[24]	붉은 저택이 평대(平臺)에 맞서 오르고
黃扉通戚里.[25][26]	환관의 거주지가 척리(戚里)로 통하네
平臺戚里帶崇墉,[27]	평대와 척리는 높은 담장을 두르고
炊金饌玉待鳴鐘.[28]	황금보다 비싼 산해진미 종을 쳐 모여서 먹는다네
小堂綺帳三千戶,[29]	비단 휘장 드리운 작은 대청은 삼천 개요

----

19) 鈞陳(구진) : 별 이름. 자미성 가운데 북극성 가까이에 있는 별. 후궁을 가리킨다. ○蘭阤 (난사) : 계단의 미칭.

20) 璧沼(벽소) : 벽지(璧池). 고대 태학 앞에 있는 반월형의 연못. ○槐市(괴시) : 한대 장안성의 동남 태학 근처에 만들어진 시장. 서적을 중심으로 여러 물건을 팔았으며, 한달에 두 번 열렸다.

21) 銅羽(동우) : 동오(銅烏). 까마귀 모양의 청동 풍향기. 상풍오(相風烏)라고도 하며, 동한 때 장형이 만들었다고 한다.

22) 金莖(금경) : 구리 기둥. 한 무제 때 청동 기둥 위에 이슬을 받는 승로반을 든 신선상을 세웠다. ○承露(승로) : 승로반.

23) 校文(교문) : 문장을 교감하다. ○天祿閣(천록각) : 미앙궁 안의 서적을 보관하는 곳.

24) 朱邸(주저) : 부호와 권세가들의 집. 대문을 붉게 칠하였다. ○平臺(평대) : 하남 상구(商丘) 동북 소재. 한대 양효왕(梁孝王)이 지은 토원(兔園).

25) 심주 : '척리'를 끌어온 이후로 왕후 귀인 및 일체의 사치스런 일을 말하였다.(引入'戚里'以下, 皆言王侯貴人並及交遊一切奢侈之事.)

26) 黃扉(황비) : 황문(黃門). 급사황문시랑(給事黃門侍郎)의 준말. 동한 때 황문령(黃門令), 소황문(小黃門), 중황문(中黃門) 등의 관직은 황제와 황족을 시봉하는 직책으로 환관들이 맡았다. 이 때문에 후세에 황문은 환관을 가리켰다. ○戚里(척리) : 황제의 외척들이 모여 사는 곳.

27) 崇墉(숭용) : 높은 담.

28) 炊金饌玉(취금찬옥) : 금으로 불 때어 밥 하고 옥을 먹다. 진귀한 음식을 비유한다. 『전국책』「초책」(楚策)에 "초나라의 음식은 옥보다 비싸고, 땔감은 계수나무보다 비싸다"(楚國之食貴於玉, 薪貴於桂.)는 말이 있다. ○鳴鐘(명종) : 종명정식(鐘鳴鼎食). 종을 울려 사람을 모으고 정을 늘어놓고 식사를 하다. 호화로운 생활을 비유한다.

大道靑樓十二重.[30]　　　한길에 붙은 청루는 열두 겹이라
寶蓋雕鞍金絡馬,[31]　　　화려한 산개 아래 조각 안장에 황금 굴레의 말
蘭窓繡柱玉盤龍.[32]　　　조각한 창문 앞엔 옥룡에 휘감긴 수놓인 기둥
繡柱璇題粉壁映[33]　　　수놓인 기둥에는 서까래와 흰 벽이 비치고
鏘金鳴玉王侯盛.[34]　　　황금과 옥이 부딪치며 왕과 후작이 많아라
王侯貴人多近臣,　　　왕과 후작과 귀인은 대부분 근신들
朝遊北里暮南鄰.[35]　　　아침에는 북리에서 놀고 저녁이면 이웃이라
陸賈分金將讌喜,[36]　　　육가(陸賈)는 황금을 아들에게 나누어주어 편안하고
陳遵投轄正留賓.[37]　　　진준(陳遵)은 비녀장을 우물에 던져 손님을 붙잡네
趙李經過密,[38]　　　조씨와 이씨는 친밀하게 오가고

---

29)　綺帳(기장) : 비단 휘장.
30)　靑樓(청루) : 미인이 거처하는 호화롭고 정치한 누각. 조식(曹植)의 「미녀편」(美女篇)
　　에 "청루는 한길 옆에 있고, 높은 문은 겹으로 닫혀있다"(靑樓臨大道, 高門結重關.)
　　는 구가 있다.
31)　寶蓋(보개) : 화개(華蓋). 화려한 산개. ○雕鞍(조안) : 화려하게 조각한 말안장. ○金
　　絡(금락) : 금락두(金絡頭). 황금으로 장식한 굴레.
32)　蘭窓(난창) : 난초 문양을 조각한 창문. ○繡柱(수주) : 수놓은 듯 조각한 기둥. ○玉
　　盤龍(옥반룡) : 기둥에 감겨있는 옥으로 장식한 용.
33)　璇題(선제) : 옥으로 장식한 서까래. ○粉壁(분벽) : 흰 벽.
34)　鏘金鳴玉(장금명옥) : 황금과 옥이 부딪쳐 울리는 소리. 잔치 때의 가무 장면을 묘사
　　하였다.
35)　北里(북리) : 평강리(平康里). 당대 장안의 기녀들이 모여 사는 곳.
36)　陸賈分金(육가분금) : 한대 육가(陸賈)가 아들에게 황금을 나누어준 고사. 육가는 서한
　　초기의 사상가이자 정치가로 한 고조(漢高祖) 유방(劉邦)의 통일 사업을 도왔다. 남월
　　(南越)에 사신으로 갔을 때 받은 천 금을 다섯 아들에게 나누어주고 생업에 종사케
　　하였으며 자신은 아들 집을 돌아가며 지내며 봉양을 받고 편안하게 살았다. ○讌喜
　　(연희) : 편안하고 즐겁다.
37)　陳遵投轄(진준투할) : 한대 진준이 수레 비녀장을 우물에 던진 고사. 서한 중엽 진준
　　(陳遵)은 전공을 세워 분위후(奮威侯)에 봉해졌다. 유협 기질이 강하고 술과 손님을
　　좋아하였는데, 연회를 열면 손님의 수레 비녀장을 우물 속에 던져 중간에 돌아가지
　　못하도록 하였다.
38)　趙李(조리) : 두 사람이 누구인지에 대해서는 여러 설이 있다. 삼국시대 위 완적(阮
　　籍)의 「영회시」에 "서쪽으로 함양에 가 놀았는데, 조씨와 이씨가 서로 친하더라"(西
　　遊咸陽中, 趙李相經過.)에서도 같은 말이 나오는데, 이에 대해 유송(劉宋)의 안연년
　　(顔延年)은 "조씨는 성제의 후비 조비연이고, 이씨는 한 무제의 이 부인이다. 둘 다

蕭朱交結親.[39]	소육(蕭育)과 주박(朱博)은 서로 벼슬을 올려준다네
丹鳳朱城白日暮,[40]	단봉성에 해가 저물면
靑牛紺幰紅塵度.[41]	푸른 소가 감청 수레 끌며 홍진을 지나가네
俠客珠彈垂楊道,[42]	협객은 버들 늘어진 길에서 탄환을 쏘고
倡婦銀鉤采桑路.[43)44]	창기는 은 고리 바구니 들고 성남에서 뽕잎 따네
倡家桃李自芳菲,	창기는 복사꽃과 오얏꽃같이 절로 향기롭고
京華遊俠盛輕肥.[45]	도성의 유협들은 좋은 옷에 살찐 말을 탔어라
延年女弟雙飛入,[46]	이연년(李延年)은 여동생을 데리고 궁성에 들어가고
羅敷使君千騎歸.[47]	나부(羅敷)는 기수 천 명을 거느린 태수 따라 돌아가네

춤과 노래로 황제의 승은을 입었다"(趙, 漢成帝趙后飛燕也; 李, 武帝李夫人也. 並以善歌妙舞幸於二帝也.)고 주석하였다. 청대 고염무(顧炎武)는 성제의 총애를 받는 조비연과 이평(李平)의 친속들이라고 하였다.

39) 蕭朱(소주) : 소육(蕭育)과 주박(朱博). 두 사람은 친한 친구였으나 나중에 원수가 되었다. 당시 속담에 "소육과 주박이 서로 벼슬을 올려주고, 왕길(王吉)과 공우(貢禹)가 서로 벼슬을 추천한다"(蕭朱結綬, 王貢彈冠.)는 말이 있다. 『한서』「소육전」 참조.

40) 丹鳳朱城(단봉주성) : 단봉성. 장안성을 가리킨다.

41) 靑牛(청우) : 푸른 소가 끄는 수레. 당대에는 소가 수레를 끄는 경우가 많았다. ○ 紺幰(감헌) : 감청색 수레 휘장.

42) 珠彈(주탄) : 주옥으로 탄환을 삼다. 사치스러움을 가리킨다.

43) 심주 : 모두 협객과 창기가 많음을 서술하였다.(並述俠客倡樂之盛.)

44) 銀鉤(은구) : 은 또는 은색의 바구니 고리. ○ 采桑路(채상로) : 뽕잎 따러 가는 길. 성 남쪽의 길을 말한다. 한 악부 「길가의 뽕」(陌上桑)에 "뽕잎 따기와 누에치기 좋아하는 나부는, 성 남쪽으로 뽕잎 따러 갔네"(羅敷喜蠶桑, 採桑城南隅.)란 말을 이용하였다.

45) 輕肥(경비) : 가벼운 가죽 옷과 살찐 말. 『논어』「옹야」(雍也)에 "공서적(公西赤)이 제 나라에 갈 때 살찐 말을 타고 가벼운 가죽 옷을 입었다"(赤之適齊也, 乘肥馬, 衣輕裘.)는 말에서 유래했다. 일반적으로 '비마경구'(肥馬輕裘)라고 하며, 호사스런 생활을 가리킨다.

46) 延年(연년) : 서한 한 무제 때 협률도위 이연년(李延年). 그의 여동생은 한 무제의 이부인이 되었다. 두 사람이 함께 총애를 받았으므로 '쌍비입'(雙飛入)이라 하였다.

47) 羅敷(나부) : 고대에 미녀의 이름으로 흔히 쓰인다. 한 악부 「길가의 뽕」(陌上桑)에 "진씨 댁에 참한 딸 있으니, 본명은 바로 나부라 하네"(秦氏有好女, 自名爲羅敷.)라 하였고, 「초중경의 아내」(焦仲卿妻)에도 "동쪽 이웃에 어진 처자 있으니, 이름이 진나부요"(東家有賢女, 自名秦羅敷)라 했다. ○ 使君(사군) : 한대의 지방 최고 행정관인 태수(太守) 혹은 자사(刺史)로, 전국시대의 제후(諸侯)에 해당한다. 이 구는 「길가의 뽕」을 환기한다.

同心結縷帶,⁴⁸⁾　　　동심 문양으로 매듭을 만들고

連理織成衣.⁴⁹⁾　　　연리지 문양으로 옷을 짜네

春朝桂樽樽百味,⁵⁰⁾　　　봄날 아침 계화주는 온갖 맛이 나고

秋夜蘭燈燈九微,⁵¹⁾　　　가을 저녁 구미등(九微燈)은 어두운 구석을 비추네

翠幌珠簾不獨映,　　　비취 휘장과 주렴이 서로 어울리고

淸歌寶瑟自相依.　　　맑은 노래와 거문고 소리도 서로 맞아 들어가네

且論三萬六千是,⁵²⁾　　　인생 백 년에 삼만 육천 날이 옳다고 말한다면

寧知四十九年非?⁵³⁾　　　어찌 오십에 사십구 년이 틀렸음을 알지 못하는가

古來榮利若浮雲,⁵⁴⁾　　　예부터 영예와 이익은 뜬구름 같으니

人生倚伏信難分.⁵⁵⁾　　　인생에서 화복은 돌고 돌아 진실로 나누기 어려워라

始見田竇相移奪,⁵⁶⁾　　　처음에는 전분(田蚡)과 두영(竇嬰)이 서로 다투더니

俄聞衛霍有功勳.⁵⁷⁾　　　얼마 후 위청과 곽거병이 공훈을 세웠다 들었네

---

48)　同心(동심) : 동심결(同心結). 동심 매듭을 하다. 남녀의 애정을 비유한다.

49)　連理(연리) : 두 나무의 가지가 하나로 합쳐진 것. 남녀의 애정이나 형제자매의 정을 비유한다. 한대 '이릉 소무 시' 연작 중의 「형제가 한 가지에 난 나뭇잎이라면」(骨肉緣枝葉)에 "더구나 나는 연리지와 같이, 자네와 한 몸인 듯 친밀하다네"(況我連枝樹, 與子同一身.)라는 말이 있다. 여기서는 연리지 문양을 말한다.

50)　桂樽(계준) : 계주(桂酒). 계수나무를 잘라 술에 넣어 담근 술.

51)　蘭燈(난등) : 정교하게 만든 등. ○九微(구미) : 구미등(九微燈). 전설에 나오는 등. 여기서는 '구미'를 '여러 어두운 곳'이란 의미로 새겨 번역하였다.

52)　三萬六千(삼만육천) : 날짜 수로 따지면 백 년이 된다. 인생을 가리킨다.

53)　寧知(영지) 구 : 춘추시대 거백옥(蘧伯玉)은 나이 오십이 되어 사십구 년 동안의 삶이 잘못되었음을 알았다고 한다. 『회남자』 「원도훈」(原道訓) 참조.

54)　심주 : 이 이후로는 세상 일이 순식간에 변하며 영화가 소멸됨을 보였다.(以下見倏忽變遷, 榮華消歇.)

55)　倚伏(의복) : 의지하고 기댐. 화복과 길흉이 서로 맞물려 돌고 도는 것. 『노자』의 "복은 화에 기대어 있고, 화는 복에 숨어 있어라"(福兮禍之所倚, 禍兮福之所伏.)에서 유래한 말이다.

56)　田竇(전두) : 전분(田蚡)과 두영(竇嬰). 전분은 한 경제 왕 황후의 동생으로 무안후(武安侯)에 봉해졌다. 두영은 한 문제 두 황후 종형의 아들로 위기후(魏其侯)에 봉해졌다. 두 가문은 모두 외척이지만 서로 대립하였으며, 문객들은 두 가문의 세력의 고하에 따라 소속을 바꾸었다.

57)　衛霍(위곽) : 위청(衛靑)과 곽거병(霍去病). 두 사람 모두 무공으로 이름 높았다.

未厭[58]金陵氣,[59]　　금릉(金陵)에 천자의 기운을 싫어할 사이도 없이
先開石槨文.[60][61]　　위령공(衛靈公)처럼 석곽에 묻히는구나
朱門無復張公子,[62]　　권세가 가운데 장방(張放) 같은 이 다시 없고
灞亭誰畏李將軍?[63]　　파릉의 역참에 이광(李廣) 장군 무서워하는 사람 없어
相顧百齡皆有待,　　서로 바라보면 백 살이 되기에 모두 멀었지만
居然萬化咸應改.　　생각지도 않는 사이 만물은 모두 바뀌어가네
桂枝芳氣已銷亡,[64]　　계수 가지 향기도 이미 사라졌고
柏梁高宴今何在?[65]　　백량대의 잔치도 지금은 흔적이 없어라
春去春來苦自馳　　봄이 가고 봄이 와도 바쁘게 달렸지만
爭名爭利徒爾爲!　　이름과 이익을 다투어도 허망할 뿐이로다!
久留郎署終難遇,[66]　　낭관으로 오래 있어도 결국 때를 못 만나고

---

58) 심주 : 입성.(入聲.)

59) 未厭(미염) 구 : 진(秦)이 중국을 통일한 후 망기술(望氣術)을 가진 사람이 오백 년 후 남경 지역에 천자(天子)의 기운이 있다고 하자, 진시황이 순수를 나갔을 때 이를 싫어하여 땅을 파 언덕을 끊었으며 금릉(金陵)을 말릉(秣陵)이라 고쳤다.

60) 심주 : 『장자』에 실린 위령공 이야기이다.(莊子載衛靈公事.)

61) 先開(선개) 구 : 『장자』「칙양」(則陽)에 나오는 이야기를 말한다. 위령공은 자신이 죽은 후 원래 준비했던 무덤에 묻으려 하니 불길하다고 하고, 사구(沙丘)라는 곳에 묻으면 길하다고 하였다. 이에 사구를 파보니 석곽이 나왔고 그 위에 명문(銘文)이 새겨져 있었다. '자손에 의지하지 말고, 위령공이 취하여 여기에 묻으라'는 내용이었다.

62) 朱門(주문) : 붉은 대문. 궁성 또는 권문세가의 집. ○張公子(장공자) : 서한 장방(張放). 대사마 장안세(張安世)의 증손이자 공주의 아들로 부평후(富平侯)에 봉해졌다. 성제와 함께 자고 일어났으며, 성제가 미행을 나갈 때 항상 장방을 데리고 갈 정도로 총애를 받았다.

63) 灞亭(파정) 구 : 서한 이광이 장군 직에서 물러나 평민으로 살 때 남전산에서 사냥을 하였다. 한번은 다른 사람과 밭에서 술을 마시고 늦게 돌아가는 길에 파릉의 역참에 이르니 수위가 술에 취해 소리치며 이광을 제지하였다. 이광이 "전임 이 장군이오"라고 했더니 수위가 "현임 장군도 야행을 나갈 수 없는데, 전임 장군이 어찌 되겠소!"라고 하였다. 『한서』「이광전」참조.

64) 桂枝(계지) 구 : 한 무제 「상도이부인부」(傷悼李夫人賦)에 '계수 가지 떨어져 사라지네'(桂枝落而銷亡)라 하였다.

65) 柏梁高宴(백량고연) : 기원전 115년 한 무제가 장안성 북문 안에 백나무를 들보로 써서 백량대를 세웠다. 이때 연회를 열면서 이천 석 이상의 신하들 가운데 칠언시를 지을 수 있는 사람만 자리에 오를 수 있도록 하였다.

空掃相門誰見知?[67]　　재상 댁 문 앞을 쓸어도 누가 알아주랴?

當時一旦擅豪華,　　때를 만나 일단 부귀영화를 누리면

自言千載長驕奢.　　천 년 동안 탄탄하리라 스스로 말했지

倏忽搏風生羽翼,[68]　　갑자기 돌개바람 타고 깃털이 생겨도

須臾失浪委泥沙.[69]　　순식간에 흐름을 잃으면 진흙에 떨어지지

黃雀徒巢桂,[70]　　노란 참새가 계수나무에 둥지를 틀고

青門遂種瓜.[71]　　청문 밖에서는 소평이 참외를 심었다지

黃金銷鑠素絲變,[72]　　황금은 녹아 사라지고 명주실은 물들어버리니

---

66)　久留(구류) 구 : 서한 때 낭관으로 늙은 안사(顏駟)의 전고를 가리킨다. 한 무제가 한 번은 낭서에 행차하였다가 덥수룩한 눈썹에 백발을 한 안사를 보고 물었다. '노장은 언제 낭관이 되었소?' 이에 안사가 대답했다. '소신은 문제 때 낭이 되었으나 문제께서 문을 좋아하셨으나 저는 무를 좋아하였습니다. 경제 때에는 주상께서 미모를 좋아하셨으나 저는 추했습니다. 폐하께서 즉위하시어서는 젊은이를 좋아하셨으나 저는 이미 늙었습니다. 삼대에 모두 때를 만나지 못해 낭관으로 늙었습니다.' 이에 무제는 그를 회계도위(會稽都尉)로 발탁하였다. 『한 무제 이야기』 참조.

67)　空掃(공소) 구 : 서한 위발(魏勃)의 전고를 가리킨다. 위발이 젊었을 때 제나라 재상 조참(曹參)을 뵈려 하였으나 집이 가난하여 주선하는 사람이 없었다. 이에 새벽마다 재상의 사인(舍人)의 집 앞을 쓸었다. 사인이 나중에 위발을 알아보자, 위발은 사인에게 부탁하여 조참을 만날 수 있었다.

68)　심주 : 천한 사람이 갑자기 귀해졌다.(賤者忽貴.)

69)　심주 : 귀한 사람이 갑자기 천해졌다.(貴者忽賤.)

70)　黃雀(황작) 구 : 『한서』 「오행지」(五行志)에 나오는 노래를 가리킨다. "지름길이 좋은 밭을 망가뜨리듯, 참언은 선한 사람을 괴롭힌다. 계수나무에 꽃은 피었으나 열매가 없으니, 노란 참새가 꼭대기에 둥지를 틀었다. 예전에는 사람들의 선망을 받았으나, 지금은 사람들의 동정을 받는다"(邪徑敗良田, 讒口亂善人. 桂樹華不實, 黃爵巢其顚. 故爲人所羨, 今爲人所憐.) 혼란한 정치상을 풍자한 노래이다.

71)　青門(청문) 구 : 진나라 소평(召平)은 동릉후(東陵侯)였으나, 진나라가 망하자 평민이 되어 청문 밖에서 참외를 심어 팔면서 살았다. 그 참외가 무척 달아 사람들이 동릉과(東陵瓜)라고 불렀다. 사람의 부귀와 빈천이 오래가지 않고 수시로 변함을 나타내는 전고로 많이 쓰인다. 청문은 장안성 동남문으로 원래 패성문(霸城門)이나 문이 청색이므로 속칭으로 청문이라 했다.

72)　黃金銷鑠(황금소삭) : 매승(枚乘)의 「칠발」(七發)에 "비록 쇠와 돌이 견고하다 해도 장차 녹고 흩어진다"(雖有金石之堅, 猶將銷鑠而挺解也.)는 말이 있다. ○素絲變(소사변) : 『묵자』에 "묵자가 흰 실이 물드는 것을 보고 '파란 데 물들면 파랗게 되고, 누런 데 물들면 누렇게 된다'며 탄식하였다"(墨子見染素絲者而歎曰 : "染於蒼則蒼, 染於黃則黃.")는 말이 있다.

一貴一賤交情見.　　　귀했다가 천해져야 참된 우정이 드러난다지
紅顔夙昔白頭新,[73]　　왕년의 홍안은 백발이 되어도 낯이 설고
脫粟布衣輕故人.[74]　　거친 밥에 좋은 이불 덮으면 친구를 잊어버리지
故人有湮淪,[75]　　　　오래된 친구는 몰락하고
新知無意氣.[76]　　　　새로 사귄 사람은 의기가 없어
灰死韓安國,[77]　　　　식은 재처럼 한안국(韓安國)은 세력을 잃고
羅傷翟廷尉.[78]　　　　적공(翟公)은 정위에서 물러나 그물 치며 슬퍼했네
已矣哉, 歸去來!　　　　그만 두어라, 돌아가자!
馬卿辭蜀多文藻,[79]　　촉 지방 떠난 사마상여는 문장이 뛰어나도 벼슬 낮았고
揚雄仕漢乏良媒.[80]　　한나라에 벼슬한 양웅은 소개하는 사람 없었다네
三冬自矜誠足用,[81]　　겨울 동안만 공부해도 실무에 능통한 뛰어난 인재도
十年不調幾遭回.[82]　　십 년이 지나도 미관말직에서 제자리만 맴도네
汲黯薪逾積,[83]　　　　급암은 벼슬을 독차지해 계속 승진하고

---

73)　夙昔(숙석) : 예전. ○ 白頭新(백두신) : 흰 머리가 되도록 오래 사귀었어도 마치 처음
　　만나는 것처럼 서로를 모름. 전국시대 속담으로, 원래는 '백두여신'(白頭如新)이다.
74)　脫粟布衣(탈속포의) : 쓿지 않은 나락을 먹고 이불 대신 옷을 덮는다. 지극히 검소한
　　생활을 말한다. 『서경잡기』에 한대 공손홍(公孫弘)이 승상이 되어서도 검소한 생활
　　을 하자 찾아간 친구 고하(高賀)가 원망하는 전고가 있다. 이 구는 이 전고를 이용
　　하여 새로운 뜻을 만들었다.
75)　湮淪(인륜) : 매몰되다. 몰락하다.
76)　新知(신지) : 새로 사귄 사람.
77)　심주 : 한대 한안국(韓安國)이 죄를 짓자 옥리가 모욕을 주었다. 한안국이 "꺼진 재는
　　다시 불씨가 탈 수 있소"라 말하자, 옥리가 "그러면 물에 담가버리죠"라 대답했다.
　　(安國坐法, 獄吏辱之, 安國曰 : "死灰不復然乎?" 吏曰 : "然卽溺之.")
78)　羅傷(나상) 구 : 한대 적공(翟公)이 정위(廷尉)였을 때는 빈객들이 문에 가득했지만,
　　퇴직하고 나니 한산하여 문밖에 그물을 쳐 참새를 잡을 수 있을 정도였다. 『사기』
　　「급정열전」(汲鄭列傳) 참조.
79)　馬卿(마경) : 사마상여(司馬相如). 자가 장경(長卿)이다.
80)　심주 : 여기서부터는 모두 자신의 불우를 가리킨다.(以下俱指己之不遇.)
81)　三冬(삼동) 구 : 『한서』 「동방삭전」에 동방삭이 상서를 올린 글에 "나이 열셋에 글을
　　배웠는데, 겨울 동안 공부하여도 필요한 지식을 족히 알았습니다"(年十三學書, 三冬
　　文史足用.)는 말이 있다.
82)　調(조) : 선발하다. 승진하다. ○ 遭回(전회) : 앞으로 걸어가기 어려운 모습.

孫弘閣未開.[84]　　　　공손홍은 동각(東閣)을 열어 현사를 부르지 않는다네
誰惜長沙傅,　　　　　그 누가 장사 태부 가의를 생각해주는가?
獨負洛陽才?[85]　　　　홀로 낙양의 재주를 다 갖고 있는데

평석 「제경편」을 짓는다면 응당 장엄하고 드높게 군주의 덕을 펼쳐야 할 것이다. 여기서는 자신의 불우를 가지고 말했으므로 번성에서 시작하여 쇄락으로 마무리했다. 처음에는 형세의 웅장함과 궁궐의 장엄함을 서술하고, 다음에는 왕후, 귀척, 유협, 창기의 이를 데 없는 사치와 교만을 서술하였다. '예부터'(古來) 이하에서는 세상 도의의 변천을 개탄하였고, '그만두어라'(已矣哉) 이하에서는 자신의 정체(停滯)를 슬퍼하였다. 이는 시의 정성(正聲)은 아니지만, 예부터 이 시를 중시하였으므로 하나의 형식으로 갖추어두고자 한다.(作帝京篇, 自應冠冕堂皇, 敷陳主德. 此因己之不遇而言, 故始盛而以衰颯終也. 首敍形勢之雄, 宮闕之壯, 次述王侯貴戚遊俠倡家之奢僭無度; 至'古來'以下, 慨世道之變遷; '已矣哉'以下, 傷一己之湮滯. 此非詩之正聲也, 向來推重此篇, 故采之以備一體.)

해설 수도 장안의 모습과 사람들의 생활을 그린 거작이다. 낙빈왕이 676년(약 50세) 명당주부(明堂主簿)로 전임하기 전 무공주부(武功主簿)로 있을 때 지었다. 시의 앞에 있는 '계'(啓)로 보아 이 시는 이부시랑 배행검(裴行儉)이 자신의 시문을 찾는 데에 대한 답으로 지었다. 원래 도성을 노래한 작품은 한대의 「서경부」와 「동경부」 이래로 조식의 「명도편」(明都篇) 등으로 이어져왔고, 당대에도 당태종 이세민이 「제경편」을 처음 지었다. 그러나 이 시는 거대한 구도 속에 개인의 강렬한 감정을 침투시켜 개성

---

83)　汲黯(급암) 구 : 급암이 구경(九卿)의 지위에 올랐을 때 공손홍(公孫弘)과 장탕(張湯)은 낮은 관리에 불과하였다. 나중에 공손홍은 재상이 되고 장탕은 어사대부가 되어 급암과 자리가 같아졌다. 이에 급암이 한 무제에게 말하기를 "폐하께선 신하들을 땔감 쌓듯이 하십니다. 나중에 오는 것이 위에 오르게 됩니다"(陛下用群臣如積薪, 後來者居上.)고 하였다. 여기서는 이 전고를 이용해 새로운 뜻을 만들었다.
84)　孫弘(손홍) : 공손홍. 한 무제 때 재상 공손홍이 동각(東閣)에 천하의 현사들을 불러 모았다.
85)　洛陽才(낙양재) : 낙양의 재인. 낙양 사람 가의를 가리킨다.

있는 작품으로 만들었다는 점에서 기존의 가공송덕의 속박에서 벗어나 제재와 표현력을 확대하였다는데 큰 의의가 있다. 이 시에 대한 역대의 평가는 일정하지 않다. 당대에는 '절창'(絶唱)이라 하였고, 명대 왕세정(王世貞)도 "비단을 엮고 구슬을 꿴 듯하며 넓고 멀리 도도히 흘러간다"(綴錦貫珠, 滔滔洪遠)고 평하였다. 비록 심덕잠은 비판적인 입장을 보였지만, 이에 대해 청대 진희진(陳熙晉)은 반박의 의견을 개진하였다. 근대 시인 문일다(聞一多)는 "출렁이듯 충만한 굉편 거작으로 궁체시로부터의 일대 변화이다"(洋洋灑灑的宏篇巨作, 爲宮體詩的一个巨變.)고 평하였다. 바로 앞의 노조린의 「장안 고의」에 비해 더 장중하고 기세가 있으며 필치도 자유분방하다. 칠언을 중심으로 하여 때로 오언을 섞어 호흡을 자유롭게 펼쳤으며, 부려한 어휘에 강력한 리듬으로 묘사와 서정과 철리를 결합시켰다. 이 시는 비단 낙빈왕의 대표작일 뿐만 아니라 초당 장편 시가의 대표작 가운데 하나로, 당대 가행체의 새로운 지평을 열었다.

유희이(劉希夷)

'백발 노인을 대신하여 슬퍼하며'를 본떠 지음(代悲白頭翁)[1]

| 洛陽城東桃李花,[2] | 낙양성 동문 밖의 복사꽃과 오얏꽃 |
| 飛來飛去落誰家? | 날아오고 날아가며 어느 집에 떨어지나? |

---

1) 代悲白頭翁(대비백두옹):『악부시집』에는 '상화가사'에 편입시켰다. 다른 판본에서는 「유소사」 또는 「백두음」이라 되어 있다.

2) 洛陽(낙양) 구: 동한 송자후(宋子侯)의 「동교요」(董嬌嬈)에 "낙양성의 동문 밖 길에는, 복사꽃과 오얏꽃이 한창이라네"(洛陽城東路, 桃李生路傍.)는 구절이 있다.

幽閨兒女惜顔色,[3)	깊은 규중 여인은 미모가 시들까 아쉬워
坐見落花長歎息.	떨어지는 꽃을 보고는 길게 탄식하여라
今年花落顔色改,	올해에 꽃이 지고나면 얼굴도 시들 터인데
明年花開復誰在?	내년에 꽃이 피면 누가 남아 있을거나?
已見松柏摧爲薪,[4)	송백이 땔감으로 베어지는 걸 보았고
更聞桑田變成海.[5)	뽕나무밭도 바다로 변한다고 들었지
古人無復洛城東,	낙양성 동문 밖에 옛 사람은 가고 없는데
今人還對落花風.	지금 사람은 여전히 바람에 날리는 꽃을 마주하네
年年歲歲花相似,	해마다 년마다 꽃은 비슷하지만
歲歲年年人不同.	년마다 해마다 사람은 같지 않아라
寄言全盛紅顔子,[6)	한창 때 홍안의 젊은이에게 말해주노니
須憐半死白頭翁.	모름지기 죽음이 가까운 백발노인 동정해주오
此翁白頭眞可憐,	이 노인의 백발은 진실로 가련하니
伊昔紅顔美少年.[7)	예전에는 이 사람도 홍안의 미소년이었어라
公子王孫芳樹下,	공자와 왕손들과 꽃나무 아래 있었고
淸歌妙舞落花前.	맑은 노래 절묘한 춤 낙화 앞에 보냈어라
光祿池臺文錦繡,[8)	광록대부 왕근처럼 연못 누대를 비단처럼 장식했고
將軍樓閣畫神仙.[9)	대장군 왕기처럼 누각을 신선 그림으로 채웠었지

3) 惜顔色(석안색) : 자신의 미모가 시들어 감을 아쉬워하다.

4) 摧(최) : 꺾다. 베다. 이 구는 '고시십구수' 중의 "주인 없는 무덤은 쟁기질로 밭이 되고, 소나무와 측백은 땔감으로 베어졌다"(古墓犁爲田, 松柏摧爲薪.)에서 유래했다.

5) 更聞(갱문) 구 : 상전벽해 고사를 가리킨다. 신선 마고(麻姑)가 말하기를 동해가 뽕나무밭으로 변하는 걸 세 번이나 보았다고 했다. 세월의 거침없는 흐름과 세상의 큰 변화를 의미한다.

6) 紅顔子(홍안자) : 얼굴이 붉고 윤기 있는 젊은 사람.

7) 伊昔(이석) : 이전. 옛날.

8) 光祿(광록) : 광록대부. 서한 곡양후(曲陽侯) 왕근(王根)을 가리킨다. 왕근은 저택을 크게 일으켰으며, 정원의 산과 누대가 백호전(白虎殿)과 비슷하였다고 한다.

9) 將軍(장군) : 동한 대장군 양기(梁冀)를 가리킨다. 양기는 대장군이 되어 교만하고 횡포하였으며 저택을 크게 일으켰다. 방과 집을 연결하고, 기둥과 벽을 조각하고 장식하였으며, 창문에는 모두 청쇄 투각 문양을 새겼고, 운기(雲氣)와 선령(仙靈) 등의

一朝臥病無相識,　　하루아침에 병들어 누우니 찾아오는 사람 없고
三春行樂在誰邊?[10]　봄 석 달 행락은 다른 사람이 차지했어라
宛轉蛾眉能幾時?[11]　아름다운 눈썹의 미인도 얼마나 오래 가리오?
須臾鶴髮亂如絲.　　삽시간에 학처럼 흰 머리가 실처럼 어지럽네
但看古來歌舞地,　　보이는 건, 예부터 노래하고 춤추는 곳
惟有黃昏鳥雀悲.　　오로지 황혼에 새들만 슬피 우네

평석 청년은 노옹을 곧잘 경시하는데, 노옹 역시 청년이었을 때는 공자나 왕손들과 놀았으며, 하루아침에 갑자기 세월이 흘러 모든 것이 공허해졌다고 말하였다. 지금의 청년은 늙지 않을 수 있는가? 말미에서 대범하게 전개하여 마무리를 지었다.(少年每輕視老翁, 因言老翁當少年時, 亦嘗與公子王孫遊冶, 一朝奄忽, 盡付空虛. 今之少年, 能免衰老乎? 末又宕開作結.)

해설 백발의 노인을 내세워 청춘의 빠른 소실과 빈부의 무상을 노래하였다. 비록 전통적인 주제이나 독창적인 구성 속에 아속(雅俗)을 겸하는 쉽고 아름다운 언어와 부드럽고 우미한 가락으로 매력적인 시를 만들었다. 이 시의 작자에 대해서는 역대로 가증(賈曾), 송지문(宋之問), 유희이(劉希夷) 등 세 사람을 두고 논란이 많다. 『대당신어』에는 유희이로 되어있으며, 이 시를 가장 먼저 수록한 책은 당대 손익(孫翌)의 『정성집』(正聲集)이라고 하였다. 손익은 개원 연간에 감찰어사를 역임하고 『초학기』 편찬에 참여했던 인물로 유희이와 송지문과 동시대 사람이므로 그의 판단이 가장 유력하다. 이 시와 관련된 두 가지 이야기가 유명하다. 하나는 유희이가 "今年花落顏色改, 明年花開復誰在?"를 짓고 자신의 죽음을 예언하

　　신선 세계를 그렸으며, 누대와 전각은 사방이 통하여 서로 볼 수 있었다. 『후한서』 「양통전」 참조.
10)　三春(삼춘): 봄 석 달. 봄이 맹춘, 중춘, 계춘으로 되어 있으므로 삼춘이라 하였다.
11)　宛轉(완전): 부드럽고 완곡한 모양. 여기서는 노랫소리 또는 춤추는 자태를 가리킨다. ○蛾眉(아미): 누에나방의 촉수(觸鬚)처럼 가늘게 구부러진 여인의 눈썹. 여기서는 미인을 가리킨다.

는 듯한 불길한 느낌이 들었고, "年年歲歲花相似, 歲歲年年人不同."라는 구절을 떠올렸을 때도 불길한 예감이 들었는데, 그로부터 한 해가 지나기 전에 살해되었다. 다른 하나는 유희이가 이 시를 발표하기 전에 삼촌이었던 송지문(宋之問)이 보고는 "年年歲歲花相似, 歲歲年年人不同." 이란 구절이 마음에 들어 자신에게 달라고 하였다. 유희이가 주지 않자 사람을 시켜 흙주머니로 눌러 죽였다. 둘다 모두 일화에 불과하여 사실 여부는 판단하기 어렵지만, 이로부터 이 시가 지닌 강렬한 감화력을 알 수 있다.

공자의 노래(公子行)[12]

天津橋下陽春水,[13]	천진교 아래는 온화한 봄 강물
天津橋上繁華子.[14]	천진교 위에는 부귀 집안의 공자들
馬聲回合靑雲外,	말 울음소리 모여들어 구름 밖으로 퍼지고
人影動搖綠波裏.	사람들 그림자 흔들리며 푸른 물결에 비쳐라
綠波蕩漾玉爲砂,[15]	푸른 물결 출렁이니 비치는 패옥이 모래 같고
靑雲離披錦作霞.[16]	구름이 흩어져 있으니 비단이 노을 같아라
可憐楊柳傷心樹,	사랑스러워라 버들은 마음을 아프게 하는 나무이고
可憐桃李斷腸花.	사랑스러워라 도리는 애 끊도록 아름다운 꽃이로다
此日遨遊邀美女,[17]	이러한 날 즐거운 놀이에 미녀를 부르고

---

12)　公子行(공자행) : 당대 만들어진 신악부. 『악부시집』에서는 '신악부사'(新樂府辭)로 분류하였다.

13)　天津橋(천진교) : 낙양성의 낙수(洛水)에 있던 다리. 수양제가 605년 부교(浮橋)로 만든 게 홍수로 유실되자, 당 태종이 640년 방석(方石)으로 교각을 만들어 다리를 놓게 했다.

14)　繁華子(번화자) : 부귀영화를 누리는 집안의 자제. 여기서는 '공자'를 가리킨다.

15)　蕩漾(탕양) : 물결이 출렁이다.

16)　離披(이피) : 흩어진 모양.

此時歌舞入娼家.　　　이러한 때 노래와 춤에 창가에 들어가네

娼家美女鬱金香,　　　창가 집 미녀는 울금향 향기

飛來飛去公子傍.　　　날아갈 듯 공자 옆에 오고 가느니

的的珠簾白日映,¹⁸⁾　　주렴에는 선명하게 햇빛이 반사하고

娥娥玉顏紅粉粧.¹⁹⁾　　아리따운 옥안은 붉은 화장 하였네

花際裴回雙蛺蝶,²⁰⁾　　꽃 사이를 오고가는 한 쌍의 나비

池邊顧步兩鴛鴦.²¹⁾　　못가에서 헤엄치는 한 쌍의 원앙

傾國傾城漢武帝,²²⁾　　경국지색 만나길 바란 자는 한 무제요

爲雲爲雨楚襄王.²³⁾　　선녀와 운우지정 나눈 이는 초 양왕이라

古來容光人所羨,²⁴⁾　　고래로 아름다운 얼굴을 부러워했는데

況復今日遙相見.　　　오늘에사 비로소 마주하며 바라보네

"願作輕羅著細腰,　　　"원컨대 비단이 되어 그대 가는 허리 감싸고

願爲明鏡分嬌面."²⁵⁾　원컨대 거울이 되어 아리따운 얼굴 나눠 갖고저"

---

17) 遨遊(오유) : 놀다. 자유롭게 돌아다니다. ○邀(요) : 부르다. 맞이하다.

18) 的的(적적) : 밝고 선명한 모양.

19) 娥娥(아아) : 교태 있고 아름다운 모양. '고시십구수'에 "아리따운 붉은 화장에, 살짝 내민 희디흰 섬섬옥수"(娥娥紅粉粧, 纖纖出素手.)란 말이 있다.

20) 裴回(배회) : 배회하다. 머뭇거리다. ○蛺蝶(협접) : 나비의 일종. 여기서 한 쌍의 나비는 공자와 미녀를 비유한다.

21) 顧步(고보) : 돌아보며 천천히 걷다. 여기서 한 쌍의 원앙은 공자와 미녀를 비유한다.

22) 傾國(경국) : 경국지색. 서한 이연년(李延年)이 한 무제에게 자신의 여동생을 추천하며 부른 「노래」(歌)에서 유래했다. "북방에 사는 가인은, 세상에 다시 없이 오로지 한 사람뿐. 한 번 돌아보면 성이 무너지고, 두 번 돌아보면 나라가 무너진다. 성이 무너지고 나라가 무너질지 어찌 모르랴만, 그래도 이런 미인은 다시 얻기 어렵네."(北方有佳人, 絶世而獨立. 一顧傾人城, 再顧傾人國. 寧不知傾城與傾國, 佳人難再得.)

23) 爲雲(위운) 구 : 초 회왕(楚懷王)이 무산에서 선녀 조운(朝雲)을 만난 일을 가리킨다. 송옥의 「고당부」(高唐賦)에 의하면, 초 회왕(懷王)이 고당(高唐)에 놀러갔다가 꿈에 선녀를 만났는데, 그녀가 스스로 말하기를 자신은 "아침에는 구름이 되고 저녁에는 비가 됩니다. 아침마다 저녁마다 양대의 아래에 있습니다"(旦爲朝雲, 暮爲行雨. 朝朝暮暮, 陽臺之下.)고 하면서 침석을 함께하기를 청했다. 여기서는 양왕(襄王)이라 되어 있는데, 양왕이 아니라 그의 부친 회왕이라 해야 맞다.

24) 容光(용광) : 아름다운 얼굴과 풍채.

25) 심주 : 장형의 「동성부」 중의 말뜻을 사용하였다. 두 구는 공자의 말이고, 아래 여섯

"與君相向轉相親,   "그대와 마주보면 금방 친해져
與君雙棲共一身.   그대와 함께 살며 한 몸이 될래요
願作貞松千歲古,   원컨대 곧은 소나무로 천 년을 살고
誰論芳槿一朝新.[26]   그 누가 아침에 피고 지는 무궁화 되오리까
百年同謝西山日,[27]   백 년 인생 서산의 해처럼 함께 저물고
千秋萬古北邙塵."[28] 천 년 만 년 북망산에 먼지가 될래요"

평석 공자는 가무와 여색에 미혹되고 창기는 거짓말로 답하여 생사를 같이하자고 하였다. 시에서 결코 그 거짓말을 전복시키지 않았으니 사람들에게 언외의 뜻을 생각하게 한다.(公子惑於聲色, 而娼家以誑語答之, 猶所云同生同死也. 絶不說破其誑, 令人於言外思之.) ○ 대구가 공려하고 위아래가 연속으로 이어졌으니 이는 초당의 칠언고시체로, 두보가 말한 '한위의 시부보다 못하나 국풍과 이소에 가깝다'이다. 명대 하경명은 초당의 칠언고시는 『시경』 시인의 정성(正聲)을 구현한 반면 두보의 침웅돈좌는 변체라고 생각하고는 「명월편」을 모의하여 지었다. 이에 대해 왕사진은 「논시 절구」에서 "『시경』 시인을 본받아 「명월편」이 나왔으니, 하경명의 깨달음은 하늘로부터 나왔구나. 왕양노락 초당사걸의 시문을 잘못 평가하여 후인을 그르치지 말게나"라 하였다. 이 의견이 나와 초성당시의 품평이 정해졌다.(隊仗工麗, 上下蟬聯, 此初唐七古體, 少陵所云'劣於漢魏近風騷'也. 明代何景明謂此得風人之正, 而以少陵之沈雄頓挫爲變體, 因作明月篇以擬之. 王漁洋論詩絶句云: "接迹風人明月篇, 何郞妙悟本從天. 王楊盧駱當時體, 莫逐刀圭誤後賢." 得此論而初盛之詩品乃定.)

해설 귀공자의 봄날 나들이를 그린 시이다. 명대 당여순(唐汝詢)은 여색에 빠진 공자를 비판하였다고 하였으나, 그러한 비판만을 위해 이처럼 아름

   구는 창부의 답이다.(用張平子同聲賦中語意. 二句公子之語, 下六句娼婦答語.)

26) 芳槿(방근) : 무궁화. 무궁화는 아침에 피어 저녁에 지는 꽃으로 일반적으로 인생이나 영화가 짧음을 비유한다.

27) 謝(사) : 지다. 시들어 떨어지다.

28) 北邙(북망) : 북망산. 낙양 근처의 하남부(河南府) 언사현(偃師縣) 북쪽에 있는 낮은 언덕으로, 풍수 명당이어서 한대 이래 왕후장상의 무덤이 몰려있었다.

답고 몽환적인 시를 쓸 필요는 없을 터이므로 다른 각도의 안목이 필요하다. 봄날 교외의 화창한 풍광과 물결에 흔들리는 미묘한 이미지들 속에서 창기 집을 찾아가는 귀공자를 그렸고, 나비와 원앙, 경국과 무산의 배경 속에 공자와 미녀의 맹서로 마감하였다. 여기에는 경박하고 들뜬 분위기가 있으면서도 인간 내심의 절실한 감정이 함께 있어, 공자와 미녀의 말이 순정이 아니라고 말하기도 어렵다. 이는 그 언어가 초당 궁중 염정시의 영향 속에 미염하고 화려한 외형을 가지고 있으면서도, 동시에 소박하고 진실한 말들이 반복되는 민가풍의 표현 속에 살아있기 때문이다. 비록 초당사걸에 비해 강개한 면이 적은 대신, 홍안을 붙들기 어려운 애상감이 봄날의 몽환적인 이미지 속에 어려 있어 독특한 매력을 뿜어낸다. 경박과 진지함 사이에 유장하게 출렁이는 '봄의 노래'야말로 유희이의 시세계의 특징이라 할 것이다.

교지지(喬知之)

녹주편(綠珠篇)[1]

石家金谷重新聲,[2]　　　금곡원을 만든 석숭은 음악을 좋아해

---

[1] 綠珠(녹주) : 서진(西晉) 석숭(石崇)의 애첩. 원래 교주(交州) 합포군(合浦郡, 광서자치구 博白縣) 사람으로, 석숭이 형주자사였을 때 진주 삼 곡(斛)을 주고 샀다. 용모가 빼어나고 시를 지을 수 있었으며, 피리를 잘 불고 춤을 잘 추었다. 당시 조왕(趙王) 사마륜(司馬倫)의 총신 손수(孫秀)가 빼앗으려 했으나 석숭이 거절하였다. 이에 손수는 사마륜에게 석숭, 반악(潘岳), 구양건(歐陽建)을 살해할 것을 주청하였다. 무사들이 석숭을 체포하러 오자 석숭이 "내가 너 때문에 죽게 생겼다"고 말하니 녹주는 "그대에게 보답하기 위해 그대 면전에서 죽겠어요"라 말하고는 누각에서 뛰어내려 죽었다.

明珠十斛買娉婷.³⁾   진주 10곡으로 아리따운 녹주를 샀네
此日可憐君自許.⁴⁾   이날 사랑스러워 주인도 자부하고
此時可喜得人情.⁵⁾   이때 즐거워 사람의 마음을 얻었어라
君家閨閣不曾難,⁶⁾   주인은 규각 여인들 가둬두지 않은지라
常將歌舞借人看.⁷⁾   노래하고 춤추는 걸 남들에게 보여주었지
意氣雄豪非分理,⁸⁾   기세 높은 호걸들이 과도한 권세 부리고
驕矜勢力橫相干.   교만한 세력가들 제멋대로 간섭하였지
辭君去君終不忍,   주인을 떠나려니 끝내 차마 못하여
徒勞掩袂傷鉛粉.⁹⁾   부질없이 소매를 가리고 울며 고운 얼굴 상했네
百年離別在高樓,¹⁰⁾   백 년의 이별이 높은 누대에 있었으니
一代紅顔爲君盡!   일대의 홍안이 주인 위해 목숨을 버렸네!

평석 교지지에게는 시녀 절낭이 있었는데 아름답고 가무를 잘하였다. 무승사가 빼앗아가니 교지지가 「녹주편」을 지어 주었다. 절낭이 시를 띠 속에 넣어 바느질 해 놓고는 나중에 우물에 투신하여 죽었다. 무승사가 시를 발견하고는 크게 화가 나 혹리에게 말해 사건을 조작하여 교지지를 죽였다.(知之有婢竊娘, 美麗善歌舞, 爲武承嗣奪去, 知之作綠珠篇以寄, 竊娘縫

---

2) 石家(석가) : 석숭. ○ 金谷(금곡) : 금곡원(金谷園). 낙양의 서북에 소재. 금곡(金谷)은 원래 계곡의 이름이었으나, 동진의 석숭(石崇)이 여기에 호화스런 정원을 만들어 금곡원이라 하였다. 석숭의 「금곡원 시 서문」(金谷詩序)에 이곳에 대한 서술이 자세하다.
3) 明珠(명주) 구 : 『영표록이』(嶺表錄異)에 "양씨의 딸은 용모가 빼어나, 석숭이 교지(交趾)채방사였을 때 진주 삼 곡(斛)으로 샀으니 곧 녹주였다"고 하였다. ○ 十斛(십곡) : 백 말. 일 곡은 용량 단위로 십 말에 해당한다. ○ 娉婷(빙정) : 여성의 얼굴이나 자태가 아리따운 모양. 여기서는 녹주를 가리킨다.
4) 此日(차일) : 이날. 녹주가 금곡원에 들어가던 날. ○ 可憐(가련) : 사랑스럽다. ○ 自許(자허) : 자부하다. 자신하다.
5) 得人情(득인정) : 사람의 관심과 마음을 얻다. 석숭의 총애를 얻다.
6) 難(난) : '關'(관)으로 되어 있는 판본도 있는데, 이것이 더 적절하다.
7) 常將(상장) 구 : 무승사가 교지지에게 자기 집안의 여러 여인을 가르치겠다며 절낭을 빌려 가고서는 돌려주지 않은 일을 암시한다.
8) 非分(비분) : 자신의 직위를 넘어서는 일을 하거나 얻으려 하다.
9) 掩袂(엄메) : 소매로 얼굴을 가리고 울다.
10) 百年(백년) 구 : 녹주가 누대에 떨어져 자진한 일을 가리킨다.

詩衣帶中, 投井死. 承嗣見詩大恨, 諷酷吏羅織死之.)

해설 녹주의 삶과 죽음을 노래하였다. 전편이 녹주와 관련된 일을 썼을 뿐이지만, 구절마다 교지지가 자신과 절낭(竊娘) 사이에 일어난 일을 환기하고 있으며, 이 때문에 이 시를 받은 절낭이 녹주를 본받아 자살하였다. 진지하고 세밀한 감정으로 엮어낸 짧은 편폭 속에 여인의 만남과 기쁨, 권세가의 압박과 횡포, 고통과 눈물이 모두 들어있다. 이 시와 관련된 일은 『구당서』 등 여러 전적에 보인다. 다만 『조야첨재』(朝野僉載), 『자치통감』, 『당시기사』 등에는 절낭의 이름을 '벽옥'(碧玉)이라 하였다.

이교(李嶠)

분음의 노래(汾陰行)[1)2)]

君不見	그대 보지 못하는가
昔日西京全盛時,[3)]	예전에 서한의 전성시대
汾陰后土親祭祠.[4)]	분음의 토지 신에게 친히 제사지냈던 일을

---

1) 심주 : 한 무제는 사관 관서의 의견에 따라 분음에 가서 토지 신에게 제사지냈다.(漢武帝從祠官寬舒議, 祀后土於汾陰.)
2) 汾陰(분음) : 분음현. 전국시대 위(魏)나라에 속했으며, 한대에는 읍이 되었다. 치소는 지금의 산서성 만영현(萬榮縣). 분수의 남안에 있어 분음이라 하였다. 한 무제가 여기에서 보정(寶鼎)을 얻은 일이 유명하다.
3) 西京(서경) : 장안. 서한의 도성. 여기서는 서한을 가리킨다.
4) 后土(후토) : 토지 신. 또는 토지 신을 제사하는 제단을 가리키기도 한다. 『한서』 「무제기」를 보면 한 무제는 여러 차례 분음에 가서 토지 신에게 제사하였다. 가장 대표적인 것은 기원전 113년(元鼎 4년)의 제사이다.

齋宮宿寢設廚供,[5]   재궁과 침궁을 마련하고 물품을 진설하며

撞鐘鳴鼓樹羽旂.[6]   종을 치고 북을 울리고 깃발을 세웠었지

漢家五葉才且雄,[7]   한나라 다섯 번째 군주는 재략이 웅대하여

賓筵萬靈服九戎.[8]   온갖 제사 다 드리고 구융(九戎)을 복속시켰지

柏梁賦詩高宴罷,[9]   백량대에서 시를 지어 성대한 잔치를 마치고

詔書法駕幸河東.[10]   조서를 내리고 법가를 타고 하동으로 행차했네

河東太守親掃除,   하동태수가 몸소 마당을 쓸고

奉迎至尊導鸞輿.[11]   지존을 맞이하며 난여를 안내했지

五營將校列容衛,[12]   어림군의 다섯 병영 장교들이 호위하고

三河縱觀空里閭.[13]   삼하(三河)는 구경 나온 사람들로 마을이 텅 비었지

回旌駐蹕降靈場,[14]   깃발이 돌아가다 멈추니 제사하는 곳이니

焚香奠醑邀百祥.[15]   향을 태우고 제삿술을 올리며 온갖 신을 불렀지

---

5) 齋宮(재궁) : 제왕이 제사 전에 재계하는 곳. ○宿寢(숙침) : 침궁. ○廚供(주공) : 저공(儲供). 제사용의 기구와 물품.

6) 羽旂(우기) : 새의 깃털을 장식한 깃발.

7) 漢家五葉(한가오엽) : 한나라의 다섯 번째 군주. 한 고조, 혜제, 문제, 경제 다음에 무제가 즉위했다.

8) 賓筵萬靈(빈연만령) : 여러 신을 대접하다. 여기서는 무제가 교사(郊祀) 등 각종 신에게 제사한 일을 가리킨다. ○九戎(구융) : 구이(九夷). 동방의 아홉 가지 민족. 일반적으로 비한족을 가리킨다.

9) 柏梁賦詩(백량부시) : 한 무제가 기원전 115년 장안성 북문 안에 백나무를 들보로 써서 백량대를 세우고, 군신들과 칠언시를 연구(聯句)로 지은 일을 가리킨다. 각 사람이 한 구씩 지었으며, 매구 압운을 하였다.

10) 法駕(법가) : 천자의 의장 가운데 하나. 천자의 노부(鹵簿)는 대가(大駕), 법가, 소가(小駕) 등 세 종류가 있는데 그중 하나이다. ○河東(하동) : 황하의 동쪽으로 지금의 산서성 남부 지역을 가리킨다. 분음은 하동군(河東郡)에 속한다.

11) 鸞輿(난여) : 천자의 가마.

12) 五營(오영) : 어림군의 다섯 병영. ○容衛(용위) : 의장과 경위(警衛).

13) 三河(삼하) : 하내, 하동, 하남을 말한다. 지금의 하남성 경내의 낙양시와 황하 주위 지역을 가리킨다. ○里閭(이려) : 마을. 이십오 가(家)가 모여 일 여(閭)를 이룬다.

14) 駐蹕(주필) : 황제가 출행할 때 잠시 머무르는 일. ○靈場(영장) : 신령에게 제사하는 장소.

15) 醑(서) : 좋은 술. ○百祥(백상) : 온갖 신(神)들.

金鼎發食正焜煌,[16]	황금 솥에 음식을 내놓으니 참으로 휘황하고
靈祇煒燁攄景光.[17]	신령들이 눈부시게 빛을 퍼뜨리셨지
埋玉陳牲禮神畢,[18]	벽옥을 묻고 고기를 진열하여 제사가 끝나자
擧麾上馬乘輿出.	대장기 들고 말에 올라 가마가 떠났지
彼汾之曲嘉可遊,[19]	분수의 굽이진 강가는 놀기에 좋아
木蘭爲楫桂爲舟.	목란나무로 노 만들고 계수나무로 배 만들어
棹歌微吟彩鷁浮,[20]	뱃노래 읊조리며 채색 익조의 배를 띄워
簫鼓哀鳴白雲秋.[21]	퉁소 소리 북소리로 「추풍사」를 노래했지
歡娛宴洽賜群后,[22]	왕후와 군신에게는 즐거운 잔치를 내렸고
家家復除戶牛酒.[23]	백성의 집집마다 부역을 면제하고 술과 고기 내렸지
聲名動天樂無有,[24]	교화와 문물에 하늘이 감동하여 즐거움 끝이 없고
千秋萬歲南山壽.	천 년 만 년 종남산처럼 오래 살기 바랐지

16) 金鼎(금정) : 제사 때 음식을 담는 솥. 신분에 따라 제사 때 쓰는 정의 가지 수는 정해져 있으며, 예컨대 대부(大夫)는 오 정으로 각각 양, 돼지, 절편, 생선, 육포를 담는다. ○焜煌(곤황) : 빛이 나는 모양.

17) 靈祇(영지) : 신령. ○煒燁(위엽) : 광채가 눈부신 모양. ○攄(터) : 흩뜨리다. 퍼지다. ○景光(경광) : 상서로운 빛.

18) 埋玉(매옥) : 제사의 의식 가운데 하나. 천신에게 제사 지낼 때는 옥, 비단, 가축을 태우고, 지신에게 제사지낼 때는 옥, 비단, 가축을 땅에 파묻는다.

19) 彼汾之曲(피분지곡) : 분수가 굽이지는 곳. 분수가 남으로 흘러 태원시(太原市)를 지나 신강현(新絳縣)에 이르면 서쪽으로 굽어져 황하에 들어간다.

20) 棹歌(도가) : 뱃노래. 사공이 노를 저으며 부르는 노래. ○彩鷁(채익) : 익조의 머리를 채색한 뱃머리. 익조는 해오라기 비슷한 물새로 뱃사람들이 그 모습을 그려 뱃머리에 장식하여 배의 운항이 잘 되기를 기원하였다. 일반적으로 배를 가리킨다.

21) 白雲秋(백운추) : 한 무제가 지은 「추풍사」를 가리킨다. 그 가사 중에 "가을바람 불어오니 흰 구름 날리고, 낙엽이 떨어지고 기러기가 남으로 돌아가네"(秋風起兮白雲飛, 草木黃落兮雁南歸.)라는 구절이 있다.

22) 宴洽(연흡) : 연악이 넉넉하다. ○群后(군후) : 무제를 수행하는 왕후와 군신들. 춘추전국시대에 后(후)는 제후를 가리켰다.

23) 復除(복제) : 부역을 면제하다. 고대에 제왕이 행차하는 곳은 부역의 일부 또는 전부를 면제하였다. ○戶牛酒(호우주) : 집집마다 소와 술을 대접하다. 고대에는 제사나 전승 기념 연회는 일반적으로 소와 술로 대접하였다.

24) 聲名(성명) : 교화와 문명.

自從天子向秦關,²⁵⁾　　천자께서 함곡관에 돌아오신 후
玉輦金車不復還.²⁶⁾²⁷⁾　　옥 가마 금 수레는 다시 가지 않았었지
珠簾羽帳長寂寞,　　주렴과 휘장이 오랫동안 적막했고
鼎湖龍髥安可攀?²⁸⁾　　정호(鼎湖)의 용 수염을 잡아탈 수 없었지
千齡人事一朝空,　　천 년을 살겠다는 꿈은 하루아침에 물거품이 되고
四海爲家此路窮.　　사해를 집으로 삼겠다는 제국은 이로부터 막혔지
雄豪意氣今何在?　　호걸의 의기는 지금 어디 있는가?
壇場宮館盡蒿蓬.　　제단과 궁관은 모두가 쑥대밭이라
路逢故老長歎息,　　길에서 만난 노인이 길게 탄식하니
世事回還不可測.²⁹⁾　　성쇠와 화복은 돌고 돌아 예측할 수 없다네
昔時靑樓對歌舞,　　예전에는 푸른 누각에서 노래와 춤을 보았더니
今日黃埃聚荊棘.　　오늘은 누런 먼지에 가시덤불 뿐이라
山川滿目淚沾衣,　　산천을 바라보며 눈물로 옷을 적시는데
富貴榮華能幾時?³⁰⁾　　부귀와 영화는 얼마나 오래 가는가?
不見只今汾水上,　　보지 못하는가, 지금도 분수 강가에선
唯有年年秋雁飛.　　오로지 해마다 가을 기러기만 나는 것을

---

25)　秦關(진관) : 함곡관.

26)　**심주** : 황제가 오작궁에서 죽었다.(帝崩於五柞宮.)

27)　玉輦(옥련) 구 : 무제가 기원전 87년(後元 2년) 주질(盩厔, 지금의 周至)의 오작궁에서
　　죽은 일을 가리킨다.

28)　鼎湖龍髥(정호용염) : 정호에서 용의 수염을 잡아당기다. 『사기』 「봉선서」(封禪書)에
　　나오는 황제(黃帝)의 승천을 말한다. 황제가 수산(首山)에서 동을 캐어, 형산(荊山)
　　아래에서 정(鼎)을 주조하여 완성시키자 용이 수염을 늘어뜨려 황제를 맞이하였다.
　　이에 황제가 용에 올라타고 군신과 후궁 등 칠십여 명이 뒤따라 올랐다. 용이 승천
　　하자 오르지 못한 신하들이 용의 수염에 잡았고 이에 수염이 뽑혔다. 나중에 그곳을
　　정호(鼎湖)라고 하였다.

29)　回還(회환) : 쉬지 않고 순환하다.

30)　**심주** : 현종이 촉 지방에서 돌아온 뒤, 악인이 이 가사로 노래 부르는 것을 듣고 탄
　　식하며 말했다. "이교는 진정한 재자로다!"(明皇蜀道回, 聽人歌此辭, 歎曰 : "李嶠眞才
　　子也!")

평석 현종은 태산에 봉선하고 나중에 다시 분음에서 토지 신에게 제사를 지냈으니, 피난을 가서 이 가사를 듣고는 분명 눈물을 흘렸을 것이다.(明皇封禪泰山, 後亦祀后土於汾陰, 宜乎 聞此辭於播遷之餘, 幾乎泣下也.) ○ 그 당시에 풍격이 막 열린 때라 시구의 가락이 전부 조화 로울 수는 없었다.(爾時風格乍開, 故句調未能全合.)

해설 한 무제가 하동을 순행하여 토지 신에게 제사한 일을 노래하였다. ‘자종천자’(自從天子)를 경계로 크게 두 부분으로 나누어지며, 전반부는 국력의 번성과 제왕의 위세를 극력 드러냈고, 후반부는 성쇠무상에 대한 시인의 의견과 탄식이 주조를 이룬다. 악부 가행체에서 자주 사용하는 ‘군불견’(君不見)으로 시작하여 4구마다 하나의 의미 단위로 하여 맥락을 분명하게 전개하였다.

심전기(沈佺期)

고가(古歌)[1]

落葉流風向玉臺,[2]	낙엽과 바람이 옥대로 불면
夜寒秋思洞房開.[3]	추운 밤 가을 시름에 동방을 열어라
水晶簾外金波下,[4]	수정 주렴 밖으로 금빛 물결 내려오고

---

1)　古歌(고가):『악부시집』에는 ‘잡가요사’로 분류하였다.
2)　玉臺(옥대): 한대 누대 이름. 장형『서경부』에 “서쪽에는 옥대가 있고 곤덕전이 이어져 있다”(西有玉臺, 聯以昆德.)란 말이 있다.
3)　洞房(동방): 동굴같이 깊고 조용한 내실.
4)　金波(금파): 금빛 물결. 달빛을 가리킨다.『한서』「예악지」에 “달은 부드럽게 금빛 물결을 이루고”(月穆穆以金波)라는 말에서 유래했다.

雲母窓前銀漢回.　　　운모 병문 앞에선 은하수가 도는구나
玉階陰陰苔蘚色,　　　옥계에는 질푸르게 이끼가 끼어
君王履綦難再得.[5]　　군왕의 발자취 다시 얻기 어려워라
璇閨窈窕秋夜長,[6]　　아름답고 고요한 규방에 가을밤 긴데
繡戶徘徊明月光.　　　수놓인 창문에 밝은 달빛만 배회하네
燕姬彩帳芙蓉色,[7]　　연 지방 미녀의 휘장은 부용 빛이요
秦女金爐蘭麝香.[8]　　진 지방 궁녀의 향로는 난향과 사향이로다
北斗七星橫夜半,　　　야밤삼경에 북두칠성이 가로 누을 때
淸歌一曲斷君腸.　　　맑은 노래 한 곡조에 그대 애간장 끊어지리

해설 가을밤의 적막을 배경으로 총애를 잃은 궁녀의 깊은 원망을 노래했
다. 부염한 언어와 유장한 가락으로 이어지다가 제6구에 이르러 비로소
중심어가 드러났다. 특히 말미에서 총애를 받는 연희(燕姬)와 진녀(秦女)
를 내세워 자신의 고적함을 대조하여 원망을 드러내지 않으면서도 이를
보이는 방법을 썼다.

소밀계에 들어가며(入少密溪)

雲峰苔壁繞溪斜,　　　구름 봉우리 이끼 낀 석벽 계곡이 비스듬히 돌아가고
江路春風夾岸花.　　　봄바람 부는 강가 양 언덕엔 꽃이 피었어라

---

5)　履綦(이기) : 신발의 끈. 곧 족적을 가리킨다. 『한서』 「예악지」의 반첩여가 지은 부
　　(賦)에 "붉은 계단 위를 내려 보나니, 그대의 발자취를 생각하네"(俯視兮丹墀, 思君兮
　　履綦.)란 말이 있다.
6)　璇閨(선규) : 옥으로 만든 규각의 문. 일반적으로 규방을 가리킨다.
7)　燕姬(연희) : 연 지방의 미녀. 새로 군왕의 은총을 입은 궁녀를 가리킨다.
8)　秦女(진녀) : 진 지방의 미녀. 역시 새로 군왕의 은총을 입은 궁녀를 가리킨다. ○蘭
　　麝香(난사향) : 난향과 사향. 비싸고 좋은 향료.

樹密不嫌通鳥道,　　　나무가 빽빽해도 토끼길이 이어져 있는데
鷄鳴始覺有人家.　　　닭이 울어 비로소 인가가 있음을 깨닫는다
人家更在深巖口,　　　인가는 더구나 깊은 바위 입구에 있어
澗水周流宅前後.　　　석간수가 흘러내려 집 앞뒤로 흘러라
遊魚瞥瞥雙釣童,⁹⁾　물고기 오가는 물에 아이 둘이 낚시하고
伐木丁丁一樵叟.¹⁰⁾　나무치는 소리 쩌렁쩌렁해 늙은 나뭇꾼이 있어라
自言避喧非避秦,¹¹⁾　난리 때문이 아니라 조용함을 좋아해서 왔다며
薜衣耕鑿帝堯人.¹²⁾　풀옷 입고 밭 갈고 우물 파니 요 임금 때 사람이라
相留且待鷄黍熟,¹³⁾　손님을 붙들고 닭과 기장 익기 기다리니
夕臥深山蘿月春.　　　저녁에 누우면 깊은 산은 여라에 달 걸린 봄이어라

해설 봄이 온 계곡에서 은거하는 정취를 그렸다. 시인이 계곡 속에 사는 사람을 우연히 방문하는 여정으로 구성되어, 찾아가는 도정과 나무꾼의 거처라는 두 부분으로 이루어졌다. 나무꾼은 타고난 성정이 성시(盛市)의 훤소함이 싫어 가족을 데리고 깊은 산에 들어와 살며, 아이 둘과 함께

---

9) 瞥瞥(별별) : 소리나 빛이 번쩍이는 모양. 여기서는 물고기들이 물에 떠서 빨리 오가는 모양.
10) 丁丁(정정) : 의성어. 나무를 치는 소리. 『시경』 「벌목」에 "나무 찍는 소리 쩡쩡 울리는데"(伐木丁丁)란 말에서 나왔다.
11) 避秦(피진) : 진나라의 난리를 피해 들어옴. 도연명의 「도화원기」에서 도화원이 이루어진 동기로 설명된 말이다.
12) 薜衣(벽의) : 薜荔衣(벽려의)의 준말. 승검초로 만든 옷. 굴원(屈原)의 『구가』 「산귀」(山鬼)에 "산기슭에 어른거리는 사람 그림자, 승검초로 옷 입고 새삼 덩굴로 띠 둘렀네"(若有人兮山之阿, 被薜荔兮帶女羅)에서 유래하였다. 은사의 옷을 가리킨다. ○ 耕鑿(경착) : 밭 갈고 우물 파다. 『제왕세기』에 나오는 '격양가'의 내용을 가리킨다. 요(堯)임금시기에 천하가 태평할 때 한 노인이 양(壤)을 치며 노래를 불렀다. "해가 뜨면 일하고 해가 지면 쉬고, 우물 파서 마시고 밭을 갈아 먹으니, 임금의 덕이 내게 무슨 소용이 있으랴"(日出而作, 日入而息; 鑿井而飮, 耕田而食; 帝力於我何有哉!)
13) 鷄黍(계서) : 닭과 기장밥. 가장 좋은 음식으로 대접하다. 『논어』 「미자」(微子)에 "자로가 공자를 따르다가 뒤처져 한 어른을 만났는데 지팡이에 삼태기를 매고 있었다. (…중략…) 자로를 묵게 하고 닭을 잡고 기장밥을 하여 먹게 하였다"(子路從而後, 遇丈人, 以杖荷蓧 (…중략…) 止子路宿, 殺鷄爲黍而食之.)는 말이 있다.

무구한 자연 속에서 살아간다. 「도화원기」와 「격양가」에서 보이는 고대 농촌 사회의 이상화된 삶이 그려졌다.

송지문(宋之問)

용문 응제(龍門應製)[1]

宿雨霽氛埃,[2]	밤새 내린 비에 먼지가 씻기고
流雲度城闕.	흐르는 구름이 성궐을 넘어간다
河堤柳新翠,	강가 언덕에는 버들이 새로 푸르고
苑樹花先發.	정원 나무에 꽃이 먼저 피었어라
洛陽花柳此時濃,	낙양의 꽃과 버들 이제 한창 짙으니
山水樓臺映幾重.	산수를 배경으로 누대가 선명히 드러나네
群公拂霧朝翔鳳[3]	군신들은 안개를 헤치며 상봉관에 조회하고
天子乘春幸鑿龍.[4]	천자께서는 봄을 맞아 용문으로 행차하신다
鑿龍近出王城外[5]	왕성 밖 가까운 용문으로 나가시니
羽從琳瑯擁軒蓋.[6]	의장대 옥 소리가 수레를 둘러싼다

1) 龍門(용문) : 용문산(龍門山). 하남성 낙양시 남쪽 교외 소재. 이수(伊水)를 가운데 두고 향산과 마주하고 있어 마치 문같이 보이므로 이름 붙였다. 궐새(闕塞), 이궐(伊闕), 쌍궐(雙闕) 등으로도 불린다.
2) 宿雨(숙우) : 어젯밤부터 내린 비. ○氛埃(분애) : 먼지
3) 翔鳳(상봉) : 낙양성 신도원(神都苑)에 있는 상봉관(翔鳳觀). 궁중을 가리킨다.
4) 鑿龍(착룡) : 착룡산. 곧 용문산. 『수경주』「이수」에 우 임금이 이수의 물길을 뚫었다는 전설을 기록하고 있다.
5) 王城(왕성) : 낙양성.
6) 羽從(우종) : 의장대. 노부의 기물에는 새의 깃털로 장식한 것이 많다. ○琳瑯(임랑) : 아름다운 옥. 또는 옥이 부딪치며 나는 소리.

雲蹕才臨御水橋,[7]　구름 같은 수레가 천진교에 다다르니
天衣已入香山會.[8]　제천의 천신들이 이미 향산 법회에 들었더라
山壁巉巖斷復連,[9]　험준한 산의 석벽은 끊어졌다 이어지고
清流澄澈俯伊川.　맑은 강물은 청징하여 이천을 굽어본다
雁塔遙遙綠波上,　불탑은 멀리 푸른 물결 위에 어리고
星龕奕奕翠微邊.[10]　별처럼 많은 감실은 산기슭을 따라 무성하다
層巒舊長千尋木,[11]　이어진 산들엔 천 길 나무들이 오래 자라고
遠壑初飛百丈泉.　먼 골짜기에선 백 길의 폭포가 막 쏟아진다
彩仗紅旌繞香閣,　채색 의장에 붉은 깃발이 불각을 돌아
下輦登高望河洛.[12]　가마에서 내려 높이 올라 황하와 낙수를 바라본다
東城宮闕擬昭回,[13]　동쪽 성의 궁궐은 은하수를 본떴고
南陌溝塍殊綺錯.[14]　남쪽 길의 도랑과 밭두둑은 비단처럼 얽혀있다
林下天香七寶臺,[15]　숲 아래는 선계의 향기에 칠보 장식의 누대
山中春酒萬年杯.[16]　산속에서 봄 술을 만년배에 담아 마시네

---

7) 雲蹕(운필) : 제왕의 행차 때 구름같이 많은 가마와 수레. ○御水橋(어수교) : 낙양성 앞의 낙수 위에 걸쳐진 천진교(天津橋).

8) 天衣(천의) : 불교에서 말하는 제천(諸天)의 천신들이 입는 옷. ○香山(향산) : 낙양의 남쪽 교외에 이수를 끼고 용문산과 마주하고 있는 작은 언덕. 香山會(향산회)는 향산사(香山寺)에서 열리는 불교의 법회.

9) 巉巖(참암) : 높고 험한 산봉우리.

10) 星龕(성감) : 별처럼 많은 용문 석굴들을 가리킨다. 북위부터 당대 말까지 암벽을 따라 굴착하였다. ○奕奕(혁혁) : 번성한 모양. 정신이 왕성한 모양. ○翠微(취미) : 산기슭의 깊은 곳에 낀 파르스름한 기운. 여기서는 산기슭.

11) 層巒(층만) : 이어진 산들.

12) 河洛(하락) : 황하와 낙수. 낙양을 가리킨다.

13) 昭回(소회) : 별빛이 회전하다. 은하수를 가리킨다. 『원화군현도지』에 낙양은 북쪽에 망산이 있고 남쪽에 이궐이 있으며, 낙수가 중앙을 흐르고 있어 마치 은하수의 형상이라고 하였다.

14) 溝塍(구승) : 도랑과 밭두둑. ○綺錯(기착) : 비단의 문양이 서로 겹쳐 있음.

15) 七寶(칠보) : 일곱 가지 종류의 보물. 구체적인 사물에 대해서는 이설이 많다. 『무량수경』(無量壽經)의 한대 판본에서는 금, 은, 유리, 수정, 거칠, 산호, 호박 등이라고 하였다.

16) 萬年杯(만년배) : 만 년을 살기 바라며 올리는 술잔. 『시경』「강한」(江漢)에 "소목공이

微風一起祥花落,　　미풍이 불어오면 상서로운 꽃들이 떨어지고
仙樂初鳴瑞鳥來. 17)　　신선의 음악이 울리면 봉황이 날아온다
鳥來花落紛無己,　　봉황이 날아오고 꽃들이 떨어져 한없이 분분하니
稱觴獻壽香霞裏. 18)　　향기로운 노을 속에 술잔 들고 축수한다
歌舞淹留景欲斜,　　해가 기울어도 가무에 돌아갈 줄 모르는데
石關猶駐五雲車. 19)　　바위 관문에는 아직도 오운거가 멈춰있네
鳥旗翼翼留芳草, 20)　　초목들을 남겨두고 깃발을 펄럭이며 떠나니
龍騎駸駸映晚花. 21)　　저녁 꽃을 배경으로 준마들이 날렵하게 지나간다
千乘萬騎鑾輿出,　　수많은 수레와 말들을 이끌고 난여가 나가니
水靜山空嚴警蹕. 22)　　강물도 고요하고 산도 비어 길을 여는구나
郊外喧喧引看人,　　교외가 소란스럽도록 사람들이 나와 보고
傾都南望屬車塵. 23)　　도성의 모든 사람이 수레들의 먼지를 바라본다
囂聲引颺聞黃道, 24)　　황제가 지난다고 듣고 왁자지껄한 소리 일어나니
王氣周廻入紫宸. 25)　　제왕의 기운이 호종들과 함께 자신전에 들어간다
先王定鼎山河固, 26)　　선왕께서 도읍을 정하시어 강산이 든든하고
寶命乘周萬物新. 27)　　천명이 '주'나라에 이어져 만물이 새로워라

절하고 머리를 조아려 천자의 만수를 빌어라"(虎拜稽首, 天子萬年.)는 구절이 있다.

17)　瑞鳥(서조) : 상서로운 새. 봉황 등을 가리킨다.

18)　稱觴(칭상) : 술잔을 들고 축하하다. ○香霞(향하) : 아름다운 구름과 노을. 일반적으로 꽃을 비유한다.

19)　五雲車(오운거) : 신선들이 타는 수레. 오색구름으로 만들었다.

20)　鳥旗(조기) : 새가 그려진 깃발. ○翼翼(익익) : 나부끼는 모양.

21)　龍騎(용기) : 준마. ○駸駸(침침) : 말이 빨리 달리는 모양.

22)　警蹕(경필) : 군주가 행차할 때 경호를 위해 통행을 금하는 일. 벽제하다.

23)　屬車(속거) : 제왕이 출행할 때 뒤따르는 수레. 한대 이래 제왕의 대가(大駕)에는 속거가 팔십일 승, 법가(法駕)에는 삼십육 승이 세 열로 따랐다.

24)　黃道(황도) : 태양이 지구 주위를 일 년 동안 운행하는 궤적. 여기서는 황제가 지나가는 길을 가리킨다.

25)　紫宸(자신) : 자신전. 낙양궁의 전각.

26)　定鼎(정정) : 나라의 도읍을 정함. 우 임금이 구주(九州)를 본떠 아홉 개의 정을 주조하였다고 하므로, 후대에는 정을 국가를 상징하는 중요한 기물로 보았다.

27)　寶命(보명) : 천명. ○周(주) : 무측천이 세운 나라. 690년부터 705년까지 존속했으며,

吾君不事瑤池樂,²⁸⁾　　우리 군주께선 요지의 즐거움을 찾지 않으시고
時雨來觀農扈春.²⁹⁾　　때 맞춰 내리는 비에 봄 농사를 살펴보시었도다

평석 무후가 용문에 놀러나가 군신들에게 시를 지어라 하고서는 먼저 짓는 사람에게 비단 도포를 내린다고 하였다. 동방규가 시를 완성하여 하사받고 자리에 앉기도 전에 송지문이 시를 완성하여 내놓았다. 문사와 문맥이 모두 아름다워 좌우에서 칭찬하니 무후가 비단 도포를 빼앗아 송지문에게 하사하였다.(武后遊龍門, 命群臣賦詩, 先成者賜以錦袍. 東方虯詩成, 拜賜坐未安, 之問詩成, 文理兼美, 左右稱善, 后乃奪錦袍衣之.) ○ 농사 순시를 중시하는 것으로 마무리하였으니, 주제가 적절히 어우러졌다.(歸重觀農, 立言得體.)

해설 699년 봄 무측천의 용문 유람을 그린 응제시이다. 낙양 교외에서의 봄날의 수려한 풍광과 화려한 의장을 시작으로, 용문에서의 유람, 귀가 행렬의 모습 등 크게 세 부분으로 구성하였다. 선계와 같은 고아하고 상서로운 분위기로 화면을 아름답게 꾸몄으며, 부분적으로 지나치게 반복한 느낌을 준다. 말 4구는 오늘의 각도에서 보면 아부하는 의도가 역력하다.

한식날 육혼 별장에서(寒食陸渾別業)³⁰⁾

洛陽城裏花如雪,　　낙양성에는 꽃들이 눈 같이 피었는데

　　낙양을 도읍지로 하고 낙양을 신도(神都)라 개명하였다.
28)　瑤池樂(요지락) : 신화에서 서왕모가 주 목왕을 맞아 놀던 일을 말한다. 여기서는 서왕모로 무측천을 비유하였다.
29)　農扈(농호) : 農扈(농호)라고도 쓴다. 각종 농사 관련 관리의 총칭. 『좌전』 '소공 10년' 조에 "구호는 아홉 가지 농정이다"(九扈爲九農正)란 말이 있다. 일반적으로 농사를 가리킨다.
30)　陸渾(육혼) : 육혼산(陸渾山). 방산(方山)이라고도 한다. 하남성 낙양 서남의 이수 강가에 소재한다. 이곳에 송지문의 별장이 있었다.

陸渾山中今始發.　　　육혼산 속에서는 지금 피어나기 시작한다
旦別河橋楊柳風,[31]　아침에 버들이 날리는 황하 다리를 떠나면
夕臥伊川桃李月.[32]　저녁에 도리꽃 핀 달밤에 이수 강가에 눕노라
伊川桃李正芳新,　　이수의 도리꽃 향기는 지금 마침 새로운데
寒食山中酒復春.　　한식의 산중에 술을 뜨니 다시 봄이 왔어라
野老不知堯舜力,[33]　들에 사는 노인은 요순 임금의 덕도 모른채
酣歌一曲太平人.　　술에 취해 노래 부르는 태평시대 사람이라

해설 봄이 온 육혼산장의 산수와 그 속에 사는 즐거움을 그렸다. 전반 4구는 낙양과 육혼산을 대비하며 묘사하였고, 후반 4구는 산간에서 보내는 야취를 묘사했다. 무측천은 자신이 집정하는 시기(690~705년)에는 주로 낙양에 있었으므로, 송지문 역시 공무를 보는 가운데 여가가 나면 자주 가까운 육혼산의 별장을 찾았다. 아름답고 한적한 이수 강가의 별장을 배경으로 그린 시가 많으며, 대부분 풍격이 청신하고 수려하다. 궁정 시인으로서의 송지문의 응제시 시풍과 다른, 한아하고 자연스러운 산수 시풍을 보인다.

한식날 강주 만당역에서(寒食江州滿塘驛)[34]

去年上巳洛橋邊,[35]　　작년 상사일엔 낙수 천진교에 있었는데

---

31) 河橋(하교) : 황하의 부교. 지금의 하남성 맹현(孟縣) 서남과 맹진(孟津) 동북 사이의 황하에 있었다. 여기서는 낙양의 낙수에 있는 다리를 가리킨다.
32) 伊川(이천) : 이수(伊水). 육혼은 이수 강가에 있다.
33) 野老(야로) 구 : 요 임금 때 어떤 노인이 '격양가'를 부른 일을 가리킨다. 가사에 "임금의 덕이 내게 무슨 소용이 있으랴"(帝力於我何有哉!)는 말이 있다.
34) 江州(강주) : 지금의 강서성 구강시. ○ 滿塘驛(만당역) : 강주 덕안현(德安縣)에 있는 역참.
35) 上巳(상사) : 상사절(上巳節). 삼월의 첫 번째 사일(巳日)로 고대부터 길일으로 여겼다.

今年寒食廬山曲.³⁶⁾   올해 한식에는 여산의 산모퉁이에 있네
遙憐鞏樹花應滿,³⁷⁾   멀리서 꽃 만발한 공현의 나무를 그리워하고
復見吳洲草新綠.³⁸⁾   다시금 오 지방 모래톱에 신록을 바라보네
吳洲春草蘭杜芳,³⁹⁾   오 지방 모래톱의 봄풀엔 난초와 두약이 향기로워
感物思歸懷故鄉.   경물에 돌아갈 생각 일어나 고향을 그리워하네
驛騎明朝發何處?   역참의 말을 타면 내일 아침 어디로 가나?
猿聲今夜斷君腸.   오늘 밤 원숭이 울음소리에 사람 애간장 끊어지리

해설 705년(神龍 원년) 농주(瀧州)로 폄적되어 갈 때 강주를 지나며 지었다. 전반부는 낙양과 강주를 대비하여 묘사하였고, 후반부는 고향을 그리는 단장의 슬픔을 그렸다. 풍광을 비교하면서 정서를 표현하는 이러한 구성은 바로 위의 「한식날 육혼 별장에서」와 유사하다. 청신한 언어에 정감이 깊고 완곡하여 영남으로의 폄적에 대한 슬픔이 자구마다 배어나온다.

위(魏)나라 이후로 삼월 삼일로 고정하였다. 냇가에 나가 목욕을 하는 불계(祓禊)가 주요 활동이었으나, 나중에는 곡수유상 등이 추가되었다. ○洛橋(낙교): 천진교.

36) 廬山(여산): 지금의 강서성 구강시(九江市) 남부에 소재. 북으로 장강과 닿아있고 동쪽으로 파양호(鄱陽湖)와 면해있다.

37) 鞏樹(공수): 공현(鞏縣)의 나무. 지금의 하남성 공현을 포함한 낙양을 가리킨다.

38) 吳洲(오주): 오 지방의 모래톱. 여기서는 강주를 가리킨다.

39) 蘭杜(난두): 난초와 두약. 모두 향초이다.

단주역에 이르러 두심언, 심전기, 염조은, 왕무경이 벽에 쓴 시를 보고 감개하여 읊다(至端州驛, 見杜五審言、沈三佺期、閻五朝隱、王二無競題壁, 慨然成詠)[40][41]

逐臣北地承嚴譴,[42]	북방에서 신하들이 엄한 견책을 받아 방축되매
謂到南中每相見.[43]	영남으로 내려가면 자주 만나자 말했지
豈意南中岐路多,	어찌 알았으랴, 영남에는 갈림길이 많아
千山萬水分鄕縣.	수많은 산과 강이 마을을 나누네
雲搖雨散各翻飛,[44]	구름이 찢어지고 비가 흩어지듯 각자 나뉘어
海闊天長音信稀.	바다 넓고 하늘 멀어 편지도 드물어라
處處山川同瘴癘,	도처의 산과 강은 장려(瘴癘)가 심하니
自言能得幾人歸?	몇 사람이나 돌아갈지 절로 헤아려 보누나

해설 무측천의 비호를 받아 전횡하던 장역지(張易之)와 장창종(張昌宗) 형제가 705년(神龍 원년) 살해되면서 그들과 관련된 인물들이 좌천되었다. 송지문은 농주(瀧州, 광동 羅定)로, 두심언은 봉주(峰州, 지금의 월남)로, 심전기는 환주(驩州, 지금의 월남)로, 염조은은 애주(崖州, 해남도)로, 왕무경은 광주(廣州, 광동성)로 각각 유배되었다. 이 시는 송지문이 대유령을 넘어 단주에 이르렀을 때 먼저 그곳을 지나갔던 시인들의 시를 보고 감개하여 지었다. 이들 중 왕무경만 다음 해 광주에서 죽고 나머지는 곧 사면을 받아 다시 조정에 돌아갈 수 있었다.

---

40) 심주 : 제목의 여러 사람은 모두 장역지와 왕래한 자들로, 장역지가 몰락하자 모두 남방으로 폄적 당하였다.(題中諸人, 皆與張易之往來者, 張敗, 諸人貶竄南方.)

41) 端州(단주) : 지금의 광동성 조경시(肇慶市).

42) 逐臣(축신) : 방축된 신하. ○嚴譴(엄견) : 엄한 견책.

43) 南中(남중) : 영남 지역.

44) 雲搖雨散(운요우산) : 구름이 나뉘고 비가 흩어지다. 이별을 형용한다.

밝은 은하수(明河篇)[45]

八月涼風天氣清,	팔월이라 바람 서늘하고 기운 맑으니
萬里無雲河漢明.	만 리 멀리 구름 없이 은하수가 밝아라
昏見南樓淸且淺,[46]	저녁에 남루에서 바라보면 맑고도 얕은데
曉落西山縱復橫.	새벽에 서산에 떨어질 땐 종횡으로 얽혀 있네
洛陽城闕天中起,	낙양성 궁궐이 하늘 가운데 솟아
長河夜夜千門裏.	긴 은하수 밤마다 천문만호에 흐른다
複道連甍共蔽虧,[47]	복도와 용마루에 가로막혀 보이지 않으니
畫堂瓊戶特相宜.[48]	화당(畫堂)과 주옥 문에서 보면 특히나 아름다워라
雲母帳前初汎濫,[49]	운모 장식 휘장 앞에 넘쳐 흐르기 시작하다가
水精簾外轉逶迤.[50]	수정 주렴 밖에서는 굽이굽이 이어지네
倬彼昭回如練白,[51]	저 거대한 빛이 흰 명주처럼 돌아
復出東城接南陌.	동성에서 남쪽 길까지 길게 이어졌어라
南陌征人去不歸,	남쪽 길로 출정 나간 사람 돌아오지 않으니
誰家今夜搗寒衣?	어느 집에서 오늘 밤 겨울옷을 다듬이질 하나?
鴛鴦機上疎螢度,[52]	원앙 무늬 짜는 베틀 위에 성긴 반디 날아가고
烏鵲橋邊一雁飛.[53]	오작교 옆에서는 외기러기 날아간다

---

45) 明河(명하) : 은하수.

46) 淸且淺(청차천) : 맑고 얕다. '고시십구수' 중의 「멀고 먼 견우성」(迢迢牽牛星)에 "은하는 맑고도 얕으며"(河漢淸且淺)에서 유래하였다.

47) 複道(복도) : 누각과 누각 사이를 연결한 중층 통로. ○甍(맹) : 용마루. ○蔽虧(폐휴) : 가려서 보였다 가려졌다 하다.

48) 瓊戶(경호) : 옥으로 장식한 문.

49) 汎濫(범람) : 광채가 사방으로 넘치다.

50) 逶迤(위이) : 逶遲(위지)라고도 한다. 구불구불. 부드럽게 굽이진 모양.

51) 倬彼昭回(탁피소회) : 거대한 빛이 돌다. 『시경』「운한」(雲漢)에 "거대한 저 은하수여, 밝은 빛이 하늘을 따라 도는구나"(倬彼雲漢, 昭回于天.)라는 구절을 말한다. ○練(연) : 흰 명주.

52) 鴛鴦機(원앙기) : 비단 위에 원앙 문양을 짜는 베틀.

53) 烏鵲橋(오작교) : 전설에 나오는 견우직녀가 은하수에서 만날 때 까치들이 만든 다리.

雁飛螢度愁難歇,　　기러기 날고 반디 날아 시름 달래기 어려운데
坐見明河漸微沒.　　흐려져 가는 은하수를 새벽까지 바라보아라
已能舒卷任浮雲,[54]　펼쳐지고 말리는 구름에게 내맡기고
不惜光輝讓流月.　　광휘를 아까워 않고 흐르는 달에 양보하는구나
明河可望不可親,　　밝은 은하수는 볼 수는 있어도 가까이 갈 수 없어
願得乘槎一問津.[55]　원컨대 뗏목 타고 나루가 어디인지 묻고 싶어라
更將織女支機石,[56]　게다가 직녀의 베틀에 고이는 굄돌을 들고
還訪成都賣卜人.[57]　성도에서 점치는 엄군평을 찾아가고 싶어라

해설 가을밤의 은하수를 노래하였다. 앞 4구에서 맑은 가을밤의 환경을 그리고, 다음 8구에서 낙양성에서 바라보는 은하수를 그리고, 이어진 8구에서 은하수 아래 일어난 인간의 만남과 이별을 노래하고, 말 4구에서 전설을 언급하며 천상에 이르고 싶은 바람을 나타내었다. 천상과 인간세상을 오가며 서경과 상상을 펼쳤으며, 구성에서도 변화가 있어 깊고 아득한 정감을 나타내었다. 중당의 맹계(孟棨)는 『본사시』(本事詩)에서 이 시

----

54)　舒卷(서권): 펴고 말다. 『관윤자』「삼극」(三極)에 "구름이 모이고 흩어지면, 새가 나는 것은 모두 허공에서 변화가 무궁하기 때문이다. 성인의 도가 이러하다"(雲之卷舒, 禽之飛翔, 皆在虛空中, 所以變化無窮, 聖人之道則然.)는 말이 있다.

55)　乘槎(승사): 뗏목을 타다. 장화(張華)의 『박물지』(博物志)에 나오는 전설을 말한다. 바닷가에 사는 사람이 매년 팔월이면 뗏목을 타고 은하수에 갔는데, 어느 곳에 이르니 직녀가 방안에서 베를 짜고 있고, 남자가 물가에서 소에게 물을 먹이고 있었다. 바닷가에서 온 사람이 이곳이 어느 곳인지 묻자 남자는 "촉군의 엄군평을 찾아가면 알 수 있을 것이오"라고 하였다. 이 사람이 나중에 촉에 가서 물으니 엄군평은 "어느 해 어느 날 객성(客星)이 견우성(牽牛星)을 침범했는데 그대 말을 듣고 계산해보니 바로 그대가 은하수에 간 날이오"라고 하였다.

56)　支機石(지기석): 베틀을 받치는 돌. "장건이 황하의 근원을 찾다가 구한 돌 하나를 동방삭에게 보였다. 동방삭이 말하기를 '이 돌은 천상의 직녀의 베틀을 받치는 돌인데 어찌하여 여기에 있는가?'라고 말했다."(張騫尋河源, 得一石, 示東方朔, 朔曰: '此石是天上織女支機石, 何至於此?')『태평어람』권51 참조.

57)　成都(성도): 지금의 사천성 성도. ○賣卜人(매복인): 점치는 사람. 서한 엄군평을 가리킨다. 본명은 엄준(嚴遵). 성제(成帝) 때 성도에서 점을 치며 살았는데, 하루에 백 전이 되면 발을 내리고 『노자』를 강의하였다.

와 관련된 일화를 적고 있다. 북문학사(北門學士)가 되기 위하여 송지문이 위 시를 지어 자신의 뜻을 보였다. 무측천이 시를 보고 최융(崔融)에게 말하기를 "내가 송지문이 재주 있는 줄 모르는 것은 아니나 입에 문제가 있다고 보네"라 하였다. 송지문이 치아 질환 때문에 구취가 있음을 가리키는 말이었다. 송지문은 평생 이를 부끄럽고 분하게 생각하였다. 그러나 이러한 이야기를 떠나 이 시는 그 자체로 아름다운 은하수를 인간의 일과 자신의 바람을 엮어 펼친 뛰어난 작품이다.

곽진(郭震)

오래된 검(古劍篇)

君不見	그대 보지 못하는가
昆吾鐵冶飛炎煙,[1]	곤오의 쇠불이로 제련할 때 불꽃이 날고
紅光紫氣俱赫然.[2]	붉은 빛 자주 기운이 모두 선명하게 달아오른 것을
良工鍛鍊凡幾年,	뛰어난 장인이 여러 해를 담금질하여
鑄得寶劍名龍泉.[3]	주조하여 만들어낸 보검이 '용천'이라네

---

[1] 昆吾(곤오) : 전설 속의 산 이름. 『산해경』 「중산경」(中山經)에 "곤오의 산 위에는 붉은 동이 많다"(昆吾之山, 其上多赤銅.)라 되어있고, 곽박(郭璞)의 주석에 "이 산에서는 유명한 동이 나오는데 색이 불꽃처럼 붉고, 이것으로 칼을 만들면 옥도 진흙처럼 자를 수 있다"고 하였다.

[2] 紅光紫氣(홍광자기) : 검을 제련할 때 방사하는 빛과 기운. ○赫然(혁연) : 광채가 선명한 모양.

[3] 龍泉(용천) : 전설 속의 검 이름. 『태평환우기』에 의하면, 절강 용천현의 강물은 검을 담금질할 수 있다고 하여 어떤 사람이 그 물로 담금질하여 검을 만들었더니 검이 용이 되어 날아갔다고 한다. 『진서』「장화전」(張華傳)에는 용천검에 관한 전설이 있다. 서진 때 하늘의 두성과 우성 사이에 자줏빛 기운이 자주 비치자 뇌환(雷煥)이

龍泉顔色如霜雪,　　　용천에서 나는 빛이 서리와 눈과 같아
良工咨嗟歎奇絶.4)　　장인조차 기이하고 비범하다 찬탄하였지
琉璃玉匣吐蓮花,5)　　유리 옥갑에 넣어도 연꽃 모양의 빛을 토하고
錯鏤金環映明月.6)　　황금으로 상감한 도환은 보름달처럼 빛났지
正逢天下無風塵,7)　　마침 세상에 전쟁이 없어
幸得周防君子身.8)　　다행히 군자가 차고 몸을 방비할 수 있어라
精光黯黯青蛇色,　　　깊은 빛은 어둡게 푸른 뱀처럼 움직이고
文章片片綠龜鱗.9)　　검갑의 문양은 녹색의 거북 등갑처럼 떠오른다
非直結交遊俠子,　　　유협들이 아끼고 좋아할 뿐만 아니라
亦曾親近英雄人.　　　일찍이 영웅호걸들도 가까이 하였지
何言中路遭棄捐,　　　어찌 알았으랴, 중도에 내버려져
零落飄淪古獄邊.10)　영락하여 옥사 옆에 처박히게 될 줄을
雖復塵埋無所用,　　　비록 다시 먼지에 덮여 쓰이지 않는다 해도
猶能夜夜氣衝天.　　　밤마다 검기가 하늘을 찌르고 있어라

평석 두보가 시에서 "「보검편」을 높이 노래하였으니, 정신의 사귐을 가없는 곳에 부쳤어라"

고 하였는데, 바로 이 시를 말한다.(杜詩云 : "高詠寶劍篇, 神交付冥漠", 謂此詩也.)

상서 장화(張華)에게 강서 지방 풍성(豐城, 지금의 강서성 풍성현)에서 보검의 기운
이 하늘에 비쳐서라고 하였다. 이에 장화가 뇌환을 풍성으로 보내니 뇌환이 옥사(獄
舍) 토대에서 용천(龍泉)과 태아(太阿) 두 보검을 얻었다.

4)　咨嗟(자차) : 탄식하다. 찬탄하다.
5)　琉璃玉匣(유리옥갑) : 『서경잡기』에 의하면, 한 고조 유방이 백사를 자른 검을 위해
　　오색 유리로 갑을 만들었다고 한다. ○吐蓮花(토련화) : 연꽃을 토하다. 검광이 연꽃
　　같다는 뜻.
6)　錯鏤(착루) : 상감 조각하다. ○金環(금환) : 황금으로 장식한 칼자루 끝의 도환.
7)　風塵(풍진) : 먼지바람. 전쟁을 비유한다.
8)　周防(주방) : 자신을 보호하다.
9)　文章(문장) : 검에 새겨진 문양. 『오월춘추』「합려내전」에 의하면, 간장(干將)과 막야
　　(莫邪) 부부가 검 두 자루를 주조하였는데, 웅검(雄劍)에는 거북 문양을 넣었고 자검
　　(雌劍)에는 불규칙한 문양을 넣었다.
10)　古獄(고옥) : 서진 뇌환(雷煥)이 용천검을 찾아낸 옥사를 가리킨다.

해설 고검을 빌려 인재의 매몰을 탄식하였다. 전반부는 보검의 탄생 과정과 품격을 나타냈고, 후반부는 비범한 보검이 버려진 데 대한 안타까움과 감개를 표현하였다. 충만한 감정과 강렬한 기세로 보검의 이미지를 선명하고 분방하게 그려냈으며, 이를 빌려 재능이 있으나 쓰이지 않는 하층 문사의 울분을 표현하였다. 이 시는 곽진이 무측천을 알현할 때 쓴 것으로, 장열(張說)은 "무측천이 보고는 칭찬하여 여러 장을 써서 학사 이교와 염조은 등에게 두루 내렸다"고 기록하고 있다. 곽진은 무측천에 발탁된 후 변방에서 공을 세웠으며 중중 때는 재상이 되었다.

장열(張說)

업도의 노래(鄴都引)[1]

君不見	그대 보지 못하는가
魏武草創爭天祿,[2]	위 무제 조조가 창업하여 권력을 다툴 때
群雄睚眦相馳逐.[3]	군웅들이 서로 노려보며 내달린 것을
晝携壯士破堅陣,	낮에는 장사들과 손잡고 적진을 부수고

---

1) 鄴都(업도) : 삼국시대 위나라의 도성. 조조가 216년 위왕(魏王)에 봉해졌을 때 도성으로 삼았다. 580년 북주(北周) 상주총관 위지형(尉遲逈)과 양견(楊堅)이 이곳에서 싸워 성이 훼멸되었다. 지금의 하북성 임장현(臨漳縣) 서쪽에 소재했다. ○引(인) : 시체(詩體) 이름. 악부 가운데 금슬(琴瑟)로 연주하는 노래를 인(引)이라 하였다.
2) 魏武(위무) : 위 무제(魏武帝) 조조. 조조가 220년 사망하자, 그의 아들 조비가 위나라를 세우고 문제(文帝)로 즉위하면서 부친 조조를 무제(武帝)로 추존하였다. ○草創(초창) : 창업의 기초를 닦다. ○天祿(천록) : 하늘이 내린 복록. 여기서는 제왕의 자리. 爭天祿(쟁천록)은 천명을 쟁취하다.
3) 群雄(군웅) : 동한 말기 조조와 함께 패권을 다투던 영웅들. 원소, 손권, 유비 등을 말한다. ○睚眦(애자) : 눈을 부릅뜨며 노하다.

夜接詞人賦華屋.⁴⁾	밤에는 문인들과 어울려 시문을 지었지

夜接詞人賦華屋.⁴⁾　　밤에는 문인들과 어울려 시문을 지었지
都邑繚繞西山陽,⁵⁾　　마을과 성읍은 서산의 남면에 돌아가며 들어서고
桑楡汗漫漳河曲.⁶⁾　　뽕과 느릅이 수도 없이 장하의 굽이에 들어섰지
城郭爲墟人代改,⁷⁾　　성곽은 폐허가 되고 조대는 바뀌어
但有西園明月在.⁸⁾　　다만 서원의 명월만이 남았어라
鄴傍高塚多貴臣,　　업도 옆의 큰 봉분에는 고관들이 잠들고
娥眉曼睩共灰塵.⁹⁾　　촉촉한 눈동자의 미인들도 먼지가 되었구나
試上銅臺歌舞處,¹⁰⁾　　동작대에 노래하고 춤추던 곳 한 번 올라보니
唯有秋風愁殺人.　　오로지 가을바람만 사람을 시름겹게 하여라

평석 소리와 가락이 점점 세게 울리니 왕발, 양형, 노조린, 낙빈왕 등 초당사걸체에서 멀어졌다.(聲調漸響, 去王楊盧駱體遠矣.) ○ '창업' 두 글자는 의외로 역사가의 필치이다. '낮에는 장사들과 손잡고' 두 구는 간략하면서 노련하다.('草創'二字, 居然史筆. '晝携壯士'二句, 敍得簡老.)

해설 제목과 달리 조조의 대업과 사후의 역사 변천을 크게 두 부분으로 나누어 노래하였다. 조조의 업적에 대해서는 '낮에는 장사들과 손잡고'

---

4)　賦華屋(부화옥) : 화려한 집에서 시부를 짓다.
5)　都邑(도읍) : 크고 작은 성읍들. ○繚繞(요요) : 두르다.
6)　桑楡(상유) : 뽕나무와 느릅나무. ○汗漫(한만) : 거대하여 끝이 없음. 광대무변함. ○漳河(장하) : 위하(衛河)의 지류로 산서성 동남부에서 발원하여 임장현을 거쳐 동으로 흘러간다. 『수경주』(水經注)에 의하면, 조조가 장하를 업성으로 끌어들여 동작대 아래를 지나가도록 했다고 한다.
7)　人代(인대) : 인사와 조대.
8)　西園(서원) : 동작원(銅雀園)이라고도 한다. 210년 조조가 업(鄴)에 건조한 정원. 조씨 부자가 이곳에서 자주 문인들과 연회를 열고 시를 지었다. 조식(曹植)의 「공연」(公讌)은 당시의 모습을 잘 보여준다. "공자는 빈객을 아끼고 존중하여, 연회가 끝나도록 피로할 줄 모른다네. 맑은 밤에 서원에서 노니니, 높은 산개가 줄지어 따르네." (公子敬愛客, 終宴不知疲. 清夜遊西園, 飛蓋相追隨.)
9)　曼睩(만록) : 촉촉한 눈동자.
10)　銅臺(동대) : 동작대(銅雀臺). 210년 조조가 업(鄴)에 축조한 궁전.

부터 4구로 개괄하여 긍정적인 어조를 보인다. 기세가 웅건하고 풍격이 비장하여 성당 칠언고시의 시작을 알리는 작품이다. 장열이 713년 상주(相州)자사로 나갔을 당시, 업도는 이 지역에 속해 있었으므로 이 시기에 지은 것으로 보인다.

진자앙(陳子昂)

유주대에 올라(登幽州臺歌)[1]

평석 잡언체는 별도로 나열하지 않고 칠언고시 안에 붙인다.(不另列雜言一體, 因附七言古內.)

前不見古人,[2]	앞을 보아도 고인을 만날 수 없고
後不見來者.[3]	뒤를 보아도 오는 사람 만날 수 없어
念天地之悠悠,[4]	천지의 아득함을 생각하니
獨愴然而涕下![5]	홀로 창연히 눈물을 흘리네

평석 내가 높은 곳에 올라가면 매번 고금이 망망한 느낌이 있었는데, 옛 시인이 이미 이를 말하였다.(余於登高時, 每有今古茫茫之感, 古人先已言之.)

---

1) 幽州臺(유주대) : 계북루(薊北樓)라고도 한다. 지금의 하북성 역현(易縣)에 소재했던 축대. 연 소왕(燕昭王)이 곽외(郭隗)의 의견에 따라 역수(易水) 동남쪽에 황금대(黃金臺)를 지어 그 위에 황금을 놓고 천하의 유능한 사람을 구하였다. 연 소왕은 추연(鄒衍)이 연나라에 오자 갈석궁(碣石宮)을 지어 스승으로 모셨다.
2) 古人(고인) : 고대의 현인. 연 소왕과 곽외 등과 같이 인재를 중시하는 군왕과 현사.
3) 來者(내자) : 미래의 현인. 인재를 중시하는 명군과 현사.
4) 悠悠(유유) : 거리나 시간이 멀고 아득한 모양.
5) 愴然(창연) : 슬프다.

해설 유주대에 올라 고인을 추모하고 지금을 슬퍼한 시이다. 유주대는 전국시대 연나라 소왕이 황금을 두고 현사를 초빙한 곳으로, 진자앙은 여기에 올라 무한한 감개를 표현하였다. 진자앙은 696년 건안왕(建安王) 무유의(武攸宜)가 거란(契丹)을 공격하러 갈 때 참모로 유주(幽州, 지금의 북경 일대)에 따라갔다. 진자앙의 건의를 무유의는 채납하지 않은 채 일개 부하로만 여기자 진자앙은 「연 소왕」 등의 시를 지어 고대의 명군이 유능한 인재를 널리 등용시킨 일을 반복하여 노래하였다. 이 시는 고대와 미래의 무한한 시간과 하늘과 땅을 잇는 거대한 공간 속에 이상을 실현하기 어려운 데서 오는 고적감과 비애를 형상화한 것으로, 인간의 근원적인 실존을 환기하면서 비장한 분위기를 일으킨다. 시의 역사에 있어서는 남조 이래 부염한 제량(齊梁)의 시풍을 일소하고 강건한 '한위 풍골'(漢魏風骨)을 회복한 작품으로 평가된다. 이 시의 근원에 대해서는 『초사』 「원유」(遠遊) 중에 일절인 "천지의 무궁함을 생각하나니, 인생의 길고 긴 수고가 슬퍼라. 지나간 사람은 내 만나지 못하고, 오는 사람은 알 수 없어라"(惟天地之無窮兮, 哀人生之長勤. 往者余弗及兮, 來者吾不聞.)를 지적하는 경우가 많다. 조선시대 이황은 시조 「도산십이곡」 가운데 비슷한 제재를 이용하여 부단한 추구를 노래하였다. 참고로 붙여둔다. "古人도 날 몯 보고 나도 古人 몯 뵈, 古人을 몯 뵈도 녀던 길 알페 있네, 녀던 길 알페 잇거든 아니 녀고 엇덜고"

장약허(張若虛)

춘강화월야(春江花月夜)[1]

春江潮水連海平,[2]	봄 강물에 밀물 들어 바다와 잇닿고
海上明月共潮生.	바다 위로 명월이 밀물과 함께 떠오른다
灩灩隨波千萬里,[3]	출렁이는 달빛이 천 리 만 리 밀려가니
何處春江無月明!	어느 곳 봄 강물에 달빛 아니 비치랴
江流宛轉繞芳甸,[4]	굽이도는 강줄기 꽃 핀 언덕 돌아가고
月照花林皆似霰.[5]	달빛 비친 꽃들은 모두가 싸락눈이라
空裏流霜不覺飛,[6]	서리같이 흩날리나 느껴지지 않고
汀上白沙看不見.	물가 위의 흰모래 보아도 보이지 않네
江天一色無纖塵,	강과 하늘은 잔 티끌 없이 한 빛인데
皎皎空中孤月輪.	공중에는 교교히 둥근 달만 떠 있구나

---

1) 春江花月夜(춘강화월야) : 악부제로 '청상곡' 가운데 오성가(吳聲歌)에 속한다. 원래 이 곡은 진 후주 진숙보(陳叔寶)가 가사를 쓰고 태상령 하서(何胥)가 곡을 지었다. 그러나 현존하는 시로 가장 오래된 것은 수 양제 양광(楊廣)의 작품 2수이다. 원래 궁중 음악의 전통 속에 있는 것을 장약허는 민간인의 이별과 그리움을 소재로 하여, 염려함과 함께 소박함이 어우러진 작품으로 만들었다.

2) 春江(춘강) : 봄 강. 장약허의 고향 양주에 있는 장강 하류. 양주에서 바라보면 바다는 동쪽에 있다. 드넓은 강물로 밀물이 들어오기 시작할 때 동쪽에서 달이 떠오르니 마치 조수의 물결이 달을 떠오르게 하는 것 같다는 뜻이다.

3) 灩灩(염염) : 수면이 번쩍이는 모습.

4) 芳甸(방전) : 꽃이 핀 들.

5) 霰(산) : 싸락눈.

6) 流霜(유상) : 날리는 서리. 비상(飛霜)이라고도 한다. 여기서 서리는 실제의 서리가 아니라 달빛을 형상화한 말이다. 이 구는 "하늘 가득 서리가 흩날리듯 달빛이 가득 찼다"는 뜻이다. 그러므로 그 서리가 느껴지지 않는다고 말하였다. 달빛을 서리에 비유한 명구로는 이백의 「고요한 밤의 생각」(靜夜思)에 나오는 "땅에 내린 서리인가 여겼네"(疑是地上霜), 이익의 「밤에 수항성에 올라 피리 소리 들으며」(夜上受降城聞笛)에 나오는 "수항성 아래에 달빛은 서리 같아"(受降城下月如霜) 등이 있다.

江畔何人初見月?	강가에서 그 누가 저 달을 처음 봤고
江月何年初照人?	저 달은 언제부터 사람을 비추었나?
人生代代無窮已,	사람은 대를 이어 끝없이 살아가고
江月年年只相似.	강가의 달은 해마다 그 모습 변함없네
不知江月待何人,	강가의 달이 누구를 기다리는지 알지 못하나
但見長江送流水.	다만 흘러가는 강물만 보일 뿐이네
白雲一片去悠悠,[7]	한 조각 흰 구름처럼 아득히 흘러가니
靑楓浦上不勝愁.[8]	청풍포에 있는 사람 시름이 깊어라
誰家今夜扁舟子,[9]	오늘 밤 조각배 속 어느 집 나그네가
何處相思明月樓?[10]	달 밝은 누대에 선 아낙을 생각할까
可憐樓上月徘徊,[11]	가련하여라, 누대 위를 배회하는 달이
應照離人粧鏡臺.	분명 아내의 경대 위를 비추고 있으리
玉戶簾中卷不去,	주렴을 걷어도 달빛은 걷히지 않고
搗衣砧上拂還來.	다듬이 위를 털어내도 달빛은 다시 오는구나
此時相望不相聞,[12]	서로가 있는 방향 바라볼 뿐 소식 모르니
願逐月華流照君.	월화(月華)를 따라 가며 그대를 비추고 싶어
鴻雁長飛光不度,	기러기 높이 날아도 달빛을 넘을 수 없는데
魚龍潛躍水成文.	용이 뛰놀며 물위에 파문이 일어나네
昨夜閑潭夢落花,	어젯밤 꿈속에선 못가에 꽃들이 지는데

---

7) 白雲(백운) : 흰 구름. 여기서는 나그네. 달밤의 흰 구름을 보고 흰 구름처럼 떠도는
   나그네를 상상하였다. 일종의 흥(興)의 기법.

8) 靑楓浦(청풍포) : 호남성 유양현(瀏陽縣)에 소재한다. 쌍풍포(雙楓浦)라고도 한다. 여
   기서는 구체적인 곳을 가리키기보다는 멀리 떨어져 있는 포구를 통칭하였다.

9) 扁舟子(편주자) : 조각배에 탄 나그네.

10) 明月樓(명월루) : 달밤의 누대에 있는 아낙.

11) 可憐(가련) 구 : 조식의 「칠애」(七哀)에 "밝은 달이 높은 누대 비추니, 물 같은 달빛이
    출렁거리네"(明月照高樓, 流光正徘徊)란 구절이 있다. ○徘徊(배회) : 거닐다. 여기서
    배회의 주체는 달이다. 달빛의 그림자가 움직이는 것을 말한다.

12) 相望(상망) : 서로 상대방이 있는 쪽을 바라보다.

可憐春半不還家.　　　봄이 다 가도록 떠난 사람 돌아오지 않아라
江水流春去欲盡,　　　강물에 봄이 흘러, 봄은 다 가려 하고
江潭落月復西斜.　　　못 속에 달이 떨어져, 서쪽으로 기울었네
斜月沈沈藏海霧,　　　지는 달은 침침히 바다 안개에 묻히면
碣石瀟湘無限路.[13]　　갈석산과 소상 사이 아득히 먼 길이어라
不知乘月幾人歸,　　　알지 못하여라, 달빛 타고 몇 사람이 돌아왔는지
落月搖情滿江樹.　　　달빛은 그리움 되어 강가 나무에 가득 하네

평석 전반부는 사람은 바뀌나 달은 항상 있으며, 강가의 달이 사람을 기다리지 않고 달과 더불어 끝이 없음을 보였다. 후반부는 남편을 그리는 아낙이 시름으로 하늘을 바라보는 마음을 그렸는데 곡절이 세 번 일어난다. 제목의 다섯 글자가 자연스럽게 배치되었으니, 여전히 왕발, 양형, 노조린, 낙빈왕 등 초당사걸체이다.(前半見人有變易, 月明常在, 江月不必待人, 惟江流與月同無盡也. 後半寫思婦悵望之情, 曲折三致. 題中五字安放自然, 猶是王楊盧駱之體.)

해설 봄, 강, 꽃, 달, 밤을 노래하였다. 춘강화월야는 말 그대로 꽃 핀 강가의 봄 달밤이라 새길 수 있다. 시는 강물과 달빛, 구름과 나무, 배와 누각 등의 경물을 끌어오면서 그리움과 이별을 노래하고 있으며, 그 가운데 청춘의 아름다움과 우주의 광활함을 읊고 있다. 청신하고 아름다운 언어와 물결이 출렁이듯 반복되는 운율 속에 유장하고 진지한 감정과 인생과 철리가 어우러졌다. 이 소재는 동시대 노조린의 「명월의 노래」(明月引)에도 나타나며, 남당 이욱(李煜)의 「우미인」(虞美人)에서도 볼 수 있지만 그 의경은 전혀 다르다. 청대 말기 왕개운(王闓運)은 "한 편으로 다른

---

13) 碣石(갈석) : 갈석산. 지금의 하북성 창려현(昌黎縣) 북쪽에 있다. 바다에서 15킬로미터 떨어진 곳으로 산정에 큰 돌이 서 있어 갈석이라 하였다. 고대에는 하북성 낙정현(樂亭縣)에 있는 갈석산을 지칭한다고 풀이하였다. 이 산은 육조시기에 바다에 함몰되었다. ○瀟湘(소상) : 소수와 상수. 호남성에 있는 강으로 모두 동정호로 흘러든다. 여기서는 갈석으로 북방을 나타내고 소상으로 남방을 나타내어 두 사람이 멀리 떨어져 있음을 나타낸다.

시인을 초월하여 대가가 되었다. 이하와 이상은이 그 신선함과 윤택함에 예를 갖추며, 송사(宋詞)와 원시(元詩)가 모두 그 지류이다"고 평하였다. 문일다(聞一多)는 이 작품을 "시 중의 시요, 최고봉 위의 최고봉"(詩中的詩, 頂峰上的頂峰)이라 평하였다.

손적(孫逖)

봄날에 두고 떠나며(春日留別)

春路逶迤花柳前,	봄 길은 굽이지며 꽃과 버들 앞으로 이어지고
孤舟晚泊就人煙. [1]	저녁에 쪽배를 대고 인가로 다가간다
東山白雲不可見, [2]	동산은 흰 구름에 가려 보이지 않고
西陵江月夜娟娟. [3]	서릉의 강가 달은 밤이 되자 더욱 하늘거려라
春江夜盡潮聲度,	봄 강에 밤이 다하고 조수 소리 들리면
征帆遙從此中去. [4]	떠나는 배는 멀리 이곳을 지나가야 하리라
越國山川看漸無,	월 지방 산천이 점점 보이지 않으면
可憐愁思江南樹.	아쉬워라, 강남의 숲을 시름에 생각하리라

평석 이상의 여러 작품들은 초당에서 성당으로 옮겨가는 과정을 보인다.(以上諸篇, 志初唐入盛之漸.)

---

1) 人煙(인연) : 사람이 사는 집에서 나는 연기. 일반적으로 인가를 가리킨다.
2) 東山(동산) : 지금의 절강성 소흥시 남쪽에 소재. 운문산(雲門山)이라고도 한다.
3) 西陵(서릉) : 지금의 절강성 소산(蕭山) 서쪽의 서흥진(西興鎭). 전당강 남안에 소재한다. ○江(강) : 전당강. ○娟娟(연연) : 하늘하늘. 부드럽게 움직이는 모양.
4) 此中(차중) : 조수의 소리 속에서.

해설 봄날의 강남 풍경을 그렸다. 손적이 717년(23세) 산음위를 마치고 장안으로 비서성 정자가 되어 떠날 때 지었다. 특정한 인물과의 이별이 아니라 자신이 삼 년 동안 재임했던 산음의 산수에 대한 아쉬움을 표현하였다.

고적(高適)

평석 이백과 두보 이외에 고적, 잠삼, 왕유, 이기가 칠언고시 중에 가장 웅건하다.(李杜外, 高岑王李七言古中最矯健者.)

한단 소년의 노래(邯鄲少年行)[1]

邯鄲城南遊俠子,[2]	한단 성남의 유협아
自矜生長邯鄲裏.[3]	한단에서 자랐다고 자랑하누나
千場縱博家仍富,	수없이 제멋대로 도박해도 집은 여전히 부자이고
幾處報讎身不死.	몇 군데 복수를 해도 몸은 아직 살아있어
宅中歌笑日紛紛,	저택 안은 노래와 웃음이 날마다 질펀하고
門外車馬如雲屯.[4]	문밖에는 수레와 말이 구름처럼 몰려 있네
未知肝膽向誰是?[5][6]	진정한 마음을 누구에게 펼쳐야 할지 모르겠는데

----

1) 邯鄲(한단) : 전국시대 조(趙)나라의 수도. 지금의 하북성 한단시. ○少年行(소년행) : 악부제로 '잡곡가사'에 속한다. 주로 청년의 의협 정신과 연락(宴樂)을 내용으로 한다.
2) 遊俠子(유협자) : 유협 청년.
3) 矜(긍) : 교만하다. 자만하다.
4) 雲屯(운둔) : 구름처럼 많이 모이다.
5) 심주 : 호방한 말이다.(豪語.)
6) 肝膽(간담) : 간과 쓸개. 속마음. 진정한 마음.

令人却憶平原君.[7]　　　생각나는 사람은 오로지 평원군뿐이로다
君不見今人交態薄,[8]　　 그대 보지 못하는가, 지금 사람 사귐이 얄음을
黃金用盡還疎索.[9]　　　 황금을 다 써버리면 다시 소원해지는 것을
以玆感歎辭舊遊,[10]　　　이 때문에 탄식하고 친구들을 떠나고
更於時事無所求.　　　　게다가 세상일도 더 이상 구하지 않으라
且與少年飲美酒,　　　　잠시 청년들과 술을 마시면서
往來射獵西山頭.[11]　　　오가며 서산 앞에서 사냥하노라

평석 신릉군을 생각하는 것이 아니라 평원군을 생각한다고 한 것은 한단이 조나라 땅이기 때문이다.(不憶信陵而憶平原, 以邯鄲爲趙地之故.)

해설 한단의 유협아들을 묘사하고 자신의 감회를 읊었다. 732~734년 하북 일대에 놀러 갔을 때 지은 것으로 보인다. 한단은 전국시대 조나라의 수도로 유협과 호걸들의 고향이다. 그러나 지금 한단의 유협 청년들은 부호의 자제들로 고대의 유풍은 사라지고 없고 제멋대로 방종하게 놀 뿐이다. 세상의 풍상이 이러매 무엇을 추구할 것인가? 그저 이들과 놀며 잠시 즐거이 지낼 뿐이다. 여기에는 시인의 불만이 깃들어 있으나 특별히 강조하지는 않았다. 성당의 시평가 은번(殷璠)은 자신이 가장 좋아하는 구는 "未知肝膽向誰是? 令人却憶平原君"이라고 하였다.

---

7) 平原君(평원군) : 조나라 공자 조승(趙勝)으로 '전국 사공자'(戰國四公子) 가운데 하나. 혜문왕(惠文王)의 동생이자 위(魏) 신릉군의 매부이다. 유능한 인재를 대우하여 문객이 수천에 이르렀다.
8) 交態(교태) : 교제와 왕래의 정.
9) 疎索(소삭) : 소원하고 냉담하다.
10) 以玆(이자) : 이 때문에. ○ 舊遊(구유) : 옛 친구.
11) 西山(서산) : 마복산(馬服山). 한단 서북 십 리에 소재.

옛 대량의 노래(古大梁行)[12]

古城莽蒼饒荊榛,[13]	어둑한 옛 성에는 가시덤불 가득한데
驅馬荒城愁殺人.	황량한 성에 말을 달리니 시름겨워라
魏王宮觀盡禾黍,[14]	위나라 왕궁 터에는 벼와 기장이 자라고
信陵賓客隨灰塵.[15]	신릉군의 빈객들도 먼지가 되었어라
憶昨雄都舊朝市,[16]	생각하면 웅장한 도읍의 옛 조정과 시장에는
軒車照耀歌鐘起.[17]	대부의 수레가 휘황하고 노래와 음악이 울렸었지
軍容帶甲三十萬,[18]	군대는 갑옷 입은 병사가 삼십만
國步連營五千里.[19]	국토는 이어진 병영이 오천 리
全盛須史那可論?	전성기는 삽시간에 지나갔으니 무엇을 논하리?
高臺曲池無復存.	높은 누대 굽이진 연못도 남아난 게 없어라
遺墟但見狐狸迹,	폐허에는 다만 여우의 발자욱 보이고
古地空餘草木根.	옛 땅에는 부질없이 고목의 뿌리만 있어라
暮天搖落傷懷抱,	저녁 하늘에 낙엽 떨어져 마음이 슬픈데
撫劍悲歌對秋草.	검을 만지며 가을 풀 앞에서 슬픈 노래 불러라
俠客猶傳朱亥名,[20]	협객 주해의 이름은 아직도 전해지고

---

12) 大梁(대량) : 당대 변주(汴州) 진류군(陳留郡). 전국시대 위 혜왕(魏惠王) 때 이곳을 도읍으로 정하였다. 지금의 하남성 개봉시. 『악부시집』에서는 제목을 「대량의 노래」(大梁行)라 하였다.

13) 莽蒼(망창) : 멀리 어둑한 모양. ○荊榛(형진) : 가시나무와 개암나무. 잡목 숲을 가리킨다.

14) 禾黍(화서) : 벼와 기장. 여기에 덧붙여 『시경』 「서리」(黍離)의 '소서'(小序)에서 주나라가 멸망한 후 종묘에 벼와 기장이 자란 일을 보고 슬퍼한 일을 환기한다.

15) 信陵(신릉) : 전국시대 위나라의 공자 위무기(魏無忌). 맹상군과 평원군을 배워 식객을 초청하고 무사를 양성해 스스로 세력을 키웠다.

16) 朝市(조시) : 조정과 시장. 정치 중심지의 도성.

17) 軒車(헌거) : 대부 이상이 타는 수레.

18) 帶甲(대갑) : 갑옷을 입은 병사.

19) 國步(국보) : 국토. 국운. 국세.

20) 朱亥(주해) : 전국시대 위나라 사람. 후영(侯嬴)의 친구로 의협심이 있으며, 시장에서

行人尙識夷門道.[21]　　행인들은 지금도 이문의 길을 알아본다
白壁黃金萬戶侯,[22]　　벽옥에 황금을 쌓고 살았던 만호후
寶刀駿馬塡山丘.　　보검과 준마는 언덕에 묻혔어라
年代凄涼不可問,　　연대가 오래되어 물어볼 게 없는데
往來惟見水東流.　　오가며 보이는 건 동으로 흐르는 강물뿐

해설 대량의 번화와 쇠퇴를 그린 회고시이다. 고대 국가의 도읍지의 성쇠와 흥망을 통하여 세상의 변화에 대한 감개를 나타냈다. 그중에는 걸출한 인물의 업적에 대한 찬양도 있어 시인의 지향을 보이기도 한다. 내용이 호방하고 자유로운 한편, 연을 건너뛰며 대구를 만들고 있어 정제된 형식을 보여준다. 744년 가을 이백, 두보와 함께 변주를 유람할 때 지었다.

연가행(燕歌行)[23]

　　開元二十六年, 客有從元戎出塞而還者,[24] 作「燕歌行」以示適, 感征戍之事, 因而和焉.

　　백정으로 은둔하며 살았다. 신릉군이 조나라를 도우러 갈 때 철퇴로 위나라 장수 진비(晉鄙)를 죽여 신릉군이 병권을 쥐게 하였다.
21) 夷門(이문) : 전국시대 위나라 도읍 대량(大梁)성의 동문. 가난하며 나이가 일흔이 된 후영(侯嬴)이 문지기를 하였는데, 신릉군이 그가 현능하다는 말을 듣고 직접 수레를 몰고 찾아가 상객으로 맞이하였다. 나중에 신릉군이 조나라를 구하려 나가자 후영은 진비의 병권을 탈취하라는 계책을 알려주면서 주해를 추천하였다. 신릉군이 일을 성사시키자 후영은 자결하였다.
22) 萬戶侯(만호후) : 식읍 만호의 후. 높은 작위.
23) 燕歌行(연가행) : 악부제로 '상화가'(相和歌)에 속한다. 연(燕)은 북쪽 변방 지역으로 전쟁과 관련되며, 출정한 남편의 고향 생각이나 아낙의 그리움 등 이별을 제재로 한 내용이 많다.
24) 元戎(원융) : 통수. 주장(主將). 『하악영령집』에서는 '어사대부 장공'(御史大夫張公)이라 되어 있다. 장공은 유주절도사 장수규(張守珪)로 735년 어사대부를 겸직하였다.

개원 26년(738년) 장수를 따라 변경으로 출정하였다가 돌아온 친구가
「연가행」을 지어 나에게 보여주었다. 군사 문제에 대해 느낀 바가 있어
이에 화답한다.

漢家煙塵在東北,[25]	한나라에 봉화 먼지 동북에서 일어나니
漢將辭家破殘賊.[26]	장수가 잔악한 적 깨뜨리려 집을 떠난다
男兒本自重橫行,[27]	남아로서 본디 내달리기 좋아해
天子非常賜顔色.[28]	천자에서 특별히 은총을 내리셨다
摐金伐鼓下楡關,[29]	징을 치고 북을 치며 유관을 나서니
旌旆逶迤碣石間.[30]	구불구불 갈석산까지 기치가 이어졌다
校尉羽書飛瀚海,[31]	교위의 우서가 사막에서 날아들고
單于獵火照狼山.[32]	선우의 사냥 불이 낭산을 비춘다
山川蕭條極邊土,	산천은 변방 끝까지 삭막하기 그지없고
胡騎憑陵雜風雨.[33]	오랑캐 기마병이 비바람처럼 공격해왔다

---

25) 漢家(한가) : 한나라. 당나라를 가리킨다. ○煙塵(연진) : 봉화 연기와 전쟁의 먼지.
26) 殘賊(잔적) : 잔악한 적. 여기서는 거란과 해(奚) 등을 가리킨다.
27) 橫行(횡행) : 전장을 마음대로 내달리다. 전투에서 막아설 적이 없음을 형용한 말.
28) 非常(비상) : 특별히. ○賜顔色(사안색) : 상을 내리다. 영광을 내리다. 이 두 구에 대
    해 명말 당여순(唐汝詢)은 장수가 전장에서 횡행하는 데도 군주가 후사를 내리니 변
    방에 전란이 일어날 것을 풍자한 것으로 보았다.
29) 摐金(창금) : 징을 치다. ○下(하) : 내려가다. 출병하다. ○楡關(유관) : 지금의 산해
    관. 하북성 임유현(臨楡縣)에 있었다.
30) 旌旆(정패) : 기치. 정(旌)은 깃봉에 오색 깃털이 장식된 깃발이고 패(旆)는 여러 색
    으로 깃 폭 테두리를 장식한 깃발이다. ○逶迤(위이) : 구불구불 끊이지 않은 모양.
    ○碣石(갈석) : 갈석산. 『구당서』「지리지」에는 영주(營州) 유성현(柳城縣) 동쪽에
    있다고 하였다. 곧 지금의 하북성 창려현(昌黎縣) 서북이다.
31) 校尉(교위) : 당대 무관. 여기서는 무장을 가리킨다. ○羽書(우서) : 군사상 긴급 문
    서. ○瀚海(한해) : 사막. 흥안령에서 감숙성 천산 사이에 약 2000킬로미터의 사막이
    걸쳐있다.
32) 單于(선우) : 흉노의 왕. 여기서는 거란족과 해족의 왕. ○獵火(엽화) : 사냥을 할 때
    짐승을 몰기 위해 피우는 불. ○狼山(낭산) : 지금의 내몽골자치주에 소재한 산.
33) 憑陵(빙릉) : 침범하다. 믿는 바가 있어 다른 사람을 침범하고 기만하다.

戰士軍前半死生,　　　사졸들은 전장에서 반이나 죽었는데
美人帳下猶歌舞![34]　　장수들 휘장에선 미인들 가무로다!
大漠窮秋塞草腓,[35]　　사막의 늦가을에 풀들이 마르고
孤城落日鬪兵稀.　　　외떨어진 성에 해 지는데 병사는 드물어
身當恩遇常輕敵,　　　군주의 은혜 입은 몸으로 언제나 적을 가벼이 여겨
力盡關山未解圍.　　　힘 다해 싸웠으나 관산의 포위를 풀지 못하네
鐵衣遠戍辛勤久,　　　병사들은 철갑 입고 출정하여 오래도록 고생하고
玉筯[36]應啼別離後.　　여인들은 이별 후에 옥 가락 같은 눈물 흘렸지
少婦城南欲斷腸,[37]　　젊은 아낙 성남에서 애간장이 끊어지는데
征人薊北空回首.[38]　　병사들은 계북에서 공연히 고개 돌려 바라보네
邊庭飄颻那可度,[39]　　변경은 바람 드세 건널 수 없고
絶域蒼茫更何有?[40]　　절역은 드넓어 무엇이 있겠는가?
殺氣三時作陣雲,[41]　　삼시 세 때 살기가 구름으로 응결되고
寒聲一夜傳刁斗.[42]　　추운 날 온 밤 내내 동라 소리 들려온다
相看白刃雪紛紛,[43]　　직접 보게나, 흰 칼날이 눈발처럼 분분한데
死節從來豈顧勳?[44]　　병사들이 나라를 위해 죽으며 어찌 공훈을 따졌는가?

---

34) 심주 : 비장하다. 장수가 사졸을 아끼지 않음을 말하였다.(悲壯. 言主將不惜士卒.)
35) 窮秋(궁추) : 늦가을. ○腓(비) : 병들다. 여기서는 시들다.
36) 심주 : 눈물이다.(淚也.)
37) 少婦(소부) : 젊은 아낙. 전쟁에 참가한 사졸들의 처를 가리킨다. ○城南(성남) : 사졸
　　들의 고향을 가리킨다.
38) 薊北(계북) : 계주의 북쪽. 중국의 동북 지방을 가리킨다.
39) 邊庭(변정) : 변경. ○飄颻(표요) : 바람이 세게 불다. 여기서는 변경의 불안을 형용한
　　말로 볼 수도 있다. ○那可度(나가도) : 어찌 넘을 수 있나? 사졸들이 포위를 뚫을
　　수 없다는 뜻. 또는 아낙이 남편이 있는 변경을 찾아갈 수 없다는 뜻으로 새길 수도
　　있다.
40) 絶域(절역) : 사방이 고립된 지역. 변경.
41) 三時(삼시) : 하루 중의 아침, 점시, 저녁 세 번. 즉 하루 종일. ○陣雲(진운) : 전운(戰雲).
42) 刁斗(조두) : 군중에서 사용하는 동으로 만든 솥. 낮에는 솥으로 쓰고 밤에는 경계의
　　뜻으로 친다.
43) 白刃(백인) : 칼날.
44) 死節(사절) : 절개를 위해 죽음.

君不見沙場征戰苦,　　그대 보지 못하는가, 사막의 전쟁이 힘겨움을
至今猶憶李將軍!⁴⁵⁾　　지금도 사람들이 이 장군을 생각함을!

평석 칠언고시 가운데 때로 대구를 이룸으로써 구성이 산만해지지 않았다. 이백과 두보의 경우는 비바람이 불고 어룡이 온갖 모습으로 변하니 하나의 격식만으로 논할 수 없다.(七言古中時帶整句, 局勢方不散漫. 若李杜風雨分飛, 魚龍百變, 又不可以一格論.)

해설 변방의 실제 경험과 견문을 결합하여 당시 군사적 상황을 비판하였다. 주로 조정에서 파견한 장수들의 교만과 무능을 질책하고, 관심과 보상 없이 장기간 고생하고 죽어간 병사들을 깊이 동정하였다. 배경이 되는 변새의 풍광, 전투 분위기, 병사들의 복잡한 심리 등도 모두 선명하게 표현하였다. 시는 동북 변경에서 일어난 전투의 전 과정을 재현하면서, 대비의 수법으로 주제를 함축적으로 드러내었다. 4구마다 환운(換韻)을 하여 산구와 대구를 번갈아 사용하였으며, 기세가 분방하고 격조가 비장하다. 명말 형방(邢昉)은 "청동 창검과 철마의 소리가 나고, 옥 경쇠에 구슬이 부딪치는 가락이 있다"(金戈鐵馬之聲, 有玉磬鳴球之節)고 평하였다. 고적의 대표작일 뿐만 아니라 당대 변새시의 걸작이다.

창오로 폄적 가는 전 소부를 보내며(送田少府貶蒼梧)⁴⁶⁾

沈吟對遷客,⁴⁷⁾　　낮게 읊조리며 유배 가는 그대 마주하니
惆悵西南天.⁴⁸⁾　　서남쪽의 하늘 바라보며 슬퍼하노라

---

45) 심주 : 이광이 사졸을 아꼈으므로 여기서 언급하였다. 혹자는 전국시대 조나라 이목 장군으로 보는데 이 풀이도 통한다.(李廣愛惜士卒, 故云. 或云李牧, 亦可.)
46) 蒼梧(창오) : 오주(梧州) 창오군의 치소. 지금의 광서 동부 동족(僮族)자치주 창오현.
47) 沈吟(침음) : 생각에 잠겨 읊조리다. '고시십구수' 중에 "생각에 잠겨 읊조리며 잠시 동안 배회한다"(沈吟聊躑躅)는 말이 있다. ○遷客(천객) : 폄적되어 가는 사람.

昔爲一官未得意,　　예전에 관직에 있으며 뜻을 얻지도 못했는데
今向萬里令人憐.　　지금 다시 만 리 멀리 향하니 더욱 마음 아파라
念玆斗酒成暌間,⁴⁹⁾　　한 말 술 마시고 헤어질 걸 생각하니
停舟歎君日將晏.　　배를 멈추고 그대와 탄식하지만 해가 기우는구나
遠樹應連北地春,⁵⁰⁾　　남방의 나무는 북방의 봄빛과 이어지니
行人却羨南歸雁.　　행인도 남으로 돌아가는 기러기를 부러워하리
丈夫窮達未可知,⁵¹⁾　　장부의 궁달은 아직 알 수 없는 것
看君不合長數奇.⁵²⁾　　보아하니 그대는 오래도록 운이 나쁘진 않을 것
江山到處堪乘興,　　강산의 도처에서 흥을 일으킬 수 있으니
楊柳青青那足悲?　　버들 빛 청청한데 어찌 슬퍼하리오?

해설 멀리 창오현으로 유배 가는 친구를 보내며 쓴 송별시이다. 먼저 친구에 대한 깊은 동정을 나타내고 이어서 자상하게 배려하였으며, 끝으로 긍정적으로 격려하였다. 고적의 송별시는 상대를 권면하고 격려하는 점에서 뛰어난데, 그것이 이처럼 인정과 세태를 자세하게 체득한 끝에 나온 것임을 알 수 있다.

진삼 처사와 헤어지며(贈別晉三處士)

有人家住清河源,⁵³⁾　　집이 청하의 수원에 있는 사람이 있으니

---

48) 惆悵(추창) : 실의하거나 실망하여 슬퍼하고 괴로워하다.
49) 暌(규) : 떨어지다. 헤어지다. ○間(간) : 떨어지다.
50) 遠樹(원수) : 먼 곳의 나무. 창오를 가리킨다.
51) 窮達(궁달) : 빈궁과 영달.
52) 看(간) : 헤아리다. ○數(수) : 운수. ○奇(기) : 홀수. 운이 안 좋다. 고대인은 짝수를 길하다고 보고, 홀수를 불길하다고 여겼다.
53) 清河(청하) : 전국시대 제나라와 조(趙)나라 사이에 있던 강. 수원은 하남성 내황현(內黃縣) 남쪽이다.

渡河問我遊梁園.⁵⁴⁾　　황하를 건너 내게 와 양원에서 놀았지
手持道經注已畢,⁵⁵⁾　　손에 든 『도덕경』엔 이미 주석을 달았고
心知內篇口不言.⁵⁶⁾　　마음으로 읽은 『장자』는 말을 안했지
盧門十年見秋草,⁵⁷⁾　　노문에서 십 년 동안 가을 풀을 보았는데
此心惆悵誰能道!　　보내는 마음 울적한 걸 그 누가 알랴!
知己從來不易知,　　지기는 예부터 쉽게 알 수 없는데
慕君爲人與君好.⁵⁸⁾　　그대의 사람됨을 앙모하고 그대와 친하였네
別時九月桑葉疎,　　헤어지는 때가 구월이라 뽕잎이 성기어
出門千里無行車.　　문을 나서 천 리 가는데 수레도 없어라
愛君且欲君先達,　　그대를 아끼며 그대가 먼저 영달하길 바라노니
今上求賢早上書.⁵⁹⁾　　지금의 황제가 인재를 구하니 일찍 상서 올리게나

해설 친구와 헤어지며 지은 송별시이다. 전반부에서 두 사람이 사귄 과정과 인품을 말하고, 후반부에서 이별의 아쉬움과 격려를 표현하였다. 734년 9월 송주(宋州)에 있을 때 지었다.

---

54) 河(하) : 황하. ○問(문) : 向(향)의 뜻이다. 향하다. ~에게. ○梁園(양원) : 서한 초기 양효왕(梁孝王) 유무(劉武)가 축조한 정원으로 지금의 하남성 상구시(商丘市) 동쪽 소재. 사방의 호걸을 초빙하니 관동 지역의 유세객들이 모두 모여들었다.

55) 道經(도경) : 『도덕경』. 도가의 경전인 『노자』.

56) 內篇(내편) : 『장자』를 가리킨다. 『장자』는 내편, 외편, 잡편으로 되어 있다.

57) 盧門(노문) : 춘추시기 송나라의 성문. 여기서는 송주(宋州)의 치소 송성현(宋城縣)으로, 지금의 하남성 상구시 남쪽.

58) 好(호) : 친하다. 서로 좋아하다.

59) 今上(금상) : 지금의 황제.

'환산음'을 제목으로 하여─심사 산인을 보내며(賦得還山吟, 送沈四山人)[60]

還山吟,	산으로 돌아가는 노래─
天高日暮寒山深,	하늘 높고 해 저물고 추운 산 깊은데
送君還山識君心.	환산하는 그대 보내려니 그대 마음 알겠어라
人生老大須恣意,	살면서 나이 들면 제 뜻대로 해야 하거늘
看君解作一生事.[61]	그대는 잘 아는구료 남은 생애 어찌 보낼지
山間偃仰無不至,[62]	산간에선 무얼 해도 맞지 않은 게 없으니
石泉淙淙若風雨,[63]	샘물이 졸졸 흐르는 것도 비바람 같고
桂花松子常滿地.	계수나무 꽃과 솔방울도 언제나 땅에 가득하리
賣藥囊中應有錢,[64]	약초 캐다 팔면 주머니에 돈 생기고
還山服藥又長年.	산에 돌아가 약초 먹으면 또 장수하리라
白雲勸盡杯中物,[65]	흰 구름은 그대에게 술을 권하고

---

60) 賦得(부득) : 제목이 지정되었거나 한정되었을 때 그 제목 앞에 쓰는 말이다. "~를 제목으로 하여 시를 짓다"는 뜻이다. ○沈四山人(심사산인) : 심천운(沈千運). 시인 소전 참조.

61) 解作(해작) : 알다. 깨닫다.

62) 偃仰(언앙) : 눕고 일어남. 한가롭고 자유로움. 『시경』「북산」(北山)에 "어떤 사람은 한가하고 여유롭게 지내고, 어떤 사람은 공무로 분주하네"(或棲遲偃仰, 或王事鞅掌)라는 말이 있다. ○至(지) : 적당하다. 『순자』「정론」(正論)에 "역순의 도리와 대소의 구별, 합당하고 합당하지 않는 차이를 알지 못한다"(不知逆順之理、大小至不至之變也.)는 말이 나오며, 당대 양경(楊倞)은 '지부지'(至不至)는 '당부당'(當不當)과 같다고 주석하였다.

63) 淙淙(종종) : 졸졸. 흐르는 물에서 나는 부드러운 소리.

64) 賣藥(매약) : 약을 팔다. 동한 한강(韓康)의 고사를 환기한다. 한강은 명산에서 약을 캐어 장안시장에 팔면서 살았다. 약값을 깎지 않고 삼십여 년을 지냈는데, 한 번은 여자가 약을 사려는데 깎아주지 않자 "어르신은 한강이신데 어찌 물건을 깎아주지 않으시오!"라고 화를 내었다. 이에 한강이 탄식하기를 "나는 본래 이름을 숨기려 했는데 어린 여자까지 모두 알고 있으니 약을 팔아 무엇하리오?"라며 패릉산에 들어가 자취를 감췄다. 『후한서』「일민전」(逸民傳) 참조.

65) 杯中物(배중물) : 술잔 속의 물건. 곧 술을 가리킨다. 도연명의 「아이를 꾸짖으며」(責子)에 "천운이 이와 같으니, 잔 속의 것을 마실 수밖에"(天運苟如此, 且進杯中物)란 말이 있다.

明月相隨何處眠?　　　밝은 달은 그대와 함께 어디에서 잠자나?

眠時憶問醒時事,　　　잠잘 때 그대가 깨어있을 때의 일을 잊지 않는다면

夢魂可以相周旋.[66]　　꿈속에서 우리 만나 술 마시고 놀리라

해설 산으로 은거하러 돌아가는 심천운을 보내며 지은 시이다. 주로 산속에서의 한적하고 소탈한 은거 생활을 상상하면서, 심씨의 뜻과 환경과 생계와 일상을 묘사하고, 청빈하고 고상한 품격을 찬미하였다. 생활의 분위기가 농후하고 낭만적이며, 명쾌하고 유창한 언어 속에 유장한 리듬이 깔려있어 칠언고시의 특성이 잘 발휘되었다. 746년 가을에 동평(東平)에 있을 때 지었다.

인일 두이 습유에게 부침(人日寄杜二拾遺)[67]

人日題詩寄草堂,[68]　　　인일에 시를 지어 초당에 부치니

遙憐故人思故鄉.[69]　　　고향 생각에 빠졌을 친구를 멀리서 안타까워한다

柳條弄色不忍見,　　　　버들가지 푸른빛 돌아도 차마 보지 못할 테고

梅花滿枝空斷腸.　　　　매화가 가지 가득 피어나면 공연히 애간장 끊이리

身在南蕃無所預,[70][71]　이 몸이 남방 변경에서 조정 일 참여 못하니

---

66) 周旋(주선) : 예절의 행동거지. 이로부터 교제와 응수를 의미한다.

67) 人日(인일) : 음력 정월 칠일. 인승절(人勝節) 또는 인경절(人慶節) 등으로도 불린다. 전설에 의하면 여와가 초하루부터 날마다 닭, 개, 돼지, 양, 소, 말을 창조하고 칠일째 되는 날 사람을 창조하였다고 한다. 한대부터 있었으며 위진 이래 중시하기 시작하여 당대에는 더욱 중시하였다. ○杜二拾遺(두이습유) : 두보. 758년에 좌습유를 역임하였다.

68) 草堂(초당) : 두보가 성도 서쪽 교외 완화계 옆에 지은 집. 760년 늦봄에 낙성하였다.

69) 思故鄉(사고향) : 고향을 생각하다. 인일에는 고향을 그리는 전통 습속이 있다. 설도형(薛道衡)의 「인일의 고향 생각」(人日思歸)에서 "봄이 된 지 이제 이레, 집 떠난 지 이미 두 해. 사람은 기러기가 간 후 돌아가고, 그리움은 꽃 피기 전에 일어나"(入春才七日, 離家已二年. 人歸落雁後, 思發在花前.)라고 하였다.

心懷百憂復千慮.　　마음은 백 가지 근심에 천 가지 걱정이로다
今年人日空相憶,　　올해의 인일에는 부질없이 서로 그리니
明年人日知何處?　　명년의 인일에는 어디에 있으런가?
一臥東山三十春,[72]　한 번 동산에 누워 은거하며 삼십 년 보냈으니
豈知書劍老風塵.　　어찌 알았으랴, 문무에 종사하며 풍진 속에 늙었음을
龍鍾還忝二千石,[73]　늙고 굼뜨면서 부끄럽게 자사 직책에 있어
愧爾東西南北人![74]　동서남북으로 떠도는 그대에게 부끄러워라

평석 관직에 묶여 있으면서 부평처럼 떠도니 오히려 사방을 주유하며 즐기는 것만 못하다고 말하였다.(言羈絆一官, 萍蹤斷梗, 轉不如遨遊四方之爲樂也.)

해설 인일에 친구 두보를 생각하며 지어 보낸 시이다. 고적과 두보는 젊었을 때 의기가 투합하였던 사이로, 이백과 함께 하남과 산동 일대를 여행하기도 하였다. 안사의 난 이후 고적은 759년 팽주자사에서 760년 다시 촉주자사로 나갔으며, 두보는 떠돌다가 759년 연말에 성도에 들어가, 두 사람은 다시 만나게 된다. 이 시는 당시 전란이 아직 끝나지 않은 상황을 배경으로 개인과 나라의 일을 관련시켰으며, 두보에 대한 진지한 우정을 표현하였다. 두보는 만년에 이 시를 다시 꺼내 '눈물을 행간에 뿌리며 끝까지 읽고'(淚灑行間, 讀終篇末) 고적을 추억하는 시를 짓기도 하였다.

---

70)　심주 : 당시 촉주자사 겸 팽주자사였다.(時爲蜀彭二州刺史.)
71)　南蕃(남번) : 남방의 변경 지역. ○無所預(무소예) : 국가의 중요 대사에 참여할 수 없다.
72)　東山(동산) : 은거하는 곳. 동진의 사안(謝安)이 관직을 버리고 회계(會稽)의 동산(東山)에 은거한 이래, 동산은 은거지를 의미하였다. ○三十春(삼십춘) : 삼십 년. 고적이 나이 스물에 공부와 검술을 배운 후 장안에서 출로를 찾았으나 실의하여 하남 일대에서 객거하였다. 이후 49세에 급제하여 관직에 나아갔으니 마침 삼십 년이다.
73)　龍鍾(용종) : 몸이 늙어 행동이 더딘 모양. ○忝(첨) : 욕되다. 더럽히다. 일반적으로 겸사로 사용된다. ○二千石(이천석) : 주(州)의 자사를 가리킨다. 본래 한대의 태수의 봉록으로, 당의 자사는 한대의 태수에 상당하므로 이렇게 말하였다.
74)　東西南北人(동서남북인) : 정해진 곳이 없이 사방을 떠도는 사람. 『예기』「단궁」(檀弓)에 공자가 스스로 자신을 '동서남북인'(東西南北人也)이라고 하였다.

봉구현(封丘縣)[75]

我本漁樵孟諸野,[76]	나는 본래 맹저의 들에서 고기 잡고 나무하며
一生自是悠悠者.[77]	일생을 스스로 유유자적하던 사람
乍可狂歌草澤中,[78]	그저 풀숲에서 광인처럼 노래할 줄 알았지
寧堪作吏風塵下!	어찌 알았으랴, 풍진 속에 관리가 되리라곤!
只言小邑無所爲,	작은 현에는 할 일이 없으리라 생각했건만
公門百事皆有期.[79]	관청의 모든 일에 모두 기한이 있더라
拜迎官長心欲碎,	상관에게 절하려니 마음이 부서질 듯하고
鞭撻黎庶令人悲.[80]	백성을 채찍질하니 가슴이 아파
悲來向家問妻子,	슬퍼서 집에 와 처와 아이들에게 말하니
擧家盡笑今如此.	집안사람 모두 이 지경까지 왔냐고 웃어버리더라
生事應須南畝田,[81]	생계를 꾸리려면 남쪽 밭이 있으면 되니
世情付與東流水.[82]	벼슬에 대한 생각은 흐르는 물에 부쳤어라
夢想舊山安在哉?	꿈에 그렸던 동산은 어디에 있는가?
爲銜君命日遲廻.	임금이 내린 벼슬이라 날마다 머뭇거리네
乃知梅福徒爲爾,[83]	이제야 알겠노니 매복의 노력이 헛됨을
轉憶陶潛歸去來.[84]	오히려 도연명의 「귀거래사」를 생각하노라

---

75) 封丘縣(봉구현) : 진류군(陳留郡)의 속현. 지금의 하남성 봉구현.
76) 孟諸(맹저) : 고대 소택지 이름. 지금의 하남성 상구(商丘) 동북에 소재.
77) 悠悠者(유유자) : 유유자적하는 사람.
78) 乍可(사가) : 지가(只可)와 같은 뜻이다. ○狂歌(광가) : 춘추시대 초나라 광인 접여(接輿)가 부른 노래. 공자를 만났을 때 공자를 비판하는 노래를 불렀다. 여기서는 벼슬을 하지 않고 방탕불기하게 산다는 뜻.
79) 公門(공문) : 관청.
80) 鞭撻(편달) : 채찍질하고 매질하다. ○黎庶(여서) : 백성.
81) 生事(생사) : 생계.
82) 世情(세정) : 세속의 마음. 여기서는 벼슬에 대한 생각.
83) 梅福(매복) : 서한 말기 사람으로, 남창위(南昌尉)가 되었으나 나중에 관직을 버리고 떠났다. 성품이 강개하고 나라 일을 염려하였으며 여러 차례 상소하였으나 채납되지 않았다. ○徒爲爾(도위이) : 도로가 되었을 뿐이다.

해설 처음 관리가 되어 느끼는 이상과 현실 사이의 모순을 그렸다. 749년 송주자사 장구고(張九皐)의 추천을 받아 봉구현 현위가 된 후 지었다. 현위는 관직 가운데 가장 낮은 직위로, 주로 도적을 잡는 등 치안을 담당하는 일을 하였으므로 당대 시인들이 가장 싫어하는 직책이었다. 시인은 벼슬과 은거, 자존과 배영(拜迎), 인애와 편달, 사퇴와 왕명 등 여러 가지 모순 사이에서, 남들은 웃으며 쉽게 넘기는 일을 하나씩 진지하게 되짚어보고는, 은거를 대한 지향을 나타내었다. 연을 건너뛰면서 대구를 만들었으며, 대구는 대장이 공정하고 각 구마다 한 가지 일을 서술하여 중복되지 않게 하였다. 각 4구마다 환운하면서 감정의 변화를 연결시켰고, 유창한 기세에 언어가 자연스럽고 생동감이 넘친다.

위 참군과 헤어지며(別韋參軍)

二十解書劍,[85]	스물에 서적과 검술을 배우고
西遊長安城.	서쪽으로 장안성에 놀러갔지
擧頭望君門,	머리 들어 군왕의 궁문을 바라보며
屈指取公卿.[86]	손가락 꼽으며 공경이 되리라 자신했지
國風沖融邁三五,[87]	나라 안은 화목하여 삼황오제 때보다 낫고
朝廷禮樂彌寰宇.	조정의 예악은 천하에 가득해라
白璧皆言賜近臣,[88]	모두들 말하길 벽옥은 근신들에게만 하사하고

---

84) 歸去來(귀거래) : 도연명이 지은 「귀거래사」. '귀거래'는 '돌아가자!'라는 뜻이다.

85) 解(해) : 알다. 배우다.

86) 屈指(굴지) : 손가락을 꼽으며 헤아리다. ○公卿(공경) : 삼공구경. 조정의 요직.

87) 國風(국풍) : 국가와 사회의 풍기. ○沖融(충융) : 화합하다. ○邁(매) : 초월하다. ○三五(삼오) : 삼황오제. 상고시대의 제왕으로, 당시 그들이 통치하는 사회는 태평성세였다고 한다.

88) 璧(벽) : 벽옥. 상서로움을 표시하는 고리 모양의 옥. 고대에는 황금과 함께 증정용의 예물로 사용되었다.

布衣不得干明主.[89]　　　포의는 밝은 군주를 모시기 어렵다 하더라

歸來洛陽無負郭,[90]　　　낙양에 돌아오니 성곽 옆에 밭도 없어

東過梁宋非吾土.[91]　　　동으로 양송(梁宋)에 가도 나의 고향이 아니로다

兎苑爲農歲不登,[92]　　　토원(兎苑)에서 농사지으니 수확이 좋지 않고

雁池垂釣心長苦.[93]　　　안지(雁池)에서 낚시해도 마음은 언제나 불편해라

世人遇我同衆人,　　　세인들은 나를 보통 사람과 같이 대하지만

唯君于我最相親.　　　오로지 그대만이 나를 가장 친히 대하였지

且喜百年見交態,[94]　　　인생에서 이러한 사귐을 기뻐하나니

未嘗一日辭家貧.[95]　　　하루라도 가난하다고 나를 꺼려하지 않았지

彈棋擊筑白日晚,[96]　　　탄기(彈棋)에 축(筑)을 치며 하루를 늦게까지 보내고

縱酒高歌楊柳春.　　　봄날 버들 아래 마음껏 술 마시고 크게 노래하였지

歡娛未盡分散去,　　　즐거움이 아직 다하지 않았는데 헤어져 떠나니

使我惆悵驚心神.　　　참으로 슬퍼하며 내 정신이 놀란다

丈夫不作兒女別,[97]　　　장부는 아녀자처럼 헤어지지 않으니

---

89) 심주 : 천하가 한가하고 조정은 스스로 삼황 때보다 낫고 오제 때와 비슷하다고 여기
지만, 제왕은 근신에게만 은총을 내려 포의들은 벼슬할 방도가 없다.(天下無事, 朝
廷自謂登三咸五, 但寵錫近臣, 而布衣之士無由進身也.)

90) 負郭(부곽) : 성곽을 등지고 있는 밭. 성벽 근처의 논밭.

91) 梁宋(양송) : 송주 송성현. 지금의 상구시. 송성은 춘추시대 때는 송나라 도읍이었고,
서한 때는 양효왕의 도성이었으므로 양송(梁宋)이라 하였다. ○非吾土(비오토) : 나
의 고향이 아니다. 왕찬(王粲)의 「등루부」에서 유래한 말이다.

92) 兎苑(토원) : 토원(兎園) 또는 양원(梁園)이라고도 한다. 서한 양효왕이 축조한 정원
과 궁실. 정원에는 안지(雁池)가 있어, 왕과 궁인과 빈객이 그곳에서 낚시하고 주낙
을 쏘았다. 송성현 동남 십리에 소재했다. ○歲不登(세부등) : 수확이 좋지 않다.

93) 심주 : 양 지방과 송 지방을 각각 이어받았다.(分乘梁宋.)

94) 交態(교태) : 교정(交情).

95) 辭(사) : 물리치다. 싫어하다. 辭家貧(사가빈)은 내가 가난하다는 이유로 나를 버리지
않다.

96) 彈棋(탄기) : 두 사람이 대국하는 놀이. 한대에 시작되었으며, 위진시기에는 두 사람
이 흑백의 바둑을 각각 육 매씩 가지고 자신의 것으로 상대의 것을 쳤다. 당대에는
각각 십이 매로 하였으며, 이중 귀자는 붉은 색으로 육 매이고 천자는 흑색으로 육
매로 나누어졌다. 그 밖의 구체적인 방법과 형식은 전하지 않는다. ○筑(축) : 거문
고 비슷하나 머리가 큰 악기.

臨岐涕淚沾衣巾.[98]　　갈림길에서 눈물 흘리며 수건을 적시지 마세나

해설 양송(하남 商丘)에서 객거할 때 지은 송별시이다. 전반부에서 긴 편폭을 할애하여 자신의 경력과 처지를 서술하고, 후반부에서 두 사람의 우정과 석별의 정을 나타냈다. 이 시는 지기에게 솔직하게 간담을 내보이고 있어 시인의 호방하고 쾌활한 성품을 알 수 있다. 때문에 어떤 시보다 골기가 있으면서도 깊은 감동을 준다.

변새로 나가는 혼 장군을 보내며(送渾將軍出塞)[99][100]

將軍族貴兵且强,　　　　　장군의 가문은 고귀하고 병력도 막강해
漢家已是渾邪王.[101]　　　한나라 때 이미 혼야왕(渾邪王)이었어라
子孫相承在朝野,　　　　　자손이 이어져 조야에 깔려 있고
至今部曲燕支下.[102]　　　지금도 병사들이 언지산 아래 있어라
控弦盡用陰山兒,[103]　　　활시위를 당기는 자들은 모두 음산의 건아들

---

97) 丈夫(장부) 구: 왕발의 「촉 지방으로 부임하는 두 소부를 보내며」(杜少府之任蜀川)의 "갈림길 앞에서 부디 하지 말게나, 아녀자처럼 눈물로 수건을 적시는 일은"(無爲在岐路, 兒女共霑巾)를 이용하였다.

98) 심주 : 비록 아녀자처럼 헤어지는 것은 아니더라도 어쩔 수 없이 눈물이 흐른다고 말하였다.(言雖非兒女別, 亦不得不垂淚也.)

99) 심주 : 이 사람은 비한족으로 당나라 장수가 된 사람이다.(此番人而爲漢將者.)

100) 渾將軍(혼장군) : 고란부(皐蘭府, 감숙 蘭州) 도독 혼석지(渾釋之). 철륵(鐵勒) 구성(九姓) 부락 가운데 혼부(渾部)에 속한다. 증조 때부터 고란부 도독이 되었다. 가서한이 석보성을 함락하고 우무위대장군으로 추천하였다. 광덕 연간에 영무(靈武)에서 티베트와 싸우는 중 전사하였다.

101) 渾邪王(혼야왕) : 한대에 활동했던 흉노의 부장. 기원전 120년 여러 차례 한나라와 싸우다 패하여 병사 수만 명을 잃었다. 이에 선우가 혼야왕을 불러 주살하려고 하자 한나라에 항복하였으며, 탑음후(漯陰侯)에 봉해졌다. 혼 장군은 혼야왕의 후예이다.

102) 部曲(부곡) : 부하. 원래 고대의 군대 편제였으나, 나중에는 개인 군대를 칭하게 되었다. ○燕支(연지) : 언지산(焉支山). 지금의 감숙성 산단현(山丹縣) 동남.

103) 控弦(공현) : 활시위를 당기다. 병졸을 가리킨다. ○陰山(음산) : 음산 산맥. 내몽골자

登陣長騎大宛馬.[104]　　　진영에 나가 멀리 내달리는 건 대완의 말들

銀鞍玉勒繡蝥弧,[105]　　　은 안장 옥 굴레에 수놓인 깃발

每逐嫖姚破骨都.[106]　　　매번 표요교위 따르며 골도후를 쳐부셨지

李廣從來先將士,　　　이광처럼 언제나 병사들을 먼저 생각하고

衛青未肯學孫吳.[107][108]　　　위청처럼 병법보다 현장의 방략을 중시했지

傳有沙場千萬騎,　　　사막에 천만 기병이 있다고

昨日邊庭羽書至.　　　바로 어제 변경에서 우서가 날아들었지

城頭畫角三四聲,[109]　　　성 머리에서 뿔 나팔 소리 서너 번 울리면

匣裏寶刀晝夜鳴.[110]　　　갑 속의 보검이 밤낮으로 울어라

意氣能甘萬里去,[111]　　　의기는 능히 만 리 길도 달게 여기고

辛勤動作一年行.　　　일 년 내내 고생해도 힘써 움직이네

黃雲白草無前後,　　　누런 구름에 백초가 앞뒤 없이 깔려 있고

朝建旌旄夕刁斗.[112]　　　아침에 기치 세우고 저녁에 동라 울어라

치구의 남부에 있는 산맥으로 흥안령에서 영하(寧夏)에 걸쳐 있다. 한대에 흉노들은 주로 음산에 거주하면서 한나라를 공격하였다.

104) 大宛(대완) : 지금의 우즈베키스탄 페르가나에 소재했던 고대 국가. 『사기』「대완열전」(大宛列傳)에는 대완에 명마가 많이 난다고 기록하였다.

105) 玉勒(옥륵) : 옥으로 장식한 굴레. ○ 蝥弧(모호) : 춘추시대 제후였던 정백(鄭伯)의 깃발 이름. 나중에는 군기(軍旗)를 가리킨다.

106) 嫖姚(표요) : 한대 표요교위 곽거병. 여기서는 가서한을 비유한다. ○ 骨都(골도) : 좌골도후(左骨都侯)와 우골도후(右骨都侯). 흉노의 관직. 흉노의 이성(異姓) 대신의 수장으로 선우를 도와 국정을 보필했다.

107) 심주 : 원래 곽거병의 일로, 여기서는 잘못 사용되었다.(霍去病事, 此誤用.)

108) 學孫吳(학손오) : 손자와 오자의 병법을 배우다. 한 무제가 일찍이 곽거병에게 손자와 오자의 병법을 배우라고 말하자, 곽거병은 "현재의 전략이 어떠한지를 볼 뿐이지 옛날의 병법을 배울 필요는 없습니다"고 대답하였다.

109) 畫角(화각) : 그림이 그려진 뿔 나팔. 길이 오 척에 모양은 죽통 같다. 군중에서 시간을 알리거나 신호를 보내는데 쓰이는 악기로, 그 소리가 애절하고 높다.

110) 匣裏(갑리) 구 : 고대의 제왕 전욱(顓頊)이 가지고 있던 예영검(曳影劍)은 쓰지 않을 때에는 갑 속에서 용이 웅얼거리고 호랑이가 포효하는 소리가 들린다고 한다. 『습유기』 권1 참조.

111) 意氣(의기) : 전투의 의지와 적에게 달려들 군기.

112) 旌旄(정모) : 지휘할 때 사용하는 기치. ○ 刁斗(조두) : 군중에서 사용하는 동으로 만

塞下應多俠少年,　　　변새에는 응당 의협의 청년뿐일 테고
關西不見春楊柳.[113]　옥문관 서쪽에는 봄에도 버들 빛 보이지 않으리
從軍借問所從誰?　　종군하는 그대에게 묻노니, 주장은 누구인가?
擊劍酣歌當此時.　　　칼을 치고 술에 노래할 때는 바로 지금이라네
遠別無輕繞朝策,[114]　멀리 떠나면서 요조(繞朝)의 책략을 가벼이 말고
平戎早寄仲宣詩.[115]　오랑캐 평정하여 조만간에 왕찬의 승전 시를 부
　　　　　　　　　　　쳐주게

해설 가서한의 부장으로 서역으로 출정하는 혼 장군을 보내며 칭송하고
격려한 시이다. 크게 네 부분으로 이루어졌는데, 혼 장군의 가문과 내력,
혼 장군의 위용, 변방의 생활과 전투에서의 활약, 승리에 대한 희망을 차
례로 서술하였다. 혼 장군은 흉노족의 후예로서 한족을 위해 비한족과
싸운다는 점에서 논리적으로 보면 '이이제이'의 모순된 입장 속에 서 있
으나, 역사의 곡절과 생존의 질서 속에 자기대로의 임무를 가졌을 것이
다. 안사의 난이 일어나기 전에 지었다.

　　　든 솥. 낮에는 솥으로 쓰고 밤에는 순라 돌 때 친다.
113) 關西(관서): 옥문관의 서쪽.
114) 繞朝策(요조책): 요조(繞朝)의 채찍. 춘추시대 진(晉)의 대부 사회(士會)가 진(秦)나
　　라로 달아나 임용되자, 진(晉)에서 이를 염려하여 계책을 써서 데려오려 하였다. 이
　　에 사회가 다시 진(秦)을 떠나려고 하니 진(秦)나라 대부 요조(繞朝)가 채찍을 증정
　　하며 "그대는 진나라에 사람이 없다고 말하지 마오. 나의 계책이 쓰이지 않을 뿐이
　　오"라 말하였다. 채찍은 말을 때려 빨리 가라는 뜻과 함께 자신에게 책략이 있음을
　　비유하였다. 『좌전』 '문공 13년'조 참조. 여기서는 훈 장군에게 자신이 준 계책을 가
　　벼이 하지 마라는 뜻을 나타내었다.
115) 仲宣(중선): 동한 말기 건안칠자 가운데 하나인 왕찬(王粲). 중선은 자(字). 조조가
　　한중의 장로를 치러갈 때 승리를 기원하며 「종군시」 5수를 지었다. 여기서는 승전
　　의 첩보.

잠삼(岑參)

옛 업성에 올라(登古鄴城)[1][2]

下馬登鄴城,	말에 내려 업성에 오르니
城空復何見?	성이 텅 비어 있어 무얼 보려 하는가
東風吹野火,[3]	동풍에 도깨비불이 날리어
暮入飛雲殿.[4]	저물녘에 비운전에 날아든다
城隅南對望陵臺.[5]	성 모퉁이 남쪽은 망릉대를 마주하고
漳水東流不復回,[6]	장수는 동으로 흘러 돌아오지 않아라
武帝宮中人去盡,[7]	조조의 궁녀들 모두 사라지고 없는데
年年春色爲誰來?	해마다 봄빛은 누굴 위해 다시 찾아오나?

해설 업도의 옛 성을 보고 일어나는 감회를 썼다. 전반부는 업성의 황량한 풍경을 그리고, 후반부는 인사의 흥폐와 산하의 의구함을 대비시켰

---

1) 심주 : 본래 전국시대 업읍으로 위나라에 속했고, 삼국시대에는 조씨가 이곳에 도읍을 정했다.(本戰國時鄴邑, 屬魏, 三國時曹氏都於此.)
2) 鄴城(업성) : 업도(鄴都). 장열의 「업도의 노래」 참조.
3) 野火(야화) : 도깨비불. 인화(磷火). 귀화(鬼火).
4) 飛雲殿(비운전) : 하늘 높이 솟은 전각. 후조(後趙)의 석호(石虎)가 조조가 세운 동작대에 태무전(太武殿)을 세웠는데 창문에 구름 기운을 그렸다고 한다. 『업중기』(鄴中記) 참조.
5) 望陵臺(망릉대) : 동작대. 조조(曹操)가 원소(袁紹)의 세력을 소탕하고 210년 업(鄴)에 세운 궁전이다. 『업도 이야기』(鄴都故事)에 의하면 조조는 자신이 죽으면 업의 서쪽 언덕에 묻되 금은보석은 묻지 말고 다만 매월 십오 일에 첩과 기인(伎人)들이 누대에 올라 자신의 무덤을 바라보며 음악을 연주하라고 하였다.
6) 漳水(장수) : 장하(漳河). 산서성 동남부에서 발원한 후 하북 합장진(合漳鎭)에서 합류하여 업성으로 흐른다.
7) 武帝(무제) : 조조. 220년 1월 조조가 죽은 후, 10월 조비가 위(魏)를 건국하면서 조조를 무제로 추존하였다.

다. 739년 잠삼이 장안에서 나와 하삭(河朔)을 유력하였을 때 지은 것으로 보인다.

광성의 주 소부 관청 벽에 적다(題匡城周少府廳壁)[8]

婦姑城南風雨秋,[9]　　부고성 남쪽은 비바람 치는 가을
婦姑城中人獨愁.　　부고성 안에 홀로 시름겨운 사람
愁雲遮却望鄕處,　　구름은 고향 쪽을 가리고 있어
數日不上西南樓.[10]　　여러 날 서남루에 오르지 못했네
故人薄暮公事閑,　　친구는 저녁이면 공무가 한가해
玉壺美酒琥珀殷.[11]　　옥항아리에 담은 술이 붉은 호박빛이라
潁陽秋草今黃盡,[12]　　영양의 가을풀이 지금 모두 시들었을 텐데
醉臥君家猶未還.　　그대의 집에 취해 누워 돌아가지 않아라

해설 742년 장안에서 광성에 갔을 때 잠시 주 소부와 취한 일을 적었다. 시에서는 주로 광성의 가을의 경물, 나그네의 향수, 친구의 정을 그렸지만 내심의 고민이 엿보인다. 그 내심의 고민이란 28세의 시인이 지닌 앞날에 대한 막연한 불안일 수도 있다.

---

8) 匡城(광성) : 광성현. 활주(滑州)의 속현. 지금의 하남성 장원현(長垣縣) 서남. 소부(少府)는 현위를 가리킨다. 잠삼의 오언고시에 「대량에 이르러 광성 주인에게 부침」(至大梁却寄匡城主人)이란 시가 있다.

9) 婦姑城(부고성) : 광성(匡城).

10) 西南樓(서남루) : 광성은 영양의 동북에 있으므로, 서남 방향의 누대에서야 바라볼 수 있다.

11) 琥珀(호박) : 나무의 송진이 땅 속에 묻혀 장기간 굳어진 유기 광물의 일종. ○殷(은) : 검붉은 색.

12) 潁陽(영양) : 지금의 하남 등봉시 서남 소재. 여기서는 잠삼이 은거했던 숭양(嵩陽)을 말한다.

양주 객관에서 밤에 판관들과 모여(涼州館中與諸判官夜集)[13]

彎彎月出挂城頭,	구부러진 달이 돋아 성 머리에 걸리고
城頭月出照涼州.	성 머리에 달이 돋아 양주(涼州)를 비추네
涼州七里十萬家,[14]	양주 칠 리에 가호 십만
胡人半解彈琵琶.	호인의 반은 비파 탈 줄 안다네
琵琶一曲腸堪斷,	비파 한 곡조에 애간장이 끊어지는데
風蕭蕭兮夜漫漫.	바람 소소히 불고 밤은 길어라
河西幕中多故人,[15]	하서 막부에는 친구가 많아
故人別來三五春.	친구와 헤어진 지 삼오 년 되었지
花門樓前見秋草,[16]	화문루 앞에 보이는 가을 풀
豈能貧賤相看老!	어찌 가난한 채 늙어갈 수 있으랴!
一生大笑能幾回?	인생에서 크게 웃을 때가 몇 번이더냐?
斗酒相逢須醉倒.	말술 두고 만났으니 응당 취해 쓰러져야지

해설 754년 봉상청의 판관으로 북정에 갈 때 무위를 지나며 지었다. 잠
삼은 그전에 749~751년에 안서에 부임하러 오가면서 무위에 머물렀기
때문에 그곳에 지인들이 더러 있었다. 위 시는 양주의 변방 풍광, 한족과
비한족이 모여 사는 정황, 객사에서의 야연의 정경을 그렸다. 그 속에는
이별 후 다시 만난 즐거움과 함께 세월의 흐름 속에 공명을 이루지 못한

---

13) 涼州(양주) : 무위군(武威郡). ○判官(판관) : 절도사의 속관.
14) 七里(칠리) : 성의 남북 거리. 『원화군현도지』 권40에 "양주성은 본래 흉노가 세웠는
　　데 한대에 현을 설치하였다. 성은 네모꼴이 아니지만 머리, 꼬리, 두 날개가 있는 형
　　국이어서 조성(鳥城)이라 부르며, 남북 칠 리, 동서 삼 리이다"(州城本匈奴新築, 漢置
　　爲縣, 城不方, 有頭、尾、兩翅, 名爲鳥城, 南北七里, 東西三里.)고 기록하였다. 『신당
　　서』「지리지」에서는 양주의 인구가 이만 이천여 호라고 하였다.
15) 河西(하서) : 하서절도. 710년 처음 설치되었다. 양주(涼州), 숙주(肅州), 과주(瓜州),
　　사주(沙州), 회주(會州) 등 5주를 관할하며 치소는 양주이다.
16) 花門樓(화문루) : 양주 객사의 이름.

아쉬움도 그려졌다.

호가의 노래—하롱으로 부임하는 안진경을 보내며(胡笳歌送顏眞卿使赴河隴)[17]

君不聞胡笳聲最悲,	그대 듣지 못하는가, 가장 슬픈 호가 소리
紫髯綠眼胡人吹.	자주 수염 푸른 눈의 호인(胡人)이 부는 것을
吹之一曲猶未了,	한 곡조를 아직 다 끝나지도 않았는데
愁殺樓蘭征戍兒.[18]	누란에 출정나간 건아가 슬퍼 죽는 것을
涼秋八月蕭關道,[19]	싸늘한 가을 팔월 소관으로 가는 길
北風吹斷天山草.[20]	북풍이 천산의 풀을 꺾어내는구나
崑崙山南月欲斜,[21]	곤륜산 남쪽에 달이 기우는데
胡人向月吹胡笳.	호인이 달을 향해 호가를 불더라
胡笳怨兮將送君,	호가의 애원하는 곡조 속에 그대를 보내니
秦山[22]遙望隴山[23]雲.	진령산의 내가 멀리 농산의 구름을 바라본다
邊城夜夜多愁夢,	그대는 변성에서 밤마다 시름에 잠들 터이니
向月胡笳誰喜聞?	달을 보며 호가 소리 그 누가 듣기 좋아하리?

---

17) 胡笳(호가) : 호인(胡人)들이 갈대 잎으로 만든 피리. 나중에 목관으로 만들어 구멍을 세 개 내었다. 소리가 무척 비량하다. ○ 顏眞卿(안진경) : 시인 소전 참조. 생몰년은 709∼785년. 관직이 태자태사에 이르렀고, 노군공(魯郡公)에 봉해졌다. 748년 하서농우군시복둔교병사로 충원되었다. ○ 河隴(하롱) : 하서와 농우.

18) 樓蘭(누란) : 한대 돈황의 서남에 있던 국가. 지금의 신강위구르자치구 약강(若羌)현 소재. 여기서는 당대 서역을 가리킨다.

19) 蕭關(소관) : 관문의 이름. 지금의 영하회족자치구(寧夏回族自治區)의 고원현(固原縣) 동남에 소재. 관중(關中)에서 북방으로 통하는 교통의 요지이다.

20) 天山(천산) : 지금의 신강위구르자치구 경내에 있는 산. 산에는 일 년 내내 눈이 덮여 있어 설산(雪山) 또는 백산(白山)이라고도 한다.

21) 崑崙山(곤륜산) : 신강위구르자치구 남부에서 청해성까지 이어진 산.

22) 심주 : 자기.(自己.)

23) 심주 : 안진경.(顏公.)

평석 호가 소리의 비량함과 하롱에 차마 가기 어려움을 말했을 뿐인데 석별의 정이 언외에 있다.(只言笳聲之悲, 見河隴之不堪使, 而惜別在言外矣.)

해설 하서와 농우 지역으로 나가는 안진경을 장안에서 보내며 쓴 시이다. 우정을 상기하거나 송별의 뜻은 별도로 쓰지 않으면서, 호가의 비량함을 주로 부각시켰다. 시 중에 나오는 소관, 천산, 곤륜산 등은 안진경이 지나가는 장소는 아니나, 이로써 변방의 분위기를 환기하는 지명으로 사용하였다.

함곡관의 노래
─관서에 사신으로 가는 유 평사를 보내며(函谷關歌送劉評事使關西)[24]

君不見函谷關,	그대 함곡관을 보지 못하는가
崩城毀壁至今在.	성루와 성벽이 부서져 지금에 이른 것을
樹根草蔓遮古道,	나무뿌리와 우거진 풀이 옛길을 막고
空谷千年長不改.	비어있는 골짜기는 천 년이 지나도 그대로인 것을
寂莫無人空舊山,	사람 없이 적막한 옛 산에
聖朝無事不須關.[25]	성명한 시대라 전란도 없으니 관문도 필요 없어
白馬公孫何處去?[26]	백마를 탄 공손룡은 어디 갔는지 모르겠고

---

24) 函谷關(함곡관) : 지금의 하남성 영보시(靈寶市) 동북에 세워진 관문으로, 동쪽의 효산(崤山)과 서쪽의 동관(潼關) 사이에 위치했다. 당대에는 관문이 없어졌다. ○評事(평사) : 대리시(大理寺)의 속관으로 품계는 종8품하. 사직(司直)과 함께 사건의 추리와 심문을 맡는다. ○關西(관서) : 관서절도.
25) 聖朝(성조) : 당왕조. 자신이 살고 있는 왕조를 성조라 한다.
26) 白馬公孫(백마공손) : 공손룡(公孫龍). 전국시대 조(趙)나라 사람으로 명가(名家)의 대표적 사상가. 한 번은 백마를 타고 함곡관을 지나가는데, 문지기가 말에 대해 세금을 내지 않으면 나가지 못한다고 하자 백마는 말이 아니라며 '백마비마론'(白馬非馬論)을 주장했다.

靑牛老人更不還. [27]	청우를 탄 노자는 다시 돌아오지 않는구나
蒼苔白骨空滿地,	푸른 이끼 위에 백골들이 가득 널려있고
月與古時長相似.	오래 지났어도 달은 여전히 예전과 같아라
野花不省見行人, [28]	들꽃이 행인을 바라본 지도 오래고
山鳥何曾識關吏?	산새들이 문지기를 만난 적도 없어
故人方乘使者車,	친구가 마침 사신의 수레를 타고 가니
吾知郭丹却不如. [29]	나는 곽단보다 못함을 비로소 알겠네
請君時憶關外客,	그대 때때로 관문 밖에 있는 나를 생각해
行到關西多致書.	관서로 나가면 자주 편지 해 주게나

평석 유향의 『칠략』에 기록했다. "공손룡이 백마의 이론으로 관문을 나가려 했다." 『후한서』에서 기록했다. "곽단은 자가 소경으로, 부신을 사서 함곡관을 들어가며 탄식하며 말했다. '나는 사신의 수레를 타지 않으면 결코 관문을 나가지 않을 것이다.' 갱시 2년(24년) 고관의 수레를 타고 관문을 나섰다."(劉向七略 : "公孫龍持白馬之論以度關." 後漢書 : "郭丹字少卿, 買符入函谷關, 慨然歎曰 : '丹不乘使者車, 終不出關.' 更始二年, 乘高車出關.")

해설 함곡관을 지나 관서로 가는 유 평사를 보내며 쓴 송별시이다. 주로 함곡관에 대해 필묵을 할애하였으며, 곽단의 전고를 통해 자신의 회재불우를 나타내고 친구의 분발을 격려하였다. 잠삼은 758년부터 괵주장사

---

27) 靑牛老人(청우노인) : 노자를 가리킨다. 노자는 주나라가 쇠미해지는 것을 보자 은둔하고자 함곡관을 나서려 하였다. 이때 관령(關令) 윤희(尹喜)의 요청에 따라 『도덕경』을 써주고 떠났다. 『사기』「노장신한열전」 참조. 『열선전』에서는 관문을 나갈 때 청우를 탔다고 하였다.

28) 行人(행인) : 길 가는 사람. 그 밖에 예절을 관장하는 관리를 의미하기도 한다. 『주례』에는 대행인(大行人)과 소행인(小行人)이 있으며, 이중 소행인은 사방의 사신을 맞이하는 일을 담당한다.

29) 郭丹(곽단) : 동한 사람으로, 스승을 따라 장안에 들어갈 때 신분을 나타내는 부신(符信)을 사야 했는데, 탄식하여 말하기를 "사신의 수레를 타지 않으면 결코 이 관문을 되돌아나가지 않겠다"고 하였다. 나중에 간의대부가 되어 남양에 사신으로 나갈 때 과연 부절을 들고 사신의 수레를 타고 나갔다. 『후한서』「곽단전」 참조.

(虢州長史)로 있었는데, 이때 지은 것으로 보인다.

화염산 구름 노래—송별(火山雲歌送別)[30][31]

火山突兀赤亭口,[32]	화염산은 적정구에 우뚝 솟아 있는데
火山五月火雲厚.[33]	화염산은 오월이면 불 구름이 두터워
火雲滿山凝未開,	온 산에 불 구름이 덮여 있어 흩어지지 않으니
飛鳥千里不敢來.	천 리를 나는 새도 감히 날아오지 못하네
平明乍逐胡風斷,	새벽에 갑자기 바람에 흩어지다가도
薄暮渾隨塞雨回.[34]	저녁이면 다시 변방의 비를 따라 돌아온다
繚繞斜吞鐵關樹,[35]	휘휘 돌다가 비스듬히 철문관의 나무를 삼키고
氛氳半掩交河戍.[36]	무성해지면 교하의 수자리를 반쯤 가리네
迢迢征路火山東,	아득히 멀리 그대 가는 길 화염산 동쪽이니
山上孤雲隨馬去.	산 위의 조각구름이 그대를 따라 가리

해설 화염산 위의 붉은 구름을 빌려 친구를 보내는 시이다. 시는 주로 화염산 구름의 변화무쌍함과 천지를 뒤덮는 기이한 광경을 노래하였다. 말

---

30) 심주 : 즉 소두통산과 대두통산이다.(卽小頭痛山、大頭痛山.)
31) 火山(화산) : 화염산(火焰山). 신강 투루판에 소재한다. 기후가 덥고 건조하며 산도 붉은 사암으로 이루어져 있어, 멀리서 보면 산 전체가 불타오르는 것처럼 보인다.
32) 突兀(돌올) : 우뚝. 높이 솟은 모습. ○赤亭口(적정구) : 승금구(勝金口)라고도 한다. 화염산의 두 봉우리가 마주보고 있는 곳의 산 어구.
33) 火雲(화운) : 화염산의 열기에 붉은 기운이 올라 구름처럼 보이는 현상.
34) 渾(혼) : 온통. 다시.
35) 鐵關(철관) : 철문관(鐵門關). 언기(焉耆) 서쪽 오십 리 소재. 지금은 신강 언기와 쿠얼러(庫爾勒) 사이에 있다. 고대에는 교통의 요도였다.
36) 氛氳(분온) : 기운이 번성한 모양. ○交河(교하) : 교하현. 지금의 신강 투루판시 서쪽 약 10킬로미터의 야얼후 향(雅爾湖鄉)에 소재. 두 줄기의 강이 둘러싸며 요새와 같은 지형을 만들고 있기에 교하(交河)라고 하였다.

2구는 여전히 제목에서 말하는 화산과 구름의 뜻에서 벗어나지 않으면서 이별의 뜻을 새겼으니 지극히 자연스럽고 정취가 있다. 754~757년 안서절도판관으로 있을 때 지었다.

주마천의 노래
─서쪽으로 출정하는 봉대부를 삼가 보내며(走馬川行奉送封大夫出師西征)[37][38]

君不見	그대 보지 못하는가
走馬川, 雪海邊,[39]	주마천과 설해 사막 옆
平沙莽莽黃入天!	사막의 모래가 누렇게 하늘을 오르는 것을!
輪臺九月風夜吼,[40]	윤대의 구월 밤에 바람이 울부짖고
一川碎石大如斗,	강에 있는 됫박만한 돌멩이들
隨風滿地石亂走.	바람에 불려 이리저리 마구 구르네
匈奴草黃馬正肥,	흉노 지방 풀 시들고 말들이 살찔 때
金山西見煙塵飛,[41]	서쪽 금산 바라보니 연기가 오르매

37) 심주 : 즉 봉상청이다. 잠삼은 일찍이 봉상청을 따라 윤대에 둔병하였기에 변새시를 많이 지었다.(即封常清也. 參嘗從常清屯兵輪臺, 故多邊塞之作.)

38) 走馬川(주마천) : 시내의 이름. 정확한 위치는 알 수 없으나 시의 내용을 보면 윤대 부근으로 보인다. '온 강이 쇄석'(一川碎石)에 '돌이 마구 구르는'(石亂走) 점으로 보아 현지에 많은 전형적인 과벽탄(戈壁灘)의 모습으로 보인다. ○封大夫(봉대부) : 봉상청은 752년 안서사진절도사가 되었으며, 754년 입조하여 어사대부를 겸하게 되었으므로 봉 대부라 하였다. 당시 잠삼은 출정하지 않고 유수(留守)했기에 이 시를 지어 송별하였다.

39) 雪海(설해) : 지금 키르기스스탄의 이식쿨 호수(즉, 熱海) 근처의 사막. 이 설원은 쿠얼반구터(庫爾班古特) 사막이라 불린다. 봄여름에도 눈보라가 치므로 설해라 하였다. 또는 윤대 근처의 준갈(準噶爾) 분지의 설원를 가리킨다고 볼 수도 있다.

40) 輪臺(윤대) : 정주(庭州) 윤대현. 치소는 지금의 신강 미천현(米泉縣). 잠삼은 북정과 윤대를 같은 지명으로 사용하였다. 한나라 때의 윤대는 서역 삼십육 국 가운데 하나로 그 위치가 다르다.

41) 金山(금산) : 지금의 감숙성 옥문현(玉門縣)과 서녕현(西寧縣)에 각각 금산이 있다. 또 알타이산을 금산이라고 한다. 잠삼은 지명을 정확하게 사용하지 않는 면이 있는

漢家大將西出師.[42]　　한나라의 대장이 서쪽으로 출정 간다
將軍金甲夜不脫,　　장군은 철갑옷을 밤에도 벗지 않고
半夜軍行戈相撥,　　한밤중의 행군에 창들이 서로 부딪칠 때
風頭如刀面如割.　　칼 같은 바람은 얼굴을 깎아내는 듯
馬毛帶雪汗氣蒸,　　말 털에 묻은는 눈도 땀 기운에 증발하고
五花連錢旋作冰,[43]　　다섯 갈래 갈기와 엽전 무늬도 금방 얼었는데
幕中草檄硯水凝.　　군막에서 격문 쓰니 먹물마저 얼어붙네
虜騎聞之應膽懾,[44]　　아군이 출정한다니 적군의 간담이 서늘하여
料知短兵不敢接,[45]　　백병전에도 감히 다가오지 못하리라 알겠노니
車師西門佇獻捷.[46]　　차사의 서쪽 영문에서 승전보를 기다리리

평석 기세가 험하고 리듬이 촉급하다.(勢險節短.) ○ 매구 용운하고 삼구마다 환운하였으니 이는 「역산 비문」의 어법이다. 원결의 「당 중흥송」도 마찬가지이다.(句句用韻, 三句一轉, 此嶧山碑文法也. 唐中興頌亦然.)

해설 절도사 봉상청이 군사를 이끌고 서정할 때 개선을 기원하며 지은 시이다. 주마천의 엄혹한 추위와 폭풍에 돌덩이가 나르는 환경을 배경으로, 출정한 장병들의 풍설을 무릅쓰고 변경을 보위하는 정신을 그렸다. 서역 변경의 특징적이고 인상적인 장면들을 고양된 음조로 노래한 호매

데, 봉상청이 알타이산에 가지 않았으므로 여기서는 변방의 산맥을 가리키는 말로 보아야 할 것이다. ○ 煙塵飛(연진비) : 봉화와 먼지가 날다. 전쟁이 났다는 뜻.
42) 漢家大將(한가대장) : 봉상청을 가리킨다.
43) 五花連錢(오화연전) : 오화(五花)는 말의 갈기를 다섯 갈래로 땋은 모양을 말하며, 연전(連錢)은 몸의 털이 동전 모양의 문양을 이룬다는 말로, 모두 뛰어난 말을 지칭한다. ○ 旋(선) : 즉시.
44) 虜騎(노기) : 오랑캐 기병. 적군. 서북방민족에 대한 멸칭으로 노(虜)라 하였다.
45) 短兵(단병) : 칼이나 창과 같이 길이가 짧은 병기.
46) 車師(차사) : 한대의 서역 국가. 신강위구르자치구 투루판 일대가 중심 강역이었다. 당 초기에는 이 지역에 고창국(高昌國)이 있었고, 당태종 때 당군이 멸망시킨 후 서당주(西唐州)라 하였다. 안서도호부의 소재지이다.

한 의경의 시이다. 특히 압운에 있어 전통적인 쌍압운의 관례를 깨고 3
구 1운을 단위로 구마다 압운하여 고양되고 드높은 음조로 긴장감을 높
였다. 봉상청의 판관으로 있을 때 지었다.

윤대의 노래
—서쪽으로 출정하는 봉 대부를 삼가 보내며(輪臺歌奉送封大夫出師西征)[47]

輪臺城頭夜吹角,	윤대성 머리에서 밤 호각을 불면
輪臺城北旄頭落.[48]	윤대성 북쪽에서 모두(旄頭) 별이 떨어진다
羽書昨夜過渠黎,[49]	어젯밤 우서가 거려에서 날아들어
單于已在金山西.[50]	선우가 이미 금산의 서쪽에 왔다 하네
戍樓西望煙塵黑,	수루에서 서쪽으로 검은 봉화연기 보이는데
漢兵屯在輪臺北.	한나라 병사는 윤대의 북에 주둔하네
上將擁旄西出征,[51]	상장이 모절 들고 서쪽으로 출정하여
平明吹笛大軍行.	새벽에 피리 불고 대군이 행군한다
四邊伐鼓雪海湧,[52]	사방에서 북을 치면 설해가 뒤채고

---

47) 輪臺(윤대) : 앞의 시 참조. ○封大夫(봉대부) : 봉상청. 앞의 시 참조.

48) 旄頭(모두) : 별 이름. 묘성(昴星). 이십팔 수 가운데 하나. '호성'(胡星)이라 하여 호
인을 상징한다. 旄頭落(모두락)은 모두 별이 떨어진다는 말로, 호병이 곧 패배할 징
조라는 뜻이다.

49) 渠黎(거려) : 거리(渠犁). 한대 서역의 삼십육 개 국 가운데 하나. 지금의 신강 윤대
현 동남에 소재했다.

50) 單于(선우) : 흉노의 왕. 여기서는 서역의 비한족의 수령. ○金山(금산) : 금령(金嶺),
금사령(金娑嶺), 금사산(金娑山) 등으로도 불린다. 지금의 신강 북부 보거다산(博格
達山).

51) 上將(상장) : 봉상청을 가리킨다. ○擁旄(옹모) : 모절(旄節, 소꼬리 또는 깃털 달린
신물)을 들다. 군대를 통솔하다. 절도사가 출행할 때는 두 사람이 부절을 들고 길을
이끈다.

52) 伐鼓(벌고) : 북을 치다. ○雪海(설해) : 윤대 부근의 준갈 분지의 설원. 앞의 시 참조.

三軍大呼陰山動.[53)	삼군이 크게 소리지르면 음산이 들썩인다
虜塞兵氣連雲屯,[54)	오랑캐 성채의 살기가 구름까지 잇닿아 응결되고
戰場白骨纏草根.	전장의 백골들이 풀뿌리에 얽혀있다
劍河風急雪片闊,[55)	검하 강가에 바람 드세고 눈발이 광활한데
沙口石凍馬蹄脫.[56)	사구에 돌이 얼어붙어 말발굽이 미끄러진다
亞相[57)勤王甘苦辛,[58)	아상(亞相)께서 왕업을 도우느라 고생도 달게 여기시니
誓將報主靜邊塵.[59)	군주께 보답하러 변방의 전란을 진정시키리
古來靑史誰不見,	예부터 청사(靑史)에는 공을 세운 이 많은데
今見功名勝古人.	지금의 공명이 고인보다 뛰어남을 보겠네

해설 출정하는 장병들의 드높은 사기를 노래하였다. 4단락으로 이루어져 각각 개전 전의 긴장된 분위기, 출병하는 군사의 군기와 위세, 혹한 속의 험난한 전투, 승리에 대한 기원으로 이루어졌다. 변새의 엄혹한 환경과 어려움을 두려워 않는 기상을 썼다. 이 역시 앞의 「주마천 노래」와 같은 때 지었으며, 이때의 출정은 전투 없이 적의 항복을 받고 돌아왔다.

---

53) 陰山(음산) : 신강에 있는 산. 내몽골에 있는 음산과 다른 것으로 보이며, 위치는 명확하지 않다. 북정도호부 관할하에 음산주도독부(陰山州都督府)가 있었다. 그 밖에 잠삼의 「열해의 노래」(熱海行)에서와 같이 천산(天山)을 가리키는 것으로 보기도 한다.
54) 虜塞(노새) : 적의 성채. ○兵氣(병기) : 전쟁의 조짐.
55) 劍河(검하) : 북정(北庭) 근처의 강. 구체적인 지역에 대해서는 명확하지 않다. 혹자는 예니사이(葉尼塞) 강 상류를 가리킨다고 한다.
56) 沙口(사구) : 북정 근처의 강. 구체적인 지역에 대해서는 명확하지 않다.
57) **심주** : 즉 상장을 가리킨다.(即指上將.)
58) 亞相(아상) : 어사대부를 가리킨다. 한대 어사대부는 삼공의 하나로 승상 바로 아래 등급이었으므로 아상이라 하였다. 봉상청을 가리킨다. ○勤王(근왕) : 왕의 일에 힘을 다하다.
59) 報主(보주) : 군주에 보답하다.

백설의 노래—장안으로 돌아가는 무 판관을 보내며(白雪歌送武判官歸)[60]

北風卷地白草折,[61]	북풍에 땅 뒤집히고 백초가 부러지니
胡天八月卽飛雪.	북방은 팔월에도 눈발이 드날린다
忽如一夜春風來,	갑자기 하룻밤에 봄바람이 불어와
千樹萬樹梨花開.	천 그루 만 그루 배꽃이 피었어라
散入珠簾濕羅幕,	주렴에 흩어져 들어와 비단 휘장이 젖고
狐裘不暖錦衾薄.	여우 가죽옷이 차갑고 이불마저 얇구나
將軍角弓不得控,	장군의 각궁은 당길래야 당겨지지 않고
都護鐵衣冷難著.[62]	도호의 철갑은 차가워 걸치기 어려워라
瀚海闌干[63]百丈冰,[64]	드넓은 사막에 백 길 얼음이 어지럽고
愁雲慘淡萬里凝.	수심 어린 구름은 만 리에 얼어붙었네
中軍置酒飮歸客,[65][66]	중군에선 술을 차려 사람을 보내는데
胡琴琵琶與羌笛.[67]	호금과 비파에 강적(羌笛)이 울리어라
紛紛暮雪下轅門,[68]	분분한 저녁 눈발 원문(轅門)에 쏟아지고
風掣紅旗凍不翻.	바람에 끌린 붉은 깃발 얼은 채 굳었구나
輪臺東門送君去,	윤대의 동문에서 그대를 보내나니
去時雪滿天山路.[69]	천산으로 가는 길엔 눈발이 가득하리

---

60) 武判官(무판관) : 미상. 당시 봉상청 막부의 판관으로 보인다.

61) 白草(백초) : 서역에 나는 풀이다. 모래 위나 황무지에 자라는데 봄에는 푸르다가 가을과 겨울에는 하얀색이 된다.

62) 都護(도호) : 변방을 지키는 수장. 당대에는 6도호부를 설치하고 대도호를 한 명씩 두었다. 당시에는 고선지(高仙芝)가 도호였다.

63) 심주 : '闌干'은 번성하다는 뜻이다.('闌干', 猶言盛也.)

64) 瀚海(한해) : 사막. 여기서는 윤대 부근의 준갈 분지 사막.

65) 심주 : 이하에서 송별을 말했다.(下言送別.)

66) 中軍(중군) : 주장이 직접 인솔하는 부대. 여기서는 주장이 거처하는 병영.

67) 胡琴(호금) : 오늘날의 호금이 아니라 당시 서역의 악기를 말한다.

68) 轅門(원문) : 행군하던 군대가 주둔할 때, 수레의 끌채를 마주 세워 문처럼 만든 것으로, 병영을 지칭한다.

69) 天山(천산) : 신강의 설산. 윤대에서 장안 가는 길에 거쳐야 한다.

山廻路轉不見君,[70]　　　산은 꺾이고 길은 돌아 그대 보이지 않는데
雪上空留馬行處.[71]　　　눈 위에 남은 건 다만 말발굽 흔적뿐

해설 755년(天寶 14년) 잠삼이 윤대에 있을 때 눈발 속에서 장안으로 가는 사람을 송별하며 쓴 시이다. 전반부에선 변새의 장려한 설경과 혹한을 묘사하고, 후반부에선 술을 차리고 헤어지는 정을 노래했다. 전편에 걸쳐 백설이 내리는 풍광을 떠나지 않으면서 이별의 정서도 놓치지 않고 있다. 이별의 노래는 일반적으로 부드럽고 처연한데 비해, 잠삼의 시들은 격앙되고 강건하여 새로운 경계를 열었다고 할 수 있다.

위 절도 적표마 노래(衛節度赤驃馬歌)[72]

君家赤驃畵不得,　　　그대의 적표마를 그릴 수 없는 건
一團旋風桃花色.　　　회오리바람에 한 뭉치 복사꽃처럼 지나가기 때문
紅纓紫韁珊瑚鞭,[73]　　　붉은 끈 자주 굴레에 산호 박힌 채찍이요
玉鞍錦韉黃金勒.[74]　　　옥 안장 비단 언치에 황금 장식 재갈이라
請君韝出看君騎,[75]　　　그대가 준비하여 말을 끌고 나오니
尾長窣地如紅絲.[76]　　　긴 꼬리는 땅에 닿아 붉은 실 같아라

---

70) 심주 : 떠나는 길이 끝이 없다.(去路不盡.)
71) 空(공) : 다만.
72) 衛節度(위절도) : 위백옥(衛伯玉). 안서 장군으로 숙종 때 난을 평정하는데 공을 세웠고, 758년 신책병마사로 섬주에 출병하였다. 759년 우림대장군이 되었으며, 760년 신책군절도사가 되었다. ○赤驃(적표) : 표(驃)는 누런 바탕의 흰 반점이 있는 말로, 적표는 개별적으로 붙인 말의 이름이다.
73) 纓(영) : 말의 가슴걸이 가죽 끈. ○韁(강) : 굴레. ○珊瑚鞭(산호편) : 산호로 상감한 채찍의 손잡이.
74) 韉(천) : 언치. 안장 밑에 까는 깔개. ○勒(륵) : 재갈이 달린 굴레.
75) 韝(구) : 가죽 토시. 동사로 쓰였다. 다른 판본에서는 韛(비)로 되어 있다.
76) 窣(솔) : 늘어지다.

自矜諸馬皆不及,　　　다른 말보다 뛰어남이 자랑스러워
却憶百金初買時.　　　백 금을 주고서 처음 살 때를 생각하네
香街紫陌鳳城內,[77]　장안성의 대로를 지나갈 때
滿城見者誰不愛!　　　온 성의 구경꾼들 누구 아니 부러워하랴!
揚鞭驟急白汗流,[78]　채찍에 빨리 뛰면 백한(白汗)이 흐르고
弄影行驕碧蹄碎.[79]　그림자 희롱하며 걸을 땐 발걸음이 한가로워
紫髯胡兒金剪刀,　　　자주 수염의 호아(胡兒)가 황금 가위로
平明剪出三鬃高.[80]　새벽에 갈기를 세 가닥으로 높이 땋았지
櫪上看時獨意氣,　　　구유에서 볼 때는 의기가 특출하고
衆中牽出偏雄豪.　　　무리에서 끌고 나오면 우두머리답지
騎將獵向南山口,[81]　사냥하러 말 타고 종남산 어귀에 나가면
城南狐兔不復有.　　　성남의 여우와 토끼들 얼씬도 못하지
草頭一點疾如飛,　　　풀 더미에 한 점이 날 듯이 달려
却使蒼鷹翻向後.[82][83]　오히려 송골매가 뒤에 처지게 만들지
憶昔看君朝未央,[84]　예전에 그대가 미앙궁에 조회 올 때
鳴珂擁蓋滿路香.[85]　우는 옥가 펼친 산개에 향기가 길에 가득했지

---

77)　香街(향가) : 장안의 거리 이름. ○紫陌(자맥) : 도성의 길. ○鳳城(봉성) : 장안성.
78)　白汗(백한) : 힘들거나 긴장하여 흘리는 땀. 『전국책』 「초책」(楚策)에 한명(汗明)이
　　춘신군(春申君)에게 비유를 들어 말할 때, 천리마가 늙어서 소금 수레를 끌고 태항
　　산을 오를 때 백한을 흘린다고 하였다.
79)　弄影(농영) : 말이 걸을 때 그림자가 흔들리는 모양을 말한다. ○驕(교) : 건장한 모
　　습. ○碧蹄(벽제) : 비췻빛 옥돌처럼 아름다운 말 발굽. ○碎(쇄) : 종종걸음.
80)　三鬃(삼종) : 말의 갈기를 세 갈래로 땋아 만든 모양. 삼화마(三花馬)와 같은 뜻이다.
81)　南山(남산) : 종남산.
82)　심주 : 두보의 "어찌하여 네 발굽으로 새 보다 빠르면서, 팔준과 나란히 앞서 나가 울
　　지 않는가!"와 같은 뜻이지만 언어가 더욱 기이하다.(與少陵 "豈有四蹄疾於鳥, 不與八
　　駿俱先鳴" 同一意, 而語更奇警.)
83)　翻(번) : 반대로. 오히려.
84)　未央(미앙) : 미앙궁. 한대 궁전. 여기서는 당 궁전을 가리킨다.
85)　珂(가) : 말의 굴레에 장식한 옥으로, 말이 움직일 때 소리가 난다. ○擁蓋(옹개) : 산
　　개를 들다. 원래 수레에 붙어 있었으나 나중에는 사람들이 들고 다녔다. 당대 제도
　　로 5품 이상의 관리가 명가(鳴珂)와 산개를 쓸 수 있다.

始知邊將眞富貴,　　　변방의 장수가 부귀함을 비로소 알겠나니
可憐人馬相輝光!　　　사람과 말이 사랑스럽게도 서로 비추어 빛났었지
男兒稱意得如此,　　　남아가 뜻을 얻으면 이와 같으니
駿馬長鳴北風起.　　　준마가 길게 우니 북풍이 일어난다
待君東去掃胡塵,[86]　그대 동으로 가 오랑캐 먼지를 쓸어낼 때
爲君一日行千里.　　　그대 위해 하루에 천 리를 달려 가리

해설 신책군절도사 위백옥이 지닌 적표마의 비범한 기상을 그리면서 그 주인의 고귀한 신분과 영웅적 기개를 표현하였다. 말에 대한 칭송은 곧 주인에 대한 칭송으로 이어져 전란을 종식시키고 전공을 세우기를 기원하였다. 당대에는 명마를 기르는 것이 유행이었고, 시인들은 두보와 이하의 시에서 보듯 말의 풍골과 신준(神俊)을 그려내는 것에 힘을 기울였다. 잠삼은 758년부터 괵주장사로 있었으며, 761년 위백옥이 괵주를 지날 때는 「중양일 자사의 연석에서 장수로 가는 위 중승을 삼가 전별하며」(九日使君席奉餞衛中丞赴長水)를 지었다. 이 시 역시 같은 시기에 지은 것으로 보인다.

태백산 호승 노래―서문 붙임(太白胡僧歌[87]幷序)

太白中峰絶頂有胡僧, 不知幾百歲, 眉長數寸. 身不制繒帛,[88] 衣以草葉. 恒持楞伽經.[89] 雲壁逈絶,[90] 人跡罕到. 嘗東峰有鬪虎, 弱者將死,

---

86) 胡塵(호진) : 이민족이 일으킨 전쟁. 안사의 난을 환기한다.
87) 太白(태백) : 태백산. 진령의 주봉. 지금의 섬서성 미현(眉縣) 남쪽에 소재.
88) 繒帛(증백) : 비단 종류를 통칭하는 말.
89) 楞伽經(능가경) : 불경의 하나로, 부처가 스리랑카의 능가산(楞伽山)에서 설법한 것을 내용으로 한 경전이다.
90) 雲壁(운벽) : 구름 위로 높이 솟구친 절벽.

僧杖而解之; 西湫有毒龍,[91] 久而爲患, 僧器而貯之. 商山趙叟,[92] 前年采茯苓,[93] 深入太白, 偶値此僧. 訪我而說, 予恒有獨往之意,[94] 聞而悅之, 乃爲歌曰 :

태백산 중봉의 꼭대기에 호승이 살고 있는데 몇 백 살이 되었는지 모르며 눈썹이 수 촌이나 되었다. 몸에는 비단을 걸친 적이 없고 풀과 잎으로 옷을 삼았으며, 항시 『능가경』을 들고 있었다. 그곳은 구름 위로 절벽이 높이 솟아 사람의 발자취가 거의 닿지 않았다. 일찍이 동쪽 봉우리에 호랑이가 싸우고 있었는데 약한 놈이 죽어가자 스님이 석장으로 갈라놓았다. 또 서쪽 연못에 독룡이 있었는데 오랫동안 우환이 되었으므로 스님이 바리때에 담아두었다. 상산의 조씨 노인이 이전 해에 복령을 캐러 태백산에 깊이 들어갔다가 우연히 이 스님을 만났다. 이후 나를 찾아와 이에 대해 말하였다. 나는 항시 천지를 독왕(獨往)하는 뜻이 있었기에 이를 듣고 매우 기뻐하였으며, 이에 노래를 짓는다.

聞有胡僧在太白,	듣자하니 호승은 태백산에 산다는데
蘭若去天三百尺.[95]	암자는 하늘 아래 바로 삼백 척이라네
一持楞伽入中峰,	한 번 『능가경』을 들고 중봉에 들어간 후
世人難見但聞鐘.	세상 사람들은 다시 못 보고 종소리만 들었다지
窓邊錫杖解兩虎,[96]	창 옆의 석장으로 싸우는 두 호랑이를 갈라놓고

---

91) 湫(추) : 연못.

92) 商山(상산) : 섬서성 상락시(商洛市) 동쪽에 소재. 지형이 험하고 경관이 뛰어나다. 서한 초기 사호(四皓)가 이 산에 은거했던 곳으로 유명하다.

93) 茯苓(복령) : 소나무 뿌리에 기생하는 구멍장이버섯과의 버섯. 식용하거나 약재로 쓴다.

94) 獨往(독왕) : 사물의 한계를 벗어나 천지간을 자유롭게 오간다는 의미이다. 『장자』「재유」(在宥) 참조.

95) 蘭若(난야) : 개인 사찰. 범어 아란야(阿蘭若)의 준말로 조용한 곳이란 뜻이다. 일반적으로 관청에서 편액을 내린 곳을 '寺'(사)라 하고, 개인이 지은 곳을 '蘭若'(난야) 또는 '招提'(초제)라고 한다.

96) 錫杖(석장) : 승려가 짚는 지팡이. 이 구는 『속고승전』(續高僧傳) 권16에 나오는, 남조 제나라의 승조(僧稠)가 회주 왕옥산(王屋山)에서 호랑이 두 마리가 싸우는 것을

床下鉢盂藏一龍.[97]　　침상 아래 바리때엔 독룡을 가두어두었다지
草衣不針復不線,　　풀로 지은 옷은 바늘과 실로 깁지도 않고
兩耳垂肩眉覆面.　　두 귀는 어깨에 닿고 눈썹은 얼굴을 덮는다지
此僧年幾那得知?　　이 스님의 나이가 몇인지 어찌 알 수 있으리?
手種靑松今十圍.　　손으로 심은 소나무가 지금은 열 길 둘레라는데
心將流水同淸淨,　　마음은 흐르는 물과 함께 청정하고
身與浮雲無是非.　　몸은 뜬 구름과 더불어 시비가 없어라
商山老人已曾識,　　상산의 노옹이 일찍이 만났다는데
願一見之何由得?　　한 번 만나려 해도 방도가 없어라
山中有僧人不知,　　산중에 스님이 있어도 사람들 알지 못하니
城裏看山空黛色.[98]　　성안에서 산을 보면 그저 검푸르기만 할 뿐

평석 성안에서는 다만 산이 있는 것만 알 뿐이라고 말했으니, 첫 구의 뜻이 충분히 드러났다.(言城裏但知有山也, 足上一句意.)

해설 태백산에 혼자 사는 호승의 삶과 정신을 노래했다. 호승은 서역 또는 인도 출신의 승려로, 사람들의 발길이 닿지 않는 곳에서 혼자 정진하는 모습을 그렸다. 특히 그 소박함과 나이로 인사를 초월하는 정신세계를 그렸고, 호랑이와 독룡으로 스님의 법력(法力)이 뛰어남을 비유하였다. 이러한 예찬을 통하여 시인의 정신적인 지향을 표현하였다.

석장으로 갈라놓은 일화를 환기한다.
97) 鉢盂(발우) : 바리때. 승려가 쓰는 밥그릇.
98) 空(공) : 다만. ○黛色(대색) : 흑청색. 검푸른 색. 대(黛)는 여인들이 눈썹을 그릴 때 쓰는 눈썹먹이다. 이 색으로 먼 산의 색조를 표현하는 경우가 많다.

서쪽 정자에서 이 사마를 보내며(西亭子送李司馬)

高高亭子郡城西,	높디높은 정자가 군 성의 서쪽에 있으니
直上千尺與雲齊.	곧장 위로 천 척이나 솟아 구름과 나란해라
盤崖緣壁試攀躋,[99]	휘돌아간 절벽 따라 잡고 밟고 올라가니
群山向下飛鳥低.	뭇 산이 아래 있고 새들로 낮게 날아
使君五馬天半嘶,[100]	자사께서 친히 오셔 다섯 말이 하늘가에서 울고
絲繩玉壺為君提.[101]	실끈 매인 옥항아리 그대 위해 기울인다
坐來一望無端倪,	두루 돌아보니 일망무제의 풍광이라
紅花綠柳鶯亂啼,	붉은 꽃 푸른 버들 꾀꼬리 어지러이 울어
千家萬井連廻溪.	천가만호 집들이 시내 따라 돌아가네
酒行未醉聞暮鷄,[102]	술잔을 돌려도 취하지 않은 채 저녁 닭 우니
點筆操紙為君題.	붓을 물혀 종이 골라 그대 위해 시를 쓰네
為君題, 惜解携.[103]	그대 위해 쓰나니, 헤어짐이 아쉬워라
草萋萋, 沒馬蹄.	풀이 무성하니, 말발굽을 덮으리라

해설 친구와 헤어지며 써 준 송별시이다. 앞부분에서는 헤어지는 주연이 벌어지는 정자의 드높음과 주위의 경물을 묘사하는데 치중하였고, 말 4 구에서 이별의 정을 나타내었다. 곽주장사로 있을 때 지은 것으로 보인다.

---

99) 攀(반): 손으로 잡고 오르다. ○躋(제): 발을 디뎌 오르다.

100) 使君(사군): 주군(州郡)의 장관. ○五馬(오마): 제후의 수레를 모는 다섯 마리 말. 한 대 태수는 다섯 마리 말이 모는 수레를 탔다. 한대 「길가의 뽕」(陌上桑)에 "태수의 수레가 남쪽에서 오더니, 다섯 마리 말이 길 위에 멈추었네"(使君從南來, 五馬立跼 躅.)란 구절이 있다.

101) 絲繩(사승): 실로 꼬아 만든 술병의 손잡이. 동한 신연년(辛延年)의 「우림랑」(羽林 郎)에 "은 장식한 안장은 여기 번쩍 저기 번쩍, 푸른빛 차개(車蓋)가 문 앞에서 머뭇 거렸죠. 나에게 다가와 술 달라고 말하길래, 실끈 매인 옥 술병에 가득 담아 주었 소"(銀鞍何煜爚, 翠蓋空踟躕. 就我求清酒, 絲繩提玉壺.)라는 구절에서 나왔다.

102) 行(행): 술잔을 돌리다.

103) 解携(해휴): 잡은 손을 놓다. 이별하다.

독고점에게 장구를 써서 이별을 고하고
더불어 엄팔 시어에게 보임(與獨孤漸道別長句, 兼呈嚴八侍御)[104]

輪臺客舍春草滿,	윤대의 객사에 봄풀이 가득한데
潁陽歸客腸堪斷.[105]	영양으로 돌아가는 나그네 애간장 끊어질 듯
窮荒絶漠鳥不飛,[106]	아득한 변방의 사막이라 새도 날지 않고
萬磧千山夢猶懶.[107]	수많은 모래와 산에 꿈에서도 돌아가지 못해
憐君白面一書生,	내 그대 백면서생을 애석하게 여기나니
讀書千卷未成名.	천 권을 읽었어도 이름을 이루지 못했어라
五侯貴門腳不到,[108]	권문세가에는 발을 내밀지 않고
數畝山田身自耕.	몇 마지기 산밭에서 몸소 농사지었지
興來浪跡無遠近,[109]	흥이 일어나면 먼 곳을 가리지 않고 떠돌았고
及至辭家憶鄕信.	집을 떠나면 다시 고향의 소식을 기다렸지
無事垂鞭信馬頭,[110]	채찍도 치지 않고 말 머리가 가는 대로 가다가
西南幾欲窮天盡.[111]	서남의 이곳으로 하늘 끝까지 왔어라
奉使[112]三年獨未歸,[113]	사신으로 봉직한 삼 년에 내 돌아가지 못했는데

---

104) 獨孤漸(독고점) : 미상. ○長句(장구) : 칠언고시. ○嚴八(엄팔) : 엄무(嚴武). 시인 소전 참조.

105) 潁陽(영양) : 지금의 하남성 등봉시(登封市) 서남. 잠삼은 청년기에 영양에서 살았다.

106) 窮荒(궁황) : 지극히 먼 변방. 안서절도부가 있는 윤대를 가리킨다. ○絶漠(절막) : 사람의 발길이 끊어진 사막.

107) 磧(적) : 사막.

108) 五侯(오후) : 권세가의 집. 동한 성제(成帝)가 자신의 외삼촌 다섯 명을 같은 날 '후'(侯)로 봉한 일이 유명하며, 동한 양기(梁冀)의 친척도 다섯 명이 후작에 봉해졌다.

109) 浪跡(낭적) : 정해진 거처 없이 떠돌아다님.

110) 信(신) : 마음대로 하도록 내맡기다.

111) 西南(서남) : 장안을 중심으로 하면 안서와 북정은 모두 서쪽에 소재한다.

112) 심주 : 자기(自己.)

113) 奉使(봉사) : 명을 받들어 사신이 됨. 자신이 북정에서 봉직함을 말한다. ○三年(삼년) : 잠삼이 754년부터 북정에서 근무했으니 삼 년 후라고 하면 756년 봄이 되었음을 말한다. 당대의 변방 근무는 기한이 삼 년이다.

邊頭詞客舊來稀.[114]　　문인이 드문 변방에서 그대와 친하였어라
借問君來得幾日?　　그대 여기 온 지 얼마나 지났는가?
到家不覺換春衣.　　집에 가면 아마도 여름옷으로 바꿔 입으리
高齋淸晝卷帷幕,[115]　　고아한 서재에서 대낮에 휘장을 걷고
紗帽接䍦慵不著.[116]　　오사모든 두건이든 게으르게 쓰지 않으리
中酒朝眠日色高,[117]　　술에 취해 일어나면 해가 중천에 있고
彈棋夜半燈花落.[118]　　한밤에 등불의 심지가 떨어지도록 탄기하리
冰片高堆金錯盤,[119]　　빙편을 황금 장식 소반에 높이 쌓아 올리면
滿堂凜凜五月寒.　　방안 가득 향이 나와 오월에도 서늘하리
桂林蒲萄新吐蔓,[120]　　계림의 포도는 새로이 덩굴을 뻗고
武城刺蜜未可餐.[121]　　무성의 자밀은 아직 먹을 수 없는데
軍中置酒夜擒鼓,[122]　　군중에 술을 차린 밤중에 북을 치고
錦筵紅燭月未午.[123][124]　　비단 자리 붉은 촛불 한밤이 가까워라
花門將軍善胡歌,[125]　　화문(花門)의 장군은 호가를 잘 부르고

---

114) 詞客(사객) : 문인. ○舊(구) : 久(구)의 뜻이다. 오래다.

115) **심주** : 집에 돌아간 뒤의 일을 미리 말하였다.(預言其歸家以後.)

116) 紗帽(사모) : 오사모(烏紗帽). 남북조시대에는 황제와 고관만 썼으나, 당 태종이 명을 내려 백관이 모두 쓰게 하였다. ○接䍦(접리) : 두건.

117) 中酒(중주) : 술에 취하다.

118) 彈棋(탄기) : 두 사람이 대국하는 바둑 놀이.

119) 冰片(빙편) : 용뇌향(龍腦香), 편뇌(片腦), 매화뇌(梅花腦), 매빙(梅冰) 등으로도 불린다. 식물 용뇌수의 수지에 휘발유를 넣어 만든 무색투명한 결정. 향료나 약재로 쓰인다. ○金錯盤(금착반) : 금으로 문양을 상감한 소반.

120) 桂林(계림) : 미상. 서역의 지명으로 보인다.

121) 武城(무성) : 신강 투루판 근처. ○刺蜜(자밀) : 풀의 일종. 투루판 지역의 계곡에 자라는 풀로, 풀끝에 꿀이 맺힌다.

122) 擒(과) : 치다. 때리다.

123) **심주** : 홀연히 이별의 연석을 언급하니 운치가 철철 넘친다.(忽入別筵, 淋漓盡致.)

124) 錦筵(금연) : 비단으로 만든 자리. 화려한 연석을 말한다. ○午(오) : 오야(午夜). 한밤.

125) 花門(화문) : 화문산. 거연해(居延海) 북쪽 삼백 리에 소재. 당대 초기에 보루를 설치하여 북방 이민족을 막았으나, 천보 연간에 회흘이 점령하였다. 여기서는 이민족을 가리킨다.

葉河蕃王能漢語.[126]	섭하(葉河)의 왕은 중국어를 잘 한다네
知爾園林壓渭濱.[127]	그대의 동산은 위수의 강가에 있는 줄 아는데
夫人堂上泣羅裙.	부인이 대청에서 비단 치마에 눈물 적시리
魚龍川北盤溪雨.[128]	어룡천 북쪽 반계에 비 내리고
鳥鼠山西洮水雲.[129]	오서산 서쪽 조수(洮水)에 구름 흐르리
臺中嚴公於我厚.[130]	어사대의 엄공은 나와 절친한데
別後新詩滿人口.	헤어진 후 지은 시가 널리 전해졌지
自憐棄置天西頭.	나 홀로 하늘 서쪽 끝에 버려진 걸 슬퍼하니
因君為問相思否?	그대가 가는 길에 생각하느냐고 물어주게

평석 이 시는 일부러 꺾고 갑자기 이었으니 전고의 유래를 찾을 필요가 없다. 고시 중의 또 하나의 격식이다.(此詩硬轉突接, 不須蛛絲馬跡, 古詩中另是一格.)

해설 잠삼(42세)이 윤대에서 귀향하는 친구 독고점을 보내면서 그를 격려 하고 자신의 고향에 대한 그리움을 나타내었다. 시에서 그린 독고점은 권세가에 굴하지 않으면서도 학식이 있고 소탈한 문인상으로, 잠삼은 자 화상을 투영하여 깊은 동정을 표시하였다. 더불어 말 4구에서 754년에 무위에서 만났던 엄무(31세)에게 안부를 묻고 있다. 이 시는 756년 봄 윤 대에서 지었다.

---

126) 葉河(섭하) : 안서절도부의 관할지에 속하는 곳. 지금의 신강 오소현(烏蘇縣) 소재.
127) 爾(이) : 너. 그대. ○壓(압) : 임하다.
128) 魚龍川(어룡천) : 용어천(龍魚川)이라고도 한다. 견수(汧水)의 두 발원지 가운데 하 나. 이중 섬서성 견현(汧縣)에서 발원하는 물줄기는 중간에 깊은 못을 이루어 오색 어(五色魚)가 사는데, 신령하다고 하여 사람들이 잡지 않으며 용어수(龍魚水)라 불 렀다. ○盤溪(반계) : 섬서성 한성현(韓城縣) 서북에 있는 강. 어룡천 동북에 있다.
129) 鳥鼠山(오서산) : 감숙성 위원현(渭源縣)의 서쪽에 소재하며, 위수의 발원지이다. ○洮 水(조수) : 오서산의 서쪽에 있는 강.
130) 臺(대) : 어사대(御史臺). 엄무가 근무하는 곳이다.

이기(李頎)

평석 이기는 고적과 잠삼에 비해 부드러운 울림이 많다.(東川比高岑多和緩之響.)

고의(古意)[1]

男兒事長征,	남아가 멀리 출정하였으니
少小幽燕客.[2]	어려서부터 유연(幽燕) 지방을 떠돌았어라
賭勝馬蹄下,[3]	말을 달리며 승부를 걸고
由來輕七尺.	본래 칠 척 몸을 가벼이 여겼어라
殺人莫敢前,	사람을 죽이면 적이 감히 나서지 못하니
鬚如猬毛磔.[4]	수염은 온 얼굴에 고슴도치 가시같아라
黃雲隴底白雪飛,[5]	누런 먼지 속 농산에는 흰 구름 흐르는데
未得報恩不能歸.	군주의 은혜에 보답 못했으니 돌아갈 수 없어라
遼東小婦年十五,	요동의 젊은 여인 나이가 열다섯
慣彈琵琶解歌舞.[6]	비파를 잘 타고 가무도 잘 해
今爲羌笛出塞聲,[7]	지금 강적으로 '출새' 곡을 부르니
使我三軍淚如雨.	우리 삼군의 장정들 눈물을 비처럼 흘리네

---

1) 古意(고의) : 고대의 일을 빌려 지금의 뜻을 기탁함. 일종의 의고시(擬古詩)이다.
2) 幽燕(유연) : 유주와 연경. 지금의 북경을 중심으로 한 하북 일대.
3) 賭勝(도승) : 승부를 걸다.
4) 猬毛(위모) : 고슴도치의 털. ○磔(책) : 찢다. 여기서는 온 얼굴에 퍼지다는 뜻.
5) 黃雲(황운) : 먼지가 일어나 만들어진 구름. 또는 변방의 구름. ○隴底(농저) : 농산의 아래.
6) 慣彈(관탄) : 잘 타다. 익숙하게 연주하다.
7) 出塞(출새) : 한대 악부제. 『서경잡기』에 "척부인(戚夫人)이 「출새」, 「입새」, 「망귀」(望歸)의 곡을 잘 불렀다"고 하였다. 후대에 이 제목으로 쓴 악부시들은 대부분 변방의 전쟁과 병사들의 노고를 내용으로 하고 있다.

 변방에서 종군하는 남아의 기개와 고향에 대한 절실한 그리움을 나타내었다. 내용으로 보아 주인공은 농산이 고향으로 유연(幽燕) 지방에 나와 있는 듯하다. 변방에서 잔뼈가 굵은 건아의 용맹한 형상을 다섯 구로 박진감 있게 그려내고, 제6구에서 잠시 멈추었다가 제7구에서 다시 배경을 만들었으며, 제9구의 요동의 젊은 여인으로 변화를 주었다가, 말미에서 고향을 그리는 장병들을 묘사하였다. 후반부의 고향 생각은 결국 전반부에서 말하는 일체의 고난을 함축하고 있으며, '군주의 은혜에 보답하지 못하면' 돌아갈 수 없는 점을 상기시키고 있다. 때문에 청년은 호방하지 않을 수 없는 것이다.

고 종군의 노래(古從軍行)[8]

白日登山望烽火,	낮에는 산에 올라 봉화 소식 살피고
黃昏飮馬傍交河.[9]	황혼에는 교하에서 말에 물 먹인다
行人刁斗風沙暗,[10]	순라의 바라 소리에 모래바람 어둡고
公主琵琶幽怨多.[11]	공주의 비파 가락에 깊은 원망 가득해라
野雲萬里無城郭,	성곽 없는 만 리 들판 구름만 걸쳐있고
雨雪紛紛連大漠.	아득한 사막까지 눈보라가 이어졌다
胡雁哀鳴夜夜飛,	기러기 슬픈 울음 밤마다 날아

---

8) 古從軍行(고종군행) : 종군행은 악부시의 제목으로, 『악부시집』에는 '상화가사'로 분류하였다. 고대의 정책을 비판하고 있어 옛 시의 형식임을 나타내기 위해 '고종군행'이라 하였다.

9) 交河(교하) : 지금의 신강(新疆) 투루판시 서쪽에 있는 지명.

10) 行人(행인) : 출정한 병사를 가리킨다. ○ 刁斗(조두) : 군대에서 야경을 돌 때 쓰는 바라. 구리로 솥처럼 만들어 낮에는 밥을 짓고 밤에는 징으로 썼다. 용적은 한 되(斗).

11) 公主琵琶(공주비파) : 공주가 뜯는 비파 가락. 한대의 강도왕(江都王) 유건(劉建)의 딸 유세군(劉細君)이 볼모로 서역의 오손(烏孫)에 시집갔으므로 '오손공주'라 하였다. 그녀는 시집갈 때 비파를 탔다고 한다.

胡兒眼淚雙雙落.　　　　호아(胡兒)의 눈물방울 줄줄이 떨어진다
聞道玉門猶被遮.[12]　　　듣자하니 옥문관은 아직도 막혔다는데
應將性命逐輕車.[13]　　　목숨일랑 응당 경거장군과 함께 하리
年年戰骨埋荒外,　　　　해마다 병사들의 뼈는 황야에 묻히는데
空見蒲桃入漢家.[14]　　　부질없이 포도만 중원으로 전해오네

평석 사람의 목숨으로 외국의 물건을 바꾸어오니 실책이 크다. 변방을 개척하는 자에게 경계를 하고자 이 시를 지었다.(以人命換塞外之物, 失策甚矣. 爲開邊者垂戒, 故作此詩.)

해설 한 무제의 서역 용병을 빌어 당 현종의 서역 정책을 풍자하였다. 장기간 전쟁에 병사들이 죽어나가도 결국 나라에 이익이 되는 건 포도 뿐인데 무엇 때문에 그처럼 사람을 죽이는가? 서역 개척의 실효에 대한 근본적인 의문을 제시하였다.

고 행로난(古行路難)[15]

漢家名臣楊德祖,[16]　　　한나라 명신 양수(楊修)
四代五公享茅土.[17][18]　　네 대에 걸쳐 다섯 삼공이 배출되었지

---

12) 被遮(피차) : 막히다. 기원전 104년(太初 원년) 한 무제는 이광리(李廣利)에게 대완(大宛)을 공격하게 했다. 해가 넘도록 고전하자 이광리는 철군을 청하였으나 한 무제는 옥문관을 봉쇄했다. 이 구는 옥문관에서는 아직도 전쟁 중이라는 뜻이다.
13) 輕車(경거) : 경거장군(輕車將軍). 한 무제 때 이채(李蔡)가 경거장군으로 임명되었다.
14) 蒲桃(포도) : 포도.
15) 古行路難(고행로난) : 행로난은 악부시의 제목으로 '잡곡가사'에 속한다.
16) 楊德祖(양덕조) : 양수(楊修). 자가 덕조(德祖)이다. 동한 태위 양표(楊彪)의 아들. 학문을 좋아하고 문장을 잘 지었으며 사고가 민첩하였다. 조조가 승상이었을 때 그의 주부가 되어 조조를 위해 계책을 내었다. 나중에 조조의 의도에 저촉되고 또 원술의 조카였기에 살해되었다. 『후한서』「양진전」 참조.
17) 심주 : 양진에서 양수까지 사대 중 다섯 명이 태위가 되었다.(自震至修, 四代中五爲

父子兄弟綰銀黃,[19]　　　부자와 형제 모두가 금은의 관인을 달고
躍馬鳴珂朝建章.[20]　　　말을 타고 옥소리 울리며 건장궁에 조회 갔지
火浣單衣繡方領,[21]　　　진귀한 화완(火浣)의 옷에 수놓인 옷깃이 반듯하고
茱萸錦帶玉盤囊.[22]　　　수유(茱萸) 문양으로 짠 은 요대에 옥 주머니 늘어졌지
賓客塡街復滿座,　　　거리를 메우는 빈객이 좌중에도 가득해
片言出口生輝光.　　　한 마디 말마다 광휘가 감돌았지
世人逐勢爭奔走,　　　세상 사람들 세력 따라 다투어 분주하며
瀝膽隳肝惟恐後.[23]　　　간과 쓸개 다 꺼내며 뒤질까 두려워
當時一顧登靑雲,　　　그 당시엔 한 번 돌아보면 높은 자리 오르니
自謂生死長隨君.　　　생사를 함께 하겠노라고 스스로 생각하였지
一朝謝病還鄕里,　　　하루아침에 병들어 향리로 돌아가니
窮巷蒼苔絶知己.　　　막다른 골목에 이끼가 끼고 친구도 끊겼어라
秋風落葉閉重門,　　　가을바람 낙엽 지고 중문이 닫혔으니
昨日論交竟誰是?[24]　　　그동안 사귄 사람 도대체 누구인가?

太尉.)

18) 四代五公(사대오공) : 양진(楊震)으로부터 그의 아들 양병(楊秉), 양사(楊賜), 현손 양
표(楊彪)에 이르기까지 사대에 걸쳐 태위가 되었다. 양씨는 원씨(袁氏)와 함께 낙양
의 명문가 출신이었다. 사대오공은 사실 원씨(袁氏)의 일이다. ○享茅土(향모토) :
작위를 받다. 황제가 왕위 또는 후작을 내릴 때 다섯 가지 색의 흙으로 단을 세우고,
봉지가 있는 방향의 흙을 취하여 흰 띠풀에 싸서 하사하였다.

19) 綰(관) : 매다. ○銀黃(은황) : 은인(銀印)과 금인(金印). 한대의 승상, 태위, 장군은 금
인을 사용하며, 이천석 이상은 은인을 사용했다.

20) 躍馬(약마) : 도약하다. 서진 좌사(左思)의 「촉도부」에 "공손술은 말을 일으켜 타고
칭제하였으며"(公孫躍馬而稱帝)란 말이 있다. ○鳴珂(명가) : 울리는 옥 소리. 말의
굴레 따위에 장식한 옥이 울리는 소리. ○建章(건장) : 건장궁. 미앙궁 서쪽에 있는
궁전.

21) 火浣單衣(화완단의) : 석면(石綿)으로 만든 옷감. 서역에서 나는 희귀한 물건이다. ○繡
方領(수방령) : 네모반듯하며 보불(黼黻) 문양으로 수를 놓은 옷깃.

22) 茱萸錦帶(수유은대) : 수유 문양으로 직조한 비단 띠. ○玉盤囊(옥반낭) : 요대 옆에
차는, 옥이 장식된 작은 주머니.

23) 瀝膽隳肝(역담휴간) : 쓸개즙을 짜내고 간을 망치다. 온갖 정성을 다하다.

24) 論交(논교) : 사귀다.

薄俗嗟嗟難重陳,　　경박한 세속을 다시 말해 무엇하랴
深山麋鹿可爲鄰.　　깊은 산 속 들어가 사슴과 짝하리라
魯連所以蹈東海,²⁵⁾　노중련이 동해로 은거하였기 때문에
古往今來稱達人.²⁶⁾　고금에 그를 불러 달인이라 말하지

평석 양씨를 빌려 생각을 펼쳤으니 세력과 이익을 쫓는 무리들을 위해 말하였다. 말미에서 노중련이 바다에 은거함으로써 세력과 이익을 모두 가벼이 여겼음을 보였다.(此借楊氏發論, 爲勢利之徒言之. 末言魯連蹈海, 正能一空勢利之見耳.)

해설 양씨 집안의 부귀와 권세를 빌려 권세에 아부하는 경박한 세태를 비판하고 권세의 무상함을 표현하였다.

유욱을 보내며(送劉昱)

八月寒葦花,　　　　팔월에 갈대꽃 차갑고
秋江浪頭白.　　　　가을 강 물결이 하얗게 말려라
北風吹五兩,²⁷⁾²⁸⁾　북풍이 오량(五兩)에 부는데
誰是潯陽客?²⁹⁾　어느 나그네가 심양으로 가는가
鸕鶿山頭微雨晴,³⁰⁾　노자산 앞에는 가는 비 개이고

---

25) 魯連(노련) : 노중련(魯仲連). 전국시대 제(齊)나라 사람으로 어렸을 때부터 지략이 뛰어나 '천리구'(千里駒)라 불렸다. 제나라를 도와 연나라를 이겼으며, 공을 이루고도 작위를 받지 않고 바닷가로 은거하였다.
26) 達人(달인) : 활달하고 낙관적인 사람.
27) 심주 : 곽박 「강부」에 '오량의 움직임을 보며'라는 말이 있으니, 바람을 측량하는 깃털을 말한다.(郭璞江賦 : '覘五兩之動靜', 謂候風羽也.)
28) 五兩(오량) : 五緉(오량)이라 쓰기도 한다. 고대의 측풍기(測風器). 닭털을 오 량 또는 팔 량 무게로 장대 끝에 매달아 풍향과 풍력을 측정했다.
29) 潯陽(심양) : 강주(江州) 심양군(潯陽郡). 지금의 강서성 구강시(九江市).
30) 鸕鶿山(노자산) : 미상. 진강(鎭江) 일대에 있는 산으로 보인다.

揚州郭裏暮潮生.　　　　양주성 안에는 저녁 밀물이 들어오네
行人夜宿金陵渚,　　　　행인은 밤에 금릉의 강가에서 묵는다 하니
試聽沙邊有雁聲.　　　　모래톱 기러기 소리 그대도 들어 보게

해설 유욱을 보내며 쓴 시이다. 시의 내용으로 보아 두 사람은 양주 일대의 노자산, 양주, 금릉을 차례로 거쳐서 가는 듯하다. 이별 앞에서 처량한 정서가 아니라 상대를 격려하고 정신을 진작하는 말을 하여 담담하고 깊은 정을 나타내었다. 말미에서 기러기를 언급한 것은 기러기는 일반적으로 여러 마리가 모여 다니므로 객지에 홀로 된 처지에서 친구를 생각해달라는 뜻이다.

최오가 그린 육 첩 병풍에서 한 사물씩 읊으며, '오손 패도'를 제목으로 받아(崔五六圖屛風, 各賦一物, 得烏孫佩刀)[31]

烏孫腰間佩兩刀,　　　　오손 사람 허리에 찬 칼 두 자루
刃可吹毛錦爲帶.[32]　　비단 요대에 매여 털을 불면 잘릴 만큼 날카로워
握中枕宿穹廬室,[33][34]　파오에서 베개 베고 잘 때도 쥐고 있고
馬上割飛蠮螉塞.[35][36]　열옹새에서는 말을 타고 가면서 새를 벤다

---

31) 六圖屛風(육도병풍) : 여섯 폭 병풍. 고대 병풍은 여섯 폭이 많았다. 그중 한 폭에 오손의 패도가 그려져 있다. ○烏孫(오손) : 한대 서역에 있던 나라. 적곡성(赤谷城, 신강 龜玆 서북)을 수도로 하였다. 남북조시기에는 파미르 고원 북쪽으로 옮겼다.

32) 刃可吹毛(인가취모) : 칼날이 털을 불면 잘라질 만큼 날카롭다.

33) 심주 : 이 구는 칼의 소장을 말하였다.(此言藏.)

34) 穹廬(궁려) : 유목민족이 사용하는 이동식 주거. 파오. 한대 오손왕에게 시집간 유세군 공주가 지은 노래에 '파오로 집을 삼고 담요로 벽을 삼아(穹廬爲室兮氈爲墙)란 구절이 있다.

35) 심주 : 이 구는 칼의 쓰임을 말하였다.(此言用.)

36) 割飛(할비) : 나르는 새를 자르다. ○蠮螉塞(열옹새) : 지금 북경의 거용관(居庸關).

執之魍魎誰能前?[37]　　　들고 있으면 이매망량이라 해도 가까이 못 오고
氣凜淸風沙漠邊.　　　기운이 늠름하여 사막에서도 맑은 바람이 인다
磨用陰山一片石,[38]　　　음산의 보옥에 갈고
洗將胡地獨流泉.　　　북방의 샘물에 씻었지
主人屛風寫奇狀,　　　주인의 병풍은 기이한 그 모습 그려졌으니
鐵鞘金鐶儼相向.[39]　　　쇠 칼집 금 고리가 뚜렷이 진짜인 듯하여라
回頭瞪目時一看,　　　고개 돌려 눈 부릅뜨고 시시로 바라보면
使予心在江湖上.[40]　　　나의 마음 바로 지금 강호에 있는 듯하네

평석 『진재기』에 "모용황이 기병을 이끌고 열옹새를 나갔다"는 기록이 있다.(晉載記 : "慕容皝率騎出蠮螉塞.")

해설 병풍에 그려진 오손 패도를 노래하였다. 전반부에서는 오손 사람이 칼을 차고 사용하는 모습을 실제의 상황에서 묘사하였으며, 후반부에서 이것이 그림임을 말하고, 끝에서 패도로부터 일어나는 시인의 격동하는 심정을 서술했다. 이는 성당시기 시인들이 그림, 음악, 서예 등의 예술 작품을 감상하고 시화(詩化)할 때 사용하는 방법이다. 때문에 그림 솜씨의 빼어남을 말하지 않으면서도 이미 충분히 표현하게 된다. 말미에서 시인의 협기를 나타내었다.

---

37) 魍魎(망량) : 이매망량. 강에 사는 요괴이다. 『옥편』(玉篇)에서는 "물에 사는 잡귀로 세 살 먹은 아이 같으며 적흑색이다"(水神, 如三歲小兒, 赤黑色.)고 풀이하였다.
38) 陰山(음산) : 내몽골자치구 남부에 있는 산맥으로 흥안령에서 영하(寧夏)에 걸쳐 있 다.
39) 鞘(초) : 칼집. ○鐶(환) : 고리. ○儼相向(엄상향) : 분명히 그림 속의 칼이 진짜 칼과 같다.
40) **심주** : 한 치 마음도 이 칼 때문에 격동한다.(寸心亦爲飛越.)

애경사 등나무 노래(愛敬寺古藤歌)[41]

古藤池水盤樹根,	연못가에 뿌리를 튼 오래된 등나무
左攫右拏龍虎蹲.[42]	좌로 붙잡고 우로 뒤틀며 용과 호랑이가 웅크린 듯
橫空直上相陵突,[43]	가로 늘어지고 곧바로 치솟아 서로 얽어지고
豐茸離纚若無骨.[44]	더부룩이 무성하여 뼈도 없는 듯했지
風雷霹靂連黑枝,	비바람에 천둥 치고 벼락이 검은 가지 때리더니
人言其下藏妖魑.[45]	그 아래 요괴가 숨었다고 사람들이 말하더라
空庭落葉乍開合,	빈 마당에 낙엽 지고 잠시 넓게 펼쳐졌다가
十月苦寒常倒垂.	시월의 추위에는 언제나 거꾸로 축축 늘어진다
憶昨花飛滿空殿,	기억하노니 예전에는 불전 앞에 꽃이 가득 날리고
密葉吹香飯僧遍.[46]	짙은 잎에서 날린 향기가 스님들 주위에 가득했지
南階雙桐一百尺,	남쪽 계단엔 백 척이나 높은 오동나무 한 쌍이 있어
相與年年老霜霰.	다 함께 해마다 풍상에 늙어가리

해설 애경사의 등나무를 노래하였다. 첫 4구에서는 치솟고 가로 걸린 등나무의 용과 호랑이 같은 모습 그리다가, 갑자기 필봉을 전환하여 벼락을 맞은 후의 늘어진 가지의 기이하고 신령스런 모습을 그렸다. 말미에

---

41) 愛敬寺(애경사) : 대애경사(大愛敬寺)라고도 한다. 윤주 상원현(上元縣, 남경시) 종산 서록에 소재하며, 양 무제(梁武帝) 때 창건하였다. ○古藤(고등) : 오래된 등나무. 남조 양나라 소통(蕭統)의 「무제의 '종산 대애경사에서 놀며'에 화답하며」(和武帝遊鐘山大愛敬寺)에 "붉은 등나무가 휘돌며 줄기를 늘어뜨리고, 푸른 대나무 숲이 맑은 연못에 그늘을 던지고 있네"(丹藤繞垂干, 綠竹蔭淸池.)라는 구절이 있는 것을 보면, 애경사의 등나무는 오래되고 유명한 것으로 보인다.

42) 攫(확) : 붙잡다. 등나무 줄기가 서로 얽힌 모양을 형용하였다.

43) 陵突(능돌) : 침범하다.

44) 豐茸(풍용) : 무성한 모양. ○離纚(이리) : 털이 무성히 자란 모양. 또는 농밀한 모양. 여기서는 잎이 새로 자란 모양을 가리킨다.

45) 妖魑(요리) : 요괴.

46) 飯僧(반승) : 승려들에게 음식을 공양하다. 여기서는 그러한 공양을 받는 승려를 가리킨다.

서는 오동나무를 세워 짝을 삼은 점이 또한 기발하다. 변화 많은 구성
속에 강건한 기운이 감돈다.

유십을 보내며(送劉十)[47]

三十不官亦不娶,	서른에 관직에 나가지도 장가도 안 들었으니
時人焉識道高下?	세상 사람들은 그대의 식견이 높은지 알지 못해라
房中惟有老氏經,[48]	방안에는 오로지 『도덕경』만 있고
櫪上空餘少遊馬.[49]	마구간엔 부질없이 비루먹은 말이 있어
往來嵩華與函秦,[50]	장안에서 숭산과 화산을 오가며
放歌一曲前山春.	봄이 온 앞산을 보고 크게 노래 불러라
西林獨鶴引閑步,	서쪽 숲에 학 한 마리 한가히 걸음 이끌고
南澗飛泉清角巾.[51]	남쪽 계곡 쏟아지는 폭포에 각건을 씻어라
前年上書不得意,	앞전에 상서를 올렸으나 뜻을 얻지 못하자
歸臥東山兀然醉.[52]	돌아와 동산에 누워 멍하니 취했어라
諸兄相繼掌青史,[53]	형들은 차례로 역사를 편수하니

---

47) 劉十(유십) : 잠중면(岑仲勉)은 『당인항제록』(唐人行第錄)에서 유지기(劉知幾)의 아
들로 보았다. 유지기의 아들은 모두 여섯으로 유황(劉貺), 유속(劉餗), 유회(劉滙),
유질(劉秩), 유신(劉迅), 유형(劉迥) 등이다. 이중 첫째 유황은 배항이 제3이고, 넷째
유질은 배항이 제16이므로, 둘째 유속이나 셋째 유회일 가능성이 크다. 시에서 '제
형'(諸兄)이란 말이 있는 것으로 보아 셋째 유회로 보인다.

48) 老氏經(노씨경) : 노자가 지었다는 『도덕경』.

49) 少遊馬(소유마) : 관단마(款段馬)라고도 한다. 느린 말. 동한 마원(馬援)의 사촌동생
소유(少遊)가 "느린 말을 타고 군의 관리로 묘지기를 하면 족하다"고 말한 데서 유래
하였다. 『동관한기』(東觀漢記) 「마원전」 참조.

50) 嵩華(숭화) : 숭산과 화산. ○函秦(함진) : 함곡관과 진중(秦中). 지금의 서안 일대.

51) 角巾(각건) : 은사가 쓰는 일종의 모서리가 진 두건.

52) 兀然(올연) : 취하여 흐리멍덩한 모양. 삼국시대 위(魏) 유령(劉伶)의 「주덕송」(酒德頌)
에 "흐리멍덩하게 취하고 시원스럽게 깨어나다"(兀然而醉, 豁爾而醒.)는 말이 있다.

53) 諸兄(제형) : 형들. 첫째 형 유황(劉貺)은 경사(經史)에 박통하고 국사(國史)를 수찬하

第五之名齊驃騎.[54]　　은거하는 동생의 이름이 어찌 형들보다 못하리
烹葵摘果告我行,　　규채 삶고 과일 따서 송별의 자리 마주하니
落日夏雲縱復橫.　　해 저물녘 여름 구름이 이리저리 걸렸어라
聞道謝安掩口笑,[55]　　듣자하니 사안이 입 가리고 웃었다고 하니
知君不免爲蒼生.　　그대 장차 창생 위해 출사하리라 믿겠네

해설 은거하는 유십이의 영리를 도모하지 않는 방광불기(放狂不羈)한 행동과 정신을 찬미하였다. 말 4구에서 다시 은거하는 유십이를 보내고 있지만, 주로 그의 사람됨과 경력을 그렸다. 이기의 시에는 광사(狂士)와의 교왕이 많은데 이 시도 그중 하나이다.

양괵과 헤어지며(別梁鍠)[56]

梁生偶儻心不羈,[57]　　양괵은 호쾌하고 마음이 자유로워

　　였으며, 둘째 형 유속(劉餗)은 우보궐과 집현전학사를 역임하고 국사를 수찬하였다. 『신당서』「유자현전」(劉子玄傳) 참조.
54) 第五(제오) 구 : 동진의 표기장군 하충(何充)이 청고하게 지내는 동생 하준(何準)에게 벼슬하기를 권하자 하준은 "나의 '다섯째 동생'이란 이름이 어찌 표기장군보다 못하리오?"(予第五之名, 何必減驃騎?)라 하였다. 『세설신어』「서일」(棲逸) 참조. 여기서는 유십이 형들보다 못하지 않다는 뜻.
55) 聞道(문도) 구 : 동진의 사안(謝安)이 동산(東山)에서 출사한 일을 가리킨다. 사안이 일찍이 회계의 동산에서 은거할 때 조정에서 누차 출사를 명하여도 나오지 않자, 어사중승(御史中丞)인 고숭(高崧)이 말하였다. "동산에서 높이 누워있기만 하니, 사람들이 만날 때마다 서로 말하고 있더이다. '사안이 나오지 않으니 장차 창생을 어이 할꼬?'라고요."(高臥東山, 諸人每相與言 : '安石不肯出, 將如蒼生何?') 사안은 웃기만 하고 대답하지 않았다. 이후 재상이 되었으며, 비수지전을 승리로 이끌었다. 『세설신어』「배조」(排調) 참조. 여기서는 현능한 사람은 독선기신(獨善其身)만 하고 있어서는 안 된다는 뜻을 말하였다.
56) 梁鍠(양괵) : 성당시기에 활동한 시인. 잠삼, 전기와 창화하였으며, 현재 『전당시』권 202에 시 15수가 전한다.
57) 倜儻(척당) : 탁월하고 호매함. ○不羈(불기) : 묶이지 않고 자유로움.

途窮氣蓋長安兒. 　　　형편은 어려워도 기개는 장안을 덮는다네
回頭轉眄似雕鶚,[58] 　　　머리 돌려 바라보는 모습이 마치 수리같아
有志飛鳴人豈知? 　　　한 번 날면 하늘을 찌를 걸 남들이 어찌 알랴
雖云四十無祿位, 　　　사십이라 하여도 벼슬이 없지만
曾與大軍掌書記.[59] 　　　일찍이 군대에서 장서기를 하였다네
抗辭請刃誅部曲,[60] 　　　당당하게 형법을 청하여 병졸을 주살하고
作色論兵犯二帥. 　　　격앙하게 작전을 논하며 두 지휘관에 맞섰다네
一言不合龍額侯,[61)62)] 　　　한 마디 말이 용액후와 맞지 않자
擊劍拂衣從此棄.[63] 　　　칼을 치고 옷 떨치며 군대를 떠났다네
朝朝飲酒黃公壚,[64] 　　　아침마다 황공의 도가에서 술을 마시고
脫帽露頂爭叫呼. 　　　모자 벗어 머리 드러내고 소리 지르네
庭中犢鼻昔嘗挂,[65] 　　　마당 가운데서 일찍이 쇠코잠방이를 널었는데
懷裏琅玕今在無? 　　　가슴에 품은 재주 아직도 남았는지?
時人見子多落魄,[66] 　　　사람들은 그대 보고 실의에 빠졌다며

---

58) 雕鶚(조악) : 수리와 물수리. 둘 다 맹금이다.
59) 掌書記(장서기) : 절도사 또는 군대에는 군중의 문서를 담당하는 관직.
60) 抗辭(항사) : 높은 소리로 진정하다. ○請刃(청인) : 군법의 생사여탈권을 집행하기를
    청하다. ○部曲(부곡) : 부하. 고대에는 군영을 다섯 부(部)로 나누고, 각 부 아래에
    는 곡(曲)을 두었으며 곡 아래 둔(屯)이 있었다.
61) 심주 : 한대 한열이 용액후에 봉해졌다.(漢韓說封龍額侯.)
62) 龍額侯(용액후) : 용액은 지금의 하북성 경현(景縣) 동쪽. 한대에 용액후에 봉해진 사
    람은 한열(韓說), 한요(韓澆), 한증(韓增) 등 세 사람이다. 이중 한열은 교위로 흉노
    를 격파하였다. 여기서는 지휘관을 가리킨다.
63) 擊劍(격검) : 자신의 분노 혹은 결심을 나타낼 때 칼을 허공에 찌르는 행동이다. ○拂
    衣(불의) : 옷을 떨치다. 반대 혹은 거절을 의미하는 행동이다.
64) 黃公壚(황공노) : 황공의 술도가. 서진의 왕융(王戎)이 혜강(嵇康), 완적(阮籍)과 함께
    술을 마시던 곳으로 낙양에 있었다.
65) 犢鼻(독비) : 즉 독비곤(犢鼻褌). 쇠코잠방이. 짧은 치마로 송아지 코처럼 생겼다고
    해서 이런 이름이 붙여졌다. 위진시대 완함(阮咸)이 이웃의 부자 친척들은 칠월 칠
    일 비단옷을 말리는데 비해 자신은 내걸만한 것이 없자 독비곤을 내걸어 세속을 비
    웃은 이야기가 있다. 여기서는 가난을 나타낸다. 『세설신어』 「임탄」(任誕) 참조.
66) 落魄(낙백) : 실의에 빠진 모습.

共笑狂歌非遠圖.	그대 노래 비웃고 심원한 계책 비난하네
忽然遣躍紫騮馬,	홀연 자류마에 뛰어오르니
還是昂藏一丈夫.[67]	역시 훤칠한 한 장부로세
洛陽城頭曉霜白,	낙양성 머리에 새벽 서리 하얗고
層冰峨峨滿川澤.	층층이 쌓인 얼음 온 강물이 얼었는데
但聞行路吟新詩,	길을 가면서도 다만 시를 읊조릴 뿐
不歎擧家無擔石.[68]	집안에 몇 됫박 곡식이 없어도 한탄하지 않네
莫言貧賤長可欺,	가난하고 천함이 오래 간다 말 말게나
覆簣成山當有時;[69]	삼태기로 부은 흙이 언젠가는 산이 되리
莫言富貴長可託,	부귀만이 믿을 수 있다고 말하지 말게나
木槿朝看暮還落.	아침에 핀 무궁화 저녁 되면 떨어지네
不見古時塞上翁,	보지 못하는가, 옛날의 새옹지마
倚伏由來任天作?[70]	화와 복의 유래가 하늘에 맡겨진 것을
去去滄波勿復陳,	이제 그만 말해야 하리, 저 푸른 강물로 떠나면
五湖三江愁殺人.	다섯 호수와 세 강물이 모두가 시름인 것을

평석 결말은 세상에 풍파가 많다는 뜻으로, 강호를 건너기 어렵다는 뜻만 말한 것이 아니다.(結有世路風波意, 非專言江湖難涉也.)

해설 양굉의 사람됨을 그린 시이다. 첫머리부터 어려운 처지에도 호매한 성격을 지닌 양굉을 그리고, 그의 성격, 경력, 행동을 인상적으로 부각시켰다. 그러한 묘사에서 결국 양굉은 '훤칠한 한 장부'임을 나타내었고,

---

67) 昂藏(앙장) : 의기가 당당한 모습.
68) 擔石(담석) : 담(擔)은 백 근이고 석(石)은 열 말. 적은 식량.
69) 覆簣成山(복궤성산) : 삼태기의 흙을 쌓아 산을 이루다.
70) 倚伏(의복) : 의지하고 기댐. 화복과 길흉이 서로 맞물려 돌고 돈다는 뜻. 『노자』의 "복은 화에 기대어 있고, 화는 복에 숨어 있어라"(福兮禍之所倚, 禍兮福之所伏.)에서 유래했다.

말미에서 송별의 뜻을 덧붙였다. 이기가 그린 인물들 가운데 가장 개성
적이고 인상적인 사람 가운데 하나이다.

거문고 노래—송별(琴歌送別)[71]

主人有酒歡今夕,	주인은 술을 두고 오늘 밤을 즐거워하니
請奏鳴琴廣陵客.[72]	〈광릉산〉을 뜯는 고수에게 거문고를 청하는구나
月照城頭烏半飛,	달은 성 머리를 비추고 까마귀는 반이 날아
霜凄萬樹風入衣.	온갖 나무에 된서리 내리고 바람이 옷깃에 든다
銅鑪華燭燭增輝,[73]	청동 향로 화려한 초에 촛불은 더 밝게 타고
初彈淥水後楚妃.[74]	처음에 〈녹수〉를 타다가 〈초비탄〉이 이어진다
一聲已動物皆靜,	소리 하나 울리자 모든 사물이 숨을 죽이고
四座無言星欲稀.	좌중에 말소리 없는데 별이 지려 하는구나
清淮奉使千餘里,[75]	회수에 사신으로 천여 리 가는데
敢告雲山從此始.	구름 낀 산속의 은거는 지금부터 시작이리

평석 잠삼의 '높은 대청이 빈 산과 같아라' 또는 상건의 '강가의 달빛을 하얗게 만들고' 등

---

71) 琴歌(금가) : 악부제. '금곡가사'에 속한다.
72) 廣陵客(광릉객) : 거문고에 뛰어난 사람. 삼국시대 죽림칠현의 한 사람인 혜강(嵇康)
이 사마소(司馬昭)에 의해 형장에서 살해될 때, 거문고를 달라고 하여 〈광릉산〉(廣
陵散)을 연주하고는 말하였다. "원준(袁準)이 일찍이 〈광릉산〉을 배우겠다고 청하여
도 내가 아까워서 가르쳐주지 않았는데, 이제 광릉산이 끊기겠구나"(袁孝尼嘗請學此
散, 吾靳固不與, 廣陵散於今絶矣.)라고 말하였다. 『세설신어』「아량」(雅量) 참조.
73) 銅鑪(동로) : 청동 향로.
74) 淥水(녹수) : 거문고 악곡 이름. 동한 채옹(蔡邕)이 지었다는 '채씨 오농'(蔡氏五弄) 가
운데 하나이다. 『악부시집』 권59 참조. ○楚妃(초비) : 거문고 악곡 이름. 〈초비탄〉
(楚妃歎)이라고도 한다. '음탄'(吟歎) 4곡 가운데 하나이다. 반악 「생부」(笙賦)의 이
선(李善) 주 참조.
75) 清淮(청회) : 회수. ○奉使(봉사) : 명을 받들어 출사하다.

의 말보다 더욱 미묘하고 더욱 아득하다.(比'高堂如空山', '能使江月白'等語, 更微更遠.)

해설 거문고 곡조의 아름다움을 노래하였다. 달 밝은 가을밤 회수로 떠나기 전, 어느 주인이 차린 술자리에서 거문고의 고수를 청하여 연주를 듣는 광경을 그렸다. 제3, 4구는 연석 주위의 배경을 그렸고, 제7, 8구는 연주의 효과를 묘사하였다. 현실의 배경과 정감은 음악 속의 정감과 의경에 연결되고, 처연한 마음은 이별과 이어진다. 슬픔을 말하기 전에 즐거움을 말하고, 고요함을 말하기 전에 움직임을 말하여 사물과 감정의 변화를 세밀하게 잡았다.

왕유(王維)

산으로 돌아가는 친구를 보내는 노래 2수(送友人歸山歌二首)

제1수

山寂寂兮無人,[1]	산은 적막하여 사람 하나 없는데
又蒼蒼兮多木.	게다가 짙푸르고 나무들이 많지
群龍兮滿朝,[2]	조정에는 어진 신하들 가득한데
君何爲兮空谷?	그대는 어이하여 빈 골짝으로 가는가?
文寡和兮思深,[3]	그대 시문에 창화하는 사람 적어 사고는 심오하고

---

1) 兮(혜): 어조사. 뜻은 없이 어조를 고르는 역할을 한다. 우리말의 '~이여'에 해당한다. 초가체(楚歌體)와 『초사』에 특징적으로 쓰인다.
2) 群龍(군룡): 어진 신하. 『후한서』 「낭의전」(郎顗傳)에 "옛날 요 임금이 위에 있을 때는 군룡이 쓰였다"(昔唐堯在上, 群龍爲用.)고 하였다.

道難知兮行獨.　　　도덕은 고매하여 남들이 알기 어려워 홀로 행하였지

悅石上兮流泉,　　　바위 위로 흐르는 샘물을 좋아하고

與松間兮草屋.[4]　　송림 사이 초당을 찬미하는가

入雲中兮養鷄,[5]　　구름 속에 들어가 닭을 기르고

上山頭兮抱犢.[6]　　산 정상에 송아지 안고 올라가 살면

神與棗兮如瓜,[7]　　신선이 참외만한 대추를 주고

虎賣杏兮收穀.[8][9]　호랑이가 살구를 팔아 곡식을 거두겠지

愧不才兮妨賢,[10]　　재주 없으면서 현인의 등용을 막는 내가 부끄럽고

嫌既老兮貪祿.　　　이미 늙었으면서 녹봉을 탐하는 것이 거리껴

---

3) 寡和(과화) : 화답하는 사람이 적다. 시문이 고상하고 뜻이 깊어 그에 맞추어 적절히 화답하는 사람이 적다.

4) 與(여) : 칭찬하다. 찬미하다.

5) 養鷄(양계) : 『열선전』에 나오는 축계옹(祝鷄翁)의 일을 가리킨다. 축계옹은 시향(尸鄕) 북산 아래 살며 닭을 백여 년 동안 길렀다. 천여 마리 닭에 이름을 붙여주었는데, 저녁에는 나무 위에 올라가고 아침이 되면 흩어졌다. 닭의 이름을 부르면 그 닭이 달려왔다.

6) 上山(상산) 구 : 송아지를 안고 산에 올라 농사를 지음. 기주(沂州) 승현(承縣, 산동 棗莊 동북)에 절벽이 천 길이나 되는 산이 있는데, 정상은 넓고 물이 나왔다. 어떤 은자가 송아지를 안고 올라가 농사를 지었기에 포독산(抱犢山)이라 하였다. 『원화군현도지』 권11 참조.

7) 神與(신여) 구 : 한대 이소군(李少君)이 무제에게 말하기를 "신이 바닷가를 노닐다가 안기생(安期生)을 만났는데 참외만한 대추를 먹고 있었습니다"라고 하였다. 『사기』 「봉선서」 참조.

8) 심주 : 『신선전』에 기록했다. "동봉이 살구 수만 주를 심었는데, 살구를 사려는 사람이 곡식 한 그릇을 창고 안에 놓고 스스로 살구 한 그릇을 가져갔다. 만약 갖다 놓는 곡식이 적고 가져간 살구가 많으면 호랑이가 쫓아냈다."(神仙傳 : "董奉種杏數萬株, 買杏者將穀一器置倉中, 卽自往取一器. 若穀少杏多, 有虎逐之.")

9) 虎賣(호매) 구 : 삼국시대 동오의 동봉(董奉)이 여산 아래 살면서 사람들을 치료하고 돈을 받는 대신 살구나무를 심게 하였다. 몇 년이 지나자 십만여 그루가 자라게 되었다. 이에 마을 사람들에게 "살구를 사려고 하는 사람은 창고에 곡식 한 그릇을 가져다 놓고 살구 한 그릇을 가져가시오"라고 하였다. 만일 곡식을 적게 두고 살구를 많이 가져가면 호랑이가 쫓아와 살구를 엎지르게 되었고, 결국 곡식만큼 가져가게 되었다. 나중에 처와 딸들을 남겨둔 채 혼자 구름 속으로 들어갔다. 갈홍(葛洪)의 『신선전』 참조.

10) 妨賢(방현) : 벼슬의 직위에 있으면서 현인의 등용을 방해함.

誓解印兮相從,[11]　　　인끈을 풀어두고 그대 따르려니
何詹尹兮可卜![12]　　　어찌 첨윤에게 점쳐 볼 필요 있으리오!

제2수

山中人兮欲歸,　　　산에 사는 그대 산으로 돌아가니
雲冥冥兮雨霏霏.[13]　　　구름 어둑히 깔리고 비가 부슬부슬 내린다
水驚波兮翠菅靡,[14]　　　강물이 어지러이 흐르고 푸른 골풀이 쓰러져
白鷺忽兮翻飛,　　　백로는 갑자기 휘돌아 나르니
君不可兮褰衣.[15]　　　그대는 옷을 걷고 건널 수 없어라
山萬重兮一雲,[16]　　　만 겹의 산이 구름에 모두 덮이고
混天地兮不分.　　　천지가 하나로 섞여 분간할 수 없어
樹晻曖兮氛氳,[17]　　　나무 숲 침침하고 무성한데
猿不見兮空聞.　　　원숭이 보이지 않은 채 소리만 들려라
忽山西兮夕陽,　　　홀연히 서산에서 석양이 비쳐 들어와
見東皐兮遠村.[18]　　　동쪽 언덕과 먼 마을을 비추는데
平蕪綠兮千里,[19]　　　드넓은 들판은 천 리 멀리 펼쳐져
眇惆悵兮思君.[20]　　　아득히 슬프게 바라보며 그대 생각하노라

---

11)　解印(해인) : 관인의 끈을 풀다. 벼슬을 그만 두다.
12)　詹尹(첨윤) : 고대 점복을 보는 사람의 이름. 『초사』「복거」(卜居)에 정첨윤(鄭詹尹)
　　　이란 사람이 나오며, 그의 직책이 태복(太卜, 점복관)이었다.
13)　冥冥(명명) : 어두운 모양. ○霏霏(비비) : 눈이나 비가 무성히 내리는 모양.
14)　翠菅(취관) : 비취색의 골풀. ○靡(미) : 쓰러지다. 쓸리다.
15)　褰衣(건의) : 옷을 걷어 올리다.
16)　一雲(일운) : 온통 구름으로 덮여 있다. 일(一)은 '전부'라는 뜻.
17)　晻曖(엄애) : 어두운 모양. ○氛氳(분온) : 무성한 모양.
18)　東皐(동고) : 동쪽 언덕. 동고란 말에는 문학적 의미도 있다. 완적(阮籍)의 「태위 장
　　　제에 보내는 주기」(奏記詣太尉蔣濟)에 "장차 동고의 남향에서 밭을 갈고"(方將耕於
　　　東皐之陽)란 말이 있고, 도연명의 「귀거래사」에도 "동고에 올라 휘파람을 불고"(登東
　　　皐以舒嘯)란 말이 있어, 전원생활에 대한 정신적 귀속도 함께 보이고 있다.
19)　平蕪(평무) : 잡초가 우거진 들.

해설 산에 사는 친구를 보내며 쓴 시이다. 제1수는 서한 회남소산(淮南小山)의 「은사를 부르다」(招隱士)의 필치가 감돌지만, 처음에는 은사가 산에 들어가는 걸 만류하다가 이어서 샘물과 초당을 즐거워하는 심정과 소박한 신선의 일화로 산중의 생활을 예찬하고 결국 자신도 입산하겠다고 하였다. 제2수는 산으로 돌아가는 친구를 보내며 석별의 정을 토로하였다. 두 수는 모두 초가체(楚歌體)로 썼기에 후인들이 『초사』에 포함시키기도 하였다. 왕유가 실험한 다양한 시 형식 가운데 하나로, 고조(古調) 속에 순박하고 깊은 마음이 깃들어 있다.

농두음(隴頭吟)[21]

長城少年遊俠客,	장성의 청년은 유협객
夜上戍樓看太白.[22]	밤에 수루에 올라 태백성을 바라본다
隴頭明月迴臨關,[23]	농두의 밝은 달이 멀리 관문 위를 비출 때
隴上行人夜吹笛.	농산에서 누군가 밤에 피리를 부는구나
關西老將不勝愁,[24]	관서의 노장은 슬픔을 이길 수 없어

---

20) 眇(묘) : 멀리 바라보다. ○ 惆悵(추창) : 슬퍼하다.

21) 隴頭吟(농두음) : 악부제로 '횡취곡사'에 속한다. 농두는 지금의 섬서성과 감숙성 경계에 있는 농산(隴山).

22) 戍樓(수루) : 수루. 망루. 여기서는 농관(隴關)의 성루. ○ 太白(태백) : 금성. 고대에는 태백성은 병상(兵象)이라 하여 전쟁의 징조로 보았다. 즉 태백성을 통해 전쟁의 길흉과 승부를 판단하였다.

23) 關(관) : 앞 구에서 말한 수루. 당대에는 대진관(大震關)이라 하였다. 농주(隴州) 견원현(汧源縣, 감숙 淸水)에 소재.

24) 關西(관서) : 함곡관 서쪽 지역. 한대 속담에 "관서에서는 장수가 나고, 관동에서는 재상이 난다"(關西出將, 冠童出相.)는 말이 있다.

駐馬聽之雙淚流.　　　말을 멈추고 들으며 두 줄기 눈물을 흘려라

曾經大小百餘戰,　　　일찍이 크고 작은 전투 백여 번

麾下偏裨萬戶侯.[25]　휘하의 부장들만 모두 만호후가 되었지

蘇武才為典屬國,[26]　소무는 귀국했으나 겨우 전속국이 되었으니

節旄空落海西頭.[27]　북해의 서쪽에서 부질없이 부절을 들고 있었어라

평석 청년이 태백성을 보고 전공을 세울 것을 자임하였다. 그러나 노장은 백여 차례의 전투에서도 작위를 받지 못했고, 소무도 낮은 상만 받았으니 전공을 세우는 것이 어찌 쉬운 일이겠는가!(少年看太白星, 欲以立邊功自命也. 然老將百戰不侯, 蘇武只邀薄賞, 邊功豈易立哉!)

해설 농산이라는 변방을 배경으로 장성의 청년과 백전 노장의 처지를 비교하여 불평등한 사회 현상을 그려내었다. 청년은 전공을 세울 것을 다짐하나 노장은 실의의 비애를 느끼고 있어 비판적 시각이 뚜렷하다. 중간에 달밤의 피리 소리로 두 인물을 연결하여 대비시켰다.

---

25) 偏裨(편비) : 편장. 부장. ○ 萬戶侯(만호후) : 식읍 만호의 후. 높은 작위. 한대에는 작위를 20등으로 나누었는데 가장 높은 1등을 통후(通侯) 또는 열후(列侯)라 하였고, 열후 가운데서도 가장 높은 것이 식읍이 만호인 만호후이다.

26) 蘇武(소무) : 한 무제 때 흉노에 사신으로 나갔다가 억류되어 귀순할 것을 강요받았으나 굴하지 않고 북해(北海, 바이칼 호)의 서쪽에서 방목하며 지냈다. 십구 년이 지난 후 소제(昭帝) 때 한나라가 흉노와 화친하게 되면서 귀국할 수 있었다. ○ 典屬國(전속국) : 한대의 관직으로 귀순한 이민족을 관리하였다.

27) 節旄(절모) : 부절의 털 장식. 부절은 사신이 출사할 때 신표로 들고 나가는 물건이다. ○ 海(해) : 북해(北海). 곧 지금의 바이칼호. 소무가 한나라로 돌아올 때는 부절의 털 장식이 다 빠졌다고 한다. 『한서』「소무전」 참조.

이문의 노래(夷門歌)[28][29]

七雄雄雌猶未分,[30]　　　전국의 칠웅이 아직 승부가 나기 전
攻城殺將何紛紛!　　　수없이 성을 부수고 장수를 죽이곤 했지!
秦兵益圍邯鄲急,[31]　　　진나라 군사가 한단을 포위한 위급한 때
魏王不救平原君.　　　위나라 왕이 평원군을 구원하기 어려웠다네
公子爲嬴停駟馬,[32]　　　신릉군이 출전하며 후영을 위해 수레를 멈추었고
執轡逾恭意逾下.[33]　　　고삐 쥐고 말을 몰며 더욱 자신을 낮추었지
亥爲屠肆鼓刀人,[34]　　　주해는 도살장에서 칼을 치는 백정이었고
嬴乃夷門抱關者.[35]　　　후영은 이문의 문지기였는데

28) 심주 : 후영이 빗장을 관리하던 곳이다.(侯嬴抱關處.)
29) 夷門(이문) : 전국시대 위(魏)나라 도읍지에 있는 대량(大梁)성의 동문. 지금의 하남성 개봉시 성북.
30) 七雄(칠웅) : 전국시대 진(秦), 초(楚), 연(燕), 제(齊), 한(韓), 조(趙), 위(魏) 등 주요한 일곱 나라를 가리킨다. 반고(班固)의 「답빈희」(答賓戲)에 "이리하여 칠웅이 울부짖고 노려보며, 중국을 찢어 가르고, 용과 호랑이가 싸우는 듯하였다"(於是七雄虓闞, 分裂諸夏, 龍戰虎爭.)는 말이 있다. ○ 雄雌(웅자) : 자웅(雌雄). 승부. 우리말에도 '자웅을 겨루다'는 말이 있다.
31) 秦兵(진병) 구 : 기원전 257년 진나라가 조나라를 공격하여 한단을 포위하자, 조나라는 위나라에 원조를 구하였다. 당시 위나라 신릉군(信陵君)의 누나는 조나라 혜문왕(惠文王)의 동생 평원군(平原君)의 부인이었다. 위나라는 진비(晉鄙)에게 십만 군사를 주어 원조를 보냈으나, 진나라 왕의 위협을 받자 업(鄴)에서 군사를 주둔시키고 더 이상 나가지 않았다.
32) 公子(공자) 구 : 위나라 신릉군이 후영(侯嬴)을 대우한 일을 가리킨다. 후영은 위나라의 은사로, 가난하여 나이 일흔에 대량성 이문(夷門)의 문지기를 하였다. 신릉군은 그가 현능하다는 말을 듣고 집적 수레를 몰고 찾아가 상객으로 맞이하였다. ○ 駟馬(사마) : 말 네 필이 끄는 수레.
33) 下(하) : 자신을 낮추다. 공손하다. 겸손하다.
34) 亥(해) : 주해(朱亥). 후영의 친구. 신릉군이 후영을 모시러 가자, 후영은 시장에 친구가 있다며 들렀다가 가자고 하였다. 후영이 주해와 오랫동안 말하면서 신릉군의 태도를 관찰하였지만 신릉군은 더욱 공손하였다. 또 시장 사람들이 신릉군이 후영을 상좌에 앉힌 채 말을 몰고 나타난 것을 보고 뒤에서 후영을 욕하였는데도 신릉군의 안색이 변함없는 것을 보고는 비로소 주해와 헤어져 수레에 올랐다. ○ 屠肆(도사) : 도살장. 고기 시장. ○ 鼓刀(고도) : 칼을 두드리다.
35) 抱關(포관) : 빗장을 관리하다. 후영이 문지기임을 말하였다.

非但慷慨獻奇謀,[36]	비단 강개하여 계책을 내었을 뿐만 아니라
意氣兼將身命酬.[37]	더불어 의기를 위하여 목숨으로 보답하였지
向風刎頸送公子,[38]	북쪽을 향해 목을 찔러 신릉군을 보냈으니
七十老翁何所求?	칠십 노옹이 무슨 다른 바람이 있었겠는가?

평석 노옹이 목을 찔러 죽었으니 어찌 신릉군에게 바란 것이 있어서였겠는가? 특히 의기가 격앙하였기 때문일 뿐이다.(言老翁之刎頸, 豈有所求於公子耶? 特以意氣相激故耳.)

해설 전국시대 위나라 도성의 문지기였던 후영(侯嬴)의 협의 정신을 노래하였다. 『사기』 「위공자열전」(魏公子列傳)에 나오는 신릉군이 조나라를 구하는 내용에서 제재를 취하였다. 그러나 역사서는 신릉군 위무기(魏無忌)를 주인공으로 하였지만 시에서는 후영을 주인공으로 바꾸었다. 정의를 위해 몸을 버리고 마음이 투합한 사람을 위해 헌신하는 진취적인 정신을 그렸다.

---

36) 獻奇謀(헌기모): 기이한 책략을 바치다. 위나라에서 보낸 구원병이 업(鄴)에서 주둔하여 움직이지 않자, 신릉군은 조나라가 망해가는 걸 보고 있을 수만 없어 직접 문객들을 데리고 구원하러 나갔다. 성문을 나서며 후영에게 계책을 묻자, 후영은 왕의 총희 여희(如姬)로부터 호부(虎符)를 빼내어 진비(晉鄙)의 병권을 탈취하라고 알려주었다. 그리고 진비가 저항할 때는 역사 주해(朱亥)를 데리고 가 제압하라고 하였다.

37) 意氣(의기): 의지와 기개. 은혜에 보답하는 정신을 말한다. ○兼(겸): 더불어. ○將(장): ~으로써. ○酬(수): 보답하다. 삼국시대 사승(謝承)의 『후한서』에 "후생은 의기를 위하여 목을 찔러 죽었다"(侯生爲意氣刎頸.)는 말이 있다.

38) 向風(향풍) 구: 후영은 신릉군이 진비의 군대에 도착하는 날 북쪽을 향해 바라보며 자결함으로써 신릉군의 은혜에 보답하겠다고 약속을 지켰다.

낙양 여인의 노래(洛陽女兒行)[39]

洛陽女兒對門居,	낙양의 여인이 문을 마주하고 앉으니
才可顏容十五餘.[40]	알맞은 용모에 열다섯 남짓
良人玉勒乘驄馬,[41]	낭군은 옥 굴레 총마를 타고
侍女金盤膾鯉魚.[42]	시녀는 금 쟁반에 잉어회 담아오지
畫閣朱樓盡相望,	그림 누각 붉은 누대 서로 마주하고
紅桃綠柳垂簷向.	붉은 복사꽃 초록 버들 처마 향해 늘어섰네
羅帷送上七香車,[43]	비단 휘장 들러친 칠향거를 타고 가니
寶扇迎歸九華帳.[44]	화려한 부채에 구화장으로 맞이하네
狂夫富貴在青春,[45]	방탕한 남자는 부귀에 청춘이라
意氣驕奢劇季倫.[46]	호기와 교만과 사치가 석숭보다 더해라
自憐碧玉親教舞,[47]	벽옥을 사랑하여 친히 춤을 가르치더니
不惜珊瑚持與人.[48]	산호수도 아낌없이 남에게 주는구나

---

39) 洛陽女兒行(낙양여아행) : 당대 들어와 생긴 악부제(樂府題). 낙양여아라는 말은 양 무
제 소연(蕭衍)의 「황하의 물 노래」(河中之水歌)에 나오는 "황하의 물이 동으로 흐르니,
낙양의 여인 이름 막수라 하네"(河中之水向東流, 洛陽女兒名莫愁.)에서 취하였다.

40) 才可(재가) : 마침 좋다.

41) 玉勒(옥륵) : 옥으로 장식한 굴레. ○ 驄馬(총마) : 청색과 흰색의 털이 뒤섞인 말.

42) 金盤膾鯉魚(금반회리어) : 금 쟁반에 잉어회. 동한 신연년(辛延年)의 「우림랑」(羽林
郎)에 "나에게 다가와 맛있는 요리 달라니, 금 쟁반에 잉어회를 가득 담아 주었소"
(就我求珍肴, 金盤膾鯉魚.)라는 구절이 있다.

43) 七香車(칠향거) : 일곱 종류의 향목으로 만든 수레.

44) 寶扇(보선) : 시집갈 때나 귀인이 출행할 때 쓰는 의장의 하나. 주로 꿩의 깃털로 만
든 부채 종류이다. ○ 九華帳(구화장) : 여러 가지 문양이 수놓인 화려한 휘장.

45) 狂夫(광부) : 방탕한 남자. 제3구의 양인(良人)과 호응한다.

46) 劇(극) : 심하다. ○ 季倫(계륜) : 서진의 석숭(石崇). 자가 계륜이다. 형주자사였을 때
겁탈하고 살인하여 재산을 모았다.

47) 碧玉(벽옥) : 동진 여남왕 사마의(司馬義)의 첩. 손작(孫綽)의 「벽옥가」(碧玉歌)에 "벽
옥은 가난한 집안의 여인, 감히 귀족을 넘보지 않아"(碧玉小家女, 不敢攀貴德.)라는
구절이 있고, 양 원제(梁元帝)의 「채련곡」에도 "벽옥은 가난한 집안의 여인, 여남왕
에 시집 갔다네"(碧玉小家女, 來嫁汝南王.)라는 구절이 있다. 여기서는 낙양 여인을
가리킨다.

春窓曙減九微火,⁴⁹⁾　　봄 창문에 새벽이 밝아와 구미등을 끄니
九微片片飛花璅.⁵⁰⁾　　구미등의 심지가 창문 앞에 편편히 날려라
戲罷曾無理曲時,⁵¹⁾　　놀이가 끝나면 곡을 연주한 적 없고
粧成只是薰香坐.　　화장하고 나면 그저 훈향을 찔 뿐이라
城中相識盡繁華,　　성안에서 아는 사람 모두가 부호들이요
日夜經過趙李家.⁵²⁾　　밤낮으로 사귀는 자는 권세가들이라
誰憐越女顔如玉,⁵³⁾　　그 누가 아끼랴, 옥 같은 월나라의 서시를
貧賤江頭自浣紗?　　가난하여 강가에서 옷을 빨고 있는 것을

평석 말미의 뜻은 군자가 때를 만나지 못하였음을 비유하였으니 「서시를 노래함」(西施詠)과 기탁이 같다.(結意況君子不遇也, 與西施詠同一寄託.)

해설 낙양 여인의 부귀영화와 그 남편의 사치와 교만을 그렸다. 말 2구에서 갑자기 필봉을 돌려, 얼굴이 아름다운 서시가 사람들의 인정을 받지 못한 점을 대비시키며 동정을 나타내었다. 전고와 대우가 많고, 나열 위주에 언어가 화려한 점 등이 노조린과 낙빈왕의 가행체 풍격과 가깝다.

48) 不惜(불석) 구 : 석숭과 왕개(王愷)의 재산 자랑(鬪富)을 가리킨다. 왕개는 일찍이 황제로부터 두 자 크기의 산호수를 상으로 받고서는 석숭에게 자랑하였다. 석숭은 철여의(鐵如意)로 이를 깨뜨려버리자 왕개가 노발대발하였다. 이에 석숭은 집안에 있는 서너 자 되는 산호수 예닐곱 개로 물어주었다. 『세설신어』「태치」(汰侈) 참조.
49) 九微(구미) : 구미등(九微燈). 『박물지』에는 한 무제가 구화전(九華殿)에서 구미등을 켜놓고 서왕모의 강림을 기다렸다는 말이 있다.
50) 花璅(화소) : 투각한 창살 문양.
51) 理(리) : 다듬다. 연습하다.
52) 趙李(조리) : 두 사람이 누구인지에 대해서는 여러 설이 있다. 삼국시대 위나라 완적(阮籍)의 「영회시」에 "서쪽으로 함양에 가 놀았는데, 조씨와 이씨가 서로 친하더라"(西遊咸陽中, 趙李相經過.)는 말이 있고, 낙빈왕의 「제경편」에도 "조씨와 이씨는 친밀하게 오가고"(趙李經過密) 라는 구절이 있다. 유송(劉宋)의 안연년(顔延年)은 성제의 후비 조비연과 한 무제의 이 부인을 가리킨다고 보았고, 청대 고염무(顧炎武)는 성제의 총애를 받는 조비연과 이평(李平)의 친속들이라고 하였다.
53) 越女(월녀) : 월나라 여인. 춘추시대 월나라 미녀 서시(西施)를 가리킨다.

노장의 노래(老將行)[54][55]

少年十五二十時,	젊은 나이 열다섯 스물 때에는
步行奪得胡馬騎.	걷다가도 흉노의 준마를 빼앗아 탔고
射殺山中白額虎,[56]	산중의 백액호를 쏘아 죽였으니
肯數鄴下黃鬚兒![57][58]	어찌 업하의 황수아 조창만 못하리오
一身轉戰三千里,	몸 하나로 싸우며 돌아다닌 길 삼천 리
一劍曾當百萬師.	한 자루 칼로 일찍이 백만의 군대를 막았었지
漢兵奮迅如霹靂,	한나라 병사가 벽력처럼 빠르게 공격하니
虜騎崩騰畏蒺藜.[59]	오랑캐 기마병은 어지러이 마름쇠 피하기 바빴지
衛靑不敗由天幸,[60][61]	위청이 패배하지 않음도 천운 때문이지만
李廣無功緣數奇.[62]	이광이 공명을 얻지 못함도 운수 때문이라

---

54) **심주**: 이런 종류의 시는 순전히 대우를 써서 뛰어나다. 시를 배우는 사람은 이백과 두보에서 시작해서는 안 되니, 왕유와 고적에서 순서대로 배울 수 있는 길이 있다. (此種詩純以對仗勝. 學詩者不能從李杜入, 右丞常侍自有門徑可尋.)

55) 老將行(노장행): 노장의 노래. 악부제. 이러한 제재는 성당 때에 상당히 유행했던 것으로, 노년의 처지를 빌려 청춘의 재화(才華)가 발휘되지 못함을 애석해 했다.

56) 射殺(사살) 구: 서진 주처(周處)의 전고를 말한다. 주처는 젊었을 때 방종하여 향리 사람들의 걱정거리가 되었다. 사람들이 남산의 백액호, 다리 아래의 교룡, 그리고 주처를 합하여 '삼해'(三害)라 부른다는 사실을 알고는 크게 각성하였다. 이에 백액호를 쏘아 죽이고 물에 뛰어 들어가 교룡과 싸워 죽였다. 『세설신어』 「자신」(自新) 참조.

57) **심주**: 조창.(曹彰.)

58) 肯(긍): 어찌. 감히. ○數(수): 양보하다. ~보다 못하다. ○鄴下(업하): 동한 말기 213년 조조가 위공(魏公)에 봉해졌을 때 이곳을 본거지로 삼았다. 지금의 하북성 임장현 서남. ○黃鬚兒(황수아): 노란 수염의 남자. 조조의 아들 조창(曹彰)을 가리킨다. 조창이 군사를 이끌고 오환을 대파하자 조조가 기뻐하며 조창의 수염을 잡고 "황수아가 결국 대단한 일을 해냈구나!"(黃鬚兒竟大奇也!)라 하였다.

59) 崩騰(붕등): 어지러운 모양. ○蒺藜(질려): 남가새. 열매는 다섯 조각으로 갈라진다. 여기서는 적군의 전진을 지연시키기 위해 던지는 군사용 마름쇠.

60) **심주**: 고적과 마찬가지로 잘못 인용하였다.(誤與高常侍同.)

61) 衛靑(위청) 구: 곽거병(霍去病)은 항상 정예병을 이끌고 적진 깊숙이 들어갔으며, 천운이 있어 고립된 적이 없었다. 『사기』 「위장군표기열전」 참조. 여기서는 곽거병의 일을 위청이라 잘못 말하였다.

62) 李廣(이광) 구: 이광은 흉노들이 무서워하는 '비장군'(飛將軍)이지만 후에 후작을 받지

自從棄置便衰朽,　　　　　일선에서 탈락한 후부터 곧 쇠약해졌으니

世事蹉跎成白首.　　　　　세상일은 얼크러지고 백발이 되었도다

昔時飛箭無全目,[63]　　　예전엔 활을 쏘면 참새의 눈을 맞혔거늘

今日垂楊生左肘.[64]　　　지금은 오래되어 왼쪽 팔꿈치에 살이 늘어졌네

路傍時賣故侯瓜,[65]　　　길가에선 소평처럼 제철의 참외를 팔고

門前學種先生柳.[66]　　　문 앞에는 도연명을 본떠 버드나무 심었네

蒼茫古木連窮巷,　　　　　짙푸른 고목은 깊은 골목길에 이어졌고

寥落寒山對虛牖.　　　　　쓸쓸한 가을 산은 열린 창문과 마주하네

誓令疏勒出飛泉,[67][68]　맹세하노니 경공처럼 소륵성에 우물물 치솟게

　　　　　　　　　　　　　하되

不似潁川空使酒.[69][70]　영천의 관부처럼 술주정하며 살진 않으리

賀蘭山下陣如雲,[71]　　　하란산 아래에 적군이 구름같이 몰려오고

못하였다. 이광이 육십여 세 때 대장군 위청을 따라 나갈 때, 한 무제가 말하길 "늙고
운이 안 좋으니 선우와 마주서게 하지 마라"고 하였다. 『사기』「이장군열전」 참조.

63) 심주 : 포조의 시에 '놀란 참새가 온전한 눈이 없다'는 구절이 있다.(鮑照詩 : '驚雀無全目.')

64) 심주 : 역시 잘못 인용하였다.(亦誤用.) ○『장자』에 "지리숙과 활개숙이 명백의 언덕
에서 구경하는데, 잠시 후 그 왼쪽 팔꿈치에 종기가 생겼다"는 말이 있다. 류(柳)은
종기이다. 버들을 말하는 것이 아니다.(莊子 : "支離叔與滑介叔觀於冥伯之丘, 俄而柳
生其左肘." 柳, 瘍也, 非楊柳之謂.)

65) 故侯瓜(고후과) : 진나라 동릉후(東陵侯) 소평(召平)이 파는 참외. 소평은 원래 진(秦)의
동릉후였으나 진나라가 망하자 평민이 되어 청문 밖에서 참외를 심어 팔면서 살았다.
그 참외가 무척 달아 사람들이 동릉과(東陵瓜)라고 불렀다. 『사기』「소상국세가」 참조.

66) 先生柳(선생류) : 동진 도연명은 문 앞에 다섯 그루 버드나무를 심고, 스스로 오류선
생이라 하였다.

67) 심주 : 경공이 우물에 절한 일이다.(耿恭拜井事.)

68) 誓令(서령) 구 : 동한의 명장 경공(耿恭)이 군사를 이끌고 흉노와 싸우다 소륵성(신강
카슈가르 일대)에 진주하게 되었다. 흉노가 성 아래의 물길을 끊어버리자 성중의 경
공이 땅을 십오 길이나 깊이 파도 물이 나오지 않았다. 이에 경공이 옷깃을 바로잡
고 우물을 향해 절을 하고 병사를 위해 기도하였다. 조금 후 우물물이 터져 올랐다.

69) 심주 : 관부를 가리킨다.(指灌夫.)

70) 不似(불사) 구 : 서한의 명장 관부(灌夫)는 영천(潁川) 사람으로, 사람됨이 강직하고
아부하지 않았으며, 술에 취하면 기분 내키는 대로 행하였다. 나중에 술에 취해 좌
중을 욕하여 승상 전분(田蚡)에 피살되었다. 『한서』「관부전」 참조. 사주(使酒)는 술
에 취해 기분 내키는 대로 행함.

羽檄交馳日夕聞.[72]　　　전쟁을 알리는 우서가 밤낮으로 전해오니
節使三河募年少,　　　사신은 중원에서 장정을 모집하고
詔書五道出將軍.　　　임금의 조서는 다섯 길로 장군을 내보내네
試拂鐵衣如雪色,　　　철갑옷을 털어보니 백설같이 빛나고
聊持寶劍動星文.[73]　　　보검을 거머쥐니 칠성문이 번쩍인다
願得燕弓射天將,　　　바라건대 연궁으로 적장을 쏘아죽이고
恥令越甲鳴吾君.[74][75]　　　월나라 군대가 우리 군주를 놀라게 하지 않도록
莫嫌舊日雲中守,[76]　　　지난날의 운중태수 위상을 의심하지 말게나
猶堪一戰立功勳.　　　아직도 전장에서 공훈을 세울 수 있으니

평석 참외를 팔고 버드나무 심었다니 적막한 모습을 지극히 잘 형상화하였다. 후반부는 '안장에 앉아 돌아보다'는 뜻이니 늙었다고 스스로 포기하지 않음을 써냈다.(賣瓜種柳, 極形落寞. 後半寫出據鞍顧盼意, 不敢以衰老自廢棄也.)

해설 서사적인 방식으로 노장의 경력을 써내었다. 젊었을 때는 용맹하게 전장을 종횡하였으나, 결국에는 공이 없다고 내쳐진 후로 한가한 생활을 하였다. 그러나 변방의 봉홧불이 치솟자 다시 투지가 불타올라 전장의 바람을 마시며 공을 세우고자 하였다. 전체는 각 10구씩 세 단락으로 이

---

71) 賀蘭山(하란산) : 지금의 영하회족자치구와 내몽골자치구 사이에 있는 산. '하란'은 몽골어로 준마라는 뜻으로, 말들이 달리는 모습 같다고 하여 이름 붙여졌다.

72) 羽檄(우격) : 우서(羽書)라고도 한다. 문서 위에 새의 깃털을 꽂아 긴급을 표시한 군사용 문서.

73) 星文(성문) : 보검에 새겨져 있는 칠성 문양.

74) 심주 : 옹문자적의 일이다.(雍門子狄事.)

75) 恥令(치령) 구 : 전국시대 제나라의 옹문자적은 월나라가 군사가 쳐들어오자, 그 철갑소리가 군주를 놀라게 하였기에 자신에게 책임이 있다며 목을 찔러 죽었다. 『설원』「입절」(立節) 참조.

76) 雲中守(운중수) : 한 문제 때 운중(雲中, 산서성 大同市)태수 위상(魏尙)을 가리킨다. 위상(魏尙)이 흉노와 싸워 이겼으나, 죽인 적의 숫자가 실제와 비교하니 여섯 명이 부족하여 관직이 박탈되었다. 풍당(馮唐)이 이를 변호하자, 문제는 풍당을 운중군으로 보냈고 위상의 죄를 사면하였다. 『한서』「풍당전」(馮唐傳) 참조.

루어져 장법이 정연하며, 전고를 운용하여 여러 각도에서 노장의 형상을
부각시켰다.

도원의 노래(桃源行)[77]

漁舟逐水愛山春,	봄 산이 좋아 강물을 거슬러 올라가니
兩岸桃花夾去津.[78]	강 양안에 복사꽃이 물길 끼고 피었어라
坐看紅樹不知遠,[79]	붉은 꽃 보느라 멀리 간 줄도 몰랐는데
行盡青溪不見人.	푸른 시내 끝나는 곳 사람 없는 곳이로다
山口潛行始隈隩,[80]	산 입구의 후미진 동굴을 들어가니
山開曠望旋平陸.[81]	동굴이 훤히 트이며 갑자기 평평한 들이라
遙看一處攢雲樹,[82]	멀리 바라보니 구름처럼 나무들이 모여 있고
近入千家散花竹.	가까이 마을로 들어서니 꽃과 대나무가 흩어져있어
樵客初傳漢姓名,[83]	나무꾼은 한나라의 일들을 처음 알려주니
居人未改秦衣服.	마을 사람들은 진나라 때 복식 그대로라
居人共住武陵源,[84]	마을 사람들은 무릉원에서 함께 살면서
還從物外起田園.[85]	세상 밖 이곳에 전원을 일구었네
月明松下房櫳靜,[86]	달 밝으면 소나무 아래 창문이 고요하고

---

77) 桃源(도원) : 도원명이 「도화원기」에서 그린 도화원(桃花源). '복사꽃이 떠내려 오는
강물의 근원'이란 뜻이다.
78) 津(진) : 나루. 여기서는 계류.
79) 坐(좌) : ~때문에.
80) 隈隩(외오) : 굽이지거나 움푹 들어간 산굽이나 강가.
81) 曠望(광망) : 멀리 바라보다. ○旋(선) : 갑자기. ○平陸(평륙) : 평탄한 들.
82) 攢(찬) : 모이다. ○雲樹(운수) : 구름같이 모여 있는 나무들.
83) 樵客(초객) : 도화원에 들어간 어부를 가리킨다. 습관적으로 연용하여 어초(漁樵)란
말을 쓰므로 그중 나무꾼으로 어부를 나타내었다.
84) 武陵(무릉) : 무릉군. 치소는 지금의 호남성 상덕시(常德市) 서쪽.
85) 物外(물외) : 세외(世外). 세상 밖. 도화원을 가킨다.

日出雲中鷄犬喧.　　해 뜨면 구름 속에 닭과 개가 수런대는 곳
驚聞俗客爭來集,[87]　　속세에서 사람 왔다는 말 듣고 다투어 몰려와
競引還家問都邑.[88]　　서로 자기 집으로 이끌며 고향 소식 물어본다
平明閭巷掃花開,　　새벽이면 골목의 꽃잎 쓸고 사립문 열고
薄暮漁樵乘水入.　　저녁이면 고기 잡고 나무하여 물길 따라 돌아오지
初因避地去人間,　　처음에는 피난 때문에 인간 세상 떠났는데
及至成仙遂不還.　　지금은 신선이 되어 마침내 돌아가지 않았어라
峽裏誰知有人事,　　협곡 안에서는 세상 일 아는 사람 없고
世中遙望空雲山.　　세상에서는 멀리 구름 낀 산으로만 보았지
不疑靈境難聞見,[89]　　어부는 선경이 보기 힘들다는 걸 알고 있었지만
塵心未盡思鄕縣.　　속념이 남아 있어 살던 곳을 생각했어라
出洞無論隔山水,　　동굴을 나간 후 산과 강이 아무리 멀다 해도
辭家終擬長遊衍.[90]　　다시 찾아와 종내 오래도록 살리라 했지
自謂經過舊不迷,[91]　　스스로 지나온 곳 잊지 않는다 생각했지만
安知峰壑今來變!　　어찌 알았으랴, 봉우리와 계곡이 달라졌음을!
當時只記入山深,　　당시에는 산속 깊이 들어간 일만 생각나는데
靑溪幾度到雲林.　　푸른 시내 몇 번 지나도 구름 같은 숲만 있어라
春來遍是桃花水,[92]　　봄이 되매 어디나 복사꽃에 물이 불어
不辨仙源何處尋.　　도화원이 어디인지 찾을 수가 없어라

---

86) 房櫳(방롱) : 방의 창문. 방을 가리킨다.
87) 俗客(속객) : 속세에서 온 손님. 어부를 가리킨다.
88) 問都邑(문도읍) : 고향의 사정을 묻다.
89) 靈境(영경) : 선경(仙境). 도화원을 말한다. ○聞見(문견) : 듣고 보다. 편의복사(偏義複詞)로 여기서는 '보다'의 뜻을 채용하였다.
90) 遊衍(유연) : 실컷 놀다.
91) 自謂(자위) : 스스로 생각하다.
92) 桃花水(도화수) : '도화신'(桃花汛)이라고 한다. 봄이 되어 복사꽃 필 무렵 강물이 불어나는 현상을 말한다.

평석 문장에 따라 일을 써내려갔으니 자신의 의견을 낼 필요가 없다. 자연스럽고 한가하니 사람으로 하여금 끝없이 음미하게 한다.(順文敍事, 不須自出意見, 而夷猶容與, 令人味之不盡.)

해설 도원명의 「도화원기」를 시화하였다. 시는 기본적으로 산문의 내용을 따르고 있으나, 산문의 기초 위에 썼기 때문에 인물과 사건, 시간과 장소 등에 대해선 구체적으로 지적하지 않았다. 오히려 시는 장면을 연달아 제시하여 이를 그리게 하였다. 특히 '月明松下', '日出雲中' 구와 '平明閭巷', '薄暮漁樵' 구가 아름답다. 이러한 이유로, 원래 지극히 소박하고 현실적인 모습의 도화원은 왕유의 손에서 인간의 냄새가 줄어들고 선기(仙氣)가 농후한 신선의 세계로 변하였다. 청대 왕사진은 당대 이래 '도화원'을 제재로 한 시 가운데 가장 뛰어난 작품을 왕유, 한유, 왕안석의 작품으로 꼽았고, 옹방강은 왕유의 작품을 최고(古今詠桃源事者, 至右丞而造極)로 꼽았다.

장오 동생에게 답하다(答張五弟)[93]

終南有茅屋,	종남산에 내 띠풀 집이 있으니
前對終南山.	앞을 바라보면 종남산이 마주 한다네
終年無客長閉關,[94]	일 년 내내 손님 없어 항시 사립문 닫혀 있고
終日無心長自閑.	하루 종일 마음 쓸 일 없어 언제나 한가로워
不妨飮酒復垂釣,[95]	술 마셔도 좋고 낚시해도 좋으니
君但能來相往還.	그대 올 수 있으면 언제라도 오게나

---

93) 張五(장오) : 장인(張諲). 본서 권1에 나오는 왕유의 「동생 장인에게」(贈張五弟諲) 참조.
94) 閉關(폐관) : 빗장을 닫다. 관(關)은 빗장.
95) 不妨(불방) : ~해도 괜찮다. ~해도 좋다.

해설 은거 생활의 한가로움을 나타내었다. 왕유는 장인과 의기가 투합하여 동생으로 삼았으며, 함께 종남산에 은거할 때는 이웃에 살았다. 이 시는 은거의 즐거움을 함께 누리자는 권유로, 평담하고 자연스러운 말투로 세상일에 벗어난 홀가분한 심경을 나타내었다.

최부의 「아우에게 답하며」에 창화하다(同崔傅答賢弟)[96]

洛陽才子姑蘇客,[97]	낙양의 재인이 소주에 나그네 되었으니
桂苑殊非故鄕陌.[98]	계수나무 정원은 원래 고향 땅이 아니어라
九江楓樹幾回靑,[99]	구강의 단풍 숲이 몇 번이나 푸르렀나
一片揚州五湖白.[100]	한 조각 양주의 호수가 하얗게 비치리라
揚州時有下江兵,[101]	양주에는 때때로 '하강병'이 휩쓸고
蘭陵鎭前吹笛聲.[102]	난릉진 앞에는 취적 소리 울린다지
夜火人歸富春郭,[103]	밤중의 불에 사람들이 부춘성까지 달아나고
秋風鶴唳石頭城.[104]	병란에 학이 울어도 석두성 사람들이 놀라리라

96) 同(동) : 창화하다. 상대방의 시에 화답하다. ○ 崔傅(최부) : 미상.

97) 洛陽才子(낙양재자) : 낙양의 재주 많은 사람. 원래 반악(潘岳)이 「서정부」(西征賦)에서 가의(賈誼)를 낙양재자라 불렀다. ○ 姑蘇(고소) : 소주(蘇州).

98) 桂苑(계원) : 계수나무가 있는 정원. 여기서는 소주에 있는 계수나무 정원을 가리킨다.

99) 九江(구강) : 아홉 갈래의 강줄기. 일반적으로 장강의 아홉 개 지류를 가리킨다. 한대에는 소주와 구강이 모두 양주(揚州)에 속하였다.

100) 五湖(오호) : 오월 지방의 호수들. 특히 태호(太湖) 주위의 호수를 가리킨다.

101) 下江兵(하강병) : 서한 말기 남군의 장패(張霸), 강하의 양목(羊牧)과 왕광(王匡) 등이 강하 운두(雲杜)에서 녹림군을 일으켰는데, 이 군대를 '하강병'이라 하였다. 왕유의 생존시기에 장강 지역에 전란이 없었으므로, 이는 영왕(永王) 이린(李璘)의 동순(東巡)을 가리킨다. 이린은 756년 사도절도사로 강릉에 진주하였는데, 다음 해 장강을 따라 내려가는 중 지방군과의 마찰로 전란이 일어났고, 단양(丹陽)을 점령하여 진주하다가 진릉(晉陵, 강소 常州)으로 내려갔다가 파양(鄱陽)으로 후퇴했다.

102) 蘭陵鎭(난릉진) : 남조시기에 설치한 난릉현. 지금의 상주(常州)시 서북.

103) 富春(부춘) : 부춘현. 동진 때 부양(富陽)이라 개명하였다. 지금의 절강성 부양.

104) 秋風鶴唳(추풍학려) : '비수의 전쟁' 때 전진(前秦)의 부견(苻堅)이 패하여 무리를 이

周郎[105]陸弟[106]爲儔侶,[107]	주유와 육운같은 그대 형제 함께 다니며
對舞前溪歌白紵.[108]	'전계' 무곡을 마주하고 '백저'를 노래 하겠지
曲几書留小史家,[109][110]	아전의 집에서는 왕희지처럼 안궤에 글씨 남기고
草堂棋賭山陰墅.[111][112]	초당에서는 사안처럼 별장 걸고 바둑내기 하겠지
衣冠若話外臺臣,[113]	선비들이 만약에 자사에게 말한다면
先數夫君席上珍.[114]	먼저 그대를 현능한 자로 추천하리
更聞臺閣求三語,[115][116]	더구나 조정에서 세 마디 말에 그댈 임용하기 바

끌고 밤에 달아날 때 바람 소리와 학의 울음소리를 듣고 모두 동진(東晉)의 군대가 이른 줄 알고 놀랐다고 한다. ○石頭城(석두성) : 삼국시대 동오의 손권이 건업(남경시)을 도읍으로 정하고 석두성을 세웠다. 지금의 강소성 남경시 청량산 소재.

105) 심주 : 주유.(瑜.)

106) 심주 : 육손.(遜.)

107) 周郞(주랑) : 삼국시대 동오의 명장 주유. 나이 스물넷에 오중 사람들이 '주랑'이라 불렀다. 여기서는 최부를 가리킨다. ○陸弟(육제) : 서진 육기(陸機)의 동생 육운(陸雲). 여기서는 최부의 동생을 가리킨다. ○儔侶(주려) : 친구. 동반자.

108) 前溪(전계) : '오성가곡(吳聲歌曲)'에 속하는 무곡(舞曲) 이름. ○白紵(백저) : 오 지방의 무곡(舞曲). 백저(白紵)의 본뜻은 지금의 화동 지역에서 나는 흰 모시.

109) 심주 : 왕희지 일이다.(王羲之事.)

110) 曲几(곡궤) 구 : 왕희지가 한번은 문생(門生)의 집에 갔는데 비자나무 안궤가 매끄럽고 깨끗해 그 위에 글씨를 썼더니 진서(眞書, 해서)와 초서가 반반으로 어울렸다. 나중에 문생의 부친이 잘못하여 그 안궤를 깎아내니 문생이 여러 날 괴로워하였다. 『진서』「왕희지전」 참조. ○小史(소사) : 아전.

111) 심주 : 사안의 일이다.(謝安事.)

112) 草堂(초당) 구 : 전진의 부견이 백만 군사를 이끌고 비수에 주둔하자 동진의 도성은 비상에 들어갔고 사안에게 정토대도독이 제수되었다. 사현(謝玄)이 계책을 묻자 사안이 두려운 기색도 없이 "이미 별도의 방안이 있네"라고 하였다. 사안이 수레를 명하여 산의 별장에 가니 친구들이 모두 모였고, 사현과 별장을 걸고 내기 바둑을 두었다. 『진서』「사안전」 참조. ○山陰(산음) : 산의 북면.

113) 衣冠(의관) : 사대부들. ○外臺(외대) : 주(州)의 자사(刺史)를 가리킨다.

114) 夫君(부군) : 친구에 대한 존칭. ○席上珍(석상진) : 자리의 보배. 일반적으로 재주와 덕이 있는 사람을 가리킨다.

115) 심주 : 곧 완첨의 '삼어연'이다.(卽阮瞻之三語掾.)

116) 臺閣(대각) : 상서대(尙書臺). 여기서는 궁성의 최고 관서. ○三語(삼어) : 세 마디 말로 관직에 임명한 일을 가리킨다. 서진의 태위 왕연(王衍)이 완수(阮修)의 명성을 듣고 찾아가 물었다. "노장과 부처는 다른가?" 이에 완수가 '장부동'(將不同, 비슷하다) 이라고 대답하였다. 태위는 이 세 마디 말을 칭찬하면서 관부의 관리로 임명하였는

라며

遙想風流第一人. [117][118]　　멀리 풍류가 첫 번째인 그대를 생각하노라

평석 대구 가운데 방달불기함을 기탁하였으니, 이것이 바로 성당 시인의 실력이다.(寓疎蕩於 隊仗之中, 此盛唐人身分.)

해설 최부 형제를 기린 시이다. 원래 형제는 낙양의 뛰어난 문인으로 강남을 떠돌았다. 강남의 풍광을 시작으로 병란의 상황을 그렸고, 가무와 서예와 바둑에서 지극히 한아한 풍모를 묘사하였다. 말미에서는 조속히 중용되기를 기원하였다. 영왕 이린(李璘)의 일을 언급하고 있어 758년 봄에 지은 것으로 보인다.

최호(崔顥)

칠석사(七夕詞)

長安城中月如練, [1]　　장안성 안에 달빛이 명주같이 하얀데
家家此夜持針線. [2]　　집집마다 이날 밤에 바늘과 실을 들고 있네

데, 사람들이 '삼어연'(三語掾)이라 하였다. 『세설신어』「문학」 참조. 그러나 『태평어람』에는 왕연(王衍)과 완첨(阮瞻)의 일로 기록되었고, 『진서』「왕첨전」에서는 왕융(王戎)과 완첨(阮瞻)의 일로 기록되었다.
117) 심주 : 사곤의 풍류가 첫 번째이다.(謝琨風流第一.)
118) 第一人(제일인) : 『남사』「사회전」(謝晦傳)에 "당시 사곤의 풍채와 재능은 강남에서 첫 번째다"(時謝琨風華, 爲江左第一.)는 말이 있다.
　1) 練(련) : 흰 비단.
　2) 持針線(지침선) : 바늘과 실을 들다. 칠석날 밤 달빛 아래 바늘귀에 실을 꿰면서 직

仙裙玉佩空自知,　　　신선의 옷과 패옥은 그저 상상만 할 뿐
天上人間不相見.　　　천상과 인간세상이 서로를 보지 못해라
長信深陰夜轉幽,[3]　　장신궁에 짙은 그늘 밤 되어 더욱 깊어지고
玉階金閣數螢流.　　　옥계의 금각에는 반디가 몇 점 흘러라
班姬此夕愁無限,[4]　　반첩여는 이 밤에 시름이 끝없으니
河漢三更看斗牛.[5]　　은하수 깔린 삼경에 견우성을 바라본다

평석 장신궁에 홀로 살면서 견우와 직녀처럼 일 년에 한 번씩이라도 보지 못함을 말하였다.

(言長信孤居, 不能如牛女之一年一見也.)

해설 칠석의 풍속과 반첩여의 정한을 노래하였다. 전반부는 칠석 밤의 광경과 걸교(乞巧) 풍속을 그리고, 후반부는 장신궁에 사는 반첩여의 깊은 정한을 통해 혼자 사는 여인의 고적감을 형상화하였다. 천상과 인간 세상의 격절은 물론 깊은 어둠 속의 성긴 반딧불에서 궁녀의 내심을 제시하고 있지만, 말구에서 말없이 별을 바라보는 모습에서 이를 더욱 선명히 그렸다.

　　녀에게 바느질 솜씨가 뛰어나길 기원하는 '걸교'(乞巧) 풍속을 가리킨다. 남조 양 종름(宗懍)의 『형초세시기』(荊楚歲時記)에 "이날 저녁에 민간 부녀들이 채루에 모여 칠공침에 실을 꿰며, 어떤 사람들은 금은 또는 놋쇠로 바늘을 만들고, 정원 가운데 과일을 늘어놓고 바느질 솜씨가 뛰어나길 기원한다."(是夕人家婦女結彩縷, 穿七孔針. 或以金銀鍮石爲針, 陳瓜果於庭中以乞巧.)고 하였다.
3) 長信(장신) : 장신궁. 한대 궁전으로 장락궁 안에 있으며, 태후가 거주하였다.
4) 班姬(반희) : 반첩여(班婕妤). 성제 때 입궁하여 첩여가 되었다. 성제의 총애를 받았으나 조비연의 참언을 받아 배제되자 스스로 장신궁에 들어가 태후를 시봉하겠다고 하였다. 「원가행」 등의 작품이 있다.
5) 斗牛(두우) : 두성(斗星)과 우성(牛星). 우성은 곧 견우성이다.

맹문의 노래(孟門行)[6]

黃雀銜黃花,[7]	노란 참새가 노란 꽃을 물고
翩翩傍簷隙.	처마 아래 훨훨 나는구나
本擬報君恩,	본래 그대의 은혜에 보답해야 하는데
如何反彈射![8]	어찌하여 반대로 탄환을 쏘는가!
金罍美酒滿座春,[9]	금 술독에 맛난 술 좌중이 봄인데
平原愛才多衆賓.[10]	평원군이 재능 아껴 빈객이 많아라
滿堂盡是忠義士,	자리 가득 모두가 충의로운 사람인데
何意得有讒諛人![11]	어찌 생각했으랴, 비방하고 아부하는 자 있을 줄!
諛言反覆那可道,	아부하는 말은 자주 뒤집어져 믿을 수 없고
能令君心不自保.	그대 마음을 스스로 믿을 수 없게 하지
北園新栽桃李枝,[12]	북원에 새로 심은 복사꽃 오얏꽃 나무는
根株未固何轉移?	줄기와 뿌리가 굳지 않았으니 옮기기 어려워라
成陰結實君自取,[13]	그늘을 이루고 열매 맺는 일 그대가 해야 하니

---

6) 孟門行(맹문행): 악부제로 당대 만들어진 '신악부'에 속한다. 맹문(孟門)은 고대 관문 이름으로, 춘추시대 때 진(晉)나라의 요새였다. 지금의 하남성 휘현(輝縣) 서쪽 소재.

7) 黃雀(황작) 구: 고대에 노란 참새가 고리를 물고 은혜에 보답한 전설을 환기한다. 동한 양보(楊寶)가 노란 참새가 다쳤기에 구해준 일이 있었는데, 나중에 참새가 노란 옷을 입은 동자로 변하여 양보에게 옥가락지 네 개를 주면서 "그대의 자손은 결백하고 또 삼공에 오를 것이오"라 하였다. 과연 그 후손들이 출세하였다. 『속제해기』(續齊諧記) 참조.

8) 심주: 참언하는 사람을 비판한 작품으로 혼후하다.(刺讒之作, 渾厚乃爾.)

9) 罍(뢰): 술독. 일반적으로 구름 문양으로 장식되어 있으므로 운뢰(雲罍)라고도 한다.

10) 平原(평원): 평원군. 전국시대 조나라 공자로 이름은 조승(趙勝). 조나라 재상이었을 때 현능한 인재를 등용하였고, 문객이 삼천 명이나 되었다.

11) 意(의): ~하려 하다. ○讒諛(참유): 참훼와 아부.

12) 北園(북원): 궁중의 정원을 가리킨다. 북조 전진(前秦)의 조정(趙整)이 지은 「풍간시」(諷諫詩)에 나오는 "북원에 대추나무 있으니, 펼쳐진 잎에 짙은 그늘 드리웠지. 밖에는 비록 가시가 둘러있어도, 안에는 꽉 찬 붉은 마음이어라"(北園有棗樹, 布葉垂重蔭. 外雖繞棘刺, 內實有赤心.)는 내용을 환기한다.

13) 成陰結實(성음결실): 그늘을 만들고 열매를 맺다. 인재의 육성을 비유한다.

若問傍人那得知!　　　옆 사람에 묻는 들 어찌 알 수 있으랴!

평석 비유의 수법으로 마무리했으니 완곡하고 함축적이며 그 의미를 음미할 만하다.(比體作結, 委曲深婉, 耐人尋繹.) ○ '그늘을 이루고 열매 맺는' 것은 곧 은혜에 대해 보답한다는 비유로, 그대는 의당 비방에 미혹되어선 안 된다고 말하였다.('成陰結實', 卽報恩之喻, 言君宜不惑於讒人也.)

해설 노란 참새를 흥(興)으로 시작하여, 남의 참언을 듣지 말고 자신의 주견을 가지고 행해야 함을 권하였다. 복사꽃과 오얏꽃은 비방하고 아부하는 사람을 가리켜 겉으로 언변이 좋은 사람을 믿을 수 없음을 말하였다.

맹호연(孟浩然)

밤에 녹문으로 돌아가는 노래(夜歸鹿門歌)[1]

山寺鐘鳴晝已昏,　　　산사에 종이 울리면 낮이 벌써 어두워져
漁梁渡頭爭渡喧.[2]　　어량주 나루터엔 건너는 사람들 소란스럽네
人隨沙岸向江村,　　　사람들은 모래 언덕 따라 강촌으로 향하고

---

1) 鹿門(녹문) : 녹문산. 원래는 소령산(蘇嶺山)이었는데, 동한 때 양양후 습욱(習郁)이 산에 신을 모시는 사당을 세우고 돌 사슴 이 존을 입구에 세워두면서 사람들이 녹문묘(鹿門廟)라 하였기에 나중에 산 이름이 되었다. 지금의 호북성 양번시 동남에 있다. 맹호연은 일찍이 녹문산에 은거하였다.
2) 漁梁(어량) : 어량주(魚梁洲). 양양성 동쪽의 면수(沔水)에 있다. 갈수기에는 사람들이 통발을 세워 고기를 잡았으므로 이름 붙여졌다. 『수경주』(水經注)에서는 방덕공이 살던 곳이라 하였다.

余亦乘舟歸鹿門.[3]　　나 역시 배를 타고 녹문산으로 돌아가네
鹿門月照開煙樹,　　녹문산에 달빛 비치면 안개 속 나무가 드러나고
忽到龐公棲隱處.[4]　　홀연히 방덕공이 은거하던 곳에 이르는구나
巖扉松徑長寂寥,[5]　　돌문과 소나무 길 언제나 고요한데
惟有幽人自來去.[6]　　오로지 유인(幽人)만이 저홀로 오고가더라

해설 녹문산에서 은거하는 심정을 나타낸 시이다. 맹호연은 오월 지방을 몇 번 유력하였으며, 장구령(張九齡)과 한조종(韓朝宗)을 비롯하여 왕유, 이백, 왕창령 등 많은 시인들과도 사귀었다. 장안에 가서 벼슬도 구해보기도 하였으나 일이 뜻대로 되지 않자 다시 귀향하여 녹문산에 은거하였다. 위 시는 이러한 굴곡 많은 삶에서 결국 자신의 귀처(歸處)를 녹문산으로 택할 수밖에 없는 시인의 자화상을 그려내었다. 시는 맑고 담백하고 소랑(疎朗)하며, 조탁을 가하지 않으면서도 신운이 감도는 맹호연 시의 일관된 특징이 잘 반영되어 있다. 말미의 송간에서 배회하는 '유인'(幽人)은 곧 자신의 모습이자 앙모하는 방덕공의 이미지로, 선현과 자신을 동일시하는 맹호연의 정신적 면모가 가장 잘 드러난 부분이다.

---

3) 余亦(여역) : 맹호연은 양양성 남쪽 교외 현산 부근에 살았으며, 이곳은 한수의 서쪽이라 남원(南園) 또는 간남원(澗南園)이라 하였다. 녹문산은 한수의 동쪽에 있으므로 배를 타고 건너가야 한다.
4) 龐公(방공) : 동한 말기의 은사 방덕공(龐德公). 형주자사 유표(劉表)가 여러 번 출사를 청하였으나 거절하였고, 사마휘와 제갈량과 친하였다. 나중에 처자를 데리고 녹문산에 들어간 후 하산하지 않았다. 『후한서』「방공전」 및 주석 참조.
5) 巖扉(암비) : 돌문.
6) 幽人(유인) : 은사. 자신을 가리키면서, 동시에 방덕공을 환기한다.

정선지(丁仙芝)

여항취가-오 산인에게(餘杭醉歌贈吳山人)[1]

曉幕紅襟燕,	새벽노을 속 붉은 깃의 제비
春城白項鳥.	봄이 온 성에 흰 목의 까마귀
只來梁上語,	다만 들보 위에 올라와 지저귈 뿐
不向府中趨.[2]	관청으로 향해 가지는 않아라
城頭坎坎鼓聲曙,[3]	성 머리에 둥둥 북소리 울리는 새벽
滿庭新種櫻桃樹.	마당 가득 새로이 앵두나무 심어라
桃花昨夜撩亂開,	복사꽃이 어제 저녁 어지러이 피더니
當軒發色映樓臺.	집 앞에서 환하게 누대를 덮었구나
十千兌得餘杭酒,[4]	만 전으로 여항의 술을 사
二月春城長命杯.[5]	이월의 봄 성에서 장수를 빌며 술잔을 드세
酒後留君待明月,	술 마신 후 그대 붙들고 명월을 기다리니
還將明月送君回.	명월과 함께 돌아가는 그대를 보내리

해설 봄의 정취를 노래하였다. 제비와 까마귀로 흥(興)을 일으킨 후 봄날의 감흥을 묘사하였다. 말미에서 산으로 돌아가는 오 산인을 보내는 뜻을 나타내었다.

---

1) 餘杭(여항) : 항주 여항현. 지금의 항주시 여항구(餘杭區).
2) **심주** : 네 구는 산인의 고상함을 비유했으니, 완연히 악부를 닮았다.(四句比山人之高, 宛然樂府.)
3) 坎坎(감감) : 의성어. 나무 또는 북을 치는 소리.
4) 十千(십천) : 일만 전. ○ 兌(태) : 바꾸다. 사다.
5) 長命杯(장명배) : 장수를 기원하는 술잔. 남조 유신(庾信)의 「원단에 조왕의 술을 하사받고」(正旦蒙趙王賚酒)에 "원단에 삿됨을 쫓는 술, 새해라 장수를 비는 술잔"(正旦辟惡酒, 新年長命杯.)이란 구절이 있다.

저광희(儲光羲)

희마대에 올라 지음(登戲馬臺作)[1]

君不見	그대 보지 못하는가
宋公杖鉞誅燕後,[2]	송공이 황월 들고 남연(南燕)을 멸한 후
英雄踴躍爭趨走.	영웅들이 뛰어나와 다투어 따르던 것을
小會衣冠呂梁壑,[3]	사대부를 전별하는 모임을 여량에서 열고
大征甲卒碻磝口.[4]	군사를 이끌고 확오 어귀로 정벌나갔네
天開神武樹元勳,[5]	하늘이 내린 무용으로 큰 공을 세우고
九日茱萸饗六軍.[6]	중양절엔 수유로 육군(六軍)을 위해 잔치 베풀었지
泛泛樓船遊極浦,	누선을 띄워 먼 포구까지 노닐다 오고

---

1) 戲馬臺(희마대) : 팽성(彭城, 강소 서주시) 성남에 소재. 일찍이 항우가 진나라를 멸망시키고 서초패왕이 되어 팽성을 도읍지로 하였을 때, 성남의 남산에 축대를 쌓고 누대를 올려 말을 부리는 것을 관람하였다고 한다. 남조 유송의 무제 유유(劉裕)는 팽성 사람으로 희마대와 관련된 일이 많다.

2) 宋公(송공) : 유유(劉裕)를 가리킨다. 유유는 416년(義熙 12년) 송공(宋公)으로 봉해졌다. ○杖鉞(장월) : 도끼를 들다. 『상서』「목서」(牧誓)에 무왕이 주(紂)를 토벌할 때 '왼손에는 황금 도끼를 들고'(左杖黃鉞)라는 말이 있다. 이후 나라가 위난에 처했을 때 황제가 적을 토벌하기 위해 대장을 임명할 때 직접 황월을 수여하고 태묘에서 의식을 거행하였다. ○誅燕(주연) : 남연(南燕)을 멸망시킨 일을 가리킨다. 유유는 410년에 남연의 군주 모용초(慕容超)를 주살하였다.

3) 呂梁壑(여량학) : 여량홍(呂梁洪). 강 이름. 팽성 동남 소재. 416년 광록대부 공계공(孔季恭)이 벼슬을 버리고 동으로 귀향하니 유유가 희마대에서 전별하였고 백관들이 모두 시를 지어 칭송하였다.

4) 甲卒(갑졸) : 병졸. 군사. ○碻磝(확오) : 성 이름. 지금의 산동성 임평(荏平) 서남. 진나라 때 후위(後魏)의 강역이었다. 유유가 417년에 후진(後秦)을 공격하면서 팽성의 수군을 이끌고 후위로부터 수로를 빌려 황하로 들어갔다가 좌장군 향미(向彌)를 북청주자사로 임명하여 확오를 지키게 하였다.

5) 神武(신무) : 뛰어난 무용. 元勳(원훈) : 큰 공훈.

6) 九日(구일) : 중양절. 유유는 송공으로 봉해진 후 중양절에 희마대에서 군신들에게 연회를 베풀었다.

搖搖歌吹動浮雲.　　노래와 연주에 뜬 구름이 흔들렸지
居人滿目市朝變,　　사람들의 두 눈 앞에서 세상이 달라졌지만
霸業猶存齊楚甸.[7]　패업은 아직도 제 지방과 초 지방에 남았어라
泗水南流桐柏川,[8]　사수는 남으로 흘러 회수로 들어가고
沂山北走琅邪縣.[9]　기산은 북으로 달려 낭야현에 이른다
滄海沈沈晨霧開,　　창해는 짙푸른데 새벽안개 걷히고
彭城烈烈秋風來.　　팽성에는 매섭게 가을바람 불어온다
少年自言未得意,　　청년은 아직도 뜻을 얻지 못해
日暮蕭條登古臺.　　해 저물녘 쓸쓸한 희마대에 오른다

해설 팽성(강소 徐州)의 희마대에 올라 유유(劉裕)의 업적을 돌아본 회고시이다. 전반부에선 주로 송 무제(宋武帝) 유유의 패업을 그렸으며, 후반부에서는 현장의 풍광과 청년의 포부를 밝혔다. 역사적 인물을 먼저 그린 후 사수와 기산, 창해와 팽성으로 희마대 주위의 풍광을 넓게 잡은 탓에, 인물과 풍광이 어울려 웅대한 기백이 드러났다.

---

7) 齊楚甸(제초전) : 제 지방과 초 지방의 들. 팽성은 초 지방에 속한다.
8) 泗水(사수) : 고대에는 산동성 사수현(泗水縣)에서 서주(徐州)를 거쳐 회수로 들어갔다. 지금은 제녕(濟寧)에서 운하로 들어간다. ○桐柏川(동백천) : 회수(淮水).
9) 沂山(기산) : 동태산(東泰山)이라고도 한다. 지금의 산동성 임구(臨朐) 남쪽에 소재. ○琅邪縣(낭아현) : 지금의 산동성 제성(諸城) 동남 소재.

장위(張謂)

교림에게(贈喬林)[1]

去年上策不見收,	작년에 책문을 올려도 채납되지 않더니
今年寄食仍淹留.	올해도 기식하며 객지에 머물러 있구나
羡君有酒能便醉,	부럽나니 그대는 술 있으면 취하고
羡君無錢能不憂.	부럽나니 그대는 돈 없어도 걱정 안하니
如今五侯不待客,[2]	오늘날 권세가들 문객을 대우하지 않는데
羡君不入五侯宅.	부럽나니 그대는 권세가들 저택에 들어가지 않으니
如今七貴方自尊,[3]	오늘날 귀족들 한창 스스로 존귀하다 자랑하는데
羡君不過七貴門.	부럽나니 그대는 귀족들 문에 발 들이지 않으니
丈夫會應有知己,	장부에겐 분명 지기가 있을 터이니
世上悠悠安足論![4]	세상의 속된 사람들 어찌 족히 논할 만한가!

평석 세속을 따르지 않는 고오(高傲)한 기세가 보이는 듯하다.(兀傲之氣如見.)

해설 친구 교림의 호방불기(豪放不羈)한 성정과 소탈한 행동을 칭송하였다. 거년(去年)과 금년(今年), 여금(如今)과 선군(羨君)의 반복적인 사용에서 전통적 시가에서 벗어난 강렬한 어조를 만들고 있다. 독선적이고 교만한

---

1) 喬林(교림) : 성당과 중당시기에 활동한 시인. 현종 때 진사에 급제했으며, 삭방군절도사 곽자의의 장서기가 되었고 감찰어사를 역임했다. 나중에 어사대부, 공부상서가 되었다. 784년 주차(朱泚)가 반란을 일으켰을 때 이부상서가 되었기에 나중에 그 죄목으로 죽었다. 이기, 유신허, 장위 등과 친하였다.
2) 五侯(오후) : 권세가. 특히 환관이나 외척을 가리킨다.
3) 七貴(칠귀) : 한대의 여씨(呂氏), 곽씨(霍氏), 상관씨(上官氏) 등 일곱 귀족 가문. 일반적으로 오후칠귀(五侯七貴)는 권력가와 귀족 가문을 통칭한다.
4) 悠悠(유유) : 세속의 일들. 세속의 사람들.

권귀(權貴)에 대한 저항의식은 성당시기 시인들의 공통된 시대 정신이었다.

호수에서 술을 두고 지음(湖中對酒作)

夜坐不厭湖上月,	밤에 앉아도 싫증나지 않은 호수의 달
晝行不厭湖上山.	낮에 다녀도 싫증나지 않는 호수의 산
眼前一樽又常滿,	눈앞에 술통이 항상 가득 차 있으니
心中萬事如等閑.	마음속의 온갖 일이 한가하기만 하다
主人有黍萬餘石,	주인은 곡식이 만여 석이나 있으니
濁醪數斗應不惜.	탁주 몇 됫박이야 아깝지 않으리
卽今相對不盡歡,	지금 마주하여 실컷 즐기지 않으면
別後相思復何益!	헤어진 후 그리워한들 무슨 소용 있으랴!
茱萸灣頭歸路賒,5)	여기 수유만에서 돌아가는 길 먼데
願君且宿黃公家.6)	원컨대 그대 잠시 술도가에 묵고 가게나
風光若此人不醉,	풍광이 이럴진대 취하지 않으면
參差孤負東園花.7)	아마도 동산에 꽃 핀 뜻 저버리고 말리라

해설 봄날 호수에서의 풍광과 창음을 노래하였다. 호수의 풍광에서 시작하여 호상에서의 창음, 주인의 환대로 이어지고, 마지막으로 친구에게 유숙을 청하였다. 이 시는 흔히 이백의 시에서 보듯 술과 관련된 인생의 깊은 사고나 감정을 끌어오지 않고, 비교적 명랑한 어조로 생활의 즐거

---

5) 茱萸灣(수유만) : 만두(灣頭)라고도 한다. 양주 성 동쪽 십여 리 소재. 서한 오왕 유비(劉濞)가 수유구(茱萸溝)를 굴착하여 해릉창(海陵倉)과 통하게 한 곳이다. ○賒(사) : 멀다.

6) 黃公家(황공가) : 황공주로(黃公酒壚). 황공의 술도가. 서진의 혜강(嵇康), 완적(阮籍), 왕융(王戎) 등이 함께 술을 마시던 곳으로 낙양에 있었다.

7) 參差(참치) : 거의. 아마도.

움을 노래하였다. 『하악영령집』에서는 이 시의 뜻이 "세속의 정 밖에 있다"(在物情之外.)고 평하였다.

북방 노인을 대신하여 답하며(代北州老翁答)[8]

負薪老翁住北州,　　　　땔감을 지고 가는 저 노인 북방에 사는데
北望鄕關生客愁.　　　　북으로 고향 쪽 바라보면 시름이 솟는다
自言"老翁有三子,　　　　스스로 말하기를 "늙은이에게 아들 셋 있는데
兩人已向黃沙死.[9]　　　둘은 이미 전장에 나가 죽었고
如今小兒新長成,[10]　　지금 막내가 새로 장성하여
明年聞道又徵兵.　　　　내년에는 이 놈도 징병된다고 하오
定知此別必零落,[11]　　이번에도 분명 죽으러 가는 건데
不及相隨同死生.　　　　차라리 따라 가서 함께 죽느니만 못하오
盡將田宅借鄰伍,　　　　밭과 집은 모두 이웃에게 나눠주고
且復伶俜去鄕土.[12]　　외롭게 고향 땅을 떠나왔다오
在生本求多子孫,　　　　살면서 본래 자손을 많이 보기 바랐건만
及有誰知更辛苦!"　　　오히려 고생만 더한 걸 누가 알았겠소!"
近傳天子尊武臣,[13][14]　최근에 천자께서 장수들을 중용하고
强兵直欲靜胡塵.　　　　강한 군사로 전란을 종식시키려 하시오

---

8) 北州(북주) : 북방. 북지.
9) 黃沙(황사) : 변방의 전장을 가리킨다.
10) 長成(장성) : 장정이 되다. 744년(천보 3년)에 23세 이상을 정(丁)으로 규정하여 병역
　　을 복무해야 했다.
11) 零落(영락) : 흩어져 떨어지다. 여기서는 죽음을 가리킨다.
12) 伶俜(영빙) : 외로운 모양. 떠도는 모양.
13) 심주 : 분명 천보 연간 말기이다.(應是天寶之末.)
14) (금전) 구 : 현종이 말기에 무인을 중용하면서 안록산과 가서한 등에게 왕위 또는 작
　　위를 내린 일을 가리킨다.

安邊自合有長策,¹⁵⁾　　변경을 안정시키는 데 방책이 있을 터이니
何必流離中國人!　　어찌 나라 사람을 떠돌아다니게 하리오!

평석 현종의 무력 남용을 두고 말했으니 두보의 「석호의 관리」와 비슷하다.(爲明皇黷武而言,
與老杜石壕吏相似.)

해설 북방에 사는 노인의 곤고한 삶을 통하여 당시의 군사 증강 정책을
비판하였다. 주로 노인의 독백체로 전개하여, 전란으로 인해 고향을 떠
나 타향을 전전하며 두 아들을 희생당한 일을 서술하였다. 이 시는『하
악영령집』에 실려 있는 것으로 보아 753년 이전에 지어졌으며, 때문에 사
회 현실을 반영한 두보와 백거이의 신악부의 선성(先聲)이라 할 수 있다.

왕창령(王昌齡)

성방곡(城傍曲)¹⁾

秋風鳴桑條,　　가을바람에 뽕나무 가지 울고
草白狐兔驕.　　풀이 시드니 여우와 토끼가 날뛴다
邯鄲飮來酒未消,　　한단에서 술 마시고 아직 깨지 않았는데
城北原平掣皂雕.²⁾　　성 북쪽 들에서 검은 수리를 잡아챈다

---

15)　自合(자합) : 당연히. ○ 長策(장책) : 적절한 방책.
 1)　城傍曲(성방곡) : 악부제. 『하악영령집』에는 본 제목으로 되어 있으나 돈황 당사본
　　(唐寫本)에는 「한단 소년의 노래」(邯鄲少年行)라 되어 있다.
 2)　皂雕(조조) : 매보다 크기가 큰 검은 수리.

射殺空營兩騰虎,³⁾　　　빈 군영에서 호랑이 두 마리를 쏘아 죽이고
廻身却月佩弓弰.⁴⁾　　　몸을 돌리니 허리에 반달이 걸렸어라

평석 『시경』「제풍」의 '그대는 날래어라'나 '사냥개 방울이 달랑달랑' 등의 작품과 비슷하다.(猶齊風'子之還'、'盧令令'等篇.)

해설 성 옆에서 사냥하는 사람의 위용을 묘사하였다. 낙엽이 지는 가을에 술기운이 남아 있는 사냥꾼이 수리를 부르고 호랑이 두 마리를 연달아 쏘아 죽이고선 달빛 아래 돌아가는 장면을 그렸다.

오서곡(烏棲曲)⁵⁾

白馬逐朱車,⁶⁾　　　백마가 붉은 수레 따라
黃昏入狹斜.⁷⁾　　　황혼에 골목으로 들어가고
柳樹烏爭宿,　　　까마귀들 버드나무에 깃들려고 다투다가
爭枝未得飛上屋.　　　가지에 오르지 못하면 지붕으로 날아간다
東房少婦婿從軍,　　　동쪽 방의 젊은 아낙 남편이 출정 나가
每聽烏啼知夜分.⁸⁾　　　까마귀 울 때마다 한밤인 줄 알아라

---

3) 射殺(사살) 구: 한대 이광 장군의 일을 가리킨다. 이광이 우북평(右北平)에서 호랑이를 쏘았는데, 호랑이도 뛰어올라 이광을 다치게 하였다. 그러나 이광이 끝내 쏘아 죽였다. 『사기』「이장군열전」 참조.
4) 却月(각월): 반달. 활의 모양을 비유한다. ○弰(소): 활고자. 활의 양 끝에 시위를 매는 곳.
5) 烏棲曲(오서곡): 악부제로 '청상곡사'(淸商曲辭)에 속한다. 주로 여인들의 행락을 내용으로 한다.
6) 朱車(주거): 권세가나 부호들이 타는 수레. 주홍색 칠을 했기 때문에 이름 붙였다.
7) 狹斜(협사): 狹邪(협사)라고도 쓴다. 장안의 골목 안에 창기들이 사는 곳.
8) 夜分(야분): 한밤.

해설 출정 나간 남편을 기다리는 젊은 아낙의 슬픔을 표현하였다. 백마가 번화한 골목으로 들어가고 까마귀가 쌍으로 깃드는 장면을 통해, 반대로 혼자 지내는 아낙의 고적감을 드러내었다. 곧 사람과 까마귀가 한창 활동할 저녁에 아낙은 이미 혼자 잠이 든다고 말하였다. 아낙이 자신의 슬픔을 깊이 느끼지 못하는 그 점에서 독자들은 그녀의 슬픔을 더 깊이 느끼게 된다.

이백(李白)

평석 이백의 칠언고시는 하늘 끝에서 상상이 펼쳐지며 장면이 절로 변화하고 생겨난다. 장강에 바람이 없는데도 파도가 절로 용솟음치며, 흰 구름이 저절로 일어났다가는 바람에 따라 변하고 사라진다. 이는 그 능력을 하늘이 내린 것이지 사람이 노력해서 될 일이 아니다. (太白七言古, 想落天外, 局自變生. 大江無風, 波浪自湧, 白雲從空, 隨風變滅. 此殆天授, 非人可及.) ○ 문집에 「소의호」, 「비래호」, 「회소 초서 노래」 등의 작품은 모두 오대의 범용한 작자들이 모의한 것으로, 견식이 없는 후인들이 이들 작품을 뽑았으니, 시끄럽게 헐뜯는 자들이 이백을 얄팍한 사람이라고 가리키는데 빌미를 열어주었다. 이백의 시를 읽는 사람은 호쾌한 가운데 심원하고 분방한 정신을 가질 수 있으니 이것이야말로 '적선인'의 면목이다. (集中如「笑矣乎」、「悲來乎」、懷素草書歌等作, 皆五代凡庸子所擬, 後人無識, 將此種入選, 嗷訾者指太白爲粗淺人作俑矣. 讀李詩者, 於雄快之中, 得其深遠宕逸之神, 才是謫仙人面目.)

원별리(遠別離)[1]

遠別離,	아득히 먼 이별이어라
古有皇英之二女.[2]	예전에 아황과 여영 두 여인이
乃在洞庭之南,	동정호의 남쪽
瀟湘之浦.[3]	소수와 상수의 포구에 있었더라
海水直下萬里深,[4]	동정호 아래로 만 리 깊은 물
誰人不言此離苦?	그 누가 이 이별의 고통을 말하지 않으랴?
日慘慘兮雲冥冥,	햇빛은 흐리고 구름은 어두워
猩猩啼煙兮鬼嘯雨.[5]	성성이가 울고 귀신이 울부짓네
我縱言之將何補?[6]	내가 지금 말한다고 한들 무슨 보탬 있으리오?
皇穹[7]竊恐不照余之忠誠,[8]	하늘도 나의 충성을 비추지 못할까 싶어
雷憑憑兮欲吼怒.[9][10]	우렛소리 우르릉거리며 울부짓으려 하네
堯舜當之亦禪禹:[11]	요순도 이를 당하면 임금 자리 내놓아야 하니

---

1) 遠別離(원별리) : 악부제로 '별리'(別離) 19곡 가운데 하나이다. '잡곡가사'에 속한다.

2) 皇英(황영) : 요 임금의 두 딸인 아황(娥皇)과 여영(女英). 전설에 의하면 함께 순 임금에 시집갔으며, 순 임금이 창오에서 죽자 상수(湘水)에 투신하여 죽었다고 한다.

3) 瀟湘(소상) : 소수와 상수. 호남성 경내를 흐르는 두 줄기 주요 강이다. 소수는 호남성 남부의 구의산(九嶷山)에서 발원하여 북쪽으로 흐르다가 영주시(永州市) 동쪽에서 상수(湘水)로 들어간다. 『수경주』「상수」(湘水)에 "순 임금이 간 곳에 두 비(妃)가 따라갔다가 상수에 빠져 죽으니, 그 신령이 동정호에 떠돌고 소수와 상수의 포구를 드나들더라"(大舜之陟方也, 二妃從征, 溺於湘江, 神游洞庭之淵, 出入瀟湘之浦.)는 말이 있다.

4) 海水(해수) : 동정호를 가리킨다. 고대에는 호수라 하더라도 물이 넓고 깊으면 '해'(海)라고 하였다.

5) 猩猩(성성) : 원숭이. 원숭이 가운데서도 몸집이 큰 원숭이를 말한다. 원대 소사빈(蕭士贇)은 현종 때의 어두운 정국을 말했다고 했다.

6) 縱言(종언) : 여러 가지 일에 대해 말하다.

7) 심주 : 숙종.(肅宗.)

8) 皇穹(황궁) : 하늘. 조정을 비유한다.

9) 심주 : 「천문」에 "강회가 천둥처럼 노하였는데"란 말이 있다.(天問曰 : "康回憑怒.")

10) 憑憑(빙빙) : 의성어. 천둥소리.

11) 심주 : 선위.(禪位.)

君失臣兮龍爲魚,[12][13]	임금이 권력을 뺏기면 용이 물고기 되고
權歸臣兮鼠變虎.[14][15]	신하가 권력을 얻으면 쥐가 호랑이가 된다네
或言堯幽囚,[16][17]	어떤 이는 요 임금은 순 임금에 의해 유폐되었다 하고
舜野死.[18]	순 임금도 들에서 죽었다고 하네
九疑連綿皆相似,[19]	늘어선 구의산 봉우리들 모두가 비슷하니
重瞳孤墳竟何是?[20]	순 임금의 무덤을 어디에서 찾을 수 있나?
帝子泣兮綠雲間,[21][22]	요 임금의 두 딸은 푸른 대숲에서 울다가
隨風波兮去無還.	풍파 따라 가서는 돌아오지 않는다지
慟哭兮遠望,	통곡하며 멀리 바라보니
見蒼梧之深山.[23]	창오의 깊은 산만 보일 뿐이었다지

---

12) 심주 : 현종.(明皇.)

13) 龍爲魚(용위어) : 용이 물고기가 되다. 『설원』「정간」(正諫)에 관련된 이야기가 있다. "오왕이 백성들과 술을 마시려 하니 오자서가 간언하였다. '아니 되옵니다. 옛날 백룡이 청령의 연못에 들어가니 물고기로 변했는데 어부 예저가 그 눈을 쏘아 맞추었습니다.'"(吳王欲從民飮酒, 子胥諫曰 : '不可, 昔日白龍下淸泠之淵, 化爲魚, 漁者豫且射中其目.')

14) 심주 : 숙종.(肅宗.)

15) 鼠變虎(서변호) : 쥐가 호랑이로 변하다. 동방삭의 「답객난」(答客難)에 "쓰면 호랑이가 되고, 안 쓰면 쥐가 된다"(用之則爲虎, 不用則爲鼠.)는 말이 있다.

16) 심주 : 『죽서기년』에 보인다.(見竹書.)

17) 堯幽囚(요유수) : 요 임금이 갇히다. 『죽서기년』(竹書紀年)에 "옛날에 요 임금의 덕이 쇠미해지자 순 임금에 의해 유폐되었다"(昔堯德衰, 爲舜所囚也.)는 말이 있다. 요 임금이 순 임금에게 왕위를 선양한 것이 아니라, 요가 순에 의해 무력으로 제압되었다는 설이다.

18) 舜野死(순야사) : 순 임금이 들에서 죽다. 『국어』「노어」(魯語)에 "순 임금이 백성의 일에 부지런하다가 들에서 죽었다"(舜勤民事而野死.)란 말이 있다.

19) 九疑(구의) : 구의산. 산봉우리가 아홉이면서 그 형상이 비슷하여 구의산(九疑山)이라 하였다. 전설에 순 임금이 이곳에 묻혔다고 한다. 호남성 남부 영주시 영원(寧遠) 현 경내에 소재.

20) 重瞳(중동) : 순 임금을 말한다. 눈알에 눈동자가 두 개라고 한다. 중화(重華)라고도 한다. 『사기』「항우본기」 참조.

21) 심주 : 대나무이다.(竹也.)

22) 帝子(제자) : 아황과 여영을 가리킨다. 순 임금의 딸이기 때문에 제왕의 자식이라는 말을 썼다. ○綠雲(녹운) : 대숲을 가리킨다. 아황과 여영이 흘린 눈물이 대나무에 흔적을 남겨 반죽(斑竹)이 되었다는 전설을 환기한다.

蒼梧山崩湘水絶,　　　　　창오산이 무너지고 상수가 끊어질 때에야
竹上之淚乃可滅.[24]　　　대나무에 번진 눈물 비로소 다하리라

평석 현종이 숙종에게 선위한 후, 환관 이보국이 상황 현종께서 흥경궁에 살면서 외인과 교류하는 것이 폐하께 불리할 것이라고 말하여, 상황을 서내로 옮겼다. 상황 현종은 불만에 차 지내다가 얼마를 넘기지 못하고 죽었다. 시는 아마도 이를 가리킬 것이다. 이백은 자리에서 물러난 사람으로 말한다고 한들 무슨 보탬이 있을 것이냐고 하면서도 일부러 고대의 일을 빌려 풍자하였다.(玄宗禪位於肅宗, 宦者李輔國謂上皇居興慶宮交通外人, 將不利於陛下, 於是徙上皇於西內, 怏怏不逾時而崩. 詩蓋指此也. 太白失位之人, 雖言何補, 故託弔古以致諷焉.)

해설 아황과 여영이 순 임금과 영원히 이별한 일을 빌려 조정의 권력 승계에 대한 우려를 나타내었다. 본 작품은 『하악영령집』에 실려 있는 것으로 보아 753년 이전에 지었으므로, 심덕잠의 평석은 적절하지 못하다. 천보 연간에 현종은 향락에 빠져 국정을 소홀히 하였고, 특히 두 번이나 환관 고력사에게 자신의 뜻을 말하면서, 국가의 대사를 이림보와 양국충에게 맡기고 병권은 안록산과 가서한에 맡기려 하였다. 이백은 비정상적인 정국의 운영에 대해 깊은 우려를 나타내며 이를 고대의 신화를 빌려 형상화시켰다.

촉도난(蜀道難)[25]

噫吁嚱![26]　　　　　　　아아! 어허!

---

24)　蒼梧(창오) : 창오산. 구의산을 말한다.
24)　심주 : 이 한이 끝없음을 말하였다.(言此恨不絶.)
25)　蜀道難(촉도난) : 남북조시기의 악부제로 '상화가'에 속한다. 그 내용은 모두 촉 지방으로 가는 길의 험난함을 묘사하였다.
26)　噫吁嚱(희우허) : 희(噫), 우(吁), 허(嚱) 모두 감탄사로 사천 지방의 방언으로 보인다.

危乎高哉!　　　　　　　아슬하여라! 높기도 높아라!

蜀道之難難於上靑天.　　촉도의 험난함은 푸른 하늘에 오르기보다 더 어려워

蠶叢及魚鳧,[27][28]　　　잠총과 어부 두 왕이

開國何茫然!　　　　　　나라를 연 지 얼마나 오래되었던가!

爾來四萬八千歲,　　　　그로부터 사만 팔천 년

不與秦塞通人煙.[29]　　진 지방으로 오고 간 사람이 없었더라

西當太白有鳥道,[30]　　장안 서쪽 태백산에 있는 조도(鳥道)가

可以橫絶峨眉巓.[31]　　길게 아미산 꼭대기까지 이어져 있었어라

地崩山摧壯士死,[32][33]　땅이 무너지고 산이 부서지면서 다섯 장사가 죽고

然後天梯石棧相鉤連.[34]　그런 다음에 사다리와 잔도로 연결되었어라

上有六龍回日之高標,[35]　위로는 태양을 실은 육룡이 넘지 못하는 봉우리가 있고

下有衝波逆折之回川.　아래로는 파도에 부딪치며 역류하는 강이 있어

---

27) 심주 : 촉 왕의 시조 이름이다.(蜀王始祖名.)

28) 蠶叢(잠총), 魚鳧(어부) : 전설에 나오는 고대 촉 지방의 국왕. 양웅(揚雄)의 『촉왕본기』(蜀王本紀)에 "촉왕의 선조 이름은 잠총(蠶叢), 백관(柏灌), 어부(魚鳧), 포택(蒲澤), 개명(開明)이다. (…중략…) 개명에서 거슬러 올라 잠총까지 삼만 사천 년에 달한다"고 하였다.

29) 秦塞(진새) : 진 지방의 변방. 촉 지방은 진 지방의 서남에 인접해 있다.

30) 太白(태백) : 태백산. 진령의 주봉. 지금의 섬서성 미현(眉縣) 남쪽에 소재. ○鳥道(조도) : 짐승이나 사람은 갈 수 없고 새만이 넘어 갈 수 있는 산속의 험하고 좁은 길.

31) 峨眉(아미) : 아미산. 사천성에 소재. 산 위의 봉우리가 마주하며 눈썹과 같으므로 이름 붙여졌다. 이백은 아미산을 두고 "촉 지방에 선산(仙山)이 많지만, 아미산에는 비기기 어렵다"(蜀國多仙山, 峨眉邈難匹.)고 했다.

32) 심주 : 다섯 장정이 산길을 내다가 산중에서 죽었다.(五丁開山, 死於山中.)

33) 地崩(지붕) 구 : 촉 왕이 길을 개통한 일을 가리킨다. 진 혜왕(惠王)이 다섯 딸을 촉 왕에게 시집보내기로 약속하자 촉 왕은 다섯 역사를 보내 산을 깎고 길을 내어 맞이하였다. 돌아오는 중 재동(梓潼)에서 큰 뱀이 동굴로 파고들어가고 있어 다섯 역사가 뱀 꼬리를 잡고 잡아당겼다. 이때 산이 무너지면서 다섯 역사와 다섯 여인이 모두 깔려 죽고 말았으며, 이들이 변하여 다섯 봉우리가 되었다. 『화양국지』(華陽國志) 참조.

34) 天梯(천제) : 높은 사다리. ○石棧(석잔) : 석벽에 가설한 잔도.

35) 六龍(육룡) : 여섯 마리 용. 신화에 따르면, 희화(羲和)는 여섯 마리 용이 이끄는 수레에 태양을 싣고 하늘을 지나간다. ○高標(고표) : 최고봉.

黃鶴之飛尚不得過,　　　황곡이 날아가려 해도 넘지 못하고

猿猱欲度愁攀緣.　　　원숭이가 건너려 해도 두려워 팔을 뻗지 못해라

靑泥何盤盤,[36]　　　청니령은 얼마나 구불구불한가

百步九折縈巖巒.　　　백 걸음에 아홉 번은 꺾어지며 산봉우리를 휘감고

捫參歷井仰脅息,[37]　　　손 뻗으면 삼성과 정성이 잡힐 듯해 우러러 숨을 멈추니

以手撫膺坐長歎.[38]　　　손으로 가슴을 쓸어내리며 주저앉아 길게 탄식해라

問君西遊何時還?　　　그대에게 묻노니, 서쪽으로 놀러가 언제 돌아오려는가?

畏途巉巖不可攀.[39]　　　무서워라, 가파르고 험한 길 오르기 어려워라

但見悲鳥號古木,　　　다만 보이는 건 고목에서 호곡하는 새들뿐

雄飛雌從繞林間.　　　암컷이 날고 수컷이 따르며 숲 사이를 휘돌고

又聞子規啼,[40]　　　게다가 두견새가 돌아가자고 울어

夜月愁空山.　　　달밤에 빈 산 가득 슬픈 소리 메아리치는구나

蜀道之難難於上靑天,　　촉도의 험난함은 푸른 하늘에 오르기보다 더 어려워

使人聽此凋朱顏.　　　이를 들은 사람은 붉은 얼굴이 시름에 바로 늙어버리네

連峰去天不盈尺,　　　늘어선 봉우리 하늘 위까지 겨우 한 자 거리

枯松倒挂倚絶壁.　　　마른 소나무는 절벽에 거꾸로 매달려 있고

飛湍瀑流爭喧豗,[41]　　　나르는 여울과 폭포가 다투어 굉음을 내고

砯崖轉石萬壑雷.[42]　　　물이 절벽을 치고 돌을 굴려 온 계곡이 우렛소리라

---

36)　靑泥(청니): 청니령. 당대에 촉 지방에 들어갈 때 지나가는 요도. 만 길의 벼랑에 비구름이 많으며 진흙길이 자주 이어져 청니령이라 했다. 지금의 섬서성 약양현(略陽縣) 소재. ○盤盤(반반): 구불구불. 굽이도는 모양.

37)　參(삼): 삼성. 지상의 분야는 촉 지방이다. ○井(정성): 정성. 지상의 분야는 진 지방이다. ○脅息(협식): 숨을 멈추다.

38)　膺(응): 가슴.

39)　巉巖(참암): 가파르고 험하다.

40)　子規(자규): 두견새. 촉 지방에 많다. 전설에 의하면 고대 촉나라의 왕 두우(杜宇)의 혼이 변한 것이라고 한다. 고대인들은 그 울음소리가 마치 '차라리 돌아가자'라는 뜻의 '부루궤이춰'(不如歸去)라고 운다고 보았다.

41)　飛湍(비단): 나르는 여울. 폭포. ○喧豗(훤회): 폭포나 천둥 등 요란하게 울리는 소리.

42)　砯(빙): 물이 산의 바위에 부딪치며 나는 소리.

其險也如此,　　　　　그 험난함이 이와 같은데

嗟爾遠道之人胡爲乎來哉![43]　아아! 멀리 간 그대 왜 그곳에 갔는가!

劍閣崢嶸而崔嵬 : [44]　　더구나 검각은 삐쭉빼쭉 드높고 험해

一夫當關,[45]　　　　한 사람이 관문을 막고 있으면

萬夫莫開.　　　　　만 명의 병사도 열지 못하니

所守或非親,　　　　지키는 자가 측근이 아니라면

化爲狼與豺.　　　　이리나 승냥이로 변한다네

朝避猛虎,　　　　　아침에는 맹호를 피하고

夕避長蛇,　　　　　저녁에는 뱀을 피해야 한다네

磨牙吮血,　　　　　이빨을 갈고 피를 마시며

殺人如麻;　　　　　사람을 삼마 베듯 한다네

錦城雖云樂,[46]　　　금관성이 비록 즐거운 곳이라 해도

不如早還家.[47]　　　일찍 돌아옴만 못하여라

蜀道之難難於上青天,　촉도의 험난함은 푸른 하늘에 오르기보다 더
　　　　　　　　　　어려워

側身西望長咨嗟![48]　몸 돌려 서쪽을 바라보며 길게 탄식하노라!

---

43) 심주: 세 구를 모아 마무리하였으니 필력이 천 균(鈞, 삼십 근)에 이른다.(總束三語, 千鈞筆力.)

44) 劍閣(검각): 지금의 사천성 검각현(劍閣縣) 동북에 소재. 동서로 이어진 검문산 중간에 갈라진 부분이 있는데 양쪽에 절벽이 구름 속으로 치솟아 있는 모습이 마치 검으로 세워진 문과 같아 검문이라고 하였고, 여기에 각도(閣道)를 만들어 검각이라 하였다. 예부터 관중에서 촉 지방으로 오가는 요도였다. ○崢嶸(쟁영): 높고 험한 모양. ○崔嵬(최외): 산이 높고 큰 모양.

45) 一夫(일부) 구: 진(晉)의 장재(張載)의 「검각명」(劍閣銘)에 "한 사람이 창을 들고 있으면, 만 명의 적군이 머뭇거린다. 형세가 험준한 곳이니 측근이 아니면 맡기지 못한다"(一夫荷戟, 萬夫趑趄. 形勝之地, 非親勿居.)는 말을 이용하였다.

46) 錦城(금성): 금관성(錦官城). 사천성 성도(成都)를 가리킨다. 성도는 대성(大城)과 소성(少城)으로 되어 있었는데, 삼국시대 촉한 때 소성에 비단을 관장하는 관서가 있어 금관성이라 하였다.

47) 심주: 아마도 촉 지방에 난을 일으킨 사람이 있기에 군주가 위험하므로 일찍 도성으로 돌아오라고 바란 듯하다.(恐蜀地有發難之人, 則乘輿危矣, 故望其早還帝都也.)

48) 咨嗟(자차): 탄식하다.

평석 여러 설이 분분한 가운데, 원대 소사빈은 안록산이 난을 일으키자 천자가 촉으로 피난 간 일을 제재로 하였다고 적절하게 해석하였다. 신하된 자의 충성에서 나온 말이니 보통 사람의 천착에 비할 바 아니다.(諸解紛紛, 蕭士贇謂祿山亂華, 天子幸蜀而作, 爲得其解. 臣子忠愛之辭, 不比尋常穿鑿.) ○ 문장의 구성이 종횡으로 이루어져, 마치 규룡이 날고 자벌레가 움직이듯, 삽시간에 번개가 치고 천둥이 운다. 임화, 노동과 같은 무리들이 모방했으나 괴이한 부분만 흡수했을 뿐이니, 이것이야말로 이백이 선재(仙才)라고 부르는 이유이다.(筆陣縱橫, 如虯飛蠖動, 起雷霆於指顧之間. 任華、盧仝輩仿之, 適得其怪耳, 太白所以爲仙才也.)

해설 웅장하고 분방한 상상에 전설과 속담 등을 결합하여 촉 지방으로 가는 길의 험난함을 표현하였다. 대자연이 인간에게 주는 놀랍고 기이하며 위대하고 웅장한 장관을 그려내었다. 봉우리와 계곡이 공간의 깊이를 드러내고 숲과 절벽이 까마득히 벌어지는 등, 기상이 드넓고 경계가 활달하여 어느 시인도 써내지 못한 시를 써내었다. 맹계(孟棨)의 『본사시』(本事詩)에 따르면, 이백이 처음 장안에 들어갔을 때 하지장(賀知章)이 이 시를 보고 놀라며 이백을 '적선'(謫仙)이라 불렀다고 한다. 이 기록은 비록 야사의 성격이 있지만, 이를 감안한다면 하지장이 744년 귀향했으므로 그 이전에 쓴 것으로 추측할 수 있다.

이 시의 우의(寓意)에 대해 역대로 여러 설이 분분하다. ① 촉 지방에 간 방관(房琯)과 두보(杜甫)를 걱정하여 그들이 검남절도사 엄무(嚴武)의 공격을 받지 않도록 일찍 돌아오기를 바랐다. ② 안사의 난으로 촉 지방으로 달아난 현종이 현지 군벌의 통제를 받지 않도록 일찍 귀경하기를 바랐다. ③ 천보 연간의 검남절도사 장구겸경(章仇兼瓊)이 험난한 지형을 근거지로 하여 할거하지 말기를 풍자하였다. ④ 별다른 우의(寓意)가 없이 산수 풍광을 노래했다. ⑤ 장안에서 친구 왕염(王炎)을 보내며 촉 지방에 오래 있지 말고 빨리 돌아오기를 바랐다. ⑥ 벼슬을 구하고 공을 이루기 어려움을 비유하였다. 그러나 이 시가 753년에 편집된 『하악영령집』에 실려 있는 것으로 보아 ①, ② 설과는 관련이 없으며, ③ 설도 역사서에서 근거를 찾기 힘들다. ④는 다른 이유를 찾지 못해 만든 답으로 여겨진다. ⑤는 현대에 들어 나온 설로, 이백의 「촉 지방에 들어가는 친구를 보내며」(送友人入蜀)와 「검각부」(劍閣賦)가 같은 제재인데서 착안한 것이나, 그처럼 강렬하고 격렬하게 쓸 필요가 있는가 하는 점이 문제로 남는다. ⑥설 역시 현대 학자의 설로 이차적인 해석으로 보여 단정하기 어렵다. 오히려 이백에게는 하나의 대상을 철저하게 그려내는 표현주의가 있음을 보고 여기에서 답을 찾는 게 적절하다고 본다. '촉도난'은 이백 이전에 같은 제목의 시가 6수가 있으며, 「촉국현」(蜀國絃)의 구성을 참고하였다. 이백은 가장 많은 제목과 제재로 악부시를 지은 시인으로, 다수의 악부시는 그의 손에서 완정하고 충분하게 각화되었다. 정치적인 우의를 인간관계 속에서 표현하지 자연 풍광을 제재로 한 악부시는 없다. 이백은 '촉도 문화'를 바탕으로 악부제에서 연상되는 가장 격렬한 세계를 써내려갔다. 그 철저함으로 인해 다양한 해석이 가능해지는 전형성을 가지게 되고, 나아가 인생의 모질고 험난한 비유로까지 읽을 수 있다.

오야제(烏夜啼)[49]

黃雲城邊烏欲棲,	구름 물든 성 옆에 까마귀 깃들려는지
歸飛啞啞枝上啼.[50]	가지 위에 날아와 까악까악 우짖는다
機中織錦秦川女,[51]	베틀에서 시를 짜는 진 지방 여인에게

---

49) 烏夜啼(오야제) : 악부제로 '청상곡'에 속한다. 유송 임천왕 유의경(劉義慶)이 처음 만들었다. 주로 남녀의 이별과 그리움을 내용으로 한다.

50) 啞啞(아아) : 까악까악. 까마귀가 우는 소리.

51) 機中織錦(기중직면) : 베틀 위의 비단으로 짠 시구. ○秦川女(진천녀) : 진 지방의 여인. 소혜(蘇蕙)를 가리킨다. 북조 전진(前秦)의 진주자사(秦州刺史) 두도(竇滔)가 유사(流沙)로 임지가 옮겨졌을 때, 그의 처 소혜(蘇蕙)가 남편을 그리워하며 비단으로 짜 만들어 보낸 회문시(廻文詩), 즉 선기도(璇璣圖)를 말한다. 모두 팔백사십 자로 이루어졌으며, 돌려가며 여러 방향에서 읽을 수 있도록 되어있는데 표현이 지극히

碧紗如煙隔窓語,[52]　　벽사 창문 밖에서 무어라 알리는 듯하여라
停梭悵然憶遠人,[53]　　북을 멈추고 처연히 멀리 나간 사람 생각하다
獨宿空房淚如雨.　　　빈방에 홀로 자니 눈물이 비처럼 흘러라

평석 함의가 심원하여 언어의 번거로움이 필요 없다. 하지장이 「오야제」 등 여러 악부시를 읽고는 이백을 높이 평가하여 현종에게 추천하였다.(蘊含深遠, 不須語言之煩. 賀知章讀烏夜啼諸樂府, 因重太白, 薦於明皇.)

해설 변방에 나간 남편을 그리워한 시이다. 첫머리는 저물녘에 특히 심해지는 까마귀 울음소리로 수심을 일으켰다. 제3구로 보아 주인공은 전진(前秦) 때 비단으로 회문시(回文詩)를 짜 보낸 소혜(蘇蕙)이다. 전통적인 제재와 역사적 전고를 결합하여 쉬운 언어로 시를 만들었다.

오서곡(烏棲曲)[54]

姑蘇臺上烏棲時,[55]　　고소대에 까마귀 깃들 때
吳王宮裏醉西施.[56]　　오왕은 궁전에서 서시에게 취하였지

　　처연하고 완곡하였다. 『진서』「열녀전」 참조.
52) 碧紗如煙(벽사여연) : 창에 걸쳐진 비췻빛의 얇은 비단이 안개처럼 흐릿하다.
53) 梭(사) : 북. 베틀에서 실을 풀어 엮을 때 쓰는 도구.
54) 烏棲曲(오서곡) : 악부제로 '청상곡사'(淸商曲辭)에 속한다.
55) 姑蘇臺(고소대) : 춘추시대 오나라 왕 합려가 세운 궁전. 지금의 강소성 소주시 서남 고소산 위에 소재. 『술이기』(述異記)에 의하면 합려는 방대한 인력과 재물을 소모하여 삼 년에 걸쳐 완성했으며, 오리(五里)에 걸친 누각 가운데 제일 위에는 춘소궁(春宵宮)을 세웠다. 오왕 부차는 호수를 만들어 청룡주를 띄워 배 안에서 가무를 즐기며 서시와 놀았다고 한다.
56) 吳王(오왕) : 춘추시대 오왕 부차(夫差)를 가리킨다. ○西施(서시) : 춘추시대 월나라 미녀. 월왕 구천(句踐)이 오왕 부차(夫差)에게 패한 뒤, 부차가 미색을 좋아한다는 사실을 알고 서시에게 삼 년 동안 가무를 가르쳐 오나라에 바쳤다. 부차는 결국 미색에 빠져 국정에 소홀하게 되었고 구천에게 패하였다.

吳歌楚舞歡未畢,	오나라 노래와 초나라 춤에 즐거움 끝없는데
靑山欲銜半邊日.	청산에는 지는 해가 반이 넘어갔더라
銀箭金壺漏水多,[57]	은 바늘 청동 물시계에 물이 다 비워지고
起看秋月墜江波,	일어나 바라보니 가을 달이 강 물결에 빠져
東方漸高奈樂何![58]	동방이 점점 환해오니 이 아쉬움 어이 할까!

평석 말구는 환락의 시간이 오래 가지 않는다고 보았다. 한 구만 썼으니 그 격식이 특별하다.(末句爲樂難久也, 綴一單句, 格奇.)

해설 오왕 부차의 황음을 노래하였다. 낮에 이어 밤 내내 가무에 취하다가 새벽이 오는 걸 아쉬워하는 장면을 그렸다. 그 함축하는 의미는 망국을 부르는 군주의 주색을 경계하는 것이지만 드러내지 않고 함축적으로 처리하였다. 방만한 기세에 완곡한 뜻이 깃들어 있는, 이백의 시풍 가운데 하나이다. 『본사시』에서는 하지장이 "이 시는 귀신을 울게 할 수 있다!"(此詩加以泣鬼神矣!)고 말했다고 기록했다.

성남의 전투(戰城南)[59]

| 去年戰, 桑乾源,[60] | 작년에는 상간하에서 싸우고 |

---

57) 銀箭金壺(은전금호) : 은 바늘과 청동 항아리. 고대의 물시계. 동호에 물을 채우고 아래에 구멍을 내어 물을 떨어뜨리면, 물이 내려가면서 눈금이 새겨진 바늘이 드러나면서 시각을 측정하였다.

58) 高(고) : 밝다. 皜(호)의 가차자. 한대 악부 「그리운 사람」(有所思)에 '東方須臾高知之'(동방이 밝아오면 내 마음도 분명해지리)에서 그 용례가 보인다.

59) 戰城南(전성남) : 악부제로 '횡취곡사'에 속한다. 한대의 악부 가사는 전투에서 죽은 자를 애도하는 내용이다.

60) 桑乾源(상건원) : 상간하의 발원지. 지금의 하북성 서북부와 산서성 북부. 당나라 군대가 거란, 해(奚)와 전투한 지역이다.

今年戰, 葱河道.[61]	올해는 파미르 강에서 싸우니
洗兵條支海上波,[62]	조지(條支)의 호수 물결에 병기를 씻고
放馬天山雪中草.	천산의 눈 속 풀에 말들을 달렸어라
萬里長征戰,	만 리를 오가며 싸우다
三軍盡衰老.	삼군이 모두 늙었네
匈奴以殺戮爲耕作,[63][64]	흉노는 살육을 경작하듯이 업으로 하여
古來惟見白骨黃沙田.	예부터 모래밭에 백골만 보이는구나
秦家築城避胡處,	진나라가 장성을 쌓아 오랑캐 막았던 곳
漢家還有烽火然.	한나라에도 봉횃불이 타오르는구나
烽火然不息,	봉화는 꺼지지 않고 피어올라
征戰無已時.	전쟁은 끝날 날 없어라
野戰格鬪死,[65]	야전에서 치열하게 싸우다 죽으니
敗馬嘶鳴向天悲.	남겨진 말이 하늘을 향해 슬피 우네
烏鳶啄人腸,	까마귀와 솔개가 사람 창자를 쪼아대고
銜飛上挂枯樹枝.	물어 날아가니 마른 나뭇가지에 걸쳐졌구나
士卒塗草莽,[66]	사졸의 피가 풀숲에 칠해지고

---

61) 葱河(총하) : 파미르 고원에서 발원하여 흘러내리는 두 줄기 강. 지금의 신강 서남부에 소재한 카슈가르강.

62) 條支(조지) : 한대 서역의 나라 이름. 지금의 이라크 티그리스강과 유프라테스강 사이에 소재했다. 『후한서』 「서역전」에 "조지국은 산 위에 성이 있고, 주위가 사십여 리이다. 서해에 면해있으며 물이 그 남동북 삼 면을 둘러싸고 있다. 삼 면의 길이 끊겨있고 서북만 육지와 통해있다"고 하였다. 당대에는 661~751년 사이에 설치된 조지도독부(條支都督府)를 가리킨다. 그 위치에 대해 곽말약(郭沫若)은 카자흐스탄이라 보았으나, 오늘날의 역사학자들은 아프가니스탄 카불 남부로 본다.

63) 심주 : 기이한 구이다.(奇句.)

64) 匈奴(흉노) 구 : 흉노는 농사를 하지 않고 살육을 업으로 삼는다는 뜻. 한대 왕포(王褒)의 「사자강덕론」(四子講德論)에 "흉노는 모든 이민족 가운데 강한 자이다. (…중략…)전쟁을 업으로 하며 사냥이 일이다. (…중략…) 쟁기와 보습은 궁시와 말이요, 파종은 활을 들고 깍지를 드는 것이요, 추수는 여우와 토끼를 쫓는 것이요, 곡물 베기는 구르고 살상하는 것이다"(匈奴, 百蠻之强者也. (…중략…) 業在攻伐, 事在射獵. (…중략…) 其耒耜則弓矢鞍馬, 播種則扞弦掌拊, 收秋則奔狐馳兎, 獲刈則顚倒殪仆.)는 말이 있다.

65) 格(격) : 상대를 끌어안고 죽이다.

將軍空爾爲.[67]   장군은 아무 것도 이룬 바가 없어라
乃知兵者是凶器,[68]   비로소 알겠나니, 병기는 흉기임을
聖人不得已而用之.   성인은 부득이 할 때만 사용하는 것을

평석 단정하고 장중한 말이 흔들리듯 나온다.(端莊語以搖曳出之.) ○ 말구는 『노자』를 사용했다.(末句用老子.)

해설 「성남의 전투」는 한대 악부제에서 처음 나왔으므로, 그 이미지를 원용하여 전쟁의 현장과 참상을 묘사하였다. 이 시는 특히 천보 연간에 동북과 서북 지방에서 자행된 무력 남용을 비판하였다.

비룡인 2수(飛龍引二首)[69]

제1수

黃帝鑄鼎於荊山,[70]   황제(黃帝)가 형산에서 정을 주조하고

---

66) 塗草莽(도초망) : 풀숲에 피를 칠하다.

67) 空爾爲(공이위) : 이룬 바가 없다.

68) 乃知(내지) 2구 : 『육도』(六韜) 「병략」(兵略)에 "성인은 병기를 흉기라 하여 부득이할 때만 사용한다"(聖人號兵爲凶器, 不得已而用之.)고 하였다.

69) 飛龍引(비룡인) : 악부제. 『악부시집』에서는 '금곡가사'로 분류하였다. 조식 「비룡편」(飛龍篇)에 신선술을 추구하는 자가 용을 타고 승천하는 내용이 있어 이를 본으로 삼은 듯하다.

70) 黃帝(황제) : 전설에 나오는 고대 제왕. 이름은 공손헌원(公孫軒轅). 나중에 희수(姬水)에 살았기에 희(姬)성으로 바꾸었고, 유웅(有熊)에 나라를 세웠기에 유웅씨(有熊氏)라고도 했다. ○ 鑄鼎(주정) : 정을 주조하다. "황제가 수산(首山)에서 동을 캐어, 형산(荊山) 아래에서 정(鼎)을 주조하였다. 정을 완성하자 용이 수염을 늘어뜨리며 황제를 맞이하러 내려왔다. 황제가 용에 올라타니 군신과 후궁 등 칠십여 명이 뒤따라 올랐다. 이에 용이 승천하였다."(黃帝採首山之銅, 鑄鼎于荊山下. 鼎旣成, 有龍垂鬍髯, 下迎黃帝. 黃帝上騎, 群臣後宮從上者七十餘人, 龍乃上去.) 『사기』 「봉선서」(封禪書) 참조. 수산은 뇌수산(雷首山) 또는 수양산(首陽山)으로 지금의 산서성 영제현

煉丹砂.　　　　　　　단사를 정련하였지
丹砂成黃金,[71]　　　　단사가 황금으로 변하니
騎龍飛上太淸家.[72]　　용을 타고 하늘 위의 집으로 올라갔지
雲愁海思令人嗟.[73]　　얼마나 부러운지 사람들이 탄식하누나
宮中綵女顔如花,[74]　　궁중의 꽃 같은 얼굴의 궁녀도
飄然揮手凌紫霞,　　　표연히 손을 흔들며 노을 위로 올라
從風縱體登鸞車.[75]　　바람 따라 몸을 맡기며 수레에 올랐지
登鸞車, 侍軒轅.　　　수레에 올라, 헌원 황제 모시고
遨遊靑天中,　　　　　푸른 하늘 속을 노니니
其樂不可言.　　　　　그 즐거움 이루 다 말하기 어려워라

제2수

鼎湖流水淸且閑,[76]　　정호(鼎湖)의 물은 맑고도 고요한데
軒轅去時有弓劍,[77]　　헌원 황제 떠날 때 활과 검 남겼으니
古人傳道留其間.[78]　　옛사람이 남긴 길이 거기에 있어라

　　(永濟縣)에 소재한다. ○ 荊山(형산) : 지금의 하남성 괵주(虢州) 문향현(閿鄕縣) 남쪽
　　에 소재한 산으로 일명 부금산(覆釜山)이라고 한다.

71) 丹砂成黃金(단사성황금) : 단사를 황금으로 만들다. 고대 도가에서는 단사(丹砂)로
　　황금을 만들 수 있고, 황금으로 그릇을 만들어 음식을 먹으면 장수하고, 장수하면
　　동해 봉래산의 신선을 만날 수 있고, 그 후 봉선(封禪)하면 죽지 않는다고 하였다.
　　『사기』「봉선서」참조.
72) 太淸(태청) : 도교에서 말하는 하늘.
73) 雲愁海思(운수해사) : 구름같이 많은 시름과 바다처럼 넓은 생각.
74) 綵女(채녀) : 한대 육궁(六宮)의 칭호. 미인, 궁인에 이어 세 번째 등급이다. 일반적으
　　로 궁녀를 가리킨다.
75) 縱體(종체) : 사지가 가볍게 들리는 모양. ○ 鸞車(난거) : 전설에서 신선이 타는 수레.
76) 鼎湖(정호) : 황제가 정을 주조하였다는 형산 아래에 있는 호수. ○ 閑(한) : 물이 고요
　　한 모양.
77) 有弓劍(유궁검) : 황제가 죽자 활과 검만 남아 있어 사람들이 황제가 신선이 되었다
　　고 말하였다. 『수경주』「하수」(河水) 참조.
78) 古人(고인) : 황제를 가리킨다. ○ 傳道(전도) : 방법을 남기다. 황제가 연단으로 신선

後宮嬋娟多花顏,[79]　　　　후궁의 미녀들 꽃 같은 얼굴
乘鸞飛煙去不還.　　　　　안개 속 난새 타고 가서는 돌아오지 않아라
騎龍攀天造天關,[80]　　　　용을 타고 하늘 올라 천문에 이르렀네
造天關, 聞天語,　　　　　　천문에 이르러, 신선의 말 들으며
長雲河車載玉女.[81]　　　　구름 같은 수레에 옥녀들이 탔어라
載玉女, 過紫皇,[82]　　　　옥녀들이 타고 자황께 찾아가니
紫皇乃賜白兔所擣之藥方,　자황께서 토끼가 찧은 약을 내리시어
後天而老凋三光.[83]　　　　하늘보다 오래 살고 해와 달보다 더 오래 산다네
下視瑤池見王母,　　　　　아래로 요지의 서왕모를 바라보니
蛾眉蕭颯如秋霜.[84][85]　　눈썹은 삭막하여 가을 서리 맞은 듯해라

해설 신선을 동경하며 그린 유선시이다. 주로 황제(黃帝)의 일을 중심으로 황제와 궁녀가 인간에서 신선으로 변한 후 승천하는 장면과 천상의 일을 그렸다. 전해오는 이야기에 상상력을 덧붙여 구체적으로 그 경지를 음미한 것으로, 이백의 유선시에 종종 보이는 작업이다.

술을 남기다.
79) 嬋娟(선연) : 자태가 아름다운 모양. 여기서는 미녀를 가리킨다.
80) 造(조) : 이르다. ○天關(천관) : 천문. 하늘의 궁문.
81) 河車(하거) : 신선이 타는 수레.
82) 紫皇(자황) : 도교의 신. 『비요경』(秘要經)에 의하면 "천상의 구궁에 모든 관료가 있는데, 가장 높은 것을 천황, 자황, 옥황이라 칭한다"(太淸九宮, 皆有僚屬. 其最高者稱 天皇、紫皇、玉皇.)는 말이 있다.
83) 後天(후천) : 하늘보다 나중에. ○三光(삼광) : 해, 달, 별.
84) 심주 : 하늘보다 나중에 늙는다는 것은 눈썹이 삭막해진다는 것과 같으니, 곧 늙지 않은 자가 먼저 늙는다는 것이다. 신선술을 배워 무엇을 할 것인가?(後天而老, 猶蛾 眉蕭颯, 則不老者先老矣. 學仙何爲哉?)
85) 蕭颯(소삽) : 쓸쓸하다. 삭막하다.

장상사 2수(長相思二首)[86]

제1수

長相思, 在長安.	그리운 사람이여, 나는 장안에 있으니
絡緯秋啼金井闌,[87]	베짱이가 가을날 우물 난간에서 울어
微霜淒淒簟色寒.	서리가 내리고 대자리 차구나
孤燈不明思欲絶,	등불 어두운데 그리움에 숨이 끊어지려 해
卷帷望月空長歎.	휘장 걷고 달을 보며 부질없이 탄식하여라
美人[88]如花隔雲端,[89]	아름다운 사람은 구름 끝에 꽃처럼 있어
上有青冥之長天,[90]	위로는 푸르고 어두운 하늘이 있고
下有涤水之波瀾.	아래로는 물결이 이는 맑은 강물이 있어라
天長地遠魂飛苦,	하늘 깊고 땅 멀어 혼마저 날아가기 힘들어
夢魂不到關山難.[91]	꿈에서도 관새와 산을 넘기 어려워라
長相思, 摧心肝!	그리운 사람이여, 심장과 간이 부서지는구나!

제2수

日色欲盡花含煙,	햇빛이 다할 무렵 꽃무리 희미해지더니

---

86) 長相思(장상사) : 악부제로 '잡곡가사'에 속한다. 한대 요가(鐃歌)의 악곡 이름으로도 나온다. 현존하는 가사는 대부분 아낙의 그리움을 내용으로 한다.

87) 絡緯(낙위) : 베짱이. ○ 金井闌(금정란) : 황금으로 장식한 우물 난간. 고악부에는 옥상(玉床)이나 금정(金井)과 같은 어휘가 곧잘 나온다.

88) 심주 : 남편을 가리켜 하는 말이다.(指夫君言.)

89) 美人(미인) : 한대 고시 「난초와 두약은 따뜻한 봄에 자라는데」(蘭若生春陽)에 "미인은 구름 끝에 있는데, 하늘 길이 막혀 만날 기약이 없어라"(美人在雲端, 天路隔無期.)는 구절이 있다.

90) 青冥(청명) : 푸르고 어둡다. 아득히 먼 하늘을 가리킨다.

91) 關山難(관산난) : 관새와 산을 넘기 어렵다. 고대인은 꿈에서 사람을 만나려면 혼이 그곳으로 가야한다고 생각하였다. 한대 채염(蔡琰)의 「호가십팔박」(胡笳十八拍)에 "관새가 멀고 산이 막혀 길 가기 어려워라"(關山阻修兮行路難)는 구절이 있다.

月明欲素愁不眠.	달이 흰 비단 같아 시름에 잠 못 이루네
趙瑟初停鳳凰柱,[92]	봉황이 조각된 기러기발의 조나라 슬(瑟)을 그만 뜯고
蜀琴欲奏鴛鴦絃.[93]	촉 지방 거문고로 원앙의 노래 연주하려 하네
此曲有意無人傳,	이 곡에 깃든 뜻을 그대에게 전할 수 없어
願隨春風寄燕然.[94]	원컨대 춘풍 따라 연연산에 보내고 싶어라
憶君迢迢隔靑天,	그대 아득히 하늘 멀리 있음을 생각하니
昔時橫波目,[95]	예전에는 물결처럼 아름다운 눈빛이
今作流淚泉.	지금은 눈물 흐르는 샘이 되었어라
不信妾腸斷,	소첩의 애간장 끊어진 걸 믿지 못한다면
歸來看取明鏡前.	돌아와 보소서, 거울 앞이 모두 눈물인 것을

평석 원망하나 노하지 않는다.(怨而不怒.)

해설 출정나가 오래도록 돌아오지 않는 남편을 그리는 여인의 그리움을 썼다. '장상사'(長相思)란 말은 한대 악부와 고시에도 자주 보이는 말로, 남조의 시인들도 모의작에서 곧잘 '장상사'로 시작하는 경우가 많다. 이백 역시 이러한 전통을 이어받아 가을 달빛 아래 애절한 마음에 잠 못 드는 심사를 형상화하였다.

---

92) 趙瑟(조슬) : 조나라의 슬. 전국시대 조나라 사람들은 슬을 잘 연주하기로 유명했다. ○鳳凰柱(봉황주) : 현을 괴는 기러기발이 봉황의 모양으로 조각되어 있음. 남조 오균(吳均)의 시에 '조 지방 슬에 봉황 조각 기러기발'(趙瑟鳳凰柱)이란 구절이 있다.

93) 蜀琴(촉금) 구 : 서한 사마상여가 거문고로 탁문군을 꾀어낸 일을 가리킨다. 사마상여는 촉 지방 출신이다. ○鴛鴦絃(원앙현) : 원앙처럼 다정한 부부의 정을 표현한 곡.

94) 燕然(연연) : 연연산. 지금의 몽골인민공화국 경내에 있는 항아이산(杭愛山). 동한의 두헌(竇憲)이 흉노를 격파한 후 이 산의 바위에 공적을 새기고 돌아온 일이 유명하다. 여기서는 변새를 가리킨다.

95) 橫波目(횡파목) : 여자의 촉촉한 눈빛. 물결이 옆으로 흐르는 모양에 비유하여 만들어진 어휘이다.

상류전의 노래(上留田行)[96]

行至上留田,	상류전에 이르니
孤墳何崢嶸![97]	무덤 하나가 높디 높아라
積此萬古恨,	여기에 만고의 한이 쌓여 있으니
春草不復生.	봄풀도 다시 자라지 않는구나
悲風四邊來,	슬픈 바람 사방에서 불어와
腸斷白楊聲.[98]	백양나무 소리에 애간장 끊어지는구나
借問"誰家地,	묻노니 "누구의 묘지로
埋沒蒿里塋?"	쑥풀 밭에 파묻혀 있는가?"
古老向余言,[99]	노인이 나에게 말하는데
言是"上留田,	그 말인즉슨 "상류전은
蓬科馬鬣皆已平.[100]	쑥대가 말총같이 이미 평평해졌소.
昔之弟死兄不葬,	예전에 죽은 아우를 형이 장사 지내지 않아
他人於此擧銘旌."[101]	다른 사람이 대신 명정을 들었다오"
一鳥死, 百鳥鳴.	새 한 마리 죽으면 백 마리가 울고
一獸走, 百獸驚.	짐승 하나 달아나면 온 짐승이 놀라고
桓山之禽別離苦,[102]	환산의 새가 새끼들과 이별을 슬퍼하여

---

96) 심주 : 상류전은 지명이다. 그곳에 어떤 사람의 부모가 죽었는데 그 동생을 기르지
    않은 사람이 있었다. 이웃 사람들이 그 동생을 위해 노래를 짓고는 형을 풍자하여
    상류전이라 이름 지었다. 고악부이다.(上留田, 地名. 其地有人父母死而不字其弟者,
    隣人爲弟作歌以諷其兄, 故名上留田, 亦古樂府.)
97) 崢嶸(쟁영) : 높이 솟은 모양.
98) 腸斷(장단) 구 : 한대 말기 '고시십구수' 중 「떠난 자는 날이 갈수록 멀어지고」(去者日
    以疎)에 "성문을 나서서 바로 둘러보니, 보이는 건 모두가 무덤뿐일세. 주인 없는 무
    덤은 쟁기질로 밭이 되고, 소나무와 측백은 땔감으로 베어졌다. 백양나무에는 쓸쓸
    한 바람이 감기고, 우수수 소리에 나그네 심사 처연하다"(出郭門直視, 但見丘與墳.
    古墓犁爲田, 松柏摧爲薪. 白楊多悲風, 蕭蕭愁殺人.)는 구절이 있다.
99) 古老(고로) : 노인.
100) 蓬科(봉과) : 쑥대풀. ○ 馬鬣(마렵) : 말갈기. 무덤의 모습. 무덤을 가리킨다.
101) 銘旌(명정) : 영구 앞에 세우는 깃발로 망자의 이름과 직책을 적는다.

欲去廻翔不能征.[103]　　날아가려 해도 멀리 갈 수 없었다지

田氏倉卒骨肉分,[104]　　전씨가 황급히 형제와 재산을 나눈다 하니

靑天白日摧紫荊.　　청천백일에 자형 나무가 나뉘기 싫어 시들었다지

交柯之木本同形,[105]　　가지가 얽힌 나무는 본래 나뉘고 싶지 않아

東枝憔悴西枝榮.　　동쪽 가지 시들면 서쪽 가지 꽃피었지

無心之物尙如此,　　감정이 없는 사물도 이러하거늘

參商胡乃尋天兵?[106]　　삼성과 상성이 되어 형제가 어찌하여 싸우는가?

孤竹延陵,[107]　　백이 숙제 형제와 계찰 저번 형제는

讓國揚名.　　서로에게 나라를 양보하여 이름을 드높였지

高風綿邈,　　높은 풍기가 멀리 이어져

---

102)　桓山(환산) 2구 : 공자가 위(衛)나라에 있을 때 새벽에 곡소리를 듣고 안회에게 연유를 묻자, 안회가 죽은 자를 위해서 뿐만 아니라 생이별 때문이라고 하였다. 공자가 그 이유를 묻자 안회가 비유를 들어 대답하였다. 환산에 사는 새에게 새끼가 네 마리 있는데 날개가 자라 사해로 나뉘어갈 때 그 어미가 새끼들이 가서는 돌아오지 못할 것을 알고 슬피 울었다는 것이다. 『공자가어』(孔子家語) 권5 참조.

103)　심주 : 『설원』 중 안회가 공자에게 한 말에 보인다.(見說苑顔子對孔子語.)

104)　田氏(전시) 2구 : 도읍의 전진(田眞)은 형제가 셋인데 재산을 똑같이 나누기로 하였다. 대청 앞의 자형수(紫荊樹) 한 그루가 남아 이를 세 부분으로 나누기로 하였다. 다음날 가르려고 하니 나무가 말라 죽어 불에 탄 듯하였다. 전진이 크게 놀라 동생들에게 말하기를 "나무는 줄기가 같아 나뉜다는 말만 듣고도 이렇게 시들어버렸으니, 사람이 나무만 못하다"고 하였다. 이에 나무를 나누지 않고 형제들도 재산을 합하여 효성 높은 집안이 되었다. 『속제해기』(續齊諧記) 참조.

105)　交柯(교가) 2구 : 황금산의 녹나무는 한해는 동쪽이 꽃피면 서쪽이 시들고, 다음 해는 서쪽이 꽃피고 동쪽이 시들었다. 해마다 이와 같으니 장화(張華)가 '교양수'(交讓樹)라 하였다. 『심양기』(尋陽記) 참조.

106)　參商(삼상) : 삼성과 상성. 두 별은 동시에 하늘에 보이는 때가 없어 화목하지 못한 형제를 비유한다.

107)　孤竹(고죽) : 고죽국. 은나라 때 제후국의 하나. 백이 숙제는 고죽국 군주의 두 아들로, 부친이 숙제를 후계자로 세우려 하였다. 부친이 죽은 후 숙제가 백이에게 양보하려 하자 백이가 부친의 명령이라며 도망갔고, 숙제도 따라서 도망갔다. 『사기』「백이열전」 참조. ○延陵(연릉) : 춘추시대 오나라의 공자 계찰(季札). 나중에 연릉 땅에 봉해져 '연릉의 계자'(延陵季子)라 불리었다. 오왕 수몽(壽夢)이 계찰을 후계자로 세우려 하였으나 극구 사양하여 장자 저번(諸樊)을 세웠다. 오왕 수몽이 죽자 저번이 다시 계찰에 양보하려 했으나 계찰이 사양하여 궁실을 버리고 나가 경작하였다. 『사기』「오태백세가」 참조.

頹波激清.　　　　　후세에 맑은 물결 남겼었지
尺布之謠,[108]　　　　회남 여왕과 한 문제 형제가 다툰 노래는
塞耳不能聽![109]　　　귀를 틀어막고 듣고 싶지 않아라!

평석 말미에서 고죽국의 백이와 숙제, 연릉의 계찰, 한 문제와 회남 여왕을 말한 것에서 이 시는 평범한 작품과 다름을 알 수 있다. 이백은 매번 고대의 제재를 빌려 현재의 일을 풍자하였으니, 아마도 영왕 이린의 죽음에 느낀 바가 있어 이런 말을 하였을 것이다.(末以孤竹、延陵、漢文、淮南爲言, 知此非同泛然而作也. 太白每借古題以諷時事, 豈有感於永王璘之死而爲是言與?)

해설 형제의 불화를 그린 시이다. 이는 한대 악부 「상류전의 노래」의 주제를 잇는 것으로 이백은 이 제재를 극력 확대하고 심화하였다. 원대 소사빈은 숙종이 형제들과 융화하지 못함을 비판한 것이라고 보았는데 현대 학자들도 대체로 이 설을 따른다.

---

108) 尺布之謠(척포지요) : 회남 여왕(淮南厲王) 유장(劉長)은 한 문제(漢文帝)와 형제지간으로, 나중에 모반을 꾀하다가 그 죄로 촉군(蜀郡)으로 유배가는 도중 스스로 음식을 먹지 않고 죽었다. 백성들이 이를 풍자하여 「회남 여왕 노래」(淮南厲王歌)를 지어 불렀다. "한 자의 옷감이라도 기워 함께 입을 수 있고, 한 되의 좁쌀이라도 찧어 함께 먹을 수 있건만, 형제 두 사람은 서로를 받아들이지 못하네."(一尺布, 尙可縫. 一斗粟, 尙可春. 兄弟二人不相容.)

109) 심주 : 촉급한 리듬과 번성한 음조가 마치 악장의 마무리를 듣는 것과 같다.(促節繁音, 如聞樂章之亂.)

이칙 격으로 백구 불무사를 올림(夷則格上白鳩拂舞辭)[110][111]

鏗鳴鐘, 考朗鼓.[112]	종을 치고, 북을 두드려라
歌白鳩, 引拂舞.[113]	'백구'를 부르고, 털이를 끌며 춤을 추리라
白鳩之白誰與鄰?	흰 뻐꾸기의 흰색은 누가 짝할 수 있나?
霜衣雪襟誠可珍.	서리 같은 옷과 눈 같은 깃이 진실로 진귀한데
含哺七子能平均.[114]	일곱 새끼를 먹이며 고르게 기를 수 있어라
食不噎, 性安馴.	먹어도 목이 막히지 않고, 성격이 온순하고
首農政,[115] 鳴陽春.[116]	울음으로 파종을 알리며, 봄을 노래하누나
天子刻玉杖,[117]	천자가 옥 지팡이에 깎아
鏤形賜耆人.[118]	그 모습을 조각해 노인에게 하사하였어라

---

110) 심주 : 이는 노래하고 춤출 때의 가사이다.(此歌而且舞之辭.)

111) 夷則格(이칙격) : 이칙의 격식. 이칙은 십이율(十二律) 가운데 하나. ○ 白鳩拂舞(백구불무) : 궁정 악무의 일종. 진(晉)의 '불무가'(拂舞歌) 가운데 「백구편」(白鳩篇)이 있다. 불무(拂舞)는 강남에서 나온 오무(吳舞)로, 털이(拂)를 들고 춤을 춘다.

112) 鏗(갱) : 때리다. ○ 考(고) : 치다.

113) 白鳩(백구) : 흰 뻐꾸기. 뻐꾸기는 종류가 많은데, 그중 흰 뻐꾸기는 드물어 상서의 징조로 알려졌다. 『서응도』(瑞應圖)에 "흰 뻐꾸기는 성탕 때 왔다. 왕이 어르신들을 봉양하고 도덕을 존중하며 새로운 것이 지난 것을 잃지 않을 때 온다"(白鳩, 成湯時 至. 王者養耆老, 尊道德, 不以新失舊則至.)고 하였다.

114) 含哺(함포) 구 : 『시경』 「시구」(鳲鳩)에 "뻐꾸기가 뽕나무에 있으니, 그 새끼가 일곱 이라"(鳲鳩在桑, 其子七兮.)는 구절이 있고, 이에 대해 『모시서』(毛詩序)에서는 "뻐꾸 기가 그 새끼를 기르는데 아침에는 위에서 아래로 내려오면서 먹이고, 저녁에는 아 래에서 위로 올라가면서 먹이니, 새끼들을 하나같이 고르게 키웠다"(鳲鳩之養其子, 朝從上而下, 暮從下而上, 平均如一.)고 하였다.

115) 農政(농정) : 농사. 뻐꾸기가 울면 봄갈이를 시작하는 시기로 본다. 장화(張華)의 『금 경주』(禽經注) 참조.

116) 심주 : 뻐꾸기가 울고 깃을 친다.(鳴鳩拂羽.)

117) 天子(천자) 2구 : "중추의 달에 현의 길에서는 호적과 인구에 따라 칠십이 된 사람에 게는 옥 지팡이를 주고 죽을 먹인다. 팔십과 구십은 예에 따라 옥장을 추가로 하사 하는데 길이가 아홉 척에 위에는 뻐꾸기 머리가 장식되어 있다. 뻐꾸기는 목이 메지 않는 새로 노인이 목이 막히지 않기를 바라는 뜻이 있다."(仲秋之月, 縣道皆按戶比 民, 年始七十者, 授之以玉杖, 哺之糜粥. 八十九十, 禮有加賜, 玉杖長九尺, 端以鳩鳥爲 飾. 鳩者, 不噎之鳥也, 欲老人不噎.) 『후한서』 「예의지」(禮儀志) 참조.

白鷺之白非純眞,[119]	백로의 흰색은 순수하지 못해
外潔其色心匪仁.[120]	겉으로는 깨끗하나 속으로는 인자함이 없어
闕五德,[121] 無司晨.	다섯 가지 덕성도 없고, 새벽을 알리지도 못하면서
胡爲啄我葭下之紫鱗?	어찌하여 내 갈대 아래의 물고기를 쪼아 먹나?
鷹鸇鵰鶚,[122]	매와 새매, 수리와 징경이와 마찬가지로
貪而好殺,	탐욕스럽고 죽이기 좋아해
鳳凰雖大聖,	봉황이 비록 새 중의 왕이라 해도
不願以爲臣.	신하로 삼고 싶어 하지 않더라

평석 당시 혹리와 재물을 긁어 들이는 신하가 많아 이 시를 지어 비판하였다.(時多酷吏與聚斂之臣, 故作是詩以刺.)

해설 흰 뻐꾸기와 백로의 대비를 통해 탐욕스런 관리를 비판하였다. 이러한 선명한 대비를 통한 비판은 중당 때 백거이 시에서 특징적으로 보인다. 이백은 '백구가'라는 악부제의 전통 제재를 가져와서는 자기 나름대로 시화했음을 볼 수 있다.

---

118) 耆人(기인) : 노인. 고대에는 육십 살이 된 사람을 기(耆)라고 하였다.

119) 白鷺(백로) : 백로는 물고기를 잘 잡아먹는다. 여기서는 조정의 간사한 사람을 비유한다.

120) 심주 : 백로에 잘못이 있어서가 아니라, 이를 빌려 겉은 깨끗하면서 속은 더러운 자를 비판하였다.(非必有惡於白鷺, 借以譏外潔內汚者耳.)

121) 五德(오덕) : 백로에게는 닭이 가진 다섯 가지 덕이 없음을 말하였다. "그대는 저 닭을 보지 못하는가? 머리에 관을 얹었으니 문(文)이요, 발에 발톱이 있으니 무(武)요, 적이 앞에 나서면 감히 싸우니 용(勇)이요, 음식을 얻으면 서로 알리니 인(仁)이요, 잠을 지키고 시기를 잊지 않으니 신(信)이라. 닭에는 이 다섯 가지 덕이 있다."(君不獨見夫鷄乎? 首戴冠者, 文也; 足搏距者, 武也; 敵在前敢鬪者, 勇也; 得食相告, 仁也; 守夜不失時, 信也. 鷄有此五德.)『한시외전』(韓詩外傳) 권2 참조.

122) 鷹鸇鵰鶚(응전조악) : 네 가지 종류의 맹금. 크기순으로 보면 새매(鸇)가 가장 적어 참새나 비둘기 종류를 치고, 다음이 매(鷹)로 토끼나 꿩을 잡고, 수리(鵰)가 그보다 커서 홍곡이나 큰 새를 잡고, 물수리(鶚)가 가장 커서 여우나 양을 채간다.

독록편(獨漉篇)[123][124]

獨漉水中泥,	독록산 아래 강물에 진흙이 많아
水濁不見月.	강물이 탁하여 물위에 달도 보이지 않지
不見月尚可,	달이 보이지 않는 건 그래도 괜찮은데
水深行人沒.	강물이 깊어 행인들이 빠진다네
越鳥從南來,	월 지방 새가 남에서 날아오고
胡鷹亦北渡.	북방의 매도 북으로 날아가네
我欲彎弓向天射,	내가 활을 들어 하늘에 쏘려하지만
惜其中道失歸路.	새들이 중도에 길을 잃을까 염려되는구나
落葉別樹,	낙엽이 나무에서 떠나
飄零隨風.	바람 따라 흘날리니
客無所託,	의탁할 곳 없는 나그네는
悲與此同.	이들과 같이 슬픈 처지라
羅幃舒卷,	비단 휘장이 걷히어
似有人開.	누군가 들어오는 줄 알았는데
明月直入,	밝은 달빛만 곧바로 비쳐
無心可猜.	의심 없는 맑은 마음 같아라
雄劍挂壁,[125]	벽에 걸어둔 보검에서

---

123) 심주 : 진대(晉代)의 고사(古詞)는 본디 시의(詩意)가 끊어졌다가 이어지곤 하는데, 이백 또한 이 격식을 모의하였다. 중간의 악곡(제5구부터 제20구까지)은 그 의미를 추측하기 쉽지 않은데, 억지로 해석해 들어가면 천착이 될 뿐이다.(晉人古詞, 本或斷或續, 太白亦以此體仿之. 中三解未易窺測, 恐强解之轉成穿鑿耳.)

124) 獨漉篇(독록편) : 악부제로 '무곡가사'에 속한다. 독록(獨漉)은 『한서』「무제기」에 대한 복건(服虔)의 주석에 따르면, 산 이름으로 당시 탁군(涿郡) 내현(酒縣) 북쪽에 있다고 하였다. 지금의 독록산은 하북성 탁록현(涿鹿縣) 서쪽에 소재한다. 그곳의 아래에 물이 급하고 탁류가 흐르는 곳이 있어 보름달이 뜬 때에도 행인들이 많이 빠졌다고 한다.

125) 雄劍(웅검) 2구 : 고대의 제왕 전욱(顓頊)이 가지고 있던 예영검(曳影劍)과 등공검(騰空劍)은 만약 사방의 어느 곳에 전란이 있으면 그쪽으로 검이 날아가며, 그곳을 가

時有龍鳴.	때로 용 울음이 들리는데
不斷犀象,[126)	물소의 가죽을 자르지 못하고
繡澁苔生.	이끼가 낀 듯 녹이 슬었어라
國恥未雪,[127)	나라의 수치를 설욕하지 못한다면
何由成名!	무엇으로 이름을 이루랴!
神鷹夢澤,[128)	신령스런 매가 운몽택에 있어
不顧鴟鳶.	올빼미나 솔개는 거들떠보지도 않고
爲君一擊,	임금을 위해 한 번 치켜 오르면
搏鵬九天.	하늘 높이 올라 대붕을 잡아오리라

평석 원래의 고사(古詞)는 부친을 위해 복수하는 내용인데 이백은 나라를 위해 설욕하는 내용으로 만들었다. 중간의 악곡(제5구부터 제20구까지)은 '능선은 끊어졌으나 구름은 이어져 있'는 식으로 단절된 듯 이어진 듯하니 한 가지 뜻으로만 해석할 수 없다. '벽에 걸어둔 보검'부터는 호걸이 나라를 위해 치욕을 씻고 큰 공으로 이름을 세우는 것이 매가 뭇 새는 거들떠 보지도 않고 구천의 대붕을 치는 것과 같음을 말하였다.(原詞爲父報讎, 太白爲國雪恥. 中作六解, 似嶺斷雲連, 若離若合, 不能强作一意. '雄劍挂壁'以下, 言豪士爲國雪恥, 當立大功以成名, 猶鷹之不顧凡鳥而擊九天之鵬也.)

해설 나라를 위해 치욕을 갚겠다는 맹서를 표현하였다. 하북 탁현의 독

리키면 곧 이긴다. 쓰지 않을 때에는 갑 속에서 용이 웅얼거리고 호랑이가 포효하는 소리(龍虎之吟)가 들린다. 『습유기』권1 참조.

126) 斷犀象(단서상) : 물소를 자르다. 두꺼운 물소의 가죽을 자를 만큼 검이 날카로움을 말한다.

127) 심주 : 주제이다.(主意.)

128) 神鷹(신응) 4구 : 『유명록』(幽明錄)에 나오는 이야기를 말한다. 초 문왕(楚文王)이 사냥을 좋아하는데 어떤 사람이 매 한 마리를 헌상하였다. 매가 비범하게 생겨 왕이 운몽택에 사냥하러 갈 때 데려갔다. 매가 구름 위를 노려보더니 흰 물체가 어렴풋이 나타나자 날개를 세우고 번개처럼 치솟아 올랐다. 깃털이 눈처럼 떨어지고 피가 비처럼 내리더니 한참 후 큰 새가 땅에 떨어졌는데 그 날개가 십여 리나 되고 부리 주위가 노랬다. 사람들이 무슨 새인지 모르는데 한 사람이 '대붕추'(大鵬雛)라 하였다.

록산 아래의 강은 물이 깊고 탁하기로 유명하여 많은 사람이 희생되었는데, 이를 제재로 한 진대(晉代)의 악부시에서 소재를 취하였다. 역대로 많은 학자들은 이백이 독록의 탁류를 쓴 것은 하북에서 전란을 일으켜 무수한 생명을 죽인 안록산의 반군을 비유한 것으로 해석하였다. 이백의 악부시는 종종 전통적인 제재와 의미를 가져와 여기에 새롭고 강력한 의미를 담는 경우가 많은데 이 시 역시 그러하다.

높은 언덕에 올라 먼 바다를 바라보며(登高丘而望遠海)[129]

登高丘,	높은 언덕에 올라
望遠海.	먼 바다를 바라보니
六鼇骨已霜,[130]	여섯 마리 자라는 백골이 되었다는데
三山流安在?	남겨진 삼신산은 어디로 흘러갔나?
扶桑半摧折,[131]	부상나무 반이 부러졌는지

---

129) 登高丘而望遠海(등고구이망원해) : 악부제. 『악부시집』에서는 '상화가사'로 분류하였고, 조비(曹丕)의 '등산이망원'(登山而望遠) 다음에 배치한 것으로 보아 이를 모의한 것으로 보는 의견이 있지만 시의 제재는 관련이 없다. 이전에 이 제목의 악부가 없는 것으로 보아 이백이 새로 만든 것으로 보인다.

130) 六鼇(육오) : 여섯 마리의 자라. 발해의 동쪽 수만 리 밖의 바다에 대여(岱輿), 원교(員嶠), 방호(方壺), 영주(瀛洲), 봉래(蓬萊) 등 다섯 섬이 떠 있었는데, 천제가 자라 열다섯 마리에게 이고 있게 하였다. 용백국(龍伯國)의 거인이 낚시로 여섯 마리 자라를 낚아 구워서 그 뼈로 점을 치는데 사용했다. 이에 대여와 원교 두 섬은 북극으로 흘러가다가 바다에 가라앉았다. 『열자』「탕문」(湯問) 참조. 『초사』「천문」(天問)에도 "거대한 자라가 산을 이고 발을 저으니 어찌 안정될 수 있었나?"(鼇戴山抃, 何以安之?)는 구절이 있다.

131) 扶桑(부상) : 신화 속의 나무로, 태양이 떠오르는 곳. 『십주기』(十洲記)에 "부상은 대해 중에 있으며 크기가 수천 장이 되고, 둘레가 일천여 위(圍)가 된다. 두 줄기가 같은 뿌리에서 나와 서로 의지하며 여기에서 해가 나온다"(扶桑在大海中, 樹長數千丈, 一千餘圍. 兩幹同根, 更相依倚, 日所出處.)고 하였다. 굴원의 『초사』「이소」에 "함지(咸池)에서 말에게 물 먹이고, 부상에 말고삐를 매어두네"(飲余馬於咸池兮, 總余轡乎扶桑.)란 말이 있다.

白日沈光彩.	태양 빛이 침침하여라
銀臺金闕如夢中,[132)	은 누대 금 궁궐은 꿈속에만 나오니
秦皇漢武空相待.[133)	진시황과 한 무제는 부질없이 기다렸네
精衛費木石,[134)	정위가 나무와 돌로 바다를 메웠다 해도 그대로이고
黿鼉無所憑.[135)	자라와 악어가 다리를 놓았다는 말도 근거가 없어라
君不見	그대 보지 못하는가
驪山茂陵盡灰滅[136)	여산의 진시황과 무릉의 한 무제도 모두 재가 된 것을
牧羊之子來攀登.	양 치는 아이들이 와서 그 무덤 위를 올라 다님을
盜賊劫寶玉,	도적들이 보옥을 겁탈해 가는데
精靈竟何能?	혼령은 결국 무엇을 할 수 있더냐?
窮兵黷武今如此[137)	제멋대로 무력을 남용하더니 지금 이와 같으니
鼎湖飛龍安可乘?[138)	어찌 황제처럼 정호에서 용을 타고 승천할 수 있으랴

해설 바다를 보며 삼신산의 존재를 회의하면서 진시황과 한 무제의 신선
술 추구와 병력 남용을 비판하였다. 학자들은 일반적으로 현종을 비판하

---

132) 銀臺金闕(은대금궐) : 금과 은으로 만든 누대와 궁궐. 산중의 신선이 사는 궁궐은 금
　　 과 은으로 만들어졌다고 한다. 『사기』 「봉선서」 참조.

133) 秦皇(진황) : 진시황. 방사 서복(徐福)을 바다에 파견하여 불사약을 찾아오게 하였다.
　　 ○ 漢武(한무) : 한 무제.

134) 精衛(정위) : 신화 속에 나오는 새 이름. 본래 염제(炎帝)의 딸로 이름은 여와(女娃)
　　 였으나 동해에서 놀다가 물에 빠져 죽었다. 죽은 후 새가 되었는데 이름을 정위라
　　 했다. 이 새는 서산의 나무와 돌을 물어다가 동해를 메우려 했다. 『산해경』 「북산경」
　　 (北山經) 참조.

135) 黿鼉(원타) : 자라와 악어. 이 구는 『죽서기년』 '주 목왕(周穆王) 37년'조에 나오는 "아
　　 홉 군대를 크게 일으켜 동으로 구강에 이르러 자라와 악어를 다리로 삼아 마침내
　　 우(紆)를 정벌하였다"(大起九師, 東至九江, 架黿鼉以爲梁, 遂伐於紆.)는 구절을 환기
　　 한다.

136) 驪山(여산) : 진시황이 묻힌 곳. 진나라가 망한 후 항우가 함양을 불태우고 능묘를
　　 파헤쳤다. ○ 茂陵(무릉) : 한 무제가 묻힌 곳. 서한 말기 적미군(赤眉軍)이 장안에 들
　　 어가 능묘를 발굴하였다.

137) 窮兵(궁병) : 무력을 남용하다. ○ 黷武(독무) : 제멋대로 무력을 쓰다.

138) 鼎湖(정호) 구 : 앞의 「비룡인」 참조.

는 비유로 본다.

양반아(楊叛兒)[139][140]

君歌楊叛兒,	그대는 '양반아'를 노래 불러요
妾勸新豐酒.[141]	소첩은 신풍주를 권하겠어요
何許最關人?	어느 곳이 가장 마음이 가나요?
烏啼白門柳.[142]	까마귀 우는 백문 밖의 버들이지요
烏啼隱楊花,	까마귀가 꽃 핀 버들을 집으로 삼듯이
君醉留妾家.	그대 취하면 소첩의 집에 머물러요
博山爐中沈香火,[143]	박산로 안의 침향
雙煙一氣凌紫霞.	두 줄기 연기가 하나 되어 노을 위로 올라가네요

평석 「자야가」와 「독곡가」의 뜻이지만 말이 외설스럽지 않은데서 군자의 말에는 법도가 있음을 알 수 있다.(卽子夜、讀曲意, 而語不嫚藝, 故知君子言有則也.)

해설 여인의 말투로 남녀의 애정을 노래하였다. 그 뜻은 상당히 농염하

---

139) 심주 : 이는 동요이다. 북제 호태후가 양민을 총애했는데, 동요에서 "양파아, 같이 놀러 가자"라 하였다. 말이 와전되어 '파'가 '반'으로 바뀌었다.(此童謠也. 北齊胡太后寵楊旻, 童謠云: "楊婆兒, 共戲來." 語訛轉'婆'爲'叛'.) ○시에서는 그 일을 노래한 것은 아니다.(篇中非詠其事.)

140) 楊叛兒(양반아) : 원래 남조 악부 '서곡가'(西曲歌)의 곡조 이름이다. 『악부시집』에서는 '청상곡사'로 분류하였다.

141) 新豐酒(신풍주) : 장안 신풍(서안시 임동구)에서 나는 술. 고대에는 명주로 쳤다. 여기서는 강남의 단도현(丹徒縣)에 있는 신풍진(新豐鎭)에서 나는 술.

142) 白門(백문) : 금릉의 서문. 남조 건강(建康, 남경시)성의 서문이다. 서쪽은 오방에서 흰색과 대응된다. 건강성의 남문이라는 설도 있다.

143) 博山爐(박산로) : 향로의 이름. 향로의 표면에 여러 산이 겹쳐 있는 형상으로 바다 속의 박산을 표현하였다. ○沈香(침향) : 향료의 일종. 남방에서 나는 서향과(瑞香科)의 나무. 목재의 심으로 향료를 만든다.

나 비유의 방법으로 완화시켰다. 연기란 모아지고 흩어지기 쉬운데 이를
빌어 남녀의 결합을 의미했으니 욕망과 인연의 속성을 잘 비유했다고
볼 수 있다. 고사(古詞) 가운데 "잠시 백문 앞으로 나갔더니, 버들이 까마
귀를 품고 있어요. 그대는 침수향이 되고 나는 박산로가 되어요"(暫出白門
前, 楊柳可藏烏. 歡作沈水香, 儂作博山爐.)가 있는데 이백은 이를 이어받아 모
의하였다.

백두음(白頭吟)[144][145]

錦水東北流,[146]	금강이 동북에서 흘러오니
波蕩雙鴛鴦.	물결 위에 한 쌍의 원앙이 노닐어라
雄巢漢宮樹,	수컷은 한나라 궁전의 나무에 둥지 틀고
雌弄秦草芳.	암컷은 진나라 풀밭에서 놀아라

---

[144] 심주 : 『서경잡기』에서 "「백두음」은 탁문군이 지었다"고 하였다.(西京雜記云 : "白頭
吟, 卓文君作.")

[145] 白頭吟(백두음) : 악부제로 '상화가사'에 속한다. 처음 지은 작자에 대해서 진(晉) 갈
홍(葛洪)의 『서경잡기』(西京雜記)에서 "사마상여가 장차 무릉(茂陵)의 여자를 첩으
로 맞이하려고 하자 탁문군(卓文君)이 「백두음」을 지어 결별하고자 하니 사마상여
가 이에 그만두었다"고 하여 보통 탁문군으로 알려졌다. 그 내용은 다음과 같다. "하
얗기는 산 위의 눈과 같고, 밝기는 구름 사이의 달 같아라. 그대가 이미 변심했다는
말을 듣고, 이제 그대와 영원히 헤어지려네. 오늘은 우리가 술잔을 두고 마주보고
있지만, 내일 아침 우리는 어구에서 헤어지리라. 어구에서 잔걸음을 하며 배회할
때, 도랑의 물은 동서로 나뉘어 흘러가더라. 예전을 생각하면 슬프고 또 쓸쓸해, 시
집올 때 울음 울 필요가 없었지. 원컨대 마음 굳은 사람을 만나, 흰머리 되도록 헤
어지지 않기를! 낚싯대는 얼마나 한들거렸고, 물고기는 얼마나 팔딱거렸는가. 남자
는 본디 의리를 중시하는데, 어찌하여 돈 때문에 변심하였단 말인가."(皚如山上雪,
皎若雲間月. 聞君有兩意, 故來相決絶. 今日斗酒會, 明旦溝水頭; 躞蹀御溝上, 溝水東
西流. 凄凄復凄凄, 嫁娶不須啼; 願得一心人, 白頭不相離. 竹竿何嫋嫋, 魚尾何簁簁.
男兒重意氣, 何用錢刀爲!)

[146] 錦水(금수) : 금강(錦江). 민강의 지류로 성도의 남쪽을 흐르는 강. 탁금강(濯錦江)이
라고도 한다. 직조한 비단을 이 강에 씻으면 다른 강에서 씻은 것보다 빛깔이 고와
진다(此江濯錦, 鮮於他水.)고 하여 금강이라 하였다.

寧同萬死碎綺翼,　　　차라리 둘이서 만 번 죽을지언정
不忍雲間兩分張.　　　구름 속에서 헤어지기는 차마 못 해라
此時阿嬌正嬌妬,[147]　이때 아교(阿嬌)는 마침 질투 때문에
獨坐長門愁日暮.[148]　홀로 장문궁에 앉아 해 저무는 저녁을 시름겨워했지
但願君恩顧妾深,　　　다만 임금이 소첩을 다시 돌아본다면
豈惜黃金買詞賦?[149]　어찌 황금으로 사부(詞賦)를 산다 해도 아까우리?
相如作賦得黃金,　　　사마상여가 부를 지어 황금을 받았지만
丈夫好新多異心.　　　남자란 새 여인을 좋아하고 마음이 여러 개라
一朝將聘茂陵女,　　　하루아침에 무릉의 여인을 맞이하려 하자
文君因贈白頭吟:　　　이 때문에 탁문군이 '백두음'을 지었지
東流不作西歸水,　　　동으로 흐르는 물은 서쪽으로 돌아가기 어렵고
落花辭條羞故林.[150]　가지에서 떨어진 꽃은 되돌아가기 싫어하지
兎絲固無情,[151]　　　새삼은 본디 감정 없는 식물로
隨風任顛倒.　　　　　바람 따라 제멋대로 흔들리는데
誰使女蘿枝,[152]　　　그 누가 겨우살이로 하여금

---

147) 阿嬌(아교): 한 무제 때의 진황후(陳皇后)의 아명. 무제가 어렸을 때 장공주(長公主)
　　가 그를 무릎에 앉혀놓고 각시를 얻고 싶은지 물었다. 장공주는 주위의 백여 명의
　　사람에 대해 고개를 젓는 무제에게 아교(阿嬌)는 어떠냐고 물었다. 이에 무제가 웃
　　으며 "아교를 각시로 얻으면 당연히 금옥(金屋)에 살게 하지"(若得阿嬌作婦, 當作金
　　屋貯之.)라 대답하였다. 『한 무제 이야기』(漢武故事) 참조.
148) 長門(장문): 장문궁. 무제가 위자부(衛子夫)를 총애하게 되자 아들이 없는 진황후가
　　이를 질투하여 해치려 하였으며, 이 사실이 발각되어 장문궁에 살게 되었다.
149) 買詞賦(매사부): 문학 작품인 부(賦)를 돈을 주고 사다. 진황후(陳皇后)가 총애를 잃
　　고 장문궁에 살게 되면서, 황금 백 근으로 사마상여에게 자신의 처지를 써달라고 하
　　여 사마상여가 「장문부」(長門賦)를 지었다. 무제가 이를 읽고 연민이 일어나 다시
　　행차하였다.
150) 심주: 손 가는 대로 썼는데도 모두가 절묘하다.(信手寫來, 無不入妙.)
151) 兎絲(토사): 새삼. 다른 나무에 기생하여 자라므로 일반적으로 여인을 비유한다.
152) 女蘿(여라): 송라(松蘿)라고도 한다. 소나무겨우살이. 이끼류 식물로 주로 소나무에
　　기생하는데, 줄기와 가지에 붙어 황록색의 실 모양으로 주렁주렁 매달린다. '고시십
　　구수'(古詩十九首) 중의 「한들거리는 외로운 대나무」(冉冉孤生竹)에 "그대와 더불어
　　결혼했으니, 새삼풀이 여라에 감겨 붙은 듯"(與君爲新婚, 兎絲附女蘿.)의 의미를 이

而來強縈抱?	일부러 칭칭 감겨 놓았는가?
兩草猶一心,	두 풀이 오히려 한 마음인 듯하니
人心不如草.	사람의 마음이 풀만 못해라
莫卷龍鬚席,[153]	용수초로 짠 자리를 말지 말지니
從他生網絲.	거미줄이 쳐지도록 내버려 두오
且留琥珀枕,[154]	다만 호박침 베개만 잠시 남겨 두오
或有夢來時.	혹여 베고 자다 꿈속에 만날 수도 있으니
覆水再收豈滿杯?	엎질러진 물을 다시 담아 술잔에 채울 수 없듯
棄妾已去難重廻.	소첩을 버리고 갔으니 다시 돌아오기 어려워라
古來得意不相負,	예부터 마음 맞아 저버리지 않은 사람은
只今唯見靑陵臺.[155][156]	지금까지 청릉대의 한빙 부부뿐인가 하노라

평석 이백의 시는 본래 기탁이 많지만, 전고마다 연관을 지으려고 하여, 이 시를 왕 황후 폐위를 가리킨다고 말한다면 특히 갈피 없는 의견이다.(太白詩固多寄託, 然必欲事事牽合, 謂此指廢王皇后事, 殊支離也.)

해설 남편으로부터 버림받은 여인의 슬픔을 그렸다. 더불어 배반한 남자에 대한 견책도 덧붙였다. 이는 한대 「백두음」의 주제를 그대로 이어받은 것으로, 유사한 작품으로 「원망의 마음」(怨情)도 있다. 원대 소사빈은

    용하였다. 새삼과 여라는 서로 잘 감기므로 부부가 사이좋게 잘 어울림을 비유한다.
153) 龍鬚席(용수석) : 용수초로 짠 자리.
154) 琥珀枕(호박침) : 호박으로 만든 베개.
155) 심주 : 한빙이 처와 함께 의롭게 죽었기에 이렇게 말했다.(韓憑與婦俱以義死, 故云.)
156) 靑陵臺(청릉대) : 전국시대 송 강왕(宋康王)이 지은 누대. 지금의 하남성 상구(商丘)에 소재했다. 이 구는 『수신기』(搜神記) 권11에 나오는 잘 알려진 연리지(連理枝) 이야기를 환기한다. 송 강왕이 대부 한빙(韓憑, 다른 판본에는 韓朋)의 처가 미모인 것을 보고 강탈하였다. 또 한빙을 옥에 가두고 청릉대(靑陵臺)를 짓게 하였다가 나중에 죽였다. 이를 안 한빙의 처도 자살하였다. 왕이 누대의 좌우에 각각 묻게 하였는데, 두 무덤에서 나무가 자라 가지가 서로 붙고 두 마리 새가 그 위에서 슬프게 울었다고 한다. 위 이야기는 여러 가지 변형본이 있다.

현종이 무혜비(武惠妃)를 총애하면서 왕 황후를 폐위시킨 일로 보았으나,
심덕잠은 이를 반박하였다.

구별리(久別離)[157]

別來幾春未還家,	헤어진 지 봄이 몇 번인데 아직 집에 못 가
玉窓五見櫻桃花.[158]	옥창에 앵두꽃이 다섯 번이나 피었으리
況有錦字書,[159]	더구나 비단으로 수놓은 편지
開緘使人嗟.[160]	봉함을 뜯어 보고 탄식하누나
至此腸斷彼心絶,	내 애간장 끊어지고 그대 심장 절단 나
雲鬟綠鬢罷梳結,[161]	구름 같은 쪽진 머리 빗질도 않고
愁如廻飇亂白雪.[162]	수심은 돌개바람에 흰 눈처럼 어지러우리
去年寄書報陽臺,[163]	작년엔 편지를 그대 있는 양대에 부쳤는데
今年寄書重相催.	올해는 편지 부쳐 빨리 오라 다시 재촉하네
東風兮東風,	동풍이여 동풍이여
爲我吹行雲使西來.	나를 위해 구름을 서쪽으로 오게 해다오
待來竟不來,	기다려도 결국 오지 않아
落花寂寂委青苔.	떨어지는 꽃만 적막히 이끼 위에 시들어라

---

157) 久別離(구별리) : 이백이 만든 악부제이다. 일반적으로 '고시십구시'의 「걸고 걸어 또
    쉬지 않고 걸어가니」(行行重行行)에서 기원하여 나중에 「장별리」, 「생별리」, 「고별
    리」 등의 곡이 나온 것으로 본다. 모두 이별의 아픔을 제재로 하였다.
158) 五見(오견) : 다섯 번 보다. 오 년이 지나다.
159) 錦字書(금자서) : 비단으로 글자를 쓴 편지. 소혜(蘇蕙)의 회문시를 말한다. 앞의 「오
    야제」 참조.
160) 開緘(개함) : 봉함을 뜯다. 편지를 읽다.
161) 雲鬟綠鬢(운환녹빈) : 구름 같은 쪽과 윤기 있는 머리. 젊은 여인의 모습을 형용한다.
162) 廻飇(회표) : 돌개바람.
163) 報(보) : 알리다. ○陽臺(양대) : 중경시 무산현 소재. 초 양왕이 고당에 놀러가 꿈에서
    무산의 선녀를 만나 운우지정을 나눈 이야기로 유명하다. 여기서는 아내가 사는 곳.

일출입행(日出入行)[164]

日出東方隈,	해가 동방에서 떠오르니
似從地底來.	마치 땅 밑에서 솟아나는 듯
歷天又入海,	하늘을 거쳐 다시 바다로 들어가면
六龍所舍安在哉?[165]	수레 끄는 육룡은 어디에서 머무는가?
其始與終古不息,[166]	까마득한 시작부터 영원히 쉬지 않는데
人非元氣,[167]	사람은 원기가 아니거늘
安得與之久徘徊?	어찌 해와 함께 영원히 다니리?
草不謝榮於春風,	풀은 봄바람에 꽃 피어도 고마워하지 않고
木不怨落於秋天.	나뭇잎은 가을에 떨어져도 원망하지 않는데
誰揮鞭策驅四運?[168]	그 누가 채찍을 휘둘러 사시를 운행하나?
萬物興歇皆自然.	만물의 흥망성쇠가 모두 자연인 것을
羲和! 羲和![169]	희화여! 희화여!

---

164) 日出入行(일출입행) : 악부제로 '상화가사'에 속한다.

165) 六龍(육룡) : 여섯 마리 용. 신화에 따르면 희화(羲和)는 여섯 마리 용이 이끄는 수레에 태양을 싣고 하늘을 지나간다.

166) 終古不息(종고불식) : 영원히 쉬지 않다. 『장자』「대종사」(大宗師)에 "해와 달은 그것을 얻어 영원히 쉬지 않고 돌고 있다"(日月得之, 終古不息.)는 말이 있다.

167) 元氣(원기) : 하늘과 땅이 나뉘기 전 혼돈 상태의 기운.

168) 四運(사운) : 춘하추동 사시.

169) 羲和(희화) : 신화에서 해를 싣고 다니는 신. 매일 여섯 마리의 용이 끄는 현거(懸車)에 태양을 싣고 공중을 운행한다. 『회남자』「천문훈」(天文訓)의 고유(高誘) 주석에 "해를 실은 수레를 여섯 마리 용이 끌며 희화가 부린다"(日乘車, 駕以六龍, 羲和御

汝何汩沒於荒淫之陂?[170]　　너는 어찌하여 드넓은 바다에 빠지는가?

魯陽何德,[171]　　　　　　　노 양공이 무슨 덕이 있어

駐景揮戈?[172]　　　　　　　창을 휘둘러 해를 멈추게 했나?

逆天違道,　　　　　　　　　천도를 위배하였으니

矯誣實多.[173]　　　　　　　진실로 황당한 말이 많더라

我將囊括大塊,[174]　　　　　나는 장차 천지를 내 속에 품고

浩然與溟涬同科.[175]　　　　호연히 원기와 하나가 되리라

평석 노 양공이 창을 휘둘러 해를 물렸다는 허위를 믿기보다는 조화의 자연에 순응함만 못하다고 말하여 결국 신선술의 잘못됨을 보였다.(言魯陽揮戈之矯誣, 不如委順造化之自然也, 總見學仙之謬.)

해설 한대 '교사가'(郊祀歌) 중의 「일출입」(日出入)에서는 태양이 아침저녁으로 끝없이 순환하는데 비해 사람의 생명은 무척 짧음을 대비하면서, 신선 세계를 동경하였다. 이백은 그 뜻을 바꾸어 사람은 해와 같을 수 없고 자연을 위배해서 살 수 없으니, 자연의 규율에 따라 살아야 함을 말하였다. 중간에 희화와 노 양공에 대한 반론은 비유하는 바가 있어 보인다. 특히 말미에서 자신의 정신세계는 자연과 일체가 되고 만물과 하나가 되어, 자연에 순응하며 살겠다고 하였다.

　　　之.)고 하였다.

170)　汩沒(골몰): 빠지다. 매몰되다. ○荒淫(황음): 끝없이 드넓은 모양.

171)　魯陽(노양): 신화에 나오는 역사(力士). 『회남자』 「남명훈」(覽冥訓)에 춘추시대 초나라 노 양공(魯陽公)이 전투를 마저 끝내기 위해 창으로 지는 해를 잡아당기자 해가 별자리 세 개의 거리만큼 물러났다는 이야기가 있다.

172)　駐景(주경): 해를 붙들다.

173)　矯誣(교무): 속이다. 겉으로는 진실인 것처럼 꾸미나 사실은 허황되거나 거짓임.

174)　大塊(대괴): 대지. 대자연.

175)　溟涬(명행): 혼돈의 모습. 여기서는 원기. ○同科(동과): 같은 종류.

깊은 계곡의 샘물(幽澗泉)[176]

拂彼白石,	저 흰 바위에 먼지를 털어내고
彈吾素琴,	내 거문고를 뜯으니
幽澗愀兮流泉深.[177]	깊은 계곡의 샘물이 흐느끼는 듯 흘러라
善手明徽,[178]	뛰어난 손놀림에 경쾌한 가락
高張清心.[179]	팽팽한 현에서 맑은 소리 울려라
寂歷似千古,[180]	마음은 태고 적처럼 적막한데
松飀飀兮萬尋.[181]	만 길 벼랑에서 솔바람 소리 들려라
中見愁猿弔影而危處兮,[182]	그 속에 보이는 절벽에서 두려워하는 원숭이
叫秋木而長吟.	가을나무에서 소리치고 길게 울어라
客有哀時失職而聽者,[183]	손님들 중에 뜻을 잃은 사람이 듣고는
淚淋浪以霑襟.[184]	눈물을 철철 흘리며 옷깃을 적시는구나
乃緝商綴羽,[185]	이에 궁상각치우를 모아 엮으니
潺湲成音.[186]	졸졸 물 흐르는 소리가 되어라
吾但寫聲發情於妙指,[187]	나는 다만 신비한 손가락으로 소리와 감정을 쏟아내니
殊不知此曲之古今.	이 곡이 옛것인지 지금 것인지 알지 못해라

176) 심주 : 거문고 곡조이다.(琴操.)
177) 愀(초) : 근심하는 모양.
178) 善手(선수) : 고수. ○明徽(명휘) : 밝고 경쾌한 리듬. 휘(徽)는 거문고 표면에 음절을 타나내는 표지이다. 고대 휘는 열세 개로 12개월과 윤달을 의미한다.
179) 高張(고장) : 거문고 현을 잡아 당겨 묶음.
180) 寂歷(적력) : 적막하다. 또는 초목이 시들어 성긴 모양.
181) 飀飀(수류) : 쐐쐐. 바람 소리를 나타내는 의성어.
182) 弔影(조영) : 자신의 몸과 그림자가 서로를 위로한다는 뜻으로 고독한 모습을 의미한다.
183) 失職(실직) : 일정하게 하던 일을 잃음. 거처할 곳을 잃음.
184) 淋浪(임랑) : 눈물이 많은 모양.
185) 緝商綴羽(집상철우) : 상음을 모으고 우음을 잇다. 오음을 엮어 악보를 연주하다.
186) 潺湲(잔원) : 졸졸. 물 흐르는 소리.
187) 寫聲(사성) : 정감을 쏟아내다. 寫(사)는 瀉(사)의 뜻이다. 쏟다.

| 幽澗泉, | 깊은 계곡의 샘물 소리 |
| 鳴深林. | 깊은 숲에 울리는구나 |

평석 솔바람이 울리고 원숭이가 우는 것은 거문고에서 나는 것이니 모두 계곡의 샘물을 예시한다. 마음껏 붓을 움직여 자유롭게 써내려가니 찌렁찌렁 소리가 난다.(松韻猿吟, 從琴中寫出, 俱可以例澗泉也. 縱筆揮灑, 泠泠有聲.)

해설 거문고로 연주하는 음악의 미묘하고 아름다운 경계를 형상화하였다. 음악으로 일으켜진 의상(意象)으로 샘물이 흐르고 솔바람 소리가 들리고 원숭이가 울고 나그네가 눈물을 흘린다. 어느 것이 음악이고 어느 것이 현실인지 분간할 수 없이 뒤섞이는데, 다만 맑고 드높은 정감만이 존재한다.

양보음(梁父吟)[188)189]

長嘯梁父吟,	「양보음」을 길게 읊나니
何時見陽春?[190]	따뜻한 봄볕은 언제 볼 것인가?
君不見	그대 보지 못하는가
朝歌屠叟辭棘津,[191]	조가의 백정 강태공이 자진을 떠나

---

188) 심주:「양보음」은 증자가 시작했으며, 나중에 제갈량이 「양보음」을 지었다.(梁父吟始於曾子, 後諸葛孔明作梁父吟.)

189) 梁父吟(양보음) : 梁甫吟이라고도 쓴다. 『악부시집』에서는 '상화가사'로 분류하였다.

190) 陽春(양춘) : 햇살 비치는 봄날. 송옥 「구변」(九辯)에 "추위를 막아낼 옷도 없어, 갑자기 죽어 따뜻한 봄을 보지 못할까 두려워라"(無衣裘以禦冬兮, 恐溘死而不得見乎陽春.)라는 말이 있다. 이 구에서 이백은 자신의 처지를 참훼를 받아 나라를 떠난 굴원에 비유하였다.

191) 朝歌(조가) : 은나라 도성. 지금의 하남성 기현(淇縣). ○屠叟(도수) : 백정 노인. 주나라 초기 재상을 지냈던 여상(呂尙, 강태공)을 가리킨다. 그는 나이 오십에 자진에서 음식을 팔고, 칠십에 조가에서 백정으로 살다가, 팔십에 위수 강가에서 낚시하고,

八十西來釣渭濱.　　　여든에 서쪽 위수 강가로 가 낚시함을

寧羞白髮照淸水,　　　백발이 맑은 강에 비치는 걸 부끄러워하지 않고

逢時吐氣思經綸.¹⁹²⁾　때를 만나 기운을 뿜고 경륜을 펼치려 했지

廣張三千六百釣,¹⁹³⁾　길게 십 년 동안 낚싯대를 펼치고

風期暗與文王親.¹⁹⁴⁾¹⁹⁵⁾ 사람의 풍도는 저절로 문왕과 맞았어라

大賢虎變愚不測,¹⁹⁶⁾　현자가 호랑이처럼 변하는 걸 어리석은 자는 몰라

當年頗似尋常人.　　　평소에는 아주 평범한 사람 같았어라

君不見　　　　　　　　그대 보지 못하는가

高陽酒徒起草中,¹⁹⁷⁾　고양의 술꾼 역이기가 초야에서 일어나

長揖山東隆準公!¹⁹⁸⁾　산동의 콧날 높은 유방에게 읍례만 하고

入門不拜逞雄辯,　　　문에 들어가 절은 않고 웅변을 늘어놓았음을

兩女輟洗來趨風.¹⁹⁹⁾　두 시녀가 발 씻기를 멈출 때 바람처럼 나아갔지

구십에 주 문왕을 보좌하였다고 한다. 『한시외전』 권7 참조. ○棘津(자진) : 지금의 하남성 활현(滑縣) 서남의 옛 황하 강가.

192) 經綸(경륜) : 나라를 경영하고 다스림.

193) 三千六百釣(삼천육백조) : 삼천육백 일 동안의 낚시. 강태공은 십 년 동안 낚시했다고 한다.

194) 심주 : 땅에는 삼천육백 축이 있으며, 강태공은 천하의 흐름에 맞추며 낚시했기에 문왕과 만날 수 있었다.(地有三千六百軸, 太公合天下而釣之, 得與文王相遇也.)

195) 風期(풍기) : 풍도. 품격과 뜻.

196) 虎變(호변) : 호랑이 털이 갑자기 변하듯, 대인은 갑자기 뜻을 얻으며 그 행동이 변화 막측하다는 뜻. 『주역』 「혁」(革)괘에 “대인은 호랑이처럼 변하고, 군자는 표범처럼 변하고, 소인은 얼굴만 바뀐다”(大人虎變, 君子豹變, 小人革面.)는 말이 있다.

197) 高陽酒徒(고양주도) : 고양(하남성 杞縣)의 술꾼. 서한 초기 유방이 군사를 이끌고 진류(陳留)에 가서 머물게 되었을 때, 진류의 고양 사람 역이기(酈食其)가 알현하기를 청하였다. 유방이 자신은 천자를 쟁탈하는 때라서 유생(儒生)과 만날 시간이 없다고 알렸다. 이에 역이기가 자신은 유생이 아니라 ‘고양주도’라고 한 데서 유래하였다.

198) 長揖(장읍) : 두 손을 들어 붙잡고 고개를 가볍게 숙이는 읍례. 원래 궤배를 해야 하나 역이기는 연장자(당시 육십여 세)이기에 하지 않았다. ○隆準公(융준공) : 코가 높은 사람. 한 고조 유방을 가리킨다. 『한서』 「고조기」 참조.

199) 兩女(양녀) 구 : 역이기가 알현을 청하여 들어갔을 때, 유방은 마침 두 여자에게 발을 씻게 하고 있었다. 역이기가 의병을 모아 진나라를 이기려면 자기와 같은 연장자를 대우해야 한다고 하자 유방이 발 씻기를 중지시키고 역이기를 상좌로 모셨다.

東下齊城七十二,[200]　　동쪽으로 제나라 일흔 두 개의 성을 거두어
指揮楚漢如旋蓬.[201]　　초한전을 지휘함이 마치 쑥대 뒤집듯 하였지
狂客落魄尙如此,[202]　　가난한 '미친 놈'도 이같이 공을 이루었는데
何況壯士當群雄![203]　　하물며 영웅들을 상대하는 장사인 나임에랴!
吾欲攀龍見明主,[204]　　나도 용을 타고 올라 밝은 군주를 만나려는데
雷公砰訇震天鼓,[205]　　뇌신이 우르릉 하늘의 북을 치고
帝傍投壺多玉女.[206]　　상제 옆에선 투호하는 옥녀들이 많아라
三時大笑開電光,[207]　　봄, 여름, 가을에 하늘에서 웃으면 번개가 치고
倏爍晦冥起風雨.[208]　　어둠 속에 번쩍이면 풍우가 일어나네
閶闔九門不可通,[209]　　천궁의 구중궁궐 문이 열리지 않아
以額扣關閽者怒.[210][211]　　이마로 문을 치니 수문장이 노하는구나

---

200)　東下(동하) 구: 역이기는 제왕(齊王) 전광(田廣)을 설득하여 72개의 성을 한나라에
　　　내주게 하였었다.
201)　旋蓬(선봉): 쑥대가 바람에 선회하다. 여기서는 지극히 빠르고 쉬움을 나타냈다.
202)　狂客(광객): 미친 놈. 역이기를 가리킨다. ○落魄(낙백): 낙박(落泊)과 같다. 배를 대지
　　　못해 정처 없이 떠돌며 생활에 의지처가 없다는 뜻. 『사기』「역생육가열전」에 역이기
　　　는 "집안이 가난하고 의지처가 없어도 옷과 밥을 위해 하는 일이 없었다. (…중략…)
　　　현에서는 모두 그를 '미친 놈'이라고 하였다"(家貧落魄, 無以爲衣食業, (…중략…) 縣中
　　　皆謂之狂生.)는 말이 있다.
203)　심주: 자신을 말한다.(自謂.)
204)　攀龍(반룡): 용을 타고 오르다. 군주를 좇아 공업을 세우다.
205)　雷公(뇌공): 천둥의 신. ○砰訇(팽굉): 거대한 소리. ○天鼓(천고): 천둥. 『포박자』
　　　에 "천둥은 하늘의 북이다"(雷, 天之鼓也.)는 말이 있다.
206)　玉女(옥녀): 천궁의 선녀. 『신이경』(神異經)「동황경」(東荒經)에 동왕공(東王公)이
　　　옥녀와 자주 투호 놀이를 하였는데, 맞추면 하늘이 소리치고 맞추지 못하면 하늘이
　　　크게 웃는다고 한다. 장화(張華)는 비가 오지 않고 번개만 치는 것을 하늘이 웃는
　　　것이라 주석하였다. 여기서는 옥녀로 궁중의 간사한 소인들을 암시한다.
207)　三時(삼시): 아침, 점심, 저녁 세 때. 또는 봄, 여름, 가을을 가리킨다는 설도 있다.
　　　여기서는 후자를 따른다.
208)　倏爍(숙삭): 번개가 번쩍이는 모습. ○晦冥(회명): 어둠.
209)　閶闔(창합): 천궁의 문. 굴원의 「이소」(離騷)에 "나는 천제(天帝)의 수문장에게 문을
　　　열라 명하나, 그는 천궁의 문에 기대어 나를 바라보기만 하네"(吾令帝閽開關兮, 倚閶
　　　闔而望予.)라는 말이 있다. ○九門(구문): 구천의 문.
210)　심주: 이 대목은 조정의 권신과 여인과 소인이 군주의 귀를 막고 있어 충언이 진정

白日不照我精誠,　　　태양도 나의 정성을 비추지 못하고
杞國無事憂天傾. ²¹²⁾²¹³⁾　하늘이 무너질까 걱정하는 기우가 일어나네
猰貐磨牙競人肉, ²¹⁴⁾　알유라는 맹수는 이를 갈며 사람을 잡아먹고
騶虞不折生草莖. ²¹⁵⁾　추우라는 동물은 풀 대롱도 꺾지 않는다지
手接飛猱搏彫虎, ²¹⁶⁾　손으로 날쌘 원숭이 쏘고 얼룩 호랑이를 치며
側足焦原未言苦. ²¹⁷⁾²¹⁸⁾　백 길 높은 '초원'(焦原)에 올라서도 힘들지 않다 하리
智者可卷愚者豪, ²¹⁹⁾²²⁰⁾　지혜로운 자는 숨고 어리석은 자는 드러내니
世人見我輕鴻毛.　　　세상 사람들이 나를 새털보다 가볍게 여기어라

될 수 없음을 보였다.(一段見朝之權貴女子小人擁遏主聽, 忠言不得上陳也.)
211) 閽者(혼자) : 수문장. 문지기.
212) 심주 : 시절이 장차 난리가 일어날 것을 알다.(知時之將亂.)
213) 杞國(기국) : '기우'(杞憂) 고사를 환기한다. 기나라의 어떤 사람이 하늘이 무너질까
    걱정하여 침식을 하지 않았다는 이야기를 말한다. 『열자』「천서」(天瑞) 참조.
214) 猰貐(알유) : 猰貐 또는 㓌㺄라고도 쓴다. 전설에 나오는 사람을 잡아먹는 괴수.『술
    이기』(述異記)에서는 동물 가운데 가장 크며 용의 머리, 말의 꼬리, 호랑이의 발톱을
    하였으며, 크기가 사백 척이며, 잘 달리고 사람을 잡아먹는다고 하였다. 또 도덕이
    있는 군주가 나타나면 숨고, 무도한 군주가 나타나면 나와서 사람을 먹는다고 하였
    다. 일반적으로 폭정을 상징한다.
215) 騶虞(추우) : 전설에 나오는 인자한 동물. 『시경』「추우」(騶虞)에 대한 『모시서』에
    "인자하기가 추우와 같다면 곧 왕도가 이루어진다"(仁如騶虞, 則王道成也.)고 하였
    다. 흰 호랑이 몸에 검은 문양이 있고 산 것은 먹지 않으며 풀을 밟지 않는다고 한
    다. 일반적으로 인정(仁政)을 상징한다.
216) 接飛猱(접비노) : 날쌘 원숭이를 쏘다. ○彫虎(조호) : 몸에 얼룩덜룩한 무늬가 있는
    호랑이. 『시자』(尸子)에 용사 황백(黃伯)은 왼손으로 날쌘 원숭이를 쏘고 오른손으
    로 얼룩 호랑이를 쳤다는 말이 있다.
217) 심주 : 군자와 소인이 함께 있으나 군주가 이를 알지 못함을 보였다. 내가 일어나 마
    치 날쌘 원숭이를 쏘고 얼룩 호랑이를 치듯이 간악한 무리들을 제거해도 힘들다 말
    하지 않겠다.(見君子小人並列, 而人主不知. 我欲起而除去奸惡, 猶接飛猱, 搏彫虎, 不
    自言苦也.)
218) 焦原(초원) : 춘추시대 거(莒)나라의 거대한 바위 이름. 너비가 오십 보에 백 길의 계
    곡 옆에 있어 용감한 사람만이 그 위에 오를 수 있다고 한다. 『시자』(尸子) 권하(卷
    下) 참조.
219) 심주 : 어리석은 자라 함은 자신을 말한다.(以愚自謂.)
220) 智者(지자) 구 : 『논어』「위령공」에 "군자로다 거백옥은! 나라에 정치질서가 있으면
    벼슬을 하고, 나라에 정치질서가 없으면 거두어 감출 줄 알았다"(君子哉! 蘧伯玉.
    邦有道則仕, 邦無道則可卷而懷之.)는 말이 있다.

力排南山三壯士,　　　　힘으로는 남산을 밀어내는 세 용사를

齊相殺之費二桃.²²¹⁾²²²⁾　제나라 재상 안영은 복숭아 두 개로 죽였지

吳楚弄兵無劇孟,²²³⁾　오초칠국의 난 때 극맹을 초빙하지 않자

亞夫哈爾爲徒勞.²²⁴⁾　주아부는 그들이 헛수고 한다고 비웃었지

梁父吟,　　　　　　　　「양보음」이여

聲正悲.　　　　　　　　그 소리 지금 마침 비장해라

張公兩龍劍,²²⁵⁾　　　장화의 두 자루 용검도

---

221) 심주：뭇 사람이 자신을 해치기 쉬움을 말하였다.(言衆人害己之易.)

222) 力排(역배) 2구：『안자춘추』(晏子春秋) 권2에 나오는 유명한 '복숭아 두 개에 죽은 세 용사'(二桃殺三士) 이야기를 말한다. 춘추시대 제나라에 공손접(公孫接), 전개강(田開疆), 고야자(古冶子) 등 장사 세 사람이 있었는데 재상 안영(晏嬰)에게 죄를 지었다. 안영은 제 경공(齊景公)을 설득하여 세 사람을 죽이기로 하고, 복숭아 두 개를 보내 세 사람 가운데 공이 큰 두 사람이 먹도록 하였다. 세 사람은 서로 공이 높다고 다투게 되었다. 먼저 공손접과 전개강이 각각 공로가 있다면서 복숭아를 하나씩 가져갔다. 나중에 보니 고야자의 공이 가장 높은 걸 알고 공손접과 전개강은 부끄러워 자결하였다. 이를 본 고야자는 혼자만 사는 것은 어질지 못하고, 남에게 수치를 준 것은 의롭지 못하다며 역시 자결하였다. 동한 말기 때 지어진 것으로 보이는 「양보음」에 "세 용사의 힘은 남산을 밀어내고, 땅줄기를 잘라낼 정도라는데, 하루아침에 참언을 받아, 복숭아 두 개가 세 용사를 죽였네. 누가 이 기이한 계략을 내었는가? 바로 제나라의 재상 안영이라네."(力能排南山, 文能絶地紀. 一朝被讒言, 二桃殺三士. 誰能爲此謀? 國相齊晏子.)라는 구절이 있다.

223) 吳楚(오초) 2구：기원전 145년에 일어난 '오초칠국(吳楚七國)의 난' 때 경제(景帝)는 두영(竇嬰)과 주아부(周亞夫)를 파견하여 토벌하게 하였다. 주아부가 군사를 이끌고 하남을 지날 때 극맹(劇孟)을 얻고는 기뻐하며 오초칠국이 극맹과 같은 인재를 기용하지 않은 일을 비웃었다. ○哈(해)：비웃다. 이는 이백이 자신을 극맹에 비하면서 현종이 자신과 같은 인재를 써줄 것을 말하였다.

224) 심주：조정에 현인이 없는데 어떻게 나라를 위하겠는가! 여전히 세상이 자신을 기용해주기를 바랐다.(言朝無賢人, 何以爲國! 仍望世之用己也.)

225) 張公(장공)：장화(張華)를 가리킨다. 서진 때 하늘의 두성과 우성 사이에 자줏빛 기운이 자주 비치자, 장화(張華)가 뇌환(雷煥)을 강서 지방 풍성(豐城, 지금의 강서성 풍성현)에 보내 두 자루 보검 용천(龍泉)과 태아(太阿)를 찾게 하였다. 뇌환은 한 자루는 자신이 가지고 다른 한 자루를 장화에게 보냈다. 이에 장화가 편지를 보내 "검의 문양을 자세히 보니 간장이다. 막야는 어째서 없는가? 하늘이 신물을 내었으니 결국에는 합칠 것이다"(詳觀劍文, 乃干將也. 莫邪何復不至? 天生神物, 終當合耳.)고 하였다. 장화가 죽은 후 가지고 있는 보검을 잃어버렸다. 나중에 뇌환이 죽은 후 그 아들 뇌화(雷華)가 보검을 가지고 연평진(延平津)을 지나는데 검이 저절로 허리에서

神物合有時.　　　　　신물이라 합쳐질 때 있어라
風雲感會起屠釣,²²⁶⁾　　바람과 구름이 만나고 강태공이 문왕을 만나니
大人峴屼當安之.²²⁷⁾²²⁸⁾대인은 위기에서도 편안히 기다린다네

평석 첫 부분에서는 강태공이 나이를 먹고 역이기가 미친 짓을 했어도 때를 만나 잘 될 때가 있으니 장사인 나는 마침 분발할 때라고 말하였다. 그러나 충언으로 군주를 깨우치려 해도 권신들이 요직에 있으면서 언로를 막고 있다. 그들을 제거하고 싶지 않은 것이 아니라 군주가 듣지 않으니 악인으로부터 상해를 입을까 두렵다. 일반적인 도리를 따져보니 결국에는 현인이 나라를 바르게 하니 다만 운명을 받아들이고 때를 기다릴 뿐이다. 후반부에서 전고를 잡다하게 쓰면서 그 흔적을 보이지 않은 것은 기세가 우세하기 때문이다. 만약 이백과 같은 능력이 없다면 따라가기 쉽지 않을 것이다.(始言呂尙之髦年, 酈食其之狂士, 猶乘時遇合, 爲壯士者, 正當自奮. 然欲以忠言寤主, 而權奸當道, 言路壅塞. 非不願剪除之, 而人主不聽, 恐爲匪人戕害也. 究之論其常理, 終當以賢輔國, 惟安命以俟有爲而已. 後半拉雜使事而不見其跡, 以氣勝也. 若無太白本領, 不易追逐.)

해설 한대 악부시 「양보음」은 제갈량의 작품으로 알려졌다.『삼국지』중의『촉서』에 "제갈량은 몸소 농사를 지으면서 「양보음」을 잘 하였다"는 글귀가 나오는데, 아마도 이 구절 때문에 후인들이 같은 제목의 이 시를 제갈량의 작품으로 간주했던 듯싶다. 내용을 보면 제나라의 세 용사가 죄도 없이 죽은 일을 애도한 일종의 영사시(詠史詩)이다. 송대 곽무천은

강물 속으로 뛰어 들어갔다. 뇌화가 사람을 시켜 검을 찾게 하였더니 물속에는 다만 길이가 수 장이 되는 용 두 마리만 보이고 검은 없다고 했다.『진서』「장화전」(張華傳) 참조. 이 구는 일시적으로는 소인들 때문에 막혀 있지만 결국에는 밝은 군주를 만나리라는 비유이다.

226) 風雲感會(풍운감회) : 바람과 구름이 모임. 뜻이 맞는 군신이 만남. ○屠釣(도조) : 백정과 낚시꾼. 여상을 가리킨다.

227) 심주 : 자신은 곤경에 처했어도 편안히 때를 기다리고 있음을 말하였다.(言己安於困厄以俟時.)

228) 峴屼(얼올) : 울퉁불퉁한 모양. 불안한 모양.

『악부시집』에서 제갈량이 작가라는 의견을 부정하고 산동 지방의 장송곡이라 하였다. 원래는 세 명의 용사를 애도하는 노래였으나 나중에는 민간에 보편적으로 사용된 장송가로 변한 듯하다. 이백은 이 내용은 가볍게 처리하였고 오히려 시의 중심을 비록 소인의 방해가 있어도 언젠가는 뜻을 펼치리라는 믿음에 두었다. 한대 장형의 「네 가지 근심의 시」(四愁詩)에 "내 사모하는 임은 저 태산에 있어, 찾아가 따르려 하나 양보산이 험하구나"(我所思兮在太山, 欲往從之梁父艱.)란 구절이 있고, 이에 대해 이선(李善)이 주석을 하기를 "태산으로 군주를 비유하고, 양보산으로 소인을 비유하였다"(太山以喩時君, 梁父以喩小人也.)라 하였고, 유량(劉良)이 주석하기를 "태산은 동악이다. 군왕을 보좌하여 유덕한 군주가 되도록 하고자 하나 소인의 참언과 간사함에 가로막혔다"(太山, 東嶽也. 願輔佐君王致於有德而爲小人讒邪之所阻難也.)고 하였다. 이백은 이러한 뜻을 취한 것으로 보인다. 후반은 인간의 일을 하늘의 일로 비유한 「이소」의 기법으로 파란을 일으키고, 다양한 전고와 이미지를 동원하여 조정의 음험한 정치 풍토와 자신의 신념을 함께 드러내었다.

북풍의 노래(北風行)229)

燭龍棲寒門,230)231)　　　촉룡이 한문에 살면서

---

229)　北風行(북풍행) : 악부제로 '잡곡가사'에 속한다. 현재는 포조의 동일 제목의 시가 있는데, 북풍과 눈보라 속에서 떠난 사람을 기다리는 내용이다. 이백은 이를 모의한 것으로 보인다.
230)　심주 : 『회남자』에 "촉룡은 사람 몸에 용 얼굴이고 다리가 없다. 팔굉 밖에 팔극이 있고 팔극의 산을 한문이라 한다"는 말이 있다.(淮南子 : "觸龍人身龍面而無足. 八紘之外有八極, 北極之山曰寒門.")
231)　燭龍(촉룡) : 신화에 나오는 밤과 낮, 겨울과 여름을 관장하는 신. 불을 물고 있으며, 태양이 비치지 않는 한문에서 산다. 눈을 뜨면 낮이고 눈을 감으면 밤이 되며, 숨을 불면 겨울이고 숨을 들이쉬면 여름이 된다.

光曜猶旦開. [232]　　　눈을 뜨면 낮이 된다지
日月照之何不及此?　　해와 달이 어찌하여 이곳을 비추지 않는가?
唯有北風號怒天上來!　오로지 북풍만이 소리치며 하늘에서 내려오누나!
燕山雪花大如席, [233]　연산의 눈꽃은 돗자리처럼 커
片片吹落軒轅臺. [234]　한 조각 한 조각 헌원대에 떨어지누나
幽州思婦十二月, [235]　십이월 유주에 사는 시름 진 아낙
停歌罷笑雙蛾摧.　　　노래도 그치고 웃음도 잊어 두 눈썹 찡그리네
倚門望行人,　　　　　문에 기대어 행인을 바라보며
念君長城苦寒良可哀.　추운 장성의 남편을 생각하니 참으로 구슬퍼라
別時提劍救邊去,　　　떠날 때 검을 들고 변방으로 가면서
遺此虎紋金鞞靫. [236]　호랑이 문양의 청동 전동을 남겨놓았지
中有一雙白羽箭,　　　안에는 한 쌍의 백우전
蜘蛛結網生塵埃.　　　거미가 줄을 치고 먼지가 앉았어라
箭空在,　　　　　　　화살만 부질없이 있는데
人愁戰死不復廻. [237]　사람은 전장에서 죽어 돌아오지 않아라
不忍見此物,　　　　　이 물건을 차마 보기 어려워
焚之已成灰.　　　　　불에 태우니 이미 재가 되었어라
黃河捧土尚可塞, [238]　황하는 흙으로 막을 수 있다지만

---

232) 旦(단) : 낮.

233) 燕山(연산) : 지금의 북경의 북쪽에 있는 산. 일명 군도산(軍都山) 또는 연산산맥이라
　　 한다. 여기서는 북경 일대의 산악지대.

234) 軒轅臺(헌원대) : 연산의 남쪽에 있는 누대. 지금의 하북성 회래현(懷來縣) 교산(喬
　　 山)에 유적지가 있다.

235) 幽州(유주) : 유주군. 742년 범양군(范陽郡)으로 개명하였다. 치소는 지금의 북경시이
　　 며, 관할 지역은 북경시와 하북 북부 일대이다.

236) 鞞靫(비채) : 전동. 화살 통.

237) 심주 : '人愁戰死'의 '愁'자는 여러 판본에 '今'자라 잘못 되어 있다. 원본에 따라 바로
　　 잡는다.('人愁戰死, '愁'字諸本訛作'今'字, 從原本正之.)

238) 黃河(황하) 2구 : 여기서는 『후한서』 「주부전」(朱浮傳)에 나오는 "강가의 사람들이
　　 흙으로 맹진을 막으려 하는데 이는 자신의 능력을 헤아리지 못한 것이다"(此猶河濱
　　 之人, 捧土以塞孟津, 多見其不自量也.)는 말을 반대로 사용하였다. 즉 황하는 막을

北風雨雪恨難裁![239]　　북풍한설 같은 이 한은 막을 수 없어라

해설 남편을 기다리는 아낙의 고통을 유주의 엄혹한 기후를 배경으로 그렸다. 북풍이 불고 눈보라가 치는 추위 자체의 한랭한 감각을 남편 잃은 아낙의 고독과 적막에 연결시켜 강조하였다. 일반적으로 현대 학자들은 이백이 752년 유주에 갔을 때 지은 것으로 본다.

산인이 술을 권하며(山人勸酒)[240]

蒼蒼雲松,	구름 위의 푸른 소나무는
落落綺皓.[241]	활달하고 시원한 상산사호의 모습
春風爾來爲阿誰?	봄바람이 불어오는 건 그대들을 위해서가 아니랴?
蝴蝶忽然滿芳草.	갑자기 나비가 날아들고 꽃들이 가득해라
秀眉霜雪顔桃花,	눈처럼 하얀 눈썹에 복사꽃 같은 얼굴
骨淸髓綠長美好.[242]	선풍도골에 오래도록 장수하였지
稱是秦時避世人,	말하기를 진나라 때 세상을 피한 사람으로
勸酒相歡不知老.	서로 술을 권하고 웃으며 늙어가는 줄도 몰랐다지
各守麋鹿志,[243]	각자 사슴과 이웃하는 은거의 뜻을 가지고

　　수 있지만 한은 메우기 어렵다는 뜻이다.
239)　裁(재) : 막다. 억제하다.
240)　山人勸酒(산인권주) : 이백이 만든 악부제이다. 『악부시집』에서는 '금곡가사'로 분류하였다.
241)　落落(낙락) : 활달하고 툭 트인 모습. ○綺皓(기호) : 기리계(綺里季). 한대 초기 상산에 은거했던 상산사호 가운데 한 사람. 그 밖에 세 사람은 동원공(東園公), 녹리선생(甪里先生), 하황공(夏黃公)이다.
242)　骨淸髓綠(골청수록) : 선풍도골. ○長美好(장미호) : 여기서는 완적(阮籍) 「영회시」에 "왕자진이 아닌 바에야, 누가 능히 오래도록 살 수 있나?"(自非王子晉, 誰能長美好.)란 말이 있어 장수하다는 뜻을 취하였다.
243)　麋鹿志(미록지) : 사슴과 가까이 하며 은거하려는 뜻.

恥隨龍虎爭.[244]	초한전의 용쟁호투에 말려들기 싫어했지
欻起佐太子,[245]	홀연히 일어나 태자 유영을 보좌하니
漢皇乃復驚.	한 고조 유방이 크게 놀랐더라
顧謂戚夫人,	고조가 척부인을 돌아보고 말하기를
彼翁羽翼成.	상산사호로 우익이 만들어졌다고 했지
歸來商山下,[246]	그런 후 상산으로 돌아가서는
泛若雲無情.	구름처럼 부귀공명을 잊고 살았지
擧觴酬巢由,[247]	술잔을 들고 소부와 허유에게 올리나니
洗耳何獨淸?	요 임금의 말에도 귀를 씻으니 얼마나 청고한가?
浩歌望嵩嶽,[248]	숭산을 바라보며 높이 노래하노니
意氣還相傾.	나의 의기와 서로 투합하는구나

해설 상산사호의 청고한 삶을 노래하였다. 중간에 태자를 보좌하고 다시 은거지로 돌아간 모습에서 역대 평론가들은 현종의 태자 책봉과 연관

---

244) 龍虎爭(용호쟁) : 용과 호랑이의 싸움. 반고(班固)의 「답빈희」(答賓戲)에 "이리하여 칠웅이 울부짖고 노려보며, 중국을 찢어 가르고, 용과 호랑이처럼 싸웠다"(於是七雄 虓鬪, 分裂諸夏, 龍戰虎爭.)는 표현이 있다.

245) 欻(홀) : 갑자기. ○佐太子(좌태자) : 태자를 보좌하다. 한 고조(漢高祖) 유방(劉邦)이 만년에 여태후(呂太后)가 낳은 태자 유영(劉盈, 나중에 惠帝가 됨)을 폐하고 총애하는 척부인(戚夫人)의 아들 유여의(劉如意)를 후계자로 삼으려 하였다. 그러나 여태후가 장량(張良)의 계책을 써서 '상산사호'(商山四皓)를 태자 유영의 빈객으로 불러 보좌하게 하였다. 태자에게 이미 세력이 형성된 걸 본 유방은 태자를 바꾸려는 계획을 포기하면서 척부인에게 말하였다. "내가 바꾸려 하였지만 저 네 사람이 보좌하면 서 우익이 이미 만들어졌으니 이제는 움직이기 어렵구나."(我欲易之, 彼四人輔之, 羽翼已成, 難動矣.) 『사기』 「유후세가」(留侯世家) 참조.

246) 商山(상산) : 상령(商嶺), 지폐산(地肺山), 초산(楚山) 등으로도 불린다. 섬서성 상락시(商洛市) 동쪽에 소재.

247) 巢由(소유) : 소부(巢父)와 허유(許由). 요 임금이 천하를 허유에게 양보하자 허유가 기산(箕山) 아래로 도망가 밭을 일구었다. 요 임금이 다시 그를 구주(九州)의 장(長) 으로 삼으려 하자 허유는 영수(潁水)의 물가로 가서 귀를 씻었다고 한다. 『고사전』 (高士傳) 참조.

248) 嵩嶽(숭악) : 숭산. 숭산의 남쪽에는 소부와 허유가 은거한 기산(箕山)이 있고 북쪽에 는 허유가 귀를 씻었다는 영수(潁水)가 있다. 지금의 하남성 등봉시 동남 소재.

짓기도 하지만 확실한 관련을 찾기 어렵다. 오히려 공명에 마음을 두지 않는 이백의 일관된 사상으로 풀이하는 것이 적절하다고 본다. 때문에 제목의 뜻을 산인인 자신이 상산사호의 무덤에서 그들의 덕을 흠모하며 술잔을 올린다로 보아야 할 것이다. 744년 장안을 떠나 산으로 돌아갈 때 상주를 지나가다가 사호의 무덤에 들러 지은 것으로 보인다.

양양가(襄陽歌)[249]

落日欲沒峴山西,[250]	현산의 서쪽으로 해가 지려 하는데
倒著接䍦花下迷.[251]	거꾸로 쓴 두건 쓰고 꽃 아래 취했어라
襄陽小兒齊拍手,	양양의 아이들이 모두 다 함께 박수치며
攔街爭唱白銅鞮.[252][253]	거리를 막아서서 '백동제'를 노래하네
傍人借問笑何事?	길가의 사람이 무슨 일로 웃는가 물으니
笑殺山翁醉似泥.[254]	고주망태 산공(山公)이 우스워 죽겠단다

---

249) 襄陽歌(양양가) : 이백이 처음 만든 악부제. 그 내용은 진(晉)의 「양양 아동가」에서 취하였다. "산공은 어디로 가는가? 고양의 습가지로 간다네. 저녁이면 수레에 거꾸로 실려 돌아와도, 고주망태가 되어 아무것도 모르네. 준마는 탈 수 있다고 해도, 흰 두건은 거꾸로 썼네."(山公出何許, 往至高陽池. 日夕倒載歸, 酩酊無所知. 復能乘駿馬, 倒箸白接䍦.)

250) 峴山(현산) : 지금의 호북성 양번(襄樊)의 양양 동남에 소재. 동으로 한수에 면해 있다.

251) 接䍦(접리) : 흰 두건의 일종.

252) 심주 : 백동제는 양 무제 때의 동요이다.(白銅鞮, 梁武帝時童謠.)

253) 白銅鞮(백동제) : 원래 백동의 말굽, 즉 백마라는 뜻이다. 여기서는 동요 「양양 백동제」(襄陽白銅鞮)를 가리킨다. 소연(蕭衍, 나중의 양 무제)이 옹주(雍州)에 주둔할 때 동요가 있었는데, "양양의 백마가 양주의 건아를 뒤에서 묶어온다"(襄陽白銅鞮, 反縛揚州兒.)는 가사가 있었다. 소연이 양 무제로 즉위한 후 새로 만들어진 곡조에 가사를 세 편 만들고, 또 심약에게 세 편을 만들게 하였다. 『수서』「악지」(樂志) 참조.

254) 山翁(산옹) : 산공(山公)이라 해야 옳다. 서진의 산간(山簡). 자는 계륜(季倫)이며, 죽림칠현의 한 사람인 산도(山濤)의 아들이다. 309년(永嘉 3년) 그가 진남장군(鎭南將軍)으로 양양에 진주할 때 어떤 일도 관여하지 않고 하루 종일 술 마시고 놀았다. 당시 부호인 습씨(習氏)에게 아름다운 정원이 있었는데 매번 그곳에 갈 때마다 취하

鸕鷀杓, 鸚鵡杯. [255]	가마우지 자루에, 앵무 술잔
百年三萬六千日,	사람 백 년은 삼만 육천 일
一日須傾三百杯. [256]	하루에 모름지기 삼백 잔은 마셔야 하리
遙看漢水鴨頭綠, [257]	멀리 바라보니 한수는 오리머리처럼 푸르러
恰似葡萄初醱醅. [258][259]	마치 포도주가 새로이 발효하는 듯해라
此江若變作春酒,	이 강물이 만약에 봄 술로 변한다면
壘麴便築糟邱臺. [260]	누룩은 둑이 되고 지게미는 언덕이 되리
千金駿馬換小妾, [261]	소첩을 내놓고 천 금의 준마를 얻어
笑坐雕鞍歌落梅. [262]	안장 위에 웃으며 '매화락'을 노래하고
車傍側挂一壺酒,	수레 옆에 술 한 병 걸어 두고
鳳笙龍管行相催. [263]	생황과 피리 소리 들으며 다투어 가리
咸陽市中歎黃犬, [264]	함양의 사형장에서 황견을 그리던 이사(李斯)여

여 돌아왔다. 『세설신어』「임탄」(任誕) 참조.

255) 鸕鷀杓(노자표) : 목이 긴 가마우지 모양의 술 자루. ○鸚鵡杯(앵무배) : 앵무 소라로 만든 술잔. 앵무 소라는 동지나해에서 나는 소라의 일종이다.

256) 一日(일일) 구 : 동한 말기 원소(袁紹)가 정현(鄭玄)을 초빙하였다가 보낼 때 성 동쪽에서 전별하면서 취해서 보내고자 하였다. 당시 삼백여 명이 모였는데 모든 사람들이 자리에서 일어나 술잔을 들었기에 아침부터 저녁까지 계속되었다. 정현은 모두 삼백여 잔을 마셨는데 시종 온화하였으며 태만한 모습이 없었다. 『세설신어』「문학」(文學) 참조.

257) 鴨頭綠(압두록) : 오리머리의 푸른 털과 같은 색깔. 안사고(顔師古)는 한대 염색공들이 색깔을 지칭하는 어휘라고 주석하였다.

258) 심주 : 형용이 절묘하다.(妙於形容.)

259) 醱醅(발배) : 발효시켜 아직 거르지 않은 술.

260) 麴(국) : 누룩.

261) 駿馬換小妾(준마환소첩) : 준마를 얻기 위해 소첩을 주고 바꾸다. 후위(後魏)의 조창(曹彰)은 성격이 대범하였는데, 한 번은 우연히 준마를 보고 무척 갖고 싶어 그 주인에게 "내게 있는 예쁜 첩과 바꿀 수 있으니 그대가 선택하게"(予有美妾可換, 惟君所選.)라 했다. 말 주인이 첩을 선택하자 이에 조창이 말과 바꾸었다. 『독이지』(獨異志) 권중(卷中) 참조.

262) 落梅(낙매) : 피리 악곡 「매화락」(梅花落)을 가리킨다.

263) 鳳笙(봉생) : 봉황 모양의 생황. 또는 봉황 울음과 비슷한 소리가 나는 생황. ○龍管(용관) : 피리. 피리 소리가 용의 울음과 비슷하다고 하여 이름 붙여졌다.

264) 歎黃犬(탄황견) : 진(秦)의 재상 이사(李斯)가 조고(趙高)의 모함을 받아 죽게 되었을

何如月下傾金罍?　　　　　달 아래 황금 술잔 기우는 나를 보게나

君不見　　　　　　　　　그대 보지 못하는가

晉朝羊公一片石,[265]　　　서진시대 양공의 타루비(墮淚碑)마저

龜頭剝落生莓苔.[266]　　　귀부는 벗겨지고 이끼가 덮인 것을

淚亦不能爲之墮,　　　　　눈물도 그를 위해 흘리지 않고

心亦不能爲之哀.　　　　　마음도 그 때문에 슬퍼하지 않는다네

淸風朗月不用一錢買,[267]　맑은 바람 밝은 달은 돈 한 푼 없이도 향유하며

玉山自倒非人推.[268]　　　혜강처럼 술에 취해 옥산처럼 스르르 넘어지리

舒州杓, 力士鐺,[269]　　　서주의 자루여, 역사의 노구솥이여

李白與爾同死生.　　　　　나 이백은 그대와 함께 생사를 같이 하리

襄王雲雨今安在?[270]　　　초 양왕의 운우의 즐거움은 지금 어디 있는가?

　　때, 형장에서 아들에게 다시는 황견을 이끌고 상채(上蔡)의 동문을 나가 사냥을 할 수 없게 됨을 슬퍼한 일을 가리킨다. 『사기』 「이사열전」 참조.

265) 羊公(양공) : 서진(西晉)의 명장 양호(羊祜). ○ 一片石(일편석) : 양호의 업적을 기린 비석. 양호가 양양을 지킬 때 풍경이 아름다운 날에는 반드시 현산에 올라 종일 술을 마셨다. 그의 사후에 사람들은 그의 치적을 기려 현산에 사당을 세우고 비석을 세웠는데, 비석을 바라보는 사람은 누구나 그를 그리워하여 눈물을 흘렸다. 그래서 두예(杜預)는 이를 '타루비'(墮淚碑)라 하였다.

266) 龜頭(귀두) : 귀부(龜趺). 비석을 받치고 있는 거북 모양의 석조물. 이 동물을 희희(屭屓)라고 하며 원래 용의 일종이다.

267) 淸風朗月(청풍낭월) : 맑은 바람과 밝은 달. 『세설신어』 「언어」(言語)에 "유담(劉惔)이 말하기를 '바람이 맑고 달이 밝으면 문득 허순(許詢)의 인품을 생각한다'"(劉尹云 : "淸風朗月輒思玄度.")는 말에서 나왔다.

268) 玉山自倒(옥산자도) : 옥산이 저절로 넘어지다. 혜강(嵇康)의 술 취한 모습을 가리킨다. 『세설신어』 「문학」(文學)에 "혜강의 사람됨은 늠름히 소나무가 홀로 서 있는 듯하고, 취하였을 때는 우르르 옥산이 무너지려는 것같다"(嵇叔夜之爲人也, 巖巖若孤松之獨立, 其醉也, 傀俄若玉山之將崩.)고 하였다.

269) 舒州杓(서주표) : 서주(안휘성 潛山)에서 나는 자루. ○ 力士鐺(역사당) : 예장군(豫章郡)에서 나는 세 발 달린 술 데우는 기구. 당(鐺)은 노구솥 종류.

270) 襄王雲雨(양왕운우) : 전국시대 초 양왕(楚襄王)이 운몽대(雲夢臺)에 놀러 가 선녀 조운(朝雲)을 만난 일을 가리킨다. 송옥(宋玉)의 「고당부」(高唐賦) 참조. 초 양왕이 송옥과 함께 운몽대에 놀러갔을 때 송옥이 말하기를 선왕(先王, 즉 초 회왕)께서 이곳에 놀러오셨을 때 꿈에 선녀를 만났는데, 그녀가 자신의 베개와 자리를 회왕에게 드리자 왕이 기뻐하며 승은을 내렸고, 떠날 때 그녀는 자신이 "아침에는 구름이 되고

江水東流猿夜聲.　　　강물은 동으로 흐르는데 원숭이가 밤에 우네

평석 양호의 현산 비가 이미 마멸되어 눈물 흘리는 사람이 없으니, 하물며 보통 권세가와 부호들에 대해서는 어떻겠는가? 차라리 재주를 숨기고 술을 마시는 것을 즐거움으로 삼는 것만 못하리라. '청풍명월' 2구는 구양수가 천고를 놀라게 하기 족하다 했는데 진실로 그러하다.(羊叔子之峴山碑, 猶然磨滅, 無人墮淚, 況尋常富貴乎? 不如韜精沈飮之爲樂也. '淸風明月' 二語, 歐陽公謂足以驚動千古, 信然.) ○『신당서』「지리지」에 "서주도는 지역 특산품으로 주기와 철기를 공물로 낸다"고 하였다. 『신당서』「위견전」에 예장 역사의 자기 술잔이 있다. (地理志 : "舒州道土貢酒器鐵器." 韋堅傳有豫章力士甆飮器.)

해설 마음껏 술을 마시고 자유롭게 즐기는 인생관을 나타내었다. 일종의 술을 예찬하는 '취가'(醉歌)로 그 주제는 이백의 다른 시 「장진주」와 유사하다. 양양의 유명한 산간(山簡)의 일화를 시작으로 이사처럼 죽기 전에 혜강처럼 마시기를 바랐다. 시 속에는 부귀공명에 대한 멸시가 깃들어 있으며, 때를 놓치지 말고 즐거움을 향유하라는 사상이 있다. 천진난만한 발상에 언어가 분방하고 기세가 종횡으로 내달리며, 묘사가 생동적이고 의경이 드넓어 누구도 추구할 수 없는 이백 특유의 신일(神逸)한 경계를 펼쳤다. 734년(開元 22년) 한조종(韓朝宗)이 양양에서 형주자사 겸 동도채방사가 되었을 때, 이백이 찾아가 천거를 바랐으나 무산되자, 이 시를 써서 울분을 풀었다는 설이 있다.

저녁에는 비가 됩니다. 아침마다 저녁마다 양대의 아래에 있습니다"(旦爲朝雲, 暮爲行雨. 朝朝暮暮, 陽臺之下.)고 하면서 찾아오길 바랐다. 그러므로 양왕운우(襄王雲雨)가 아니라 회왕운우(懷王雲雨)라고 해야 맞다.

강상음(江上吟)

木蘭之枻沙棠舟,[271]	목련나무 노에 사당나무 배
玉簫金管坐兩頭.[272]	퉁소와 피리 부는 미녀가 배 앞뒤에 있네
美酒樽中置千斛,[273]	술통에 담긴 맛있는 술 만 말에
載妓隨波任去留.	기녀를 태우고 물결 따라 흘러라
仙人有待乘黃鶴,[274]	신선은 황학이 오기를 기다리지만
海客無心隨白鷗.[275]	나는 무심히 갈매기 따라 노니노라
屈平詞賦懸日月,[276]	굴원의 사부는 일월처럼 걸려 빛나지만
楚王臺榭空山丘.[277]	초나라 왕들의 누대는 사라지고 없다네
興酣落筆搖五嶽,[278]	흥이 거나해지면 붓을 들어 오악을 흔들고
詩成笑傲凌滄洲.[279]	시가 완성되면 웃으며 창해를 넘나드네

---

271) 木蘭(목란) : 목련. 굴원이 지은 「이소」에 "아침에는 언덕에서 목련꽃 따고, 저녁에는
모래톱에서 숙망을 뜯네"(朝搴阰之木蘭兮, 夕攬洲之宿莽.)라는 구절이 있다. ○ 枻
(설) : 노. ○沙棠(사당) : 사당나무.『술이기』(述異記)에 "한 성제(漢成帝) 때 조비연
이 태액지에서 놀 때 사당나무로 만든 배를 탔다. 그 나무는 곤륜산에서 나며, 사람
이 그 열매를 먹으면 물에 들어가도 잠기지 않는다."는 구절이 있다. 여기서는 화려
한 배를 가리킨다.

272) 玉簫金管(옥소금관) : 옥으로 만든 퉁소와 황금 피리. 여기서는 악기를 연주하는 가
기를 가리킨다.

273) 斛(곡) : 용량 단위. 십 말. 천곡(千斛)은 많은 양을 형용한다.

274) 仙人(선인) 구 : 황학루 고사를 가리킨다. 권13에 나오는 최호 「황학루」 참조.

275) 海客(해객) 구 : 해객압구(海客狎鷗) 고사를 가리킨다. 바닷가에 살고 있는 어떤 사람
이 갈매기와 친하게 지냈지만, 부친의 말을 듣고 잡아올 생각을 하고 다가가니 더
이상 가까이 오지 않았다.『열자』「황제」(黃帝) 참조.

276) 屈平(굴평) : 굴원(屈原). 전국시대 초나라 문인. ○懸日月(현일월) : 해와 달과 함께
걸려 빛을 내다.

277) 楚王臺榭(초왕대사) : 초나라 왕들이 세운 누대. 초 영왕(楚靈王)은 장화대(章華臺)를
세웠고, 초 장왕(楚莊王)은 조대(釣臺)를 세웠다.

278) 五嶽(오악) : 방위와 결부된 다섯 개의 주요한 산. 동악은 태산(泰山, 산동성 泰安),
남악은 형산(衡山, 호남성 衡陽), 서악은 화산(華山, 섬서성 華陰), 북악은 항산(恒山,
산서성 渾源), 중악은 숭산(嵩山, 하남성 登封)이다.

279) 笑傲(소오) : 세상을 자신만만하고 웃으며 여유 있게 대함. ○滄洲(창주) : 원래 강가
또는 바닷가라는 뜻이나, 일반적으로 은사가 지내는 곳을 가리킨다. 양웅(揚雄)의 「격

功名富貴若長在,　　　　　공명과 부귀가 오래 갈 수 있다면
漢水亦應西北流. [280)281)]　　한수는 분명 거꾸로 서북쪽으로 흐르리

해설 유유자적한 뱃놀이의 즐거움과 시문의 위대함을 노래했다. 시에는 신선술보다는 무심한 마음의 경지가 낫고, 쉽게 사라지는 부귀공명보다는 일월과 같이 빛나는 시문이 더 가치 있다는 생각이 깔려있다. 굴원의 사부에 대한 지극한 앙모와 자신의 문학적 재능에 대한 높은 자부심도 함께 볼 수 있다.

의춘원에 시종하며, 어명을 받들어 지은 '용지에 버들 빛 새로울 때 꾀꼬리 울음 듣는 노래'(侍從宜春苑, 奉詔賦龍池柳色初靑聽新鶯百囀歌) [282)]

東風已綠瀛洲草, [283)]　　　동풍이 벌써 영주의 풀을 푸르게 하였으니
紫殿紅樓覺春好.　　　　　자주 전각과 붉은 누대가 봄빛 속에 좋아라
池南柳色半靑靑,　　　　　연못 남쪽 버들 빛은 반쯤 푸르러져
縈煙裊娜拂綺城. [284)]　　하늘거리는 가지가 안개처럼 성벽을 스치네

　　령부」(橄靈賦)에 "세상에 황공(黃公)이란 사람이 있었는데, 창주(滄洲)에 살며, 정신을 함양하고 도(道)와 더불어 놀았다"(世有黃公者, 起於滄州, 精神養性, 與道浮遊.)라 하였다.

280) 심주 : 있을 수 없는 이치임을 말했다.(言必無之理.)
281) 漢水(한수) 구 : 한수는 섬서성 영강현(寧强縣)에서 발원하여 동남으로 흘러 양양에서 백하(白河)와 만나고 무한(武漢)에서 장강에 흘러든다. 그러므로 거꾸로 서북으로 흐른다는 것은 불가능한 일임을 비유한다.
282) 宜春苑(의춘원) : 의춘북원(宜春北苑)이라고도 한다. 장안성의 동궁 의춘원의 북쪽에 있는 정원. ○龍池(용지) : 흥경궁 안에 있는 연못. 권13 심전기 「용지편」 참조.
283) 瀛洲(영주) : 흥경궁 내에 있는 영주문(瀛洲門). 『장안지』(長安志)에 "흥경전 앞에는 영주문이 있고 안에는 남훈전이 있으며 북에는 용지가 있다"(興慶殿 : 前有瀛洲門, 內有南薰殿, 北有龍池.)고 하였다.
284) 裊娜(요나) : 가지가 길고 부드럽게 끌리는 모습. ○綺城(기성) : 아름다운 성벽. 흥경궁은 장안성의 동측에 위치한다.

垂絲百尺挂雕楹,　　　백 척으로 늘어진 가지는 조각한 기둥에 걸리고

上有好鳥相和鳴,　　　위에는 어여쁜 새가 서로 부르며 노래하는데

間關早得春風情.[285]　　꾀꼴꾀꼴 봄바람의 소식을 먼저 아는 듯해라

春風卷入碧雲去,　　　봄바람이 말아 올라 구름 위로 가버리면

千門萬戶皆春聲.　　　천문만호 모두가 봄 소리로 가득차네

是時君王在鎬京,[286]　이때 군왕께서 호경에 계셔

五雲垂暉耀紫清.[287]　오색구름이 펼쳐지고 하늘이 빛난다네

仗出金宮隨日轉,　　　금빛 궁궐에서 나온 의장대가 해를 따라 돌고

天廻玉輦繞花行.　　　옥 가마가 휘도는 노부가 꽃 주위를 돌아가네

始向蓬萊看舞鶴,[288]　먼저 봉래도에 가서 춤추는 학을 보고

還過蒩若聽新鶯.[289]　다시 채약전에 들러 꾀꼬리 울음을 들어

新鶯飛繞上林苑,[290]　꾀꼬리가 상림원을 휘돌며 우짖으니

願入簫韶雜鳳笙.[291][292]　원컨대 봉황 퉁소와 섞이어 순 임금의 음악이 되

　　　　　　　　　　기를

평석「서도부」에 "후궁에는 채약, 초풍이 있다"고 했다. 여러 판본에서 '채석'이라 쓴 것은

잘못이다.(西都賦: "後宮則有蒩若、椒風." 諸本作'蒩石'者誤.) ○ 당대 응제시는 이 작품과 왕

---

285)　間關(간관) : 의성어. 새가 구성지게 우는 소리.

286)　鎬京(호경) : 서주(西周)의 도성. 지금의 서안시 장안구 서북에 소재했다.

287)　五雲(오운) : 오색 빛깔의 상서로운 구름. 태평시대의 징조로 친다. ○ 紫清(자청) : 신
　　　선이 거주하는 곳. 천상을 가리킨다.

288)　蓬萊(봉래) : 대명궁 안에 있으며, 봉래궁의 북쪽에 위치한 태액지 안의 봉래산.

289)　蒩若(채약) : 한대 궁전 이름. 미앙궁 안에 소재했다. 반고(班固)의「서도부」에 "후궁
　　　으로는 액정(掖庭), 초방(椒房)이 있고, 후비의 거처로는 합환(合歡), 증성(增城), 안
　　　처(安處), 상녕(常寧), 채약(蒩若), 초풍(椒風), 피향(披香), 발월(發越), 난림(蘭林), 혜
　　　초(蕙草), 원앙(鴛鴦), 비상(飛翔)이 벌려 있다"고 하였다.

290)　上林苑(상림원) : 한대 궁정 원림. 지금의 서안시 서쪽 교외와 주지현 일대에 소재했다.

291)　심주 : 이러한 응제시는 신선의 재주가 아니면 쓸 수 없다.(應製詩有此, 非仙才不能.)

292)　簫韶(소소) : 순 임금 때의 음악.『상서』「익직」(益稷)에 "소소(簫韶)를 아홉 번 연주
　　　하니, 봉황이 와 춤추고 위용을 드러내었다"(簫韶九成, 鳳皇來儀.)라는 말이 있다.
　　　순 임금이 이 음악을 지었다 함은 곧 교화를 완성하였음을 비유한다.

유의 "구름 속 황성은 쌍봉궐이요, 빗속의 봄 나무 사이는 만백성 집이라"가 가장 뛰어나다.(三唐應製詩, 以此篇及摩詰之"雲裏帝城, 雨中春樹"爲最上.)

해설 봄이 온 궁전의 새로 푸르러진 버들 빛과 따뜻한 기운에 촉발되어 울기 시작한 꾀꼬리 울음소리를 노래했다. 특히 꾀꼬리 울음과 관련된 이미지는 지극히 신선하여 응제시의 상투적인 틀을 넘어선다. 부려하고 전아한 배경 속에 봄이 온 제도(帝都)의 기상이 청신하게 빚어졌다. 743년 봄 장안성에서 현종을 시종하며 지은 응제시이다.

왕옥산인 맹대융에게 부침(寄王屋山人孟大融)[293]

我昔東海上,	내가 예전에 동해에서 노닐 때
勞山餐紫霞.[294]	노산에 올라 자주색 노을을 마셨지
親見安期生,[295]	직접 안기생을 만났는데
食棗大如瓜.	참외만한 큰 대추를 먹고 있었지
中年謁漢主,[296]	중년에 한나라 군주를 알현하고
不愜還歸家.	궁중생활이 즐겁지 않아 집에 돌아왔지
朱顔謝春暉,	붉은 얼굴에 봄빛이 지더니

---

293) 王屋山(왕옥산) : 지금의 하남성 제원시(濟源市)에 소재. 산이 삼중으로 되어 있어 그 모습이 집과 같으므로 이름 붙여졌다. 또는 왕의 집이란 뜻에서 이름 붙여졌다는 설도 있다. ○孟大融(맹대융) : 미상.

294) 勞山(노산) : 대로산(大勞山)과 소로산(小勞山)이 있다. 진시황이 봉래섬을 보기 위해 올라 간 곳으로 알려졌다. 지금의 산동성 즉묵현(卽墨縣)에 소재한다. ○紫霞(자하) : 자주색 노을. 도가에서는 신선이 자주색 노을 타고 다닌다고 한다.

295) 親見(친견) 2구 : 한대 이소군(李少君)이 무제에게 말하기를 "신이 바닷가를 노닐다가 안기생(安期生)을 만났는데 참외만한 대추를 먹고 있었습니다"(臣嘗遊海上, 見安期生, 安期生食巨棗, 大如瓜.)라고 하였다. 『사기』「봉선서」 참조.

296) 심주 : 자신을 말했다. 안기생은 항우를 만났지 한 군주를 만나지 않았다.(自謂也. 安期生見項羽, 不見漢主.)

白髮見生涯.　　　　　이 생애에 백발을 보는구나
所期就金液,²⁹⁷⁾　　바라는 바는 금액을 마시고
飛步登雲車.　　　　　허공을 밟고 올라 운거를 타는 일
願隨夫子天壇上,²⁹⁸⁾　원컨대 그대를 따라 천단 위에 올라
閑與仙人掃落花.　　　신선 같은 그대와 한가히 꽃잎을 쓸고 싶어

해설 왕옥산에 은거하는 친구에게 보낸 시이다. 먼저 선도를 찾아 노력했던 일과 장안에 들어가 한림공봉이 되었다가 나온 경력을 쓰고, 끝에서는 세월의 흐름 속에 친구와 함께 은거하고자 하는 바람을 썼다. 751년경에 쓴 것으로 보인다.

명고가—잠 징군을 보내며(鳴皋歌送岑徵君)²⁹⁹⁾³⁰⁰⁾

若有人兮思鳴皋,　　　명고산으로 돌아가려는 사람 있으니
阻積雪兮心煩勞.³⁰¹⁾　쌓인 눈에 길이 막혀 근심이로다
洪河凌兢不可以徑度,³⁰²⁾　넓은 강물이 차가워 건널 수 없는데

---

297) 金液(금액) : 선로(仙露). 먹으면 장생불사한다는 음료.

298) 天壇(천단) : 천단산. 지금의 하남성 제원시(濟源市)에 있는 왕옥산(王屋山)의 최고봉. 전설에 의하면 고대 헌원씨(軒轅氏)가 하늘에 기원한 곳이라 하여 천단산이라 이름 붙였다고 한다.

299) **자주** : "당시 양원에는 세 척 높이의 눈이 쌓였다. 청령지에서 지었다."(自注 : "時梁園三尺雪, 在淸泠池作.")

300) 鳴皋(명고) : 명고산. 당시 하남부 육혼현(陸渾縣) 경내에 있었다. 지금의 하남성 숭현(嵩縣) 동북에 소재. ○岑徵君(잠징군) : 잠훈(岑勳). 남양 사람. 「장진주」에 잠부자(岑夫子)란 호칭으로 등장한다. 징군(徵君)은 조정에서 징초를 받았으나 응하지 않은 은사를 말한다.

301) 煩勞(번로) : 근심하다. 번뇌하다. 장형의 「네 가지 근심의 시」(四愁詩)에 '어찌 나의 마음이 근심스럽지 않으리'(何爲懷憂心煩勞?)란 말이 있다.

302) 洪河(홍하) : 황하를 가리킨다. ○凌兢(능긍) : 한랭한 모습. 두려워 떠는 모습. ○徑度(경도) : 徑渡와 같다. 건너다.

冰龍鱗兮難容舠.[303]　　　용의 비늘처럼 얼어붙어 거룻배도 띄우지 못 해라

邈仙山之峻極兮,[304]　　　산길로 가자니 험준하고 드높아

聞天籟之嘈嘈.[305]　　　바람 소리 잡소리에 가기가 어려워라

霜崖縞皓以合沓兮,[306]　　　눈서리 하얗게 어울려 모여 있는 모습이

若長風扇海,　　　마치 바다에 바람이 불어

湧滄溟之波濤.[307]　　　창해에 파도가 일어선 듯해라

玄猿綠羆,　　　검은 원숭이와 검푸른 곰이

舐痰崟岌,[308]　　　험준한 산에서 혀를 날름거리고

危柯振石,　　　위태로운 가지와 흔들리는 바위에

駭膽慄魄,　　　간담이 서늘하고 넋을 잃게 하는데

群呼而相號.[309]　　　무리끼리 부르고 서로 울부짖는구나

峰崢嶸以路絶,　　　봉우리가 험준하고 길이 끊겨 있고

挂星辰于巖嶅.[310]　　　바위산엔 별들이 걸려 있구나

送君之歸兮,　　　내 돌아가는 그대를 보내며

動鳴皐之新作.　　　「명고가」를 지어 보내는도다

交鼓吹兮彈絲,[311]　　　북 치고 피리 불며 현을 퉁기고

---

303)　冰龍鱗(빙룡린) : 얼어 있는 용의 비늘. 강물이 얼어붙은 모양을 형용하였다. ○舠(도) : 거룻배. 작은 배.

304)　邈(막) : 아득하다. 멀다. ○峻極(준극) : 지극히 높음.

305)　天籟(천뢰) : 자연계의 모든 소리. 바람 소리, 새 소리, 물소리 등을 통칭한다. ○嘈嘈(조조) : 여러 가지 소리가 떠들썩한 모양.

306)　霜崖(상애) : 눈과 서리가 쌓인 벼랑. ○縞皓(호호) : 흰 모양. ○合沓(합답) : 중첩되거나 모여 있는 모양.

307)　滄溟(창명) : 바다.

308)　舐痰(첨담) : 혀를 내민 모양. 동한 왕연수(王延壽)의 「노영광전부」(魯靈光殿賦)에 '검은 곰이 혀를 날름거리며 웃고'(玄熊舐痰以齗齗)라는 말이 있다. ○崟岌(음급) : 높고 험준한 산.

309)　심주 : 네 구를 연이은 다음에 다섯 번째 구에서 압운하고, 네 구는 그 안에서 다시 두 운을 썼으니 변화가 이미 극에 달하였다.(疊四句, 而以第五句爲一韻, 四句之中又成二韻, 變化已極.)

310)　巖嶅(암오) : 돌이 많은 작은 산.

311)　鼓吹(고취) : 북과 피리. ○彈絲(탄사) : 현을 뜯다.

觴清冷之池閣.　　　　청령지의 누각에서 술잔을 권하네
君不行兮何待?　　　　그대 가지 않고 무엇을 기다리는가?
若返顧之黃鶴.　　　　마치 되돌아 바라보는 황학 같아라
掃梁園之群英,[312]　　양원의 뛰어난 문인들을 쓸어버리고
振大雅於東洛.[313]　　낙양에서 '대아'(大雅)의 문풍을 크게 떨치려는가
巾征軒兮歷阻折,[314]　수건으로 수레를 닦으니 이제 험한 길을 거쳐
尋幽居兮越巇崿.[315]　은거지를 찾아 봉우리와 절벽을 넘어서 가리
盤白石兮坐素月,　　흰 바위 위에 앉아 맑은 달을 보고
琴松風兮寂萬壑.[316]　거문고로「풍입송」을 뜯으면 온 골짝이 고요하리
望不見兮心氛氲,[317]　바라보아도 보이지 않으니 마음 어지럽고
蘿冥冥兮霰紛紛.[318]　우거진 여라 어득하고 싸락눈 분분하리
水橫洞以下綠,　　　물이 동굴을 가로질러 아래로 짙푸르고
波小聲兮上聞.　　　물결의 작은 소리가 위에서도 들리리라
虎嘯谷而生風,[319]　호랑이가 계곡에서 울부짖으니 바람이 일어나고
龍藏溪而吐雲.　　　용이 계곡에 숨어 있으니 구름이 토해져 나오리
寡鶴清唳,　　　　　학 한 마리 맑게 소리 지르고
飢鼯嚬呻.[320]　　　굶주린 날다람쥐 눈살 찌푸리고 우는데

---

312) **심주**: 사혜련의「설부」에 보인다. 추양, 매승 등을 말한다.(見惠連之雪賦, 謂鄒枚也.)
313) 大雅(대아):『시경』의 한 부분. 여기서는 전아한 문풍을 가리킨다. ○東洛(동락): 동도 낙양.
314) 巾(건): 수건으로 닦다. 동사로 쓰였다. ○征軒(정헌): 멀리 가는 수레.
315) 巇崿(헌악): 봉우리와 절벽.
316) 松風(송풍): 악부의 금곡(琴曲)에 있는「풍입송」(風入松)을 가리킨다.
317) 氛氲(분온): 기운이 번성한 모양. 여기서는 어지러운 모양.
318) **심주**: 이 단락은 송별 후 은거지의 적막한 환경을 쓴 것인데, 마침 다음 문단을 끌어주는 역할을 한다.(此一段寫送別以後幽居寂寞之況, 恰好引起下段.)
319) 虎嘯(호소) 2구: 한대 왕포(王褒)의「성주득현신송」(聖主得賢臣頌)에 "호랑이가 울부짖으니 계곡의 바람이 차고, 용이 나오니 구름이 일어난다"(虎嘯而谷風冽, 龍興而致雲氣.)는 구절이 있다.
320) 鼯(오): 날다람쥐. ○嚬呻(빈신): 눈살을 찌푸리고 신음하다. 사조(謝朓)의「경정산」에 "외떨어진 학 한 마리 마침 아침이라 울고, 굶주린 날다람쥐 밤이 되어 운다"(獨

塊獨處此幽黙兮,³²¹⁾　　　그윽하고 적막한 곳에서 혼자 지내며

愀空山而愁人.³²²⁾　　　빈 산에 시름 찰 그대 모습을 내가 근심하네

鷄聚族以爭食,　　　지금 세상은 닭들이 모여서 먹이를 다투는데

鳳孤飛而無鄰.　　　봉황은 홀로 날며 이웃이 없구나

蝘蜓嘲龍,³²³⁾　　　도마뱀붙이가 용을 비웃고

魚目混珍.³²⁴⁾　　　생선 눈동자를 진주라 주장하네

嫫母衣錦,³²⁵⁾　　　모모(嫫母) 같은 추녀가 비단 옷을 입고

西施負薪.³²⁶⁾　　　서시 같은 미녀에게 땔감을 지게 하네

若使巢由桎梏於軒冕兮,³²⁷⁾　소부와 허유에게 벼슬로 손발을 구속하는 것은

亦奚異於夔龍蹩躠於風塵?³²⁸⁾　기(夔)와 용(龍)을 속세에 헤매게 하는 것과
다름없다네

哭何苦而救楚?³²⁹⁾³³⁰⁾　　운다면 신포서는 어찌 그리 심하여 초나라를
구했고

笑何誇而却秦?³³¹⁾³³²⁾　　웃는다면 노중련은 어찌 그리 당당하게 진나

鶴方朝唳, 飢鼯此夜啼.)는 구절이 있다.

321) 塊獨(괴독) : 고독(孤獨)과 같다. 고독한 모양. ○幽黙(유묵) : 고요하고 소리가 없음.

322) 愀(초) : 근심하는 모양.

323) 蝘蜓(언정) : 도마뱀붙이. ○嘲龍(조룡) : 용을 비웃다. 양웅(揚雄의 「해조」(解嘲)에 "그대는 지금 올빼미로 봉황을 비웃고, 도마뱀붙이로 용을 비웃으니 이 또한 잘못이 아니오?'(今子乃以鴟梟而笑鳳凰, 執蝘蜓而嘲龜龍, 不亦病乎?)란 말이 있다.

324) 魚目混珍(어목혼진) : 물고기의 눈을 진주로 잘못 알다. 가짜와 진짜가 뒤섞이다. '어목혼주'(魚目混珠)라고도 한다.

325) 嫫母(모모) : 전설에 나오는 황제(黃帝)의 처. 추녀로 알려졌다.

326) 심주 : 서시가 땔감을 팔며 산 일은 『오월춘추』에 보인다.(西施鬻薪見吳越春秋.)

327) 巢由(소유) : 소부와 허유. ○桎梏(질곡) : 차꼬와 수갑. ○軒冕(헌면) : 수레와 예관(禮冠).

328) 夔龍(기룡) : 기와 용. 순 임금의 현능한 두 신하로, 기는 악관(樂官)이고 용은 간관(諫官)이다. ○蹩躠(별설) : 비틀거리고 절룩거리며 애써서 나아감.

329) 심주 : 신포서.(申包胥.)

330) 哭何(곡하) 구 : 춘추시대에 오나라가 초나라의 수도 영(郢)을 함락하자, 초나라의 대부 신포서가 험난한 길을 거쳐 진나라 조정에 가서 밤낮으로 칠 일 동안 곡을 하며 원조를 호소하였다. 이에 진 애공(秦哀公)이 감동하여 원군을 보내 오나라 군대를 물리치게 하였다. 『좌전』 '정공(定公) 4년'조와 '5년'조 참조.

라를 물리쳤나?

吾誠不能學二子,[333]	내 진실로 이 두 사람을 배울 수 없으니
沽名矯節以耀世兮,[334]	명예를 얻고 높은 절조 있다고 세상에 자랑했으니
固將棄天地而遺身.	차라리 천지를 버리고 은거하리라
白鷗兮飛來,[335]	흰 갈매기여 날아오라
長與君兮相親!	그대와 함께 오래도록 친하리라!

평석 『초사』를 배워 장단과 완급을 종횡으로 운용하고 또 그 형식에서 변화를 부렸으니 참으로 선재(仙才)이다.(學楚騷而長短疾徐, 橫縱馳驟, 又復變化其體, 是爲仙才.)

해설 은거지로 돌아가는 친구를 보내며 쓴 시이다. 잠 징군이 돌아가는 수로나 육로가 모두 춥고 험난한 상황임을 극력 묘사한 후, 명고산의 깊고 조용한 주위 환경을 묘사하였다. 후반에서는 영리를 도모하고 흑백이 전도된 사람들의 추악한 모습을 그리면서 배척당한 자신의 심정을 묘사하였다. 오랫동안 잊혀졌던 유장한 소체(騷體)를 사용하여 예스러운 리듬 속에 한아한 풍모를 끌어들여 이백 특유의 몽환적인 세계를 만들어내었다. 744년 조정을 떠나 양송(梁宋) 지방 일대를 유람할 때 지었다.

331) 심주 : 노중련.(魯仲連.)
332) 笑何(소하) 구 : 전국시대 때 노중련이 조나라를 도와 진나라 군대를 물리친 일을 가리킨다. 권2 이백 「고풍 15수」 중의 제5수 참조.
333) 심주 : 앞의 말을 이었다.(承上言.)
334) 沽名(고명) : 수단을 써서 명예를 얻다. ○矯節(교절) : 계책을 써서 높은 절조가 있음을 보이다.
335) 白鷗(백구) 2구 : '해객압구'(海客狎鷗) 고사를 가리킨다. 권2 이백 「고풍 15수」 중의 제13수 참조.

당도 조염 소부가 담장에 그린 산수 노래(當塗趙炎少府粉圖山水歌)[336]

峨眉高出西極天,[337]　　　　아미산은 드높이 서쪽 하늘 끝에 솟았고

羅浮直與南溟連.[338]　　　　나부산은 곧바로 남해와 연결되었어라

名公繹思揮彩筆,[339]　　　　뛰어난 화가가 구성을 거듭하고 채색을 부려

驅山走海置眼前.[340]　　　　산과 바다를 몰아서 내 눈앞에 세웠어라

滿堂空翠如可掃,[341]　　　　대청 가득 푸른 잎을 비로 쓸 수 있겠는데

赤城霞氣蒼梧煙.[342]　　　　적성산에 노을 끼고 창오산에 안개 가득해

洞庭瀟湘意邈綿,[343]　　　　동정호와 소상이 아득히 멀리 있지만

三江七澤情洄沿.[344]　　　　마음은 삼강 칠택을 따라 오르내리누나

驚濤洶湧向何處?　　　　　　파도는 흉용하는데 어디로 흘러가나?

孤舟一去迷歸年.　　　　　　한 번 떠난 쪽배가 돌아올 줄 모르네

征帆不動亦不旋,　　　　　　배 위의 돛은 움직이지도 선회하지도 않아

---

336) 當塗(당도) : 강남동도 선주(宣州)의 속현. 지금의 안휘성 마안산(馬鞍山)시 속현. ○ 趙炎(조염) : 천보 연간에 당도현 현위를 지냈다. 이백과 절친하였으며 이백이 준 시들이 남아있다. ○ 少府(소부) : 현위. ○ 粉圖(분도) : 분칠한 담장에 그린 그림.

337) 峨眉(아미) : 아미산. 지금의 사천성에 있는 명산.

338) 羅浮(나부) : 나부산. 지금의 광동성 박라(博羅)현과 하원(河源)현 사이에 있는 명산. 풍광이 수려하다. ○ 南溟(남명) : 남해.

339) 繹思(역사) : 화가의 구상.

340) 심주 : 붓으로 그린 그림이 실제 같다.(畫筆如眞.)

341) 空翠(공취) : 산위의 초목. 비췻빛 녹색 잎.

342) 赤城(적성) : 적성산. 지금의 절강성 천태산 북쪽에 소재. 흙이 모두 붉은색이며 그 모습이 노을 같아 멀리서 보면 성벽처럼 보이기에 이름 붙여졌다. ○ 蒼梧(창오) : 구의산(九嶷山). 구름이 많기로 유명하다. 호남성 남부에 소재.

343) 瀟湘(소상) : 소수와 상수. 지금의 호남성에 있는 강. 소수는 구의산에서 발원하여 상수로 들어가고, 상수는 동정호로 들어간다. ○ 邈綿(막면) : 먼 모양.

344) 三江(삼강) : 세 줄기 강. 구체적인 강에 대해서는 여러 설이 있다. 곽박은 『산해경』 주석에서 장강, 상수(湘水), 원수(沅水)라 하였고, 『원화군현도지』에서는 민강(岷江), 예강(澧江), 상강(湘江)이라 하였고, 『군중지』(郡中志)에서는 화동 지방의 남송강(南松江), 전당강(錢塘江), 포양강(浦陽江)을 들었다. 여러 강들을 지칭한다. ○ 七澤(칠택) : 여러 소택지. 사마상여는 「자허부」에서 초 지방에 칠택이 있다고 하였다. ○ 洄沿(회연) : 역류하여 올라가기와 물 따라 내려가기.

飄如隨風落天邊.　　　바람 따라 나부끼며 하늘 끝에 떠도는 듯

心搖目斷興難盡,　　　마음 설레며 눈 쉬지 않고 감흥이 끝없는데

幾時可到三山巓?[345]　이 배가 언제 삼신산에 이를지 알지 못해라

西峰崢嶸噴流泉,　　　드높은 서쪽 봉우리에서 폭포가 터져 나와

橫石蹙水波潺湲.[346]　가로놓인 바위에 물결이 휘어 돌며 졸졸 흐르네

東崖合沓蔽輕霧,[347]　동쪽 절벽 겹겹한데 안개에 휩싸여

深林雜樹空芊綿.[348][349]　깊은 숲 잡목들이 무성하기만 하여라

此中冥昧失晝夜,　　　그 속은 어두워 밤과 낮이 없고

隱几寂聽無鳴蟬.　　　안궤에 기대 적막히 들으니 매미 울음도 없어라

長松之下列羽客,　　　소나무 아래에 신선들이 모였는데

對坐不語南昌仙.[350][351]　남창의 현위 매복도 말없이 마주 앉아있구나

南昌仙人趙夫子,　　　조 선생은 남창의 신선같이

妙年歷落靑雲士.[352]　젊고 준수한 고결한 선비라

訟庭無事羅衆賓,　　　소송 없는 빈 뜰에 손님들 늘어앉아

杳然如在丹靑裏.[353][354]　그윽히 그림 속에 들어앉은 듯하네

---

345)　三山(삼산) : 신선이 살고 있다는 동해의 봉래, 방장, 영주 등 세 개의 섬.

346)　蹙(축) : 재촉하다. ○潺湲(잔원) : 졸졸. 물 흐르는 소리.

347)　合沓(합답) : 산봉우리가 중첩되어 있는 모양.

348)　심주 : 綿(면) 운이 중복되었다.(綿韻復.)

349)　芊綿(천면) : 초목이 무성한 모양.

350)　심주 : 매복은 남창위가 되었는데, 전설에서는 나중에 신선이 되었다고 한다.(梅福爲南昌尉, 後傳爲仙.)

351)　南昌仙(남창선) : 남창의 신선. 서한 말기 남창현(南昌縣)의 현위(縣尉)를 지낸 매복(梅福)을 가리킨다. 구강(九江) 수춘(壽春) 사람으로, 외척 왕봉(王鳳)의 전횡을 비판하는 상소를 올렸으나 채납되지 않았다. 왕망(王莽)이 서한을 찬탈하자 처자를 버리고 은둔하였다. 나중에 신선이 되었다고 전해졌다. 여기서는 당도현 현위인 조염을 비유한다.

352)　妙年(묘년) : 청년. ○歷落(역락) : 모습이 준수하며 속되지 않음. ○靑雲士(청운사) : 고상한 선비.

353)　심주 : 실제의 광경이 그림 같다.(眞景如畫.)

354)　杳然(묘연) : 깊고 먼 모양. ○丹靑(단청) : 단사(丹砂)와 청확(靑雘). 적색과 청색. 여기서는 그림을 가리킨다. 이 구는 실제와 그림을 함께 묘사하여 복합적인 시각을 드

五色粉圖安足珍,　　　　오색의 담장 그림 어찌 진귀할 텐가
眞仙可以全吾身.[355]　　진정한 신선술만이 내 몸을 보전하리
若待功成拂衣去,　　　　만약에 공을 이루고 은거하려 한다면
武陵桃花笑殺人.[356]　　무릉의 도화원 사람들이 비웃으리라

해설 친구 조염이 담장에 그린 산수화를 보고 쓴 제화시(題畵詩)이다. 그림 속의 풍광과 현실의 공간을 자유롭게 들락거리면서 때로 화가의 솜씨에 대해 경탄하고, 때로 자신의 느낌을 삽입하여 전관식(全觀式) 산수도를 그려내었다. 아미산과 나부산, 적성산과 창오산이 있는 것으로 보아 상당히 장대한 화면이며, 그 속에 움직이지 않는 작은 쪽배마저 삼신산으로 가는 배로 만들어 시인은 전 화면을 생동감 있게 움직이게 하였다. 서쪽 봉우리에서 동쪽 절벽으로 오가며 시인은 안궤에 기대어 적막한 산중의 침묵을 듣고 있다. 이윽고 그림 속의 신선은 그림을 그린 조염과 일체가 되어버린다. 그러나 여기에 이르러 이백은 그림에서 뛰어나와 공명을 이루기보다는 명산 속에 들어가 신선을 배우고자 한다. 더불어 그가 줄곧 존경해왔던, 공을 이루고 물러서는 노중련마저 부정하는 데서 극단적인 자아 부정을 볼 수 있고, 이는 곧 현실에 대한 불만을 펼친 것임을 알 수 있다. 산수의 아름다움에서 현실의 혼탁을 깨닫고 더 높은 이상을 추구하는 정신을 나타내었다. 장안에서 물러나온 후 아직 안사의 난이 일어나기 전인 755년 당도에서 지낼 때 지은 것으로 보인다.

　　러낸 것으로, 문학적 묘사의 우세를 표현하였다.
355)　眞仙(진선) : 현실 세계 속의 신선. '진산'(眞山)이라 된 판본도 있다.
356)　武陵桃花(무릉도화) : 무릉의 복사꽃. 도연명의 「도화원기」 내용을 가리킨다.

예 놀던 곳을 생각하며 초군 원 참군에게 부침(憶舊遊寄譙郡元參軍)[357]

憶昔洛陽董糟邱,[358]	기억하노니 낙양의 동 조구(董糟邱)
爲余天津橋南造酒樓.[359][360]	나를 위해 천진교 남쪽에 주루를 열었지
黃金白璧買歌笑,	황금과 벽옥으로 노래와 웃음을 사고
一醉累月輕王侯.	한 번 취하면 여러 달 동안 왕후장상도 눈에 안보였지
海內賢豪靑雲客,[361][362]	국내의 현사와 호걸 그리고 고상한 사람들
就中與君心莫逆.[363]	그중에서 그대와 막역지교를 맺었었지
廻山轉海不作難,	산을 돌리고 바다를 옮긴다 해도 어렵지 않아
傾情倒意無所惜.	마음과 뜻을 모두 다 내준다 해도 아깝지 않아
我向淮南攀桂枝,[364]	나는 회남에 돌아가 은거하고
君留洛北愁夢思.	그대는 낙양에 머물며 꿈속에서 나를 그렸지
不忍別, 還相隨.[365]	차마 헤어지지 못해 다시 함께 다녔으니
相隨迢迢訪仙城,[366]	함께 다니며 멀리 수주 선성산을 방문했는데
三十六曲水廻縈.	서른여섯 굽이의 강물이 휘돌고 있었지

---

357) 譙郡(초군) : 하남도의 속군. 원래 박주(亳州)였는데 742년 초군으로 개명했다. 지금의 안휘성 박주시. ○ 元參軍(원참군) : 원연(元演). 이백의 친구이다.

358) 董糟邱(동조구) : 동씨 성을 지닌 술도가 주인. 조구(糟邱)는 지게미를 쌓아놓은 곳.

359) 심주 : 이는 다만 도입부 역할을 한다.(此只作引引入.)

360) 天津橋(천진교) : 낙양성의 낙수 위에 걸쳐 있던 다리.

361) 심주 : 여기서부터 원 참군을 말했다.(以下言元參軍.)

362) 賢豪(현호) : 현능하고 용감한 사람. ○ 靑雲客(청운객) : 도덕과 학문이 높은 사람.

363) 심주 : 만남을 말했다.(此言合.)

364) 淮南(회남) : 회남도(淮南道). 이백은 당시 회남도에 속한 안륙(安陸)에 있었다. ○ 攀桂枝(반계지) : 계수나무 가지 위로 올라가다. 서한 회남소산(淮南小山)의 「은사를 부르다」(招隱士)의 "계수나무 우거졌네, 깊은 산 속에 (…중략…) 계수나무 숲 속에 살면서, 나오지 않는구나"(桂樹叢生兮山之幽 (…중략…) 攀援桂枝兮聊淹留.)에서 유래하였다. 일반적으로 은거를 가리킨다.

365) 심주 : 헤어지려 하다가 다시 만났음을 말하였다.(此言欲離仍合.)

366) 仙城(선성) : 선성산. 수주(隨州, 호북 隨縣)에 소재한다.

一溪初入千花明,　　　강마다 막 들어서면 온갖 꽃이 다 피어있고
萬壑度盡松風聲.　　　수많은 골짜기의 솔바람 소리 다 지났지
銀鞍金絡倒平地,　　　은 안장 타고 금 굴레 끌고 평지에 이르니
漢東太守來相迎.367)368)　한동 태수가 친히 맞이하러 나왔지
紫陽之眞人,369)　　　　자양의 진인이
邀我吹玉笙.　　　　　　우리를 청하여 옥 생황을 불러주었지
餐霞樓上動仙樂,370)　찬하루 위에서 신선의 음악이 울리어
嘈然宛似鸞鳳鳴.371)　번성한 소리가 마치 봉황이 우는 듯했지
袖長管催欲輕擧,　　　긴 소매가 빠른 리듬에 날아갈 듯한데
漢中太守醉起舞.372)　한동 태수가 취하여 춤을 추었지
手持錦袍覆我身,　　　손에 든 비단 도포로 내 몸을 덮어주고
我醉橫眠枕其股.　　　나는 취해 그의 다리 베고 가로누워 잠을 잤지
當筵意氣凌九霄,373)　술자리에선 기개가 하늘을 찔렀으나
星離雨散不終朝,374)　아침이 가기도 전에 별과 비처럼 흘어져
分飛楚關山水遙.375)376)　초 지방 관문에서 헤어지니 산과 같이 아득해졌지
余旣還山尋故巢,　　　나는 산에 있는 옛 거처로 돌아오고
君亦歸家渡渭橋.　　　그대는 집으로 가며 위교를 건넜지

---

367)　심주 : 손님이 되었다.(此賓.)
368)　漢東(한동) : 한동군. 수주(隨州)를 말한다. 742년 중국의 모든 주(州)를 군(郡)으로
　　　바꾸면서 수주를 한동군으로 바꾸었고, 자사(刺史)도 태수(太守)로 바꾸었다.
369)　紫陽之眞人(자양지진인) : 수주의 도사 호자양(胡紫陽)을 말한다. 이백은 「한동 자양
　　　선생 비명」(漢東紫陽先生碑銘)을 지었다.
370)　餐霞樓(찬하루) : 호자양이 수주 고죽원(苦竹院)에 세운 누각. 호자양은 그곳에서 기
　　　거했다.
371)　嘈然(조연) : 음악소리가 조화로운 모양.
372)　漢中(한중) : 漢東의 잘못인 듯. 한중은 지금의 섬서성 한중시로 수주에서 멀다.
373)　意氣(의기) : 기개. ○九霄(구소) : 하늘에서 가장 높은 곳.
374)　星離雨散(성리우산) : 별이 나누어지고 비가 흩어진다. 이별을 비유한다. ○不終朝
　　　(부종조) : 아침이 끝나기 전에. 짧은 시간을 비유한다.
375)　심주 : 헤어짐을 말하였다.(此言離.)
376)　楚關(초관) : 초 지방 관문. 수주를 가리킨다. 수주는 고대에 초나라에 속하였다.

君家嚴君勇貔虎,[377]　　그대 집의 부친은 비휴와 호랑이처럼 용감해
作尹幷州遏戎虜.[378]　　병주의 윤(尹)이 되어 오랑캐를 막으셨지
五月相呼度太行,[379]　　오월에 나를 불러 태항산을 함께 넘고
摧輪不道羊腸苦.[380]　　바퀴가 부러져도 양장판이 힘들다 안했지
行來北京歲月深,[381]　　북경 태원에 간지도 세월이 오래 지나
感君貴義輕黃金.[382]　　그대가 황금보다 의리를 중시함에 감동하였지
瓊杯綺食青玉案,[383]　　옥 술잔에 맛있는 음식 청옥반에 담아
使我醉飽無歸心.　　나를 취하게 하여 돌아갈 마음 없게 하였어라
時時出向城西曲,　　때때로 성 서쪽 모퉁이로 나가면
晉祠流水如碧玉.[384]　　진사의 흐르는 물이 벽옥 같아
浮舟弄水簫鼓鳴,　　배를 띄우고 물을 저으며 피리와 북을 울리고
微波龍鱗莎草綠.[385]　　용 비늘 같은 잔물결에 향부자가 푸르렀지

---

377) 嚴君(엄군) : 부친. ○貔虎(비호) : 비휴(貔貅)와 호랑이. 비휴는 호랑이와 비슷한 맹수. 용맹한 군사를 비유한다.

378) 幷州(병주) : 치소는 지금의 산서성 태원시. 723년 태원을 북도(北都)라 칭하면서 태원부(太原府)를 설치하였고, 그 장관을 윤(尹)이라 하였으며, 태원절도사를 겸하게 하였다. ○遏(알) : 막다. 저지하다. ○戎虜(융노) : 이민족에 대한 멸칭. 당시 태원 북쪽에 거주하던 거란족을 가리킨다.

379) 五月(오월) 구 : 735년 5월에 이백과 원연은 태원을 유람하기로 약속하고 함께 태항산을 넘었다.

380) 摧輪(최륜) : 바퀴가 부서지다. ○羊腸(양장) : 양의 창자처럼 좁고 굽이도는 길. 이 구는 조조(曹操)의 「고한행」(苦寒行)에 나오는 "북쪽으로 태항산을 올라가니, 험하여라, 저 외외한 산들이여! 양장판 고개는 굽이굽이 돌아가, 수레바퀴가 다 부러졌다"(北上太行山, 艱哉何巍巍! 羊腸坂詰屈, 車輪爲之摧.)를 환기한다.

381) 北京(북경) : 태원. 742년 북도(北都)를 북경으로 개명하였다. ○歲月深(세월심) : 세월이 오래되다.

382) 심주 : 만남을 말하였다.(此言合.)

383) 靑玉案(청옥안) : 청옥으로 장식한 발이 달린 반상. 장형(張衡)의 「네 가지 근심의 시」(四愁詩)에 "미인이 나에게 비단 한 필을 주셨으니, 청옥 소반으로 보답해야 하리라"(美人贈我錦繡段, 何以報之靑玉案.)는 구절이 있다.

384) 晉祠(진사) : 서주 초기 진(晉)나라의 개국 제후 당숙우(唐叔虞)를 모신 사당. 지금의 태원시 서남 현옹산(懸甕山) 기슭에 소재한다. 진수(晉水)의 발원지이기도 하다.

385) 龍鱗(용린) : 용 비늘. 물결의 모양을 형용한 말이다. ○莎草(사초) : 향부자.

興來攜妓恣經過,　　　감흥이 일어나면 기생과 손잡고 마음껏 다니는데
其若楊花似雪何!　　　버들개지가 눈처럼 휘날릴 땐 또 어떠했던가!
紅粧欲醉宜斜日,　　　붉게 화장한 기생들이 취하니 석양과 어울려
百尺清潭寫翠娥.³⁸⁶⁾　깊은 연못에 옥 같은 모습 비치었지
翠娥嬋娟初月輝,　　　옥 같은 모습 아름답게 초승달처럼 빛나고
美人更唱舞羅衣.³⁸⁷⁾　미인들이 돌아가며 노래하니 비단 옷이 춤추어
清風吹歌入空去,　　　맑은 바람 불어오니 노래는 허공으로 올라가고
歌曲自繞行雲飛.³⁸⁸⁾　노랫소리는 저절로 구름에 감겨 날아갔었지
此時行樂難再遇,　　　이때의 즐거움 다시 만나기 어렵더니
西遊因獻長楊賦.³⁸⁹⁾³⁹⁰⁾　나는 서쪽으로 조정에 가 '장양부'를 바쳤어라
北闕青雲不可期,³⁹¹⁾　북궐에서 청운의 뜻을 펴기 어려워
東山白首還歸去.³⁹²⁾　동산에서 늙겠다며 고향으로 돌아왔어라
渭橋南頭一遇君,　　　위교의 남쪽에서 그대를 만났는데
酇臺之北又離群.³⁹³⁾³⁹⁴⁾　찬현의 북쪽에서 다시 그대와 헤어졌네
問余別恨知多少?　　　나에게 묻는가, 헤어진 한이 얼마나 되느냐고?

---

386) 寫(사) : 비치다. ○翠娥(취아) : 미인을 가리킨다.
387) 更唱(갱창) : 돌아가면서 노래 부르다.
388) 歌曲(가곡) 구 : 진청(秦青)의 노래가 구름을 멈추게 한 일을 환기한다. 『열자』「탕문」
(湯問)에 "진청이 박자에 맞추어 노래를 부르자, 노랫소리는 숲과 나무를 흔들었고,
그 울림에 흘러가는 구름이 멈추었다"(秦青撫節悲歌, 聲振林木, 響遏行雲.)는 구절이
있다.
389) 심주 : 다시 헤어졌다.(此又離.)
390) 西遊(서유) 구 : 한대 양웅(揚雄)이 성제의 수렵을 시종하고「장양부」(長楊賦)를 바친
일에서, 이백이 742년(천보 원년) 입궁한 일을 비유한다.
391) 北闕(북궐) : 궁궐의 북면에 있는 성루. 신하들이 상서를 올리거나 알현하기 위해서
대기하는 곳이다. ○青雲(청운) : 고관을 비유한다.
392) 東山(동산) : 동진의 사안(謝安)이 은거하던 곳. 일반적으로 은거지를 가리킨다. 노
(魯) 지방의 동몽산(東蒙山)으로 보는 학자도 있다. 뜻은 모두 통한다.
393) 심주 : 두 사람이 만나고 헤어진 대략을 말하였다.(此兩合兩離, 語從其略.)
394) 酇(찬) : 찬현. 당시 초군(譙郡)의 속현. 지금의 하남성 영성현(永城縣) 찬현향(酇縣
鄉). 찬대(酇臺)는 현의 치소. 찬대의 북쪽은 곧 송주(宋州)이다. 이 구는 745년 이백
이 양송 지방을 유람할 때 원연을 다시 만났다가 헤어진 일을 가리킨다.

落花春暮爭紛紛.　　　　늦봄에 분분이 떨어지는 꽃들만큼 많다네
言亦不可盡,　　　　　　말도 다 할 수 없고
情亦不可極.　　　　　　마음도 끝이 없어
呼兒長跪緘此辭,³⁹⁵⁾　아이를 불러 무릎 꿇고 이 편지 봉하여
寄君千里遙相憶.　　　　천 리 멀리 그대에게 그리움을 부치네

평석 참군과의 일에 있어 헤어짐과 만남을 서술했으니, 구성이 분명하고 정감이 뛰노니 단순히 호방하고 분방하기만 한 것은 아니다. 두보 이외에 누가 감히 맞설 수 있겠는가?(敍與 參軍情事, 離離合合, 結構分明, 才情動蕩, 不止以縱逸見長也. 老杜外誰堪與敵?)

해설 원 참군과의 여러 차례 만남과 헤어짐을 기록하며 서로의 우정을 노래한 시이다. 낙양에서의 만남과 사귐, 수주에서의 도사와 자사와의 어울림, 태원에서의 원 참군 부자의 환대와 유람, 실의한 후의 관중에서 만남 등 네 차례의 이합(離合)을 차례로 서술하였다. 특히 장안에 들어가기 전의 일들이 상세해 이백의 생애와 사상을 이해하는데 중요한 작품 가운데 하나이다.

배십사에게(贈裴十四)³⁹⁶⁾

朝見裴叔則,³⁹⁷⁾　　　아침에 배해(裴楷)와 같은 그대를 만나니

---

395) 長跪(장궤) : 엉덩이를 들고 허리를 편 채 무릎을 꿇은 자세. 이 자세는 상대에게 정중함을 표시한다. 한대의 작품 중에 「산에 올라 궁궁이를 뜯고」(上山采蘼蕪)에서도 "장궤문고부"(長跪問故夫)란 말이 있고, 「장성 아래 샘에서 말에 물 먹이며」(飮馬長城窟行)에서도 "장궤독소서"(長跪讀素書)란 말이 있다. ○ 緘此辭(함차사) : 이 서신을 봉하다.
396) 裴十四(배십사) : 미상. 성씨가 배씨이고 배항(排行)이 열네 번째인 사람. 배항은 동일 증조(曾祖) 할아버지 아래의 형제들 사이의 차례로, 당대에는 이로써 이름을 대신해 사용할 때가 많았다.

朗如行玉山.　　　　　　　밝기가 마치 옥산 옆을 걷는 듯

黃河落天走東海,　　　　황하가 하늘에서 떨어져 동쪽 바다로 가니

萬里寫入胸懷間.[398]　　만 리 강물이 그대의 가슴으로 쏟아져 들어가네

身騎白黿不敢度,[399]　　하백이 흰 자라를 타도 건널 수 없고

金高南山買君顧.[400][401]　남산처럼 황금을 쌓아도 그대의 허락이 더 값져라

徘徊六合無相知,[402]　　그대가 천지 사방을 거닐어도 아는 이 없어

飄若浮雲且西去.　　　　구름처럼 떠다니다 서쪽으로 가는구나

평석 '황하가 하늘에서 떨어져' 2구는 스스로 상상하여 얻은 것이다.('黃河落天'二語, 自道所得.)

해설 배십사의 고결한 마음과 행동을 예찬한 시이다. 배십사를 서진의 명사 배해에 비유하면서 그의 용모의 준수함, 흉회의 드넓음, 태도의 오연함을 묘사한 후, 세상이 알아주지 않고 써주지 않는 점을 아쉬워하였다. 사람을 옥산, 바다, 구름으로 비유한 점이 눈에 뜨인다.

----

397) 裴叔則(배숙칙) : 배해(裴楷). 서진의 명사이자 명신. 생졸년은 237~291년. 행동거지가 준수하여 당시 사람들이 '옥인'(玉人)이라 불렀으며, 사람들은 "배해를 만나면 옥산 위에 걷는 듯 사람을 비춘다"(見裴叔則如玉山上行, 光映照人.)고 하였다. 『세설신어』「용지」(容止) 참조.

398) 寫(사) : 瀉(사)와 같다. 쏟다.

399) 심주 : 『초사』「하백」(河伯)에 '흰 자라를 타고 무늬 진 물고기 데리고'란 구절이 있다.(楚辭 : '乘白黿兮逐文魚.')

400) 심주 : 초 성왕이 부인의 웃음을 사려는 일을 사용했다.(用楚成王買夫人笑事.)

401) 金高南山(금고남산) : 황금이 종남산처럼 높게 쌓이다. 지극히 높은 값을 말한다. ○買君顧(매군고) : 상대의 눈길을 구하다. 춘추시대 초 성왕이 즉위한 후 후궁에 행차하였는데, 모든 궁인이 성왕을 보았지만 정나라 여인 정무(鄭瞀)만은 곧바로 갈 뿐 돌아보지 않았으며 천천히 걷는 걸음도 변하지 않았다. 이에 성왕이 "돌아보라, 내 그대를 부인으로 삼겠노라"고 해도 정무는 돌아보지 않았다. 성왕이 다시 "돌아보라, 내 다시 그대에게 천 금을 내리고 부모형제처럼 대하겠노라"고 하니 정무가 마침내 돌아보았다고 한다. 『열녀전』권5 참조.

402) 六合(육합) : 동서남북 및 하늘과 땅. 거대한 우주 공간 전체를 가리킨다.

백운가—산으로 돌아가는 유십육을 보내며(白雲歌送劉十六還山)[403]

楚山秦山皆白雲,[404]	초 지방 산, 장안의 산, 모두가 백운이니
白雲處處常隨君.	백운은 어디서나 그대를 따르리
君入楚山裏,	그대가 초 지방 산에 들어가면
雲亦隨君渡湘水.[405]	구름도 그대 따라 상수를 건너리
湘水上,	상수의 강가에서
女蘿衣,[406]	새삼 덩굴 옷 입으리
白雲堪臥君早歸.	백운 아래 누을 만하니 그대 어서 돌아가게나

평석 손 가는 대로 썼는데 자연스럽고 빼어나다.(隨手寫去, 自然流逸.)

해설 고향으로 돌아가는 유십육을 보내며 쓴 시이다. 유십육은 초 지방 사람으로 장안에 와서 이백을 만났고, 이백은 돌아가는 그를 전송하였다. 간단한 이미지에 담백한 말로 여운이 깊은 시를 만들었다.

---

403) 劉十六(유십육) : 미상. 유씨이면서 배항이 열여섯 번째인 사람.

404) 楚山秦山(초산진산) : 초 지방 산과 진 지방 산. 초 지방 산은 남방을 가리키고, 진 지방 산은 장안을 가리킨다.

405) 湘水(상수) : 호남성 최대 강으로, 광서성 흥안현(興安縣) 양해산(陽海山)에서 발원하여 동북으로 호남성 경내로 들어가 북쪽으로 형양(衡陽), 상담(湘潭), 장사(長沙) 등을 거쳐 동정호(洞庭湖)로 흘러든다.

406) 女蘿衣(여라의) : 새삼 덩굴로 만든 옷. 은자가 입는 옷을 가리킨다. 굴원(屈原)의 『구가』「산귀」(山鬼)에 "산기슭에 어른거리는 사람 그림자, 승검초로 옷 입고 새삼 덩굴로 띠 둘렀네"(若有人兮山之阿, 被薜荔兮帶女羅.)란 말이 있다.

여산요―시어 노허주에게 부침(廬山謠寄廬侍御虛舟)[407]

我本楚狂人,[408]   나는 본래 초나라 미치광이 접여와 같은 사람

鳳歌笑孔丘.[409]   〈봉가〉(鳳歌)를 불러 공자를 비웃었지

手持綠玉杖,[410]   손에는 녹옥의 지팡이를 들고

朝別黃鶴樓.[411]   아침에 황학루를 떠났지

五嶽尋仙不辭遠,[412]   천 리를 멀다 않고 오악을 다니며 신선을 찾고

一生好入名山遊.   일생 동안 명산에 들어가 유람하기 좋아했지

廬山秀出南斗傍,[413]   여산은 두성의 분야인 심양에서 빼어나고

屛風九疊雲錦張,[414]   아홉 폭 병풍 같은 바위에 비단 같은 구름

影落明湖靑黛光.[415]   맑은 호수에 그림자 떨어지면 흑청색으로 빛나지

金闕前開二峰長,[416][417]   금궐 같은 석문 앞에는 두 봉오리가 솟았고

---

407) 廬山(여산) : 지금의 강서성 구강시(九江市) 남부에 소재한 산. ○廬侍御虛舟(노시어 허주) : 시어사 노허주. 자는 유진(幼眞)이며 범양(范陽, 북경) 사람이다. 숙종 때 시어사를 지냈다.

408) 楚狂(초광) : 초 지방의 미친 사람. 춘추시대 초나라 은사 접여(接輿)를 가리킨다. 미친 척 하면서 세상을 피해 살았기에 광인이라 하였다.

409) 鳳歌(봉가) 구 : 봉황에 대한 노래. 접여가 공자를 봉황이라고 가리키며 부른 노래. "초나라 광인 접여가 노래를 하면서 공자 앞을 지나갔다. '봉이여, 봉이여! 어이하여 덕이 쇠락했나? 과거는 돌이킬 수 없지만 미래는 따라잡을 수 있다네. 끝났구나, 끝났구나! 지금의 위정자는 모두 위태롭구나!'"(楚狂接輿歌而過孔子曰, "鳳兮鳳兮! 何德之衰? 往者不可諫, 來者猶可追. 已而已而! 今之從政者殆而!") 『논어』 「미자」(微子) 참조.

410) 綠玉杖(녹옥장) : 녹옥이 장식된 지팡이.

411) 黃鶴樓(황학루) : 호북성 무한시(武漢市) 무창 지구에 있는 누각. 장강 강가에 있어 유람지이자 송별지로 유명했다.

412) 五嶽(오악) : 동악 태산, 남악 형산, 서악 화산, 북악 항산, 중악 숭산. 여기서는 여러 산들.

413) 南斗(남두) : 두수(斗宿) 도는 두성(斗星)이라고도 한다. 28수 가운데 하나로, 심양은 두수의 분야에 해당한다. 또 성자현(星子縣)의 서북에 여산이 위치한다.

414) 屛風九疊(병풍구첩) : 여산 오로봉(五老峰)의 동북에 구첩운병(九疊雲屛)이 있다. 병풍첩(屛風疊)이라고도 한다.

415) 影(영) : 여산의 그림자. ○明湖(명호) : 파양호를 가리킨다. ○靑黛(청대) : 청색 눈썹 먹. 여기서는 흑청색.

銀河倒挂三石梁.[418]　　삼첩천 흘러내린 물은 은하가 거꾸로 걸린 듯

香爐瀑布遙相望,　　향로봉의 폭포와 멀리 마주하며

廻崖沓嶂凌蒼蒼.[419]　　굽이도는 절벽과 겹겹의 봉우리는 창공 위에 솟아있어

翠影紅霞映朝日,　　비췻빛 삼림과 붉은 노을은 아침 해를 맞이하고

鳥飛不到吳天長.[420]　　날아오르는 새는 오 지방 하늘 끝까지 날아간다네

登高壯觀天地間,　　높이 올라 들러보면 천지간에 장관이요

大江茫茫去不還.　　장강은 드넓게 흘러가선 돌아오지 않아라

黃雲萬里動風色,　　만 리에 깔린 구름이 바람에 뒤채고

白波九道流雪山.[421]　　아홉 갈래 강줄기에 흰 포말이 설산 같아

好爲廬山謠,　　내 '여산요'를 짓나니

興因廬山發.　　여산이 있어 감흥이 일어나는구나

閑窺石鏡清我心,[422]　　한가히 석경을 보고 마음을 씻으니

謝公行處蒼苔沒.[423][424]　　사령운의 자취가 이끼에 덮였어라

早服還丹無世情,[425]　　일찍이 환단을 먹었으니 세상일도 잊었고

---

416) 심주 : 향로봉과 쌍검봉.(香爐、雙劍.)

417) 金闕(금궐) : 여산의 금궐암(金闕巖). 석문(石門)이라고도 한다.

418) 三石梁(삼석량) : 삼첩천(三疊泉). 구첩병의 왼쪽에 있으며, 물이 세 번 꺾이어 내려 가므로 은하가 거꾸로 걸린 것 같다고 하였다.

419) 廻崖(회애) : 꺾어져 돌아 올라가는 벼랑. ○沓嶂(답장) : 중첩된 높은 산. ○蒼蒼(창 창) : 푸른 하늘.

420) 심주 : 長(장) 운이 중복되었다.(長韻復.)

421) 九道(구도) : 아홉 갈래의 강. 고대인은 장강이 심양에 이르러 아홉 갈래로 갈라진다 고 하였다. 심양 일대의 강. ○雪山(설산) : 강에서 일어나는 높은 파도의 포말을 형 용하였다.

422) 石鏡(석경) : 여산의 동면 벼랑에 거울처럼 둥그런 바위를 가리킨다. 전설에는 이 바 위에 가까이 가면 거울처럼 몸과 얼굴을 비춰 볼 수 있다고 한다. 사령운의 「팽려호 어구에 들어가며」(入彭蠡湖口)에 '벼랑을 올라 석경에 몸을 비추며'(攀崖照石鏡)란 구절이 있다.

423) 심주 : 석경산은 심양에 소재하는데 사령운이 유람했던 곳이다.(石鏡山在潯陽, 謝靈 運所遊.)

424) 謝公(사공) : 사령운을 가리킨다. 남조 유송 때 시인. 사령운의 시에 「여산 최고봉에 올라 여러 산들을 바라보며」(登廬山絶頂望諸嶠)란 작품이 있다.

425) 還丹(환단) : 도교에서 말하는 단약. 단사를 오래 태우면 수은이 되고, 그 수은을 오

琴心三疊道初成.[426]	‘금심 삼첩’에 이르렀으니 선도에 입문은 하였지
遙見仙人彩雲裏,	멀리 오색구름 속에 신선이 보이는데
手把芙蓉朝玉京.[427]	부용을 손에 들고 옥황상제께 배알하리
先期汗漫九垓上,[428]	먼저 구천 하늘 위에서 광대무변을 만나기로 했으니
願接盧敖遊太淸.[429]	원컨대 노오(盧敖) 같은 그대와 천상을 유람하리

평석 먼저 여산의 명승을 그린 다음, 명승을 찾는 것보다 신선술을 배우는 것이 나으므로 노오와 천상을 유람하는 것이 평소의 바람이라고 말하였다. 필치에 특히 선기가 있다.(先寫 廬山形勝, 後言尋幽不如學仙, 與盧敖同遊太淸, 此素願也. 筆下殊有仙氣.)

해설 현란한 필치로 여산의 웅장하고 기이하며 수려한 장관을 그렸다. 먼저 자신의 경력을 도입으로 하여 여산을 그려나갔고, 말미에서 신선술에 대한 지향을 나타내었다. 풍부한 상상과 압도하는 기세로 호방하고 장대한 자연 경관을 그려내면서, 세상의 구속을 벗어던지는 자유로움을 노래하였다. 비록 표면적인 내용이 그러한다 해도 작품의 이면에는 인간 세계에 대한 애착과 현실에 대한 지향이 깔려있다. 만년에 폄적지로 가

래 태우면 다시 단사로 돌아온다고 한다. 이를 환단이라고 한다. 『포박자』「금단」 (金丹)에서는 일 도규(刀圭)만 먹어도 대낮에 승천한다고 한다.

426) 琴心三疊(금심삼첩) : 도교 용어이다. 『황정내경경』(黃庭內景經)에 ‘금심삼첩무태선’ (琴心三疊舞胎仙)이란 말이 있다. 양구자(梁丘子)는 ‘금(琴)은 화(和)이고, 첩(疊)은 적(積)이다’고 주석하였다. 이에 따르면 ‘금심삼첩’은 온화한 마음이 세 번 쌓인다는 말로, 심기가 화평하다는 뜻이다.

427) 玉京(옥경) : 도교에서 옥황상제가 산다고 하는 곳.

428) 汗漫(한만) : 거대하여 끝이 없음. 광대무변함. ○九垓(구해) : 구천.

429) 盧敖(노오) : 진시황 때의 박사로 신선을 찾으러 갔다가 돌아오지 않았다. 노오가 북 해(北海)에서 놀다가, 태음(太陰)을 지나, 현궐(玄闕)에 들어가, 몽곡(蒙谷)에 이르자 기이하게 생긴 한 선비를 만났다. 노오가 함께 북음(北陰)으로 놀러 가자고 하자, 그 선비는 “나는 구천 하늘 밖에서 광대무변과 만나기로 하여, 오래 머물 수가 없소”(吾 與汗漫期於九垓之外, 吾不可以久駐.)라고 말하고는 구름 속으로 몸을 솟구쳐 올라갔 다. 『회남자』「도응훈」(道應訓) 참조. 여기서는 노오로 노허주를 비유하였다. ○太淸 (태청) : 가장 높은 하늘.

다가 사면을 받아 되돌아오는 중인 760년에 여산을 유람하고 지은 시로
보인다.

금릉 술집에서 두고 떠나며(金陵酒肆留別)[430]

風吹柳花滿店香,	바람 불어 버들개지 향기 술집에 가득한데
吳姬壓酒勸客嘗.[431]	오 지방 아가씨 술을 짜내 손님에게 권하네
金陵子弟來相送,[432]	금릉의 친구들 나를 송별하러 나왔는데
欲行不行各盡觴.[433]	가는 사람 남는 사람 모두가 술잔을 비우네
請君試問東流水,	그대여, 동으로 흐르는 강물에게 물어보게나
別意與之誰短長?	헤어지는 정과 강물이 어느 것이 더 긴지

평석 말은 깊은 뜻을 쓸 필요가 없다. 정을 써내면 이미 충분하다.(語不必深, 寫情已足.)

해설 친구들과 헤어지며 쓴 시이다. 아마도 726년 처음 금릉에 갔을 때
지은 것으로 보인다. 버들개지 날리고 아가씨가 술을 짜내고 청년들이
술잔을 나누는 봄날의 주점 안 풍경이 손에 잡힐 듯 그려졌다. 비록 아
쉬운 이별의 장면이지만 봄날 청년들의 즐거운 감정이 넘쳐난다. 말미의
비유는 추상적인 이별의 감정을 구상적인 강물에 비유한 것으로, 비록
이백이 시작한 것은 아니지만 생동적이어서 후대에 많은 영향을 주었다.

---

430) 金陵(금릉) : 지금의 남경시. ○酒肆(주사) : 술집. 주점.
431) 吳姬(오희) : 오 지방 미녀. 금릉은 춘추전국시대 오나라 강역이었다. 여기서는 주점
　　의 시녀. ○壓酒(압주) : 술이 익을 때 술을 거르는 일.
432) 子弟(자제) : 젊은 사람.
433) 欲行(욕행) : 가려고 하는 사람. 시인 자신을 가리킨다. ○不行(불행) : 가지 않는 사
　　람. 남아있는 사람들을 가리킨다. ○盡觴(진상) : 술잔을 다 비우다. 상(觴)은 술잔.

몽유천모음—두고 떠나며(夢遊天姥吟留別)[434][435]

海客談瀛洲,[436][437]	바다에서 온 나그네가 영주를 이야기하니
煙濤微茫信難求.[438]	안개와 파도에 아득하여 찾기 어렵다더라
越人語天姥,	월 지방 사람이 말하는 천모산은
雲霓明滅或可睹.	구름과 무지개가 뒤채나 볼 수 있다 하더라
天姥連天向天橫,	천모산은 하늘 높이 가로누워
勢拔五嶽掩赤城.[439]	기세는 오악을 압도하고 적성산을 늘러
天台一萬八千丈,	천태산 일만 팔천 장도
對此欲倒東南傾.	천모산 때문에 동남이 기울어졌다 하더라
我欲因之夢吳越,[440]	내 그 말을 듣고 오월 지방을 꿈꿨으니
一夜飛度鏡湖月.[441][442]	하룻밤에 달빛 비친 경호로 날아갔어라
湖月照我影,	호수의 달이 나를 비추어
送我至剡溪.[443]	섬계로 나를 보내었어라

---

434) 심주 : 천모봉은 천태산 서북에 소재하며 아래에 승현이 있다.(天姥峰在天台西北境, 下臨嵊縣.)

435) 天姥(천모) : 천모산. 절강성 신창현(新昌縣) 소재. 근처에 섬계(剡溪)가 있다. 산에 오른 사람들이 신선 천모가 부르는 노랫소리를 들었다 하여 이름 붙여졌다. 은반의 『하악영령집』에서는 제목이 「꿈에 천모산에서 놀다—동로의 여러 사람과 헤어지며」(夢遊天姥山別東魯諸公)라 되어 있다.

436) 심주 : 이끌어내었다.(引起.)

437) 海客(해객) : 바다에서 온 나그네. ○瀛洲(영주) : 전설 속의 신선이 산다는 섬. 봉래, 방장과 함께 삼신산 가운데 하나.

438) 微茫(미망) : 희미하고 어렴풋하다.

439) 赤城(적성) : 적성산. 천태산의 남문에 해당한다.

440) 因之(인지) : 이 때문에. 월 지방 사람의 말 때문에. ○吳越(오월) : 오 지방과 월 지방. 오 지방은 소주 일대이며, 월 지방은 소흥 일대이다. 곧 화동 지방.

441) 심주 : '달빛 비친 경호로 날아갔어라' 이하는 모두 꿈속에서 겪은 것을 말했다.('飛度鏡湖月'以下, 皆言夢中所歷.)

442) 鏡湖(경호) : 감호(鑒湖). 절강성 소흥시에 있는 호수.

443) 剡溪(섬계) : 대계(戴溪)라고도 한다. 지금의 절강성 승현(嵊縣)에 있는 조아강(曹娥江)의 상류.

謝公宿處今尚在,[444]　　　　　사령운이 살던 곳 지금도 있어

綠水蕩漾清猿啼.　　　　　푸른 물결 넘실거리고 원숭이 울어

脚著謝公屐,[445]　　　　　발에는 사령운의 나막신을 신고

身登青雲梯.[446]　　　　　몸은 높은 돌계단을 오르니

半壁見海日,　　　　　절벽 중간에서 바다에 떠오르는 해를 보고

空中聞天鷄.[447]　　　　　공중에서 천계의 울음소리 들어라

千巖萬轉路不定,　　　　　수많은 바위를 돌고 돌아 길을 찾는데

迷花倚石忽已暝.　　　　　바위에 기대 꽃을 보다가 홀연 어두워져

熊咆龍吟殷巖泉,[448]　　　　　곰이 부르짖고 용이 우니 바위와 샘이 울리고

慄深林兮驚層巓.　　　　　깊은 숲이 전율하고 산봉우리가 놀라더라

雲青青兮欲雨,　　　　　구름은 푸르러 비가 내리려는데

水澹澹兮生煙.　　　　　물결이 일렁이며 안개가 피어나네

列缺霹靂,[449]　　　　　번개 치고 천둥 때리어

丘巒崩摧.　　　　　산등성이가 무너지네

洞天石扇,[450]　　　　　동굴의 석문도

訇然中開.[451)452]　　　　　우르릉 열리는구나

---

444) 謝公(사공) : 사령운. 회계태수를 지냈으며, 지금의 소흥 일대를 자주 유람하였다. 「임
　　해의 산에 올라 강중을 떠나며 짓다—사촌동생 사혜련에게 주고, 양선지와 하장유와
　　함께 화답하다」(登臨海嶠初發彊中作, 與從弟惠連, 見羊何共和之)에 "저녁에 섬중에 투
　　숙하고, 다음날 천모산에 오르다"(暝投剡中宿, 明登天姥岑.)는 구절이 있다.

445) 謝公屐(사공극) : 사령운이 등산용으로 개발한 나막신. 나막신 바닥에 홈을 앞뒤로 파
　　서 올라갈 때는 굽을 뒤에 꼽고, 내려갈 때는 앞에 꼽았다. 『송서』 「사령운전」 참조.

446) 青雲梯(청운제) : 높은 산의 돌계단. 사령운의 「석문산 최고봉에 올라」(登石門最高
　　頂)에 "아쉬워라, 지향이 같은 사람이 없음이, 함께 높은 산길 오르지 못하니"(惜無
　　同懷客, 共登青雲梯.)란 구절이 있다.

447) 天鷄(천계) : 신화 중에 나오는 천상의 닭. 『술이기』에 "동남에 도도산(桃都山)이 있
　　고 그 위에 거대한 나무가 있는데 이름이 도도이다. 가지와 가지 사이가 삼천 리나
　　떨어져 있다. 위에는 천계가 있는데 해가 막 떠올라 이 나무를 비추면 천계가 울고,
　　천하의 닭들이 이에 따라 운다"고 하였다.

448) 殷(은) : 거대한 소리가 진동하다. 울려 퍼지다.

449) 列缺(열결) : 번개가 치다. ○霹靂(벽력) : 천둥이 울리다.

450) 洞天(동천) : 신선이 사는 곳. ○石扇(석선) : 돌문.

青冥浩蕩不見底,⁴⁵³⁾　　광활한 천공이 끝없이 푸른데
日月照耀金銀臺.⁴⁵⁴⁾　　신선 사는 궁궐에 해와 달이 비치어라
霓爲衣兮風爲馬,　　무지개로 옷 삼고 바람으로 말을 삼아
雲之君兮紛紛而來下.⁴⁵⁵⁾　　구름 사이 신선들이 분분히 내려오네
虎鼓瑟兮鸞廻車,⁴⁵⁶⁾　　호랑이가 슬을 타고 난새가 수레를 돌려
仙之人兮列如麻.　　신선의 행렬이 삼마처럼 늘어섰어라
忽魂悸以魄動,⁴⁵⁷⁾　　갑자기 가슴이 두근거리고 정신이 깨어
怳驚起而長嗟.⁴⁵⁸⁾⁴⁵⁹⁾　　놀라서 일어나 길게 탄식하노라
惟覺時之枕席,　　생시의 베개와 자리만 있고
失向來之煙霞.⁴⁶⁰⁾　　조금 전의 안개와 노을은 없어졌어라
世間行樂亦如此,　　세상의 행락도 이와 같으니
古來萬事東流水.⁴⁶¹⁾　　예부터 만사가 동으로 흐르는 강물 같아라
別君去兮何時還?⁴⁶²⁾　　그대들을 떠나서 내 언제 돌아오리?
且放白鹿青崖間,⁴⁶³⁾　　잠시 백록(白鹿)을 푸른 벼랑 사이에 두고

---

451) 심주 : 지나가는 길이 기이하고 사라지며 있는 듯 없는 듯 모호하니, 꿈이기도 하고
선경이기도 하다.(一路離奇滅沒, 恍恍惚惚, 是夢境, 是仙境.)
452) 訇然(굉연) : 우르릉. 거대한 소리.
453) 青冥(청명) : 높은 하늘.
454) 金銀臺(금은대) : 금과 은으로 만든 누대. 신선이 거주하는 궁궐. 곽박(郭璞)의 「유선
시」에 "신선이 구름을 밀치고 나오니, 다만 금과 은으로 만든 누대만 보이더라"(神仙
排雲出, 但見金銀臺.)는 구절이 있다.
455) 雲之君(운지군) : 구름의 신. 굴원의 『구가』에 「운중군」(雲中君)이 있다. 여기서는 신
선을 가리킨다.
456) 虎鼓瑟(호고슬) : 호랑이가 슬을 연주하다. 장형(張衡)의 「서경부」(西京賦)에 "백호가
슬을 연주하고, 창룡이 젓대를 분다"(白虎鼓瑟, 蒼龍吹箎.)는 말이 있다.
457) 悸(계) : 심장이 두근거리다.
458) 심주 : 꿈에서 깨어났다.(夢醒.)
459) 怳(황) : 멍하다. 놀라다.
460) 向來(향래) : 저번. 깨어나기 전 꿈속을 가리킨다.
461) 심주 : 꿈에서 노니는 것으로 마무리 지었으니 세상 일이 모두 허환임을 보였다.(因
夢遊推開, 見世事皆成虛幻也.)
462) 심주 : 두고 떠난다는 뜻을 말미에 살짝 나타내었다.(留別意只末路一點.)
463) 白鹿(백록) : 흰 사슴. 상서로운 동물로 여겼으며, 은자들이 기르거나 타던 동물로 등

須行卽騎訪名山.　　　　　떠날 때는 저거를 타고 명산을 찾아가리
安能摧眉折腰事權貴,[464]　어찌 권세가에게 머리 조아리고 허리 굽히며
使我不得開心顔!　　　　　내 마음과 얼굴을 펴지 못하고 살아가랴!

평석 몽유에 기탁하여 온갖 모습을 다 묘사하고, 산의 기이하고 몽환적인 모습을 극력 그려 내었는데, 깨어난 후 갑자기 안개처럼 사라졌다. 세간의 행락도 꿈과 다름 없음을 알게 되었으니 어찌 꿈속에서 권세가에게 몸을 굽히겠는가? 내 응당 떠나 명산을 두루 다니며 하늘이 내린 수명을 다하리라. 시의 경계가 비록 기이하다 해도 맥락과 조리는 지극히 섬세하다.(託言夢遊, 窮形盡相, 以極洞天之奇幻, 至醒後頓失煙霞矣. 知世間行樂, 亦同一夢, 安能於夢中屈身權貴乎? 吾當別去, 遍遊名山以終天年也. 詩境雖奇, 脈理極細.)

해설 꿈에서 본 천모산을 그렸다. 구성은 크게 3단락으로 몽유의 연유, 몽유의 역정, 꿈에 깨어난 후의 감회로 이루어졌다. 달빛 속에 경호를 찾아가 새벽에 산을 오르고, 절험의 산속을 돌아, 곰과 용의 울음을 듣는데, 천둥과 번개에 산등성이가 무너지고, 신선들이 분분이 하늘에서 내려온다. 기험한 자연 경관과 기묘한 신화전설과 아름다운 고대 작품의 이미지들이 응결되어 휘황한 장면을 만들었다. 일반적인 유선시와 달리 감정이 강렬하며 기세가 드넓고 경계가 표일하다. 특히 말미에서 권귀(權貴)로 대변되는 현실 정치에 대한 환멸을 드러냄으로써 꿈과 같은 허환의 세계는 강렬한 대응적인 의의를 갖는다. 때문에 현실은 비이성적인 정치가 지배하는 꿈과 같은 허환의 세계로 변하고, 꿈속의 변화무쌍한 세계는 핍진감이 있는 현실로 그려졌다. 제작 시기는 일반적으로 이백이 장안의 궁중에서 배척되어 나온 다음, 746년 동로(東魯)에서 월 지방으로 유람가기 전에 친구들에게 써준 것으로 본다.

장한다.
464)　摧眉(최미) : 고개를 숙이다.

파릉의 노래─송별(灞陵行送別)[465]

送君灞陵亭,	그대를 파릉의 정자에서 보내니
灞水流浩浩.[466]	파수는 넘실넘실 흘러가네
上有無花之古樹,	위에는 꽃이 없는 고목이 그대를 보내고
下有傷心之春草.	아래에는 마음이 아픈 봄풀이 있어
我向秦人問路歧,	내가 행인에게 길이 어디로 통하는지 물으니
云是王粲南登之古道.[467]	왕찬이 남으로 내려갈 때 지나간 길이라네
古道連綿走西京,[468]	이 길은 구불구불 장안성으로 이어졌으나
紫闕落日浮雲生.[469]	궁궐에는 해가 지고 뜬 구름이 덮였구나
正當今夕斷腸處,	바로 오늘 저녁 애간장이 끊어지는 곳
驪歌愁絶不忍聽.[470]	이별가 시름에 겨워 차마 듣기 어려워라

해설 파릉에서 친구를 보내며 쓴 시이다. 이별의 아쉬움 속에 왕찬의 전
고로 떠나가는 사람의 처지를 환기하였고, 장안의 구름으로 자신의 현실

---

465) 灞陵(파릉) : 패릉(霸陵)이라고도 한다. 장안 동남 교외 백록원(白鹿原)에 한 문제(漢
文帝)의 능묘가 있는 곳. 부근에 있는 파교(灞橋)는 떠나는 사람에게 버들을 꺾어
주는 이별의 장소로 유명했다.

466) 灞水(파수) : 장안성 동쪽을 돌아가는 강. 발원지는 진령으로 장안 동쪽을 거쳐 위수
로 들어간다. 원래 霸水(패수)였으나, 나중에 삼수변을 붙여 灞水(파수)라 하였다.
지금의 파하(灞河).

467) 王粲(왕찬) : 동한 말기의 시인. 황건적의 난 이후 장안이 변란으로 어지러워지자 형
주로 내려가 유표에 의탁하였으며, 나중에는 조조에 귀속되었다. 장안을 떠나 형주
로 갈 때 쓴 「칠애시」(七哀詩)에 "남으로 파릉의 언덕에 올라, 고개 돌려 장안을 바
라본다"(南登灞陵岸, 廻首望長安.)는 구절이 있다.

468) 西京(서경) : 장안.

469) 紫闕(자궐) : 제왕이 거주하는 궁성. ○浮雲(부운) : 뜬 구름. 궁중의 간신과 아부꾼들
을 비유한다. 이백의 시에서 구름은 종종 소인들을 비유한다.

470) 驪歌(여가) : 고대 이별의 노래. 고대의 일시(逸詩)에 나그네가 떠날 때 부르는 「여구」
(驪駒)가 있는데, 그 가사는 "검은 망아지 문 앞에 있으니, 마부가 채비를 갖추었네.
검은 망아지 길에 있으니, 마부가 출발 준비를 하네"(驪駒在門, 僕夫具存; 驪駒在路,
僕夫整駕.)라 되어 있다.

을 환기하였다. 장안에서 활동할 때인 743년경에 쓴 것으로 보인다.

선주 사조루에서 사촌인 교서랑 이운을 전별하며(宣州謝朓樓餞別校書叔雲)[471]

棄我去者昨日之日不可留,[472]	나를 버리고 가는 어제는 잡아둘 수 없고
亂我心者今日之日多煩憂.[473]	내 마음을 어지럽히는 오늘은 근심뿐이로다
長風萬里送秋雁,[474]	만 리 멀리 불어가는 바람에 기러기 날아가니
對此可以酣高樓.	이를 바라보며 높은 누각에서 술을 마신다
蓬萊文章建安骨,[475]	그대는 한대 문장에 건안의 풍골이요
中間小謝又淸發.[476]	나는 사조같이 청신하고 수려한 시풍 세웠지

---

471) 宣州(선주) : 지금의 안휘성 선성시(宣城市). ○謝朓樓(사조루) : 안휘성 선성시 시내의 능양산(陵陽山)에 있는 누대. 남조의 제나라 시인 사조(謝朓)가 선성태수로 있을 때 지은 누각으로, 사공루(謝公樓), 북루(北樓) 등으로도 불린다. ○餞別(전별) : 헤어질 때 주연을 베풀고 보내다. ○校書(교서) : 교서랑. 도서를 정리하고 교감하는 직책. 문하성(門下省)의 홍문관(弘文館)과 비서성(秘書省)의 저작국(著作局)에 편제되었다. 품계는 종9품 또는 정9품. ○叔雲(숙운) : 숙부 이운(李雲). 자세한 기록이 없다. 다른 판본에서는 시 제목이 「사촌인 시어 이화를 모시고 누대에 오른 노래」(陪侍御叔華登樓歌)라 되어 있으며, 사촌이 저명한 산문가 이화(李華)라 되어 있다. 이화는 감찰어사에 시어사가 된 적이 있으며, 이백의 묘지명을 남기기도 했으므로 현대 학자들은 대체로 이화가 옳은 것으로 본다.

472) 棄我(기아) 구 : 이 구는 시간을 의인화시켜 표현하였으며, 감정을 그대로 드러내는 산문적인 구법을 사용하였다. 또 글자가 대부분 측성(仄聲)이어서 격정이 잘 드러났다.

473) 심주 : 이러한 격조는 이백의 마음에서 빚어져 나왔다.(此種格調, 太白從心化出.)

474) 秋雁(추안) : 가을에 남으로 날아가는 기러기. 이운을 비유한다.

475) 蓬萊文章(봉래문장) : 봉래는 한대 궁중의 노장(老莊) 관련 장서각인 동관(東觀)을 가리킨다. 당대에는 대명궁을 봉래궁이라 하기도 했으며 도서를 보관한 비서성이 이곳에 있었다. 여기서는 궁중에서 교서랑을 지내고 있는 이운의 문학을 가리킨다. 일부 학자들은 한대의 문학을 가리킨다고 풀이하였다. 여기서는 두 의견을 채용하였다. ○建安(건안) : 동한 말기 헌제의 연호(196~220년). 당시 조조, 조비, 조식 등 삼부자와 건안칠자가 활동하여 강건한 시풍을 이루었다. 후세에 이를 '건안 풍골'이라 하였다.

476) 中間(중간) : 동한 말 건안 연간부터 당대까지의 중간. ○小謝(소사) : 사조(謝朓). 사령운을 대사(大謝)라 한데 반해 사조를 소사라 하였다. 여기서 이백은 이운의 문장

俱懷逸興壯思飛,[477]
欲上青天覽日月.[478]
抽刀斷水水更流,[479]
擧杯消愁愁更愁.

人生在世不稱意,
明朝散髮弄扁舟![480]

우리 모두 일흥(逸興)에 시정신이 높아
푸른 하늘에 올라가 해와 달을 따는 듯했지
칼을 뽑아 물 베어도 물은 더욱 세차게 흐르고
술잔 들어 시름을 씻으려 해도 시름은 더욱
거세져
사람이 세상에 살면서 제 맘 편히 못 산다면
차라리 내일 아침 머리 풀고 배 타고 떠나리라

해설 선주에서 친척 이운(또는 이화)을 보내면서 쓴 시이다. 이별에 대해서는 정작 말하지 않고, 두 사람의 재능에 대해 높이 평가하고 자부하면서, 포부를 이룰 길 없는 격앙된 감정과 세월을 헛되이 보내는 울분을 토로하였다. 천마가 허공을 마음껏 내달리듯 충일한 감정이 무시로 터져 나오고 필세가 종횡으로 펼쳐졌다. 중간에 한대의 문장, 건안 풍골, 사조의 시가를 높이 평가한 점이 눈에 뜨인다. 이상과 현실의 갈등에서 오는 과도한 정염 때문에 이 시는 이백이 한림공봉으로 있는 중 참훼를 받아 조정을 떠나 선주에 갔을 때 지은 것으로 본다. 그 시기는 743년 가을

을 찬미함과 동시에 사조를 빌려 자신의 시도 자부하였다. ○淸發(청발) : 청신하고 빼어나다(淸新秀發). 사조의 시풍을 가리킨다.

477) 俱(구) : 이운과 이백의 문학. ○逸興(일흥) : 자유분방하고 뛰어난 감흥. 이백은 높은 미학적인 표준을 나타내는 말로 일흥이란 말을 자주 사용하였다. ○壯思(장사) : 건장한 시 정신.

478) 覽(람) : 攬(람)과 같다. 잡다. '명월을 잡는다'는 말은 분방한 시 정신을 잘 운용한다는 뜻이다. 이백의 시 「술잔을 들고 달에게 묻다」(把酒問月)에 '사람이 명월에 오르려 하나 오를 수 없어'(人攀明月不可得)란 구절이 있다.

479) 抽刀(추도) 구 : 이백은 '유수'(流水)의 이미지를 많이 사용하였다. 공자가 "밤낮으로 흐르는 것은 물뿐이로다"라고 탄식한 이래 시냇물은 세월을 의미하는 경우가 많다. 여기서도 이별을 두고 시간이 시시로 흐르는 안타까움을 표현하였다.

480) 散髮(산발) : 관을 벗고 머리를 풀다. 속세의 생활을 청산하고 유교적인 가치세계를 벗어나 자유롭게 살아간다는 의미이자 은거하겠다는 뜻이다. ○扁舟(편주) : 조각배. 이 구는 『사기』「화식열전」의 "범려가 회계의 수치를 씻은 후 편주(扁舟)를 타고 강호를 떠돌았다"는 말을 환기한다.

또는 744년 가을로 본다.

경계 동정에서 소부 정악에게 부침(涇溪東亭寄鄭少府諤)[481]

我遊東亭不見君,	동정에 놀러 왔지만 그댈 만나지 못해
沙上行將白鷺群.	모래 위에는 날아가는 백로들뿐이로다
白鷺行時散飛去,	백로들 때때로 흩어져 날아가니
又如雪點靑山雲.	마치 눈 조각이 청산 위 구름이 되는 듯
欲往涇溪不辭遠,	내 경계(涇溪)를 멀다 않고 찾아와보니
龍門䰠波虎轉眼.[482][483]	용문산 아래 급류가 호랑이 눈처럼 돌아가네
杜鵑花開春已闌,	진달래꽃 난만하고 봄이 벌써 저무는데
歸向陵陽釣魚晚.[484]	능양산에 돌아가 낚시하기 늦지 않았으리

해설 현위로 있는 정악에게 보내는 시의 형식으로 늦봄의 아름다운 경치와 백로의 한아한 모습을 보고 은거에 대한 마음을 표현하였다. 755년 경현 도화담을 유람한 후 능양산에 갔을 때 지은 것으로 보인다.

---

481) 涇溪(경계): 안휘성 선성시를 지나가는 강. ○東亭(동정): 선성에 있는 역참. ○鄭少府諤(정소부악): 경현(涇縣)의 현위로 있는 정악.

482) 심주: '호전안'은 물결이 휘돌며 빛이 나오는 것이 호랑이 눈빛 같다는 말이다. 유우석이 '변수가 동으로 흐르며 호랑이 눈 같은 문양이라'고 했는데 같은 뜻이다.('虎轉眼', 謂水波旋轉, 有光相映, 若虎眼之光. 劉禹錫'汴水東流虎眼紋', 亦此意也.)

483) 龍門(용문): 용문산. 경현에 소재한다. 암벽이 가파르고 숲이 깊다. ○䰠波(축파): 급한 물결. ○虎轉眼(호전안): 물결이 휘도는 모양. 그 모습이 호랑이 눈과 같다고 하여 만들어진 어휘이다.

484) 陵陽(능양): 능양산. 선성의 북쪽에 소재한다. 능양자명(陵陽子明)이 신선이 된 곳이라 하여 이름 붙여졌다. ○釣魚(조어): 능양자명이 벼슬을 버리고 신선술을 익히며 산 아래에서 낚시를 하는데, 하루는 백룡을 잡았다. 자명은 이를 백룡담에 놓아주었다. 오 년 후 용이 자명을 맞이하러 왔고, 자명은 능양산 위에서 신선이 되었다.

금릉 여자에게 보임(示金陵子)

金陵城東誰家子,	금릉성 동쪽에 어느 집 사람인가
竊聽琴聲碧窓裏.	벽사 창문에서 흘러나오는 거문고 소리 엿듣네
落花一片天上來,	떨어지는 꽃잎 하나 천상에서 내려와
隨人直度西江水.485)	사람 따라 곧바로 서강을 건너는구나
楚歌吳語嬌不成,	초 지방 노래 오 지방 사투리 아직은 서툴러
似能未能最有情.	잘 하는 듯 못하는 듯 가장 아리따운 때라네
謝公正要東山妓,486)	사안(謝安)이 마침 동산에서 기녀를 불러
携手林泉處處行.	손잡고 숲 속 곳곳 유람하고자 한다네

해설 금릉 여자의 아리따운 모습과 시인의 자유로운 생활을 그렸다. 앞 6구에서 기녀의 재능과 모습을 그리고 말미 2구에서 자신의 뜻을 썼다. 자신을 은거하는 사안(謝安)에 비긴 점에서 시인의 자부심을 볼 수 있다. 726년에 쓴 것으로 보인다.

두보(杜甫)

평석 두보의 칠언고시는 건장궁과 같이 천문만호를 거느리며, 거록의 전장에서 제후들이

---

485) 西江(서강) : 서쪽에서 흘러오는 강. 오월 지방의 강. 『장자』「외물」(外物)에 장자가 붕어에게 하는 말로 "내가 장차 남으로 오월의 왕과 노닐고, 서강의 물을 끌어와 너를 맞이하겠다"(我且南遊吳越之王, 激西江之水而迎子.)는 대목이 있다.

486) 謝公(사공) : 동진의 사안(謝安). ○要(요) : 초대하다. 부르다. 동진의 명사 사안은 회계의 동산에서 유람하였고, 나중에 금릉에서 살 때도 가산(假山)을 만들어 동산처럼 해 놓고 항상 기녀를 데리고 유람하였다.

모두 벽 위에서 구경만 하고 무릎걸음으로 기어다니며 올려보지 못하는 것과 같다. 바닷물이 거센 바람에 파도가 일어나고 흙모래가 뒤집히고 괴물을 춤추게 하며 온갖 동물이 다 모여든 것과 같다. 성당의 여러 시인과 별도로 큰 계보를 이루었다고 할 수 있다.(少陵七言古, 如建章之宮, 千門萬戶; 如鉅鹿之戰, 諸侯皆從壁上觀, 膝行而前, 不敢仰視; 如大海之水, 長風鼓浪, 揚泥沙而舞怪物, 靈蠢畢集. 別於盛唐諸家, 獨稱大宗.) ○ 이백은 높이로 뛰어나고, 두보는 크기로 뛰어난다. 쇠북을 치며 얼굴을 치켜들고 마주하니, 후인들 가운데 그 누가 끼어들어 솥발을 이룰 수 있겠는가!(太白以高勝, 少陵以大勝, 執金鼓而抗顔行, 後人那能鼎足!) ○ 밥 한 술 먹을 때도 군주를 잊지 않아, 그 충효는 공자의 임금을 모시고 부모를 모시는 뜻과 합치되니 평범한 시인이 그 옆에 설 수 없다.(一飯未嘗忘君, 其忠孝與夫子事父事君之旨有合, 不可以尋常詩人例之.)

현도단 노래―원 일인에게 부침(玄都壇歌寄元逸人)[1][2]

故人昔隱東蒙峰,[3]   친구는 예전에 동몽봉에 은거하면서
已佩含景蒼精龍.[4]   이미 햇빛을 마시고 청룡부(青龍符)를 찼었지
故人今居子午谷,[5]   친구는 지금 자오곡에 살면서

---

[1] 심주 : 한 무제가 세웠다.(漢武所築.)
[2] 玄都壇(현도단) : 도관 이름. 지금의 섬서성 종남산 자오곡에 소재했다. 현도(玄都)는 도교에서 말하는 신선 세계. 『십주기』에서는 북해에서 삼십육만 리 떨어져 있다고 하였다. ○ 元逸人(원일인) : 은거하는 도사. 두보의 다른 시에도 나온다. 이백의 친구 원단구(元丹丘)라는 설도 있다.
[3] 東蒙(동몽) : 몽산(蒙山). 지금의 산동성 몽음현(蒙陰縣) 남부에 소재. 산동성에서 태산 다음으로 높은 산으로 해발 1,156미터이다. 745년 두보가 노군(魯郡, 연주)에서 이백을 만나 함께 동몽산에 올랐을 때 동 연사(董煉師)와 원 일인(元逸人)을 만난 적이 있다.
[4] 含景(함경) : 여러 가지 설이 있다. 여기서는 도교에서 말하는 햇빛을 마시는 양생술로 본다. ○ 蒼精龍(창정룡) : 여러 가지 설이 있다. 여기서는 도교에서 말하는 청룡부(青龍符)로 본다.
[5] 子午谷(자오곡) : 자오도(子午道)라고도 한다. 장안 도성에서 정남향으로 진령을 횡단하는 계곡이다. 육백육십 리 길이로, 서한 말기 왕망이 뚫었다. 낙곡도(駱谷道),

獨在陰崖結茅屋.[6]　　　홀로 북면의 벼랑에 띠풀집을 얽었어라

屋前太古玄都壇,　　　집 앞에는 오래된 현도단이 있어

靑石漠漠常風寒.　　　적막한 청석 제단엔 언제나 찬바람 일어난다네

子規夜啼山竹裂,[7]　　　두견새 밤에 울어 산 대나무 갈라지고

王母畫下雲旗翻.[8][9]　　　서왕모 낮에 내려와 구름 깃발 펄럭여라

知君此計成長往,[10]　　　은거하는 그대의 계책으로 장수하게 되려니

芝草瑯玕日應長.[11]　　　지초와 낭간은 응당 날마다 자라리라

鐵鎖高垂不可攀,[12]　　　쇠사슬 높이 내려져 속인이 올라갈 수 없는 곳

致身福地何蕭爽![13]　　　이러한 복지에 사니 그대는 얼마나 상쾌한가!

해설 현도단의 청정하고 고적한 정경과 원 일인의 높은 풍모를 칭송하였다. 12구의 형식 속에 사람, 장소, 기원이 4구씩 배분되어 있으면서 서로 연관시켜 완정하고 선명한 인상을 만들어내었다.

포야도(褒斜道)와 함께 당대 이전 장안에서 한중을 거쳐 촉 지방으로 들어가는 삼대 도로 가운데 하나이다.

6)　陰崖(음애) : 산의 북면의 벼랑.

7)　심주 : 그 소리가 애절함을 말하였다.(言其聲之哀.)

8)　심주 : 신선이 깃발을 꽂고 내려옴을 말하였다.(言仙眞載靈旗而下.)

9)　王母(왕모) : 서왕모. 출구와의 대구로 보아 새 이름으로 새기는 설도 있으나 취하지 않는다. ○雲旗(운기) : 구름으로 만든 깃발.

10)　長往(장왕) : 영구히 돌아가다. 인간 세계를 떠나 장생불사의 세계로 들어서다.

11)　瑯玕(낭간) : 선약의 일종. ○長(장) : 자라다.

12)　鐵鎖(철쇄) : 쇠사슬. 『도장경』(道藏經) 「감응록」(感應錄) 등에 나오는 이야기를 환기한다. 종남산 대진령에서 꿀을 따던 사람이 종소리를 듣고 절에 들어가니 꿀이 많았다. 돌아와 수졸에게 말하여 다시 채취하러 갔는데, 벼랑의 쇠사슬을 잡고 올라가려고 하니 호랑이 두 마리가 크게 울어 놀라서 돌아왔다.

13)　福地(복지) : 도교에서 말하는 신선이 사는 곳. 72복지가 있다고 한다. 도관을 가리킨다. ○蕭爽(소상) : 청정하고 한가하다.

병거의 노래(兵車行)

車轔轔,[14]　　　　　　수레 소리 덜컹덜컹

馬蕭蕭,[15]　　　　　　말은 히히잉 우는데

行人弓箭各在腰.　　　출정하는 사람 모두 허리에 활을 찼어라

耶孃妻子走相送,[16]　부모처자 달려 나와 가는 사람 보내는데

塵埃不見咸陽橋.[17]　자욱한 먼지에 함양교도 안 보여라

牽衣頓足攔道哭,　　옷을 끌고 발 구르며 길을 막고 곡을 하니

哭聲直上干雲宵.　　곡소리는 곧바로 구름 위까지 닿아라

道傍過者問行人,[18]　내가 길옆을 지나다가 출정하는 이에게 물으니

行人但云點行頻.[19]　출정하는 이는 징집이 잦다고 잘라 말하네

或從十五北防河,[20]　어떤 이는 열다섯에 하서를 지키러 갔는데

便至四十西營田.[21)22]　마흔에 다시 서쪽으로 둔전하러 간단다

去時里正與裹頭,[23]　떠날 때는 이장이 두건 씌워 주었는데

---

14) 轔轔(린린) : 덜컹덜컹. 수레가 움직이며 내는 소리. 『시경』「거린」(車鄰)에 "수레 소리 덜컹덜컹, 흰 이마의 말이 끄네"(有車鄰鄰, 有馬白顚.)란 구절이 있다.

15) 蕭蕭(소소) : 히이힝. 말울음 소리를 나타내는 의성어. 『시경』「거공」(車攻)에 "히이힝거리며 말이 울고"(蕭蕭馬鳴)란 말이 있다.

16) 耶孃(야양) : 아빠와 엄마.

17) 咸陽橋(함양교) : 편교(便橋)라 불렀다. 함양시의 서위교(西渭橋). 장안에서 서북으로 통하는 길 위에 있었다.

18) 過者(과자) : 지나가는 사람. 두보 자신을 가리킨다.

19) 點行(점행) : 호적을 가지고 만든 명부에 따라 장정을 징집함. ○ 頻(빈) : 징집이 자주 있음을 말한다.

20) 防河(방하) : 하서(河西)를 방비하다. 하서는 지금의 감숙성과 영하회족자치구 일대. 당시에는 주로 티베트군을 방비하였다. 『자치통감』 권213 '개원 15년'(727년)조에서 당시의 상황을 볼 수 있다. "티베트의 변방 침입에 대비하기 위하여 농우도에 오만 육천 명을, 하서도에 사만 명을 결집하게 하였고, 또 관중에서 만 명을 징집하여 임조로 보냈고, 삭방병 이만 명을 회주에 모여 방비하게 하였다. 초겨울이 되어 적의 침입이 없어 해체하였다."

21) 심주 : 이는 하서를 지키다가 돌아와 다시 출병하는 것이다.(此防河歸又出兵也.)

22) 營田(영전) : 둔전(屯田). 평시에는 농작을 하다가 전시에는 군사로 충당됨.

23) 里正(이정) : 이장. 당대에는 백 가호를 일 리로 쳤고, 각 리마다 정(正)을 한 사람씩

歸來頭白還戍邊.	돌아올 땐 흰 머리로 다시 변방을 나간단다
邊庭流血成海水,[24]	변방은 핏물로 바다가 되었건만
武皇開邊意未已.[25][26]	영토를 넓히려는 황상의 마음은 바뀌지 않았다네
君不聞	그대 듣지 못하는가
漢家山東二百州,[27][28]	한나라의 화산 동쪽 이백 개 주(州)에
千村萬落生荊杞.[29]	마을마다 모두가 가시덤불 덮인 것을
縱有健婦把鋤犁,	건장한 여자들이 호미 쟁기 들었어도
禾生隴畝無東西.[30]	논밭에 곡식은 제멋대로 자라났다오
況復秦兵耐苦戰,[31]	더구나 관중의 병사들 싸움을 잘 한다고
被驅不異犬與鷄.	개나 닭과 다름없이 내몰렸다오
長者雖有問,[32]	어르신께서 일부러 물으시니 말씀이지
役夫敢伸恨?[33]	부역 나가는 우리야 감히 어디에 호소할 수 있겠소?
且如今年冬,	올 겨울만 해도
未休關西卒.[34]	관서의 우리 병사들 기한되어도 못 돌아왔는데

두었다. ○ 與裹頭(여과두) : 머리를 싸매주다. 고대에는 검은 두건으로 머리를 쌌다. 나이가 어리므로 이장이 두건을 싸주었다는 뜻이다.

24) 邊庭流血(변정유혈) : 가서한의 군사가 티베트와 석보성에서 싸운 일을 가리킨다. 천보 6년(747년) 현종이 왕충사(王忠嗣)에게 티베트의 석보성(石堡城) 공격에 대한 의견을 묻자 왕충사는 득보다 실이 많다고 대답하였다. 이 년 후 현종이 농우절도사 가서한(哥舒翰)에게 육만 삼천 명의 병사를 동원하여 싸우게 하여 결국 함락시켰으나 당군 수만 명이 죽었다. 『자치통감』 권216 참조.

25) 심주 : 주제가 여기에 있다.(主意在此.)

26) 武皇(무황) : 한 무제. 여기서는 현종을 가리킨다. ○開邊(개변) : 변경의 영토를 넓히다.

27) 심주 : 태항산, 산동, 진(秦) 지방과 진(晉) 지방이 모두 해당한다.(太行山東秦晉之地皆是.)

28) 山東(산동) : 화산 이동 지역. ○二百州(이백주) : 당대 동관(潼關)의 동쪽은 7도(道)에 모두 217주가 있었다. 『십도사번지』(十道四番志) 참조.

29) 荊杞(형기) : 가시나무와 구기자. 야생 관목으로 황폐한 전답을 나타낸다.

30) 無東西(무동서) : 곡식이 제멋대로 자라남.

31) 秦兵(진병) : 관중 출신의 병사. ○耐苦戰(내고전) : 용감하고 싸움을 잘 함.

32) 長者(장자) : 장정이 두보를 부르는 호칭.

33) 役夫(역부) : 부역 나가는 장정의 자칭.

34) 休(휴) : 징집을 그치다. ○關西卒(관서졸) : 이번에 징집되는 병사들. 이 구는 관서에

縣官急索租,[35]　　나라님은 조세 거두기에 득달같으신데

租稅從何出?　　조세는 도대체 어디서 내란 말이오?

信知生男惡,　　정말로 알겠구려, 아들 낳으면 나쁘고

反是生女好.　　반대로 딸을 낳으면 좋다는 걸

生女猶得嫁比鄰,[36]　　딸을 낳으면 그래도 이웃에 시집보낼 수 있지만

生男埋沒隨百草!　　아들을 낳으면 땅에 묻히니 풀더미와 다름없소!

君不見靑海頭,[37]　　그대 보지 못하는가, 청해호 호숫가에

古來白骨無人收.　　예부터 백골이 흩어져 거두는 사람 없음을

新鬼煩寃舊鬼哭,　　새 귀신 애원하고 옛 귀신 곡을 하니

天陰雨濕聲啾啾![38][39]　　하늘 어둡고 비 내리면 귀곡성 우는 것을!

평석 시는 현종이 군사를 일으켜 티베트와 싸우는 일로 해서 지었으며, 문답식으로 이루어 졌다. 말과 절주가 전적으로 고악부에서 나왔다.(詩爲明皇用兵吐蕃而作, 設爲問答. 聲音節奏, 純從古樂府得來.)

해설 조정의 영토 확장 정책을 비판한 시이다. 징집되어 출정하는 장정들을 가족들이 보내는 장면과 장정들이 고통을 호소하는 부분으로 이루어져 있다. 시의 역사적 배경에 대해서는 751년부터의 남조(南詔) 공격이라는 설과 천보 말기 빈번해진 티베트와의 전투라는 설이 있다. 그러나 이

주둔하는 병사들이 돌아오지 못함을 말하였다.

35) 縣官(현관) : 천자. 현종을 가리킨다. 원래 징집이 되면 조세를 면제해주는데, 지금은 그렇게 하지 않으니 집안에 노동력도 없는데 조세는 어떻게 납부해야 하는지 걱정 하였다.

36) 比鄰(비린) : 이웃. 고대에는 교내(郊內)의 오 가호를 비(比)라 하고, 교외(郊外)의 오 가호를 린(鄰)이라 하였다.

37) 靑海(청해) : 지금의 청해성 서녕시 일대. 그 서쪽에 청해호가 있다. 원래 토욕혼의 강역이었으나 당 고종 때 티베트가 점령하였고, 이후 당군과 많은 전투가 벌어졌다.

38) 심주 : 사람이 곡을 하는데서 시작하여 귀신이 곡을 하는 것으로 맺으니 의식과 무의 식 사이에 호응한다.(以人哭始, 以鬼哭終, 照應在有意無意.)

39) 啾啾(추추) : 귀신이 흐느끼는 소리.

들은 거의 같은 시기에 일어난 것으로, 전란이 빈번하여 사회의 위기가 심화된 당시 상황을 개괄하여 문학적으로 형상화했다고 보아야 할 것이다. 부모처자의 곡소리가 하늘을 찌르고 징병되는 남자들은 원망이 깊은 인상적인 장면의 묘사를 통해 시대의 모습을 각화하였다. 평이하고 쉬운 언어에 문답식의 전통 악부 형식을 채용하였으며, 절주가 분명하고 기세가 충만한 두보의 장편 고시의 특징이 잘 보인다. '병거행'은 악부 고시의 형식과 내용을 계승하여 두보가 새롭게 창안한 신악부(新樂府)이다.

고도호 총마의 노래(高都護驄馬行)[40][41]

安西都護胡青驄,[42]	안서도호 고선지의 서역 청총마
聲價欸然來向東.[43]	동으로 오면서 그 명성 더욱 높아졌어라
此馬臨陳久無敵,	이 말은 전장에서 맞설 자 없어
與人一心成大功.[44]	주인과 한마음으로 큰 공을 세웠다네
功成惠養隨所致,[45]	공을 이루어 사랑받고 주인 따라 다니며
飄飄遠自流沙至.[46]	표표히 멀리 사막을 건너 왔어라

---

40) 심주 : 이름이 고선지이다.(名仙芝.)
41) 高都護(고도호) : 고선지. 고구려 출신의 장군. 도호는 변방을 지키는 수장. 당대에는 6도호부를 설치하고 대도호를 한 명씩 두었다. 개원 연간 말기 고선지가 안서 부도호가 되었으며 748년 소발률(小勃律, 지금의 카시미르)를 평정하였다. ○驄馬(총마) : 청색과 흰색의 털이 뒤섞인 말.
42) 安西都護(안서도호) : 640년 이래 설치된 방진(方鎭). 치소는 쿠차(龜玆, 지금의 신장 위구르자치구 庫車). ○胡青驄(호청총) : 중앙아시아에서 난 털색이 청백으로 섞인 준마.
43) 聲價(성가) : 명성. ○欸然(훌연) : 갑자기.
44) 심주 : 곧 「방 병조 호마 시」(房兵曹胡馬詩)에 나오는 '진실로 생사를 맡길 수 있어라'의 뜻이다.(卽'眞堪託死生'意.)
45) 惠養(혜양) : 은혜를 베풀어 기름. ○隨所致(수소치) : 주인이 가는 곳을 따라 가다.
46) 飄飄(표표) 구 : 서한 교사가(郊祀歌) 「천마」(天馬)에 "천마가 왔나니, 서쪽 끝에서. 사막을 건너, 이민족이 복속하였네"(天馬徠, 從西極. 涉流沙, 九夷服.)를 환기한다.

雄姿未受伏櫪恩,[47]　　　건장한 자태는 마구간에만 있을 것 같지 않고

猛氣猶思戰場利.　　　매서운 기세는 전장의 승리를 생각하는 듯

腕促蹄高如踏鐵,[48]　　　짧은 발목에 높은 발굽으로 쇳덩이처럼 디디고

交河幾蹴曾冰裂.[49]　　　교하에서도 몇 번 박차니 두꺼운 얼음이 갈라졌었지

五花散作雲滿身,[50]　　　오색 얼룩무늬는 온몸에 구름처럼 가득해

萬里方看汗流血[51]　　　만 리를 내달리면 비로소 한혈을 볼 수 있다네

長安壯兒不敢騎,　　　장안의 건아라도 감히 타지 못하는데

走過掣電傾城知.[52]　　　번개보다 빠른 모습 성안 사람 모두 놀라네

靑絲絡頭爲君老,[53]　　　비록 푸른 실 굴레에 늙어간다고 해도

何由却出橫門道.[54][55]　　　어떻게 하면 광문 나서 전장을 달릴까 생각하네

평석 『삼보황도』에 "장안성 북쪽의 서쪽에 첫 번째 성문이 광문(橫門)이다. 橫은 음이 광(光)

---

47) 伏櫪(복력) : 구유에 엎드려 먹음. 조조(曹操)의 「보출하문행－거북이 오래 산다 해
도」(步出夏門行－龜雖壽)에 "천리마가 늙어 말구유에 있어도, 그 뜻은 천 리를 달리
고 싶어 하고"(老驥伏櫪, 志在千里. 烈士暮年, 壯心不已.)란 구절이 있다.

48) 腕促蹄高(완촉제고) : 발목은 짧고 굽은 높다. 말은 발목이 짧아야 힘차고, 굽이 높아
야 험준한 곳을 잘 오른다고 한다. ○踏(북) : 밟다. 북철(踏鐵)은 말의 네 발굽이 쇳
덩이처럼 땅을 밟는다는 뜻.

49) 交河(교하) : 서역의 강 이름이자 지명. 강은 지금의 신강(新疆) 투루판시 서쪽에 소
재. 두 줄기의 강이 둘러싸며 요새와 같은 지형을 만들고 있기에 교하(交河)라고 하
였다. ○幾蹴(기축) : 여러 번 차다.

50) 五花(오화) : 말의 털색이 오화문(五花紋)으로 된 말. 『당조명화록』(唐朝名畫錄)에
"개원 연간 어마방(御馬房)에 비황, 조야, 부운, 오화의 말이 있었다"(開元內廐有飛
黃、照夜、浮雲、五花之乘.)는 말이 있다. 또 갈기를 다섯 갈래로 땋은 말이라는 설
도 있다.

51) 汗流血(한류혈) : 한혈마. 달리면 갈기에서 피가 흘러나오기에 이름 붙여졌다. 사실
은 갈기 아래 기생충들이 사는데 달릴 때 흘리는 땀에 피가 섞여 나온다.

52) 掣電(체전) : 잡아채듯 빠른 번개.

53) 靑絲絡頭(청사낙두) : 푸른 줄로 말머리를 감싸다. 이 말은 한대 악부 「길가의 뽕」(陌
上桑)에 "말꼬리는 푸른 줄로 묶었고, 말 머리는 황금 굴레로 감쌌지요"(靑絲繫馬尾,
黃金絡馬頭.)란 구절을 가리킨다.

54) 심주 : 전장을 달릴 생각을 하는 것으로, 은근히 노장의 모습을 드러내었다.(思馳驅
於戰場, 隱然爲老將寫照.)

55) 橫門(광문) : 장안성 북면의 서쪽에 있는 문. 장안에서 서역으로 길의 시작이다.

이다.(三輔黃圖: "長安城北出西頭第一門名橫門." 橫音光.) ○ 결말에서 한없이 유연한 것은 때로 4구나 6구로 그 정신을 전했기 때문이다. 만약에 2구씩 운을 쓰다가 뚝 그친다면 이는 또 간명하고 민첩함을 전적으로 취한 것이니 바로 이 작품이 그러하다.(結處悠揚不盡者, 或四語, 或六語, 以傳其神. 若二語用韻, 憂然而止, 此又專取簡捷, 如此篇是也.)

해설 고선지의 청총마를 노래한 영물시이다. 전체를 4구씩 4단락으로 나누어 말의 내력, 성격, 골상, 지향을 썼다. 일차적으로 말의 형상과 정신을 섬세하게 헤아리고 정확히 표현하여 그 존재감을 뚜렷이 부각시켰으며, 여기에 시인은 '마구간에만 있을 것 같지 않고' '전장의 승리를 생각하는' 자신의 처지와 포부를 투영하였다. 고구려 출신 장군 고선지가 장안성에 입조할 때인 749년 위의 시를 썼으며, 이때는 두보가 마침 장안에서 곤궁한 생활을 하고 있을 때였다.

천육표기가(天育驃騎歌)[56][57]

吾聞天子之馬走千里,[58]	내 듣기로 천자의 말은 천 리를 간다는데
今之畫圖無乃是.[59]	지금의 그림이 바로 이것이 아닌가
是何意態雄且傑?	어찌하여 그림 속 의태가 웅장하고 걸출한가?
駿尾蕭梢朔風起.[60]	준마가 꼬리 흔드니 삭풍이 일어나네
毛爲綠縹兩耳黃,[61]	털은 녹색과 담청이고 두 귀는 황색이라

56) 심주 : 천육은 마구간 이름이다.(天育, 廐名.)
57) 天育(천육) : 주석에 천자의 마구간 이름이라고 하였지만, 『구당서』 「백관지」(百官志)에 상린(祥麟)과 봉원(鳳苑)만 있을 뿐 다른 이름이 없으므로, 천자가 기르는 말을 칭하는 것으로 여겨진다. ○驃騎(표기) : 비기(飛騎)와 같다. 준마.
58) 天子之馬(천자지마) : 주 목왕(周穆王)의 여덟 필의 준마를 가리킨다. 『목천자전』(穆天子傳) 권1에 "천자의 말은 천 리를 달린다"(天子之馬走千里)는 말이 있다.
59) 無乃(무내) : 어찌 ～이 아니랴.
60) 蕭梢(소초) : 꼬리를 흔드는 모양.

眼有紫焰雙瞳方.　　눈에는 자주 불꽃에 두 눈동자 네모지네
矯矯龍性合變化,[62]　　웅걸찬 용의 품성에 정신은 변화무쌍한데
卓立天骨森開張.[63]　　일어서 있으니 천성의 골격이 떡 벌어졌구나
伊昔太僕張景順,[64]　　예전에 태복 장경순은
監牧攻駒閱淸峻.[65]　　감독자로 망아지를 훈련시키고 청준함을 살폈지
遂令大奴守天育,[66]　　그리하여 말꾼에게 천자의 마구간을 지키게 하고
別養驥子憐神駿.[67]　　신준(神駿)을 좋아해 별도로 표기마를 길렀지
當時四十萬匹馬,　　당시 사십만 필의 말
張公歎其材盡下.[68]　　장경순은 모두가 노둔하다 탄식하였지
故獨寫眞傳世人,[69]　　그러므로 이 말만 그려 세상에 전하니
見之座右久更新.[70]　　자리의 오른 편에 두니 오래될수록 더욱 새로워라
年多物化空形影,[71]　　여러 해 지나 죽으니 부질없이 형태만 남아
嗚呼健步無由騁!　　아아! 건장한 발걸음이라 해도 타고 달릴 수 없구나
如今豈無騕褭與驊騮?[72]　　지금 어찌 요뇨와 화류가 없으리오?

---

61) 縹(표) : 담청색. ○兩耳黃(양이황) : 두 귀가 노랗다. 『목천자전』에 대한 곽박(郭璞)
　　의 주석에 위나라 때 선비족이 천리마를 헌상하였는데 백색에 두 귀가 노래서 말의
　　이름을 황이(黃耳)라고 하였다 한다.
62) 矯矯(교교) : 걸출한 모양. ○龍性(용성) : 고대에는 준마는 용의 종자라고 생각하였다.
63) 天骨(천골) : 천생의 골격. ○森開張(삼개장) : 솟구쳐 펼치다. 삼(森)은 일어선 모양.
64) 伊(이) : 조사. 뜻이 없이 어조를 고르는 역할을 한다. ○太僕(태복) : 관직 이름. 황제의
　　어마를 관리하고 말과 관련된 정책을 관장한다. ○張景順(장경순) : 개원 연간 태복소경
　　겸 진주도독감목사(秦州都督監牧使). 장열(張說)의 비문을 보면, 713년 말이 이십사만
　　필이었는데 725년에는 사십삼만 필이 되었고, 이는 장경순의 공이 컸다고 한다.
65) 監牧(감목) : 목축을 감독함. ○攻(공) : 훈련하다. ○淸峻(청준) : 말의 골격이 빼어남.
66) 大奴(대노) : 말꾼의 우두머리.
67) 驥子(기자) : 제목에서 말한 표기(驃騎)를 가리킨다.
68) 심주 : 눈에 드는 게 없으므로 이렇게 표현할 만하다.(目中無物, 堪下此筆.)
69) 寫眞(사진) : 사람이나 동물의 모습을 그린 그림.
70) 見(현) : 現(현)과 같다. 드러나다. 여기서는 드러나게 하다. ○座右(좌우) : 좌석의 오
　　른 편. ○久更新(구갱신) : 오래되어도 더욱 새롭다.
71) 物化(물화) : 다른 사물이 되다. 죽다. ○空形影(공형영) : 헛되이 형태와 그림자만 남
　　아 있다.
72) 騕褭(요뇨) : 고대의 준마 이름. 주둥이는 붉고 몸은 검으며, 하루에 오천 리를 간다

時無王良伯樂死即休!⁷³⁾　　다만 왕량과 백락이 없으니 죽으면 끝이로구나!

해설 궁중 마구간의 준마를 그린 그림을 보고 쓴 시이다. 화가의 솜씨에 대해 집중하기보다는 말 자체의 내력과 품격을 그리는데 초점을 두었다. 말미의 4구에서 드러나듯이 이는 말을 알아보는 왕량과 백락이 없음을 탄식하면서, 결국은 자신의 재능을 알아주는 사람이 없음을 아쉬워하고 정치적으로 출로가 없는 처지에 분개를 나타내었다. 754년경에 지은 것으로 보인다.

취한 때의 노래(醉時歌)⁷⁴⁾

諸公袞袞登臺省,⁷⁵⁾	사람들은 하나씩 조정에 높은 자리 오르는데
廣文先生官獨冷.⁷⁶⁾	광문 선생만은 관직이 쓸쓸하구나
甲第紛紛厭梁肉,⁷⁷⁾	권문세족 저택에선 기름진 음식에 물린다는데
廣文先生飯不足.	광문 선생만은 밥마저 부족하구나

고 한다. ○驊騮(화류) : 주 목왕(周穆王)이 몰았던 팔준(八駿)의 하나. 일반적으로 준마를 가리킨다.

73) 王良伯樂(왕량백락) : 왕량과 백락. 왕량은 춘추시대 조(趙)나라 사람으로 말을 잘 몰기로 유명하다. 백락은 춘추시대 진(秦)나라 사람으로 말을 잘 감정하였다.

74) 원주 : "광문관 박사 정건에게 주는 시."(原注 : "贈廣文館博士鄭虔.")

75) 袞袞(곤곤) : 끊임없이 이어지며 많은 모양. ○臺省(대성) : 어사대와 삼성(三省 : 중서성, 상서성, 문하성). 조정의 주요 행정 기관.

76) 廣文先生(광문선생) : 정건(鄭虔). 성당시기에 활동한 문인이자 화가. 750년 현종이 국자감 안에 광문관(廣文館)을 설치하고 박사로 임명하였기에 '정광문'(鄭廣文)이라 불렸다. 시, 서, 화를 잘 하였기에 현종으로부터 '정건 삼절'(鄭虔三絶)이란 칭호를 들었다.

77) 甲第(갑제) : 첫째 등급의 저택. 한대에 귀족 관료의 주택을 갑을(甲乙)의 순서로 매겼기에 갑제는 최고의 저택을 말한다. 권문세가의 저택. ○厭(염) : 물리다. ○梁肉(양육) : 기장과 고기. 맛있는 음식을 가리킨다. 『신당서』「정건전」에 "정건은 관직에 있을 때 가난하여 무척 절약하며 살았지만 이를 담담히 여겼다"(在官貧約甚, 澹如也.)고 하였다.

先生有道出羲皇,[78)79)]　　선생의 품덕은 복희씨보다도 뛰어나고
先生有才過屈宋.[80)]　　선생의 재능은 굴원과 송옥보다 나아
德尊一代常坎軻,[81)]　　품덕은 일평생 존중하나 생활은 언제나 힘들고
名垂萬古知何用![82)]　　명성은 만고에 전한다 하나 지금 무슨 소용 있으랴!
杜陵野客人更嗤,[83)]　　두릉의 야인인 나는 사람들이 더욱 비웃어
被褐短窄鬢如絲.　　짧고 좁은 베옷에 살쩍은 반백이라
日糴太倉五升米,[84)]　　날마다 태창에 가서 다섯 되 쌀을 사고
時赴鄭老同襟期.[85)]　　때때로 광문 선생 찾아가 마음을 나누어라
得錢卽相覓,　　돈이 생기면 곧 서로를 찾아
沽酒不復疑.　　술을 사며 믿음 더욱 깊어갔지
忘形到爾汝,[86)]　　취하면 허물없이 친구처럼 대하고
痛飮眞吾師.　　통음하면 진실로 나의 스승이로다
淸夜沈沈動春酌,　　침침이 깊어가는 맑은 밤에 봄 술을 기울이며

---

78) 심주: 운을 바꾸면서 본운이 아닌 다른 운을 썼다. 이 시에서 우연히 보인다.(轉韻出
韻, 此詩偶見.)

79) 出(출): 초월하다. ○義皇(희황): 상고시대의 복희씨(伏羲氏).

80) 屈宋(굴송): 굴원과 송옥. 전국시대 초나라 문인이다.

81) 坎軻(감가): 坎坷(감가) 또는 轗軻(감가)라고도 쓴다. 수레가 넘어지다. 인생이 뜻대
로 되지 않음을 비유한다.

82) 名垂(명수): 죽은 뒤에 이름이 영원히 남는다 한들 무슨 소용 있으랴. 「꿈에 이백을
만나고」(夢李白)에서 "천 년 만 년 이후에 이름이 남겨진다 해도, 그것은 죽고 나서
의 적막한 일인 것을"(千秋萬歲名, 寂寞身後事.)이라 한 것과 같은 맥락이다.

83) 杜陵野客(두릉야객): 두릉에 사는 야인. 두보 자신을 가리킨다.

84) 日糴(일적): 날마다 쌀을 사들이다. ○太倉(태창): 장안에 설치한 어창(御倉). 753년
팔월에 장안에 장마가 져 미곡의 값이 오르자 태창미 십만 석을 방출하여 가난한 사람
들에게 팔았으며, 매일 사람당 오 되(升)로 제한하였다. 『구당서』「현종본기」 참조.

85) 同襟期(동금기): 회포와 기대가 같다. 마음과 지향이 같다.

86) 忘形(망형): 행동거지가 구속 없이 자유로움. ○爾汝(이여): 윗사람이 아랫사람에게
'너'라고 부르다. 여기에서 서로 간에 허물없이 친한 사이를 가리킨다. 『문사전』(文
士傳)에 "예형이 뛰어난 재능이 있어 공융이 '너'라고 부르며 사귀니, 당시 예형의 나
이 스물 남짓이요, 공융의 나이 오십이 넘었다"(禰衡有逸才, (…중략…) 與孔融爲爾
汝之交, 時衡年二十餘, 融年已五十.)는 구절이 있다. 당시 두보의 나이 44세이고, 정
건의 나이는 이보다 이십여 살 더 많았다.

燈前細雨檐花落.　　등불 앞 가는 비는 처마 아래 꽃 지는 듯해라
但覺高歌有鬼神,⁸⁷⁾　흥에 겨워 시를 지으면 귀신이 돕는 듯해
焉知餓死塡溝壑?⁸⁸⁾⁸⁹⁾　굶어서 골짜기에 묻힌다 해도 상관하지 않는구나
相如逸才親滌器,⁹⁰⁾　사마상여는 재주가 빼어나도 그릇을 씻었고
子雲識字終投閣.⁹¹⁾　양웅은 훈고에 밝아도 천록각에서 뛰어내렸지
先生早賦歸去來,⁹²⁾　선생이여,「귀거래사」지어 전원으로 돌아가오
石田茅屋荒蒼苔.　　돌밭과 띠집에 푸른 이끼 황량하지 않도록
儒術於我何有哉?⁹³⁾　학문이 우리에게 무슨 소용이 있겠소?
孔丘盜跖俱塵埃.⁹⁴⁾　공자와 도척마저 모두가 먼지로 변했는걸!
不須聞此意慘愴,　　그대여, 이 글 읽고 마음 슬퍼 마시오
生前相遇且銜杯.⁹⁵⁾　살아생전 자주 만나 잠시 술잔을 듭시다

평석 일부러 광달한 말을 썼지만, 그 속에 불평의 뜻이 절로 있다.(故作曠達語, 而不平之意自在.)

87) 但覺(단각) 구: 시를 짓는데 귀신을 울릴 정도로 뛰어나게 한다는 뜻. 유사한 표현이 「이백에게 부침 이십 운」(寄李十二白二十韻)에 "붓이 떨어지면 비바람이 치고, 시가 완성되면 귀신이 흐느낀다"(筆落驚風雨, 詩成泣鬼神.)라는 말이 있다.

88) 심주: 아주 비장하다.(悲壯淋漓.)

89) 焉知(언지): 돌보지 않다. 상관하지 않는다는 뜻.

90) 相如(상여) 구: 한대 사마상여가 탁문군과 함께 주점을 열어, 탁문군은 술청에서 술을 팔고 자신은 그릇을 씻은 일을 말한다.

91) 子雲(자운) 구: 한대 양웅(揚雄)이 천록각(天祿閣)에서 책을 교감하고 있을 때 관리들이 잡으러 오자 누각에서 뛰어내려 죽을 뻔한 일을 가리킨다. 한대 유흠(劉歆)의 아들 유분(劉棻)이 평소 양웅으로부터 기이한 글자를 배웠는데, 유분이 왕망에게 부명(符命)을 올리다가 죄를 얻게 되자 연고가 있는 양웅을 연좌시키려 하였다.

92) 歸去來(귀거래): 돌아가자. 도연명의 「귀거래사」를 말한다.

93) 儒術(유술): 유가의 이론. 여기서는 학문을 가리킨다. ○何有(하유): 무슨 소용 있는가.

94) 盜跖(도척): 이름은 전웅(展雄). 또는 유하척(柳下跖), 유전웅(柳展雄)이라고도 한다. 춘추 말기 노나라의 대도(大盜). 일설에 현능하기로 유명한 유하혜의 동생으로 알려졌다.

95) 심주:『장자』「도척」편에 나온다. 현능하든 어리석든 모두 죽기는 마찬가지이니 차라리 술에 의지함만 못하다.(本莊子盜跖篇, 見賢愚同盡, 不如託之飲酒.)

취해 부르는 노래(醉歌行)[96]

陸機二十作文賦,[97]	육기는 나이 스물에 「문부」를 지었지만
汝更小年能綴文.	너는 더 어린데도 시문을 지을 수 있었지
總角草書又神速,[98]	총각 때 초서를 귀신처럼 빨리 썼는데
世上兒子徒紛紛!	세상 아이들은 부질없이 종이만 더럽힐 뿐이었지
驊騮作駒已汗血,[99]	화류마는 망아지 때부터 이미 한혈을 흘리고
鷙鳥擧翮連靑雲.[100]	맹금은 한번 날개를 펴면 구름까지 올라간다지
詞源倒流三峽水,[101]	문장의 필력은 삼협의 강물을 역류시킬 만큼 거세고
筆陣獨掃千人軍.[102]	시문의 구성은 홀로 천 명의 군사를 쓸어버릴 만하네
只今年才十六七,	지금 나이 열예닐곱
射策君門期第一.[103]	조정에 와서 사책(射策)으로 일등이 되기를 기대했지

---

96) 원주 : "낙제하여 돌아가는 종질 두근(杜勤)을 보내다."(原注 : "別從侄勤落第歸.")

97) 陸機(육기) : 서진(西晉)의 문인. 삼국시대 동오의 명장 육손의 손자이다. 동오가 망하자 동생 육운과 함께 '이륙'(二陸)이라 칭해졌고, 장화의 추천을 받아 낙양에 올라가 활동하였다. ○文賦(문부) : 부(賦)의 형식으로 문학의 형식과 특징을 논한 글.

98) 總角(총각) : 소년. 아직 장가들지 않은 젊은 남자는 머리카락을 두 갈래로 나뉘어 머리 위에 뿔처럼 묶는 데서 만들어진 어휘이다.

99) 驊騮(화류) : 준마. 앞의 「천육표기가」 참조.

100) 鷙鳥(지조) : 맹금. 수리나 매 종류. ○擧翮(거핵) : 날개를 펴서 날다.

101) 詞源(사원) : 문장의 힘.

102) 筆陣(필진) : 시문의 창작. 시문의 구성을 군진에 비유한 어휘이다.

103) 射策(사책) : 한대 시험 치는 방법의 하나. 출제자가 경서와 관련된 여러 문제를 간

舊穿楊葉眞自知,[104)105)] 평소에 백 보 멀리서 버들잎 쏘아 맞춘다고 자부했으나
暫蹶霜蹄未爲失.[106)107)] 준마가 서리에 발굽이 미끄러진 건 실패가 아니어라
偶然擢秀非難取,[108)] 기회가 되어 발탁되는 일은 어렵지 않으니
會是排風有毛質.[109)] 분명히 너에게는 바람을 헤치는 맹금의 자질이 있단다
汝身已見唾成珠,[110)] 너는 이미 내뱉는 말마다 주옥같은 시문이 되었는데
汝伯何由髮如漆?[111)] 나는 늙어 머리카락이 다시 검어질 수가 없구나
春光淡沱秦東亭,[112)] 봄빛이 장안의 동쪽 정자에 환하고
渚蒲芽白水荇青.[113)] 물가의 창포 싹 하얗고 어리연잎 푸르러
風吹客衣日杲杲,[114)] 바람은 나그네 옷깃에 불고 햇빛은 밝은데
樹攪離思花冥冥. 나무는 이별의 마음 흔들고 꽃들은 무성해라
酒盡沙頭雙玉瓶, 모래톱 위의 두 옥항아리에 술이 다 하고
衆賓皆醉我獨醒.[115)] 뭇 손님들 모두 취했으나 나만 홀로 깨었어라

책마다 하나씩 써서 책상 위에 뒤집어 놓으면, 수험자가 그중에서 하나를 선택하여 답하는 시험. 이때 수험자가 선택하는 것을 사(射)라 하였다.

104) 심주 : 맹금을 받아서 말하였다.(頂射策.)
105) 穿楊葉(천양엽) : 버들잎을 맞추다. 전국시대 초나라 양유기(養由基)는 명사수로, 백 보(지금의 이백 걸음) 떨어진 거리에서 버들잎을 향해 화살을 쏘면 백발백중이었다고 한다.
106) 심주 : 화류를 받아서 말하였다.(頂驊騮.)
107) 暫蹶霜蹄(잠궐상제) : 잠시 서리를 밟은 발굽이 미끄러지다.
108) 擢秀(탁수) : 사람의 재능이 출중함.
109) 심주 : 지조를 받아서 말하였다.(頂鷙鳥.)
110) 唾成珠(타성주) : 뱉은 침이 구슬이 된다는 뜻의 '해타성주'(咳唾成珠)를 말한다. 『장자』 「추수」에 "그대는 저 침을 보지 못하는가? 한 번 뿜어져 나오면 큰 것은 구슬과 같고 작은 것은 안개와 같은 것을."(子不見夫唾者乎? 噴則大者如珠, 小者如霧.)이라는 구절이 있다. 시문에 뛰어남을 가리킨다.
111) 汝伯(여백) : 너의 숙부. 곧 두보 자신을 가리킨다.
112) 淡沱(담타) : 풍광이 밝고 맑음을 형용한다.
113) 심주 : 송별의 정경으로 갑자기 들어갔으니, 후인들에게 무한한 방법을 열었다.(送別情景, 突然接入, 開後人無限法門.)
114) 杲杲(고고) : 햇빛이 밝은 모양.
115) 심주 : '취가'의 뜻은 여기서만 사용하여 앞의 「취한 때의 노래」와 구별된다.('醉歌'意只用一點, 與贈鄭作自別.)

乃知貧賤別更苦,　　　　가난한 사람의 이별이 더욱 슬픔을 알겠나니
吞聲躑躅涕淚零.[116]　　소리를 삼키며 발길을 옮기지 못하고 눈물만 뿌리누나

해설 낙제하여 고향으로 돌아가는 종질 두근(杜勤)을 보내며 쓴 시이다. 내용을 보면 두근의 나이는 열예닐곱이며, 사책에서 일등을 하리라 기대하였으나 낙제하였다. 그의 뛰어난 시문과 재능을 다방면에서 칭송하면서 분발할 것을 격려하였다. 자상한 배려와 절실한 말들은 폐부에서 나와 읽는 사람의 심금을 울린다.

칭병하여 강동으로 돌아가는 공소부를 보내며,
　　　　　더불어 이백에게 보임(送孔巢父謝病歸遊江東, 兼呈李白)[117]

巢父掉頭不肯住,[118][119]　소부는 머리를 저으며 떠나려 하니
東將入海隨煙霧.　　　　동으로 바다로 들어가 안개에 묻히리라
詩卷長留天地間,[120]　　지었던 시들은 천지 사이에 남겨 두고
釣竿欲拂珊瑚樹.　　　　낚싯대로 바다 속 산호수를 건드려 보리라
深山大澤龍蛇遠,[121]　　깊은 산 큰 연못에 용과 뱀처럼 지내려는데

---

116) 躑躅(척촉) : 배회하다. 서성거리다.
117) 孔巢父(공소부) : 자는 약옹(弱翁). 젊었을 때 이백과 함께 산동 조래산(徂徠山)에서 은거한 '죽계육일'(竹溪六逸)의 한 사람. 나머지 네 사람은 한준(韓準), 배정(裴政), 장숙명(張叔明), 도면(陶沔)이다. 재덕을 겸비하여 다른 사람의 추천으로 조정에 나아가 관직에 올랐으나 747년 은거하였다. 나중에 덕종 때 다시 출사하였다. ○病歸(병귀) : 병을 핑계로 관직을 그만 두다. ○江東(강동) : 강남. 지금의 화동 지방.
118) 심주 : 표홀하다.(飄忽.)
119) 巢父(소부) : 공소부. 더불어 고대의 은자 소부를 환기한다. ○掉頭(도두) : 머리를 흔들다. 결심이 단호함을 나타낸다.
120) 詩卷(시권) 구 : '시집을 천지 사이에 오래도록 남긴다'는 말은 시집을 인간 세상에 오래도록 전한다는 뜻과 함께 시집마저 내버려두고 떠난다는 뜻도 있다. 공소부는 『조래집』(徂徠集)을 지었으나 현재 전하지 않는다.

春寒野陰風景暮,　　　　지금 마침 추운 봄 어두운 들에 풍경이 저무는데
蓬萊織女回雲車,¹²²⁾¹²³⁾　봉래산의 선녀가 운거로 그대 맞이하며
指點虛無是征路.¹²⁴⁾　허공을 가리키며 저곳이 가야할 곳이라 말하리
自是君身有仙骨,　　　　그대의 몸은 본래부터 신선의 골상이니
世人那得知其故?　　　　세상 사람들이 어찌 은거하는 이유를 알리오
惜君只欲苦死留,　　　　사람들은 그대를 아껴 죽어도 머물게 하려 하지만
富貴何如草頭露!　　　　그대는 부귀를 풀잎 위의 이슬처럼 여기는구나!
蔡侯靜者意有餘,¹²⁵⁾¹²⁶⁾　채씨는 초연한 사람으로 은거하는 뜻을 높이 사
清夜置酒臨前除.¹²⁷⁾　맑은 밤 섬돌 앞에 술자리를 차렸어라
罷琴惆悵月照席,　　　　거문고 그치니 쓸쓸하게 달빛이 자리를 비치는데
幾歲寄我空中書?¹²⁸⁾¹²⁹⁾　몇 년 후에야 내가 신선의 편지 받아볼 수 있겠소?
南尋禹穴見李白,¹³⁰⁾　남쪽으로 회계 우혈(禹穴)에서 이백(李白)을 만나거든
道甫問訊今何如?　　　　내가 소식 묻더라고 전해나 주오

---

121) 深山(심산) 구:『좌전』'양공 21년'조에 나오는 "깊은 산과 넓은 못에서는 실제로 용
　　과 뱀이 산다"(深山大澤, 實生龍蛇.)는 말을 이용하였다. 용과 뱀이 멀리 심산대택에
　　서 살듯이, 공소부도 큰 뜻을 품고 은거한다고 비유했다.
122) 심주 : 이백과 두보의 시에 표묘하고 황홀한 말들이 많은데 그 원천은『초사』로 보
　　인다.(李杜多縹緲恍惚語, 其原蓋出於騷.)
123) 蓬萊(봉래) : 동해 삼신산 가운데 하나. ○織女(직녀) : 직녀성. 직녀성의 분야는 오월
　　지방이다. 또 전설 속의 천제의 손녀로, 여기서는 선녀의 뜻으로 사용하였다.
124) 虛無(허무) : 멀리 아득한 선경. ○征路(정로) : 가는 길. 귀처. 귀소(歸巢).
125) 심주 : 당시 채후가 자리에 있었다.(時在蔡侯席上.)
126) 蔡侯(채후) : 채씨 성을 가진 사람. 두보가 이백을 이후(李侯)라고 부르는 것과 같다.
　　○靜者(정자) : 부귀에 담박하며 성품이 조용한 사람. ○意有餘(의유여) : 송별하는
　　뜻이 더욱 깊다. 사람들은 머물기를 바라지만, 채후와 같은 사람들은 오히려 은거를
　　선택하는 것에 찬동한다는 뜻이다.
127) 前除(전제) : 남쪽으로 난 계단.
128) 심주 : 공소부와 헤어진 후 편지를 부쳐주기를 바랐다.(望孔之別後寄書, 只用一點.)
129) 空中書(공중서) : 신선이 하늘에서 보내온 편지.
130) 禹穴(우혈) : 지명. 그 소재는 여러 곳으로 촉 지방의 석뉴(石紐), 섬서 순양(洵陽), 절
　　강 소흥 회계(會稽) 등이다. 여기서는 천보 연간 초기에 이백이 살았던 회계를 가리
　　킨다.

평석 공소부가 은거하여 신선술을 익힐 것이므로 시에 표묘한 신선의 말이 많다.(巢父歸隱 學仙, 故詩中多縹緲欲仙語.)

해설 장안에서 강남으로 은거하러 떠나는 공소부를 보내며 쓴 시이다. 공소부가 벼슬을 버리고 은거하는 일에 대해 찬동을 나타내면서, 시원스런 필치로 이후의 생활과 신선의 풍모를 그려내고, 아쉬움 마음을 전하였다. 두보의 초기 칠언고시로, 끊어질 듯 이어지는 변화 많은 구성으로 표홀한 의경을 엮어내었다. 750년 전후 장안에서 지은 것으로 보이며, 이백의 시풍에 가까움을 볼 수 있다.

음중팔선가(飲中八仙歌)

知章騎馬似乘船,[131]	하지장이 술 취해 말을 타면 배 타듯 뒤뚱거려
眼花落井水底眠.[132]	눈이 어질하여 우물에 빠져도 바닥에서 잠 잔다네
汝陽三斗始朝天,[133]	여양왕 이진은 술 서 말은 마셔야 조회에 나가는데
道逢麴車口流涎,[134]	길에서 술통 실은 수레 만나면 또 침을 흘리어
恨不移封向酒泉.[135]	주천으로 봉지를 옮기지 못함을 아쉬워 하지
左相日興費萬錢,[136]	좌승상 이적지는 날마다 주흥에 만전을 써

---

131) 知章(지장) : 하지장(賀知章). 시인 소전 참조. 호를 사명광객(四明狂客)이라 하였으며, 성품이 호방하고 자유로우며, 만년에 갈수록 더욱 활달하였다.

132) 眼花(안화) : 눈앞에 불꽃 같은 것이 어른거리며 보이는 병.

133) 汝陽(여양) : 여양왕 이진(李璡). 현종의 형 이헌(李憲)의 장자. 『구당서』에 "하지장, 저정회(褚廷誨)와 시와 술로 사귀었다"(與賀知章、褚廷誨爲詩酒之交.)는 말이 있다. ○朝天(조천) : 천자를 알현함.

134) 麴車(국거) : 누룩을 실은 수레. 술통을 실은 수레를 가리킨다. ○流涎(유연) : 침을 흘리다.

135) 酒泉(주천) : 주천군. 지금의 감숙성 주천시. 성 아래에 샘물이 있는데 그 맛이 술과 같다고 하여 지명이 되었다는 설이 있다.

136) 左相(좌상) : 좌승상 이적지(李適之). 『구당서』에 그는 빈객을 좋아하며 술을 한 말이

飮如長鯨吸百川,   고래가 백 줄기 강물을 모두 들이키는 듯하고
銜杯樂聖稱避賢.[137]   청주를 즐기느라 승상 자리 물러났다 노래하였지
宗之瀟灑美少年,[138]   최종지는 풍모가 멋있는 젊은이
擧觴白眼望青天,[139]   잔을 들면 백안시하다가 푸른 하늘 바라보니
皎如玉樹臨風前.[140]   훤한 모습이 바람 앞에 옥수(玉樹)가 서 있는 듯
蘇晉長齋繡佛前,[141]   소진은 수놓인 불상 앞에서 장기간 채식하는데
醉中往往愛逃禪.[142]   술에 취하면 종종 참선을 빼먹고 말더라
李白一斗詩百篇,   이백은 술 한 말에 시 백 편을 써내려
長安市上酒家眠,   장안 저자 술집에서 술 취하면 잠들고
天子呼來不上船,[143]   천자께서 불러도 배에 오르지 못하여
自稱臣是酒中仙.   스스로 소신은 술 취하면 신선입니다 하더라
張旭三杯草聖傳,[144]   장욱은 술 석 잔에 초서의 성인으로 알려져

나 마셔도 흐트러지지 않았다고 한다. 742년 좌승상이 되었으나, 746년 이림보의 배척으로 자리에서 물러났으며, 7월 의춘태수로 폄적되어, 747년 이림보의 핍박이 두려워 자살하였다.

137) 樂聖(낙성) : 청주를 즐기다. 삼국시대 위(魏)의 선우보(鮮于輔)가 조조(曹操)에게 하는 말 중에 청주를 성인(聖人)이라 부르고, 탁주를 현인(賢人)이라고 부른데서 유래했다. 이적지는 「좌승상을 그만 두고 지음」(罷相作)에서 "현인에게 양보하여 좌승상을 그만 두니, 황제께서 즐거워하시어 나는 술잔을 들어라"(避賢初罷相, 樂聖且銜杯.)라는 시구가 있다. 그러나 선우보의 은어를 적용하면 탁주를 그만 두고 청주를 즐거이 마신다는 뜻이 된다.

138) 宗之(종지) : 최종지(崔宗之). 제국공(齊國公) 최일용(崔日用)의 아들. 이백과 사귀었다.

139) 白眼(백안) : 눈알을 위나 옆으로 굴려 흰자위만 보이게 한 눈. 상대를 무시하거나 불만을 나타낼 때 보이는 모습이다. 삼국시대 위(魏)의 완적(阮籍)이 싫어하는 사람을 만나면 백안시(白眼視)한 데서 유래한 말이다.

140) 玉樹(옥수) : 옥으로 만들어진 것처럼 아름다운 나무. 한아하고 빼어난 풍모가 있는 사람을 비유한다.

141) 蘇晉(소진) : 소향(蘇珦)의 아들. 어려서부터 시문을 잘 지어 '왕찬'으로 칭송되었으며, 약관에 과거에 급제하였다. 중서사인이 되었고 숭문관 학사가 되었다. 현종에게 직언하여 가납되는 일이 많았다. ○長齋(장재) : 장기간 채식을 함.

142) 逃禪(도선) : 참선 수련을 하지 않음. 소진이 채식을 한다고 하면서도 술을 마시니 이를 '도선'이라 하였다.

143) 不(부) : 불능(不能). 할 수 없다.

144) 張旭(장욱) : 성당시기에 활동한 서예가이자 시인. 시인 소전 참조. 하지장, 이백 등

脫帽露頂王公前,　　　왕공 앞에서도 모자 벗고 머리를 드러내지만
揮毫落紙如雲煙.　　　붓을 휘두르면 구름 같은 글씨가 종이 위에 떨어진다네
焦遂五斗方卓然,[145]　초수는 닷 말 술을 먹고서야 비로소 늠름해지는데
高談雄辯驚四筵.　　　고담준론 펼치면 앉은 사람 모두가 놀란다네

평석 첫머리에선 도입부를 쓰지 않고 결말에선 마무리를 쓰지 않으면서 중간에 들쭉날쭉 변화가 많으니, 마치 여덟 장을 한 장과 같이 했는데, 이러한 격식이 아직까지 없었다. 각 사람에 대해 몇 구씩 할애했으므로 운이 중복된다 해도 무방하다.(前不用起, 後不用收, 中間 參差歷落, 似八章仍似一章, 格法古未曾有. 每人各贈幾語, 故有重韻而不妨碍.)

해설 천보 연간 장안의 유명한 술꾼 여덟 명의 풍모와 멋을 그렸다. 여덟 명은 동궁 시독 하지장, 황가 종친 이진, 좌승상 이적지, 시어사 최종지, 이부시랑 소진, 시선 이백, 초서 대가 장욱, 무명 술꾼 초수 등이다. 이들 가운데 소진은 734년에 죽었고, 하지장과 이백은 744년 장안을 떠났으므로, 8명이 함께 모인 적이 없다. 때문에 두보가 각 사람에 대한 인상을 한 편의 작품 속에 모아서 구성한 것으로 보인다. 성당시기의 호방하고 광달하며 낙관적인 시대 풍조를 볼 수 있다. 746년경 두보가 장안에 막 왔을 무렵 지은 것으로 보인다.

과 친하였다. ○草聖(초성) : 초서의 성인. 두보가 나중에 촉 지방에 들어갔을 때 장욱의 서예 작품을 보고 「양 전중감이 보여준 장욱 초서도」(殿中楊監見示張旭草書圖)를 지어 장욱을 추념하였다.

145) 焦遂(초수) : 관련 기록이 적어 자세하지 않음. 평민으로 술을 좋아하는 것으로 유명함. 만당의 원교(袁郊)가 쓴 전기 소설집 『감택요』(甘澤謠)에는 도현(陶峴)이 진사 맹운경, 포의 초수와 놀았다는 기록이 있다. 맹운경은 두보와 친구이므로, 도현도 두보와 아는 사이였던 것으로 추측된다. ○卓然(탁연) : 뛰어난 모습. 술을 마신 후 정신이 진작된 모습.

곡강(曲江)

自斷此生休問天,[146]	나의 생이 힘듦을 아니 하늘에 호소하지 않을 터
杜曲幸有桑麻田,[147]	다행히 두곡에는 뽕나무와 삼밭이 있어
故將移住南山邊.[148]	장차 종남산 아래로 옮겨가 살리라
短衣匹馬隨李廣,[149]	짧은 옷에 말 한 필로 이광의 족적을 쫓아
看射猛虎終殘年.	맹호를 쏘아 잡으며 여생을 보내리라

해설 곡강에서 자신의 인생을 생각하며 지은 시이다. 자신의 모든 노력이 현실의 벽에 부딪쳐 이루어지지 않는 것을 보고, 요행을 바라지 않고 은거하며 살 것을 다짐하였다. 비록 편폭이 짧으나 완강한 어조 속에 극단의 분노가 깃들어 있다. 752년경에 지었다.

가난한 사귐의 노래(貧交行)[150]

| 翻手作雲覆手雨,[151] | 손을 펴면 구름이 되고 손을 뒤집으면 비가 내리니 |
| 紛紛輕薄何須數! | 이익을 쫓아 사귀는 경박한 사람들 얼마나 많은가! |

---

146) 斷(단) : 판단하다. 단정하다.
147) 杜曲(두곡) : 장안성 밖 남쪽 교외에 있는 지명.
148) 南山(남산) : 종남산.
149) 李廣(이광) : 한대 명장. 일찍이 종남산에서 사냥을 하였는데 풀 사이의 바위를 호랑이로 여겨 쏘았더니 화살촉이 바위에 함몰되었다. 『사기』 「이장군열전」 참조.
150) 貧交行(빈교행) : 두보가 창안한 악부제. 한대 고시 중의 「규채를 뜯어도 뿌리를 다치지 말게」(採葵莫傷根)에 나오는 뜻을 채용하였다. "규채를 뜯어도 뿌리를 다치지 말게, 뿌리를 다치면 규채가 살지 못하니. 친구를 사귈 때도 가난하다 무시 말게, 가난하다 무시하면 친구가 되지 못하니"(採葵莫傷根, 傷根葵不生. 結交莫羞貧, 羞貧友不成.) 부귀영화를 누릴 때의 사귐은 믿을 수 없고, 가난할 때 사귐이 비로소 진정으로 믿을 수 있다는 뜻이다.
151) 심주 : 한 마디로 모두 다 말하였다.(一語說得盡.)

君不見管鮑貧時交,[152] 그대는 보지 못하는가, 관중과 포숙아의 가난한 때
　　　　　　　　　　　사귐을
此道今人棄如土!　　지금 사람들이 그 교훈을 흙처럼 버리는 것을!

해설 이익에 따라 모이고 흩어지는 세속의 사귐을 비판하였다. 제1구는 필요할 때 만나고 필요 없어지면 얼굴을 돌리는 변화무쌍한 냉혈한 세태를 형상화하였다. '번운복우'(翻雲覆雨)란 성어는 여기에서 만들어졌다. 이에 대비하여 '관포지교'(管鮑之交)로 거짓되고 추악한 세태에 일침을 가하였다. 두보의 대표시로 특히 한국인에게 많이 알려졌다.

여인행(麗人行)

三月三日天氣新,[153]　　삼월 삼일 상사일에 날씨가 산뜻한데
長安水邊多麗人.[154]　　장안의 곡강에는 미인도 많아라
態濃意遠淑且眞,[155]　　농염한 자태에 그윽한 표정 한아하고 천진해
肌理細膩骨肉勻.[156]　　살결은 부드럽고 윤기 있는데 몸매도 마침 잘 잡혔어라

---

152) 管鮑(관포) : 춘추시대 제나라의 관중(管仲)과 포숙아(鮑叔牙). 두 사람의 우정을 나타낸 '관포지교'(管鮑之交)란 말로 잘 알려졌다. 관중이 곤궁하였을 때 포숙아가 함께 장사를 하였고, 관중이 많이 가져가도 포숙아는 탐심이 있다고 생각하지 않았으며, 관중이 손해를 보아도 그가 어리석다고 생각하지 않았다. 관중이 세 번 벼슬길에 올라 세 번 내쳐졌지만 포숙아는 그가 재능이 없다고 생각하지 않았다. 관중이 전투에서 세 번 불리하여 왕이 겁이 많다고 했지만, 포숙아는 그의 집에 노모가 계시다고 설득하였다. 관중이 투옥되었을 때 포숙아는 왕을 설득하여 중용하게 하였다.

153) 三月三日(삼월삼일) : 상사절(上巳節). 물가에 나가 제사를 지내고 삿됨을 씻고 복을 기원하는 수계(修禊)의 날로, 당대에는 이미 봄놀이의 명절이 되었다. 당대 장안에서는 사람들이 주로 곡강으로 놀러나갔다.

154) 水邊(수변) : 물가. 곡강을 가리킨다.

155) 態濃意遠(태농의원) : 자태가 농염하고 마음이 느긋하다. ○淑且眞(숙차진) : 한아하고 단정하다.

156) 肌理(기리) : 살결. ○細膩(세니) : 부드럽고 매끈하다. ○骨肉勻(골육균) : 살과 뼈가

繡羅衣裳照暮春,　　　봄의 경물을 환히 비추는 수놓인 비단 옷엔
蹙金孔雀銀麒麟. [157]　주름진 금실 공작과 은실 기린이 눈이 부셔라
頭上何所有?　　　　머리 위에는 무엇이 있는가?
翠爲匌葉垂鬢脣. [158]　비취로 만든 꽃 머리개가 살쩍까지 드리웠네
背後何所見?　　　　등 뒤에는 무엇이 보이는가?
珠壓腰衱穩稱身. [159]　구슬 엮인 허리띠가 몸에 착 붙어있네
就中雲幕椒房親, [160]　그중에 구름 휘장에는 양귀비의 자매들
賜名大國虢與秦. [161]　하사받은 봉호가 괵국부인과 진국부인이라
紫駝之峰出翠釜, [162]　낙타 봉 요리가 담긴 비취 장식 솔이 나오고
水精之盤行素鱗.　　수정 소반에 흰 생선이 담겨 나와도
犀筯厭飫久未下, [163]　입맛에 물려 뿔 젓가락을 대지도 않으니
鸞刀縷切空紛綸. [164]　실같이 썬 주방장의 칼놀림이 헛되이 바빴어라
黃門飛鞚不動塵, [165]　환관이 먼지 하나 일지 않게 날듯이 말을 몰아

적절하여 몸매가 알맞다.

157) 蹙金(축금) : 자수 방법의 하나. 금실을 당겨 수를 놓아 자수품의 문양이 주름이 잡
히도록 한다.

158) 匌葉(압엽) : 여인의 머리에 꽂는 꽃잎 모양의 장식.

159) 腰衱(요겁) : 치마의 허리끈. 겁(衱)은 옷 뒷자락.

160) 就中(취중) : 그중. ○雲幕(운막) : 구름이 그려진 휘장. ○椒房(초방) : 한대 황후의
거처. 미앙궁에 초방전(椒房殿)이 있었다. 산초 가루를 진흙에 섞어 벽에 발라서 실
내가 따뜻하면서도 향기가 나게 하였다. 초방친(椒房親)은 황후의 친속. 여기서는
황후의 지위에 맞먹는 양귀비와 그 친척을 가리킨다.

161) 賜名(사명) : 봉호를 내리다. ○虢與秦(괵여진) : 괵국과 진국. 양귀비의 자매는 세 명
으로 모두 재색을 겸비하였는데, 현종이 첫째 언니에게는 한국부인(韓國夫人)이란
봉호를 내리고, 셋째 언니에게는 괵국부인, 여덟째 언니에게는 진국부인을 내렸다.
『구당서』「양귀비전」 참조.

162) 峰(봉) : 낙타 등의 봉. 당대에는 이를 요리로 만든 타봉자(駝峰炙)를 진귀한 식품으
로 쳤다. ○翠釜(취부) : 비취가 상감된 솔.

163) 犀筯(서저) : 물소 뿔로 만든 젓가락. ○厭飫(염어) : 물리다.

164) 鸞刀(난도) : 손잡이에 방울이 달린 칼. ○縷切(누절) : 실같이 썰다. ○空紛綸(공분
륜) : 쓸데없이 바쁘기만 했다.

165) 黃門(황문) : 환관. ○不動塵(부동진) : 먼지가 일어나지 않다. 말을 날 듯이 달려도
먼지가 일어나지 않는다. 기마술이 뛰어남을 형용하였다.

御廚絡繹送八珍.　　　수라간의 산해진미를 끊임없이 날아오누나

簫鼓哀吟感鬼神,　　　피리와 북소리에 귀신이 울고 갈 음악이 연주되고

賓從雜遝實要津,[166]　　뭄비는 빈객들은 진실로 모두가 고관들이라

後來鞍馬何逡巡,[167]　　나중에 도착한 말은 어찌 그리 한가로운가

當軒下馬入錦茵.　　　창 앞에서 말에 내려 비단 자리로 들어가네

楊花雪落覆白蘋,[168][169]　버들개지 눈처럼 내려 흰 네가래 덮고

靑鳥飛去銜紅巾.[170]　　청조(靑鳥)는 붉은 손수건 물고 날아가네

炙手可熱勢絶倫,[171]　　권세는 비할 데 없이 손을 데일만큼 뜨거우니

愼莫近前丞相嗔![172]　　가까이 가지 말게나, 승상이 노하지 않도록!

평석 자태와 복식의 아름다움, 음식과 음악과 빈객의 번성함을 극도로 묘사하면서, 양귀비를 가볍게 언급하고 양국충을 직접적으로 말하였다. 대체적인 의미는 『시경』 「군자해로」에 바탕을 두었으나 풍자하는 뜻이 비교적 뚜렷하다.(極言姿態服飾之美, 飲食音樂賓從之盛, 微指椒房, 直言丞相, 大意本君子偕老之詩, 而諷刺意較顯.) ○ '농염한 자태에 그윽한 표정' 아래에서 거꾸로 진국부인과 괵국부인을 삽입하였고, '창 앞에서 말에 내려' 아래에서 거꾸로 승상을 삽입하였는데, 다른 시인에게는 이러한 필법이 없다.('態濃意遠'下倒揷秦虢, '當軒下

---

166) 賓從(빈종) : 빈객과 시종. ○ 雜遝(잡답) : 많으면서 무질서한 모양. ○ 要津(요진) : 요직. 요직에 있는 사람.

167) 逡巡(준순) : 머뭇거리다.

168) 심주 : 은미한 말이지만 깊이 해석하지 않는다.(隱語不求甚解.)

169) 楊花(양화) : 버들개지. ○ 蘋(빈) : 네가래. 양국충의 등장으로 버들개지가 날고 새들이 우는 모습을 묘사하였다. 역대의 학자들은 양화(楊花)의 양(楊)자가 양국충과 양귀비의 양(楊)을 비유하며, 북위 호태후(胡太后)와 양백화(楊白花)가 사통한 일을 들어, 양국충과 괵국부인 사이의 음란한 관계를 비유한다고 풀이하였다. 그러나 이를 사실로 보기에는 여러 가지 근거 자료가 부족하며, 두보가 이를 시 속에 비유했다고 보기 어려우며, 양국충의 음란한 일을 언급한 『양태진외전』(楊太眞外傳)도 야사이다.

170) 靑鳥(청조) : 서왕모의 사신. 일반적으로 소식을 전하는 사람을 비유한다. ○ 紅巾(홍건) : 붉은 손수건.

171) 炙手可熱(자수가열) : 손을 데일만큼 뜨겁다. ○ 絶倫(절륜) : 나란히 나설 자가 없을 정도로 뛰어남.

172) 丞相(승상) : 양국충을 가리킨다. 양국충은 양귀비의 친척 오빠이다. ○ 嗔(진) : 성내다.

馬’下倒揷丞相, 他人無此筆法.)

해설 삼월 삼일 장안 곡강에서의 화려한 봄놀이를 묘사하였다. 처음에는 귀족 여인들의 모습을 보여주다가, 이어서 양귀비 자매의 사치스런 모습과 생활을 극력 묘사하였고, 말미에서 양국충의 거만한 모습을 그려, 중간중간 풍자의 어조가 끼어든다. 미인과 부귀와 권력의 모습을 화려하게 그릴수록 음험한 정치의 폭력성이 강하게 드러난다. 양국충은 752년 11월 우승상이 되었으므로 이 시는 그 다음 해인 753년 봄에 지은 것으로 본다.

낙유원 노래(樂遊園歌)[173)174)]

樂遊古園崒森爽,[175)]	높다란 낙유원은 울창하고 시원한데
煙綿碧草萋萋長.[176)]	펼쳐진 비췻빛 풀 무성하게 자랐어라
公子華筵勢最高,[177)]	공자(公子)의 화려한 잔치는 높은 언덕에 차려져
秦川對酒平如掌.[178)]	술잔 대하고 바라보니 진천(秦川)이 손바닥 같아라
長生木瓢示眞率,[179)]	주인은 소탈하여 장생목 바가지로 술을 권하니

---

173) 원주 : "그믐날 하란 양 장사의 연회에서 취중에 지었다."(原注 : "晦日賀蘭楊長史筵醉中作.")
174) 樂遊園(낙유원) : 장안성 동남쪽의 약간 높은 지대로 장안을 둘러보기 좋은 유람 지역이다. 원래 서한 선제(宣帝)가 궁원을 만들어 낙유원(樂遊苑)이라 하였다.
175) 崒(줄) : 높고 험한 모양. ○ 森爽(삼상) : 나무가 많고 시원스럽다.
176) 煙綿(연면) : 면면히 이어지다.
177) 公子(공자) : 양 장사를 가리킨다. 미상.
178) 秦川(진천) : 장안 주위의 평원. 『장안지』(長安志)에 "낙유원은 경성의 가장 높은 곳에 있어 사방을 바라보면 앞이 탁 트였다. 경성의 안이 손바닥처럼 내려보인다."는 기록이 있다.
179) 長生木瓢(장생목표) : 장생목으로 만든 표주박. 서진 혜함(嵇含)이 지은 「장생목부」(長生木賦)가 있다. 장생목으로 만든 바가지로 술을 떠 마시면 오래 산다고 한다.

更調鞍馬狂歡賞.　　　술 마신 후 다시 말을 타고 즐거이 완상하노라

青春波浪芙蓉園,[180]　　　푸른 봄의 부용원은 물결이 출렁이고

白日雷霆夾城仗.[181]　　　천자의 행차에 대낮에 천둥소리 들려라

閶闔晴開訣蕩蕩,[182]　　　궁문이 훤히 열리니 하늘이 드넓고

曲江翠幕排銀牓.[183]　　　곡강에 휘장이 펼쳐지니 은색 편액이 늘어서

拂水低佪舞袖翻,　　　춤추는 소매는 물결이 출렁이는 듯하고

緣雲清切歌聲上.　　　청아한 노랫소리는 구름 따라 하늘에 닿는구나

却憶年年人醉時,　　　돌이켜 생각하니 해마다 취하였는데

只今未醉已先悲.[184]　　　올해는 슬픔이 있어 취하지 않아라

數莖白髮那抛得?[185]　　　희끗거리는 흰 머리카락 막을 수 없으니

百罰深杯亦不辭.　　　백 번의 벌주라도 사양하지 않으리

聖朝亦知賤士醜,[186]　　　어진 조정은 이 천한 선비의 못남을 알지만

一物自荷皇天慈.[187)188]　　　미물인 이 몸이 황제의 은혜를 입었어라

---

180) 芙蓉園(부용원) : 곡강의 남안에 소재했다. 정관 연간에는 당 태종이 아들 이태(李泰)에게 하사했으나, 개원 연간에는 현종이 어원으로 만들었다. 장례(張禮)의 「유성남기」(遊城南記)에서는 당의 남원(南苑)이라 하였다. 이조(李肇)의 『국사보』(國史補)에서는 전신이 진대의 의춘원(宜春苑)이며, 정원 내에 부용지가 있다고 하였다.

181) 夾城(협성) : 복도(複道)를 가리킨다. 현종이 행락을 즐기면서 사람들의 이목을 피하기 위해 732년 장안성 동성 벽담에 벽을 쌓아 대명궁에서 홍경궁, 춘명문(春明門), 연흥문(延興門)을 지나 곡강 부용원까지 이르게 하였다.

182) 閶闔(창합) : 천문. 여기서는 궁성의 문. ○訣蕩蕩(질탕탕) : 천체가 단단하고 맑은 모양. 한대 교사가(郊祀歌) 「천문」(天門)에 "천문을 여니, 하늘이 드넓어라"(天門開, 訣蕩蕩.)는 구절이 있다.

183) 翠幕(취막) : 연회 때 설치하는 화려한 장막. ○排銀牓(배은방) : 은으로 만든 편액이 늘어서다. 유람 나온 집안마다 자신들이 있는 곳을 표시하기 위해 편액을 걸었다는 뜻이다.

184) 只今(지금) 구 : 두보는 일 년 전인 750년 「조부」(鵰賦)를 헌상하였으나 결과가 없어, 빈곤한 가운데 저자에 나가 약을 팔고 친구 집에서 기식하였다. 비록 연회석상이라 해도 자신의 처지 때문에 취하지 못하고 슬퍼한다는 뜻이다.

185) 那抛得(나포득) : 어찌 벗어날 수 있으리오?

186) 聖朝(성조) : 현종이 있는 조정을 가리킨다. ○賤士(천사) : 천한 선비. 자신을 가리킨다. 당시 두보는 「삼대례부」(三大禮賦)를 헌상하고 난 뒤, 현종이 집현전 학사로 자신을 임용할지 기다리고 있었다.

此身飮罷無歸處,　　　술 마시고 나니 돌아갈 곳 없어
獨立蒼茫自詠詩.　　　홀로 우두커니 서서 시를 읊어라

평석 지극히 즐거운 연석에서 신세지감을 이길 수 없으니, 왕희지가 「난정집서」에서 말한 "정은 일에 따라 변해가고, 감개는 이에 따라 깊어라"의 뜻이다.(極歡宴時不勝身世之感, 臨川蘭亭記序所云 : "情隨事遷, 感慨係之"也.)

해설 낙유원의 연석에 참가하여 일어나는 감회를 써냈다. 낙유원의 번화함을 시작으로 하여 현종과 권세가들의 성대한 유락을 묘사하고, 자신의 불우를 탄식하였다. 751년 두보의 처지와 마음을 읽을 수 있다.

흰 실의 노래(白絲行)

繰絲須長不須白,[189]　　실을 자을 땐 희기보다는 길기를 바라며
越羅蜀錦金粟尺.[190]　　월 지방과 촉 지방 비단을 금속척으로 잰다네
象牀玉手亂殷紅,[191]　　상아 베틀 고운 손에 붉은 비단 나오면
萬草千花動凝碧.[192]　　수많은 풀과 꽃이 짙푸른 색으로 그려지지

---

187) 심주 : 부를 헌상하고 시험을 보았으니 재상에 의해 제지되니, 조정에선 이미 내쳤으나 하늘은 아직도 은혜를 베푼다고 말하였다. '일물'은 두보 자신을 말한다.(獻賦召試, 爲宰相所抑, 言朝已共棄, 而天猶見憐. '一物', 公自謂也.)
188) 一物(일물) : 한 가지 물건. 여러 설이 있다. 청대 구조오(仇兆鰲)는 술을 가리킨다고 보았고, 포기룡(浦起龍)과 심덕잠은 두보 자신을 가리킨다고 보았다. 여기서는 후자를 따른다. ○皇天(황천) : 하늘. 여기서는 하늘 같은 황제의 은혜.
189) 繰絲(조사) : 고치나 목화에서 실을 뽑다.
190) 越羅蜀錦(월라촉금) : 월 지방과 촉 지방에서 나는 비단. 두 곳은 비단의 산지로 유명하다. ○金粟尺(금속척) : 단위가 되는 지점에 금으로 상감한 점을 찍은 자. 그 모양이 황금 좁쌀 같다 하여 이름 붙여졌다.
191) 象牀(상상) : 상아로 만든 베틀. ○殷紅(은홍) : 검붉은 색.
192) 凝碧(응벽) : 진녹색.

已悲素質隨時染,	흰 바탕을 잃은 실이 물들여진 걸 슬퍼하는데
裂下鳴機色相射.	베틀에서 잘려 내린 비단은 색을 자랑하는구나
美人細意熨貼平,[193]	미인이 세심히 다려 평평하게 만들고
裁縫滅盡針線跡.	마르고 기워 바느질 자취도 없어라
春天衣着爲君舞,	봄 하늘 아래 입고서 그대 위해 춤추니
蛺蝶飛來黃鸝語.	나비들이 날아오고 꾀꼬리 지저귀네
落絮遊絲亦有情,[194]	버들개지와 거미줄도 이를 아는 듯
隨風照日宜輕擧.[195]	바람에 흔들리고 햇빛에 빛나며 가볍게 춤추어라
香汗淸塵汚顏色,[196]	미인의 땀과 먼지에 비단의 색이 더러워지니
開新合故置何許?[197]	새 옷을 꺼내 입으면 헌 옷은 벗어 어디에 둘까?
君不見	그대 보지 못하는가
才士汲引難,[198]	재능 있는 선비 발탁되기가 얼마나 어려운가를
恐懼棄捐忍羈旅![199]	어느 날 내쳐질까 두려워 나그네로 달게 지냄을!

평석 물들여질수록 점점 내쳐지게 되니 재능 있는 선비는 힘겨운 과정을 견딘다.(渲染之餘, 卽棄捐之漸, 抱才之士, 所以甘忍羈旅也.)

해설 흰 실이 물들고 버려지는 과정을 보고 사람의 발탁과 내쳐짐을 생각하였다. 이는 『묵자』에 나오는 잘 알려진 비유에서 제재를 삼았다. "묵자가 흰 실이 물드는 것을 보고 '파란 데 물들면 파랗게 되고, 누런

---

193) 熨貼(위첩) : 옷을 다리다.
194) 落絮(낙서) : 버들개지. ○遊絲(유사) : 봄날 벌레들이 토하는 거미줄같이 가는 실.
195) 宜(의) : 어울리다. 적절하다. ○輕擧(경거) : 가볍게 들리다.
196) 顏色(안색) : 옷의 색.
197) 開新合故(개신합고) : 바구니에서 새 옷을 꺼내고 헌 옷을 개어 넣다. ○何許(하허) : 어디.
198) 汲引(급인) : 급수인경(汲水引綆). 물을 길으려 두레박줄을 당기다. 인재를 발탁한다는 뜻으로 쓰인다.
199) 棄捐(기연) : 버리다. ○羈旅(기려) : 나그네생활에 묶이다. 타향에서 살다.

데 물들면 누렇게 된다'며 탄식하였다"(墨子見染素絲者而歎曰 : "染於蒼則蒼, 染於黃則黃.")는 말이 있다. 두보는 등용되지 못한 자신의 처지를 이로써 위로하려고 한 듯하다.

미피의 노래(渼陂行)[200]

岑參兄弟皆好奇,[201]	잠삼 형제는 명승지 찾아다니기 좋아해
携我遠來遊渼陂.	나를 데리고 멀리 미피호에 놀러갔어라
天地黯慘忽異色,[202]	천지가 어두워지며 갑자기 변하더니
波濤萬頃堆琉璃.	만 이랑의 파도가 유리를 쌓아 놓은 듯
琉璃汗漫泛舟入,[203]	끝없는 유리 속에 배를 띄워 들어가니
事殊興極憂思集.[204][205]	유다른 상황이라 흥이 높으면서도 걱정이 앞섰네
鼉作鯨吞不復知,[206]	악어가 나오고 고래가 삼킬지도 모를 일인데
惡風白浪何嗟及.[207]	거센 물결에 뒤집히면 후회해도 소용 없으리
主人錦帆相爲開,[208]	주인은 비단 돛을 펼치어내더니
舟子喜甚無氛埃.[209]	안개가 사라지자 사공이 기뻐하네

---

200) 渼陂(미피) : 미피호. 장안 경조부 호현(鄠縣) 서쪽 오 리에 소재한 유람 명승지이다. 자각봉(紫閣峰) 아래 미피호가 산에 둘러싸여 있다.

201) 岑參(잠삼) : 두보의 친구이다. 시인 소전 참조. 당시 잠삼은 안서도호부에서 돌아와 장안에 체류하고 있었다. ○兄弟(형제) : 잠삼의 친형제는 다섯 명으로 잠위(岑渭), 잠황(岑況), 잠삼(岑參), 잠병(岑秉), 잠아(岑亞)이다. 종형제는 더욱 많다. 여기서는 누구를 가리키는지 명확하지 않다. ○好奇(호기) : 명승지를 다니기 좋아하다.

202) 黯慘(암참) : 하늘이 어두운 모양.

203) 汗漫(한만) : 거대하여 끝이 없음. 광대무변함.

204) 심주 : 배를 타고 호수에 들어가 갑자기 풍파를 만났다.(此放舟入陂, 陡遇風波.)

205) 事殊興極(사수흥극) : 상황이 특이하여 흥치가 더욱 높음.

206) 鼉(타) : 악어 종류의 동물. ○作(작) : 일어나다. ○不復知(불부지) : 예상하지 못하다.

207) 何嗟及(하차급) : 嗟何及(차하급)의 도치. 후회해도 늦었다는 뜻이다.

208) 主人(주인) : 잠삼과 그 형제들.

209) 舟子(주자) : 사공. ○氛埃(분애) : 안개.

鳧鷖散亂棹謳發,[210]	오리와 갈매기 속에서 뱃노래 부르고
絲管嘲啾空翠來.[211]	비췻빛 하늘에 악기 소리 울려라
沈竿續縵深莫測,[212]	장대를 찌르고 밧줄을 이어도 깊이를 잴 수 없고
菱葉荷花淨如拭.	비 온 뒤 마름 잎과 연꽃은 닦은 듯 깨끗하여라
宛在中流渤澥淸,[213]	호수 가운데 있으니 발해에 들어선 듯하고
下歸無極終南黑.[214]	종남산의 그림자가 물 아래로 한없이 깊어라
半陂已南純浸山,	호수의 남쪽 절반은 산 그림자 담고 있어
動影裊窕沖融間.[215][216]	잔잔한 물결 사이에 그림자가 일렁거려라
船舷暝戛雲際寺,[217]	어두워지자 노 소리 삐걱거리며 운제사 지나고
水面月出藍田關.[218]	수면에 달 떠올라 남전관이 비치어라
此時驪龍亦吐珠,[219]	이때 검은 용도 구슬을 토해내고
馮夷擊鼓群龍趨.[220]	풍이(馮夷)가 북을 치고 용들이 내달리더라
湘妃漢女出歌舞,[221]	상비와 한녀가 나와 노래하며 춤추니

---

210) 심주 : 이때 바람이 그치고 물결이 잦아들었다.(此時風恬浪靜.)

211) 嘲啾(조추) : 새가 우는 소리. 여기서는 악기의 소리를 비유한다.

212) 沈竿續縵(침간속만) : 장대를 찌르고 밧줄을 이어 미피호의 깊이를 재보다.

213) 渤澥(발해) : 渤海(발해)라고도 쓴다. 사마상여의 「자허부」에 "발해에서 배를 띄우고 맹저에서 논다"(浮渤澥, 游孟諸.)라는 구절이 있고, 주석에 발해는 "특정 바다의 다른 이름이다"(海別枝名也)고 하였다. 여기서는 미피호를 가리킨다.

214) 無極(무극) : 끝이 없다. 바닥이 없다. ○ 終南黑(종남흑) : 종남산의 그림자가 어둡다.

215) 심주 : 산 그림자가 흔들리고 물결이 약간 일렁이는 모습을 그렸다.(寫山影動搖, 水波微瀁之狀.)

216) 裊窕(요조) : 쉼 없이 흔들리는 모양. ○ 沖融(충융) : 물결이 흔들리는 모양.

217) 舷(현) : 뱃전. ○ 戛(알) : 상앗대가 뱃전에 부딪치며 나는 소리. ○ 雲際寺(운제사) : 운제산(雲際山) 대정사(大定寺). 호현 동남 육십 리에 소재했다.

218) 藍田關(남전관) : 요관(嶢關)이라고도 한다. 남전현 동남 육십팔 리에 소재하며, 미피호의 동남에 위치한다. 고대에는 관중을 나서 남행하는 주요한 관문이었다.

219) 驪龍(여룡) : 검은 색의 용.『장자』「열어구」(列禦寇)에 "천 금이 나가는 구슬은 반드시 구중 심연에 있는 여룡의 턱 아래에 있다"고 하였다. 여기서는 배의 등불을 비유하였다.

220) 馮夷(풍이) : 빙이(冰夷)라고도 한다. 전설 속의 강의 신. 여기서는 음악이 멀리 퍼지는 것을 비유하였다.

221) 湘妃(상비) : 전설에 나오는 순 임금의 두 비인 아황과 여영. ○ 漢女(한녀) : 전설에

金支翠旗光有無. [222][223]　　황금 받침대와 비취 깃발이 명멸하여라
咫尺但愁雷雨至,　　순식간에 다시 천둥 치고 비 올까 걱정되는데
蒼茫不曉神靈意. [224]　　창망한 가운데 신령의 뜻을 헤아리기 어려워라
少壯幾時奈老何! [225]　　젊음이 다 갔으니 늙음을 어이 할까!
向來哀樂何其多! [226]　　예부터 슬픔과 즐거움이 어찌 그리 많은가!

평석 ‘호기’ 두 글자에서 시작하여 중간에 귀신과 비바람이 들락거리는 온갖 모습을 그렸고, 말미에서 다른 방향으로 전개하여 마음을 푸는 말로 매듭을 지었고, ‘애락’ 두 글자로 전편을 총괄하였다. 장법이 기이하기로는 이보다 더한 작품이 없다.(以‘好奇’二字領起, 中間鬼神風雨, 恍惚萬狀, 末用推開語作結, 以‘哀樂’二字總束全篇, 章法奇詭, 莫此爲甚.)

해설 잠삼 형제와 미피호에 놀러 간 일을 적었다. 변화 많은 날씨 속에서 벌어진 호수의 모습과 배안의 광경이 환상적으로 표현되었다. 754년 지은 것으로 본다.

정교보(鄭交甫)가 한고산에서 만났다는 두 선녀. 정교보가 그녀들이 차고 있는 패물이 좋다고 하자 두 선녀가 패물을 풀어 주었다. 한고산은 한수 옆이어서 한녀라고 하였다. 여기서는 배에서 노래하는 가녀(歌女)를 비유하였다.

222) 심주 : 이것은 환상의 모습으로 『초사』에서 유래했다.(此是虛景, 本之楚辭.)

223) 金支(금지) : 황금빛 가지. 악기의 받침 장식으로 볼 수도 있고, 가녀의 옷의 문양으로 볼 수도 있다. 여기서는 전자로 본다.

224) 神靈(신령) : 비바람의 신.

225) 少壯(소장) 2구 : 즐거운 놀이 끝에 인생의 한계를 생각하고, 날씨가 변화무쌍하듯이 사람의 희로애락도 변화가 많음을 비유하였다. 한 무제의 「추풍사」(秋風辭)에 “환락이 다하자 슬픈 마음 깊어져, 청춘이 다 갔으니 늙음을 어이 할까”(歡樂極兮哀情多, 少壯幾時兮奈老何!)란 구절이 있다.

226) 심주 : 하루가 이처럼 변화가 많은데, 청년부터 노년까지가 모두 이와 같다고 보았다.(一日如此變幻, 自少至老, 皆作如是觀.)

총마의 노래(驄馬行)[227]

鄧公馬癖人共知,[228]	등공(鄧公)이 말을 좋아하는 습벽은 사람들이 모두 알아
初得花驄大宛種.[229]	요즈음 얻은 화총은 대원국 종자라네
夙昔傳聞思一見,	전부터 소문 듣고 한번 보고 싶었는데
牽來左右神皆竦.	이끌고 나오니 주위 사람 모두 정신이 송연해라
雄姿逸態何崷崒,[230]	웅건하고 빼어난 자태는 산처럼 드높고
顧影驕嘶自矜寵.[231][232]	그림자 돌아보며 교만하게 우는 모습 총애를 자랑하네
隅目青熒夾鏡懸,[233]	각진 눈 푸르게 빛나 거울을 매단 듯하고
肉駿碨礧連錢動.[234][235]	목덜미에 갈기 더부룩하고 몸에 동전 무늬 꿈틀대네
朝來久試華軒下,	아침에 수레를 잘 끄는지 시험해봤더니
未覺千金滿高價.	천 금을 내어도 비싸다고 생각되지 않더라
赤汗微生白雪毛,	눈처럼 하얀 털에 한혈이 약간 흐르는데

---

227) 원주 : "태상 양경이 말을 하사받았으나, 나중에 이등공이 좋아하여 가지게 되면서 두보에게 명하여 시를 짓게 하였다."(原注 : "太常梁卿勑賜馬也, 李鄧公愛而有之, 命甫制詩.")

228) 鄧公(등공) : '원주'에 나오는 이등공. 등(鄧)은 봉지의 이름이다. 종실의 사람으로 여겨지지만 자세한 사실은 알 수 없다. ○ 馬癖(마벽) : 말을 좋아하는 기호가 병이 될 정도로 심함.

229) 花驄(화총) : 털색에 문양이 있는 명마. 시에서는 연전(連錢) 무늬가 있다고 하였다. ○ 大宛(대완) : 대완국. 지금의 우즈베키스탄 페르가나에 소재했던 고대 국가.

230) 崷崒(추줄) : 높이 솟은 모양.

231) 심주 : 뛰어난 선비가 자부하는 듯하다.(如名士自負.)

232) 顧影(고영) : 자신의 그림자를 돌아보다. ○ 驕嘶(교시) : 과시하며 울다.

233) 隅目(우목) : 눈길을 비스듬히 하여 보다. 노하여 보는 모습. ○ 青熒(청형) : 푸르게 빛나다. ○ 夾鏡(협경) : 두 눈이 거울처럼 빛나다.

234) 심주 : 안연지(顏延之)의 「자백마부」를 두 구로 개괄하였다.(赭白馬賦, 二句括盡.)

235) 肉駿(육종) : 말의 목덜미에 난 갈기. 보통의 말에는 없고 준마에만 있다. 개원 29년 활주자사 이옹(李邕)이 말을 바쳤는데 "목살이 솟아오른 곳에 갈기가 있고 가슴은 기린의 것과 같다"(肉駿麟臆)고 하였다. 『구당서』 참조. ○ 碨礧(외뢰) : 일어난 모양. ○ 連錢(연전) : 동전이 연이어진 모양의 반점이 있는 털색.

銀鞍却覆香羅帕.[236]	그래도 주인은 은 안장에 비단 띠 덮어주네
卿家舊賜公取之,[237]	양경(梁卿)이 받은 하사 말을 그대가 가졌으니
天廐眞龍此其亞.[238]	천자 마구간의 진룡(眞龍)과 크게 다르지 않아라
晝洗須騰涇渭深,[239]	낮에는 경수나 위수에 뛰어다니며 몸을 씻고
夕趨可刷幽幷夜.[240]	저녁에는 유주나 병주에 이르러 빗질할 수 있어라
吾聞良驥老始成,	내 듣기로 준마는 늙으면서 성숙한다니
此馬數年人更驚,	몇 년 뒤 이 말은 사람 더욱 놀라게 하리
豈有四蹄疾於鳥,	어찌하여 네 발굽으로 새 보다 빠르면서
不與八駿俱先鳴![241]	팔준과 나란히 앞서 나가 울지 않는가!
時俗造次那得致,[242]	세상 사람들은 둔감하여 판별하지 못하니
雲霧晦冥方降精.[243]	구름과 안개 어두을 때 정기가 내려와 태어난다지
近聞下詔喧都邑,	근자에 양마 찾는 조서가 내려 도읍이 시끄러우니
肯使騏驎地上行![244]	어찌 기린을 시중에 떠돌게 내버려 두겠는가!

평석 두보의 영마시는 모두가 뛰어난데 용의와 용필이 하나라도 같은 것이 없다. 이는 언제

---

236) 却覆(각복) : 오히려 덮다. 한혈이 나는데도 비단 띠를 덮어줄 만큼 주인의 총애를
받는다는 뜻이다.
237) 卿家(경가) : 태상시 양경의 집. ○舊賜(구사) : 원래 천자의 하사물이다.
238) 天廐(천구) : 천자의 마구간. ○眞龍(진룡) : 진정한 말.
239) 晝洗(주세) 2구 : 안연지의 「자백마부」(赭白馬賦)에 "아침에 유주와 연주에서 빗질하
고, 낮에 형주와 월 지방에서 말에게 먹이를 먹이네"(旦刷幽燕, 晝秣荆越.)란 말을
활용하였다. 경수와 위수는 장안에 있고, 유주와 병주는 당대 변경의 동북에 있으니
그 거리가 거의 천 리이다. 낮에 경수와 위수에서 씻고, 밤에 유주와 병주에서 닦는
다고 한 것은 하루에 천 리를 달릴만큼 빠르다는 뜻이다.
240) 심주 : 하루에 천 리를 달린다.(一日千里.)
241) 八駿(팔준) : 주 목왕(周穆王)이 부리던 여덟 필의 준마. 적기(赤驥), 도려(盜驪), 백의
(白義), 유륜(踰輪), 산자(山子), 거황(渠黃), 화류(驊騮), 녹이(騄耳) 등이다. 『목천자
전』 참조. 일반적으로 준마 또는 황제의 수레 진용을 비유한다.
242) 造次(조차) : 경솔하다. 황급하다.
243) 降精(강정) : 정령이 내려오다. 말은 달 또는 황하의 정령이라는 설이 있다.
244) 심주 : 큰 재목은 반드시 크게 소용되어야 함을 말하였다. 사람과 말에 쌍관하였다.
(言大材必當大用, 人馬雙關.)

나 흉중에 조화의 능력을 가지고 있기 때문이다.(老杜詠馬詩並皆佳妙, 而用意用筆無一處相似, 此老胸中具有造化.)

해설 이 등공(李鄧公)의 총마를 노래한 시이다. 총마의 드높은 기상과 품성을 찬미하고 뛰어난 재주가 크게 쓰일 것을 말하였다. 이는 곧 말을 통해 이 등공을 비유한 것으로, 이 등공이 조만간 중용될 것을 예견하였다.

봉선 유 소부가 새로 그린 산수 병풍 노래(奉先劉少府新畵山水障歌)[245]

堂上不合生楓樹,[246]	어떻게 단풍나무가 방안에서 자랄 수 있는가
怪底江山起煙霧?[247][248]	괴이하여라, 구름과 안개에서 강과 산이 솟아 나오네
聞君掃却赤縣圖,[249]	그대가 〈적현도〉를 완성했다고 들었는데
乘興遣畵滄洲趣.[250]	다시 감흥이 일어나 산수의 정취를 그렸구료
畵師亦無數,	화가가 비록 많다고 해도
好手不可遇.	빼어난 솜씨는 만나기 어려워
對此融心神,	여기에 그대의 심신을 쏟아 부었으니
知君重毫素.[251]	그대가 그림을 얼마나 중시하는지 알겠어라
豈但祁岳與鄭虔,[252]	어찌 기악(祁岳)과 정건(鄭虔)에만 비하리요

---

245) 奉先(봉선) : 봉선현. 동주(同州)의 속현. 지금의 섬서성 포성현(蒲城縣). ○劉少府(유소부) : 유선(劉單). 『문원영화』(文苑英華)에는 제목 아래 "봉선현 현위 유선의 댁에서 지음"(奉先尉劉單宅作)이란 주가 붙어 있다. ○山水障(산수장) : 산수를 그린 병풍.

246) 不合(불합) : 합당하지 않다.

247) 심주 : 우뚝하다.(突兀.)

248) 底(저) : 어찌하여. 왜.

249) 掃却(소각) : 다 그리다. ○赤縣圖(적현도) : 봉선현을 그린 그림. 적현은 경성의 속현을 말한다.

250) 滄洲趣(창주취) : 산수에서 은거하는 정취. 여기서는 산수화를 가리킨다.

251) 毫素(호소) : 붓과 명주. 그림을 가리킨다.

筆迹遠過楊契丹. [253]	필적이 양거란(楊契丹)보다 월등히 뛰어났네
得非玄圃裂, [254]	이것은 현포에서 떼어온 게 아닌가?
無乃瀟湘翻? [255]	저것은 소상의 물결에서 가져온 것이 아닌가?
悄然坐我天姥下, [256]	고요히 나를 천모산 아래에 앉게 하니
耳邊已是聞淸猿. [257]	귓가에 벌써 맑은 원숭이 울음 들려라
反思前夜風雨急,	어젯밤 비바람이 휘몰아 친 걸 생각하니
乃是蒲城鬼神入. [258][259]	그림을 보고 귀신이 봉선에 온 게 아니던가
元氣淋漓障猶濕, [260]	천지의 원기가 흘러넘쳐 병풍마저 젖어들고
眞宰上訴天應泣. [261][262]	천신이 호소하여 하늘이 감응하여 운 게 아니던가

---

252) 祁岳(기악) : 두보와 동시대에 활동한 화가. 이사진(李嗣眞)의 『화록』(畫錄)과 주경현(朱景玄)의 『당조명화록』(唐朝名畫錄)에 그 이름이 있으나 사적은 자세하지 않다. 잠삼의 「하동으로 돌아가는 기악을 보내며」(送祁樂歸河東)에 "때로 홀연히 흥이 일어나면, 강 위의 봉우리를 그려낸다. 침상 머리엔 창오산의 구름이요, 주렴 아래엔 천태산의 소나무라. 갑자기 높은 당 위에, 쏴아쏴아 맑은 바람 일어난다"(有時忽乘興, 畵出江上峰. 床頭蒼梧雲, 簾下天台松. 忽如高堂上, 颯颯生淸風)는 구절이 있는데, 두보가 말한 기악(祁樂)과 동일인으로 보인다. ○ 鄭虔(정건) : 두보의 친구. 「취한 때의 노래」(醉時歌) 참조.

253) 楊契丹(양거란) : 수대의 화가. 장언원(張彦遠)의 『역대명화기』(歷代名畵記)에 "양거란은 관직이 재상에 이르렀다. 승종(僧悰)이 말하기를 육법을 갖추었고 골기가 있다고 하였다"고 했으며, 품평은 염립본(閻立本) 아래에 두었다.

254) 得非(득비) : ~이 아닌가? ○ 玄圃(현포) : 縣圃 또는 懸圃라 쓰기도 한다. 전설에 나오는 지명으로 곤륜산의 꼭대기에 신선이 거주하는 곳이다. ○ 裂(열) : 찢어지다. 여기서는 그림 속의 산이 마치 현포에서 떨어져 나와 이루어진 것 같다는 뜻이다.

255) 瀟湘(소상) : 소수와 상수. 강물이 맑기로 유명하다. ○ 翻(번) : 뒤집다. 여기서는 그림 속의 물결이 소수와 상수의 물결과 같다는 뜻이다.

256) 悄然(초연) : 고요한 모양. ○ 坐我(좌아) : 나를 앉히다. ○ 天姥(천모) : 천모산. 절강성 신창현(新昌縣) 소재. 이백의 「몽유천모음—두고 떠나며」(夢遊天姥吟留別) 참조.

257) 耳邊(이변) 구 : 두보는 청년 때 동오를 여행하면서 「장유」(壯遊)에서 "돌아가는 배에서 천모산을 지나갔다"(歸帆拂天姥天)고 하였다.

258) 심주 : 「이백에게 부침 이십 운」의 "붓이 떨어지면 비바람이 치고, 시가 완성되면 귀신이 흐느낀다"는 뜻으로, 기괴하게 썼으니 범용한 세속의 눈을 염두에 두지 않았다.(驚風雨、泣鬼神意, 寫來怪怪奇奇, 不顧俗眼.)

259) 蒲城(포성) : 봉선을 가리킨다. 포성은 서위(西魏) 때의 지명으로 당대 들어서 봉선으로 개명했다.

260) 元氣(원기) : 대자연의 근원적인 기운. ○ 淋漓(임리) : 철철 넘치는 모습.

野亭春還雜花遠,　　들의 정자에 봄이 돌아와 꽃들이 멀리 피어있고
漁翁暝踏孤舟立.　　저물녘 어옹이 쪽배에 서 있어라
滄浪水深淸溟闊,[263)]　창랑의 강물은 깊고 바다는 드넓은데
欹岸側島秋毫末.　　비낀 언덕과 기운 섬은 터럭 끝처럼 가늘어라
不見湘妃鼓瑟時,[264)]　보지 못하는가? 상비가 슬을 타고 난 뒤
至今斑竹臨江活?　　지금 반죽이 강가에 살아있는 듯 서 있음을
劉侯天機精,[265)]　　유 소부는 천성이 지혜롭고
愛畵入骨髓.　　　　골수에 들도록 그림을 좋아해
自有兩兒郎,　　　　그대에게 있는 두 아이도
揮灑亦莫比:　　　　붓을 휘두르는데 견줄 이가 없네
大兒聰明到,　　　　큰 아이는 총명하여
能添老樹巓崖裏.　　산벼랑에 노송을 그려 넣을 줄 알고
小兒心孔開,[266)]　　작은 아이는 심안이 열려
貌得山僧及童子.　　스님과 동자를 그릴 수 있다네
若耶溪,　　　　　　맑은 약야계
雲門寺,[267)]　　　　산속의 운문사
吾獨胡爲在泥滓?[268)]　나는 어찌하여 진흙 속에 뒹굴고 있는가
靑鞋布襪從此始.[269)270)]　짚신에 삼베 양말 신고 은거하러 가리라

---

261)　심주 : 창힐이 글자를 만들자 하늘에서 밤을 내리고 귀신이 밤에 울었다는 뜻과 같
　　　다.(卽天雨粟、鬼夜哭意.)
262)　眞宰(진재) : 천신(天神).
263)　滄浪(창랑) : 한수(漢水)를 가리킨다. ○淸溟(청명) : 바다.
264)　不見(불견) : 어찌 보지 못하는가. 반문의 어조이다. 이 두 구는 순 임금이 창오산에
　　　서 죽자 아황과 여영이 슬을 켜며 슬퍼하였고, 그 눈물이 얼룩진 대가 반죽이 되었
　　　다는 전설을 말한다.
265)　劉侯(유후) : 유선(劉單)을 가리킨다. 후(侯)는 존칭을 표시한다.
266)　心孔(심공) : 심안(心眼). 마음의 깊은 곳.
267)　若耶溪(약야계) : 지금의 절강성 소흥시에 있는 강. ○雲門寺(운문사) : 지금의 절강
　　　성 소흥시 운문산에 소재한 절.
268)　泥滓(니재) : 진흙. 혼탁한 세상을 비유한다.
269)　심주 : 그림을 보고 명산 유람을 생각했으니 작품 밖으로 정신의 여행을 하였다.(見

평석 제화시로 새로운 경계를 열었기에 후인들이 종종 이를 근본으로 삼는다.(題畵詩開出異

境, 後人往往宗之.)

해설 유선이 그린 산수 병풍화를 칭송하면서 은거의 바람을 표현하였다. 사실과 그림 사이를 오가며 허실과 파란을 배합하여 기복이 심한 구성을 만들었으며, 맥락이 분명하고 필력이 질기면서 생동감이 충만한 시를 만들어내었다. 754년 가을 두보는 장마에 농사를 망치고 장안의 미곡 값이 오르자 가솔들을 먼저 봉선현에 보냈고, 다음 해 가을에 봉선현을 찾아갔으므로 이 시는 755년 가을에 지은 것으로 보인다.

진도를 슬퍼함(悲陳陶)[271]

孟冬十郡良家子,[272]	초겨울에 서북 열 개 군(郡)의 자제들
血作陳陶澤中水.[273]	그들의 피로 진도택을 채우다
野曠天淸無戰聲,[274]	넓은 들 맑은 하늘 전투의 함성도 없이
四萬義軍同日死.	사만의 의로운 병사 한날에 전사하다

畵而思遊名山, 神遊題外.)
270) 靑鞋布襪(청혜포말) : 짚신과 삼베 양말. 은사의 복장을 가리킨다.
271) 심주 : 진도사는 함양 동쪽에 소재한다. 『구당서』에서는 '陳濤'라 표기되어 있다.(陳
    陶斜在咸陽東. 唐書作陳濤.) ○방관이 자청하여 반란군을 토벌하겠다고 나섰으나
    전차전에서 크게 패하였기에 이를 슬퍼하였다.(房琯自請討賊, 車戰大敗, 故悲之.)
272) 孟冬(맹동) : 음력 시월을 말한다. ○十郡(십군) : 서북 열 개 군을 가리킨다. 병사들
    이 열 개 군에서 차출되어 왔다는 뜻이다.
273) 陳陶澤(진도택) : 진도사(陳陶斜).
274) 野曠(야광) 2구 : 방관이 싸우지도 않고 패전한 일을 가리킨다. 방관은 춘추시대 차
    전(車戰)을 쓰기로 하고 수레 이천 대에 기마와 보병을 양쪽에 세우고 나아갔다. 반
    군은 바람의 방향을 타고 먼지를 일으키며 꼴에 불을 지르고 공격하자 소들이 모두
    놀라고 사람들이 흩어졌다. 사만여 명의 군사가 죽고 살아남은 자는 몇 천 명에 불
    과했다. 실제 전투 경험이 없는 방관이 지휘하였고 병사들도 훈련이 되지 않아 응전
    능력이 현저히 떨어진 상태에서 나섰기 때문에 실패하였다.

群胡歸來血洗箭,[275]　　　뭇 오랑캐는 이기고 돌아와 핏물로 병기를 씻고
仍唱胡歌飮都市.　　　오랑캐 노래 부르며 장안에서 술을 마시다
都人迴面向北啼,[276]　　　장안의 백성들 얼굴 숙이고 북쪽 향해 울며
日夜更望官軍至.　　　관군이 수복하러 오길 밤낮으로 기다리다

해설 안사의 난 때 진도의 패전을 슬퍼한 시이다. 756년(至德 원년) 10월 방관이 군사를 이끌고 장안을 수복하겠다고 자청하자 숙종이 허락하였다. 방관은 군사를 셋으로 나누어 남군은 의수(宜壽, 섬서 周至)로, 중군은 무공(武功)으로, 북군은 봉천(奉天, 섬서 乾縣)으로 들어갔으며, 방관은 중군으로 선봉이 되었다. 10월 21일에 중군과 북군이 함양의 진도사(陳陶斜)에서 적을 만났으나 싸움에 크게 패하였다. 당시 두보는 안사의 반군이 점령한 장안에 있으면서 이 시를 써서 전몰한 관군을 애도하였다.

청판을 슬퍼함(悲靑坂)[277]

我軍靑坂在東門,　　　우리 군사 청판의 동문에 주둔하며
天寒飮馬太白窟,[278]　　　추운 하늘 아래 태백산 샘에서 말에 물 먹이다
黃頭奚兒日向西,[279]　　　황두족과 해족이 날마다 서쪽으로 오면서

275) 群胡(군호) : 안록산의 반군들을 가리킨다. 안록산이 비한족이었으며 부장들도 비한족이 많았다.
276) 向北啼(향북제) : 북쪽을 향해 울다. 당시 숙종이 영무(靈武)에서 즉위하였으며, 영무는 장안의 북쪽에 소재한다.
277) 심주 : 진도와 멀지 않다. 방관이 패한 후 신중히 기회를 엿보려 했으나 환관들이 전투를 재촉하여 다시 패하였다.(去陳陶不遠. 琯敗後欲持重有所伺, 而中人促戰, 故又敗.)
278) 太白(태백) : 태백산. 종남산의 주봉으로 무공현에 소재한다. ○窟(굴) : 샘물. 청판(靑坂)에서 태백산까지는 이백 리가 된다. 여기서는 종남산 또는 산지를 가리킨다.
279) 黃頭(황두) : 거란족의 부족 이름. 『신당서』에는 "실위(室韋)는 거란의 별종이며, 부족은 이십여 종으로, 영서부(嶺西部), 산북부(山北部), 황두부(黃頭部), 강부(强部) 등이다"고 하였다. ○奚(해) : 『신당서』에 "동호(東胡)의 종족이다. 북위 때 고진해(庫

數騎彎弓敢馳突.	기병 몇몇이 활 당긴 채 돌진하여 오다
山雪河冰野蕭飋,	산에 눈 내리고 강은 얼고 들은 삭막한데
靑是烽煙白人骨.	푸른 것은 봉화 연기요 흰 것은 사람의 뼈라
安得附書與我軍 : 280)	어찌하면 글을 부쳐 우리 군대에 전할까
忍待明年莫倉卒!281)	내년을 기약하여 참고 기다리며 서둘지 말라고

해설 청판의 패배를 슬퍼하였다. 방관의 중군과 북군이 진도에서 패한 후, 23일에 방관이 남군을 이끌고 싸웠으나 또 졌다. 말미에서 진도의 패배를 거울삼아 신중할 것을 바랐다.

강가를 슬퍼함(哀江頭)282)

少陵野老呑聲哭, 283)	소릉의 늙은이 소리 삼켜 울면서
春日潛行曲江曲. 284)	봄날 곡강의 구비를 남몰래 걸었네
江頭宮殿鎖千門,	강가의 궁전은 모두 문이 잠겼는데
細柳新蒲爲誰綠!	실버들 푸른 창포 누굴 위해 푸르렀나!
憶昔霓旌下南苑, 285)	예전에 깃발을 펄럭이며 황제가 남원에 행차할 때

眞奚)라고 스스로 불렀는데, 수대에 이르러 고진을 떼고 해라고만 불렀다"는 기록이 있다. 황두와 해는 모두 안록산이 거느리는 비한족 병사들을 말한다.

280) 附書(부서) : 소식을 전하다.

281) 忍待(인대) : 참고 기다리다. ○倉卒(창졸) : 倉猝(창졸)이라고도 쓴다. 갑작스럽다. 황망하다.

282) 심주 : 귀비를 애도하였다. 현종과 양귀비가 늘 곡강에 행차하여 노닐었으므로 '애강두'라 하였다.(哀貴妃也. 帝與妃常遊幸曲江, 故以哀江頭爲名.)

283) 少陵野老(소릉야로) : 두보 자신을 가리킨다. 소릉은 장안 동남쪽 교외에 있는 지명. 소릉 근처에 한대 선제(宣帝)의 능묘인 두릉(杜陵)이 있다. 두보는 장안에 있을 때 이 근처에 살았기에 스스로 '두릉 포의'(布衣), '두릉 야객'(野客) 등이라 불렀다.

284) 潛行(잠행) : 몰래 가다. 당시 장안성이 안사의 반란군에 의해 점령된 상태이므로 남의 눈에 뜨이지 않게 조심하며 곡강에 갔음을 말하였다.

285) 霓旌(예정) : 오색의 깃털을 꿰어 만든 깃발. 천자의 깃발을 가리킨다. ○南苑(남원)

苑中萬物生顔色.　　　　이곳 정원 온갖 경물 생기에 넘쳤었지

昭陽殿裏第一人,[286][287]　소양전에 산다는 최고의 미인

同輦隨君侍君側.[288]　　임금 옆에 가마 타며 곁에서 모시었지

輦前才人帶弓箭,[289]　　어연 앞 재인들은 활과 화살 차메고

白馬嚼齧黃金勒.　　　　백마들 입에는 황금재갈 물리었지

翻身向天仰射雲,　　　　몸을 돌려 하늘 향해 구름으로 화살 쏘면

一笑正墜雙飛翼.[290]　　한 번 웃는 사이 화살 하나에 두 마리 새 떨어졌지

明眸皓齒今何在?　　　　명모호치 미인들 지금은 어디 있나

血污遊魂歸不得.[291]　　피에 얼룩져 떠도는 혼백은 돌아오지 못해라

清渭東流劍閣深,[292]　　위수는 동으로 흐르고 검각은 깊어서

去住彼此無消息.[293]　　저는 가고 나는 오며 서로 소식 전할 길 없네

人生有情淚沾臆,　　　　사람에겐 정이 있어 눈물로 가슴을 적시지만

江水江花豈終極!　　　　강물과 강 꽃은 언제나 변함없어라

黃昏胡騎塵滿城,　　　　저녁 무렵 적의 말발굽 먼지가 성안에 가득하니

　　　: 부용원(芙蓉園).

286) **심주** : 양귀비.(貴妃.)

287) 昭陽殿(소양전) : 한대 궁전 이름. 성제(成帝)의 총애하는 비 조비연이 거주하던 곳이다. 여기서는 이에 비겨 양귀비를 가리킨다. ○ 第一人(제일인) : 황제의 총애를 가장 많이 받는 사람.

288) **심주** : '同', '隨', '侍'라 하여 중복한 듯하지만,『시경』「기취」(旣醉)에 '高朗令終'(품격이 고결하고 선하게 마치네)란 말이 있고,『좌전』에 '遠哉遙遙'(멀구나, 멀리멀리) 등의 말이 있으니 책망할 필요가 없다.(曰'同', 曰'隨', 曰'侍', 似不免乎復, 然詩有'高朗令終', 傳有'遠哉遙遙'等語, 不必苟責.)

289) 才人(재인) : 무예를 익힌 궁녀.『신당서』「백관지」에는 "내관 재인 7명으로 정4품"이라고 하였다. 이들은 황제가 출행 시 무장하여 말을 타고 어연 앞에서 호위한다.

290) 一笑(일소) : 한 번 웃다. 재인이 새를 맞추는 뛰어난 무예에 양귀비가 웃다.

291) 血污遊魂(혈오유혼) : 마외에서의 양귀비의 죽음을 가리킨다.

292) 清渭(청위) : 양귀비가 묻힌 마외를 가리킨다. ○ 劍閣(검각) : 현종이 있는 사천을 가리킨다.

293) **심주** : '서로 소식 전할 길 없네'는 백거이의 「장한가」의 뜻과 같다. 이전의 시평가가 말하기를 현종과 숙종 부자를 가리킨다고 했는데 아마도 상하 맥락이 이어지지 않는 듯하다.('彼此無消息', 猶長恨歌云: '一別人間兩渺茫'也. 前人謂指明皇、肅宗父子, 恐與上下文不屬.)

欲往城南望城北. [294]　　성남으로 가려다가 성 북쪽을 바라보네

평석 결말은 마음과 정신이 어지러움을 나타냈으니 첫머리의 '남몰래 걸었네'와 호응한다.
(結出心迷目亂, 與入手'潛行'關照.)

해설 곡강에서 현종과 양귀비의 행락을 돌이켜 생각하며 왕조의 전성기를 그리워하였다. 757년(至德 2년) 봄 반군에 의해 함락된 장안에 있을 때 지은 것으로, 황폐해진 곡강의 모습과 양귀비의 비극적인 죽음을 전란 이전의 번화했던 모습과 대조시켰다. 현대 학자들은 이를 현종과 양귀비에 대한 비판으로 읽는 경우가 많지만, 두보의 입장에서는 비판 이전에 파괴된 성세(盛世)에 대한 한없는 안타까움이 절실하였고, 두 사람의 행락은 곧 성세의 상징으로 비쳐졌을 것이다.

왕손을 슬퍼함(哀王孫) [295]

長安城頭頭白烏, [296]　　장안성 성벽 위에 머리 하얀 까마귀
夜飛延秋門上呼. [297][298]　밤중에 날아와 연추문에서 우는구나
又向人家啄大屋,　　　인가로 다시 날아가 지붕을 쪼아대니
屋底達官走避胡.　　　집 안의 고관들이 오랑캐를 피해 달아나네

---

294) 欲往(욕왕) 구 : 어디로 가야할지 모르는 작가의 마음을 표현하였다.
295) 심주 : 지덕 원년(756년) 7월 안록산은 곽국 장공주, 왕비, 부마 등 팔십여 명을 살해하고, 또 왕손 및 군현의 장 이십여 명을 죽였기에 이 시를 지었다.(至德元載七月, 祿山殺霍國長公主、王妃、駙馬等八十人, 又殺王孫及郡縣主二十餘人, 此詩所以作也.)
296) 頭白烏(두백오) : 머리가 하얀 까마귀. 귀작(鬼雀)이라고도 한다. 불길한 새로 알려졌으며, 이 새가 울면 큰 재난이 온다고 한다. 『금경』(禽經) 참조.
297) 심주 : 첫머리가 마치 속담같이, 『시경』 「북풍」의 '검은 것은 모두 까마귀로다'의 뜻이다.(起似謠諺, 風人'莫黑匪烏'意.)
298) 延秋門(연추문) : 장안성의 서문 중의 남쪽에 있는 문. 756년 6월 9일 동관이 함락되자, 12일 새벽 현종이 이 문을 빠져 촉 지방으로 달아났다.

金鞭斷折九馬死,[299]	아홉 필이 죽도록 황금 채찍 내려쳤으니
骨肉不得同馳驅.[300]	골육마저 현종을 따라 달아나지 못했어라
腰下寶玦靑珊瑚,[301]	허리에 패옥과 푸른 산호 차고 있는
可憐王孫泣路隅.	가련한 왕손이 길모퉁이에 울고 있어
問之不肯道姓名,	이름을 물어도 말하지 않고
但道困苦乞爲奴.	고되고 힘들어 노비가 되겠다고 말하네
已經百日竄荊棘,[302]	가시덤불 속에 숨은 지도 백일이 넘어
身上無有完肌膚.	온몸에 성한 데가 하나도 없어라
高帝子孫盡隆準,[303]	한 고조의 자손은 콧날 높이 솟았으니
龍種自與常人殊.[304]	왕손은 원래부터 범인들과 달라라
豺狼在邑龍在野,[305]	이리와 늑대가 성안에 있고 용이 들판에 있으니
王孫善保千金軀.	왕손이여, 부디 천 금의 몸을 잘 보존하기 바라오
不敢長語臨交衢,	한길에서 너와 함께 긴 얘기 할 수 없으니
且爲王孫立斯須.[306]	왕손을 위하여 잠시 동안 위로한다네
昨夜春風吹血腥,	어젯밤 봄바람에 피비린내 불더니
東來橐駝滿舊都.[307]	동쪽에서 온 낙타가 장안에 가득해라

299) 九馬(구마) : 황제가 끄는 아홉 필의 말. 한 문제는 준마가 아홉 필 있었는데 그 이름이 부운(浮雲), 적전(赤電), 절군(絶群), 일표(逸驃), 자연류(紫燕騮), 녹이총(綠螭驄), 용자(龍子), 인구(麟駒), 절진(絶塵)이다. 『서경잡기』 권2 참조.

300) 심주 : 네 구는 현종이 왕손을 버리고 도망간 것을 말했다.(四語言明皇棄王孫而出奔也.)

301) 玦(결) : 몸에 차는 옥기. 원형에서 한 부분이 끊어져 C자 모양으로 되어 있다.

302) 百日(백일) : 현종이 유월에 도주하여 백일이 지났으니 이 시를 지을 때는 구월임을 알 수 있다.

303) 高帝(고제) : 한 고조 유방. 한나라의 시조. 여기서는 당나라의 시조를 비유한다. ○隆準(융절) : 높은 콧날. 『사기』 「고조본기」에서 한 고조 유방을 묘사하여 "고조의 모습은 콧날이 높고, 눈썹 뼈가 둥글게 솟아났으며, 수염이 아름답고, 왼쪽 다리에 칠십이 개의 검은 점이 있다"(高祖爲人, 隆準而龍顔, 美鬚髥, 左股有七十二黑子.)고 하였다.

304) 심주 : 네 구는 아마도 그 얼굴이 평범하지 않으므로 반군에게 잡힌 것을 말한 듯하다. ‘準’은 음이 ‘拙’(졸)이며 코를 뜻한다.(四語恐其相貌不凡, 爲賊所得. 準音拙, 鼻也.)

305) 豺狼(시랑) : 이리와 늑대. 안사의 반군을 가리킨다. ○邑(읍) : 장안성. ○龍(용) : 현종을 가리킨다.

306) 斯須(사수) : 잠시.

朔方健兒好身手,　　　가서한의 삭방군 건아들은 모두가 날렵한데

昔何勇銳今何愚?[308]　예전의 용맹은 지금은 어디 갔나?

竊聞天子已傳位,[309]　듣자니 천자께선 자리를 물려주어

聖德北服南單于.[310]　숙종의 성덕이 이미 북방의 회흘을 복종시켰다지

花門剺面請雪恥,[311][312]　화문산의 회흘이 당의 치욕 갚겠다 맹세했으니

愼勿出口他人狙![313]　남들이 듣지 않게 이 말을 입 밖에 내지 마오

哀哉王孫愼勿疏,　　　슬퍼라 왕손이여, 부디 삼가고 자신을 소홀히 마오

五陵佳氣無時無.[314][315]　오릉의 흥성하는 기운이 조만간 일어나리니

평석 한 운으로 끝까지 가면 시는 평직(平直)되기 쉽다. 그러나 이 시만은 변화가 많고 층층이 새롭게 전개되어 마치 단락마다 운이 바뀐 듯하니 칠언고시에 뛰어남이 이미 극에 이르렀다.(一韻到底, 詩易於平直. 此獨波瀾變化, 層出不窮, 似逐段轉韻者, 七古能事已極.)

해설 반군 점령하의 장안에서 숨어 지내는 왕손의 비참한 처지를 그렸

---

307) 東來(동래) : 동쪽의 낙양에서 오다. 안록산은 황제라 참칭하고 낙양을 수도로 정하였다. ○橐駝(탁타) : 낙타. 안록산이 낙양과 장안을 함락시킨 후 양경의 값진 보물을 낙타에 실어 범양으로 옮겼다. 『구당서』「사사명전」 참조. ○舊都(구도) : 장안을 가리킨다.

308) 심주 : 가서한.(哥舒翰.)

309) 天子(천자) : 현종을 가리킨다. ○傳位(전위) : 756년 7월 13일 이형(李亨)이 영무에서 즉위하자(숙종이 됨), 한 달 후인 팔월에 현종이 정식으로 양위하였다.

310) 聖德(성덕) 구 : 숙종은 즉위 후 구월에 회흘에 사신을 보내 화친하였다. 다음 해 이월에 그 왕이 입조하였다. ○單于(선우) : 흉노의 왕. 여기서는 회흘의 왕.

311) 심주 : 회흘을 가리킨다.(指回紇.)

312) 花門(화문) : 화문산. 감주(甘州) 장액(張掖) 동북에 있는 산. 당대 초기에 보루를 설치하여 북방 이민족을 막았으나, 천보 연간에 회흘이 점령하였다. 여기서는 회흘을 가리킨다. ○剺面(이면) : 흉노족의 풍속으로, 선서할 때 얼굴을 그어 피를 흘려서 충성을 보인다. 여기서는 회흘족의 굳은 의지를 말한다.

313) 狙(저) : 엿보다. 노리다.

314) 심주 : 정중히 반복하여 말하며 나라가 중흥하길 바랐다.(丁寧反覆, 以中興望之.)

315) 五陵(오릉) : 한대 다섯 군주의 능묘. 모두 장안성 북쪽에 있으며, 당대에는 귀족들의 거주지였다. ○佳氣(가기) : 흥성의 기운. ○無時無(무시무) : 금방 있지 않겠는가.

다. 장안 함락 후 백 일 쯤 후인 756년 9월에 지은 것으로, 당시 장안의 상황을 구체적으로 묘사하였으며, 말미에서 수복의 신념을 나타내었다.

소단과 설복이 차린 술자리에서
설화의 〈취가〉를 듣고 간단히 쓰다(蘇端薛復筵簡薛華醉歌)[316]

文章有神交有道,[317]	문장에는 신령함이, 사귐에는 도가 있어야 하거늘
端復得之名譽早.	소단과 설복은 이를 얻어 일찍부터 명예가 높아라
愛客滿堂盡豪翰,[318]	빈객을 좋아하니 대청 가득 모두가 문사들이요
開筵上日[319]思芳草.[320]	정원 초하루에 연석을 열어 현인을 생각하네
安得健步移遠梅,	어떻게 하면 건장한 사람을 시켜 매화를 가져와
亂揷繁花向晴昊.[321]	꽃을 머리에 꽂고 갠 하늘을 볼 수 있을까?
千里猶殘舊冰雪,	천 리 먼 들에 지난해의 얼음과 눈이 아직 깔려있으니
百壺且試開懷抱.	술항아리 늘어놓고 잠시 회포를 풀어보세
垂老惡聞戰鼓悲,[322]	늙어가는 나로서는 구슬픈 북소리 듣기 싫으니
急觴爲緩憂心擣.	빨리 잔을 돌려 심장을 찧어대는 근심을 잠재우려 하네

---

316) 蘇端(소단) : 남전(藍田) 사람. 당시 포의로 지냈다. 758년 진사 급제. 탁지원외랑, 비부랑중을 역임했으며, 나중에 광주사마로 좌천되었다. ○薛復(설복) : 미상. ○薛華(설화) : 당시 포의로 지냈다. 나중에 좌금오창조(左金吾倉曹)가 되었다.

317) 有神(유신) : 귀신이 있어 돕는 듯하다.

318) 豪翰(호한) : 시문에 대한 재능이 출중한 사람.

319) 심주 : 정월 원일이다.(元日也.)

320) 思芳草(사방초) : 향기로운 풀을 생각하다. 이 말은 현자를 그리워한다는 비유이다. 『초사』「사미인」(思美人)에 "옛 성현과 함께 할 수 없음이 아쉬워, 나는 누구와 함께 이 방초를 즐길까"(惜吾不及古人兮, 吾誰與玩此芳草.)라는 말이 있다.

321) 晴昊(청호) : 맑게 갠 하늘.

322) 戰鼓(전고) : 전장의 북소리. 당시 안록산의 전란을 말한다.

少年努力縱談笑,	청년들은 즐거이 마음껏 담소하는데
看我形容已枯槁.[323]	그들 눈에 나의 몰골은 이미 초췌해져 있으리
坐中薛華善醉歌,	좌중의 설화는 '취가'를 잘 부르는데
歌辭自作風格老.	가사는 자연스럽고 풍격은 숙련되었네
近來海內爲長句,[324]	근자에 국내에서 칠언가행 짓는 사람 가운데
汝與山東李白好.	그대와 산동의 이백이 가장 잘 짓지
何劉沈謝力未工,[325]	하손, 유효작, 심약, 사조는 가행을 잘 못하지라
才兼鮑照愁絶倒.[326][327]	포조의 재주 겸한 그대에게 시인들이 탄복하네
諸生頗盡新知樂,[328]	손님들은 새로운 사귐의 즐거움을 누리지만
萬事終傷不自保.[329]	만사가 무너지고 자신을 보존 못할까 걱정이라
氣酣日落西風來,[330]	흥이 무르익자 해 지고 서풍이 불어오니
願吹野水添金杯.	이 바람이 들의 강물을 몰아 내 술잔을 채우기를
如澠之酒常快意,[331]	면수(澠水)같이 많은 술이라면 항상 즐거우련만
亦知窮愁安在哉!	깊은 시름이 어디 있는지 어찌 알리오!
忽憶雨時秋井塌,[332]	문득 생각하나니 비올 때 가을 무덤이 무너져
古人白骨生靑苔,	옛 사람의 백골에 이끼가 낄까 걱정되니

---

323) 枯槁(고고) : 초췌하다.

324) 長句(장구) : 칠언가행시를 가리킨다.

325) 何劉沈謝(하유심사) : 하손(何遜), 유효작(劉孝綽), 심약(沈約), 사조(謝朓). 모두 남조
의 유명 시인이다. ○力未工(역미공) : 공력이 아직 충분하지 못하다. 칠언가행시와
관련하여 말하였다.

326) 심주 : 시인들이 이르지 못해 근심하다.(詩家愁爲不及.)

327) 鮑照(포조) : 남조 유송 때의 시인. 칠언악부시에 뛰어났다. ○絶倒(절도) : 기절하여
넘어지다.

328) 新知(신지) : 새 친구.

329) 不自保(부자보) : 자신의 안전을 보장하지 못하다. 전란에 대한 염려를 말한다.

330) 심주 : 갑자기 이어졌다.(突接.)

331) 澠之酒(민지주) : 민수(澠水)와 같이 많은 술. 민(澠)은 지금의 산동 임치(臨淄) 서북
에서 발원한 강으로, 고대에는 있었으나 지금은 없어졌다. 『좌전』 '소공 12년'조에
'민수와 같이 술이 많다'(有酒如澠)는 말이 있다.

332) 井(정) : 귀인의 무덤. 초나라 사람들은 초왕의 무덤을 '정상'(井上)이라 하였다.

如何不飮令心哀!　　　어찌 술 마시지 않고 슬픈 마음으로 지내랴!

해설 소단과 설복이 차린 술자리에서 부른 노래이다. 시 속에 '전고비'(戰鼓悲)란 말이 있는 것으로 보아 안사의 난이 일어난 뒤 757년 정월에 지은 것으로 보인다. 반군이 점령한 장안에서의 주연 분위기와 두보의 마음을 엿볼 수 있다.

병기와 말을 씻으며(洗兵馬)[333]

中興諸將收山東,[334][335]　　　중흥의 여러 장수 화산 동쪽 수복하여
捷書夜報清晝同.[336]　　　밤에도 승전보요 낮에도 승전보라
河廣傳聞一葦過,[337]　　　황하가 넓다 해도 이미 손쉽게 건넜다 하니
胡危命在破竹中.[338]　　　벼랑 위의 반군은 파죽지세 속에 패하리라
只殘鄴城不日得,[339]　　　남겨진 업성은 며칠 못갈 터이니

---

333) 원주 : "장안 수복 후 지었다."(原注 : "收京後作.")
334) 심주 : 하북.(河北.)
335) 中興諸將(중흥제장) : 아래에서 언급하는 성왕, 곽자의, 이광필 등을 가리킨다. ○山東(산동) : 화산 이동 지역.
336) 捷書(첩서) : 첩보. 승전보.
337) 河(하) : 황하. ○一葦(일위) : 갈대 하나. 일반적으로 쪽배를 말한다. 『시경』「하광」(河廣)에 "누가 황하가 넓다고 하나, 갈대 같은 배로도 건널 수 있는 걸"(誰謂河廣, 一葦杭之.)이란 구절이 있다.
338) 胡(호) : 오랑캐. 안사의 반군을 가리킨다. ○破竹(파죽) : 파죽지세. 대나무를 쪼개듯 거침없는 형세. 대나무의 한 끝에 칼을 대면 그다음은 별다른 저항 없이 쉽게 쪼개지는 것과 같은 기세. 서진의 두예(杜預)가 동오를 공격하면서 강릉과 무창을 함락하자 호분(胡奮)이 동오의 수도는 봄을 기다려 공격하는 것이 좋다고 했다. 두예는 이에 대해 반론을 제기하면서 "지금 군사의 위력이 크게 떨쳐 대나무를 쪼개는 것과 같아 마디 몇 개만 치면 그다음은 모두 칼날에 따라 쪼개질 것이오"(今兵威已振, 譬如破竹, 數節之後, 皆迎刃而解.)라며 진군을 쉬지 않았다. 『진서』「두예전」 참조.
339) 殘(잔) : 남다. 남기다. ○鄴城(업성) : 상주(相州). 지금의 하남성 안양시 서쪽. 당시 곽자의 등 아홉 개 절도사 병력이 업성을 포위하였다.

獨任朔方無限功.³⁴⁰⁾　　삭방군 장병들의 전공이 한없이 크구나

京師皆騎汗血馬,　　도성에선 병사들이 모두 한혈마를 타고

回紇喂肉蒲萄宮.³⁴¹⁾　　회흘의 원군이 포도궁에서 잔치를 받았다네

已喜皇威清海岱,³⁴²⁾　　황제의 위엄이 태산과 바다에 미쳐 기쁘지만

常思仙仗過崆峒.³⁴³⁾³⁴⁴⁾　　천자의 의장이 공동산에 갔던 일을 생각하노라

三年笛裏關山月,³⁴⁵⁾　　삼 년 동안 병사들은 피리로 「관산월」을 불었고

萬國兵前草木風.³⁴⁶⁾　　나라의 백성들은 초목에도 적군인 줄 알고 놀라 떨었네

成王³⁴⁷⁾功大心轉小,　　광평왕 이숙은 큰 전공 세웠어도 세심히 배려하고

郭相³⁴⁸⁾謀深古來少.　　재상 곽자의는 예부터 드물게 책략이 깊어

司徒³⁴⁹⁾清鑒懸明鏡,　　사도 이광필은 거울처럼 잘 살피고

尚書³⁵⁰⁾氣與秋天杳.　　상서 왕사례는 기상이 가을 하늘처럼 맑다네

---

340) 獨任(독임) : 전적으로 맡다. ○ 朔方(삭방) : 삭방절도. 당시 곽자의가 삭방절도사로 있었다.

341) 蒲萄宮(포도궁) : 한대 상림원의 궁전 이름. 한 원제 때 여기에서 선우(單于)를 위하여 연회를 베풀었다. 여기서는 숙종이 회흘의 장수들에게 연석을 베푼 일을 가리킨다.

342) 海岱(해대) : 바다와 태산. 지금의 산동성 일대.

343) 심주 : '천자의 의장이 공동산에 갔다'는 예전의 파천을 회상한 것이다. 아래에서 피리로 관산월을 불고 초목에도 적인 줄 알고 놀라는 것은 전쟁의 노고를 잊지 않음이다.('仙仗過崆峒', 追思昔日播遷. 下言笛奏關山, 兵驚草木, 不忘起事艱難也.)

344) 仙仗(선장) : 황제의 의장. ○ 崆峒(공동) : 공동산. 감숙성 평량시(平涼市) 서쪽에 소재. 숙종이 장안에서 영무(靈武)로 피난 가 있을 때 오간 곳이다. 여기서는 숙종에게 어려운 때를 생각하라는 뜻을 기탁했다.

345) 三年(삼년) : 안사의 난이 일어난 755년 11월부터 이 시를 짓는 759년 2월까지는 삼년 삼 개월이 지났다. ○ 關山月(관산월) : 한대 악부 횡취곡 이름. 가사는 주로 출정한 남편이 고향을 생각하는 내용이다.

346) 萬國(만국) : 만방(萬方). 전국. ○ 草木風(초목풍) : 동진(東晉)과 전진(前秦)의 '비수의 전쟁' 때 전진의 부견(苻堅)이 패하여 무리를 이끌고 밤에 달아날 때 바람 소리와 학의 울음소리(秋風鶴唳)를 듣고 모두 동진의 군대가 이른 줄 알고 놀랐다는 뜻을 채용하였다.

347) 심주 : 광평왕 이숙.(廣平王俶.)

348) 심주 : 곽자의.(子儀.)

349) 심주 : 이광필.(李光弼.)

350) 심주 : 왕사례.(王思禮.)

二三豪俊爲時出,　　두세 명의 호걸이 때 맞춰 나오니

整頓乾坤濟時了.　　건곤이 정돈되고 난세가 바로잡혀졌어라

東走無復憶鱸魚,[351]　관리들은 장한처럼 농어회 생각하며 은거할 필요
　　　　　　　　　　없고

南飛覺有安巢鳥.[352]　남으로 피난 간 백성들은 고향의 둥지로 돌아오네

靑春復隨冠冕入,　　푸른 봄은 백관들 따라 다시 궁으로 들어오고

紫禁正耐煙花繞.[353]　궁성은 들러쳐진 꽃무리와 마침 어울려라

鶴禁通宵鳳輦備,[354]　동궁에선 밤을 새며 가마를 준비하여

鷄鳴問寢龍樓曉.[355][356]　닭이 울면 밝아오는 용루에 가 문안을 올리네

攀龍附鳳勢莫當,[357]　황제에게 달라붙는 소인배들 권세가 대단하고

天下盡化爲侯王.[358]　천하의 관리 모두 공후나 왕의 작위 받는구나

汝等豈知蒙帝力?[359]　너희들은 그저 제왕의 힘을 빌었음을 알고

---

351) 東走(동주) 구: 서진의 장한(張翰)이 가을바람이 불자 고향 오 지방의 순채국과 농
　　어회 맛이 생각나 벼슬을 버리고 귀향했다는 이야기를 반대로 이용하여, 전란으로
　　인해 벼슬을 버리지 은거하지 않겠다는 뜻을 말하였다.

352) 南飛(남비) 구: 삼국시대 위의 조조(曹操)가 「단가행」(短歌行)에서 "달 밝고 별 드무
　　니 날 샌 줄 알고, 까마귀가 남으로 날아가네. 나무를 세 번 돌아도, 앉아 쉴 가지가
　　없네"(月明星稀, 烏鵲南飛. 繞樹三匝, 何枝可依?)라는 말을 이용하여, 객지에 있는
　　사람들에게 전란이 끝나 돌아갈 집이 있음을 말하였다.

353) 正耐(정내): 마침 어울리다.

354) 鶴禁(학금): 태자 이숙(李俶)이 거처하는 곳. ○鳳輦(봉련) 황제의 가마.

355) 심주: 숙종이 즉위한 후 하명하여 말했다. "장안과 낙양의 종묘를 복원하고, 상황을
　　파촉에서 맞이하고, 난여를 이끌어 정도로 복귀하고, 아침에 내전의 문에 들어가 문
　　안을 올리면 짐의 바람은 이루어지니라." 시는 이 뜻을 가리키는 것으로 풍자의 뜻
　　이 없다. 전겸익의 해석은 의미를 너무 천착한 것으로 적절하지 않다.(肅宗卽位, 下
　　制曰: "復宗廟於函洛, 迎上皇於巴蜀, 導鑾輿而反正, 朝寢門以問安, 朕願足矣." 詩中
　　指此意, 并非刺諷. 牧齋所箋, 俱深文未允.)

356) 問寢(문침): 아침 문안. ○龍樓(용루): 문루에 용 조각이 장식된 누각. 현종의 거처
　　를 가리킨다.

357) 攀龍附鳳(반룡부봉): 용을 끌어잡고 봉황에 붙는다는 말로, 세력있는 사람에게 의지
　　한다는 뜻이다. 여기서는 이보국(李輔國)과 왕여(王璵) 등이 숙종과 장숙비(張淑妃)
　　에게 의지하여 세력을 떨치던 일을 가리킨다.

358) 天下(천하) 구: 숙종이 관작을 남발하여 공후와 왕이 늘어난 일을 가리킨다.

359) 汝等(여등): 너희들. 관작을 남발할 때 이를 받은 사람들.

時來不得誇身强.　　　　　시운이 그런 것일 뿐이니 잘났다고 자랑하지 말라
關中旣留蕭丞相,[360][361]　　관중에는 소하 같은 두홍점을 남겨두고
幕下復用張子房.[362][363]　　야전에선 장자방 같은 장호를 다시 채용했지
張公一生江海客,　　　　　장호는 일생동안 강호에서 은거했는데
身長九尺鬚眉蒼.　　　　　신장이 구척에 수염과 눈썹이 희었지
徵起適遇風雲會,[364]　　　징초되어 마침 군주와 풍운의 만남 이루고
扶顚始知籌策良.[365]　　　위기를 구하자 비로소 뛰어난 책략을 알았어라
青袍白馬[366]更何有?[367]　푸른 전포 흰 말의 반군은 깨끗이 사라졌고
後漢今周喜再昌.[368]　　　동한 광무제와 주 선왕처럼 국운이 중흥해라
寸地尺天皆入貢,　　　　　나라의 각지 사방에서 공물이 들어오고
奇祥異瑞爭來送:　　　　　기이하고 상서로운 징조가 다투어 전해오네
不知何國致白環,[369]　　　어느 곳에서 백환이 들어왔는지 모르겠는데
復道諸山得銀甕.[370]　　　여기저기서 마르지 않는 은 항아리 나왔다 하네

---

360) 심주 : 숙종은 두홍점을 소하에 비겼다.(肅宗比杜鴻漸爲蕭何.)
361) 蕭丞相(소승상) : 한대 승상 소하(蕭何). 유방이 군사를 이끌고 동쪽으로 진군했을 때 관중을 지키면서 백성을 보살펴 큰 공을 세웠다.
362) 심주 : 장호.(張鎬.)
363) 張子房(장자방) : 장량(張良). 유방의 참모로 여러 차례 계책을 내어 공을 세우고 유후(留侯)에 봉해졌다.
364) 徵起(징기) : 징초를 받아 벼슬을 함. 754년 장호는 포의에서 좌습유가 되었으며, 757년 재상이 되었다. ○風雲會(풍운회) : 바람과 구름의 만남. 동란 가운데 밝은 군주와 어진 신하의 만남을 비유한다.
365) 扶顚(부전) : 넘어지는 나라를 붙들어 구하다. ○籌策(주책) : 책략.
366) 심주 : 후경에 비겼다.(比之侯景.)
367) 青袍白馬(청포백마) : 푸른 옷과 흰 말. 후경이 남조 양나라에서 난을 일으킬 때 흰 말을 탔고 병사들에게는 청색 옷을 입혔다. 『양서』(梁書) 「후경전」(侯景傳)에 보면 당시 동요에 "푸른 고삐에 흰 말이 수춘에서 온다네"(青絲白馬壽陽來)는 노래가 있어 후경의 난을 예고하였다. 여기서는 안록산과 사사명을 가리킨다. ○更何有(갱하유) : 더 무엇이 있겠는가. 말할 필요가 없다는 뜻.
368) 後漢(후한) : 동한 광무제(光武帝). ○今周(금주) : 서주 선왕(宣王). 광무제와 주 선왕은 모두 중흥의 군주로, 여기서는 숙종을 비유한다.
369) 白環(백환) : 순 임금 때 서왕모가 조정에 와서 백환(白環)과 옥결(玉玦)을 헌상하였다. 『죽서기년』(竹書紀年) 참조.

| 隱士³⁷¹⁾休歌紫芝曲,³⁷²⁾ | 은사들은 〈자지가〉 부르며 은거할 필요 없고 |
| 詞人解撰河淸頌.³⁷³⁾ | 문인들은 〈하청송〉을 어떻게 지을지 알게 되었네 |

은사들은 〈자지가〉 부르며 은거할 필요 없고
문인들은 〈하청송〉을 어떻게 지을지 알게 되었네
농가에선 비가 실컷 내리기를 간절히 기다리는데
뻐꾹새는 도처에서 울며 파종하라 재촉하네
기수 강가의 건아들아, 빨리 이겨 고향에 돌아가라
성남에는 기다리는 아낙이 시름에 꿈이 깊다네
어떻게 하면 장사들이 은하수를 끌어와
갑옷과 병기를 깨끗이 씻어 오래도록 쓰지 않을까!

隱士³⁷¹⁾休歌紫芝曲,³⁷²⁾
詞人解撰河淸頌.³⁷³⁾
田家望望惜雨乾,
布谷處處催春種.³⁷⁴⁾
淇上健兒歸莫懶,³⁷⁵⁾
城南思婦愁多夢.
安得壯士挽天河,
淨洗甲兵長不用!³⁷⁶⁾

평석 시는 모두 네 단락으로 이루어졌으며, 각 단락은 평측이 서로 섞여 있으며, 각각 12구로 되어있는데, 이는 고풍의 변체이다.(詩共四段, 每段平仄相間, 各用六韻, 此古風變體.) ○ 양경이 수복되고 태상황이 환궁하여 신하가 마침 기뻐하는 때이니, 어찌 미리 궁을 옮긴 일을 예측하고 이를 비판했겠는가? 전겸익(錢謙益)은 상신(商臣)과 양광(楊廣)에 비유하면서 지나치게 의미를 깊이 찾았는데, 두보의 충직한 사랑은 분명 그와 같지는 않을 것이다.(兩京克復, 上皇還宮, 正臣子欣幸之時, 安有預探移宮之事, 而加以誹議乎? 錢箋比之商臣、楊廣, 過用深文, 少陵忠愛, 必不若是.)

해설 장안과 낙양이 수복(757년 9월과 10월)된 이후 호전되는 정세와 중흥

---

370) 銀甕(은옹) : 전설에 의하면 제왕의 형벌이 공평하면 은 항아리가 나와 물을 채우지 않아도 절로 찬다고 한다. 『효경수신계』(孝經授神契) 참조.

371) 심주 : 이필.(李泌.)

372) 紫芝曲(자지곡) : 진나라 말기 상산사호(商山四皓)가 상주(商州) 상락산(商洛山)에 들어가 살며 〈자지가〉(紫芝歌)를 불렀다고 한다.

373) 河淸頌(하청송) : 전설에 천하가 태평하면 황하가 맑아진다고 한다. 남조 유송 때 황하와 제수(濟水)가 맑아져 당시 상서로운 징조라 하였으며, 포조(鮑照)는 「하청송」(河淸頌)을 지었다.

374) 布谷(포곡) : 뻐꾹새. 봄철 파종 때 울기 시작한다. 당시 관중 일대에 가뭄이 심하였다.

375) 淇(기) : 기수(淇水). 업성 부근에 소재한다. ○ 歸莫懶(귀막라) : 고향에 돌아가는데 게으르지 마라. 고향에 돌아가 봄갈이 할 수 있도록 시간을 늦추지 마라.

376) 심주 : 결말에서 제목의 뜻을 드러내었다.(結出題目.)

의 기운에 기쁜 마음을 표현하였으며, 더불어 조정의 폐단에 대해서도
지적하여 비판하였다. 말미에서 병기를 씻어 무기고에 보관한다는 데서
전쟁이 조만간 종결할 것을 기원하였다. 그러나 두보의 바람과 달리 이
후 당군은 상주에서 패배하였다. 두보의 시풍은 '침울'이 특징적인데 비
해, 이 시는 장려한 언어와 공정하고 정확한 전고를 구사하였으며, 웅혼
한 기세와 거대한 성량(聲量)으로 국가 중흥을 노래하였다. 송대 왕안석
은 두보 시 가운데 압권이라 평하였다. 두보가 좌습유를 거쳐 화주 사공
참군으로 있던 중인 759년(48세) 2월 낙양에서 지었다.

마른 말의 노래(瘦馬行)

東郊瘦馬使我傷,[377]	동쪽 교외에서 본 마른 말이 나를 슬프게 하니
骨骼硉兀如堵牆.[378]	골격이 튀어나와 담장 같구나
絆之欲動轉欹側,[379]	묶어두니 움직일수록 더욱 기울어져
此豈有意仍騰驤?[380]	어찌 이 말에게 내달릴 뜻이 있으랴
細看六印帶官字,[381]	자세히 보니 여섯 개 낙인에 '官'(관)자도 있어
衆道三軍遺路傍.	관군이 길가에 버린 거라고 사람들이 말하네

377) 東郊(동교) : 장안의 동쪽 교외.
378) 硉兀(율올) : 바위가 튀어나온 모양. 말이 말라서 골격이 삐쭉빼쭉 튀어나왔음을 형
     용하였다.
379) 欹側(의측) : 기울다.
380) 騰驤(등양) : 뛰어오르며 내달리다.
381) 六印(육인) : 당대의 관마(官馬)에는 특징과 등급을 나타내는 낙인을 찍었는데 그것
     이 여섯 개라는 뜻이다. 예컨대, 오른쪽 앞다리 상부에 관(官)자를 찍고, 왼쪽 앞다
     리 상부에 태어난 해의 지지(地支)를 찍고, 꼬리 옆에는 감독인의 이름을 찍고, 두
     살이 되면 비(飛)자를 왼쪽 뒷다리 상부에 찍고, 세마(細馬)와 차마(次馬)는 용 모양
     도장을 목 왼쪽에 찍고, 상승국(尚乘局)으로 보내는 말은 삼화(三花)와 비(飛)자와
     풍(風)자 도장을 찍고, 개인에게 하사하면 사(賜)자를 찍고, 군대나 역참에 보내면
     출(出)자를 찍는다. 『당육전』(唐六典) 권72 참조. 이 구는 옛날에는 쓰였으나 지금은
     쓰이지 않음을 말하였다.

皮乾剝落雜泥滓,	가죽은 말라 갈라지고 진흙에 개칠되어
毛暗蕭條連雪霜.[382]	털빛은 바래고 성기어 눈과 서리 내린 듯하네
去歲奔波逐餘寇,[383]	작년에 천 리를 내달리며 남은 도적 소탕할 때
驊騮不慣不得將.	전장에 익숙한 화류마가 아니라면 데려가지 않았지
士卒多騎內廐馬,[384]	병사들이 원래 궁중의 말을 많이 탔으니
惆悵恐是病乘黃.[385]	슬퍼하노니 이 말은 아마도 병이 든 승황이 아니련가
當時歷塊誤一蹶,[386]	당시에 바람처럼 내달리다 한번 잘못하여 넘어져
委棄非汝能周防.[387]	이후로 내버려졌으니 이는 네가 막을 수 없었으리
見人慘澹若哀訴,	사람을 보면 처량하게 슬피 호소하는 듯하고
失主錯莫無晶光.[388]	주인을 잃은 마음 어지러워 눈에 총기가 없어라
天寒遠放雁爲伴,	날이 추운데 멀리 내쳐져 기러기와 짝하고
日暮不收烏啄瘡.	날이 저물어 갈 곳 없으니 까마귀가 상처를 쪼네
誰家且養願終惠,	어느 집에서 다시 길러 잘 보살펴주어
更試明年春草長.	내년에 봄풀이 자랐을 때 다시 내달릴 수 있을까?

평석 아마도 방관을 구하려다가 직책을 잃어, 말로 자신을 비유한 것이리라.(豈救房琯失職,
以之自比耶?)

---

382) 毛暗(모암) : 털빛이 어둡다. 말이 병들면 털빛이 어두워진다.
383) 去歲(거세) : 작년. 757년 장안과 낙양을 수복할 때를 말한다. ○餘寇(여구) : 안사 반
     군의 잔여 병력.
384) 內廐(내구) : 궁중의 마구간.
385) 乘黃(승황) : 전설 속의 노란 색 신마이다. 비황(飛黃) 또는 등황(騰黃) 등 여러 이름
     으로 불린다. 등에 뿔이 두 개 달렸고, 하루에 천 리를 달리며, 이를 탄 사람은 이천
     년을 산다고 한다. 『산해경』「해외서경」(海外西經) 참조.
386) 歷塊(역괴) : 본래 흙덩이라는 뜻으로, 한대 왕포(王褒)의 「성주득현신송」(聖主得賢臣
     頌)에 "도성을 지나고 나라를 넘는 것이 흙덩이를 거쳐가는 듯하다"(過都越國, 蹶如
     歷塊.)는 말에서 유래했다. 신속함 또는 준마를 의미한다. ○誤一蹶(오일궐) : 잘못
     하여 한번 발굽이 넘어지다.
387) 委棄(위기) : 버려지다.
388) 錯莫(착막) : 어지럽고 어두운 모양. ○晶光(정광) : 총기. 정기(精氣).

해설 관군이 내버린 늙은 말을 노래하였다. 전반 8구는 초췌한 말의 모습을 그렸고 후반 12구는 말의 비참한 심경을 썼다. 두보는 757년 좌습유가 된 후 "군주를 보좌하여 요순보다 더 낫게 만들"(致君堯舜上)려 했지만 얼마 되지 않아 방관(房琯)을 파면하는 일에 간언하다가 숙종의 노여움을 사 758년 화주 사공참군으로 좌천되었다. 이러한 자신의 처지는 '주인을 잃고'(失主) '멀리 내쳐진'(遠放) 말의 처지에 다름 아니다. 때문에 말미에서 다시 한번 능력을 발휘할 수 있는 기회가 주어지기를 희원하였다. 두보가 지은 20여 수의 말에 대한 시는 대부분 준마를 그렸는데 여기서는 비루먹은 말을 제재로 하였다. 노년에도 「병든 말」(病馬)과 「백마」(白馬)로 자신의 비참한 처지를 비유하였다. 말은 일심으로 주인을 위해 일하며 무거운 짐을 지고 먼 길을 간다는 점에서 두보는 어떤 동물보다도 자신의 형상을 잘 반영하는 것으로 본 듯하다.

건원 연간에 동곡현에서 살며 지은 노래 7수(乾元中寓居同谷縣作歌七首)[389]

제1수

有客有客字子美,[390]	나그네는 이름이 두보요 자가 자미인데
白頭亂髮垂過耳.	어지러운 백발이 귀밑까지 내렸구나
歲拾橡栗隨狙公,[391]	연말이면 저공(狙公)을 따라 도토리 주으니
天寒日暮山谷裏.	날은 춥고 해는 저무는 계곡 안일세

---

389) 乾元(건원): 숙종의 연호. 758~760년. ○同谷(동곡): 성주(成州)의 속현. 지금의 감숙성 성현(成縣).

390) 有客(유객): 두보 자신을 가리킨다. 『시경』 「유객」(有客)에 "손님이여 손님이여, 그 말도 흰 말이로다"(有客有客, 亦白其馬.)는 구절이 있다. ○子美(자미): 두보의 자(字).

391) 歲(세): 해. 여기서는 연말. ○橡栗(상률): 도토리. 가난한 사람은 구황식으로 먹었다. ○狙公(저공): 원숭이를 기르는 사람. 『열자』 「황제」의 '조삼모사'(朝三暮四) 대목에 그 이름이 나온다.

中原無書[392]歸不得,　중원에서 편지 없어 돌아갈 수 없는데
手脚凍皴皮肉死.[393]　손과 발은 얼어 트고 살갗엔 감각이 없네
嗚乎一歌兮歌已哀,　아! 첫 번째 노래 부르니 노래가 벌써 서러워
悲風爲我從天來!　슬픈 바람 하늘에서 불어와 내 노래를 더 섧게 하네

제2수

長鑱長鑱白木柄,[394]　가래여, 가래여, 하얀 나무 자루여
我生託子以爲命.　내 식구들 목숨이 너에게 달렸구나
黃精[395]無苗山雪盛,[396]　산에 눈이 덮여 둥굴레는 싹도 안 나고
短衣數挽不掩脛.[397]　짧은 옷 자주 내려도 정강이도 못 덮네
此時與子空歸來,　이제 너와 함께 빈손으로 돌아오니
男呻女吟四壁靜.[398]　사방은 벽뿐이고 굶주린 아이들 신음하고 있구나
嗚乎二歌兮歌始放,　아! 두 번째 노래 부르니 이제 목 놓아 불러
隣里爲我色惆悵!　이웃사람들이 나 때문에 걱정하는 얼굴이로다!

평석 ‘가래여’ 1수가 들어가니 구성이 아주 기이하다.(雜入‘長鑱’一章, 章法甚奇.)

---

392) 심주 : 다른 판본에서는 ‘主’라 되어 있다.(一作‘主’.)
393) 皴(준) : 피부가 터서 갈라지다. ○死(사) : 감각이 죽다.
394) 長鑱(장참) : 긴 자루가 달린 가래.
395) 심주 : 다른 판본에서는 ‘獨’이라 되어 있다.(一作‘獨’.)
396) 黃精(황정) : 둥굴레. 죽대의 뿌리. 한약 재료로 쓰인다. 다른 판본에 나오는 황독(黃獨)은 야생 토란.
397) 數(삭) : 자주.
398) 四壁(사벽) : 가난하여 벽밖에 없음을 말한다. 『사기』 「사마상여전」에 “집안에는 그저 사면의 벽만 서있다”(家居徒四壁立.)는 말이 있다.

제3수

有弟有弟在遠方,³⁹⁹⁾⁴⁰⁰⁾	아우여, 아우여, 먼 곳에 있구나
三人各瘦何人强?	셋이 모두 말랐으니 힘 있는 사람 없어
生別展轉不相見,	생이별에 전전하다 서로 만나지 못하니
胡塵暗天道路長.	전란의 먼지에 하늘도 막히고 길도 멀어라
東飛駕鵝後鶖鶬,⁴⁰¹⁾	동쪽으로 기러기 날고 왜가리 뒤따르는데
安得送我置汝傍?	어이하면 나를 보내 동생들 곁에 갈 수 있나?
鳴乎三歌兮歌三發,	아! 세 번째 노래를 세 번 반복하니
汝歸何處收兄骨?	아우들이 돌아와 떠도는 나의 뼈는 어디서 거둘까?

제4수

有妹有妹在鍾離,⁴⁰²⁾	누이여, 누이여, 종리에 시집갔으니
良人早歿諸孤癡.⁴⁰³⁾	남편은 일찍 죽고 아이들은 어리구나
長淮浪高蛟龍怒,⁴⁰⁴⁾	교룡이 노하여 회수의 파도가 드높으니
十年不見來何時?⁴⁰⁵⁾	십 년 동안 못 보았는데 언제나 만나려나?
扁舟欲往箭滿眼,	조각배로 가려 해도 화살이 눈에 가득하고
杳杳南國多旌旗.⁴⁰⁶⁾	아득한 남방에는 기치창검이 많다지

---

399) 심주 : 다른 판본에서는 '各一方'이라 되어 있다.(一作'各一方'.)

400) 弟(제) : 동생. 두보에게는 동생이 두영(杜穎), 두관(杜觀), 두풍(杜豐), 두점(杜占) 네 명 있는데, 그중 막내 두점만이 두보와 함께 다녔고, 나머지는 하남과 산동 등지에 흩어져 있었다.

401) 駕鵝(가아) : 야생 거위. 기러기와 비슷하나 약간 더 크다. ○ 鶖鶬(추창) : 왜가리.

402) 妹(매) : 누나. 두보에게는 위씨(韋氏)에게 시집 간 누나가 있다. 위씨가 일찍 죽어 혼자 산다. 두보 시집에 「원일에 위씨 누나에게 보냄」(元日寄韋氏妹)이라는 시가 있다. ○ 鍾離(종리) : 濠州(호주)의 속현. 지금의 안휘성 봉양현(鳳陽縣) 동북. 근처에 임회관(臨淮關)이 있다.

403) 癡(치) : 어리다. 철이 들지 않다.

404) 長淮(장회) : 회수(淮水). 종리는 회수의 남안에 있다.

405) 심주 : 다른 판본에서는 '遲'라 되어 있다.(一作'遲'.)

嗚乎四歌兮歌四奏,　　아! 네 번째 노래 부르며 네 번 반복하니
林猿爲我啼淸晝!　　숲 속의 원숭이도 나를 따라 대낮인데도 우는구나

제5수

四山多風溪水急,　　사방의 산에 바람 드세고 시냇물 급한데
寒雨颯颯枯樹[407]濕.　　추적추적 내리는 비에 마른 나무 젖는구나
黃蒿古城雲不開,[408]　　누런 개똥쑥 우거진 성엔 구름 걷히지 않고
白狐跳梁黃狐立.[409]　　흰 여우는 다리를 건너고 누런 여우는 서있네
我生何爲在窮谷?　　내 어찌하여 이런 궁벽한 골짜기에 왔는가?
中夜起坐萬感集.　　한밤에 일어나 앉으니 온갖 시름 몰려 오네
嗚乎五歌兮歌正長,　　아! 다섯 번째 노래 부르니 가락이 길게 흘러
魂招不來歸故鄉![410]　　고향으로 돌아간 혼은 불러도 돌아오지 않아라!

제6수

南有龍兮在山湫,[411][412]　성남의 산속에는 못에 용이 사는데

---

406) 杳杳(묘묘) 구: 당시 남방에 전란이 많음을 말한다. 759년 양주(襄州)에서 강초원(康
　　楚元)과 장가연(張嘉延)이 난을 일으켜 자사 왕정(王政)이 형주로 달아나고, 강초원
　　이 자칭 남초패왕이라 하였다. 또 장가연이 형주를 습격하자 형남절도사 두홍점이
　　성을 버리고 달아났으며 주위의 관리들이 이를 듣고 달아났다. 『자치통감』 권 221
　　'건원 2년'조 참조.
407) 심주: 다른 판본에서는 '樹枝'라 되어 있다.(一作'樹枝'.)
408) 黃蒿(황호): 누렇게 시든 개똥쑥. 개똥쑥은 국화과의 풀로 야생한다. ○ 古城(고성):
　　동곡 현성을 가리킨다. 「호가십팔박」(胡笳十八拍)에 "변경의 개똥쑥은 줄기와 잎이
　　시들고"(塞上黃蒿兮枝枯葉乾)란 말이 있다.
409) 심주: 난세의 모습이다.(亂世景象.)
410) 魂招(초혼): 혼을 부르다. 『초사』 「초혼」에 "혼이여 돌아오소서, 그대 살던 곳으로
　　돌아오소서"(魂兮歸來, 反故居些.)라는 구절이 있다. 고대에 혼을 부르는 일은 죽은
　　자는 물론 산 자에게도 하였다. 여기서는 마음이 이미 고향으로 가서는 돌아오지 않
　　는다는 뜻을 강조하였다.
411) 심주: 이는 만장담의 용추를 노래했다.(此詠萬丈潭之龍湫.)

古木龍樅枝相樛.[413]　　고목이 우거지고 가지가 얽혔다네
木葉黃落龍正蟄,[414]　　나뭇잎 누렇게 떨어지자 용은 숨어들고
蝮蛇東來水上遊.[415]　　살모사가 동쪽에서 미끄러져 와 물위에서 노네
我行怪此安[416]敢出,　　기이하게도 이놈은 겨울인데도 나타나
拔劍欲斬且復休.　　칼 빼들어 베려다가 잠시 다시 그만두네
嗚乎六歌兮歌思遲,　　아! 여섯 번째 노래 부르니 정감이 길고 길어
溪壑爲我廻春姿!　　계곡은 나를 위해 봄기운을 돌려주리라!

평석 '나뭇잎 누렇게 떨어져'는 겨울의 스산한 모습이다. 때문에 '봄기운을 돌려주리라'고 하였다. 양기가 늘고 음기가 줄어드는 계절이니 느낀 바가 크다.('木葉黃落', 冬日愁慘之狀, 故望其'廻春姿'云. 陽長陰消, 所感者大.)

제7수

男兒生不成名身已老,　남자로 태어나 이름을 세우지 못하고 몸은 벌써 늙어
三年饑走荒山道.[417]　삼 년을 굶주리며 황량한 산길을 달려 왔네
長安卿相多少年,　장안에선 왕후장상에 젊은 벼슬아치 많은데
富貴應須致身早.　부귀영화는 모름지기 일찌감치 구해야 한다지
山中儒生舊相識,[418]　동곡의 산에서 예전에 알던 유생을 만나

---

412) 山湫(산추) : 산속의 벼랑 아래 있는 못. 만장담(萬丈潭)을 말한다. 권2에 실린 「만장담」 참조.
413) 龍樅(용종) : 들쭉날쭉한 모양. ○樛(규) : 얽히다. 구불구불하다.
414) 龍正蟄(용정칩) : 용이 숨어 살다. 임금의 위세가 진작되지 못하는 상황을 비유한다고 보는 설도 있다.
415) 蝮蛇(복사) : 살모사. 사사명의 반군이 노략질하는 형세를 비유한다는 설도 있다. 759년 사사명이 범양에서 군사를 이끌고 나와 하남 일대를 휘젓고 다녔다.
416) 심주 : 다른 판본에서는 '寒'이라 되어 있다.(一作'寒'.)
417) 三年(삼년) : 삼 년. 두보가 756년 가을 부주(鄜州)로 피난 간 때부터 759년 겨울 동곡에 이르기까지 삼 년이 된다.
418) 舊相識(구상식) : 예전에 알던 사람. 이함(李銜)을 가리킨다. 두보의 「장사에서 이함

但話宿昔傷懷抱.　　　예전의 세운 뜻 말하니 가슴이 아파라
嗚呼七歌兮悄終曲.　　아! 일곱 번째 노래 부르니 가락은 조용히 잦아들고
仰視皇天白日速!　　　고개 들어 하늘 보니 태양이 빠르게 저무는구나

평석 원래 장형의 「네 가지 시름의 노래」나 포조의 「행로난」에 근본을 두었지만, 신명스럽고 변화무쌍할 수 있으면서 그 형태와 모습을 모방하지 않았으니 이것이 바로 대가이다.(原本平子四愁、明遠行路難諸篇, 然能神明變化, 不襲形貌, 斯爲大家.)

해설 난세에 객지를 떠돌며 겪는 기아와 이산의 고통을 노래하였다. 다가오는 노년과 관직을 떠난 실의에서 오는 격렬한 분노와 통한이 깃들어 있다. 제1수는 추운 겨울에 도토리를 줍는 고달픔을, 제2수는 가래로 농사지으며 가난을 견디는 어려움을, 제3수는 아우들에 대한 그리움을, 제4수는 멀리 있는 누이에 대한 그리움을, 제5수는 궁벽한 골짜기에 사는 처지를, 제6수는 겨울을 견디며 봄을 기다림을, 제7수는 장안을 회상하며 노년을 슬퍼하는 처지를 각각 그렸다. 일곱 수가 같은 구성으로 되어 있으며, 말미에 탄식조의 후렴을 넣고 있어 그 체제는 「호가십팔박」에서 가져왔음을 알 수 있다. 두보가 진주를 거쳐 동곡에 잠시 거주할 때인 759년(乾元 2년) 11월에 지었다.

농으로 산수화에 적은 노래(戱題畵山水圖歌)

十日畵一水,　　　　　열흘 동안 강줄기 하나 그리고
五日畵一石.　　　　　닷새 동안 돌덩이 하나 그리니
能事不受相促迫,[419]　뛰어난 그림은 사람의 재촉을 받지 않아

을 보내며」(長沙送李十一銜)에 "그대와 함께 동곡에 피난 갔는데, 동정호에서 만나니 십이 년이라"(與子避地西康州, 洞庭相逢十二秋.)는 구절이 있다.

王宰始肯留眞跡.[420]　　왕재는 비로소 진정한 필적을 남길 수 있구나

壯哉崑崙方壺圖,[421]　　장대하여라, '곤륜방호도'여

挂君高堂之素壁.　　그대의 대청 흰 벽에 높이 걸려있구나

巴陵洞庭日本東,[422]　　파릉의 동정호에서 일본의 동쪽까지

赤岸水與銀河通,[423]　　적안의 물과 은하수의 강물이 통해 있고

中有雲氣隨飛龍.[424]　　가운데에는 구름이 용을 따르는구나

舟人漁子入浦漵,[425]　　큰 파도에 뱃사람과 어부가 물가로 몸을 피하고

山木盡亞洪濤風.[426]　　거대한 바람에 산위의 나무들이 엎드려 있어

尤工遠勢古莫比,[427]　　더구나 원경에 공교하여 고대의 화가 중에 비할 자 없으니

咫尺應須論萬里.[428]　　지척의 화면에서 응당 만 리의 강산을 펼쳐야 하리

焉得幷州快剪刀,[429]　　어찌하면 병주의 날카로운 가위를 가져와

剪取吳淞半江水![430]　　오송의 강물을 반 자락 잘라 갈 수 있을까!

---

419) 能事(능사) : 잘 하는 일. 뛰어난 기능. ○促迫(촉박) : 재촉하다.

420) 王宰(왕재) : 촉중 사람으로 촉 지방의 산을 많이 그린 화가. 『역대명화기』(歷代名畫記) 권10 참조. ○眞跡(진적) : 필묵이 생동적이고 핍진하다.

421) 崑崙(곤륜) : 전설 중의 신선 산. ○方壺(방호) : 전설에 나오는 동해의 신선 섬 가운데 하나. 『열자』「탕문」(湯問) 참조.

422) 巴陵(파릉) : 지금의 호남성 악양시 서남에 있는 산. 동정호와 면해 있다. ○日本(일본) : 일본.

423) 赤岸(적안) : 전설 중의 부상(扶桑)과 가까운 곳.

424) 심주 : 단구를 사용하였다.(用一單句.)

425) 浦漵(포서) : 물가.

426) 亞(아) : 壓(압)의 뜻이다. 엎드리다. ○洪濤風(홍도풍) : 큰 파도를 일으키는 바람.

427) 遠勢(원세) : 원경.

428) 咫尺(지척) : 가까운 거리. 지(咫)는 팔 치이다. 이 구는 『남사』「제무제제자전」(齊武帝諸子傳)에서 소분(蕭賁)은 "서예를 잘 하고 그림을 잘 그리는데 부채 위에 그린 산수는 지척 안에 만 리의 공간을 느끼게 한다"(能書善畫, 於扇上圖山水, 咫尺之內, 便覺萬里爲遙.)는 말에 근거하였다. 언종(彦悰)의 『후화록』(後畫錄)에도 수대 전자건(展子虔)은 "원근의 산수를 잘 그렸는데, 그림 위의 지척이 실제로는 천 리 거리이다"(長遠近山水, 咫尺千里.)는 말이 있다.

429) 幷州(병주) : 지금의 산서성 일대. 치소는 태원시. 고대에 가위의 산지로 유명했다.

430) 吳淞(오송) : 오송강. 지금의 강소성 동남부와 상해시 접경 지역에 소재한다. 이 구는

해설 왕재가 그린 산수화를 칭송한 시이다. 그림을 그리는 방법, 보는 장소, 그림의 장면, 예술적 매력의 원인, 그림에 대한 찬탄을 차례로 기술하였다. 그림을 그리는 데 있어 남의 재촉을 받지 않는다는 관점은 무척 인상적이다. 사실과 환상, 시와 그림이 하나로 어울려 독특한 매력을 자아낸다. 760년(上元 원년) 성도에서 지었다.

이 존사가 그린 소나무 병풍에 적은 노래(題李尊師松樹障子歌)[431]

老夫清晨梳白頭,[432]	이 늙은이 새벽에 흰 머리 빗고 있는데
玄都道士來相訪.[433][434]	현도관의 도사가 찾아왔어라
握髮呼兒延入戶,[435]	머리채 움켜쥔 채 머슴더러 안으로 모시게 하니
手提新畵青松障.	새로 그린 소나무 병풍을 가져 왔어라
障子松林靜杳冥,[436]	병풍 속의 소나무 숲 깊고 고요해
憑軒忽若無丹青.[437]	창문 앞에 세워두니 홀연히 병풍 틀이 사라진 듯해라
陰崖却承霜雪幹,	어두운 벼랑에 서리와 눈 덮인 가지가 치솟았고
偃蓋反走虯龍形.[438]	누워있는 산개 아래 규룡이 굽이치는 듯

동진의 색정(索靖)이 고개지(顧愷之)의 그림을 보고 칭찬하면서 "병주의 날카로운 가위를 가져와 송강의 반폭 흰 비단을 잘라가지 못하는 게 한스럽다"(恨不帶幷州快剪刀來, 剪松江半幅練紋歸去.)고 말한 것을 이용하였다.

431) 尊師(존사) : 도사에 대한 존칭. 이 존사는 미상.

432) 老夫(노부) : 늙은이. 두보 자신을 가리킨다.

433) 심주 : 평이한 가락이 아무렇게 쓴 필치인 듯하다.(平調亦近率筆.)

434) 玄都(현도) : 도관 이름. 원래 통도관(通道觀)이며, 장안 숭녕방(崇寧坊)에 소재했다.

435) 握髮(악발) : 머리를 감는 중에 머리채를 쥐고 나오다. 주공(周公)은 손님이 찾아왔다고 하면 머리를 감을 때도 머리채를 거머쥐고 나와 만나고, 밥을 먹다가도 씹던 것을 뱉고 나와 손님을 맞았다는 '토포착발(吐哺捉髮)'의 뜻으로, 손님을 반갑고 정성껏 맞이한다는 뜻이다. 『사기』 「주공세가」 참조.

436) 杳冥(묘명) : 깊고 조용한 모양.

437) 憑軒(빙헌) 구 : 소나무 그림이 사실과 너무 닮아 그림틀이 없어진 듯하다는 말로, 이 존사의 솜씨가 뛰어남을 극찬하였다.

老夫生平好奇古,	이 늙은이 일평생 기이하고 오래된 것 좋아했는데
對此興與精靈聚. [439]	이를 대하니 흥취가 신묘한 그림에 모여드는구나
己知仙客意相親, [440]	이것으로 도사와 나의 취향이 같음을 깨달았고
更覺良工心獨苦. [441]	또한 뛰어난 솜씨로 고심하여 그렸음을 알겠노라
松下丈人巾屨同, [442]	소나무 아래 노인들은 두건과 신발이 같으니
偶坐似是商山翁.	마주 앉아 있는 모습은 상산사호 같아라
悵望聊歌紫芝曲, [443][444]	멀리 바라보며 슬프게 '자지가'를 노래하니
時危慘淡來悲風.	어려운 시국인지라 쓸쓸한 바람 불어오누나

해설 이 존사가 그린 소나무 병풍화를 보고 지은 시이다. 실제의 공간과 그림의 공간을 들락거리는 두보 특유의 작법으로 화가의 솜씨를 칭송하고, 말미에서 상산사호를 빌려 시국의 위태로움을 탄식하였다. 758년 좌습유로 있을 때 지은 것으로 보인다.

농으로 지은 쌍송도 노래(戲爲雙松圖歌) [445]

| 天下幾人畫古松? | 소나무 그릴 수 있는 이 세상에 몇이나 될까? |

---

438) 偃蓋(언개) : 누운 산개. 노송의 꼭대기가 수레의 산개(傘蓋)처럼 퍼져있음을 형용하였다. ○反走(반주) : 거꾸로 누운 모양을 가리킨다.

439) 精靈(정령) : 신묘(神妙). 그림에 깃든 신묘함. 청대 구조오(仇兆鰲)는 그림을 가리킨다고 보았다.

440) 仙客(선객) : 신선. 이 존사를 가리키다.

441) 심주 : 곧 '고심하여 구상하고 배치하다'는 뜻이다. (卽'慘澹經營'意.)

442) 丈人(장인) : 그림 속의 노옹을 가리킨다. ○巾屨(건구) : 두건과 신발.

443) 심주 : 언외에서 체득할 수 있다. (領取言外.)

444) 紫芝曲(자지곡) : 진나라 말기 상산사호(商山四皓)가 상주(商州) 상락산(商洛山)에 들어가 살며 부른 노래. 가사 중에 "빛나는 자주색 영지로, 굶주림을 면할 수 있지"(燁燁紫芝, 可以療飢.)라는 말이 있다. 황보밀(皇甫謐)의 『고사전』(高士傳) 참조.

445) 원주 : "위언."(原注 : "韋偃.")

畢宏己老韋偃少.⁴⁴⁶⁾ 　필굉은 늙었지만 위언은 아직 젊었어라

絶筆長風起纖末.⁴⁴⁷⁾ 　위언이 붓을 멈추니 가지 끝에서 바람이 일어나

滿堂動色嗟神妙.⁴⁴⁸⁾ 　만당의 사람들 실색하며 신묘하다 탄식해라

兩株慘裂苔蘚皮.⁴⁴⁹⁾ 　두 그루 노송은 껍질이 갈라지고 이끼가 덮여

屈鐵交錯廻高枝.⁴⁵⁰⁾ 　철사같이 질긴 필획 서로 얽혀 가지로 뻗었어라

白摧朽骨龍虎死.⁴⁵¹⁾ 　삭아 떨어진 줄기는 용과 호랑이의 백골이요

黑入太陰雷雨垂.⁴⁵²⁾ 　음산한 솔잎은 북극에 내리치는 천둥과 빗줄기라

松根胡僧憩寂寞. 　솔뿌리에선 서역 스님 적막히 쉬고 있어

龐眉皓首無住著.⁴⁵³⁾ 　넓은 눈썹에 흰 머리에 집착이 다 떠난 듯해라

偏袒右肩露雙脚.⁴⁵⁴⁾ 　편단 우견에 두 발을 드러내었는데

葉裏松子僧前落. 　잎 속의 솔방울이 스님 앞에 떨어지네

---

446) 畢宏(필굉) : 언사(偃師, 하남) 사람. 천보 연간 어사(御史)가 되었고, 767년 급사중이
되었을 때 송석(松石)을 상서성 대청 벽에 그려 호사가들이 시를 지어 읊었다. 이후
경조소윤, 좌서자(左庶子)가 되었다. 특히 나무와 바위를 잘 그려 새로운 화풍을 만
들었다는 평가를 받는다. 장조(張璪)의 그림을 보고 나서 붓을 놓았다는 기록도 있
다. 『역대명화기』와 『당조명화기』 등에 기록이 있다. ○韋偃(위언) : 경조(京兆, 장
안) 사람으로 촉 지방에 살았다. 관직은 소감(少監)까지 이르렀다. 산수, 수목, 인물,
말 등을 잘 그렸으며, 점주(點簇) 화법으로 처음 말을 그린 것으로 유명하다. 두보의
시 가운데 「벽에 쓴 위언의 말 그림 노래」(題壁上韋偃畵馬歌)가 있다. 현존하는 송
대 이공린(李公麟)의 그림 「위언의 목방도를 임모하여」(摹韋偃牧放圖)를 통해 그의
화풍을 짐작할 수 있다.

447) 絶筆(절필) : 붓을 놓다. ○纖末(섬말) : 가지 끝.

448) 滿堂(만당) : 대청에 가득한 손님들. ○動色(동색) : 표정이 크게 변하다.

449) 慘裂(참렬) : 나무껍질이 추위 때문에 마르고 갈라지다.

450) 屈鐵(굴철) : 가지가 쇠처럼 굽어지다. 철사처럼 선이 유창하고 긴장감 있는 굴철묘
(屈鐵描)를 가리킨다.

451) 白(백) : 그림에서 필획이 마르고 갈필로 그린 곳. ○龍虎(용호) : 소나무 가지가 힘
있게 휘어지고 꺾어진 모습이 용이 웅크리고 호랑이가 꿇은 듯하는 뜻.

452) 黑(흑) : 그림에서 먹이 진한 곳. ○太陰(태음) : 극성한 음기. 북방 또는 겨울을 의미
한다.

453) 龐眉皓首(방미호수) : 눈썹이 두텁고 머리가 백발이다. ○無住著(무주착) : 얽매인 곳
이 없음.

454) 偏袒(편단) : 승려들이 가사를 입을 때 오른쪽 어깨를 드러내 장자에 대해 존경을 나
타내는 일.

韋侯韋侯數相見,[455]　　위언이여, 위언이여, 빨리 만나보자꾸나
我有一匹好東絹,[456]　　내게는 한 필의 좋은 동견 명주 있으니
重之不減錦繡段.　　그 값이 수놓인 비단보다 못하지 않아
已令拂拭光凌亂,　　내 벌써 깨끗이 준비하여 밝은 빛이 일렁이니
請公放筆爲直幹.[457][458]　　그대 붓을 휘둘러 곧바른 노송 가지 그려주오

평석 첫머리가 돌출되어 있다면 그다음은 평이해도 상관없으니, 예컨대 '어떻게 단풍나무가 방안에서 자랄 수 있는가'의 다음에 '그대가 적현도를 완성했다고 들었는데'가 나오는 것과 같다. 첫 가락이 평이하다면 그다음은 반드시 뛰어난 구로 이어야 하니, 예컨대 '소나무 그릴 수 있는 이 세상에 몇이나 될까?' 다음에 '위언이 붓을 멈추니 가지 끝에서 바람이 일어나'가 나오는 것과 같다. 시를 배우는 사람이 이러한 방법을 구사할 줄 안다면 그 구상은 이미 반은 이루었다.(突兀起不妨平接, 如'堂上不合生楓樹', 下接'聞君掃却赤縣圖'是也. 平調起必須用警語接, 如'天下幾人畵古松', 下接'絶筆長風起纖末'是也. 學者於此求之, 思過半矣.)

해설 위언이 그린 '쌍송도'를 보고 지은 시이다. 첫 4구는 위언의 그림에 대한 평가와 그림의 신묘함을 그렸다. 중간 8구는 그림 속의 경관을 그려 시경(詩境)과 화경(畵境)이 일치하는 경지를 그렸다. 특히 노송과 서역 스님을 함께 그려 인물의 정신과 사물의 기운이 융합되어 표현하는 방법을 나타내었다. 말미의 5구는 화가에게 그림을 청하며 깊은 우정을 드러내었다.

455)　數(삭) : 빨리.
456)　東絹(동견) : 동천(東川, 사천 동부) 재주(梓州) 염정현(鹽亭縣)에서 나는 견사. 당시 사람들이 아계견(鵝溪絹)이라 불렀으며, 조정에 납공하는 공물의 하나였다.
457)　심주 : 좋은 것은 바르고 곧은 점이다.(好是正直.)
458)　放筆(방필) : 붓을 마음 대로 휘두르다. ○直幹(직간) : 줄기가 곧게 솟구친 소나무.

가을바람에 부서진 띠풀집 노래(茅屋爲秋風所破歌)[459]

八月秋高風怒號,	팔월이라 가을에 광풍이 소리쳐 몰아치더니
卷我屋上三重茅.	지붕 위의 여러 겹 띠풀을 말아갔어라
茅飛渡江灑江郊,	띠풀은 완화계 너머 건너 강가에 흩어져
高者挂罥長林梢,[460]	높은 것은 큰 가지에 걸리고
下者飄轉沈塘坳.[461]	낮은 놈은 굴러서 연못에 빠졌어라
南村群童欺我老無力,	남촌의 아이들이 내가 늙고 힘없다고 무시하여
忍能對面爲盜賊.[462][463]	내 눈 앞에서 이처럼 도적이 되는구나
公然抱茅入竹去,	대놓고 띠풀을 끌어안고 대숲 속으로 달아나기에
脣焦口燥呼不得,[464]	입술 타고 목마르게 소리쳐도 막을 수 없어
歸來倚仗自歎息.	돌아와 지팡이 짚고 홀로 탄식하노라
俄頃風定雲墨色,[465]	잠시 후 바람이 멎고 먹구름이 몰려와
秋天漠漠向昏黑.[466]	가을 하늘 흐려지고 점점 어두워지더라
布衾多年冷似鐵,	이불은 여러 해 덮어 철판같이 차가운데
驕兒惡臥踏裏裂.[467]	아이들 잠버릇이 나빠 속이불도 발로 차 찢겨졌네
床床屋漏無乾處,	침상마다 물이 새어 마른 곳 없는데
雨脚如麻未斷絶.	빗줄기는 세지며 그치지 않네

---

459) 茅屋(모옥) : 띠풀로 지붕을 엮은 집. 성도 완화계 옆의 초당을 가리킨다.
460) 挂罥(괘견) : 걸리다. ○長林梢(장림초) : 높은 나무의 가지 끝.
461) 塘坳(당요) : 지대가 낮아서 물이 고인 곳. 연못을 가리킨다.
462) 심주 : 실제로 이 일이 있으니 은유로 볼 필요가 없다.(實有此事, 不必作隱喩.)
463) 忍能(인능) : 마음먹고 눈앞에서 도적이 되다. 능(能)은 '이렇게'의 뜻이다.
464) 呼不得(호불득) : 불러도 멈추게 할 수 없다.
465) 俄頃(아경) : 금방. 잠깐 사이.
466) 漠漠(막막) : 어두컴컴한 모양. ○向(향) : 장차.
467) 惡臥(오와) : 자는 모습이 좋지 않다. ○踏裏裂(답리렬) : 속이불을 차서 찢다.

自經喪亂少睡眠,[468]　　　전란이 일어난 이래 잠이 적어졌는데
長夜沾濕何由徹![469]　　　긴 밤 내내 젖어서 어찌 날을 새려나!
安得廣廈千萬間,　　　어찌하면 넓고 큰 집 수만 칸을 얻어
大庇天下寒士俱歡顔,[470][471]　　천하의 추운 선비를 덮어 기뻐 웃게 할 거나
風雨不動安如山.　　　비바람에 흔들리지 않고 산처럼 든든하게 할
　　　거나

嗚呼!　　　아아!
何時眼前突兀見此屋,[472]　　그 언젠가 눈앞에 이 같은 집이 우뚝 나타난
　　　다면
吾廬獨破受凍死亦足![473]　　내 집이 홀로 부서지고 내가 얼어 죽어도 좋
　　　으리!

해설 가을의 비바람에 띠풀집이 부서진 일을 그렸다. 두보의 성도 초당에서의 생활과 의식을 엿볼 수 있는 명편이다. 전반부에서는 바람에 지붕이 날아가고 비에 잠 못 드는 장면을 그렸다. '전란이 일어난 이래'는 이른바 '돈좌'(頓挫)의 필법으로 비바람의 일과 무관한 듯하나, 다음 구에서 다시 필획을 돌이켜 아래의 '천하의 추운 선비'를 끌어내는 역할을 하였다. '이불이 철판같이 차가운' 데서 광대한 집을 생각하고, 그것도 자신이나 가족이 아니라 오히려 '천하의 추운 선비'들을 덮어줄 것을 생각했으니 그 숭고하고 치열한 이상은 이미 시의 형식을 뛰어넘는다. 761년 가을 성도에서 지었다.

---

468) 喪亂(상란) : 전란. 안사의 난을 가리킨다.
469) 徹(철) : 날이 밝다.
470) 심주 : 이는 두보의 마음으로, 실로 '백성은 나의 형제요, 만물은 나의 형제'라는 뜻이다.(此老胸中, 實有'同胞同與'之意.)
471) 大庇(대비) : 넓게 덮다.
472) 突兀(돌올) : 높은 모양. 여기서는 넓은 집이 높이 솟은 모양. ○ 見(현) : 나타나다.
473) 吾廬(오려) : 나의 집. 완화계 옆의 초당을 가리킨다.

두보(杜甫)

고기잡이를 보며 지은 노래(觀打魚歌)

綿州江水之東津,[1]	면주 부강(涪江)의 동쪽 나루
魴魚鱍鱍色勝銀.[2]	뛰노는 방어 비늘이 은보다 하얗구나
漁人漾舟沈大網,	어부는 배를 띄워 큰 그물 드리우고

---

1) 綿州(면주) : 지금의 사천성 면양시(綿陽市). ○江水(강수) : 부강(涪江). 지금의 면양하(綿陽河). 사천 면죽시(綿竹市) 북쪽에서 발원한다. ○東津(동진) : 면주 성 동쪽의 나루.

2) 魴魚(방어) : 방어. 잉어과에 속하는 민물고기. 은회색으로 몸이 넓적하며 두께는 좁다. 중국에서는 주로 장강 중하류에서 서식한다. 무창에서 나는 것은 무창어(武昌魚)라 한다. ○鱍鱍(발발) : 물고기가 꼬리를 흔들며 뛰는 모양.

截江一擁數百鱗.　　　강을 가로질러 한 번에 수백 마리 건져 올리네
衆魚常才盡却棄,　　　평범한 잡어는 모두 던져 버리고
赤鯉騰出如有神.³⁾　　붉은 잉어 솟구치면 신이 돕는 듯해라
潛龍無聲老蛟怒,　　　잠룡은 잠잠하고 늙은 교룡 노하니
迴風颯颯吹沙塵.　　　회오리바람 불어대고 모래 먼지 날려라
饔子左右揮霜刀,⁴⁾　　조리사가 좌우에서 시퍼런 칼 휘두르니
鱠飛金盤白雪高.⁵⁾　　금 쟁반에 흰 눈처럼 회가 날아와 쌓이네
徐州禿尾不足憶,⁶⁾　　서주의 독미(禿尾)는 생각할 것도 없고
漢陰槎頭遠遁逃.⁷⁾　　한수의 사두편도 이에 비하면 멀리 달아날 지경
魴魚肥美知第一,　　　방어의 맛이 제일임을 알겠나니
旣飽歡娛亦蕭瑟.⁸⁾　　배불리 먹고 즐겁게 노니 다시 슬퍼지누나
君不見朝來割素鬐,⁹⁾　　그대 보지 못하는가, 아침에 흰 물고기 죽으니
咫尺波濤永相失!　　　지척의 물결에서 생사가 나뉘는 것을!

해설 강에서의 고기잡이를 보며 지은 시이다. 어부들이 물고기를 잡는 장면을 그리고, 이어서 회를 맛보고 즐기는 장면을 서술하고, 말미에서 죽은 물고기들에 대해 측은한 마음을 나타내었다. 762년 면주(綿州)에서 지었다.

---

3) 赤鯉(적리) : 붉은 꼬리 잉어. 전설에는 신선이 타고 다닌다.
4) 饔子(옹자) : 요리사.
5) 鱠飛(회비) : 회가 날다. 생선회가 지극히 얇음을 말한다.
6) 禿尾(독미) : 생선 이름. 서주 사람들은 연어(鰱)나 전어(鱄)를 독미라고 부른다.
7) 漢陰(한음) : 한수의 남쪽. 지금의 호북성 양양 일대. ○ 槎頭(사두) : 사두편(槎頭編). 물고기 이름. 한수에 나는 물고기로 사람들이 다투어 잡아가므로, 잡아 가지 못하도록 나뭇가지(槎頭)를 쳐 남획을 막았기에 이름 붙여졌다.
8) **심주** : 공명과 부귀가 어찌 이러지 않으랴?(功名富貴, 何獨不然?)
9) 素鬐(소기) : 흰 물고기의 등지느러미.

다시 고기잡이를 보며(又觀打魚)

蒼江漁子淸晨集,	푸른 강에 어부들이 새벽에 모여들어
設網提綱萬魚急.	그물을 벌리고 벼리를 끄니 온갖 물고기 다급해라
能者操舟疾若風,	능숙한 어부는 바람처럼 빠르게 배를 부려
撑突波濤挺叉入.[10]	물결을 헤쳐 나가며 작살을 던지네
小魚脫漏不可記,	그물을 빠져나가는 잔 물고기 수없이 많지만
半死半生猶戰戰.[11]	잡힌 놈은 반쯤 죽어 아직도 입을 뻐끔거리네
大魚傷損皆垂頭,	다치고 상한 큰 물고기 모두 머리 처박고
屈强泥沙有時立.[12]	진흙에서 퍼덕거리며 때때로 뛰어 오르네
東津觀魚已再來,	동쪽 나루에 고기잡이 보러 두 번째 오니
主人罷鱠還傾杯.	주인은 회 치는 일 끝내고 다시 술잔을 기울이네
日暮蛟龍改窟穴,[13]	해 저물녘 교룡은 동굴을 옮겨 가고
山根鱣鮪隨雲雷.[14]	철갑상어 민물상어 천등 따라 산 아래 숨어드네
干戈兵革鬪未止,[15][16]	전란이 아직 끝나지 않았으니
鳳凰麒麟安在哉?	봉황과 기린이 어찌 나올 수 있는가?
吾徒胡爲縱此樂,	우리들은 어찌하여 이처럼 제멋대로 즐기는가
暴殄天物聖所哀.![17]	하늘이 내린 것을 함부로 죽임은 성인도 슬퍼한다네

평석 앞 시는 탐식을 경계했을 뿐이지만, 여기서는 나아가 '전란'을 말했으니 거대한 종소

---

10) 撑突(탱돌) : 배를 저어 돌진하다.
11) 戰戰(집집) : 물고기가 입을 벌린 모양.
12) 屈强(굴강) : 완강하다. 순종하지 않다. ○立(입) : 물고기가 뛰어오를 때 머리를 위로
   들다.
13) 심주 : 같은 무리의 죽음을 슬퍼하다.(惡其傷類.)
14) 鱣鮪(전유) : 철갑상어와 민물상어. 모두 민물 물고기 중에는 큰 물고기이다. 전설에
   는 두 물고기는 산의 동굴에 살며 변신할 수 있다고 한다.
15) 심주 : 다시 한 층 더 들어갔다.(再進一層.)
16) 兵革(병혁) : 병기와 갑옷. 당시 안사의 난과 티베트의 침범을 가리킨다.
17) 暴殄天物(폭진천물) : 하늘이 내려준 물건을 학대하고 죽이다.

리엔 작은 반향이 없는 것과 같다.(前言爲老饕戒耳, 此更說到'干戈兵革', 洪鐘無纖響也.)

해설 위 시에 이어 지었다. 어부들이 새벽부터 대규모로 물고기를 남획하는 일을 통해 전란 중에 백성들이 대량으로 살육당하는 일과 연관시키며 크게 탄식하였다.

단가행(短歌行)[18]

王郎酒酣拔劍斫地歌莫哀,[19]	왕랑이여, 술 취해 칼 빼어 땅 찌르며 슬픈 노래하지 말게
我能拔[20]爾抑塞磊落之奇才.[21]	내 능히 그대의 억눌린 불군의 재주를 알고 있으니
豫章翻風白日動,[22]	녹나무가 바람에 뒤채며 빛나는 태양을 흔들고
鯨魚跋浪滄溟開.[23)24]	고래가 파도를 타고 가니 푸른 바다가 열리네
且脫佩劍休徘徊.	왕랑이여, 잠시 패검을 풀어놓고 배회하며 춤추지 말게
西得諸侯棹錦水,[25)26]	서촉에서 지방관의 초빙을 받아 금강을 유력

---

18) 원주 : "왕랑 사직에게."(原注 : "贈王郎司直.")
19) 王郎(왕랑) : 왕씨 성을 가진 청년. 랑(郎)은 남성 청년에 대한 미칭. ○酒酣(주감) : 술을 마셔 거나하게 취함. ○斫地(작지) : 땅을 찌르다. 검무를 출 때의 동작.
20) 심주 : 판별하다.(識也.)
21) 抑塞(억새) : 억눌리다. 억눌려 능력을 펴지 못하다. ○磊落(뇌락) : 가슴이 밝고 드넓은 모양.
22) 豫章(예장) : 침나무와 녹나무. 두 나무는 어렸을 때는 구별되지 않다가 자란지 7년 후에 구별된다. 모두 집을 지을 때 좋은 목재로 쓰인다.
23) 심주 : 두 구는 뛰어난 재주를 형용하였다.(二句形奇才.)
24) 跋浪(발랑) : 파도를 타다. ○滄溟(창명) : 바다.
25) 심주 : 왕랑이 촉 지방에 들어가려 한다.(王欲入蜀.)
26) 諸侯(제후) : 촉 지방의 지방관 또는 절도사. ○錦水(금수) : 금강(錦江). 성도에 흐르는 강. 도금수(棹錦水)는 촉 지방을 유력하다는 뜻이다.

	할지니
欲向何門跐珠履?[27]	어디가든 내려준 주옥 신발을 신을지 모르지
	않은가?
仲宣樓頭春色深,[28][29]	여기 왕찬의 누각에 봄빛이 깊었는데
青眼高歌望吾子.[30]	내 청안(青眼)으로 그대를 바라보며 '단가행'
	을 노래하노라
眼中之人吾老矣!	내 눈 속의 사람이여, 나는 이미 늙어버렸어라!

평석 상하 각 다섯 구로 되어 있으며, 또 단구(대구가 아닌 독립된 구)가 섞여 들어갔으니 이 또한 독창적인 격식이다.(上下各五句, 復用單句相間, 此亦獨創之格.) ○ 눈 속의 사람은 다른 자들과 비교의 대상이 되지 않거니와 이미 늙어버린 내가 바라보는 자는 오직 그대임을 말하였다.(言眼中之人, 紛紛不足比數, 而我年已老, 所望者惟吾子也.)

해설 청년 왕랑을 칭송하고 격려하였다. 768년 봄 강릉에 이르렀을 때 청년 왕랑이 장차 간알(干謁)하러 성도로 떠나려고 하자 그를 보내며 써준 시이다. 전편이 강개하고 격앙된 어조로 위로와 진작하는 말로 차 있으며, 노년에 후배에 대한 뜨거운 관심과 열망을 나타냈다.

---

27) 跐珠履(삽주리) : 보옥으로 장식한 신발을 신다. 상객으로 대접받다. 전국시대 춘신군(春申君)의 문객 삼천여 명 가운데 상객은 모두 보옥으로 장식한 신발을 신었다고 했다. 『사기』「춘신군열전」 참조.
28) 심주 : 송별의 장소이다.(送別之地.)
29) 仲宣樓(중선루) : 동한 말기 왕찬(王粲, 자 仲宣)이 형주에 기거할 때 누대에 올라「등루부」를 쓴 곳. 형주의 치소는 양양에 있다가 나중에 강릉으로 옮겼으므로, 강릉에도 중선루 유적이 있다.
30) 青眼(청안) : 검은 눈동자를 눈자위의 중앙에 오게 함. 청안은 백안(白眼)의 상대말로 상대를 존중하고 좋아함을 의미한다. 삼국시대 위나라 완적(阮籍)이 모친상 때 친구 혜강(嵇康)이 조문 오니 청안을 하고, 혜강의 형 혜희(嵇喜)가 오니 백안을 하였다고 한다. 『진서』「완적전」 참조. ○吾子(오자) : 그대. 상대를 친밀하게 부르는 호칭.

도죽 지팡이의 노래(桃竹杖引)[31][32]

江心蟠石生桃竹,[33]	강 가운데 반석에서 도죽(桃竹)이 자라
蒼波噴浸尺度足.	튀어오른 푸른 물결에 적셔져 알맞게 자랐구나
斬根削皮如紫玉,	자주 옥돌 같은 뿌리를 자르고 껍질을 벗기니
江妃水仙惜不得.[34]	강물의 여신이 아까워해도 어쩔 수 없어라
梓潼使君[35]開一束,[36]	재동의 자사가 지팡이 만들어 한 묶음 풀어놓으니
滿堂賓客皆歎息.	대청 가득 빈객들이 모두가 찬탄하더라
憐我老病贈兩莖,[37]	나는 늙고 병들었다고 두 자루를 주는데
出入爪甲鏗有聲.[38]	길을 오갈 때면 발 앞에서 쟁쟁한 소리 내리라
老夫復欲東南征,	늙은 몸이 다시 동남쪽으로 가면
乘濤鼓枻白帝城.[39]	파도 타고 노 저어 백제성에 닿으리라

---

31) 원주 : "장 유후에게."(原注 : "贈章留後.")

32) 桃竹(도죽) : 도지죽(桃枝竹) 또는 종려죽(棕櫚竹)이라고도 한다. 잎은 종려와 같고 줄기는 대와 같으며, 마디가 촘촘하고 속이 차 있어 지팡이로 삼기 좋다. ○ 引(인) : 악곡의 이름. 시가의 체제 가운데 하나이다.

33) 蟠石(반석) : 반석. 너럭바위.

34) 江妃(강비) : 강의 여신. ○ 水仙(수선) : 물의 신.

35) 심주 : 장 유후.(章留後.)

36) 梓潼(재동) : 재주. 742년 재주를 재동으로 개명했다가 758년 다시 재주로 환원했다. ○ 使君(사군) : 자사. ○ 一束(일속) : 한 묶음.

37) 兩莖(양경) : 두 자루.

38) 爪甲(조갑) : 손톱과 발톱. ○ 鏗(갱) : 쇠나 옥이 부딪치며 나는 소리.

39) 枻(설) : 노. ○ 白帝城(백제성) : 백제성. 당시 기주(夔州)에 속했다. 지금의 중경시 봉절현(奉節縣) 백제산(白帝山) 소재. 춘추시대 기자국(夔子國)이 있었고 한대에는 어복현(魚腹縣)이었다. 서한 말기 왕망 정권 때 공손술(公孫述)이 사천에 할거하면서 "전각 앞 우물에서 백룡이 나왔다"는 전설에 의탁하여 기원전 25년(建武 원년) 자칭 '백제'(白帝)라 하고 어복(魚腹)을 '백제성'이라 개명하였다. 성벽과 유적지는 지금도 어렴풋이 남아 있다. 삼국시기에 촉한의 유비가 오나라를 공격하러 갔다가 육손(陸遜)의 화공에 칠백 리 병영이 불타고 대패하여 백제성에 돌아온 일이 유명하다. 이곳은 곧 구당협(瞿塘峽)의 시작이자 삼협의 시작으로, 여기에서 동쪽으로 호북성의 창현 남진관(南津關)에 이르기까지 전체 길이 193킬로미터의 삼협이 이어진다.

路幽必爲鬼神奪,　　　　　　길이 멀고 으슥하여 분명 귀신들과 싸우고

拔劍或與蛟龍爭.　　　　　　때로 검을 빼들고 교룡과 싸우리라

重爲告曰 : 40)41)　　　　　　이에 다시 한 번 알리니

"杖兮杖兮!　　　　　　　　"지팡이여 지팡이여

爾之生也甚正直,　　　　　　너는 본디 태어나길 바르고 곧았으니

愼勿見水踊躍學變化爲龍 42)43)물가에 가면 뛰어들어 용이 되지 말게나

使我不得爾之扶持,　　　　　그러면 나는 너의 부축을 받지 못하여

滅跡於君山湖上之靑峰."44)　동정호 군산의 봉우리에도 오르지 못하리라"

噫!　　　　　　　　　　　　아아!

風塵澒洞兮豺虎咬人, 45)　　풍진이 가득하고 이리와 늑대가 사람을 물어
　　　　　　　　　　　　　　뜯으니

忽失雙杖兮吾將曷從?　　　　지팡이 두 자루 잃어버리면 내 어떻게 갈 수
　　　　　　　　　　　　　　있으랴?

평석 하늘을 넘어 드높이 날아가니, 한 시대를 가로지른다.(淩空超忽, 橫絶一時.)

해설 763년 촉 지방을 떠나려 재주(梓州)에서 동쪽으로 출발할 때 재주자사 겸 동천유후(東川留後) 장이(章彝)가 도죽 지팡이 두 개를 선사하자 이

---

40)　심주 : 『초사』의 '난과 같다.(猶楚辭之亂曰.)

41)　重(중) : 시 또는 사부(辭賦) 용어로, 작품의 말미에서 내용을 개괄하고 중점을 밝히
　　는 대목을 말한다.

42)　심주 : 글자마다 솟구치고 뛰어오른다.(字字騰擲跳躍.)

43)　愼勿(신물) 구 : 동한 비장방(費長房)이 돌아가려고 하자 호공(壺公)이 대지팡이를 한
　　자루 주면서 이를 타고 가면 어디든지 갈 수 있고, 목적지에 도착하면 지팡이를 호
　　수에 던지라고 하였다. 비장방이 지팡이를 타고 삽시간에 돌아간 다음 지팡이를 호
　　수에 던지고선 돌아보니 용이 되었다. 『신선전』 권5 참조. 이 구는 또 서진의 장화
　　와 뇌환이 풍성에서 보검 두 자루를 발견하였고, 나중에 보검이 용이 된 일을 환기
　　한다.

44)　君山湖(군산호) : 동정호. 호수 가운데에 군산이 있다.

45)　風塵(풍진) : 전란을 비유한다. ○澒洞(홍동) : 끝없이 광막하여 가득한 모양.

를 받고 지은 시이다. 지팡이 재료가 되는 도죽의 생장 환경, 자사가 지팡이를 선사한 정황, 자신의 앞으로의 여정을 서술하고 말미에서 지팡이를 상대로 자신의 여로를 도와 달라고 말하였다. 말미에 대해 일부 시평가들은 용이 군주를 상징하므로 장이가 할거세력으로 남지 않기를 경계한 것으로 보았다. 그러나 강호를 떠도는 자신의 처지를 탄식하고 인생의 길을 찾지 못할까 걱정하는 것으로 보는 것이 적절할 것이다. 나중에 한유가 이러한 칠언고시의 장법과 경계를 모방해 「자주 등나무 지팡이 노래」(紫藤杖歌), 「정군이 기증한 대자리」(鄭群贈簟) 등을 지었다.

위풍 녹사 댁에서 조 장군의 말 그림을 보고(韋諷錄事宅觀曹將軍畵馬圖)[46]

國初已來畵鞍馬,	개국 이래 말을 그린 사람 가운데
神妙獨數江都王.[47][48]	신묘한 솜씨는 오로지 강도왕을 손꼽았지
將軍得名三十載,	장군이 화가로 이름 얻어 삼십 년
人間又見眞乘黃.[49]	인간 세상에 또다시 진정한 승황이 나타났어라
曾貌先帝照夜白,[50][51]	일찍이 현종의 말 '조야백'(照夜白)을 그렸더니

---

46) 韋諷(위풍) : 성도 사람으로 대종(代宗) 때 낭주(閬州) 녹사참군으로 있었다. 두보의 시집에 그에 관한 시가 몇 수 더 있다. ○ 錄事(녹사) : 주군(州郡)에서 문서를 담당하고 부절과 관인을 관리한다. ○ 曹將軍(조장군) : 조패(曹霸). 조조의 증손으로 그림에 뛰어난 조모(曹髦)의 후손이다. 개원 연간에 이미 이름이 났으며, 천보 이래 어명을 받아 어마와 공신을 그렸다. 관직은 좌무위장군(左武衛將軍)까지 올랐다. 『역대명화기』 권9 참조.

47) 심주 : 곽왕 이원궤의 아들이다.(霍王元軌之子.)

48) 江都王(강도왕) : 이서(李緒). 곽왕 이원궤의 아들이자 당 태종의 조카로 서화에 능했으며 말을 잘 그렸다. 관직은 금주(金州)자사에 이르렀다.

49) 乘黃(승황) : 등황(騰黃), 취황(翠黃), 자황(紫黃), 비황(飛黃), 자황(訾黃) 등 이명이 많다. 전설에 나오는 노란 색의 신마(神馬)로, 황제(黃帝)가 탔다고 하며 말 몸에 용 날개를 지녔다고 한다.

50) 심주 : 말미 단락의 복선이다.(伏末段.)

51) 先帝(선제) : 현종을 가리킨다. ○ 照夜白(조야백) : 현종이 타던 두 마리 준마 가운데

龍池十日飛霹靂.[52)	용지 연못에서 열흘간 벽력이 날았다지
內府殷紅瑪瑙盤,[53)	궁중 창고에 있는 검붉은 마노 소반
婕妤傳詔才人索.[54)	첩여에게 명령하고 재인에게 찾게 하여
盤賜將軍拜舞歸,	장군에게 하사하자 기뻐 춤추듯 돌아갔고
輕紈細綺相追飛.[55)	가벼운 견사 고운 비단 잇달아 하사되었지
貴戚權門得筆跡,[56)	귀족들과 권세가들 그의 필적 얻으니
始覺屏障生光輝.	비로소 병풍에 광휘가 발함을 알게 되었지
昔日太宗拳毛騧,[57)	예전에 태종의 명마 권모왜(拳毛騧)
近時郭家師子花.[58)	최근에 곽자의에 하사한 사자화(師子花)
今之新圖有二馬,[59)	지금 새로 그린 그림에 두 말을 넣으니
復令識者久歎嗟.	알아보는 사람들이 오래도록 찬탄하더라
此皆騎戰一敵萬,[60)	이들은 모두 한 필 말로 만 필을 대적했으니
縞素漠漠開風沙.[61)	흰 명주에서 막막하게 모래 바람이 일어난다

하나. 다른 한 마리는 옥화총(玉花驄)이다. 『명황잡록』(明皇雜錄) 참조.

52) 龍池(용지) : 장안 융경방(隆慶坊, 지금의 흥경공원)에 있었던 연못. 현종이 즉위하기
전 융경방의 저택 동쪽에 오래된 우물이 있었는데 갑자기 물이 솟아 연못이 되었다.
그 속에서 가끔 황룡이 나타나곤 하였다. 현종이 즉위한 후 용지라 이름 붙였다.
『당육전』(唐六典) 권7 참조. 이 구는 그림 속의 말이 실제와 같아 용지의 용이 이에
감응하여 천둥을 일으키며 나타났다는 뜻이다.

53) 內府(내부) : 궁중의 창고.

54) 婕妤(첩여) : 궁중의 여관(女官). 아홉 명을 두며 정3품이다. ○傳詔(전조) : 임금의
명령을 전달하다. ○才人(재인) : 궁중의 여관. 다섯 명을 두며 정5품이다.

55) 輕紈(경환) : 가벼운 견사로 만든 옷. ○細綺(세기) : 섬세한 문양이 들어간 비단.

56) 貴戚(귀척) : 황제의 종친과 외척. ○權門(권문) : 조정의 고관.

57) 拳毛騧(권모왜) : 당 태종 이세민이 타던 여섯 필의 준마 가운데 하나이다. 그 형상이
소릉(昭陵) 북궐 아래에 부조되어 있으므로 병칭하여 '소릉 육준(昭陵六駿)'이라 한다.
입은 검고 털이 곱슬거리며 누렇다. 원래 대주(代州)자사 허낙인(許洛仁)이 이세민에
게 바친 것으로, 이세민이 하북을 평정하고 낙수에서 유흑달(劉黑闥)을 칠 때 탔다.

58) 師子花(사자화) : 준마 이름. 대종(代宗) 때 범양절도사 이덕산(李德山)이 헌상하였
다. 몸에 구화문(九花紋)이 있어 구화규(九花虯)라고도 부른다. 대종이 곽자의(郭子
儀)에게 하사하였다. 『두양잡편』(杜陽雜編) 권상 참조.

59) 심주 : 그림 속에 말을 바르게 그렸다.(畵馬正位.)

60) 一敵萬(일적만) : 한 필이 만 필을 맞서다.

其餘七匹亦殊絶,　　　그 밖의 일곱 필도 또한 뛰어나서
逈若寒空動煙雪.　　　머나먼 겨울 하늘에 눈발이 펄럭이는 듯하네
霜蹄蹴踏長楸間,[62]　　발굽은 개오동나무 늘어선 한길을 박차니
馬官厮養森成列.[63]　　마관과 말꾼들이 나란히 늘어섰어라
可憐九馬爭神駿,　　　멋지구나, 아홉 필이 신준(神駿)을 다투니
顧視淸高氣深穩.[64]　　돌아보는 눈길이 청고하고 기세가 당당하여라
借問苦心愛者誰?　　　묻노니 마음 쓰고 사랑하는 자 누구인가?
後有韋諷前支遁.[65]　　앞에는 지둔이 있고 뒤에는 위풍이 있어라
憶昔巡幸新豐宮,[66]　　기억하노니 현종이 신풍 화청궁에 행차할 때
翠華拂天來向東.[67]　　비취 깃발이 하늘을 스치며 동으로 향했지
騰驤磊落三萬匹,[68]　　뛰고 달리며 우글거리던 삼만 필
皆與此圖筋骨同.　　　그 모두가 이 그림 속 준마의 근골과 같았었지
自從獻寶朝河宗,[69][70]　하백이 보물을 헌상하자 주 목왕이 돌아간 것처럼
無復射蛟江水中.[71][72]　현종도 다시는 강에서 교룡을 쏘는 위엄이 없어졌어라

---

61)　縞素(호소): 흰 명주. 그림을 그리는 바탕. ○漠漠(막막): 가득 찬 모양. ○開(개):
　　일어나다.
62)　長楸間(장추간): 한길. 추(楸)는 개오동나무. 한길의 양쪽에 개오동나무를 심었다.
63)　厮養(시양): 하인.
64)　심주: 재주와 품덕이 함께 드러난다.(才德並見.)
65)　支遁(지둔): 동진(東晉)의 고승. 지둔은 항상 말 몇 필을 길렀다. 어떤 사람이 승려
　　가 말을 기르는 것은 우아하지 않다고 말하자 지둔은 "그 웅건하고 굳셈을 좋아하기
　　때문이오"(貧道重其神俊)라 대답했다. 『세설신어』 「언어」(言語) 참조.
66)　新豐宮(신풍궁): 화청궁을 말한다. 여산(驪山) 서남록에 있다. 현종은 매년 시월에
　　여기에 가서 겨울을 보냈다.
67)　翠華(취화): 물총새 깃털로 장식한 깃대 위의 깃발. 황제의 의장으로 쓴다.
68)　騰驤(등양): 뛰어오르며 내달리다. ○磊落(뇌락): 많은 모양.
69)　심주: 주 목왕으로 현종을 비유하였다.(以穆王比明皇.)
70)　河宗(하종): 황하의 신으로 알려진 하백(河伯)을 가리킨다. 목천자(주 목왕)가 서쪽
　　으로 순행을 할 때 하종이 알현하고 보물을 바쳤다. 『목천자전』 권1 참조.
71)　심주: 다시 한 무제로 현종을 비유하였다.(又以漢武比.)
72)　射蛟(사교): 교룡을 쏘다. 한 무제가 기원전 106년(元封 5년) 겨울, 남으로 순수 갈
　　때 심양에서 배를 타고 가다가 교룡을 쏘아 잡았다. 『한서』 「무제기」 참조.

君不見　　　　　　　　그대 보지 못하는가
金粟堆前松柏裏,[73][74]　금속산 무덤 앞의 소나무와 측백나무 숲에
龍媒去盡鳥呼風![75]　　준마는 모두 떠나고 새들만 바람 속에 우는 것을!

평석 '조하종'은 하백이 알현하여 보물을 헌상함을 말하였다. 『목천자전』의 뜻을 썼으니, 분명 현종의 사천 행차를 가리키며 말한 것이다.('朝河宗', 言河宗朝而獻寶也. 用穆天子傳意, 應指明皇西幸而言.) ○ 그림 속의 말에서 실제의 말로 나아갔고, 실제의 말에서 천자의 순행으로 나아갔으니, 옛 군주의 은혜를 두고두고 잊지 못한 것이다. 이는 제목에서 한 걸음씩 나아간 방법이다.(因畫馬說到眞馬, 因眞馬說到天子巡幸, 故君之恩, 惓惓不忘, 此題後拓開一步法.)

해설 위풍(韋諷)의 저택에서 조패(曹霸)가 그린 「구준도」(九駿圖)를 보고 지었다. 먼저 조패의 솜씨와 명예를 서술하고, 그림 속 준마들의 웅자를 그렸다. 말미에서 말의 성쇠에서 나라의 성쇠를 연상하여 애통한 심정으로 마무리하였다. 준마들의 모습을 묘사한 대목은 특히 생생하다. 764년 성도에서 엄우의 막부에 있을 때에 지었다.

단청의 노래(丹靑引)[76][77]

將軍魏武之子孫,[78]　　장군은 위 무제(魏武帝) 조조(曹操)의 후손으로

---

73) 심주 : 현종의 능묘이다.(明皇陵.)
74) 金粟(금속) : 금속산. 현종이 묻힌 태릉(泰陵)의 소재지. 지금의 섬서성 포성현(蒲城縣) 동북에 소재.
75) 龍媒(용매) : 준마. 한대 교사가(郊祀歌) 중 「천마」에 "천마가 왔나니, 용의 짝이어라"(天馬徠, 龍之媒.)란 구절이 있다. 천마는 용의 부류이므로, 천마가 왔으니 용도 반드시 올 것이라 여긴다는 뜻이다. 이 말에서 후인들은 준마를 '용매'(龍媒)라 하였고, 천리마를 '용마'(龍馬)라 하였다.
76) 원주 : "조패 장군에게."(原注 : "贈曹將軍霸.")
77) 丹靑(단청) : 단사와 청확. 적색과 청색. 여기서는 그림을 가리킨다. ○引(인) : 악곡의 체재.

於今爲庶爲淸門.[79]　　　지금은 서인이 되어 집안이 청빈하여라
英雄割據雖已矣,[80][81]　　선조의 영웅할거는 이미 오래전 일이지만
文彩風流今尙存.[82]　　　문채와 풍류는 아직도 남아있어라
學書初學衛夫人,[83]　　　처음에는 위부인(衛夫人)의 서법을 배웠지만
但恨無過王右軍.[84]　　　안타깝게도 왕희지를 넘어서지 못했지
丹靑不知老將至,[85]　　　그 후 단청에 몰입하여 늙어가는 줄도 몰랐고
富貴於我如浮雲.[86]　　　부귀를 뜬구름으로 여겼지
開元之中常引見,[87]　　　개원 연간에 자주 천자의 부름을 받아
承恩數上南薰殿.[88]　　　은총을 입어 여러 번 남훈전에 올랐지
凌煙功臣少顏色,[89]　　　능연각의 공신 화상이 퇴색해지자

---

78)　將軍(장군) : 조패(曹霸). 앞의 시 참조. ○魏武(위무) : 위 무제(魏武帝) 조조(曹操).

79)　庶(서) : 서인. 백성. ○淸門(청문) : 한문(寒門). 조패는 현종 말기에 죄를 지어 관직
　　이 삭탈되고 서인이 되었다.

80)　심주 : 정통으로 여기지 않으니, 시 속에 역사가의 필법이 있다.(不以正統與之, 詩中
　　史筆.)

81)　英雄割據(영웅할거) : 동한 말기 조조가 할거한 일을 가리킨다.

82)　文彩(문채) : 시문의 색채와 풍격. 조조는 시에 뛰어났다. ○風流(풍류) : 유풍. 전해
　　오는 풍모.

83)　衛夫人(위부인) : 위삭(衛鑠, 272~349년). 동진 여음(汝陰)태수 이구(李矩)의 처. 유명
　　한 여성 서예가로 특히 예서에 뛰어났다. 왕희지가 그녀에게서 서예를 배웠다.

84)　王右軍(왕우군) : 왕희지. 동진의 서예가로 역대로 '서성'(書聖)으로 추앙되었다. 관직
　　이 우군장군(右軍將軍)에 이르렀다.

85)　丹靑(단청) 구 : 조패가 그림 공부에 전념하였음을 말한다. 『논어』「술이」(述而)에 공
　　자가 자신을 가리켜 "분발하여 식사마저 잊고, 즐거움으로 인해 근심조차 잊으며, 장
　　차 노년이 오는 것도 알지 못한다"(發憤忘食, 樂以忘憂, 不知老之將至.)는 말이 있다.

86)　富貴(부귀) 구 : 『논어』「술이」(述而)에 나오는 "의롭지 못하게 얻는 부귀는 나에게
　　있어 뜬구름과 같다"(不義而富且貴, 於我如浮雲.)는 말을 이용하였다.

87)　引見(인견) : 사람을 불러 보다. 여기서는 황제의 부름에 응하여 알현하다.

88)　南薰殿(남훈전) : 장안의 흥경궁(興慶宮) 안에 있는 궁전. 『장안지』(長安志)에 "흥경
　　전 앞에는 영주문이 있고 안에는 남훈전이 있으며 북에는 용지가 있다"(興慶殿 : 前
　　有瀛洲門, 內有南薰殿, 北有龍池.)고 하였다.

89)　凌煙功臣(능연공신) : 능연각에 그려진 공신들. 643년 당 태종이 염립본에게 능연각
　　에 안치할 장손무기 등 스물네 명의 화상을 그리게 하였다. ○少顏色(소안색) : 시간
　　이 오래 지나 물감이 퇴색하다.

將軍下筆開生面.[90][91]　　장군이 붓을 대자 새로운 경계가 열렸지

良相頭上進賢冠,[92]　　어진 재상은 머리 위에 진현관을 쓰고

猛將腰間大羽箭.[93]　　용맹한 장수는 허리에 대우전을 찼더라

褒公鄂公毛髮動,[94]　　단지현과 위지경덕은 수염과 머리카락 휘날리고

英姿颯爽來酣戰.[95]　　전투에서 막 돌아와 영용하고 위풍이 늠름하더라

先帝天馬玉花驄,[96]　　현종의 천마 옥화총(玉花驄)

畫工如山貌不同.[97]　　화공이 많아도 그 정신을 그리지 못한지라

是日牽來赤墀下,[98]　　이날 붉은 계단 아래 끌고 오니

迥立閶闔生長風.[99]　　우뚝 선 모습에 궁문 안에 바람이 일어났지

詔謂將軍拂絹素,　　황제의 명이 떨어지자 장군은 흰 견사를 펼치고

意匠慘澹經營中.[100]　　구성을 거듭하고 포치에 고심하고 고심하였지

斯須九重眞龍出,[101]　　순식간에 궁궐에서 용 같은 말이 튀어나와

一洗萬古凡馬空.[102]　　만고의 수많은 말들을 모두 쓸어버렸지

玉花却在御榻上,[103]　　그려진 옥화총이 어탑(御榻) 위에 오르니

---

90) 심주: 사람을 그리는 일을 이끌었다.(以畫人引起.)

91) 開生面(개생면): 새로운 의경을 창조하다.

92) 良相(양상): 능연각 공신 가운데 문신을 말한다. ○進賢冠(진현관): 문관이 조회 때 쓰는 관모.

93) 猛將(맹장): 능연각 공신 가운데 진숙보(秦叔寶)와 같은 무신을 말한다.

94) 褒公(포공): 단지현(段志玄). 포국공(褒國公)에 봉해졌다. ○鄂公(악공): 위지경덕(尉遲敬德). 악국공(鄂國公)에 봉해졌다.

95) 颯爽(삽상): 호매하고 준수한 모양.

96) 先帝(선제): 현종. ○玉花驄(옥화총): 현종이 타던 준마. 앞의 시 참조.

97) 畫工如山(화공여산): 화공들이 수없이 많다. ○貌不同(모부동): 그 정신을 닮게 그리지 못했다. 모(貌)는 동사로 쓰였으며 ‘그리다’는 뜻이다.

98) 赤墀(적지): 궁중의 계단. 붉은 색을 칠하므로 적지라 하였다.

99) 閶闔(창합): 천궁의 문. 여기서는 궁문. ○生長風(생장풍): 바람이 일어나다. 말의 정신이 진작되어 떨쳐 일어난 모양을 비유한다.

100) 意匠(의장): 구상. ○慘澹經營(참담경영): 고심하여 배치하고 설계하다.

101) 斯須(사수): 삽시간. ○九重(구중): 구중궁궐. ○眞龍(진룡): 준마.

102) 심주: 종이 위에 신령이 힘이 깃드니 마치 언덕이 솟아오른 듯하다.(神來紙上, 如堆阜突出.)

103) 玉花(옥화): 옥화총. ○御榻(어탑): 황제가 앉는 작은 상. 여기서는 상 옆의 병풍.

榻上庭前屹相向.[104]　　그림의 말과 마당의 말이 우뚝 서서 마주 보았지

至尊含笑催賜金,　　　　현종이 웃으며 황금을 하사하라 재촉하니

圉人太僕皆惆悵.[105]　　어인과 태복이 길렀던 말보다 뛰어났기에 근심하였지

弟子韓幹早入室,[106]　　제자 한간(韓幹)은 일찌감치 입실의 경지에 들어

亦能畵馬窮殊相.[107]　　각양의 말을 각기 다르게 그리는데 능하였더라

幹惟畵肉不畵骨,[108]　　한간은 살만 그리고 뼈는 그리지 않아

忍使驊騮氣凋喪.[109][110]　화류마가 기운이 없이 시들하더라

將軍善畵蓋有神,　　　　장군의 그림은 마치 신이 돕는 듯 뛰어나

必逢佳士亦寫眞.[111][112]　반드시 훌륭한 선비를 만나야 초상을 그렸는데

卽今漂泊干戈際,　　　　지금은 전란 중에 떠돌아

屢貌尋常行路人.　　　　길가는 보통 행인을 자주 그렸지만

途窮反遭俗眼白,[113][114]　곤궁한데다 속인의 백안시를 받으니

世上未有如公貧.　　　　세상에 그대같이 빈궁한 사람이 없어라

但看古來盛名下,　　　　예부터 이름 높은 위인들 생각하면

終日坎壈纏其身.[115][116]　그 모두가 평생 동안 고생하였던 것을!

---

104) 榻上(탑상) : 어탁 위의 말 그림. ○庭前(정전) : 마당 앞에 있는 실제의 말. ○屹相向(흘상향) : 서로 마주보고 우뚝 서 있다. 실제와 그림이 구분이 가지 않는다.

105) 圉人(어인) : 마부. ○太僕(태복) : 태복시의 관원. 태복시는 황제의 수레와 말을 관리하는 기관이다. ○惆悵(추창) : 근심하다.

106) 韓幹(한간) : 화가. 대량(大梁) 사람으로, 관직은 태부시승(太府寺丞)에 이르렀다. 인물을 잘 그렸으며, 특히 말에 뛰어났다. ○入室(입실) : 높은 경지에 이름. 여기서는 말을 그리는데 있어 스승의 기예를 전수받은 후 인정을 받았다는 뜻.

107) 窮殊相(궁수상) : 각양의 모습을 모두 핍진하게 그려냄.

108) 畵肉(화육) : 살찌게 그리다. ○畵骨(화골) : 말의 정신과 풍골을 그리다.

109) 심주 : 조패가 그림을 잘 그리는 것을 반대로 돋보인 것이지, 한간을 낮춘 것이 아니다.(反襯霸之盡善, 非必貶幹也.)

110) 氣凋喪(기조상) : 기상이 시들고 없다. 준마의 기상을 갖추지 못하다.

111) 심주 : 여전히 사람 그리는 데로 돌아왔다.(仍歸畵人.)

112) 寫眞(사진) : 사람의 용모를 그린 그림. 일반적으로 초상화를 가리킨다.

113) 심주 : 조패는 좌위장군으로 나중에 관직이 삭탈되었다.(霸爲左衛將軍, 後削籍.)

114) 遭俗眼白(조속안백) : 속인의 무시를 당하다. 안백(眼白)은 백안(白眼)과 같다.

115) 심주 : 다른 방향에서 통합하여 마무리를 지었다.(推開作結.)

평석 화가를 그리고 말을 그려 주객을 함께 드러내면서 종횡으로 마음 가는 대로 변화를 부렸다. 마음에서 얻은 형상을 손이 따랐으니, 마치 사람의 힘이 아니라 조물주가 이룬 듯하다. 이 작품에 이르러 최고의 수준에 이르렀다.(畵人畵馬, 賓主相形, 縱橫跌宕, 此得之於心, 應之於手, 有化工而無人力, 觀止矣!)

해설 조패(曹覇)의 그림을 중심으로 그의 인생을 묘사한 시로, 시로 쓴 한 편의 전기(傳記)라 할 수 있다. 조패의 가문과 경력, 능연각 공신에 대한 화사(畵事), 옥화총에 대한 화사, 만년의 참담한 처지와 실의를 서술하였다. 시는 여러 가지 대비로 이루어졌는데, 예컨대 서법과 그림, 사람 그리기와 말 그리기, 실제 말과 그림 속의 말, 화공들과 조패, 한간과 조패, 성황과 쇠락 등으로 후자를 강조하기 위해 전자를 덧대는 방법을 사용하였다. 이러한 조패의 인생 화권(畵卷)을 펼침으로써 궁중에서 좌습유로 있었던 적이 있는 두보 자신의 처지를 환기하며, 그 성쇠의 과정은 시대의 변화와 일치하여, 조패로부터 두보를 보고, 두보로부터 시대를 생각하게 한다. 764년 성도에서 지었다.

농으로 지은 화경의 노래(戲作花卿歌)[117][118]

成都猛將有花卿,	성도에 용맹한 장수로 화경(花卿)이 있으니
學語小兒知姓名.[119]	말을 배우는 어린 애들도 그 이름 안다네

---

116) 坎壈(감람) : 힘겨운 처지에 있다. 순조롭지 못하다.
117) 심주 : 화경정.(花敬定.)
118) 花卿(화경) : 화경정. 서천절도사 최광원의 부장으로 단자장의 난을 평정하는데 공을 세웠다.
119) 學語小兒(학어소아) : 말 배우는 어린 아이. 남조 제나라 환강(桓康)은 제 무제(齊武帝)가 거병하자 이를 따르며 용감하게 싸웠는데, 지나가는 마을마다 폭행을 자행해 강남 사람들이 두려워하였고, 아이들은 그 이름만 들어도 공포에 떨었다. 『남사』「환강전」 참조. 화경도 난을 평정하는 동안 부녀자에게 금은 팔찌가 있으면 그 팔을 잘라

用如快鶻風火生, [120]	빠르기는 송골매라 코끝에 불이 나고 귀 뒤에 바람 일듯
見賊惟多身始輕. [121]	적이 많을수록 손발이 가볍고 재빠르다네
綿州副使[122]著柘黃, [123]	면주부사 단자장(段子璋)이 천자의 옷을 입고 참칭하니
我卿掃除卽日平. [124]	우리의 화경이 쓸어내어 그 날로 평정해버렸네
子璋髑髏血糢糊,	피와 살이 곤죽이 된 단자장의 두개골
手提擲還崔大夫. [125]	손으로 끌고 와 최광원(崔光遠)에게 던져주었네
李侯[126]重有此節度,	이환(李奐)이 다시 동천절도사를 맡게 되니
人道我卿絶世無.	사람들은 우리 화경이 세상에 다시없다 칭송하네
旣稱絶世無,	세상에 다시없다 칭송하니
天子何不喚取守東都?[127)[128]	천자는 어찌 불러다 낙양을 지키게 아니하는가?

취하는 등 수천 명을 남살하고 재산을 약탈하였는데 최광원도 제지하지 못하였다.

120) 鶻(골) : 송골매. ○風火生(풍화생) : 바람과 불이 일어나다. 남조의 양나라 장수 조경종(曹景宗)이 향리에서 말을 타고 사냥할 때의 일을 말하며 "귀 뒤에서 바람이 일어나고 코끝에서 불이 나는 듯하여, 그 즐거움이 죽음마저 잊게 했지"(覺耳後生風, 鼻頭出火, 此樂使人忘死.)라 했다. 『남사』「조경종전」 참조.

121) 身始輕(신시경) : 투지가 불타올라 몸이 들썩인다는 뜻이다.

122) 심주 : 단자장.(段子璋.)

123) 綿州副使(면주부사) : 면주는 동천절도사 치소로, 당시 절도사는 이환이었다. 단자장은 재주자사 겸 면주부사로 있었던 것으로 보인다. 단자장이 반란을 일으키자 이환은 성도로 달아났으며, 단자장은 면주를 황룡부(黃龍府)로 만들고 자신을 왕이라 칭하고 백관을 설치하였다. ○柘黃(자황) : 산뽕나무의 즙으로 만든 적황색 안료. 수당 이래 제왕의 의복을 염색하는 안료로 쓰였다. 여기서는 용포를 가리키며, 단자장이 왕을 참칭한 일을 말한다.

124) 我卿(아경) : 화경(花卿).

125) 심주 : 최광원.(崔光遠.)

126) 심주 : 이환.(李奐.)

127) 심주 : 나중에 분란을 조장할 수 있으므로 촉 지방에 남기는 게 적절하지 않음을 보였다.(見不宜留蜀, 以滋後亂.)

128) 東都(동도) : 낙양. 당시 사조의(史朝義)가 부친 사사명을 죽이고 낙양을 점거하고 있었다.

평석 이환(李奐)은 성도로 달아났다가 나중에 다시 동천절도사가 되었으므로 '다시 동천절 도사 맡게 되니'라고 하였다.(李奐出奔成都, 後復鎭東川, 故曰'重有此節度'也.)

해설 화경(花卿)의 공로에 대해 칭찬의 방식으로 비판한 시이다. 761년 4 월 재주자사 단자장(段子璋)이 반란을 일으키자 5월에 서천절도사 겸 성 도윤 최광원(崔光遠)이 화경을 데리고 가 평정하고 단자장을 참수하였다. 화경은 더 나아가 동천(東川)까지 휩쓸었고 자신의 공을 믿고 자만하였 다. 역대로 이 시는 단순한 칭송이라는 설도 있었지만, 「화경에게」(贈花 卿)와 마찬가지로 비판의 어조가 있는 것으로 보았다. 761년(上元 2년) 성 도에서 지었다.

겨울 사냥의 노래(冬狩行)[129]

君不見	그대 보지 못하는가
東川節度兵馬雄,[130]	동천절도의 병마가 얼마나 웅장한지
校獵亦似觀成功![131]	사냥도 개선 장면 보는 듯함을!
夜發猛士三千人,	야밤에 용맹한 병사 삼천 명이 출발해
淸晨合圍步驟同.[132]	새벽에 보조를 맞추어 포위를 좁혀가자
禽獸已斃十七八,	짐승들은 열에 칠팔이 벌써 죽고
殺聲落日廻蒼穹.	살육의 소리에 떨어지는 태양도 멈추었다네

---

129) 원주 : "당시 재주자사 장이가 시어사 및 동천유후를 겸하고 있었다."(原注 : "時梓州 刺史章彝兼侍御史留後東川.")
130) 東川節度(동천절도) : 장이(章彝)를 가리킨다. 761년 2월에 동천절도사와 서천절도사 를 나누어 설치하였으며, 동천절도는 재주에 치소를 두었다. 당시 동천절도사가 공 석이어서 장이가 동천절도유후로 절도사의 직권을 대행하고 있었다.
131) 校獵(교렵) : 일정한 지역을 울타리로 둘러쳐 짐승의 이동을 제한하고 하는 사냥. 교 (校)는 목책을 말한다. ○觀成功(관성공) : 전쟁에 이겨 개선을 알리다.
132) 合圍(합위) : 사방에서 포위하다. ○步驟同(보취동) : 보조를 일치시키다.

幕前生致九青兕,[133]　　휘장 앞으로 아홉 마리 물소가 사로잡혀 오고

駱駝嶐峗垂玄熊.[134]　　드높은 낙타에는 검은 곰이 늘어져있네

東西南北百里間,　　동서남북 백 리 안에

髣髴蹴踏寒山空.[135]　　추운 산이 텅 비도록 거의 다 밟았어라

有鳥名鸜鵒,[136]　　구관조란 새가 있으니

力不能高飛逐走蓬,　　힘이 없어 날지도 못하고 쑥대머리에 뒹굴고

肉味不足登鼎俎,[137]　　맛이 없어 솥과 적틀에 오르지도 못하는데

何爲見羈虞羅中?[138]　　무엇 때문에 그물에 붙잡혔는가?

春蒐冬狩侯得同,[139]　　봄 사냥과 겨울 사냥은 자사도 할 수 있거니와

使君五馬[140]一馬驄.[141][142]　　그대는 다섯 필 끄는 자사이자 총마 타는 시어사
　　　로다

況今攝行大將權,[143][144]　　하물며 지금은 대장의 직권을 대행하므로

號令頗有前賢風.　　호령에는 전임자의 유풍이 있어라

飄然時危一老翁,[145]　　나는 난리 속을 떠도는 한 노옹으로

---

133)　生致(생치) : 사로잡다. ○ 靑兕(청시) : 물소.

134)　嶐峗(뇌위) : 높고 큰 모양.

135)　髣髴(방불) : 仿佛이라고도 쓴다. 비슷하다. 닮다. 마치. 대개.

136)　鸜鵒(구욕) : 구관조. 생김새는 까마귀와 비슷하며, 사람의 말이나 다른 새의 울음소
　　리를 곧잘 흉내낸다.

137)　鼎俎(정조) : 솥과 적틀. 모두 제사지낼 때 제물을 담는 용기이다. 서진 장화(張華)의
　　「초료부」(鷦鷯賦)에 "고기는 적틀에 올리지 못하고"(肉弗登於俎味)란 말이 있다.

138)　見羈(견기) : 잡히다. ○ 虞羅(우라) : 우인(虞人, 정원을 관장하는 관리)의 그물.

139)　春蒐(춘수) 봄철 사냥. 『주례』(周禮)에서 천자는 겨울과 봄에 사냥을 한다고 규정하
　　였다. 나중에 제후들도 사냥할 수 있었다. ○ 侯(후) : 제후. 당대에는 자사(刺史)가
　　고대의 제후에 해당한다. 여기서는 재주자사 장이를 가리킨다.

140)　심주 : 자사.(刺史.)

141)　심주 : 시어.(侍御.)

142)　五馬(오마) : 한대 태수(자사)가 출행할 때는 말 다섯 필이 끄는 수레를 타므로, 오마
　　(五馬)는 자사를 의미한다. ○ 驄(총) : 총마. 털빛이 청색과 흰색이 섞여 있는 말. 시
　　어사가 타는 말. 장이는 시어사를 겸직하였다.

143)　심주 : 유후.(留後.)

144)　攝行(섭행) : 대행하다. 겸직하다. ○ 大將權(대장권) : 장이가 동천유후로 절도사 직
　　권을 대행함을 말한다. 대장(大將)은 절도사를 가리킨다.

十年厭見旌旗紅.[146]　　　십 년 동안 붉은 기치 보는 것도 지쳤어라

喜君士卒甚整肅,　　　그대의 사졸들이 엄정한 걸 보니 기쁜데

爲我廻轡擒西戎.[147)148]　　나를 위해 고삐 돌려 티베트군을 잡아 오게나

草中狐兔盡何益?　　　풀 속의 여우 토끼 다 잡은들 무슨 이익 있으리오?

天子不在咸陽宮.[149]　　천자가 지금 장안성에 없는 걸

朝廷雖無幽王禍,[150]　　조정에는 비록 주 유왕(周幽王) 같은 비극은 없더
　　　　　　　　　　　　라도

得不哀痛塵再蒙?[151]　　다시 몽진을 떠났으니 애통하지 않은가?

嗚呼!　　　　　　　　아아!

得不哀痛塵再蒙!　　　다시 몽진을 떠났으니 애통하지 않은가!

평석 응당 적과 싸우고 군주에게 충성해야지, 사냥으로 자신의 무용을 과시해선 안 된다고 말하였다. 큰 소리로 질책하고 부르짖으니 귀신이 놀랄 듯하다.(言當敵愾勤王, 不宜以校獵自 誇英武也. 大聲疾呼, 鬼神欲泣.)

해설 재주자사 장이(章彝)가 군사를 동원하여 수렵하는 성황을 그리고, 사 냥에 나가는 군사로 나라를 위해 티베트를 막아줄 것을 권하였다. 763년 겨울 재주에서 지은 것으로, 그해 10월 장안이 함락되고 대종이 피난 간

---

145) 심주 : 자신을 말한다.(自謂.)
146) 十年(십년) : 755년 안사의 난 이래 지금까지 근 십 년을 가리킨다. ○旌旗紅(정기홍)
　　 : 깃발이 붉다. 전란을 가리킨다.
147) 심주 : 티베트.(吐蕃.)
148) 廻轡(회비) : 말을 돌리다.
149) 天子(천자) : 대종(代宗)을 가리킨다. ○咸陽宮(함양궁) : 진대의 황궁. 장안궁을 가리
　　 킨다. 바로 전인 763년 10월에 티베트가 장안을 함락시키자, 대종이 섬주(陝州)로 피
　　 난하였다가 12월에 비로소 장안에 돌아갔다. 두보가 이 시를 지을 때는 대종이 이미
　　 환궁했지만 아직 그 소식을 듣지 못하였다.
150) 幽王禍(유왕화) : 기원전 771년 주 유왕(周幽王)이 여산(驪山) 아래에서 견융(犬戎)에
　　 의해 살해되고, 서주가 망하였다. 『사기』 「주본기」(周本紀) 참조.
151) 심주 : 현종이 이전에 몽진하였으므로 재차 몽진한다고 말했다.(明皇已蒙塵, 故云再蒙.)

상황을 애통해 하는 마음이 깔려 있다.

낭산 노래(閬山歌)

閬州城東靈山白,[152]	낭주성 동쪽에는 영산(靈山)이 하얗고
閬州城北玉臺碧.[153]	낭주성 북쪽에는 옥대관(玉臺觀)이 푸르러
松浮欲盡不盡雲,	솔숲에는 사라질 듯 사라지지 않는 구름이 흐르고
江動將崩未崩石.	강물은 무너질 듯 무너지지 않는 바위를 흔들어라
那知根無鬼神會,[154]	산기슭에는 귀신들이 지키는지 어찌 알리오?
已覺氣與嵩華敵.[155]	산의 기상은 숭산과 화산에 필적하는 걸
中原格鬭且未歸,	중원은 전란이라 아직 돌아가지 못하니
應結茅齋着靑壁.	응당 띠풀집을 푸른 벼랑에 엮어야 하리

해설 낭주(閬州, 지금의 사천성 閬中市)의 빼어난 산을 노래하였다. 특히 낭산의 영묘한 풍광을 그렸으며 중원의 전란에 대비한 평온으로 은거의 심사를 나타냈다. 764년 낭주에서 봄에 지었다.

---

152) 靈山(영산) : 낭주성 동북 십리에 소재. 전설에는 촉왕 별령(鱉靈)이 여기에 올랐기에 이름 지어졌다고 한다. 『신당서』 「지리지」 참조.
153) 玉臺(옥대) : 옥대산. 낭주성 북쪽 칠 리에 소재. 산에는 등왕(滕王) 이원영(李元嬰)이 세운 옥대관이 있다. 두보 시집에 「옥대관」(玉臺觀)이란 시가 있다.
154) 根(근) : 산기슭. ○鬼神會(귀신회) : 귀신들이 모이다.
155) 氣(기) : 기상. ○嵩華(숭화) : 숭산과 화산.

낭수 노래(閬水歌)[156]

嘉陵江色何所似?	가릉강의 물색은 무엇과 같은가?
石黛碧玉相因依.[157]	석대(石黛)와 벽옥(碧玉)이 어울려 있어라
正憐日破浪花出,	하얀 물결 사이로 떠오르는 해가 참으로 좋은데
更復春從沙際歸.[158]	더구나 강가 푸른 모래언덕으로 봄이 돌아오누나
巴童蕩槳敧側過,[159]	노 젓는 파 지방 아이들 배를 기울이며 지나가고
水雞銜魚來去飛.[160]	고기 문 수계(水雞)는 오가며 나는구나
閬中勝事可腸斷,[161]	낭중의 승경이 애 끊도록 아름다운데
閬州城南天下稀.[162]	낭주성 남쪽의 풍광은 천하에도 드물어라

해설 낭주의 수려한 강을 노래하였다. 풍광의 묘사와 더불어 아이들과 수계의 모습을 넣어 봄이 온 강가를 생동적으로 나타내었다. 바로 위의 시와 같은 시기에 지었다.

---

156) 閬水(낭수) : 가릉강. 장강 상류의 주요한 지류 가운데 하나. 섬서성 봉현(鳳縣) 가릉곡(嘉陵谷)에서 발원하여 사천성 낭중을 지나 중경(重慶)에서 장강으로 합류한다.

157) 石黛(석대) : 석묵(石墨). 광물의 하나로, 고대에 여인들이 눈썹먹의 원료로 사용하였다. ○相因依(상인의) : 서로 의지하다. 암청색과 비취색이 융화되어 있다는 뜻이다.

158) 沙際(사제) : 강가의 모래 언덕. 강가에 풀이 먼저 푸르러지므로 봄이 강가 언덕으로 돌아오는 듯하다는 뜻이다.

159) 巴童(파동) : 파 지방의 아이들. 낭중은 고대에 파국에 속했다. ○敧側(기측) : 기울다. 물길이 빠르므로 배도 곧바로 갈 수 없음을 말하였다.

160) 水雞(수계) : 물새의 일종. 수탉과 비슷하며 꼬리가 짧다.

161) 勝事(승사) : 아름다운 경치. ○可腸斷(가장단) : 창자를 끊을 수 있다. 일반적으로 극도의 슬픔을 나타내나, 여기서는 지극히 사랑스러운 정도를 표현한다. 이백의 「고풍」에도 "아침에는 애 끊도록 아름다운 꽃이었다가"(朝爲斷腸花)라는 말이 있다.

162) 天下稀(천하희) : 천하에서 드물다. 낭주성 남쪽 삼 리에 금병산(錦屛山)이 있어 '천하제일'이라 칭해진다. 가릉강은 낭주의 서북에서 내려와 남쪽을 둘러 동북으로 빠져나가며 성의 삼 면을 둘러싸고 있는 형국이며, 특히 성남의 강 건너 풍경이 빼어나다.

월왕루 노래(越王樓歌)[163]

綿州州府何磊落,[164]	면주의 성채는 얼마나 웅장한가
顯慶年中越王作.[165]	현경 연간에 월왕(越王) 이정(李貞)이 지었다지
孤城西北起高樓,	외로운 성 서북에 높은 누대를 세웠으니
碧瓦朱甍照城郭.[166]	비취 기와 붉은 용마루 성곽을 비추어라
樓下長江百丈清,[167]	누대 아래 긴 강은 백 길 깊이로 맑고
江頭落日半輪明.	강가에 떨어지는 해는 반이 걸려 환해라
君王舊跡今人賞,	군왕이 남긴 자취 지금에 와서 완상하니
轉見千秋萬古情.	천추와 만고에 남긴 정이 더욱 돋보이는구나

평석 왕발의 「등왕각」과 비슷하니, 이를 보면 두보의 시는 포함하지 않은 것이 없다.(彷彿王子安滕王閣詩, 見此老無所不有.)

해설 월왕루에 올라 바라본 풍광과 감회를 썼다. 762년 면주에 도착했을 때 지었다.

---

163) 심주 : 태종의 아들 월왕 이정이 면주자사로 임직하면서 이 누대를 지었다.(太宗子越王貞任綿州刺史, 作此樓.)
164) 磊落(뇌락) : 높고 큰 모양.
165) 顯慶(현경) : 당 고종 이치(李治)의 연호. 656~660년. ○越王(월왕) : 당 태종의 8번째 아들 이정(李貞). 수공(垂拱) 연간(685~688년)에 무측천에 반대하여 거병하였으나 실패하여 관직이 삭탈되고 성씨가 훼씨(虺氏)로 바뀌었다.
166) 甍(맹) : 용마루.
167) 長江(장강) : 부강(涪江).

부러진 난간의 노래(折檻行)[168]

嗚呼房魏不復見,[169]	아아, 방현령과 위징 같은 충신 다시 볼 수 없고
秦王學士[170]時難羨.[171]	태종 때의 십팔 학사를 다시 기대하기도 어려워
靑衿冑子困泥塗,[172]	파란 옷의 선비들은 진흙길에서 곤궁한데
白馬將軍若雷電.[173]	백마 장군 어조은은 우레와 번개와 같은 기세로 구나
千載少似朱雲生,	천 년 동안 한대의 주운과 같은 사람 없으니
至今折檻空嶙峋![174]	그때를 본받아 만든 부러진 난간이 부질없이 우

---

168) 折檻(절함) : 부러진 난간. 이는 『한서』「주운전」에 실린 주운(朱雲)의 전고를 가리킨다. 괴리령(槐里令) 주운이 성제(成帝)를 알현했을 때 '상방참마검'(尙方斬馬劍)을 내려주길 청하며 아첨하는 신하 한 사람의 머리를 베어 주위를 경계시키겠노라고 하였다. 성제가 "그 사람이 누구냐?"고 묻자 "승상인 안창후(安昌侯) 장우(張禹)"라고 대답하였다. 성제가 크게 노하여 어사에게 주운을 어전 아래로 끌어내리게 하였다. 이때 주운이 항의하며 어전의 난간을 끌어안았는데 이 때문에 난간이 부러졌다. 나중에 대신들의 권고로 주운은 방면되었다. 난간을 수리할 때 성제는 부러진 난간을 그대로 보존하여 직간하는 신하의 뜻을 알리도록 했다. '주운절함'이란 성어는 여기에서 나왔다.

169) 房魏(방위) : 방현령(房玄齡)과 위징(魏徵). 두 사람 모두 당 태종 때 간언하는 것으로 유명하였다.

170) 심주 : 십팔 학사.(十八學士.)

171) 秦王(진왕) : 당 태종 이세민이 즉위하기 이전의 봉호. ○學士(학사) : 당 태종의 십팔 학사. 621년 이세민이 아직 천책상장군(天策上將軍)이었을 때, 난리가 점차 평정되자 문학관을 지어 사방의 현능한 인재를 초빙하였는데 18명이었다. 당시 사람들이 부러워하여 이를 '영주에 오르다'(登瀛洲)고 하였다. ○難羨(난선) : 본받기 어렵다. 765년 대종은 좌복야 배면(裴冕)과 우복야 곽영예(郭英乂) 등 문무 신하 13인을 선발해 집현관에 대제(待制)로 두고 임금의 물음에 대비하게 하였다. 이는 당 태종의 십팔 학사의 뜻을 본뜬 것이다.

172) 靑衿(청금) : 청색 옷깃. 학사들이 입는 옷으로, 일반적으로 학사를 가리킨다. ○冑子(주자) : 원래 왕후 귀족의 장자로, 모두 국자감에 들어갔으므로 나중에 그 생원을 가리키는 말로 쓰였다. ○泥塗(니도) : 진흙길.

173) 白馬將軍(백마장군) : 삼국시대 무장 방덕(龐德)을 가리킨다. 항상 백마를 타고 다녔다. 여기서는 당시 좌감문위대장군(左監門衛大將軍) 겸 신책군사(神策軍使)가 된 환관 어조은(魚朝恩)을 가리킨다. ○若電雷(약전뢰) : 기세가 사람을 놀라게 한다는 뜻이다.

람해라

婁公[175]不語宋公語,[176][177]　누사공처럼 간언하지 않고 송경을 본받지 않으니
尚憶先皇容直臣.[178]　　직언하는 신하를 용납하신 현종을 기억하노라

평석 766년 환관 어조은이 국자감에 봉해졌기에 이 시를 지었다. 당시 중신들이 힘써 직언하지 않고 전횡하도록 방임한 일을 말했다. 어조은은 신책군절도사를 겸했으므로 '백마장군'에 비유하였다.(永泰二年, 中官魚朝恩判國子監事, 故作此詩. 言當時諸臣不能力爭, 任其橫行也. 朝恩兼神策軍使, 故以'白馬將軍'比之.)

해설 환관의 전횡을 비판하였다. 766년 8월 국자감에서 석전제를 올릴 때 어조은(魚朝恩)이 육군의 장수들을 거느리고 가서 청강하였으며 그의 자제들이 고관이 입는 붉은 예복을 입고 제생으로 참석하였다. 당시 집현관의 대제와 신하들은 누구 하나 바로잡기를 요구하지 않았기에, 두보는 이 일을 직접적으로 비판하였다. 첫 2구는 집현관 대제의 중신들이 당대 초기보다 못함을 탄식하였고, 제3, 4구에서는 교화가 무너져 환관의 자제들이 전횡함을 말하였다. 후반부는 주운(朱雲)과 같이 정치의 폐단을 직언하는 사람이 없음을 개탄하였다. 비판의 초점을 군주에 두지 않고, 신하에 두었다는 점에서 시대적 한계도 드러낸다.

---

174) 嶙峋(인순) : 가파르고 높은 모양. 후대에 궁중에서는 주운의 절함을 본받아 전각의 정중앙 한 칸의 난간을 만들지 않았다.
175) 심주 : 누사덕.(師德.)
176) 심주 : 송경.(璟.)
177) 누사덕(婁師德)은 무측천 집정 때 참지정사로 있었으나 정사에 잘못이 있어도 두려워 말하지 않았다. 그러나 송경(宋璟)은 강직하고 직언을 하여 무측천의 중시를 받았으며, 현종 때도 중신이 되었다.
178) 先皇(선황) : 현종을 가리킨다.

측백나무의 노래(古柏行)

孔明廟前有古柏,[179][180] 제갈량의 사당 앞에 있는 측백나무

柯如靑銅根如石.[181] 줄기와 가지는 청동 같고 뿌리는 돌처럼 단단해

霜皮溜雨四十圍,[182] 윤기 흐르는 흰 껍질은 사십 아름이요

黛色參天二千尺.[183] 하늘을 찌르는 검푸른 빛은 이천 척이라

君臣已與時際會,[184] 군주와 신하의 때 맞춘 만남은 이미 예전 일이나

樹木猶爲人愛惜. 나무만은 여전히 사람들의 아낌을 받고 있어라

雲來氣接巫峽長,[185] 나무 위의 구름과 기운은 긴 무협과 이어지고

月出寒通雪山白.[186] 달빛 아래 한기는 하얀 설산을 비추어라

憶昨路繞錦亭東,[187] 기억하노니 예전에 금강의 정자 동쪽에 길을 돌아

先主武侯同閟宮.[188][189] 유비와 제갈량의 사당이 함께 있었지

崔嵬枝幹郊原古, 오래된 교외의 들판 위에 줄기와 가지 드높고

窈窕丹靑戶牖空. 비어있는 문과 창문에 단청이 깊숙하고 조용했지

---

179) 심주 : 이는 기주 공명 사당의 측백나무이다.(此夔州孔明廟柏.)

180) 孔明廟(공명묘) : 기주에 있는 제갈량 사당. 무후묘(武侯廟)라고도 한다. 두보는 「무후묘」(武侯廟)라는 시도 지었다. 또 「기주가 절구 십 수」(夔州歌十絶句)의 제9수에 "무후 사당을 잊을 수 없으니, 그곳에 있던 하늘 높이 치솟은 측백나무와 소나무"(武侯祠堂不可忘, 中有松柏參天長.)라는 구절이 있다.

181) 柯(가) : 줄기와 가지. ○靑銅(청동) : 고색이 창연하다.

182) 溜雨(유우) : 빗발울이 흘러내리다. 습윤한 모양을 형용하였다. ○四十圍(사십위) : 마흔 명의 사람이 손을 벌려 둘러쌀 정도로 굵다.

183) 黛色(대색) : 눈썹먹의 색. 암청색.

184) 君臣(군신) : 군주와 신하. 유비와 제갈량. ○際會(제회) : 만남.

185) 巫峽(무협) : 장강 중류의 중경시 무산현과 호북성 파동현 사이에 소재한 협곡. 여기서는 삼협을 가리킨다.

186) 雪山(설산) : 성도의 서쪽에 있는 민산(岷山)을 가리킨다.

187) 憶昨(억작) : 작년에 성도를 떠나올 때를 생각하다. ○錦亭(금정) : 성도 초당의 물가에 있는 정자. 금강과 면해 있으므로 금정이라 하였다. 성도 무후사는 초당의 동쪽에 있었다.

188) 심주 : 여기서는 성도의 공명 사당의 측백나무를 생각하였다.(此憶成都孔明廟柏.)

189) 先主(선주) : 유비. ○閟宮(비궁) : 사당. 성도 무후사는 선주 사당에 부속되어 있다.

落落盤踞雖得地,[190]   출중하고 서린 사당은 비록 좋은 땅에 자리 잡았으나
冥冥孤高多烈風.[191]   드높고 고고하여 언제나 세찬 바람 맞았었지
扶持自是神明力,   신명의 힘이 있어 나무를 붙들어 지지하고
正直原因造化功.   대자연의 조화가 나무를 바르고 곧게 하였구나
大廈如傾要梁棟,[192]   거대한 집이 기울면 지지해줄 동량이 필요한데
萬牛迴首邱山重.[193]   소 만 마리가 끌어도 산처럼 무거워 끌지 못하리
不露文章世已驚,[194]   무늬를 드러내지 않아도 세상이 이미 놀라니
未辭剪伐誰能送?[195]   베여 쓰이길 바라나 누가 능히 운반할 수 있으랴?
苦心豈免容螻蟻,[196]   붉고 단단한 심이라 해도 개미의 침입을 막기 어려우나
香葉終經宿鸞鳳.[197]   향기로운 잎에 마침내 난새와 봉황이 깃들리라
志士幽人莫怨嗟,   지사와 은사여, 원망하며 한탄하지 말게나
古來材大難爲用!   예부터 재목이 크면 쓰이기 어려웠더라

평석 중간에 때로 대구가 있으니 「병기와 말을 씻으며」와 같은 격식이다.(中間時有整句, 與

洗兵馬篇同格.) ○ 큰 나무로 동량의 뜻을 기탁하는 것은 시인이면 누구나 할 수 있으나, 이

---

190) 落落(낙락) : 여러 가지 뜻이 있다. 여기서는 빼어나고 출중한 모양. 흔히 쓰는 '낙락
     장송'(落落長松)이란 말에 보인다. ○ 盤踞(반거) : 나무의 줄기가 서리고 단단하다.
     ○ 得地(득지) : 좋은 땅에 뿌리 내리다. 제갈량의 사당 앞에 자라기에 사람들의 애정
     을 받는다는 뜻.
191) 冥冥(명명) : 높고 먼 모양.
192) 梁棟(양동) : 동량(棟梁). 마룻대와 들보. 전각 등 집을 세우게 하는 주요 부분. 측백
     나무를 가리킨다.
193) 萬牛(만우) 구 : 만 마리의 소가 끌어도 움직이지 않는다. 측백나무의 육중함을 형용
     하였다.
194) 不露文章(불로문장) : 다른 나무와 달리 꽃과 잎의 화려함이 없다. 사람의 품질도 동
     시에 환기한다.
195) 심주 : 재능이 있는 선비의 초상이다. 두보는 스스로를 직(稷)과 설(契)에 비유하였지
     만 쓰이지 않았기에 이 의론을 내놓았다.(爲負才之士寫照. 公自比稷契而不見用, 故
     發此議.)
196) 苦心(고심) : 측백나무 심(목질의 한가운데)의 맛이 쓰다. ○ 螻蟻(누의) : 땅강아지와
     개미.
197) 香葉(향엽) : 측백나무의 잎에 향기가 있다. ○宿鸞鳳(숙난봉) : 난새와 봉황이 깃들다.

시는 군신의 만남에서 착안하였기에 비로소 정채로움이 드러났다.(大木寓棟梁意, 人人有之, 從君臣際會着筆, 方見精采.)

해설 기주의 제갈량 사당 앞에 있는 측백나무를 보고 지은 시이다. 수많은 풍상을 겪은 후 추운 하늘 위에 솟아 있는 늙은 측백나무에서 제갈량의 충심을 칭송하고, 여기에서 나아가 유비와의 만남을 부러워하며 자신의 회재불우를 탄식하였다. ‘큰 재목은 쓰이기 어렵다’는 ‘대재난용’(大材難用)은 세상에 대한 질타이면서 자신에 대한 위로이다.

묶인 닭의 노래(縛鷄行)

小奴縛鷄向市賣,	어린 종이 시장에 팔려고 닭을 묶으니
鷄被縛急相喧爭.[198]	묶인 닭이 다급히 울어대며 푸드득거리네
家中厭鷄食蟲蟻,	식구들은 닭이 벌레 쪼아 먹는다고 팔려고 하나
不知鷄賣還遭烹.	팔린 닭은 삶기어 죽는다는 생각은 하지 못하네
蟲鷄於人何厚薄?[199]	어찌하여 벌레는 살리면서 닭은 죽이는가 싶어
吾叱奴人解其縛.	나는 종을 꾸짖어 묶인 닭을 풀어주게 하였네
鷄蟲得失無了時,[200]	닭과 벌레처럼 득과 실을 다투는 일은 수없이 많으니
注目寒江倚山閣.[201]	서각에 기대어 차가운 강물을 바라보노라

---

198) 喧爭(훤쟁) : 닭이 소리치며 몸부림치다.
199) 何厚薄(하후박) : 어찌하여 벌레에게는 후히 대하면서 닭에게는 박하게 대하는가?
200) 無了時(무료시) : 끝날 때가 없다. 끝이 없다. 이 구는 벌레를 살리자니 닭을 죽이게 되고, 닭을 살리자니 벌레를 죽이게 되는 것처럼 세상에는 양자택일이 어려운 일이 많다는 뜻이다.
201) 심주 : 크게 펼치어 마무리를 지었으니 그 오묘함을 말로 다할 수 없다.(宕開作結, 妙不說盡.)

해설 닭이 묶여 팔려가는 모습을 보고 지은 시이다. 닭과 벌레의 상대적 관계에서 어느 한쪽을 선택하기 어려움을 사색하였다. 이는 하나의 비유로 세상에는 그러한 일이 많아 '끝날 때가 없다'(無了時)고 하였다. 송대 진사도(陳師道)는 닭과 벌레의 상대적 득실을 잊고 큰 도리에 뜻을 두려 한다고 해석하였다. 광경과 비유가 선명하며 이취(理趣)가 있다. 766년 기주 서각에 살 때 지었다.

공손대낭의 제자가 추는 춤을 보고 지은 검기의 노래
—서문 붙임(觀公孫大娘弟子舞劍器行[202]幷序)

大曆二年十月十九日, 夔州別駕元持宅見臨潁李十二娘舞劍器,[203][204] 壯其蔚跂,[205] 問其所師, 曰 : "余公孫大娘弟子也." 開元五載余尙童稚,[206] 記於郾城觀公孫氏舞劍器渾脫,[207][208] 瀏灕頓挫,[209] 獨出冠

---

202) 公孫大娘(공손대낭) : 개원 연간에 활동한 저명한 무용가. ○劍器(검기) : 군복을 입고 검을 들고 추는 검무. 『명황잡록』에 공손대낭은 인리곡(隣里曲), 배장군만당세(裴將軍滿堂勢), 서하검기혼타(西河劍器渾脫)를 잘 한다고 하였다.

203) 심주 : 춤에는 「검기」, 「호선」, 「호등」 등의 이름이 있으니 검무가 아님을 알 수 있다. 후인들이 잘못 아는 경우가 많다.(舞有劍器、胡旋、胡騰等名, 則知非舞劍也. 後人用誤者多.)

204) 別駕(별가) : 주(州)의 자사를 보좌하는 관직. 좌사를 따라 순행할 때 별도로 수레를 타고 간다고 해서 만들어진 말이다. ○元持(원지) : 미상. 당시 기주별가였다. ○臨潁(임영) : 허주(許州)의 속현. 지금의 하남성 임영현.

205) 壯(장) : 칭찬하다. ○蔚跂(울기) : 웅혼하고 빛나는 모양.

206) 開元五載(개원오재) : 717년. '재'(載)는 744년부터 사용하였으므로 그 이전의 기년은 '년'이라 해야 하므로 '開元五年'이라 해야 옳다. 당시 두보는 여섯 살이었다.

207) 심주 : 혼타는 무용 이름이며, 脫은 타(駞)로 읽는다. 사람들이 잘못 읽는 경우가 많다.(渾脫, 舞名. 脫音駞. 人多點讀錯者.)

208) 郾城(언성) : 허주(許州)의 속현. 지금의 하남성 언성현. ○渾脫(혼타) : 원래 서북 지방의 민족들이 만들어 쓰던 오양모(烏羊毛)로 만든 모자. 여기서는 이 모자를 쓰고 추는 춤을 말한다. ○劍器渾脫(검기혼탈) : 검기무와 혼타무. 여기서는 이 둘을 혼합한 춤을 의미한다.

209) 瀏灕頓挫(유리돈좌) : 활발하고 유창하며 절주가 풍부하다.

時.[210] 自高頭宜春、梨園二伎坊內人洎外供奉,[211] 曉是舞者, 聖文神武皇帝初,[212] 公孫一人而已. 玉貌錦衣, 況余白首. 今茲弟子, 亦匪盛顏. 旣辨其由來,[213] 知波瀾莫二.[214] 撫事慷慨,[215] 聊爲劍器行. 往者吳人張旭善草書書帖, 數常於鄴縣見公孫大娘舞西河劍器,[216] 自此草書長進, 豪蕩感激,[217] 卽公孫可知矣.

대력 2년(767년) 10월 19일, 기주별가 원지(元持)의 저택에서 임영 이십이낭의 검기무를 보았다. 그 웅혼하고 빛나는 모습이 장관이어서 칭찬하며 스승이 누구냐고 물었더니 "저는 공손대낭의 제자이옵니다"고 하였다. 개원 5년(717년) 내가 아직 어렸을 때 언성에서 공손씨가 추는 검기혼타무를 보았는데, 미끄러지듯 유창하며 변화 많은 그 춤은 당시에는 제일이었다. 황제 앞에서 공연하는 의춘원과 이원 두 교방의 나인 및 궁밖에서 임시로 들어가 공연하는 외공봉에 이르는 사람까지 포함하여, 현종 초기 춤에 정통한 사람으로는 공손대낭 한 사람뿐이었다. 옥 같은 모습에 비단 옷을 입었었는데, 나는 지금 백발이 되었다. 지금 그 제자 또

---

210) 獨出(독출) : 특출나다. ○冠時(관시) : 당시에 가장 뛰어나다.
211) 高頭(고두) : 앞. 황제의 앞. ○宜春梨園(의춘이원) : 궁중의 가무극단. 714년에 봉래궁에 교방을 설치하여 현종이 스스로 음악을 가르쳤기에 이원제자(梨園弟子)라 하였으며, 천보 연간에 동궁에 의춘북원(宜春北苑)을 설치하여 궁녀 수백 명을 이원제자가 되게 하였다. 『옹록』(雍錄)과 『교방기』(敎坊記) 참조. ○伎坊(기방) : 교방(敎坊). 음악과 가무를 가르치는 기관. ○內人(나인) : 의춘원의 기녀. 전두인(前頭人)이라고도 하였다. ○洎(계) : 이르다. ○外供奉(외공봉) : 교방 이외에 명을 받아 궁방에서 입궁하여 공연하는 예인.
212) 聖文神武皇帝(성문신무황제) : 현종의 존호.
213) 辨(변) : 분명히 알다. ○由來(유래) : 이십이낭 무용의 근원.
214) 波瀾(파란) : 무용의 기교와 풍격. ○莫二(막이) : 둘이 아니다.
215) 撫事(무사) : 지난 일을 그리워하다. ○慷慨(강개) : 마음이 격동하다.
216) 鄴縣(업현) : 지금의 하북성 임장현 서쪽. ○西河劍器(서하검무) : 무곡 이름. 서하(감숙 지역) 음악에 맞추어 추는 검기무. 장욱(張旭)은 스스로 말하기를 "처음에 나는 공주의 가마꾼이 길을 가려고 다투는 걸 보고 서예의 법칙을 터득하였고, 나중에는 공손대낭의 검기무를 보고 서예의 신묘함을 체득하였다"(始吾見公主擔夫爭路, 而得筆法之意; 後見公孫氏舞劍器, 而得其神.)고 하였다. 이조(李肇) 『당국사보』(唐國史補) 참조.
217) 感激(감격) : 사람의 마음을 격동시키다.

한 홍안이 아니다. 이십이낭이 춘 무용의 근원을 변별해보건대 기교와
풍격이 공손씨와 다르지 않았다. 지난 일을 그리워하며 격앙된 마음에서
잠시 '검기의 노래'를 짓는다. 예전에 오 지방의 장욱은 초서를 잘 썼는
데, 업현에서 자주 공손대낭의 서하검기무를 보았고 이로부터 초서가 크
게 나아졌다. 호방한 필력이 사람을 감동시키는 것을 보면 공손대낭의
검기무가 어떠한지 알 수 있겠다.

昔有佳人公孫氏,	예전에 미인으로 공손씨가 있었으니
一舞劍器動四方.	한번 검기무를 추면 천하가 진동하였지
觀者如山色沮喪,[218]	산처럼 몰려든 관중은 기색이 변하고
天地爲之久低昂.	하늘과 땅은 검무에 따라 위아래로 흔들렸지
㸌如羿射九日落,[219]	빛나기는 예(羿)가 아홉 개의 해를 쏘아 떨어뜨린 듯
矯如群帝驂龍翔.	치솟기는 천상의 신선들이 용을 타고 오르는 듯
來如雷霆收震怒,	시작할 때는 우레와 천둥이 진노를 거두는 것 같고
罷如江海凝淸光.	끝날 때는 강과 바다가 맑은 빛으로 잔잔해지는 듯
絳脣珠袖兩寂寞,[220]	붉은 입술 춤추는 소매 다시 볼 수 없었는데
晚有弟子傳芬芳.[221]	나중에 그 제자가 향기를 전하는구나
臨潁美人在白帝,[222]	임영의 미인이 백제성에 있어
妙舞此曲神揚揚.	신묘한 춤과 이 곡으로 신운을 드날린다
與余問答旣有以,[223]	나와 이야기 나누며 본래 사승 관계였음을 알고

218) 色沮喪(색저상): 무용의 힘에 격동하여 얼굴빛이 변하다.
219) 㸌(확): 검광이 번쩍이는 모양. ○ 羿射九日(예사구일): 전설에서 요 임금 때 해가 열
개 나타나 초목이 시들고 백성이 먹을 게 없어지자 요 임금이 예에게 명하여 아홉
개의 해를 쏘아 떨어지게 하였다. 『회남자』「본경훈」(本經訓) 참조.
220) 絳脣(강순): 붉은 입술. ○ 珠袖(주수): 주옥으로 장식한 소매. 춤추는 자태를 가리킨
다. ○ 兩寂寞(양적막): 사람과 춤을 모두 볼 수 없게 되다.
221) 傳芬芳(전분방): 향기를 전하다. 스승이 기예를 제자에게 전하다.
222) 臨潁美人(임영미인): 이십이낭. ○ 白帝(백제): 백제성.
223) 旣有以(기유이): 원래 이유가 있다. 이(以)는 이유. 사승(師承) 관계가 있음을 가리킨다.

感時撫事增惋傷.　　시절을 느끼고 옛일을 생각하니 슬픔이 깊어져라
先帝侍女八千人,[224][225]　현종의 시녀 팔천 명 가운데
公孫劍器初第一.[226]　공손의 검기무가 원래 제일이라
五十年間似反掌,[227]　오십 년의 시간이 손바닥 뒤집는 사이 지나가고
風塵澒洞昏王室.[228]　천지에 가득한 풍진에 왕실이 어두워
梨園子弟散如煙,[229]　이원의 제자들 연기처럼 흩어지고
女樂餘姿映寒日.[230]　지금 남은 건 겨울 해를 가리는 그녀의 춤추는 모습뿐
金粟堆南木已拱,[231]　금속산의 현종 능묘 앞 나무는 아름드리 자랐는데
瞿塘石城草蕭瑟.[232]　구당협 백제성에는 풀들이 소슬해라
玳筵急管曲復終,[233]　화려한 잔치에 빠른 음악 이미 그쳤는데
樂極哀來月東出.　　즐거움 끝에 슬픔이 오고 달이 동쪽에서 떠올라라
老夫不知其所往,[234]　이 늙은이 어디로 가야할지 모르겠는데
足繭荒山轉愁疾.[235]　거친 산길에 발바닥 굳은살이 감당하기 어려워라

평석 이씨를 노래하다 공손대낭을 생각하고, 공손대낭을 노래하다 현종을 생각하니, 신세의

---

224) 심주 : 이 단락을 중시하였다.(注重此段.)
225) 先帝(선제) : 현종을 가리킨다.
226) 初(초) : 본래.
227) 五十年(오십년) : 개원 5년(717년)부터 대력 2년(767년)까지 마침 50년이다.
228) 風塵(풍진) : 안사의 난을 가리킨다. ○澒洞(홍동) : 끝없이 광막하여 몽롱한 모양.
229) 梨園(이원) 구 : 장안의 악공과 예인들이 강남 각지를 떠도는 일을 가리킨다.
230) 女樂(여악) : 음악과 무용을 잘 하는 여자. 이십이낭을 가리킨다. ○餘姿(여자) : 스승 공손대낭이 전해준 무용의 모습.
231) 金粟堆(금속퇴) : 금속산. 현종이 묻힌 태릉(泰陵)이 있는 곳. 지금의 섬서성 포성현(蒲城縣) 동북에 소재. ○木已拱(목이공) : 나무들이 이미 자라다. 공(拱)은 두 팔을 벌려 아름이 될 정도로 자라다. 현종이 죽은 지 오래 되다. 현종은 762년 죽어 763년 3월에 묻혔으니, 묻힌 지 사 년 되었다.
232) 石城(석성) : 백제성.
233) 玳筵(대연) : 대모연(玳瑁筵). 호화로운 잔치. 여기서는 기주별가 원지의 저택에서의 연회. ○急管(급관) : 리듬이 빠른 음악.
234) 심주 : 차마 바로 떠나지 못하다.(不忍遽去.)
235) 足繭(족견) : 발바닥의 굳은살.

슬픔과 흥망의 감정이 붓 아래 섞어든다. 만약 단순히 제목에 따라 쓰기만 했다면 무슨 흥취가 있겠는가?(詠李氏思及公孫, 詠公孫念及先帝, 身世之戚, 興亡之感, 交赴腕下. 若就題還題, 有何興會?)

해설 공손대낭의 제자인 이십이낭의 검기무를 보고 지은 시이다. 서문에서 이 시를 쓰게 된 내력을 밝히며, 어렸을 때 본 공손대낭의 춤에서 지금 보는 이십이낭의 검기무까지 오십 년간 나라의 성쇠를 생각하였다. 첫머리에서는 공손대낭의 춤에 대해 쓰고, 이어서 그 기예를 이어받은 이십이낭의 춤을 그리고, 다음으로 개원 초기 이원의 성황과 안사의 난 이후의 쇠락을 대비시키고, 마지막으로 자신의 노년에서 느끼는 감개와 미망을 서술하였다. 춤과 사회의 동란을 함께 엮어낸 명편이다. 767년 기주에서 지었다.

이조가 쓴 팔분과 소전의 노래(李潮八分小篆歌)[236]

蒼頡鳥跡旣茫昧,[237]	창힐이 새 발자국 본뜬 글자 아득한 이래
字體變化如浮雲.[238]	글꼴의 변화는 구름처럼 변화무쌍하여라
陳倉石鼓又已訛,[239]	진창의 석고문도 마멸되고 일그러졌는데

---

236) 李潮(이조) : 두보의 외생(外甥). 당시 기주에 있었다. 주월(周越)의 『서원』(書苑)에 "이조는 소전을 잘 썼으며, 이사(李斯)의 「역산비」(嶧山碑)를 본으로 삼았다"는 말이 있다. 또 조명성(趙明誠)의 『금석록』(金石錄)에 "당대 혜의사(慧義寺)의 「미륵상비」(彌勒像碑)는 한숙(韓俶)이 짓고 이조가 팔분으로 썼다"고 하였다. ○八分(팔분) : 서체의 하나로 동한 중기에 나타난 새로운 예서(隸書)이다. 예서에서 해서로 가는 중간 형태이므로 비교적 방정하고 전아하며, 이 때문에 해예(楷隸)라 부르기도 한다.
237) 蒼頡(창힐) : 황제(黃帝)의 신하로, 전설에 그가 새의 발자국을 보고 처음으로 한자를 만들었다고 한다. ○茫昧(망매) : 멀어서 알 수 없음.
238) 浮雲(부운) : 뜬구름. 구름의 모양이 달라짐에 일정한 모습이 없듯이 변화무쌍하다는 뜻이다.
239) 陳倉(진창) : 진창현. 지금의 섬서성 보계시(寶鷄市) 동쪽. ○石鼓(석고) : 석고문. 현

大小二篆生八分.[240]	대전과 소전이 나오고 이어서 팔분이 나왔어라
秦有李斯漢蔡邕,[241]	진나라엔 이사가 있고 한나라엔 채옹이 있는데
中間作者寂不聞.	그 사이에 서법가를 찾을 수가 없어라
嶧山之碑野火焚,[242]	역산의 비석은 들불에 불타서
棗木傳刻肥失眞.[243]	대추나무에 옮겨 새겼어도 살이 많아 본래 모습 잃었네
苦縣光和尙骨立,[244][245]	광화 연간 고현의 '노자비'(老子碑)는 골기를 승상하였으니
書貴瘦硬方通神.[246]	글씨는 수경(瘦硬)해야 비로소 신묘함에 통한다네
惜哉李蔡不復得,	이사와 채옹같은 서예가 다시 없어 애석해 했는데
吾甥李潮下筆親.[247]	나의 생질 이조의 글씨가 그들과 비슷하구나
尙書韓擇木,[248]	예부상서 한택목

존하는 가장 오래된 석각문으로 당대 초기에 발견되었다. 봉상부(鳳翔府) 진창현에서 발견되었으며, 열 개의 북 모양의 돌에 진나라 왕의 수렵에 관한 일을 기록하였다. 당시에는 글자의 내용이 주 목왕(周穆王)의 수렵 장면이라 보았으며, 제작 연대도 주대 초기로 보는 경우가 많았으나 현대에는 진 목공(秦穆公) 때 제작한 것으로 본다.

240) 大小二篆(대소이전) : 대전과 소전. 대전은 일반적으로 서주시대 사주(史籀)의 주문(籀文)을 의미하고, 소전은 진나라가 전국을 통일한 후에 이사가 표준화시킨 글꼴을 말한다.

241) 李斯(이사) : 진나라 승상. 글씨에 뛰어났다. 당시 유행하던 소전(小篆)을 정리하여 하나의 표준적인 서체를 만들었으며, 전국시대 각국이 다르게 쓰던 문자를 하나로 통일하였다. ○蔡邕(채옹) : 동한 말기에 활동한 문인이자 서예가로 팔분에 뛰어났다.

242) 嶧山之碑(역산지비) : 역산의 비문. 역산은 지금의 산동성 추성시(鄒城市) 남쪽. 진시황이 통일 후 순행하는 중 추역산(鄒嶧山)에 올라 공덕을 송찬하는 글을 써서 새겼다. 이 비문은 이사가 소전으로 썼다. 봉인(封演)의 『봉씨문견기』(封氏聞見記) 권8 참조.

243) 棗木傳刻(조목전각) : 대추나무에 새겨 전하다. ○肥失眞(비실진) : 글자가 두꺼워져 본래의 면모를 잃다.

244) 심주 : 고현에 노자 사당의 비석이 있는데, 광화 2년(179년)에 세웠다.(苦縣有老子廟碑, 光和二年立.)

245) 苦縣(고현) : 지금의 하남성 녹읍현(鹿邑縣) 동쪽. ○骨立(골립) : 골격이 늠름하다. 글꼴이 수경(瘦勁)함을 말한다.

246) 瘦硬(수경) : 글자가 굵지 않고 힘참.

247) 親(친) : 가깝다. 비슷하다.

騎曹蔡有鄰,[249]	병조참군 채유린
開元已來數八分,	개원 연간 이래 팔분에 능한 자들인데
潮也奄有二子成三人.[250]	이조가 두 사람과 더불어 삼대 서예가라 하겠네
況潮小篆逼秦相,[251]	더구나 이조의 소전은 이사와 흡사하여
快劍長戟森相向.[252]	날카로운 검과 긴 창이 마주 선 듯 기상이 삼엄해라
八分一字直百金,	팔분은 글자마다 천 금이 나가는데
蛟龍盤拏肉倔強.[253]	교룡이 서리어 있는 듯 필세가 힘차구나
吳郡張顚誇草書,[254]	오군의 장욱(張旭)은 초서로 자부했는데
草書非古空雄壯.[255]	고법(古法)이 없어 부질없이 웅장하기만 하더라
豈如吾甥不流宕,[256]	우리 생질은 유동적이지 않아
丞相中郎丈人行.[257]	이사와 채옹 같은 선배의 대열에 들어간다네
巴東逢李潮,[258]	기주에서 이조를 만났는데
逾月求我歌,[259]	한 달이 지난 후 시를 써 달라 하였지
我今衰老才力薄,	내 지금 노쇠하고 재주도 날로 미약하니

---

248) 韓擇木(한택목) : 개원 연간(713~741년)에 활동한 서예가로 한유(韓愈)의 숙부이다. 숙종 때 벼슬이 예부상서에 이르렀다. 팔분에 뛰어났고, 채옹의 필법을 이은 예서를 잘 썼다.

249) 騎曹(기조) : 기조참군(騎曹參軍) 가운데 하나. ○蔡有鄰(채유린) : 당대 서예가로 채옹의 18대 후손이다. 관직은 우위솔부병조참군(右衛率府兵曹參軍)을 지냈다. 서예에 뛰어났으며 특히 팔분을 잘 썼다.

250) 奄有二子(엄유이자) : 한택목과 채유린의 장점을 겸하다. ○成三人(성삼인) : 이조는 한택목과 채유린과 더불어 삼대 서법가가 될 수 있다.

251) 秦相(진상) : 진나라 승상. 이사(李斯).

252) 森(삼) : 삼엄한 기상.

253) 盤拏(반나) : 서리어 끌어당기다. 굳세게 굽이돌다. ○倔強(굴강) : 필력이 추경하다. 이 구는 필적이 기이하고 강경하여 마치 교룡이 힘차게 서려 있는 듯하다는 뜻이다.

254) 張顚(장전) : 장욱(張旭). 시인 소전 참조.

255) 非古(비고) : 고법(古法)이 아니다. 전통적인 법식이 아니다.

256) 流宕(유탕) : 유동적이고 자유롭다. 웅장과 유탕은 모두 초서의 특징으로, 이조의 팔분이 수경(瘦勁)한 것과 대조되는 특징들이다.

257) 丞相(승상) : 이사. ○中郎(중랑) : 채옹. ○丈人(장인) : 선배. 장자. ○行(항) : 항렬.

258) 巴東(파동) : 기주를 가리킨다. 기주는 고대에 파동군에 속했다.

259) 逾月(유월) : 한 달 후. 이조와 한 달여 동안 지내다.

潮乎潮乎奈汝何![260]　　　이조여 이조여, 내 어찌 너의 빼어남 나타낼 수 있으랴!

해설 이조의 서예를 칭송하였다. 앞 10구에서 서예의 원류를 개괄한 후, 중간 10구에서 이조의 서예를 높이 칭찬하고, 다음 4구에서 이조의 고법(古法)을 장욱과 대조시키고, 말 4구에서 시를 지은 동기를 나타내었다. 시 가운데 이조의 소전을 벼린 창검으로 비유하고 팔분을 서린 교룡 같다는 말로 그 특징을 짚었으며, '글씨는 수경해야 한다'(書貴瘦硬)는 미학관을 중심으로 초서에 비해 소전과 팔분에 대한 선호를 나타내었다. 766년 기주에서 지었다.

왕 병마사의 두 마리 각응(王兵馬使二角鷹)[261]

悲臺蕭颯石巃嵷,[262]　　　누대 위에 삭막한 바람 일고 바위는 험준한데
哀壑权枒浩呼洶.[263]　　　골짜기에 가지 얽히고 물소리 세차구나
中有萬里之長江,　　　가운데로 협곡에는 만 리 장강이 흘러
廻風滔日孤光動.　　　회오리바람 속 해가 잠기고 외줄기 빛이 흔들려라
角鷹翻倒壯士臂,　　　각응이 장사의 팔뚝에서 날아와 앉으니
將軍玉帳軒勇氣.[264]　　　장군의 장막에서 용맹한 기운이 일어나는구나

---

260) 奈汝何(나여하) : 너를 어이할까. 신묘한 서예를 어찌 표현할 수 있을까 라는 뜻이다.
261) 兵馬使(병마사) : 절도사와 천하병마원수(天下兵馬元帥)가 이끄는 전군, 중군, 후군에는 각각 병마사 직책이 있었다. 왕 병마사는 당시 성도에서 일어난 최간(崔旰)의 반란에 대응하기 위해 형남절도사 예공(芮公)의 명을 받아 기주에 온 것으로 보인다. 기주는 형남절도의 관할 지역이었다. ○角鷹(각응) : 매 가운데 가장 강한 종류로, 보통의 매보다도 크고 머리 위에 뿔 모양의 털이 서 있다.
262) 蕭颯(소삽) : 쓸쓸하다. 삭막하다. ○巃嵷(농종) : 산세가 험준한 모양.
263) 权枒(차야) : 나무의 가지가 교착되다.
264) 玉帳(옥장) : 옥으로 장식된 휘장. 장수의 휘장으로 옥같이 견고하다는 의미를 취하였다.

二鷹猛腦絛徐墜,[265]　　두 마리 사나운 대가리는 발의 끈이 천천히 풀어지자
目如愁胡視天地.[266]　　근심스런 오랑캐 같은 눈으로 천지를 번뜩이며 본다
杉鷄竹兎不自惜,[267]　　삼계(杉鷄)와 죽토(竹兎)는 이제 목숨을 지킬 수 없고
溪虎野羊俱辟易.[268]　　새끼 호랑이와 야생 양은 두려워 피하는구나
韝上鋒稜十二翮,[269][270]　　토시 위에 앉은 모습 깎인 마름모에 깃촉이 열두 개
將軍勇銳與之敵.[271]　　장군의 용맹과 나란히 짝할 만하여라
將軍樹勳起安西,　　장군이 일찍이 안서도호부에서 공을 세우며
崑崙虞泉入馬蹄.[272]　　곤륜과 우연(虞淵)을 말 타고 들어갔지
白羽曾肉三狻猊,[273]　　백우전으로 일찍이 산예(狻猊) 셋을 잡았으니
敢決豈不與之齊?　　과감과 결단이 어찌 각응과 같지 않으랴
荊南芮公得將軍,[274]　　형남 예공이 장군을 얻은 것도
亦如角鷹下翔雲.　　각응이 구름 아래 내려오는 것과 같아라
惡鳥飛飛啄金屋,[275]　　흉악한 새가 날아 천자의 금옥을 쪼니

---

265) 絛徐墜(조서추) : 끈을 천천히 떨어뜨리다. 매가 곧 오르려 함을 묘사하였다. 조(絛)는 각응을 맨 끈.

266) 愁胡(수호) : 서역 사람의 눈이 걱정하는 듯 움푹 들어간 모습을 가리킨다. 손초(孫楚)의 「응부」(鷹賦)에 "깊이 파인 눈과 누에 수염 같은 눈썹, 그 모습은 걱정하는 오랑캐 같고"(深目蛾眉, 狀如愁胡.)라는 말이 있다. 일설에는 걱정하는 원숭이의 모습이라고 한다. ○視天地(시천지) : 눈빛을 위아래로 움직이며 쳐다보는 모양.

267) 杉鷄(삼계) : 새 이름. 보통 삼나무 아래에서 먹이를 찾는다. ○竹兎(죽토) : 들 토끼처럼 작고 댓잎을 잘 먹는다.

268) 辟易(벽역) : 놀라 물러나다.

269) 심주 : 좌우 날개에 굳센 깃촉이 각각 여섯 가닥 있다.(左右勁羽各六.)

270) 韝(구) : 가죽으로 만든 토시. 사냥할 때 매가 그 위에 앉는다. ○鋒稜(봉릉) : 사물의 뾰쪽한 마름이나 모. 여기서는 각응의 모습을 형상화하였다.

271) 將軍(장군) : 왕 병마사.

272) 崑崙(곤륜) : 신화에 나오는 산으로, 서쪽 끝에 있으며 하늘로 통한다고 한다. ○虞泉(우천) : 신화에 나오는 지명으로, 태양이 떨어지는 곳. 원래 우연(虞淵)이나 고조 이연(李淵)의 이름을 피휘하기 위해 우천이라 고쳤다.

273) 白羽(백우) : 백우전(白羽箭). ○狻猊(산예) : 전설 속의 동물로, 용의 새끼 중의 하나이며 그 형상은 사자와 비슷하다.

274) 荊南芮公(형남예공) : 형남절도사 위백옥(衛伯玉).

275) 惡鳥(악조) : 최간(崔旰)을 비유한다. ○金屋(금옥) : 황금으로 지은 집. 조정을 가리킨다.

安得爾輩開其群,　　　어찌하면 각응들로 그 무리를 몰아내어
驅出六合梟鸞分！[276][277]　난새와 구분하여 올빼미를 세상 밖으로 쫓아낼까

평석 처음 네 구는 '매'란 글자를 한 번도 쓰지 않았어도 각응이 내 앞에 날아온 듯하니, 첫 머리는 모름지기 이와 같이 써야 한다.(起四句不着鷹一字, 然如有角鷹起於吾前, 入手須如此 落筆.)

해설 각응의 기상과 용맹을 칭송하였다. 각응으로 그 주인인 왕 병마사를 비유하고, 이러한 관계를 절도사 예공과 왕 병마사의 관계까지 연장시켰다. 말미에서는 각응과 같은 힘과 용맹을 빌려 반역과 도적의 무리를 몰아내기를 기원하였다. 766년 기주에서 지었다.

예전을 생각하며(憶昔)

憶昔開元全盛日,[278]　　　개원 연간의 전성 시기를 생각하노니
小邑猶藏萬家室.[279]　　　작은 읍성에도 만호의 집들이 살았지
稻米流脂粟米白,　　　　쌀에는 기름이 흐르고 좁쌀은 백옥 같아
公私倉廩俱豐實.[280]　　　공사 창고가 하나같이 양식으로 가득 찼지
九州道路無豺虎,[281]　　　전국의 도로에는 승냥이나 호랑이가 없고
遠行不勞吉日出.　　　　먼 길을 가도 힘써 길일을 택할 필요 없었지
齊紈魯縞車班班,[282]　　　제 지방 노 지방 비단 실은 수레가 이어지고

---

276) 심주：주제이다.(主意.)
277) 梟鸞(효난)：올빼미와 난새(봉황). 각기 흉악한 새와 상서로운 새를 대표한다.
278) 開元(개원)：현종의 연호. 713～741년.
279) 小邑(소읍)：작은 현성. ○藏(장)：가지다.
280) 倉廩(창름)：식량 창고. 곡물을 저장한 곳을 창(倉)이라 하고, 쌀을 저장한 곳을 름(廩)이라 한다.
281) 豺虎(시호)：승냥이와 호랑이. 강도를 가리킨다.

男耕女桑不相失,[283]   남자는 밭 갈고 여자는 뽕잎 따며 화목했었지
宮中聖人奏雲門,[284]   궁중의 황제는 하늘에 제사하며 '운문'을 연주하고
天下朋友皆膠漆.   온 백성이 친구 되어 아교나 옻처럼 친밀하였지
百餘年間未灾變,[285]   백여 년 동안 재난이 없었고
叔孫禮樂蕭何律.[286]   손숙통의 예악과 소하의 법률을 따랐지
豈聞一絹直萬錢,[287]   견사 한 필에 만전이 나가는 말 어찌 들었으랴
有田耕種今流血.[288]   갈고 씨 뿌린 밭에는 지금은 핏물이 흐르네
洛陽宮殿燒焚盡,   낙양의 궁전은 모두 불타 없어지고
宗廟新除狐兔穴.   장안의 종묘는 이제야 여우 굴을 메꾸었다네
傷心不忍問耆舊,   마음이 아플까 차마 어르신께 묻지 못하니
復恐初從亂離說.[289]   겪으신 난리를 처음부터 말할까 두려워지네
小臣魯鈍無所能,[290]   소신은 노둔하고 잘 하는 게 없지만
朝廷記憶蒙祿秩.[291]   조정에서 봉록을 입은 일 아직도 기억하네
周宣中興望我王,[292]   주 선왕의 중흥을 우리 임금이 이루시길 바라니

---

283) 齊紈(제환) : 제 지방에서 나는 흰 숙견(熟絹). ○魯縞(노호) : 노 지방에서 나는 흰 생견(生絹). ○班班(반반) : 수레가 끊임없이 이어지는 모양.

283) 不相失(불상실) : 각기 적절한 자리를 갖다. 남녀가 각기 직분에 맞는 일을 하다. 또는 서로 헤어지지 않다고 새길 수도 있다.

284) 聖人(성인) : 황제. 당대에는 황제를 부르는 칭호로 사용되었다. ○雲門(운문) : 춤 이름. 『주례』「춘관」(春官)에 '운문'을 추어 천신에게 제사를 지냈다고 하였다. 이 구는 황제가 예악을 바르게 하고 하늘과 조상을 공경한 일을 말한다.

285) 百餘年(백여년) : 당이 개국한 618년부터 개원 말기인 741년까지 약 백이십여 년을 말한다.

286) 叔孫(손숙) : 손숙통(孫叔通). 한 고조 때의 박사. 각종의 예의를 제정하였다. ○蕭何(소하) : 한나라의 개국 공신. 진나라의 법을 기초로 하여 한나라의 법률을 제정하였다.

287) 심주 : 예전을 마무리하였다.(束昔日.)

288) 심주 : 지금을 시작하였다.(入今事.)

289) 심주 : 침통하여 사람으로 하여금 읽을 수 없게 한다.(沈痛語使人讀不得.)

290) 小臣(소신) : 두보 자신을 가리킨다. 두보는 좌습유로 조정에서 근무했고, 절도사 엄무 아래 검교공부원외랑으로 근무한 적이 있으므로 소신이라 하였다. ○魯鈍(노둔) : 거칠고 굼뜨다.

291) 祿秩(녹질) : 봉록과 관직.

292) 周宣(주선) : 주 선왕. 재위 기원전 827~781년. 이름은 희정(姬靜). 여왕(厲王)의 아들로 즉위 후 여왕의 난리를 정리하고 주나라를 중흥시켰다. ○我王(아왕) : 대종(代

灑淚江漢身衰疾.[293]　　몸이 병들고 쇠약해 장강에 눈물을 뿌려라

평석 첫머리에서 개원 연간의 번성을 생각하고, 다음으로 티베트의 공격을 서술하였으며, 말미에서 대종의 중흥을 기원하였다.(前憶開元之盛, 後敍吐蕃之亂, 末望代宗之中興也.)

해설 개원 연간의 전성시대를 회고하며 나라가 다시 부흥하기를 기원하였다. 상반부 12구에선 개원의 성세를 묘사하고, 후반부 10구에선 난리의 모습을 그리고 나라의 중흥을 염원하였다. 회고조의 음률 속에 두보의 마음이 직설적으로 드러났다.

왕 시어를 모시고 동산 꼭대기에 올라 통천 요 현령을 위해 술자리를 벌이고, 저녁에 술을 들고 배를 띄우다(陪王侍御同登東山最高頂宴姚通泉, 晚携酒泛江)[294]

姚公美政誰與儔?[295]　　요공의 덕정을 그 누가 따를 수 있으리오?
不減昔時陳太丘.[296]　　옛날의 태구현령 진식보다 못하지 않다네
邑中上客有柱史,[297]　　현성에 상객 왕 시어가 오셨으니

　　宗)을 가리킨다.
293) 江漢(강한) : 파촉 지방을 가리킨다.
294) 王侍御(왕시어) : 미상. 장안에서 온 귀한 손님으로 보인다. 시어(侍御)는 어사대의 속관으로 시어사, 전중시어사, 감찰어사를 통칭한다. ○東山(동산) : 부강(涪江) 강가에 있다. ○姚通泉(요통천) : 성씨가 요씨인 통천(通泉)현령. 통천현은 지금의 사천성 사홍현(射洪縣) 동남 칠십 리에 소재했다.
295) 姚公(요공) : 제목에서 말한 통천현령 요씨. ○美政(미정) : 뛰어난 행정. ○儔(주) : 짝하다.
296) 陳太丘(진태구) : 동한 태구현령 진식(陳寔). 태구는 지금의 하남성 영성(永城) 서북. 진식은 청관으로 유명하여 이웃 현의 백성들이 이사 올 정도였다. 『후한서』 「진식전」 참조.
297) 柱史(주사) : 주하사(柱下史). 주나라의 관직으로 후세의 시어사에 해당한다. 노자(老

多暇日陪驄馬遊.²⁹⁸⁾ 한가로이 날마다 시어를 모시고 유람하여라
東山高頂羅珍羞.²⁹⁹⁾ 동산의 꼭대기에 진귀한 음식 늘어놓고
下顧城郭消我憂. 아래로 성곽을 굽어보니 시름이 없어져라
清江白日落欲盡, 맑은 강에 해가 떨어지려 할 때
復携美人登綵舟.³⁰⁰⁾ 다시 미인을 붙잡고 화려한 배에 올라라
笛聲憤怨哀中流, 애절한 피리 소리 강 위에 흐르고
妙舞逶迤夜未休.³⁰¹⁾ 나긋한 춤은 밤에도 이어져
燈前往往大魚出, 등불 앞에 가끔 큰 물고기 올라와
聽曲低昂如有求.³⁰²⁾ 음악을 듣고 부침하며 구하는 게 있는 듯
三更風起寒浪湧, 한밤에 바람 일어 차가운 물결이 뒤채고
取樂喧呼覺船重. 왁자지껄 떠드는 중에 배가 무거운 듯해라
滿空星河光破碎, 하늘 가득 은하수 별빛이 흩어지니
四座賓客色不動.³⁰³⁾ 좌중의 빈객들도 웃음을 거두어라
請公臨深莫相違,³⁰⁴⁾ 공들은 깊은 연못에 가지 마란 말 잊지 마시오
廻船罷酒上馬歸. 배를 돌려 술자리를 파하고 말 타고 돌아가노라
人生歡會豈有極,³⁰⁵⁾ 인생에 즐거운 모임은 언제나 끝이 없으니

子)도 일찍이 주하사로 일했었다. 보통 시어사의 미칭으로 쓰인다. 여기서는 왕 시어를 가리킨다.

298) 驄馬(총마) : 청색과 흰색의 털이 뒤섞인 말. 일반적으로 어사(御史)가 타는 말 또는 어사를 가리킨다. 동한의 시어사 환전(桓典)이 법을 엄격하게 집행하여 환관들마저 두려워했는데, 환전이 총마를 타고 다닌 데서 유래하였다.

299) 珍羞(진수) : 진귀한 음식.

300) 美人(미인) : 관기(官妓)를 가리킨다. ○綵舟(채주) : 화려하게 장식한 배.

301) 逶迤(위이) : 한가하고 유연한 모양.

302) 聽曲(청곡) 구 : 『순자』 「권학」(勸學)에 나오는 "예전에 호파가 슬을 타면 물속의 고기도 나와 들었다"(昔者瓠巴鼓瑟, 而沈魚出聽.)는 말을 환기한다.

303) 色不動(색부동) : 정색을 하다. 엄숙한 얼굴로 변하다.

304) 公(공) : 좌중의 빈객들. ○臨深(임심) : 깊은 연못의 옆에 있는 듯하다. ○莫相違(막상위) : 어기지 마라. 경계를 잊지 말라. 이 구는 『예기』 「곡례」(曲禮)의 "효자는 높은 곳에 오르지 않으며 깊은 곳에 가까이 가지 않는다"(孝子不登高, 不臨深.)는 말을 환기한다.

305) 歡會(환회) : 즐거운 모임.

無使霜露霑人衣.　　　서리와 이슬에 옷을 적시지 마소서

평석 말미에서 놀이를 좋아해도 지나치지 말라는 뜻으로 마무리하여, 함축적인 언어를 사용하였기에 사람으로 하여금 음미하게 한다.(結出好樂毋荒意, 而措語蘊蓄, 耐人咀吟.)

해설 강 위의 뱃놀이를 그렸다. 왕 시어와 통천현령(通泉縣令)의 어울림에 끼어든 모습으로 낮부터 밤까지 이어진 유람과 소감을 썼다. 762년 연말에 통천현에서 지었다.

흰 들오리의 노래(白鳧行)

君不見	그대 보지 못하는가
黃鵠高於五尺童,[306]	오 척 동자보다 거대한 황곡(黃鵠)이
化爲白鳧似老翁.	흰 들오리로 변하니 이 늙은이 닮았음을
故畦遺穗已蕩盡,[307]	묵은 밭에는 떨어진 이삭 하나 없고
天寒日暮波濤中.	추운 날에 해 저무는데 물결 위에 떠도네
鱗介腥膻素不食,[308]	고기와 갑각류는 비린내에 평소 먹지 않아
終日忍饑西復東.	해종일 배고픔을 참고 이리저리 헤매누나
魯門鶢鶋亦蹭蹬,[309]	노나라 성문에 날아든 원거(鶢鶋)도 곤궁하여
聞道于今亦避風.	듣자하니 지금도 바람을 피하고 있다 하네

---

306) 黃鵠(황곡) : 학. 백조라는 설도 있다. ○五尺童(오척동) : 아직 성년이 되지 않은 아동.

307) 故畦(고휴) : 이미 수확을 끝낸 밭. ○遺穗(유수) : 떨어진 이삭.

308) 鱗介(인개) : 물고기와 갑각류. ○腥膻(성전) : 비린내와 고린내.

309) 魯門(노문) : 노나라 성문. ○鶢鶋(원거) : 봉황과 비슷한 새. 『국어』「노어」(魯語)에 원거가 노나라 동문 밖에 날아오니 전금(展禽, 유하혜)이 말하기를 저 새는 재난을 피해 왔을 거라고 하였는데, 그해에 바다에 큰 바람이 불고 겨울이 따뜻하였다. ○蹭蹬(층등) : 발을 헛디뎌 비틀거리다. 실의한 모양을 비유한다.

평석 원거가 지금도 바람을 피하고 있고, 황곡이 배고픔을 참고 있음은 응당 그럴만한 이치가 있다. 마음을 풀어 마무리를 지었으니, 분개하는 가운데 분수에 안주하였다.(爰居今猶避風, 黃鵠忍飢, 所固然也. 推開作結, 感憤中復能安分.)

해설 황곡이 들오리로 변한다는 우언(寓言)을 빌어, 곤궁한 시인의 처지를 비유하였다. 비록 생계를 잇기 어려울 정도로 힘들고 정해진 곳 없이 떠돌고 있다고 해도, 평소에 품은 뜻을 저버리지 않는 강인한 성격을 함께 나타내었다. 769년 겨울 담주(潭州, 호남성 장사시)에서 지었다.

위 장군 노래(魏將軍歌)

將軍昔著從事衫,[310]	장군은 예전에 절도부에서 군복을 입고
鐵馬馳突重兩銜.[311]	쌍 재갈 물린 철마 타고 내달렸다지
被堅執銳略西極,[312]	갑옷 입고 병기 들고 서극(西極)까지 공략하니
崑崙月窟東崭巖.[313][314]	곤륜산과 월굴이 오히려 동편에 솟아 있었다지
君門羽林萬猛士,[315]	궁중의 우림군에 용맹한 군사 만 명
惡[316]若哮虎子所監.[317]	포효하는 호랑이들 그대가 통솔했지
五年起家列霜戟,[318]	오 년 만에 성공하여 문 앞에 창날을 세웠으니

---

310) 從事衫(종사삼) : 종사가 입는 옷. 곧 군복. 한대 이래 주군(州郡)의 장관 아래 종사라는 직책이 있었으며, 절도부 안에도 종사 직책이 있었다.
311) 銜(함) : 재갈.
312) 略(약) : 공격하여 빼앗다. ○西極(서극) : 서부의 변경을 가리킨다.
313) 심주 : 곤륜이 서쪽에 있는데도 동쪽이라 한 것은, 공략하러 서쪽 끝에 갔음을 말한다.(崑崙在西而曰東者, 言略地至極西.)
314) 月窟(월굴) : 전설에서 말하는, 달이 지는 곳. ○崭巖(참암) : 높고 험한 산봉우리.
315) 君門(군문) : 궁문. ○羽林(우림) : 우림군. 궁성을 지키는 금위군.
316) 심주 : 용맹하다는 뜻이다.(猶猛.)
317) 哮虎(효호) : 포효하는 호랑이. 우림군의 용맹을 비유하였다. ○子(자) : 그대. 위 장군을 가리킨다. ○監(감) : 감독하다.

一日過海收風帆.[319)320)]　하루에 청해호를 건너와 돛을 거두었더라
平生流輩徒蠢蠢,[321)]　동년배들은 평생 동안 부질없이 허둥댈 뿐인데
長安少年氣欲盡.[322)]　장안의 자제들도 그대 능력에 탄복하더라
魏侯骨聳精爽緊,[323)]　위 장군은 기골이 뛰어나고 정신이 굳세니
華嶽峰尖見秋隼.[324)]　화산의 봉우리 같은 몸에 가을 새매 같은 정신이라
星纏寶鉸金盤陀,[325)326)]　얽힌 별들로 치장한 말에는 금동 안장
夜騎天駟超天河.[327)]　밤에 천마를 타고 은하수를 넘는다네
欃槍熒惑不敢動,[328)]　요사스런 혜성과 화성은 감히 나타나지 못하고
翠蕤雲旓相蕩摩.[329)]　의장의 깃발과 운소 깃발이 나부끼며 스치네
吾爲子起歌都護,[330)331)]　내 그대를 위해 일어나 '정도호가'를 부르니
酒闌揷劍肝膽露,　술자리 무르익자 검을 꽂고 속마음을 드러내

---

318) 起家(기가) : 출세하다. ○霜戟(상극) : 서릿발처럼 날카로운 창. 당대에는 3품 이상의 관원의 치소 앞에는 창을 거꾸로 세워둔다.

319) **심주** : 서쪽 바다에서 돌아오다.(歸自西海.)

320) 海(해) : 청해. ○收風帆(수풍범) : 돛을 거두다. 갑옷을 풀고 병기를 내려놓는다는 말과 같다.

321) 流輩(유배) : 보통 사람. ○蠢蠢(준준) : 우매하고 무지한 모양.

322) 長安少年(장안소년) : 장안의 거만한 귀족 자제. ○氣欲盡(기욕진) : 위 장군의 능력과 공적에 탄복하다는 뜻이다.

323) 魏侯(위후) : 위 장군에 대한 존칭. ○骨聳(골용) : 골격이 높다. 기질이 높다. ○精爽(정상) : 정신.

324) 華嶽(화악) : 화산. ○隼(준) : 새매. 매 가운데 가장 작은 종류.

325) **심주** : 말의 장식.(馬飾.)

326) 星纏寶鉸(성전보교) : 별들이 얽혀 있는 듯한 정교한 장식. 안연지(顔延之)의 「자백마부」(赭白馬賦)에 "정교한 장식이 별들이 얽혀 있는 듯하고, 투각한 문양이 노을을 펼친 듯하다"(寶鉸星纏, 鏤章霞布.)는 말에서 가져왔다. ○盤陀(반타) : 말안장.

327) 天駟(천사) : 별 이름. 방수(房宿)를 가리킨다. 별 이름이 말을 의미하므로 이를 탄다고 하였다. ○天河(천하) : 은하수.

328) 欃槍(참창) : 혜성의 별칭. ○熒惑(형혹) : 화성. 고대에는 참창과 화성을 흉조를 나타내는 별로 보았다. 여기서는 악한 세력을 비유한다.

329) 翠蕤(취유) : 의장 중의 깃발 이름. 물총새 깃털로 장식한다. ○雲旓(운소) : 구름이 그려진 깃발. ○蕩摩(탕마) : 나부끼며 스치다.

330) **심주** : 유송시대에 「정도호가」가 있다.(宋有丁都護歌.)

331) 酒闌(주란) : 술자리가 한창 무르익다. ○肝膽露(간담로) : 가슴 속의 말을 드러내다.

鉤陳蒼蒼玄武暮.[332]　　구진성도 푸르고 현무 성좌도 저물어라

萬歲千秋奉明主,　　천 년 만 년 밝은 천자 받드는 마음 변함없으니

臨江節士安足數![333]　　임강왕의 절사(節士)라 해도 이에 미치진 못하리!

해설 위 장군을 칭송한 시이다. 전반부에서는 주로 서방에서 공을 세우고 금위군을 통솔한 경력을 서술하였으며, 후반부에선 영용한 모습을 형용하였다. 말미의 어조로 보아 현종 말기인 754년경에 지은 것으로 보인다.

취가행―공안 안 소부에게 주면서, 고 팔분에게 벽에 써달라고 청하다(醉歌行贈公安顏少府, 請顧八分題壁)[334]

神仙中人不易得,[335]　　그대는 신선이 된 매복(梅福)과 같고

顏氏之子才孤標.[336]　　안씨의 자손으로 품행이 빼어났어라

天馬長鳴待駕馭,　　천마가 길게 울며 달리길 기다리는 격이고

秋鷹整翮當雲霄.　　가을 매가 하늘을 배경으로 깃촉을 다듬는 격이라

君不見東吳顧文學,[337]　　그대 보지 못하는가, 동오의 고 문학을

---

332) 鉤陳(구진) : 별 이름. 자미궁 밖의 영진성(營陳星). ○玄武(현무) : 이십팔 수 가운데 북방 칠 수의 합칭. 그 배열의 모습이 거북과 같아 이름 붙여졌다.

333) 한대에 「임강절사가」가 있다.(漢有臨江節士歌.)

334) 公安(공안) : 지금의 호북성 공안현. ○少府(소부) : 현위(縣尉). ○顧八分(고팔분) : 고계사(顧戒奢). 팔분을 잘 썼으므로 고 팔분이라 하였다.

335) 神仙中人(신선중인) : 매복(梅福)의 일을 가리킨다. 매복은 서한 때 남창현(南昌縣)의 현위(縣尉)를 지낸 사람으로 직언을 잘 하였다. 나중에 신선이 되었다고 한다. 『한서』 「매복전」(梅福傳) 참조. 일반적으로 뜻이 높은 현위를 비유하는 전고로 쓰이며, 여기서는 안 소부를 가리킨다.

336) 顏氏之子(안씨지자) : 본래 안회(顏回)를 가리키나, 여기서는 안 소부를 가리킨다. ○孤標(고표) : 높이 솟은 가지. 사람의 품행이 특출나고 청고함을 형용한다.

337) 東吳(동오) : 오 지방. 지금의 화동 지역. 고씨는 강남의 명문 가문이다. ○顧文學(고문학) : 고계사를 가리킨다.

君不見西漢杜陵老.[338]　　　　　그대 보지 못하는가, 장안 두릉의 늙은이를
詩家筆勢君不嫌,[339][340]　　　　시인의 필세는 그대 싫어하지 않는다면
詞翰升堂爲君掃.[341][342]　　　　그대 위해 붓 휘둘러 대청에 올릴 시를 쓰노라
是日霜風凍七澤,[343][344]　　　　이날 서릿바람에 호수가 얼고
烏蠻落照銜赤壁.[345]　　　　　　오만(烏蠻)으로 떨어지는 해가 적벽을 비추는구나
酒酣耳熱忘頭白,　　　　　　　　술에 취해 귀가 얼얼하여 백발도 잊어
感君意氣無所惜,　　　　　　　　그대의 호매한 의기에 아까운 것 하나 없으니
一爲歌行歌主客.　　　　　　　　가행체의 시를 지어 주인과 손님을 노래하노라

해설　공안현에서 현위 안씨와 서예가 고사계와의 만남을 기뻐한 시이다. 첫 네 구에서 먼저 주인 안씨를 칭찬한 후, 이어서 자신의 시를 고사계의 글씨로 대청에 쓸 것을 청하였다. 두보의 소탈한 마음이 드러난 시이다. 768년 공안에서 지었다.

---

338)　西漢(서한) : 장안을 가리킨다. ○杜陵老(두릉로) : 두릉의 늙은이. 두보 자신을 가리킨다.

339)　심주 : 자신을 말한다.(自謂.)

340)　詩家(시가) : 시인. 두보 자신을 가리킨다. ○筆勢(필세) : 붓의 기세. ○君(군) : 그대. 안 소부를 가리킨다.

341)　심주 : 고 팔분을 가리킨다.(指顧.)

342)　詞翰(사한) : 글과 글씨. 두보의 시와 고사계의 서예. ○升堂(승당) : 대청에 오르다. ○掃(소) : 쓸다. 붓을 휘둘러 쓰다.

343)　심주 : 두보의 시에는 매번 이러한 연결법이 있다.(杜詩每有此種接法.)

344)　七澤(칠택) : 고대 초 지방의 일곱 군데 소택지. 사마상여 「자허부」(子虛賦)에 "초 지방에 일곱 소택지가 있으니 그중 작은 것이 몽택이다"(楚有七澤, 其小小者, 名曰夢澤.)는 말이 있다. 여기서는 공안 일대의 호수.

345)　烏蠻(오만) : 고대 서남 지역에 거주하던 민족의 이름. 그들이 거주하는 지역을 가리키기도 한다. 여기서는 서방을 말한다. ○赤壁(적벽) : 지금의 호북성 적벽시. 삼국이 쟁탈을 벌일 때 주유가 조조를 대파한 곳으로 유명하다.

밤에 피리 소리를 듣고(夜聞觱篥)[346]

夜聞觱篥滄江上,	밤중에 푸른 강 위에서 피리 소리 듣나니
衰年側耳情所嚮,[347]	늙은 몸이 귀 기울이니 나그네 정 일어나네
鄰舟一聽多感傷,	구슬픈 그 소리 이웃 배에서 들려오니
塞曲三更欻悲壯,[348]	삼경에 변새의 곡조가 갑자기 비장해라
積雪飛霜此夜寒,[349]	눈 쌓이고 서리 날리는 이 추운 밤
孤燈急管復風湍,[350]	등불 아래 빠른 리듬에 물결이 일어나네
君知天地干戈滿,	그대는 천지에 전란이 가득한 건 알아도
不見江湖行路難.	강호에 떠도는 나의 험한 길은 모르는가

평석 본래 강호를 떠도는 어려움을 말하려 했는데 전란이 가득한 걸로 형용했기에 그 어려움이 드러나지 않았다. 한 단계를 돌아왔다. 「가족 없는 이별」에 "사실 고향은 이미 절단 났으니, 멀리 가나 가까이 가나 이치는 마찬가지"란 구절이 있는데 용의가 같다.(本言行路之難, 而以干戈之滿形之, 則不見其難矣. 透過一層. "家鄕旣蕩盡, 遠近理亦齊", 用意亦復爾爾.)

해설 밤에 배를 타고 가다 피리 소리를 듣고 일어나는 감회를 썼다. 768년 겨울 악주(岳州, 악양)에 닿았을 때로 추운 겨울의 강에서 듣는 비장한 피리 소리가 만감을 일으켰다. 당시에는 티베트가 조정을 흔들고, 상주(商州)와 유주(幽州)는 물론 성도(成都)와 남방의 계주(桂州)에서도 크고 작

---

346) 觱篥(필률) : 피리 종류의 악기. 구멍이 아홉 개다. 본래 구차(龜玆)에서 제작되어 중국에 전래되어, 수당 연악과 당송 교방의 주요 악기가 되었다.
347) 情所嚮(정소향) : 울리는 곳에 마음이 간다. 황생(黃生)은 울리는 곳이 어디인지 찾는다는 뜻으로 풀이하였고, 구조오(仇兆鰲)는 나그네의 심정이 갑자기 일어난다고 풀이하였다. 여기서는 후자로 보았다.
348) 塞曲(새곡) : 변새의 곡조. 비장한 곡이 많다.
349) 積雪(적설) 구 : 피리 소리에서 느껴지는 정경을 말한다.
350) 急管(급관) : 리듬이 빠른 피리 소리를 가리킨다. ○風湍(풍단) : 바람이 불고 파도가 일다.

은 난이 일어났다. 노년에 몸이 고달프기 이를 데 없는데 비장한 변새의
곡조를 어찌 감당해야 하랴.

고 촉주가 인일에 보내준 시를 나중에 화답하며
―서문 붙임(追酬故高蜀州人日見寄[351]幷序)

開文書帙中,[352] 檢所遺忘, 因得故高常侍適[353]―往居在成都時, 高
任蜀州刺史―人日相憶見寄詩. 淚灑行間, 讀終篇末. 自枉詩已十餘
年,[354] 莫記存歿又六七年矣.[355] 老病懷舊, 生意可知.[356] 今海內忘形
故人,[357] 獨漢中王瑀與昭州敬使君超先在.[358] 愛而不見, 情見乎詞. 大
曆五年正月二十一日, 却追酬高公此作, 因寄王及敬弟.

편지와 글을 모은 책갑을 열고 잊은 것이 있나 점검하다가 산기상시
고적이 인일에 보내온 시를 보았다. 고적은 당시 성도에서 촉주자사로
있었다. 눈물을 행간에 뿌리며 끝까지 읽었다. 시를 받은 지 이미 십여
년이 지났는데, 생사를 잊은 채 또 육칠 년이 지났다. 늙고 병들어 친구
를 생각하니 그 인생의 의취를 알겠노라. 지금 국내에서 신분을 떠나 마

---

351) 追酬(추수) : 시를 받고 나중에 답시를 씀. ○高蜀州(고촉주) : 고적(高適). ○人日(인
  일) : 정월 초이레. 이 시는 고적이 이전에 보내온 「인일 두이 습유에게 부침」(人日寄
  杜二拾遺)에 대한 답시이다. 당시 고적은 이미 죽었다.

352) 帙(질) : 책이나 문건을 싼 책갑.

353) 高常侍適(고상시적) : 고적은 763년에 좌산기상시(左散騎常侍)가 되었다.

354) 枉詩(왕시) : 다른 사람이 보내준 시를 받다. 고적이 촉주자사가 된 후 761년 1월에
  시를 지어 보내왔으니 마침 십 년이 지났다.

355) 存歿(존몰) : 삶과 죽음. 고적은 두보가 이 시를 짓기 5년 전인 765년 죽었다.

356) 生意(생의) : 인생의 의취나 정회.

357) 忘形故人(망형고인) : 신분이나 경력에 구애받지 않는 친한 친구.

358) 漢中王瑀(한중왕우) : 한중왕 이우(李瑀). 이헌(李憲, 현종의 형)의 아들로, 현종을 따
  라 촉 지방으로 피난 가 한중왕에 봉해졌다. 산남서도방어사를 역임했다. ○昭州
  (소주) : 광서 평락현(平樂縣). ○敬使君超先(경사군초선) : 경초선(敬超先). 당시 소
  주자사로 재직하고 있었다. 사군은 자사. ○在(재) : 살아있다.

음을 주고받는 친구로는 다만 한중왕 이우와 소주자사 경초선이 살아 있을 뿐이다. 좋아하나 만날 수 없으니 글에 정을 나타내 보인다. 대력 5년(770년) 1월 21일, 고적의 시에 늦게 화답하며 한중왕과 경초선에게 부친다.

自枉蜀州人日作,[359]	촉주자사 고적이 인일에 보내준 시
不意淸詩久零落.[360]	뜻하지 않게 맑은 시를 오래도록 잊었어라
今晨散帙眼忽開,	오늘 아침 책갑을 열다가 홀연히 눈이 열렸으니
迸淚幽吟事如昨.[361]	눈물이 치솟아 낮게 읊조리니 예전이 어제 같아라
嗚呼壯士多慷慨,	아아, 장사는 얼마나 강개했던가
合沓高名動寥廓![362]	자자한 명성이 세상을 진동했었지
歎我凄凄求友篇,[363]	나는 쓸쓸히 친구를 찾는 시만 썼는데
感君鬱鬱匡時略.[364]	그대는 세상을 구하는 책략을 남겼었지
錦里春光空爛漫,[365]	성도의 봄빛은 부질없이 흐드러지고
瑤墀侍臣已冥寞.[366]	옥 계단의 신하는 오래전에 사라졌어라
瀟湘水國傍黿鼉,[367)368)]	나는 소상의 강가에서 자라와 함께 지내는데
鄠杜秋天失鵰鶚.[369)370)]	장안의 가을 하늘에 수리 같은 그대가 없으리

359) 蜀州(촉주) : 촉주자사 고적(高適). ○ 人日作(인일작) : 고적이 보내온 시 「인일 두이 습유에게 부침」(人日寄杜二拾遺)을 가리킨다.
360) 淸詩(청시) : 새로 지은 좋은 시. ○ 零落(영락) : 적막하다. 여기서는 잊어버리다.
361) 迸淚(병루) : 눈물이 터져 나오다. ○ 幽吟(유음) : 낮은 소리로 읊조리다.
362) 合沓(합답) : 중첩되거나 모여 있는 모양. ○寥廓(요곽) : 높고 먼 모양. 여기서는 세상을 가리킨다.
363) 求友篇(구우편) : 친구를 구하는 시편. 두보가 촉 지방에 있으면서 고적에게 보낸 시들을 가리킨다.
364) 鬱鬱(울울) : 무성한 모양. ○匡時略(광시략) : 나라를 다스리는 웅대한 재주와 책략.
365) 錦里(금리) : 금관성. 성도를 가리킨다. ○ 爛漫(난만) : 광채가 선명한 모양.
366) 瑤墀(요지) : 옥 계단. 궁전을 가리킨다. ○侍臣(시신) : 고적. ○冥寞(명막) : 죽다.
367) 심주 : 당시 두보는 담주에 정박하고 있었다.(時公泊潭州.)
368) 傍黿鼉(방원타) : 자라와 악어가 곁에 있다. 자신이 상수(湘水)에서 유랑하고 있음을 말한다.

東西南北更誰論?[371]	'동서남북'을 떠도는 나를 누가 생각해주랴?
白首扁舟病獨存.	백발에 쪽배 타고 병들어 있다네
遙拱北辰纏寇盜,[372]	멀리 바라보니 북두성에 도적들이 엉켜있어
欲傾東海洗乾坤.	동해를 기울여 건곤을 다 씻어버리고 싶어라
邊塞西蕃最充斥,[373]	변경의 티베트가 가장 많아
衣冠南渡多崩奔.[374][375]	관리들은 남으로 분분히 피난 갔어라
鼓瑟至今悲帝子,[376]	슬을 뜯으며 제왕의 아들을 슬퍼하니
曳裾何處覓王門?[377]	옷자락 끌며 어느 곳으로 왕부를 찾아가랴?
文章曹植波瀾闊,[378]	문장은 조식(曹植)처럼 변화 있고 장대하고
服食劉安德業尊.[379][380]	복식하며 유안(劉安)처럼 백성을 살폈지

---

369) 심주 : 고적이 있던 곳을 생각하였다.(憶高所處.)

370) 鄠杜(호두) : 호현(鄠縣)과 두곡(杜曲). 장안성 남쪽에 소재. 여기서는 장안을 가리킨다. ○鵰鶚(조악) : 수리와 물수리. 둘 다 맹금이다. 고적은 권세가를 두려워 않고 직언을 하였으므로 맹금에 비유하였다.

371) 심주 : 고적이 쓴 시에 맞추어 말하였다.(對針高贈句.)

372) 遙(요) : 멀리 바라보다. ○拱(공) : 감싸다. ○北辰(북신) : 북두성. 조정을 가리킨다. ○纏寇盜(전구도) : 도적이 둘러싸 있다. 당시 티베트가 매년 침공하였다.

373) 充斥(충척) : 충만하다. 많다.

374) 심주 : 동서남북을 나누어 말하는 것은 『초사』의 「초혼」에서 유래했다.(分說東西南北, 本楚詞之招魂.)

375) 衣冠南渡(의관남도) : 서진 말기 북방의 비한족이 강성해지면서 진 원제(晉元帝)와 세족들이 남하한 일을 가리킨다. 여기서는 티베트의 침입에 대종이 섬주(陝州)로 피난하고, 중원의 세족들도 강남으로 피난 간 일을 말한다. ○崩奔(붕분) : 무너지듯 달아나다.

376) 鼓瑟(고슬) : 슬을 연주하다. 『초사』 「원유」(遠遊)에 "상수의 여신이 슬을 타게 하여"(使湘靈鼓瑟兮)라는 말이 있다. 상령(湘靈)은 상비(湘妃)를 말하며, 요 임금의 딸이므로 제자(帝子)라 하였다.

377) 曳裾(예거) : 옷자락을 끌다. 권세가 아래 기식하다. ○王門(왕문) : 여기서는 한중왕 이우의 왕부(王府)를 말한다.

378) 曹植(조식) : 삼국시대 문인으로 조조(曹操)의 아들이다. 위진시대 문인 가운데 가장 뛰어났다. ○波瀾闊(파란활) : 문장의 구성이 광활하고 필력이 웅건하다.

379) 심주 : 조식과 유안으로 한중왕 이우를 비유하였다.(曹劉比漢中王.)

380) 服食(복식) : 단약을 복용하다. 도가에서 말하는 일종의 장생술의 방법이다. ○劉安(유안) : 한 고조의 손자로 회남왕(淮南王)에 봉해졌다. 현능한 인재를 예우하고 방사를 좋아하였다.

長笛鄰家亂愁思,[381]   이웃집의 피리 소리에 그리움이 마구 일어나니
昭州詞翰與招魂.[382]   소주의 경초선은 글을 써서 고적의 혼을 위로하
    소서

평석 고적의 '동서남북으로 떠도는 그대에게 부끄러워라'에 대한 답으로 동서남북을 나누
어 지적하였으니 이는 고대 시인의 수답시의 격식이다.(答蜀州'愧爾東西南北人'句, 故將東西
南北分點, 古人酬贈體也.)

해설 고적을 그리워한 작품이다. 고적이 죽은 지 5년 후인 770년 1월 장
사에서 우연히 책갑을 정리하다가 예전에 그가 보내준 시를 발견하고는
이 시를 썼다. 고적은 촉주자사로 있던 761년 1월에 시를 지었으니 마침
십 년이 지난 때였다. 두보는 고적에 대한 깊은 우의와 전란의 시국을
걱정하였다. 고적의 시는 권5에 「인일 두이 습유에게 부침」(人日寄杜二拾
遺)이란 제목으로 실려 있다.

---

381) 長笛(장적) 구 : 서진의 향수(向秀)가 친구 혜강(嵇康)을 생각한 일을 말한다. 혜강이
    살해된 후, 향수가 그 집 앞을 지나가다가 이웃집에서 피리를 부는 소리를 듣고 예
    전을 그리워하여 「사구부」(思舊賦)를 지었다. 이 구는 고적에 대한 깊은 그리움을
    나타내었다.
382) 심주 : 경초선의 글을 받아 고적을 혼을 부르고자 하였다.(欲得敬書以招高魂.)

왕계우(王季友)

이기에게 답하며(酬李十六岐)[1]

煉丹文武火未成,[2]	불을 조절하여 연단을 만들고
賣藥販履俱逃名.[3]	약 팔고 짚신 팔며 이름 숨기고 사는구나
出谷迷行洛陽道,[4]	계곡을 나서도 낙양 가는 길을 몰라
乘流醉臥滑臺城.[5]	강에서 놀며 활주성에 취해 누워있구나
城下故人久離怨,[6]	성 아래 친구는 오랜 이별을 원망하는데
一歡適我兩家願.	내게 와 기쁘게 만나니 두 사람의 바람이라
朝飮杖懸沽酒錢,[7]	아침에는 지팡이에 돈을 매달아 술 마시고

---

1) 李十六岐(이십륙기) : 이기(李岐). 배항이 열여섯 번째로, 북해태수 이옹(李邕)의 아들이다.

2) 文武火(문무화) : 문화(文火)와 무화(武火). 약한 불과 센 불. 연단을 할 때 처음에는 약한 불로 하다가 나중에는 센 불로 한다고 한다.

3) 賣藥(매약) : 약을 팔다. 동한 때 한강(韓康)이 명산에서 약을 캐어 장안시장에 팔면서 살았다. 약값을 깎지 않고 삼십여 년을 지냈는데, 한 번은 여자가 약을 사려는데 깎아주지 않자 "어르신은 한강이신데 어찌 물건을 깎아주지 않으시오!"라고 화를 내었다. 이에 한강이 탄식하기를 "나는 본래 이름을 숨겨왔는데 어린 여자까지 모두 알고 있으니 약을 팔아 무엇하리오?"라며 패릉산에 들어가 자취를 감췄다. 『후한서』 「일민전」(逸民傳) 참조. ○販履(판리) : 신을 팔다. 전국시대 제나라 진중자(陳仲子)는 그의 형이 제나라에서 만종(萬種)의 봉록을 받고 살아도 이를 불의하다고 여겨 부모형제와 떨어져 초나라 오릉(於陵)에 가서 처와 함께 짚신을 짜 팔며 살았다. 초나라 왕이 그가 어질다는 말을 듣고 사신을 보내 재상으로 삼고자 부르니, 진중자는 처와 함께 달아나 남의 논밭에 물을 대는 일을 하였다. 황보밀(皇甫謐)의 『고사전』(高士傳) 참조. ○逃名(도명) : 이름을 드러내지 않다. 왕망(王莽)의 출사 권유를 거절하고 두릉(杜陵)에 은거한 장후(蔣詡)의 고사에서 유래했다. 장후는 집 안에 오솔길 세 개를 두고, 오로지 양중(羊仲)과 구중(求仲)하고만 사귀었다. 두 사람도 모두 염결하며 이름을 드러내지 않고 나오지 않았다. 동한 조기(趙岐)의 『삼보결록』 참조.

4) 迷行(미행) : 방향을 모른 채 가다.

5) 滑臺城(활대성) : 활주(滑州)의 치소. 지금의 하남성 활현.

6) 離怨(이원) : 이별의 원망.

7) 杖懸沽酒錢(장현고주전) : 지팡이에 술 살 돈을 걸어두다. 서진의 완수(阮修)는 성격이 방광(放狂)하였는데, 지팡이에 백 전을 걸어두고 주점에 가서 혼자서 창음하였

暮餐囊有松花飯.　　　　　　저녁에는 주머니의 송화반을 꺼내 먹어라
于何車馬日憧憧.[8]　　　　　그런데 어찌하여 수레가 날마다 끊이지 않고
李膺門館爭登龍.[9]　　　　　이응의 집처럼 등용문에 오르려 다투는가
千賓揖對若流水,　　　　　　읍례하는 수많은 빈객들이 강물처럼 많고
五經發難如叩鍾.[10]　　　　오경에 대해 질문하면 종을 두드리듯 답해
下筆新詩行滿壁,[11]　　　　붓을 대면 써내려가는 시로 벽이 가득하고
立談古人坐在席.　　　　　　서서 말하면 고인(古人)이 자리에 온 듯하네
問我草堂有臥雲,　　　　　　사람들은 "초당에 누운 구름이 있소?"라고 묻지만
知我山儲無儋石.[12]　　　　나는 그가 사는 산에 양식이 없음을 알고 있다네
自耕自刈食爲天,[13]　　　　음식이 하늘이라 스스로 밭 갈고 곡식 베며
如鹿如麋飮野泉.[14]　　　　사슴들과 어울려 샘물을 마신다네
亦知世上公卿貴,　　　　　　나는 또 안다네, 세상에선 벼슬을 귀하게 여기지만
且養丘中草木年.[15]　　　　산속에선 초목같이 짧은 삶 양생하며 사는 것을

다. 주점에 당시 부호나 권세가가 있어도 눈길을 주지 않았다. 『세설신어』「임탄」
(任誕) 참조.

8) 于何(우하) : 어떠한가. 어찌. 무엇. ○憧憧(동동) : 끊이지 않고 오가는 모양. 『주역』
「함」(咸)괘에 "끊이지 않고 오가다"(憧憧往來)란 말이 있다.

9) 李膺(이응) 구 : 동한 이응(李膺)은 관직이 사예교위에 이르렀을 뿐만 아니라 성망도
높았지만 아무나 손님으로 맞이하지 않았으므로, 그의 초대를 받는 사람은 '용문에
올랐다'(登龍門)고 하였다.

10) 發難(발난) : 질문하다. ○如叩鍾(여고종) : 종을 치는 것과 같다. 시간에 맞춰 종을
치는 것처럼 대답이 민첩하다.

11) 行(행) : 장차. 거의.

12) 儋石(담석) : 돌 항아리에 넣을 만큼 적은 곡식. 또는 사람이 들 수 있을만한 분량이
라는 설도 있다.

13) 食爲天(식위천) : 음식이 무엇보다 중요하다. 『한서』「역이기전」(酈食其傳)에 "왕은 백
성이 하늘이요, 백성은 음식이 하늘이다"(王者以民爲天, 而民以食爲天.)는 말이 있다.

14) 如鹿如麋(여녹여미) : 사슴과 더불어 살다. 은거를 비유한다. 『금루자』(金縷子)「흥
왕」(興王)에 "백이와 숙제는 수양산에서 굶고 지내며 사슴을 벗으로 삼았다"(伯夷叔
齊餓於首陽, 依麋鹿以爲群.)는 말이 있다.

15) 草木年(초목년) : 초목과 같이 미약한 수명.

해설 은거하는 친구 이기에게 답한 시이다. 활주에서 은거하며 사는 이기를 찾아가 그의 삶을 둘러보고 그 풍모를 기리는 형식으로 구성하였다. 첫머리에 은거하는 이기의 소탈한 삶을 그리고, 이어서 활주에서의 만남을 말하고, 다음으로 이기를 흠모하여 찾아오는 사람들과 오경과 시를 논하는 장면을 보이고, 말미에서 은거하는 뜻을 썼다.

동계의 이십오 산정에 묵으며(宿東溪李十五山亭)

上山下山入山谷,	산을 오르고 산을 내려가 골짜기에 들고
溪中落日留我宿.	계곡 속에 해가 지니 묵고 가야 하는구나
松石依依當主人,	소나무와 바위가 주인 노릇 하였으니
主人不在意亦足.	주인이 없어도 흥취는 넉넉해라
名花出地兩重階,	귀한 꽃이 두 계단 사이 땅에서 피어나고
絶頂平天一小齋.	꼭대기 평지에 작은 서재 하나 있어라
本意由來是山水,	여기 온 본뜻이 산수 자연에 있으니
何用相逢語舊懷!	친구 만나 지난 얘기는 해서 무엇 하리오!

해설 찾아간 산속의 흥취를 노래하였다. 전반부는 산속의 정자에 놀러갔으나 주인이 없는 걸 말했고, 후반부는 산수가 좋아 주인을 만날 필요가 없음을 말하였다. 주로 산정을 찾아 가는 경로를 그리면서 산수에 대한 묘사는 아주 간결하게 처리했는데도 정취가 넘치는 시가 되었다.

원결(元結)

단애옹 집에 묵으며(宿丹崖翁宅)[1]

扁舟欲到瀧口湍,[2]	쪽배로 상수(湘水)의 급류에 다다르니
春水湍瀧上水難.	불어난 봄 강물이 급해 올라가기 힘들어라
投竿來泊丹崖下,[3]	낚싯대를 거두고 단애 아래 배를 대니
得與崖翁盡一歡.	단애옹과 즐거이 술 한 잔 할 수 있어라
丹崖之亭當石巔,[4]	단애의 정자는 바위 꼭대기에 있어
破竹半山引寒泉.	산 중간에 대나무 쪼개어 샘물을 끌어들이네
泉流掩映在木杪,[5]	덮인 나뭇가지 아래 샘물이 흐르니
有若白鳥飛林間.[6]	마치 흰 새가 숲 사이를 날아가는 듯
往往隨風作霧雨,	때때로 바람 따라 안개와 비가 들이치면
濕人巾履滿庭前.	젖은 수건과 신발이 마당에 가득해라
丹崖翁,	단애옹이여
愛丹崖,	단애를 좋아하니
棄官幾年崖下家.	오래 전에 벼슬을 버리고 단애 아래 사는구나
兒孫棹船抱酒甕,[7]	아들 손자 배 젓고 자신은 술 옹기 끌어안고

---

1) 丹崖翁(단애옹) : 영릉(零陵, 호남) 농수령(瀧水令)을 지냈던 당절(唐節). 상수(湘水) 가운데 있는 바위의 단애 아래 집을 짓고 살며 스스로 단애옹이라 하였다. 원결은 별도로 「단애옹택명」(丹崖翁宅銘)을 지었다.

2) 瀧口湍(농구단) : 상수(湘水)의 급류. 남방 사람들은 강을 농(瀧)이라 하며, 빈남(彬南)에서 소북(韶北)까지 있는 여덟 개의 농은 급류로 배가 들어갈 수 없다. 이러한 급류에 띄우는 작은 배를 농주(瀧舟)라 하며 그 뱃사공을 농부(瀧夫)라 한다.

3) 投竿(투간) : 낚싯대를 물에 던진다는 뜻과 낚시를 그만 둔다는 뜻이 다 있다. 여기서는 후자.

4) 當石巔(당석전) : 바위의 꼭대기에 있다.

5) 木杪(목초) : 나뭇가지.

6) 심주 : 대나무로 샘물을 끌어들인 부분은 묘사가 그림 같다.(接竹引水, 寫來如畫.)

醉裏長歌揮釣車.[8]　　취하여 높이 노래 부르며 낚시얼레 휘저어라
我將求退與翁遊.[9]　　나도 장차 벼슬을 그만두고 노옹과 놀리니
學翁歌醉在漁舟.　　노옹을 배워 고깃배에서 노래하고 취하리라
官吏隨人往未得,　　관리라서 인사를 따라야 하니 갈래야 갈 수 없어
却望丹崖慚復羞.　　고개 돌려 단애를 바라보며 부끄러워하노라

해설 상수의 단애에서 유유자적하게 살아가는 단애옹을 만나 지은 시이다. 첫머리 4구는 단애옹을 만나게 된 경위를 쓰고, 중간 10구는 단애옹이 사는 곳의 주위 환경과 생활을 그리고, 말미 4구에서는 단애옹과 같이 은거하고 싶으나 그럴 수 없는 처지를 말하였다. 원결은 도주(道州)시대 이래 은거에 대한 지향이 강해졌다. 이 시는 763년 도주자사로 임명된 이래, 767년 봄 잠시 장사에 갔다가 도주로 되돌아가는 도중에 영릉(零陵)을 지나면서 지었다.

회계에서 은거하기를 청하며(洄溪招隱)[10]

長松亭亭滿四山.[11]　　우뚝 솟은 소나무들 사방 산에 가득하고
山間乳竇流清泉.[12]　　산간의 종유 동굴에서 맑은 물 흘러나와
洄溪正在此山裏,　　회계는 바로 이 산속에 있으니
乳水松膏常灌田.[13]　　젖과 같은 물과 송진이 언제나 밭을 적시네

---

7)　棹船(도선) : 배의 노를 젓다.
8)　釣車(조거) : 낚시용 얼레.
9)　求退(구퇴) : 퇴직하기를 청함.
10)　洄溪(회계) : 도주 강화현(江華縣) 동남에 있는 강. ○招隱(초은) : 은거하라고 부르다. 남에게 은거하기를 권하다.
11)　亭亭(정정) : 높이 우뚝 솟은 모양.
12)　乳竇(유두) : 종유석이 있는 동굴.
13)　乳水(유수) : 종유석 동굴에서 흘러나온 물. ○松膏(송고) : 송진.

松膏乳水田肥良,　　송진과 젖 같은 물이 밭을 비옥하게 해
稻苗如蒲米粒長.[14]　벼의 싹은 창포 같고 쌀알은 잘 여무네
糜色如珈玉液酒,[15]　떨잠옥 빛깔의 죽에 옥액주
酒熟猶聞松節香.[16]　술 익으면 술에서 송절(松節)의 향기 난다네
溪邊老翁年幾許?　　시내 옆의 노옹은 나이가 얼마인가?
長男頭白孫嫁女.　　장남은 백발이고 손녀는 시집갔네
問言只食松田米,　　물어보니 오로지 솔밭에서 나는 쌀만 먹고
無藥無方向人語.[17]　약도 없이 처방도 없이도 살았다고 말하네
浯溪石下多泉源,[18]　오계의 바위 아래 솟아나는 샘물들은
盛暑大寒冬大溫.　　한여름에는 서늘하고 겨울에는 따뜻해
屠蘇宜在水中石,[19]　물 가운데 바위에는 띠집 세우기 좋으니
洄溪一曲自當門.　　회계가 굽이돌며 절로 문 앞에 흐르리
吾今欲作洄溪翁,　　나는 지금 회계의 노옹이 되고 싶어
誰能住我舍西東?　　그 누가 내 집 옆에 와 살 텐가?
勿憚山深與地僻,　　산이 깊고 땅이 후미지다고 꺼리지 말게
羅浮尚有葛仙翁.[20]　갈홍도 나부산에서 살아가지 않았던가

---

14)　如蒲(여포): 창포. 이 구는 벼들이 높이 자란 모습을 형용하였다.
15)　糜(미): 죽. ○珈(가): 여인의 머리에 장식하는 떨잠.
16)　松節(송절): 소나무의 결절. 윤기가 있으며 향기가 진하다. 약재로 쓰인다.
17)　심주: 이것이 곧 신선 세계이니 봉래산과 방장산은 모두 허황된 말이다.(卽此是仙,
　　蓬萊、方丈皆虛語也.)
18)　浯溪(오계): 영주 기양(祁陽, 호남 기양현) 서남에 있는 강. 회계의 아래 있거나 근처
　　에 있었던 것으로 보인다. 원결은 별도로「오계명」(浯溪銘)을 지어 원래 이름이 없
　　는 이곳을 '오계'라 이름 지어주었다.
19)　屠蘇(도소): 띠풀로 지은 집.
20)　羅浮(나부): 나부산. 지금의 광동성 박라(博羅)현과 하원(河源)현 사이에 있는 명산.
　　풍광이 수려하다. ○葛仙(갈선): 갈홍(葛洪). 동진의 도교 학자이자 연단가. 자는 치
　　천(稚天)이며 호는 포박자(抱朴子)이다. 진 원제(晉元帝)가 관내후(關內侯)에 봉했지
　　만, 갈홍은 광동의 나부산(羅浮山)에 단사(丹砂)가 많이 나온다며 구루현령(句漏縣
　　令)이 되기를 청하여 그곳에 가 은거하였다.『포박자』,『서경잡기』등의 저서를 남
　　겼다.

평석 전편에서 회계가 은거할 만하다고 묘사하였으며, 은거를 권하는 것은 다만 말미에서 내비쳤을 뿐이다.(通體俱寫洄溪之可隱, 招客意只末路一點.)

해설 회계의 아름답고 풍요로운 환경을 극력 묘사하고, 그곳에서 은거하려는 심정을 드러내고 함께 은거할 사람을 찾았다. 766년 도주에서 지었다.

유장경(劉長卿)

평석 중당시기의 고시는 몇 수 되지 않으므로 유장경에서 한유까지 십여 수로 그 윤곽을 보인다.(中唐古詩, 寥寥可數, 故文房以後, 昌黎以前, 存十餘首以志崖略.)

동작대(銅雀臺)[1]

嬌愛更何日,[2]　　　　　총애하는 날 얼마나 된다고

---

1) 銅雀臺(동작대) : 악부제로 상화가사(相和歌辭)에 속한다. '동작비'(銅雀悲) 또는 '동작기'(銅雀妓)라는 제목을 쓰기도 한다. 동작대는 조조(曹操)가 원소(袁紹)의 세력을 소탕하고 210년 업(鄴, 하북 臨漳縣)에 세운 궁전이다. 한대 화상석에서 보듯이 '작'(雀)은 봉황이고, 규모로 보아 '대'(臺)는 궁전의 의미이다. 높이 십여 장(丈)에 주위 전각이 백이십 간이며, 주 건물 꼭대기에 날개를 편 청동 봉황을 세웠기에 동작대라 이름 지었다. 『업도 이야기』(鄴都故事)에 의하면 조조는 자신이 죽으면 업의 서쪽 언덕(西陵)에 묻되 금은보석은 묻지 말고 다만 매월 십오일에 첩과 기인(伎人)들이 누대에 올라 자신의 무덤을 바라보며 음악을 연주해 달라고 하였다. 『악부해제』에서는 "후인들이 조조의 뜻을 슬퍼하여 그를 위해 지었다"(後人悲其意而爲之詠也)라고 하였다. 현존하는 시 가운데 남조시대의 사조(謝朓), 하손(何遜), 유효작(劉孝綽), 순중거(荀仲擧), 장정견(張正見) 등의 작품이 남아있다.
2) 嬌愛(교애) : 총애.

高臺空數層.	높은 누대 부질없이 몇 층이던가
含啼映雙袖,	울음을 머금고 두 소매에 얼굴 묻었으니
不忍看西陵.[3]	차마 서릉을 볼 수 없어라
漳水東流無復來,[4]	장수(漳水)는 동으로 흘러 다시 돌아오지 않고
百花輦路爲蒼苔.	온갖 꽃 피었던 가마 길엔 푸른 이끼 덮였어라
靑樓月夜長寂寞,[5]	달밤의 누각은 내내 적막하기만 하고
碧雲日暮空徘徊.	해 저문 하늘에 구름만 부질없이 머뭇거리네
君不見	그대 보지 못하는가
鄴中萬事非昔時,[6]	업중(鄴中)의 온갖 일들 예전과 달라
古人不在今人悲.	고인은 간 데 없어 지금 사람 슬퍼함을
春風不逐君王去,	봄바람은 군왕을 따라 가지 않고
草色年年舊宮路.	풀빛은 해마다 옛 궁궐 가는 길에 푸르네
宮中歌舞已浮雲,	궁중의 노래와 춤이 이미 구름이 되어
空指行人往來處.	행인들이 오가는 곳 부질없이 가리킨다

평석 조조를 조소하지 않고 담담히 써나갔기에 절로 시품을 갖추었다.(不必嘲笑老瞞, 淡淡寫
去, 自存詩品.)

해설 업도의 동작대 유적지를 돌아본 감회를 적었다. 조조와 관련된 일
을 직접적으로 가리키지 않으면서, 변함없는 자연에 비해 변화무쌍한 인
사의 변천을 통해 금석지감을 나타내었다. 전체적으로 시간의 순서에 따
라 묘사했는데, 첫 4구는 비빈들의 입장에서 조조 사후의 궁궐을 그렸고,

---

3) 西陵(서릉) : 조조의 능묘 소재지.
4) 漳水(장수) : 장하(漳河). 산서성 동남부에서 발원한 후 하북 합장진(合漳鎭)에서 합
   류하여 업성으로 흐른다.
5) 靑樓(청루) : 호화롭고 정치한 누각.
6) 鄴(업) : 조조의 근거지. 조조가 위왕(魏王)으로 봉해지면서 이곳을 도성으로 정했다.
   당대에는 상주(相州) 업현(鄴縣). 지금의 하북성 임장현 서남.

다음 4구는 천도한 후 남겨진 적막한 궁궐을 묘사했고, 후반은 지금의
시점에서 업도를 그렸다.

계수 강가 사우혈 동굴에서 묵으며(入桂渚次砂牛石穴)[7]

扁舟傍歸路,	쪽배로 귀로에 오르니
日暮瀟湘深.	해 저무는 소상이 깊어라
湘水淸見底,	상수는 맑아 바닥이 보이는데
楚雲澹無心.	초 지방 구름은 맑고 무심해라
片帆落桂渚,	돛폭을 계수 강가에 접고
獨夜依楓林.	홀로 밤에 단풍 숲에 깃든다
楓林月出猿聲苦,	단풍 숲에 달 떠오르니 원숭이 소리 구슬프고
桂渚天寒桂花吐.	계수 강가 하늘 차가운데 계화가 피어난다
此中無處不堪愁,	이 가운데 시름겹지 않은 게 없으니
江客相看淚如雨.	강가의 나그네가 바라보고 비처럼 눈물 흘려라

해설 계수 강가에서 일어나는 객수를 썼다. 유장경은 768년부터 회서악
악전운판관(淮西鄂岳轉運判官)을 지내면서 악양을 중심으로 공무로 각지를
다녔다. 771년에 공무로 담주(潭州)와 빈주(郴州)를 오갈 때 기행시를 여러
수 지었는데 그중 한 편이다.

---

7) 桂渚(계저) : 계양(桂陽) 근처에 있는 강가. 보통 계수(桂水)라고 부른다. ○砂牛石穴
(사우석혈) : 계양에 있는 종유굴 가운데 하나. 종유굴의 이름이 사우혈이다. 『태평
환우기』 권117에서 계양에 종유굴이 삼십칠 개 소 있고, 매년 조정에 종유석을 진공
한다고 하였다.

엄릉 조어대에서 강동에 사신으로 부임하는
이강성을 보내며(嚴陵釣臺送李康成赴江東使)[8]

潺湲子陵瀬,[9]	쏟아져 흘러가는 엄릉뢰(嚴陵瀬)
仿佛如在目.	마치 고인이 눈앞에 있는 듯
七里人已非,[10]	칠리탄에 이미 고인은 없으니
千年水空綠.	천 년 동안 강물이 공연히 푸르러라
新安江上孤帆遠,[11]	신안강 위에 외로운 돛폭이 멀어지니
應逐楓林千萬轉.[12]	응당 단풍 숲 속을 천만 번 굽이돌리라
古臺落日共蕭條,	옛 조대엔 떨어지는 해 쓸쓸하고
寒水無波更淸淺.	찬 강물은 물결 없이 더욱 맑아라
臺上漁竿不復持,	조대 위의 낚싯대 다시 드는 사람 없어
却令猿鳥向人悲.	원숭이와 새들이 사람 마음 슬프게 해라
灘聲山翠至今在,	여울 소리 비췻빛 산 지금도 여전하니
遲[13]爾行舟晚泊時.	저물녘 그대의 배가 대기를 기다리노라

---

8) 嚴陵(엄릉) : 동한 초기의 은사인 엄광(嚴光). 자가 자릉(子陵)이므로 보통 엄자릉이라고 부른다. 회계(會稽) 여요(餘姚) 사람으로 젊어서 유수(劉秀)와 동문수학했다. 유수가 광무제(光武帝)로 즉위하자 이름을 바꾸고 은거하였으며, 광무제가 간의대부(諫議大夫)의 벼슬을 내렸으나 받지 않고 부춘산(富春山)으로 들어가 농사지었다. 후인들은 그가 낚시한 곳을 엄릉뢰(嚴陵瀬)라 하였다. ○釣臺(조대) : 엄자릉이 낚시하던 곳. ○李康成(이강성) : 천보 연간에 활동한 시인.

9) 潺湲(잔원) : 물 흐르는 소리. ○子陵瀬(자릉뢰) : 엄자릉이 낚시했던 곳.

10) 七里(칠리) : 칠리탄. 엄주(嚴州) 동려현 서쪽 엄릉뢰 옆에 있다. 양쪽에 산을 끼고 있어 물살이 빠르다. 현지 속담에 "바람 불면 칠 리, 바람 없으면 칠십 리"(有風七里, 無風七十里.)라고 하였다.

11) 新安江(신안강) : 절강(浙江, 전당강)의 상류. 안휘성 흡현(歙縣) 황산(黃山)에서 발원하며, 동남으로 절강성 순안현(淳安縣)을 지나 건덕시(建德市) 매성현에서 난계(蘭溪)와 합류하여 전당강으로 흘러든다. 조대는 신안강 강가에 있으며 강의 빠른 여울 부분에 칠리탄이 있다.

12) 千萬轉(천만전) : 천만 번 휘돈다. 강이 산간을 흘러가므로 수없이 굽이돈다는 뜻이다.

13) 심주 : 기다리다.(待也.)

해설 엄릉뢰에서 배를 타고 떠나는 이강성을 보내며 쓴 시이다. 송별의 뜻
보다는 엄자릉의 행적을 그리워하고, 떠나는 사람도 이곳에 은거하기를
바라는 마음을 나타내었다. 청년 때인 천보 연간에 지은 것으로 보인다.

피리 소리 듣고 지은 노래—정 협률을 두고 떠나며(聽笛歌別鄭協律)

舊遊憐我長沙謫,[14]	친구는 장사로 폄적 가는 나를 가엾게 여겨
載酒沙頭送遷客.	모랫가에 술 싣고 와 떠나는 나를 배웅하네
天涯望月自沾衣,	하늘 끝 달을 보니 절로 옷이 젖는데
江上何人復吹笛?[15]	강 위에 누가 있어 피리를 부는가?
橫笛能令孤客愁,	횡적은 외로운 나그네를 시름겹게 하고
綠波淡淡如不流.	푸른 물결 담담하여 흐르지 않는 듯해라
商聲寥亮羽聲苦,[16]	상성(商聲)은 드높고 우성(羽聲)은 쓸쓸한데
江天寂歷江楓秋.[17]	강과 하늘은 적막하고 단풍은 가을이라
靜聽關山聞一叫,[18]	「관산월」 한 자락 고요히 들으니
三湘月色悲猿嘯.	상수의 달빛 아래 원숭이 울음 애달파라
又吹楊柳激繁音,[19]	다시 「절양류」를 부니 번성한 음률이 치솟아
千里春色傷人心.[20]	천 리의 봄빛에 사람 마음 아파라
隨風飄向何處落?	음악은 바람 따라 나부껴 어디로 떨어지나?

---

14) 長沙謫(장사적): 장사로 폄적되다. 서한 때 가의(賈誼)가 장사왕 태부로 폄적된 일을
환기한다.
15) 江上(강상) 구: 피리를 부는 사람은 정 협률로 보인다.
16) 商聲(상성): 처량하고 슬픈 소리. 오행(五行)과 대응시켰을 때 상음은 가을에 속한
다. ○寥亮(요량): 소리가 높고 맑게 울리는 모양. ○羽聲(우성): 높고 격앙한 소리.
17) 寂歷(적력): 적막하다. 또는 초목이 시들어 성긴 모양.
18) 關山(관산): 악부 횡취곡 「관산월」(關山月)을 가리킨다.
19) 楊柳(양류): 악부 횡취곡 「절양류」(折楊柳)를 가리킨다.
20) 千里(천리) 구: 『초사』 「초혼」에 "천 리 멀리 바라보니 춘심(春心)이 슬퍼라"(目極千
里兮傷春心)는 구절이 있다.

唯見曲盡平湖深.　　　곡이 그치자 보이는 건 깊은 호수뿐
明發與君離別後,²¹⁾　　　새벽에 그대와 헤어지고 나서
馬上一聲堪白首.　　　말 위에서 들으면 백발이 세어지리라

해설 강가에서 헤어지며 친구가 들려주는 피리 소리를 듣고 쓴 시이다.
첫 구에서 자신을 장사로 폄적되어 간 가의에 비유한 것으로 보아, 759
년 남파로 좌천된 때를 말한 것으로 보인다. 달밤의 풍광과 음악이 주는
의경이 어울려 물아일체의 경지를 묘사하였으며, 말미에서 이별의 아쉬
움을 나타내었다.

전기(錢起)

동으로 유람 가는 최십삼을 보내며(送崔十三東遊)

千里有同心,¹⁾　　　천 리 멀리 떨어진 친구
十年一會面.　　　십 년 만에 한 번 만났지
當杯緩箏柱,²⁾　　　술잔을 두고 쟁을 느리게 타곤 했는데
倏忽催離宴.　　　어느 사이 전별의 술자리에서 이별을 재촉하는구나
丹鳳城頭噪晚鴉,³⁾　　　장안성에 저녁 까마귀가 시끄럽더니

---

21)　明發(명발) : 새벽.

1)　同心(동심) : 뜻이 같은 친구. 『주역』「계사」(繫辭)에 "두 사람의 마음이 일치하면 그
　　예리함은 쇠를 자를 수 있고, 같은 마음으로 나누는 말은 그 향기가 난초와 같다"(二
　　人同心. 其利斷金. 同心之言. 其趣如蘭.)는 말이 있다.

2)　緩箏柱(완쟁주) : 쟁의 곡조가 느리다.

3)　丹鳳城(단봉성) : 장안성. 진 목공(秦穆公)의 딸 농옥(弄玉)이 소(簫)를 불자 봉황이
　　모여들었다는 전설에서 유래했다고 한다. 또는 한 무제가 장안에 봉궐(鳳闕)을 지었

行人馬首夕陽斜.　　　　행인이 탄 말 머리에 석양이 기우는구나
灞上春風留別袂,[4]　　　파수의 봄바람이 헤어지는 옷자락 붙드니
關東新月宿誰家?[5]　　　관동에 초승달 뜰 때 누구 집에서 묵으려가?
官柳依依兩鄕色,[6]　　　늘어진 버들이 두 사람의 고향에서 푸르려니
誰能此別不相憶!　　　　그 누가 이 이별을 기억하지 않으랴!

평석 어찌 가작이라 하지 않을 수 있으랴만 가락이 평이한 편이다.(何嘗不佳, 然流入平調矣.)

해설 장안에서 친구와 헤어지며 쓴 시이다. 십 년 만에 만난 친구와 시간 가는 줄도 모르고 음악을 듣다가 이별의 술자리를 맞게 되고, 아쉬워 이야기를 나누다가 어느새 석양이 기우는 때가 되었다. 전기가 장안에서 벼슬을 할 때 친구가 찾아온 것으로 보인다.

낙제하여 귀향하는 오삼을 보내며(送鄔三落第還鄕)[7]

郢客文章絶世稀,[8]　　　영(郢)에서 온 나그네의 문장은 세상에 비할 자 없는데
常嗟時命與心違.[9]　　　시대의 흐름이 마음과 어긋남이 언제나 아쉬워라

─────

으므로 장안을 봉성(鳳城)이라 부른다고도 한다.
4)　灞上(파상) : 파수(灞水). 장안성 동쪽을 돌아가는 강. 관중 팔천(八川) 가운데 하나로, 파교(灞橋) 옆 파정(灞亭)은 버들가지를 꺾어 떠나는 사람에게 주며 송별하는 곳으로 유명하다.
5)　關東(관동) : 함곡관의 동쪽.
6)　官柳(관류) : 관아에서 심은 버들. ○ 兩鄕色(양향색) : 두 사람 모두 고향의 생각이 가득하다는 뜻이다.
7)　鄔三(오삼) : 오재(鄔載). 754년 과거에 급제하였다. 현재 시 1수가 남아있다.
8)　郢客(영객) : 초나라 수도 영(郢)에서 노래를 부르는 사람. 송옥(宋玉)의 「대초왕문」(對楚王問)에 "초나라 수도 영(郢)에서 노래하는 사람이 있었는데"(客有歌於郢中者) 화답하는 사람이 별로 없는 고아한 노래 「양춘」과 「백설」을 불렀다. 여기서는 오재를 가리킨다.
9)　時命(시명) : 시대의 흐름.

十年失路誰知己?　　　십 년 동안 길을 잃은 일 알아주는 사람도 없어
千里思親獨遠歸.　　　천 리 멀리 부모 생각에 고향에 돌아가누나
雲帆春水將何適?　　　봄 강물에 돛배 타고 어디로 가나?
日愛東南暮山碧.　　　햇빛 비치는 동남쪽에는 저녁 산이 푸르리라
關中新月對離樽,¹⁰⁾　　관중에 초승달 아래 이별의 술잔 마주하고
江上殘花待歸客.　　　강가의 남은 꽃들 돌아가는 나그네 기다리리
名宦無媒自古遲,¹¹⁾　　높은 사람의 추천이 없으면 예부터 어려워
窮途此別不堪悲.¹²⁾　　길이 막혀 여기서 이별하니 슬픔을 이길 수 없어라
荷衣垂釣且安命,¹³⁾　　은거하며 낚싯줄 드리우고 운명을 받아들이게나
金馬招賢會有時.¹⁴⁾　　금마문에서 현능한 사람 부를 날 있으리니

해설 고향으로 돌아가는 오삼을 보내며 쓴 송별시이다. 오삼은 십 년 동안 과거 준비에 몰두했으나 급제하지 못하고, 고관의 추천도 받지 못해 출구 없이 지내다가, 부모 생각에 멀리 고향으로 돌아가는 길이었다. 말들이 온후하고 위로의 말들이 따뜻하다.

---

10)　離樽(이준) : 이별의 술잔.

11)　名宦(명환) : 고관. ○ 無媒(무매) : 추천하는 사람이 없다.

12)　窮途(궁도) : 막힌 길. 삼국시대 완적(阮籍)이 때로 길이 아닌 곳으로 수레를 몰아 가다가 막다른 곳에 이르면 통곡을 하고 돌아온 일을 환기한다. 『진서』 「완적전」(阮籍傳) 참조.

13)　荷衣(하의) : 연잎으로 만든 옷. 『초사』 「이소」(離騷)에 "연잎을 엮어 윗옷을 만들고, 연꽃을 모아 치마를 만드네"(製芰荷以爲衣兮, 集芙蓉以爲裳.)란 구절이 있다. 은자가 입는 옷을 가리킨다.

14)　金馬(금마) : 금마문. 한 무제(漢武帝)가 미앙궁(未央宮) 앞의 금마문에 문인을 발탁하여 고문에 응하게 한 일에서, 뛰어난 문인들이 활동하는 장소를 가리킨다.

낭사원(郎士元)

새하곡(塞下曲)[1]

寶刀塞下兒,[2]	보검을 찬 변방의 건아
身經百戰曾百勝,	전투 백 번에 백 번 모두 이겼으니
壯心竟未嫖姚知.[3]	웅대한 마음은 표요교위도 아직 몰라라
白草山頭日初沒,	백초 깔린 산 위에 해가 저물면
黃沙戍下悲歌發.	사막의 수자리엔 비장한 노래 흘러라
蕭條夜靜邊風吹,	쓸쓸한 밤 고요히 변방의 바람 불어오면
獨倚營門望秋月.	영문에 홀로 기대어 가을 달 바라보네

해설 변경의 병사의 생활과 마음을 그렸다. 그 정조가 다분히 쓸쓸하여 바로 앞의 성당시대의 드높은 의기와 호방한 정신과는 거리가 있다. 이 시에서도 안사의 난 이후 '기골이 갑자기 약해진'(氣骨頓衰) 중당의 시풍을 엿볼 수 있다.

---

1) 塞下曲(새하곡) : 당대 악부 이름.
2) 심주 : 첫머리는 대구 없이 단구를 쓰면서 '兒'와 '知'를 운으로 하였다.(起用單句, 而以兒、知爲韻.)
3) 嫖姚(표요) : 한대 표요교위(嫖姚校尉) 곽거병(霍去病)을 말한다. 변방의 장수를 가리킨다.

노륜(盧綸)

음력 12월 8일 함녕왕의 부하 사륵이
호랑이를 잡는 것을 보고 지은 노래(臘日觀咸寧王部曲娑勒擒虎歌)[1]

山頭曈曈日將出,[2]	산 위에 붉디붉게 해가 떠오르자
山下獵圍照初日.[3]	산 아래 사냥터에 첫 햇살이 비친다
前林有獸未識名,	저 앞 숲에 있는 짐승 무엇인지 모르지만
將軍促騎無人聲.	장군의 접근 명령에 병사들이 숨죽인다
潛形踠伏草不動,[4]	몸 사리고 발 움추려 풀숲 하나 꼬덕 않지만
雙雕旋轉群鴉鳴.	독수리 뱅뱅 돌고 까마귀들 마구 운다
陰方質子才三十,[5]	음산에서 온 사나이 나이 겨우 서른인데
譯語受詞蕃語揖.	통역한 명령 받고 외국어로 대답한다
捨鞍解甲疾如風,	안장에서 내려와 갑옷 벗고 질풍처럼 내달려가리
人忽虎蹲獸人立.[6]	사람은 호랑이처럼 앉고, 짐승은 사람처럼 일어섰다
欻然扼顙批其頤,[7]	순식간에 이마 치고 턱 주걱을 내갈기니

---

1) 臘日(납일): 음력 12월 8일. 당나라 때는 납일에 맹수를 잡는 습속이 있었다. ○咸寧王(함녕왕): 혼감(渾瑊)의 직책을 말한다. 혼감은 784년부터 799년 죽기까지 함녕군왕(咸寧郡王)으로 봉해졌다. ○部曲(부곡): 부하. 원래 부곡은 군대의 편제였다. ○娑勒(사륵): 혼감의 부하 장수로 성은 백(白)씨이다.

2) 曈曈(동동): 하늘이 동터오는 모양.

3) 獵圍(엽위): 포위하여 사냥하다. 고대에 군왕이나 귀족들은 일정한 지역을 둘러싸고 사냥을 하였다.

4) 踠(원): 발을 구부리다. 이 구는 호랑이가 풀숲에 숨어 있는 모양을 형용하였다.

5) 陰方(음방): 음산(陰山) 일대를 가리킨다. ○質子(질자): 국왕이 자신의 친족을 다른 나라에 파견하여 살게 하는 것을 인질이라 하였다. 여기서는 백사륵(白娑勒)을 가리킨다.

6) 심주: 사람과 호랑이가 서로의 모양을 하고 있으니 터럭 하나까지 생동적이다.(人虎互形, 毛髮生動.)

7) 欻然(홀연): 갑자기, 재빠르게.

爪牙委地涎淋漓.	사지를 늘어뜨리고 침을 질질 흘린다
旣蘇復吼拗仍怒,[8]	깨어나선 울부짖고 여전히 버팅기어
果協英謀生致之.[9]	결국은 계책대로 생포하여 잡아왔다
拖自深叢目如電,	깊은 숲에서 끌려나와 눈빛을 번득이니
萬夫失容千馬戰.[10]	병사들은 질리고 말들은 벌벌 떨어
傳呼賀拜聲相連,	여기저기 잘 잡았다 인사하고 환호하니
殺氣騰凌陰滿川.	살기가 충천하고 음기가 강가에 가득하다
始知縛虎如縛鼠,	호랑이 잡기가 쥐 잡기와 같으니
敗虜降羌在眼前.	강한 적을 잡는 것도 이와 같으리라
祝爾嘉詞爾無苦,	호랑이야 축하한다, 이제부터 고생 없으리니
獻爾將隨犀象舞.	너는 진상되어 코끼리와 물소와 함께 춤을 추리라
苑中流水禁中山,	어원 가운데 호수의 작은 섬
期爾攫搏開天顔.	그곳에서 격투 벌여 황제를 기쁘게 하리라
非熊之兆慶無極,[11]	천하를 보좌할 어진 재상 구할 조짐이니
願紀雄名傳百蠻.	용맹한 그 이름 기록하여 만족(蠻族)들에게 전하리라

평석 중간의 맹수를 때려잡는 몇 마디 말은 사마천의 거록 전투를 서술한 대목보다 못하지 않다.(中間搏獸數語, 何減太史公敍鉅鹿之戰.)

해설 함녕왕 혼감의 장병이 호랑이를 잡는 일을 그렸다. 묘사가 세밀하고 생기가 넘쳐 노륜의 필력이 유감없이 드러났다. 비한족 장병의 용맹

---

8) 拗(요) : 순종하지 않음.

9) 協(협) : 부합하다. ○英謀(영모) : 영명한 계획. 혼감의 의도를 가리킨다. ○生(생) : 생포하다.

10) 失容(실용) : 공포로 얼굴빛이 변하다. ○戰(전) : 전율하다. 떨다. 여기서는 반대로 백사륵의 용맹을 강조하였다.

11) 非熊之兆(비웅지조) : 주 문왕(周文王)이 사냥 가기 전에 점을 치니 용도 곰도 아닌 왕의 보좌라고 하더니, 과연 태공을 만났다. 여기서는 혼감이 현능한 재상이 되리라는 뜻으로 말하였다.

에 초점을 두어 비한족의 귀화를 간접적으로 선양하였다. 호랑이를 때려
잡는 일은 『수호전』의 '호랑이를 때려잡은 무송'(武松打虎)을 연상시킨다.
혼감은 784년 함녕왕에 봉해졌으며, 노륜 역시 이 해에 하중절도사 혼감
의 판관으로 들어가 함녕왕이 죽을 때인 799년까지 근무하였다. 이 시는
이 기간에 지었다.

유우석(劉禹錫)

채주 평정 3수(平蔡州三首)[1]

제1수

蔡州城中衆心死,[2]	채주성에 패색 짙어 군심(軍心)이 흩어지자
妖星夜落照壕水.[3]	요사스런 별이 해자를 비추며 떨어졌네
漢家飛將下天來,[4]	한나라 비장이 하늘에서 내려와
馬棰一揮門洞開.[5]	말채찍 한 번 휘두르니 성문이 활짝 열렸다
賊徒崩騰望旗拜,	도적들이 놀라 뛰며 깃발보고 엎드리니
有若群蟄驚春雷.[6]	마치 겨울잠 자는 동물들이 봄 우레에 놀란 듯해라

---

1) 平蔡州(평채주) : 채주를 평정하다. 관군이 817년 겨울 회서절도사 오원제(吳元濟)의
   반군을 채주(지금의 하남 汝南)에서 평정하였다. 채주는 회서절도부의 치소이다.
2) 衆心死(중심사) : 사람들이 절망하다.
3) 妖星(요성) : 요사스런 별. 혜성 등을 가리키며, 그러한 별들이 떨어지면 악인이 멸망
   한다고 생각하였다. ○壕水(호수) : 해자의 물.
4) 漢家飛將(한가비장) : 한나라의 비장 이광(李廣). 여기서는 이소(李愬)를 가리킨다.
5) 馬棰(마추) : 말채찍.
6) 群蟄(군칩) : 겨울잠을 자는 동물들.

狂童面縛登檻車,[7]　　　미친 자식 뒤로 묶어 함거에 태우고
太白天矯垂捷書.[8]　　　태백 깃발 펄럭이며 승전보를 보낸다
相公從容來鎭撫,[9]　　　상공 배도는 차분히 백성을 위로하고
常侍郊迎負文弩.[10]　　　상시 이소는 쇠뇌를 지고 교외에서 맞이했어라
四人歸業閭里閑,[11]　　　사농공상이 모두 본업에 돌아가 마을이 편안하니
小兒跳踉健兒舞.[12]　　　아이들은 뛰어다니고 건아들은 춤을 춘다

제2수

汝南晨鷄喔喔鳴,[13]　　　여남에 새벽닭이 꼬끼오 울자
城頭鼓角音和平.　　　　성 머리에 북과 호각 그 소리 화평해라
路傍老人憶舊事,　　　　길가의 노인은 옛일을 생각하며
相與感激皆涕零.　　　　마주하여 감격하며 모두가 눈물 흘려라
老人收泣前致辭:　　　　노인이 울음을 거두며 앞으로 나와 말하길
"官軍入城人不知.　　　　"관군이 성에 들어오는 줄도 몰랐습죠
忽驚元和十二載,　　　　놀랍게도 갑자기 원화 12년에

---

7)　狂童(광동) : 미치고 막되 먹은 사람. 오원제를 가리킨다. ○面縛(면박) : 두 손은 몸 뒤에 묶고 얼굴은 앞을 향함. 패자가 승자에게 취하는 태도이다. ○檻車(함거) : 죄인이 타는 수레.

8)　太白(태백) : 군대를 지휘하는 깃발의 하나. ○天矯(요교) : 구불거리며 흔들리는 모양.

9)　相公(상공) : 배도(裴度)를 가리킨다. ○鎭撫(진무) : 반군을 진압하고 백성을 위로하다.

10)　常侍(상시) : 산기상시. 이소(李愬)를 가리킨다. ○郊迎(교영) : 교외에 나가 맞이하다. ○文弩(문노) : 무늬가 새겨진 쇠뇌.

11)　四人(사인) : 사민(四民). 사농공상(士農工商)을 말한다. 당 태종 이세민(李世民)의 이름을 피휘하기 위해 '민'자를 바꾸었다. 이소는 반군의 수장 오원제를 생포하고 난 후 한 사람도 죽이지 않고 모두 원래의 일을 하게 했다.

12)　跳踉(도량) : 뛰다. 기뻐서 좋아하는 모양을 말한다. ○健兒(건아) : 사졸들을 가리킨다.

13)　汝南(여남) : 채주(蔡州). ○晨鷄(신계) : 새벽 닭. 동한 말기의 고시 「계명가」(鷄鳴歌)에 "동방이 밝으려니 별들이 반짝이고, 여남의 새벽닭이 단에 올라 홰를 친다"(東方欲明星爛爛, 汝南晨鷄登壇喚.)는 말이 있다. ○喔喔(악악) : 꼬끼오. 닭의 울음을 형용한 의성어.

重見天寶承平時."14)　　천보 연간의 태평시절 다시 보게 되었구료"

평석 『당시기사』에 기록했다. "유우석이 말했다. 유종원은 한유의 「평회서비」에서 말한 '왼쪽 밥 오른쪽 죽'을 비판하면서, 자신이 쓴 「평회서아」의 '부모를 우러르고 아이를 굽어보다'가 어떠하느냐고 말했다. 또 한유의 비문은 모자를 두 개 썼는데 자신이라면 바로 군사를 움직여 반군을 토벌하라고 쓴 것이다고 했다. 사실 한유의 비문과 유종원의 '아'는 각기 장점이 있다. 나의 시에서는 '여남에 새벽닭이 꼬끼오 울자, 성 머리에 북과 호각 그 소리 화평해라'고 하여 이소의 채주 성 점령을 칭송하였고, 삽시간에 공격하였기에 적들이 아는 자 없음을 말했다. 또 말미에 '놀랍게도 갑자기 원화 12년에, 천보 연간의 태평시절 다시 보게 되었구료'라 하여 회서 평정의 해를 나타냈다."(紀事云 : "夢得曰 : 柳八駁韓十八平淮西碑云'左飧右粥', 何如我平淮西雅云'仰父俯子'? 韓碑兼有帽子, 使我爲之, 便說用兵伐叛矣. 韓碑、柳雅, 各有所長. 余詩有云 : '汝南晨鷄喔喔鳴, 城頭鼓角聲和平', 美愬之入蔡城也, 須臾之間, 賊無覺者. 又落句云 : '忽驚元和十二載, 重見天寶升平時', 以見平淮西之年云.") ○『당시기사』의 말은 믿기 어렵다. 유종원의 '아'와 유우석의 시를 따져보면, 이들은 한유의 비문보다 상당히 떨어지는데, 이상은의 시로 증거를 삼을 만하다.(紀事語不足憑, 究之柳雅劉詩, 遠遜韓碑, 李義山詩, 可取而證也.)

제3수

九衢車馬渾渾流,15)　　사통팔달 거리에 수레가 도도히 흐르니
使臣來獻淮西囚.　　사신이 와서 회서의 죄인을 바치는도다
四夷聞風失匕箸,16)　　사방의 반군들이 소식을 듣고 수저를 떨어뜨리니

---

14)　天寶(천보) : 당 현종의 세 번째 연호. 742~755년. 당대는 개원과 천보 연간에 전성기를 이루었으나, 천보 말에 안사의 난이 일어나고 번진이 할거하면서 이때부터 전란이 끊이지 않게 되었다.
15)　九衢(구구) : 장안의 사통팔달의 도로. ○渾渾(혼혼) : 큰 강이 흘러가는 모양.
16)　四夷(사이) : 사방의 비한족. 여기서는 조정에 대항한 번진. ○匕箸(비저) : 시저(匙箸). 숟가락과 젓가락. 실비저(失匕箸)는 놀라서 당황하는 모습을 나타낸 것으로, 유비의 전고에서 나왔다. 조조가 유비에게 "지금 천하의 영웅은 오직 그대와 나 조조

天子受賀登高樓.[17]　　천자는 높은 성루에 올라 승전보를 받았어라

妖童擢髮不足數,[18]　　요사스런 놈의 죄목은 머리털보다 많아

血汚城西一抔土.[19]　　장안성 서쪽에 한 움큼의 흙을 피로 물들였어라

南峰無火楚澤閑,[20]　　남쪽 봉우리에 봉화 없고 초 지방 한가로와

夜行不鎖穆陵關.[21]　　밤중에 다녀도 목릉관을 닫지 않는다

策勳禮畢天下泰,[22]　　공훈을 기록하고 절차를 끝내니 천하가 태평하고

猛士按劍看常山.[23][24]　　용맹한 병사들이 칼자루 잡고 상산을 바라본다

해설 회서절도사 오원제(吳元濟)의 반란이 진압되는 과정을 그렸다. 814년 창의군절도사 오소양(吳少陽)이 죽자 그 아들 오원제가 조정의 인가를 받지 않고 스스로 절도사가 되었다. 이에 조정에서는 군사를 일으켜 토벌에 나섰다. 817년 재상 배도(裴度)가 언성(郾城)에 나가 독려하고, 장군 이소(李愬)가 배도의 지지를 받아 채주성을 공격하여 오원제를 생포하였다. 회서의 평정은 안사의 난 이후 발호하던 번진을 통제하는 전환점이 된 사건이다. 당시 연주(連州)로 멀리 유배가 있던 유우석은 817년 겨울 이

뿐이오! 원소 같은 무리는 헤아릴 필요조차 없소!"라 하자 유비는 숟가락과 젓가락을 놓쳤다. 『삼국지』 「촉서」 「선주전」(先主傳) 참조.

17) 高樓(고루) : 높은 누대. 장안 대명궁 남문 다섯 개 중 가장 서쪽에 있는 흥안문(興安門) 성루. 817년 11월 병술(丙戌)일 헌종이 흥안문에 행차하여 회서의 포로를 받았다. 『구당서』 「헌종기」(憲宗紀) 참조.

18) 妖童(요동) : 요사한 자식. 오원제를 가리킨다. ○擢髮(탁발) : 머리털을 뽑아 숫자를 헤아릴 만큼 많다.

19) 城西(성서) : 오원제는 장안성 서쪽의 버드나무 아래에서 사형을 당하였다. ○一抔土(일부토) : 한 움큼의 흙.

20) 無火(무화) : 봉홧불이 오르지 않다.

21) 穆陵關(목릉관) : 광주(光州)와 황주(黃州) 사이에 있는 관문. 지금의 호북성 마성(麻城) 소재. 회서(淮西)와 전투를 벌일 때 악악관찰사 이도고(李道古)가 이끄는 군사가 목릉관을 나가 신주(申州)를 공격하였다.

22) 策勳(책훈) : 공훈을 간책에 쓰다.

23) 심주 : 당시 상산만이 조정에 굴복하지 않았다.(時惟常山不庭.)

24) 按劍(안검) : 칼자루를 잡다. 검을 빼들기 전의 자세이다. ○常山(상산) : 상산군. 항주(恒州). 당시 성덕군절도사 왕승종(王承宗)이 반란을 일으켰다.

소식을 듣고 위 시를 지었다.

모기떼 노래(聚蚊謠)[25]

沈沈夏夜蘭堂開,[26]	침침히 깊어가는 여름 밤 높은 대청을 열면
飛蚊伺暗聲如雷.[27]	어둠 속 모기떼들 그 소리 우레 같아라
嘈然歘起初駭聽,[28]	갑자기 떠들썩하게 일어나 처음에는 놀라는데
殷殷若自南山來.[29]	종남산에서 우르릉 들려오는 듯해라
喧騰鼓舞喜昏黑,	소란을 고무하고 어둠을 좋아해
昧者不分聰者惑.	눈 어두운 자 분간 못하고 총명한 자 미혹되네
露花滴瀝月上天,	꽃잎에 이슬 떨어지고 달이 솟아오르면
利嘴迎人著不得.	날카로운 침으로 사람을 찌르며 옮겨다니라
我軀七尺爾如芒,[30]	내 몸은 칠 척이고 너는 바늘 끝 같이 작으나
我孤爾衆能我傷.	나는 혼자고 너는 많아 능히 나를 해치겠구나
天生有時不可遏,	왕성히 번식할 땐 막을 수 없어
爲爾設幄潛匡床.[31]	너 때문에 모기장 치고 침상으로 숨는다네
清商一來秋日曉,[32]	가을바람이 불어오고 새벽이 밝아오면

---

25) 聚蚊(취문) : 몰려든 모기떼. 서한 초기 '오초칠국의 난'이 평정된 이후 한 무제가 제
후들 사이의 관계를 엄격히 제한하자, 참언과 유언비어가 많아졌다. 이에 중산왕 유
승(劉勝)이 "여러 사람이 입김을 불면 산이 움직이고, 모기떼가 모이면 우렛소리가
난다"(衆煦漂山, 聚蚊成雷.)며 참언과 유언을 듣지 말 것을 호소하였다. 『한서』 「경
십삼왕전」(景十三王傳) 참조.
26) 沈沈(침침) : 깊은 모양. ○蘭堂(난당) : 향기로운 대청.
27) 伺暗(사암) : 어둠 속에서 엿보다.
28) 嘈然(조연) : 떠들썩하다. ○歘起(훌기) : 갑자기 일어나다.
29) 殷殷(은은) : 우르릉. 우렛소리.
30) 如芒(여망) : 까끄라기와 같이 작다.
31) 潛(잠) : 숨다. ○匡床(광상) : 네모난 침상.
32) 清商(청상) : 가을바람.

羞爾微形飼丹鳥.[33]　　　네 작은 몸들은 반디에 먹히리라

해설 모기떼를 통해 참언하고 중상하는 소인배를 풍자하였다. 영물시이
자 정치풍자시라 할 수 있다. 그 의미는 중산왕 유승(劉勝)이 말한 "여러
사람이 입김을 불면 산이 움직이고, 모기떼가 모이면 우렛소리가 난다"
(衆呴漂山, 聚蚊成雷.)에서 가져왔지만, 시인은 갑자기 떠들썩하게 일어나
고, 소란을 고무하고, 날카로운 침으로 찌르는 특징으로 모기를 형상화
하였다. 785년(貞元 원년) 여름 영정 혁신에 적극적으로 참여하자 사방에
서 벌떼처럼 일어난 유언비어를 환기한다.

위응물(韋應物)

신선술을 배우는 노래 2수(學仙吟二首)

제1수

昔有道士求神仙,[1]　　　예전에 신선술을 배우는 도사가 있었으니

---

[33] 羞(수) : 주다. 바치다. ○丹鳥(단조) : 반디. 『대대례』「소하정」(夏小正)에 "팔월에 반
디가 모기를 먹는다"(八月丹鳥羞白鳥.)는 말이 있다.

[1] 道士(도사) : 한대 도사 유위도(劉偉道). 제1수는 유위도와 관련된 이야기를 제재로
한 것으로 보인다. 『진고』(眞誥) 권5에 기록이 있다. "중산 유위도는 한대 사람이다.
반총산에서 신선술을 십이 년 동안 배웠다. 신선이 시험하기를 십만 근 나가는 바위
를 한 가닥 백발로 들어 올리고 유위도더러 그 아래 눕게 하였다. 유위도가 마음이
편안하고 몸이 가뿐한 채 두려움 없이 그 아래 누워 십이 년을 보냈다. 가지 않는
곳이 없게 되자 마침내 단약을 내려 대낮에 승천하였다."(中山劉偉道, 漢時人. 學仙
在蟠塚山, 積十二年. 仙人試之, 以石重十萬斤, 一白髮擊垂之, 使偉道臥其下. 偉道心
安體悅, 了無憂怖, 臥在其下. 十二年仙人數試之, 無所不至, 遂賜神丹, 白日昇天.)

靈眞下試心確然.[2]　　　신령이 내려와 마음이 굳센지 시험하였지
千鈞巨石一髮懸,[3]　　　무게 천 균의 바위를 한 가닥 백발로 들어
臥之石下十三年.　　　그 아래 십삼 년 동안 누워있게 하였지
存道忘身一試過,　　　몸을 잊고 도를 품어 시험에 통과하여
名奏玉皇乃升天.[4]　　　옥황상제에게 이름을 아뢰러 승천하였지
雲氣冉冉漸不見,[5]　　　구름이 하늘하늘 멀리 사라지면서
留語弟子但精堅.[6]　　　제자에게 오로지 정성을 굳게 하라 말했다네

제2수

石上鑿井欲到水,[7]　　　바위에 우물을 파 물을 길으려면
惰心一起中路止.　　　마음이 게으르면 중도에 포기한다
豈不見　　　어찌 보지 못하는가
古來三人俱弟兄,[8]　　　예전에 세 사람 형제가 있었으니

---

2)　靈眞(영진) : 신선. ○ 確然(확연) : 확실하다.

3)　千鈞(천균) 2구 : 한 가락 머리카락으로 매단 삼만 근 바위 아래 십삼 년을 누워있어도 구도의 마음이 변하지 않다. 일 균(鈞)은 삼십 근으로, 지금의 도량형으로 치면 약 15킬로그램. 천 균이면 15톤.

4)　名奏玉皇(명주옥황) : 이름을 옥황상제에게 아뢰다.

5)　冉冉(염염) : 하늘거리며 올라가는 모양.

6)　精堅(정견) : 정성이 흔들림 없이 굳세다.

7)　石上(석상) 2구 : 도를 닦는 어려움을 우물 파기에 비유하였다. 『역세진선체도통감』(歷世眞仙體道通鑒) 권24에 이에 대한 비유가 있다. "도를 배움은 우물을 파는 것과 같아 우물이 깊을수록 흙을 파내기 어렵다. 만약 마음을 굳세게 하고 바르게 행하지 않으면 어찌 샘물을 볼 수 있겠는가?"(學道當如穿井, 井愈深, 土愈難出. 若不堅心正行, 豈得見泉源耶?)

8)　三人(삼인) : 주군(周君) 삼형제를 가리킨다. 세 사람은 어려서부터 도를 좋아하여 상산(常山)에 구십칠 년 동안 살았다. 정신은 느끼지 않는 것이 없었다. 갑자기 머리가 백발인 노공(老公)이 나타나자 세 사람이 도를 가르쳐 달라고 청하였다. 노공이 『소서』(素書) 7권을 주고 읽게 하였다. 형제 세 사람은 정독하였다. 어느 날 문득 흰 사슴 한 마리가 나타났는데 두 동생이 책을 덮고 보러 갔지만 주군은 읽기를 멈추지 않았다. 두 동생은 신선이 흰 사슴으로 변신하였으리라 미혹되어 주군에게 보러 가자고 불렀지만 주군은 응하지 않았다. 두 동생이 돌아오니 주군은 일곱 번 더 읽었

結茅深山讀仙經.　　　　　깊은 산에 띠풀집 지어 신선 경전 읽었음을
上有靑冥倚天之絶壁,[9]　위로는 절벽이 하늘에 기대있고
下有颼飀萬壑之松聲.[10]　아래로는 골짜기에서 불어오는 솔바람 소리
仙人變化爲白鹿,　　　　신선이 흰 사슴으로 변하니
二弟玩之兄誦讀.　　　　두 동생은 이와 놀았으나 형은 음송하였지
讀多七過可乞言,[11]　　일곱 번 더 읽어 가르침을 구하니
爲子心精得神仙.[12]　　형은 마음이 집중되어 신선이 되었네
可憐二弟仰天泣,　　　　아쉬워라, 두 동생은 하늘 보며 울었으니
一失毫釐千萬年.[13]　　호리(毫釐)의 차이로 천 년만의 기회를 잃었어라

평석 두 수는 요컨대 도를 구함에 있어 정신 집중이 중요하다고 말하였다.(二章總言求道貴專.)

해설 신선술을 배우는 경지를 서술하였다. 두 가지 이야기 모두 『진고』(眞誥)에 나오는 이야기를 제재로 마음을 집중해야 하는 이치를 강조하였다. 역대로 많은 시인들은 신선의 표묘한 이미지와 아름다움을 상상하며 신선을 그리워했는데 반해, 이 시는 이야기의 형식으로 설리(說理)를 시화하였다.

　　다. 주군은 만 번을 읽었지만, 두 동생은 구천칠백삼십삼 번 읽었다. 주군은 삽시간에 신선이 되어 날아갔다. 두 동생이 책을 찾아 읽으려 했지만 갑자기 돌이 터지고 불꽃이 일면서 책이 타버려 신선이 될 수 없었다. 『진고』(眞誥) 권5 참조.
　9)　靑冥(청명) : 푸르고 어둡다. 하늘이나 산봉우리를 가리킨다.
10)　颼飀(수류) : 쏴쏴. 바람 소리를 나타내는 의성어.
11)　七過(칠과) : 일곱 번. ○乞言(걸언) : 신선에게 가르침을 구하다.
12)　心精(심정) : 마음이 하나로 모여 있다. 정신이 집중되다.
13)　毫釐(호리) : 지극히 작음.

꾀꼬리 소리 들으며(聽鶯曲)

東方欲曙花冥冥,[14][15]	동방이 밝아오니 꽃들이 아직 어둑한데
啼鶯相喚亦可聽.	서로 부르듯 우는 꾀꼬리가 들을 만하여라
乍去乍來時近遠,	금방 갔다 금방 오며 원근 따라 소리 달라
才聞南陌又東城.	남쪽 길에서 듣다가 성 동쪽에서 듣는구나
忽似上林翻下苑,[16]	상림원에 있는 듯하더니 금방 의춘하원에 가
綿綿蠻蠻如有情.[17]	꾀꿀꾀꿀 우짖으니 일부러 정감이 있는 듯
欲囀不囀意自嬌,	지저귀듯 그치는데 자랑하는 폼새는
羌兒弄笛曲未調.[18]	강족 아이 횡적 곡이 아직은 서투른 듯
前聲後聲不相及,	앞소리에 뒷소리가 이어지지 않으면
秦女學箏指猶澀.[19]	진 지방 여인이 쟁 타기가 서툰 듯
須臾風暖朝日暾,[20]	잠시 후 아침 해 솟아나고 바람이 따뜻해지면
流音變作百鳥喧.	미끄러지는 소리에 온갖 새 소리 따라서 소란해
誰家懶婦驚殘夢?	어느 집에 게으른 아낙이 꿈에서 깨어났나?
何處愁人憶故園?	어느 곳에 시름 깊은 사람이 고향을 생각하나?
伯勞飛過聲局促,[21]	때까치가 날아가며 우는 소리는 촉급하기만 하고

---

14) 심주 : 꾀꼬리 소리를 듣는데 말머리는 이처럼 열어야 하는 법을 알아야 한다.(須知 是聽鶯起法.)

15) 冥冥(명명) : 어두운 모양. 여기서는 꽃들이 무성히 핀 모양을 형용하였다.

16) 上林(상림) : 상림원. 진대에 창건하였고 한 무제 때 확충한 황가 원림. 주위가 삼백 여 리가 되고 이궁이 칠십 개소에 이르렀다. 지금의 서안시 서쪽 교외와 주지현 일 대에 소재했다. ○下苑(하원) : 한대의 의춘하원(宜春下苑). 당대의 곡강지.

17) 綿綿蠻蠻(면면만만) : 새 소리. 『시경』 「면만」(綿蠻)에 "꾀꿀꾀꿀 꾀꼬리여, 언덕에 앉아있네"(綿蠻黃鳥, 止於丘阿.)란 구절이 있다.

18) 羌(강) : 강족. 중국의 서북에 살던 민족. 횡적은 강족이 중국에 전하였다고 한다. ○未 調(미조) : 조화롭지 못하다.

19) 箏(쟁) : 고쟁(古箏) 또는 진쟁(秦箏)이라고도 한다. 거문고와 비슷한 현악기. ○指猶 澀(지유삽) : 손가락이 아직 숙련되지 못하다. 연주하는 곡조가 유창하지 못함을 가 리킨다.

20) 暾(돈) : 아침 해가 환히 밝아오는 모양.

戴勝下時桑田綠.[22]　　오디새가 뽕밭에 내리면 봄이 한참 지났다는데
不及流鶯日日啼花間,　꾀꼬리가 날마다 꽃 사이에 울며
能使萬家春意閑.　　집집마다 봄이 왔노라 알리는 것만 못해라
有時斷續聽不了,　　때로는 끊어져 들을 수 없거니와
飛去花枝猶裊裊.　　날아가고 남은 꽃가지가 아직도 흔들려라
還棲碧樹鎖千門,　　다시 천문만호 비췻빛 나무에 깃들어
春漏方殘一聲曉.　　물시계 그칠 때 한 번 울면 봄 새벽이 밝아라

해설 꾀꼬리 울음소리를 묘사하였다. 여기저기 오고가며 미끄러지는 듯 우짖는 소리와 모습을 그렸으며, 때로 서툰 듯한 울음을 강족 아이와 진 지방 여인의 미숙한 음악 소리에 비겼다. 또 각도를 바꾸어 듣는 사람의 입장에서 꾀꼬리 소리를 그렸는데, 게으른 아낙과 고향을 생각하는 사람과 봄을 기다리는 모든 집집마다 각기 다르게 느껴지는 인상을 추출하였다. 이리하여 막연한 꾀꼬리 소리는 다양한 이미지로 보고 만질 수 있게 되었다. 특히 봄이 오는 때에 시절에 맞춰 우짖고 새벽이 올 때 우짖는 것을 강조하였다.

---

21)　伯勞(백로) : 때까치과에 속하는 새. 참새와 비슷하나 육식을 하는 맹조이다. ○ 局促 (국촉) : 짧다. 긴박하다.
22)　戴勝(대승) : 오디새. 후투티. 후투티과에 속한다. 머리에 황금색 관을 쓰고 있는 모 양이다. 『예기』 「계춘지월」(季春之月)에 "오디새가 뽕나무에 내려앉는다"(戴勝降於 桑)는 말이 있다. 이 구는 오디새가 울 때는 봄이 한창 지날 때로 시기를 적절히 맞 추지 못한다는 뜻이다.

한유(韓愈)

평석 한유는 이백과 두보가 솟아나온 뒤에 모방하지 않으면서도 새로운 경계를 열었다. 비록 종횡으로 변화 있는 시경을 개척했다고 해도 이백과 두보보다 못하지만, 규모가 넓고 경계가 광활하니 참으로 호걸지사라 할 수 있다.(昌黎從李杜崛起之後, 能不相沿習, 別開境界, 雖縱橫變化, 不迫李杜, 而規模堂廡, 彌見闊大, 洵推豪傑之士.)

변주의 난 2수(汴州亂二首)[1]

제1수

汴州城門朝不開,	변주의 성문은 아침인데도 열리지 않더니
天狗墮地聲如雷.[2]	천구성이 떨어지자 우레 같은 소리 울려
健兒爭誇殺留後,[3]	병사들이 소란 중에 유후를 살해하고
連屋累棟燒成灰.	집들과 용마루들이 잿더미가 되었어라
諸侯咫尺不能救,[4]	제후들이 인근에 있어도 구해주지 않고
孤士何者自興哀![5][6]	나만이 살아남았으니 절로 애통하여라!

---

1) 汴州(변주) : 선무군(宣武軍)절도 치소. 지금의 하남성 개봉시.

2) 天狗(천구) : 천구성(天狗星). 유성 또는 혜성을 가리킨다. 곽박(郭璞)은 천구성이 땅에 떨어지면 그 땅은 기울고, 남은 빛은 유성이 되며, 바람같이 빠르고 우레 같은 소리를 내며 번개 같은 빛을 낸다고 하였다. 또 오초칠국의 난 때 양(梁) 지방을 지나갔다고 하였다. 고대인들은 천구성이 나타나면 보통 흉조로 보았으며 특히 병란이나 장수가 살해된다고 보았다.

3) 誇(과) : 유월(俞樾)은 譁(화)자가 변형된 것으로 보아, '소란스레 떠들다'고 새겼다. ○留後(유후) : 절도사 또는 관찰사가 결석일 때 임시로 대행하는 사람의 직명.

4) 심주 : 이 구는 인근 번진에서 도와주지 않았음을 비판하였다.(此譏隣鎭之不救.)

5) 심주 : 변주의 동진이 죽자 육장원이 유수를 맡았는데, 팔일 후 군란이 일어나 육장원이 살해되었다. 한유가 이를 시로 지었다.(汴州董晉卒, 陸長源總留守事, 八日而軍亂, 殺長源, 公因此作詩.)

제2수

母從子走者爲誰?	쫓아가는 어미와 달아나는 아들은 누구인가?
大夫夫人留後兒,[7]	대부의 부인과 유후의 아들이라
昨日乘車騎大馬,	어제까지 수레 타고 큰 말을 타고가면
坐者起趨乘者下.	앉은 자는 일어서고 탄 자는 내렸지
廟堂不肯用干戈,[8][9]	조정에서 무력으로 엄히 다스리지 않으니
嗚呼奈汝母子何!	아아, 너희 모자(母子)는 어찌 살아야 할까!

해설 변주의 병란을 서술하였다. 799년 2월 선무군절도사이자 변주자사인 동진(董晉)이 죽자 후임으로 선무군행군사마 육장원(陸長源)이 유후(留後)가 되었다. 그러나 바로 병사들의 원망을 사 살해되었으며 절도부의 관리들도 모두 살해되었다. 당시 선무군절도부에 근무하던 한유는 동진의 장례로 성을 떠나 있었기에 군란의 화를 피할 수 있었다. 제1수는 변란의 상황을 묘사하였고, 제2수는 육장원의 처자가 겪는 고초를 서술하였다. 시구 속에 이웃 번진과 조정에 대한 일말의 비판이 번득인다.

산 바위(山石)

山石犖确行徑微,[10]	산 바위 삐쭉삐쭉 좁은 길 지나

---

6) 孤士(고사) : 혼자 남은 사람. 한유 자신을 가리킨다. 당시 한유와 도성에 간 양응(楊凝)을 빼고 다른 관리들은 모두 살해되었다.

7) 大夫(대부) 구 : 육장원의 처와 자식을 가리킨다. 육장원은 어사대부도 겸직하고 있었다.

8) **심주** : 이 구는 덕종이 미봉책을 쓴 것을 비판하였다.(此譏德宗之姑息.)

9) 廟堂(묘당) : 태묘(太廟)의 전당이란 말로, 조정을 가리킨다.

10) 犖确(낙학) : 犖埆(낙각), 犖礐(낙학), 犖碻(낙곡) 등으로도 쓴다. 산에 기암괴석이 많은 모양. ○微(미) : 좁다.

黃昏到寺蝙蝠飛.　　　황혼에 절에 이르니 박쥐들이 날아다녀
昇堂坐階新雨足,　　　대청에 들어 계단에 앉으니 비가 넉넉히 내려
芭蕉葉大支子肥.[11]　파초 잎은 커다랗고 치자 꽃은 싱싱해라
僧言古壁佛畫好,　　　스님은 오래된 벽에 그려진 불화가 좋다며
以火來照所見稀.[12]　불을 들고 와 희귀한 그림을 비추어주네
鋪牀拂席置羹飯,　　　상을 놓아 자리를 닦고 밥과 국을 가져오니
疎糲亦足飽我饑.[13]　거친 음식이라 해도 허기를 채우기 족해라
夜深靜臥百蟲絶,[14]　밤 깊어 고요히 누우니 온갖 벌레도 쉬어
淸月出嶺光入扉.　　　맑은 달 산마루에 올라 문짝에 비춰드네
天明獨去無道路,[15]　날이 밝아 혼자 떠나니 길 찾기 어려워
出入高下窮煙霏.　　　짙은 안개 속을 드나들며 위아래로 오갔네
山紅澗碧紛爛漫,　　　붉은 꽃이 푸른 계곡물에 흐드러졌는데
時見松櫪皆十圍.[16]　때로 열 길 둘레 소나무와 상수리나무 보이네
當流赤足踏澗石,　　　흐르는 물에 발 담그고 돌을 밟으니
水聲激激風吹衣.　　　물소리 거세고 바람이 옷깃에 불어오네
人生如此自可樂,　　　사람살이가 이와 같으면 절도 즐거우니
豈必局促爲人鞿![17]　어찌하여 남의 고삐에 매어 살아야 하랴!
嗟哉吾黨二三子,[18]　아아, 두세 사람 내 친구들이여

11) 支子(지자) : 치자. 여름에 흰 꽃이 피며 진한 향기가 난다.
12) 稀(희) : 세상에서 보기 드물다. 또는 희미하다고 새길 수도 있다.
13) 疎糲(소려) : 거친 채소와 밥으로 만든 음식.
14) 百蟲絶(백충절) : 온갖 벌레들이 활동을 멈추고 쉬다.
15) 無道路(무도로) : 일정하게 정해진 길이 없이 자유롭게 다닌다는 뜻이다.
16) 松櫪(송력) : 소나무와 상수리나무. ○圍(위) : 둘레를 재는 단위. 그 길이에 대해서는
    세 치라는 설에서 팔 척이란 설까지 다양하다. 일반적으로 두 팔을 벌려 안는 둘레
    를 말하는 경우가 많다.
17) 局促(국촉) : 구속되다. 속박되다. ○鞿(기) : 굴레. 고삐. 『사기』「위기무안후열전」
    (魏其武安侯列傳)에 "이제 수레를 끌기 시작한 망아지처럼 움츠러들다"(局趣效轅下
    駒)는 말을 환기한다.
18) 吾黨(오당) : 함께 온 일행. ○二三子(이삼자) : 두세 사람. 여러 명. 여기서는 함께
    유람 온 후희(侯喜), 이경흥(李景興), 위지분(尉遲汾) 등을 가리킨다.

安得至老不更歸?　　어찌 늙도록 다시 돌아가지 않는가?

평석 원호문(元好問)의 「논시 절구」에 "다정한 작약은 봄의 눈물 머금고, 늘어진 장미는 저녁 가지에 누웠어라. 한유의 '산 바위'에서 어느 구절이라도 뽑아내면, 비로소 이들이 여인의 시임을 알겠어라"라고 했는데 바로 이 시를 말한다. '다정한 작약' 2구는 진관(秦觀)의 시이다.(元遺山論詩絕句云 : "有情芍藥含春淚,　無力薔薇臥晚枝.　拈出退之山石句,　始知渠是女郞詩." 謂此篇也. '有情'二句, 秦少遊詩.)

해설 산사를 다녀 온 여정을 쓴 시이다. 제목은 첫머리에서 따와 붙였기에 내용과는 관련이 없다. 여정은 시간의 순서에 따라 묘사하였는데, 황혼에 절에 도착하여, 밤 깊어 고요히 눕고, 날이 밝아 혼자 떠나며, 보고 듣고 느낀 점을 썼다. 전편이 대구 없이 단구로만 이루어졌으며, 비흥이나 과장 또는 상상이나 상징 등이 없이 평이하게 묘사하였다. 이 때문에 칠언고시를 산문화시킨 전범(典範)으로 평가된다. 801년 7월 낙수에서 후희(侯喜) 등과 낚시하고 강 북쪽에 있는 혜림사(惠林寺)에 갔다온 일을 지었다.

화살 맞은 꿩(雉帶箭)

原頭火燒靜兀兀,[19]　　들판 위에 불길이 거세게 타오르는데
野雉畏鷹出復沒.[20]　　매에 놀란 꿩이 푸드득 일어섰다 숨는구나
將軍欲以巧伏人,　　장군은 뛰어난 솜씨로 사람들 감복시키고자
盤馬彎弓惜不發.[21]　　말 타고 선회하며 화살 매긴 채 기다리네

---

19) 原頭(원두) : 들. ○火燒(화소) : 불길. ○兀兀(올올) : 우뚝하게. 여기서는 불길이 거센 모양.
20) 出復沒(출부몰) : 나왔다가 다시 들어가다.

地形漸窄觀者多,　　　　포위를 점점 좁히며 사람이 많아지니
雉驚弓滿勁箭加.[22]　　활을 당겨 놀라 뛰어오른 꿩에 쏘니 굳센 화살 꽂히네
衝人決起百餘尺,　　　사람을 치고 나가 백여 척이나 솟구치더니
紅翎白鏃隨傾斜.[23]　붉은 깃과 흰 활촉이 꿩을 따라 기울어져라
將軍仰笑軍吏賀,　　　장군이 크게 웃으며 부하들이 축하할 때
五色離披馬前墮.[24]　오색 깃털 흩어지며 말 앞에 떨어지더라

평석 이광 장군은 맞추지 못할 것 같으면 쏘지 않았고, 쏘면 반드시 거꾸러뜨렸으니, 활시위를 당기기 전에 미리 분량을 살펴야 한다. 이는 이미 당긴 화살의 기회를 아끼는 것이며, 결국 그 기예를 가벼이 보이려 하지 않기 때문이다. 글을 짓고 시를 짓는 것도 이러한 뜻을 알아야 한다.(李將軍度不中不發, 發必應弦而倒, 審量於未彎弓之先, 此矜惜於已彎弓之候, 總不肯輕見其技也. 作文作詩, 亦須得此意.)

해설 장군이 꿩을 사냥하는 장면을 그렸다. 사냥터의 모습, 활쏘기의 뛰어난 기예, 포위하는 모습, 적중된 장면, 득의의 마무리 순으로 이루어져 사냥의 전 과정을 다각도에서 효과적으로 묘사하였다. 짧은 편폭 속에 용이 날고 호랑이가 웅크린 기세를 응축시켰다. 평론가들은 이 시를 한유 시의 전범 가운데 하나로 여겼으며, 송대 소동파는 이 시를 아주 좋아해 직접 큰 글씨로 쓰기도 하였다. 799년 서주절도사 장건봉(張建封)을 따라 사냥나간 일을 지었다.

---

21) 盤馬(반마) : 말을 타고 제자리에서 빙 돌다. ○彎弓(만궁) : 시위를 당겨 화살을 쏘려고 하다. ○惜不發(석불발) : 경솔하게 쏘지 않다.
22) 弓滿(궁만) : 활을 최대로 크게 벌려 당기다. ○加(가) : 가하다. 적중하다.
23) 紅翎(홍령) : 붉은 화살 깃. ○鏃(족) : 화살촉.
24) 五色(오색) : 꿩의 깃털. ○離披(이피) : 흩어져 드리운 모양. 분분히 떨어지는 모양.

변수와 사수가 만나고—장 복야에게(汴泗交流贈張僕射)[25][26]

汴泗交流郡城角,	변수와 사수가 만나는 군의 성 모퉁이에
築場千步平如削.[27]	천 보 둘레의 경기장이 깎은 듯 평평해라
短垣三面繚逶迤,[28]	삼 면으로 낮은 담이 구불구불 둘러쌌고
擊鼓騰騰樹赤旗.	북소리 둥둥 울리며 붉은 깃발 꽂혔어라
新秋朝涼未見日,	초가을 서늘한 아침에 해도 아직 나지 않았는데
公早結束來何爲?[29]	공께선 무슨 일로 옷을 갖춰 입고 나오셨나?
分曹決勝約前定,[30]	대오를 나누어 승부 내기를 먼저 정하니
百馬攢蹄近相映.[31]	온갖 말이 발굽을 모으고 뛰어 서로를 빛내어라
毬驚杖奮合且離,	채를 휘둘러 격구를 치며 모이고 또 흩어지니
紅牛纓紱黃金羈.[32]	붉은 소의 털로 만든 목걸이에 황금의 굴레라
側身轉臂著馬腹,[33]	몸을 틀고 팔을 돌리더니 배 아래 몸을 붙이고
霹靂應手神珠馳.[34]	벽력 같은 소리에 손을 휘저으니 공이 내달리네
超遙散漫兩閑暇,	멀리 날아가면 두 대오가 잠시 한가한 듯하다가도
揮霍紛紜爭變化.[35]	금방 민첩하게 날아오니 변화가 극심해
發難得巧[36]意氣粗,[37]	난도 높은 상황도 씩씩하게 교묘히 풀어내

---

25) 심주: 장건봉.(建封.)
26) 汴泗交流(변사교류): 변수와 사수가 만나다. 변수는 개봉을 거쳐 서주로 와 사수로 들어간다. 사수는 산동 몽산(蒙山)에서 발원하여 서주의 남쪽으로 왔다가 회수로 들어간다.
27) 築場(축장): 마구(馬毬) 경기장을 만들다.
28) 短垣(단원): 낮은 담. ○繚逶迤(요위이): 끊이지 않고 둘러쳐져 있다.
29) 結束(결속): 장속(裝束). 차리다. 준비하다.
30) 分曹(분조): 팀을 나누다. 사람과 말을 두 팀으로 나누어 시합하여 승부를 낸다.
31) 攢蹄(찬제): 발굽이 모이다. 말이 빨리 달리면서 마치 네 발굽이 모여 있는 듯하다.
32) 纓紱(영불): 관끈과 관인의 끈. 여기서는 말을 장식하는 목걸이를 가리킨다.
33) 著馬腹(착마복): 몸을 말의 배 밑에 붙이다. 마술의 뛰어남을 형용하였다.
34) 霹靂(벽력): 천둥. 여기서는 격구의 소리를 가리킨다. ○神珠(신주): 격구 공.
35) 揮霍(휘곽): 빠르다. 민첩하다.
36) 심주: '발난득교'는 앞의 시에 나오는 '말 타고 선회하며 화살 매기다'와 같은 고난도

歡聲四合壯士呼,　　사방에서 모여드는 장사들의 환호소리 드높아라
此誠習戰非爲劇,　　이는 진실로 놀이가 아니라 전투 훈련이라지만
豈若安坐行良圖?　　어찌 앉아서 하는 훌륭한 전략 훈련과 같겠는가?
當今忠臣不可得,　　지금 대궐에선 충신을 얻을 수 없다고 하니
公馬莫走須殺賊!(38)　공께서는 말을 몰지 말고 모름지기 도적을 죽이소서!

해설 서주절도사 장봉건이 격구에 몰두한 일을 비판하였다. 당대의 마구(馬毬)는 페르시아를 통해 전래된 폴로로 상층 사회에 유행하였다. 이 시는 대부분의 필묵을 말을 달리며 격구하는 장면 묘사에 할애하였다가, 말미 4구에서 갑자기 어세를 바꾸어 놀이가 아닌 용병을 해달라고 하였다. 두보의 영향이 다분하다. 799년 가을 장봉건의 막부에 있을 때 지었으며, 한유는 시와 별도로 「장 복야께 올리는 두 번째 글」에서 격구에 대해 간언하였다.

당구에게(贈唐衢)(39)40)

虎有爪兮牛有角,　　호랑이는 발톱이 있고 소는 뿔이 있기에
虎可搏兮牛可觸.　　호랑이는 칠 수 있고 소는 받을 수 있다네
奈何君獨抱奇材,　　그대는 어찌하여 기이한 재주가 있으면서

기술이다.('發難得巧, 即前'盤馬彎弓'註脚.)
37) 發難得巧(발난득교) : 지극히 어려운 상황에서 교묘하게 높은 기술을 발휘하다. ○ 意氣粗(의기조) : 의기가 거칠고 씩씩하다.
38) 賊(적) : 도적. 고대 주석가들은 반란을 일으킨 창의절도사 오소성(吳少誠)을 가리킨다고 보았다.
39) 심주 : 당구는 곡을 잘 하였다.(其人善哭.)
40) 唐衢(당구) : 과거에 응시했으나 급제하지 못했다. 국가의 일에 관심을 두어 정원과 원화 연간에 정치가 날로 어그러지자 곧잘 곡을 하면서 유명해졌다. 유우석과 백거이의 오언고시에도 당구에 대한 시가 있다.

手把鉏犂餓空谷.[41]	호미와 쟁기 들고 골짜기에서 굶고 있소?
當今天子急賢良,	지금 천자가 어진 인재 급히 구하니
匭函朝出開明光.[42]	의견을 쓴 목함을 명광전에 바칠 수 있으리
何不上書自薦達,	어찌하여 상서를 올려 자신을 추천하고
坐令四海如虞唐?[43]	사해를 요순시대로 만들려 하기 않는가?

평석 현명한 사람의 마음은 밝고 넓은데, 한유는 재상에게 세 번 상서를 올렸다.(賢哲心事, 光明磊落, 公所以三上宰相書也.)

해설 당구의 재능을 높이 평가하였다. 한유는 807년 국자감 박사로 낙양에서 근무하였으며 이후 당구와 친해졌다. 백거이의 시가 당구의 곡소리에 대해 다양한 각도에서 묘사하였다면, 한유는 울어야 할 일에 울 줄 아는 당구의 능력을 높이 평가하였다.

팔월 십오일 밤 장 공조에게(八月十五夜贈張功曹)[44]

纖雲四卷天無河,[45]	옅은 구름 걷히자 하늘에는 은하수도 없이
淸風吹空月舒波.	공중에 맑은 바람 불고 달빛이 퍼져라
沙平水息聲影絶,	평평한 모래톱에 물소리 자고 소리도 잦아들어

---

41) 鉏犂(서리) : 호미와 쟁기.
42) 匭函(궤함) : 의견함. 무측천 때 궤원(匭院)을 설치하여 백성의 의견을 수집하였고, 현종 때는 백성의 의견을 수집하고 관장하는 지궤사(知匭使)를 두었다. ○明光(명광) : 명광전. 한대의 궁전. 당대 궁전을 가리킨다.
43) 坐令(좌령) : 이 때문에 ~하게 하다. ○虞唐(우당) : 당우(唐虞). 요와 순. 태평시대.
44) 심주 : 이름이 장서이며, 남의 중상을 받아 남방의 현령으로 폄적되었으며, 순종이 즉위하자 강릉 연으로 옮겼다.(名署, 爲讒言所中, 貶縣令南方. 順宗卽位, 徙掾江陵.)
45) 纖雲(섬운) : 옅은 구름. 가벼운 구름. ○天無河(천무하) : 하늘에 은하수가 보이지 않다. 보름달이 밝아 은하수가 보이지 않는다는 뜻이다.

一杯相屬君當歌.⁴⁶⁾　슬을 서로 권하니 그대 응당 노래해야 하리

君歌聲酸辭且苦,　그대 노래 신산스럽고 하소연에 목이 쉬어

不能聽終淚如雨:⁴⁷⁾　끝까지 듣기 전에 눈물이 비처럼 쏟아져라

"洞庭連天九疑高,⁴⁸⁾　"동정호는 하늘에 이어지고 구의산 높은데

蛟龍出沒猩鼯號.⁴⁹⁾　교룡이 출몰하고 성성이와 날다람쥐 우는구나

十生九死到官所,　죽을 고비 수없이 넘기며 임지에 왔는데

幽居黙黙如藏逃.　도망 와 숨듯이 궁벽한 곳에서 묵묵히 지내네

下牀畏蛇食畏藥,⁵⁰⁾　침상에서 내려오면 뱀 있을까 두렵고 음식은 맞지 않아

海氣濕蟄熏腥臊.　바다 기운에 습한 곤충으로 비린내 가득해라

昨者州前搥大鼓,⁵¹⁾　저번에 주 관아에서 큰 북을 울리더니

嗣皇繼聖登夔皋.⁵²⁾　새로 즉위한 황제께서 어진 신하 임용하였다지

赦書一日行萬里,　사면의 조서는 하루에 만 리를 가서

罪從大辟皆除死.⁵³⁾　사형은 모두가 면사(免死)로 감형되고

遷者追廻流者還,⁵⁴⁾　폄적된 자는 돌아가고 병사는 복귀하고

滌瑕蕩垢朝淸班.⁵⁵⁾　지난 악습 제거하고 조정을 바르게 했지

州家申名使家抑,⁵⁶⁾⁵⁷⁾　주에서 이름을 올렸건만 관찰사가 막아 늘러

---

46) 相屬(상속) : 서로 술을 권하다.

47) **심주** : 이하는 모두 장 공조의 노래이다.(以下皆功曹歌.)

48) 九疑(구의) : 구의산. 호남성 남부에 있는 산.

49) 猩鼯(성오) : 성성이와 날다람쥐.

50) 食畏藥(식외약) : 먹으면 약이 있을까 걱정한다. 한유와 장서는 북방인이므로 남방의 음식이 입에 맞지 않기에, 음식에 대해 식중독에 걸릴까 걱정한다는 뜻이다.

51) 昨者(작자) : 이전. ○ 搥大鼓(추대고) : 북을 두드리다. 당대에는 사면령이 주의 관아에 떨어지면 사면일에 북을 쳐서 관리와 백성을 소집하여 사면 내용을 선포한다.

52) 嗣皇(사황) : 황위를 계승하여 새로 즉위한 군주. 805년 새로 재위에 오른 헌종을 가리킨다. ○ 登(등) : 임용하다. ○ 夔皋(기고) : 기(夔)와 고요(皋陶). 둘 다 순 임금 때의 현신이다.

53) 大辟(대벽) : 사형. ○ 除死(제사) : 면사(免死). 사형을 면함.

54) 遷者(천자) : 폄적된 관원. ○ 流者(유자) : 군인으로 충당된 자.

55) 滌瑕蕩垢(척하탕구) : 흠을 씻고 먼지를 쓸다. 지난 악습을 제거하다.

56) **심주** : 관찰사를 주로 가리킨다.(觀察使作主.)

57) 州家(주가) : 주의 관원. ○ 申名(신명) : 이름을 올리다. ○ 使家(사가) : 관찰사. 이 구

坎軻只得移荊蠻.[58]　　　험난한 처지에 다만 형만(荊蠻)으로 옮겼을 뿐이라
判司卑官不堪說,[59]　　　판관과 사공(司功)은 낮은 관직이라 호소할 길 없어
未免捶楚塵埃間.[60][61]　　먼지구덩이에서 곤장 맞기를 면할 수 없다네
同時輩流多上道,　　　　　같이 온 친구들은 대부분 길에 올랐건만
天路幽險難追攀."[62]　　　장안으로 가는 길이 험해 오르기 어려워라"
君歌且休聽我歌,　　　　　그대 노래 잠시 쉬고 내 노래 들어보게
我歌今與君殊科：[63][64]　내 노래는 지금 그대와 조금 다르네
"一年明月今宵多,　　　　"한 해 중에 오늘같이 밝은 달 없고
人生由命非由他,　　　　　인생은 운명에 따를 뿐 다른 게 없으니
有酒不飲奈明何?"[65]　　　술 있어 마시지 않으면 밝은 달을 어찌 하리?"

해설 펌적된 울분을 노래하였다. 한유는 803년에 경조윤 이실(李實)의 참훼를 받아 감찰어사에서 연주(連州) 양산령(陽山令)으로 좌천되었고, 장서(張署)도 감찰어사에서 임무령(臨武令)으로 좌천되었다. 805년 봄 두 사람은 사면을 받아 한유는 강릉 법조참군으로, 장서는 공조참군으로 각각 옮겼다. 이 시는 두 사람이 강릉으로 가는 도중 침주(郴州)에서 지었다. 시의 내용은 비록 장서의 불만을 위주로 하였지만, 이 또한 한유의 마음이기도 하다.

　　는 주의 관원이 이름을 신청하였는데 호남관찰사가 거부하였다는 뜻이다.
58)　坎軻(감가)：坎坷 또는 轗軻라 쓰기도 한다. 길이 울퉁불퉁하여 수레가 가기 어려움을 형용한다. 여기서는 뜻을 얻지 못함을 비유한다.
59)　判司(판사)：판관과 사공(司功). 법조참군이나 공조참군과 같은 관직을 말한다.
60)　심주：당대에는 참군, 주부, 현위에게 과실이 있으면 상관이 곤장을 때린다.(唐時參軍簿尉有過, 上官得捶楚之.)
61)　捶楚(추초)：곤장을 치는 형벌.
62)　天路(천로)：천자가 있는 조정으로 가다.
63)　심주：이하는 한유의 노래이다.(以下韓公之歌.)
64)　殊科(수과)：같지 않다.
65)　明(명)：명월과 내일이라는 설이 있다. 여기서는 전자로 새겼다.

형악 사당을 참배하고,
형악사에 묵으며 문루에 적다(謁衡嶽廟, 遂宿嶽寺, 題門樓)[66][67]

五嶽祭秩皆三公,[68]	오악의 등급은 삼공에 해당하는데
四方環鎭嵩當中.[69]	사방의 산악 가운데 숭산이 가운데라
火維地荒足妖怪,[70]	더운 남방은 황막하고 요괴가 많아
天假神柄專其雄.	천제께서 권력을 주어 다스리게 했네
噴雲泄霧藏半腹,[71]	구름을 뿜고 안개 풀어 산허리를 가렸으니
雖有絶頂誰能窮?	비록 정상이 있다 해도 누가 오를 수 있으랴?
我來正逢秋雨節,	내가 왔을 때는 마침 가을비 오는 때로
陰氣晦昧無淸風.	음기에 어둡고 맑은 바람도 없어라
潛心黙禱若有應,	마음을 모아 기도하니 신이 감응하는 듯
豈非正直能感通?[72][73]	어찌 정직으로 신령을 감동시킨 게 아니랴?
須臾靜掃衆峰出,	삽시간에 구름을 쓸어 뭇 봉우리가 보이니
仰見突兀撑靑空.	튀어 오른 봉우리들이 푸른 하늘을 받치고 있어라
紫蓋連延接天柱,[74]	자개봉이 뻗어나가 천주봉에 이어지고

---

66) 심주 : 장사 상남현 남쪽에 소재한다.(在長沙湘南縣南.)

67) 衡嶽廟(형악묘) : 형악의 신을 모시는 사당. 지금의 호남성 형산현(衡山縣) 서쪽 삼십 리 소재.

68) 祭秩(제질) : 제사 의례의 등급. ○三公(삼공) : 당대에는 태위(太尉), 사도(司徒), 사공(司空)을 삼공이라 하였다. 『예기』 「왕제」(王制)에 천자가 명산대천에 제사지내며, 오악(五嶽)을 삼공(三公)에 비기고, 사독(四瀆)을 제후에 비겼다.

69) 環鎭(환진) : 주위의 주산(主山).

70) 火維(화유) : 더운 변방. 남방을 가리킨다. 형악의 신 적제(赤帝) 축융씨(祝融氏)이다.

71) 半腹(반복) : 여기서는 산허리를 가리킨다.

72) 심주 : 소동파가 말한 '힘은 능히 형산의 구름을 걷어내고'이다.(東坡所謂'力能開衡山之雲'也.)

73) 正直(정직) : 정직하다. 청대 하작(何焯)은 『좌전』에 "신이란 귀 밝고 눈 밝으면서 바르고 곧으면서 유일한 자이다"(神, 聰明正直而壹者也.)라는 말에서 형악의 신이라고 새겼다.

74) 紫蓋(자개) : 형산 칠십이 봉우리 가운데 하나. ○天柱(천주) : 형산 봉우리 가운데 하나.

石廩騰擲堆祝融.[75]　　석름봉이 밀어 올라 축융봉이 높이 솟았어라
森然動魄下馬拜,[76]　　숙연하여 혼백이 놀라 말에서 내려 절하고
松柏一逕趨靈宮.　　소나무와 측백나무 선 길을 지나 사당으로 간다네
粉牆丹柱動光彩,　　분칠한 담장에 붉은 기둥은 광채가 뒤채고
鬼物圖畫塡靑紅.　　귀신들이 그려진 벽화는 온통 붉고 푸른색이라
升堦傴僂薦脯酒,[77]　　계단에 올라 허리 굽혀 육포와 술을 올리니
欲以菲薄明其衷.　　부족한 제물이나 충심을 보이고자 함이라
廟令老人識神意,[78]　　사당지기 노인은 신의 뜻을 아는지
睢盱偵伺能鞠躬.[79]　　눈을 부릅뜨고 살피다가 공경스레 절하고
手持杯珓導我擲,[80]　　점치는 배교(杯珓)를 나에게 주며 던지라 하며
云此最吉餘難同.[81]　　이것이 가장 영험한 것이라 말하네
竄逐蠻荒幸不死,　　황량한 남방에 유배되어 다행히 죽지 않았으니
衣食才足甘長終.　　옷과 밥이 있기만 하다면 오래 살아도 달게 여기겠노라
侯王將相望久絶,　　왕후장상 되는 바램 오래 전에 끊어졌으니
神縱欲福難爲功.　　신령이 비록 복을 준다 해도 힘이 되지 않으리
夜投佛寺上高閣,　　밤에 절에 묵으며 높은 누각에 오르니
星月掩映雲曈曚.[82]　　달과 별이 가려진 채 구름 속에 흐릿해라
猿鳴鐘動不知曙,　　원숭이 울고 종소리 들려도 날 밝는 줄 몰랐는데

---

75) 石廩(석름) : 형산 봉우리 가운데 하나. ○騰擲(등척) : 산세가 험한 모양. ○祝融(축융) : 형산에서 가장 높은 봉우리.
76) 森然(삼연) : 엄숙하게.
77) 傴僂(구루) : 허리를 굽히다. 공경하는 모습을 가리킨다. ○脯酒(포주) : 마른 고기와 술. 제물을 가리킨다.
78) 廟令(묘령) : 사당을 관리하는 관원. 당대 관제에서는 오악에는 각기 영(令)이 1인 있으면서 제사를 담당한다. 품계는 정9품이다.
79) 睢盱(휴우) : 눈을 크게 뜨고 쳐다보는 모양. ○偵伺(정사) : 살피다. 엿보다. ○鞠躬(국궁) : 허리를 굽혀 절을 하다.
80) 杯珓(배교) : 점치는 도구. 옥이나 뿔 따위로 만든 표주박을 둘로 나눈 것으로, 세 번 기도하고 세 번 던져 그 정반의 모습을 보고 길흉을 예측한다.
81) 吉(길) : 영험하다.
82) 曈曚(동몽) : 달이 막 떴을 때의 흐릿한 빛.

杲杲寒日生於東.[83]　　새벽의 밝은 해가 동에서 떠오르네

해설　형산의 사당에 들른 일을 썼다. 산을 바라보고, 사당에 들르고, 점을 친 일을 차례로 묘사하였다. 전편이 기세가 충일하며 동(東)자 평성운(平聲韻)을 끝까지 유지하여 강인하고 웅장한 어조를 이끌었다. 이는 고시에서 한유가 창안한 새로운 형식이다. 후반부의 점치는 장면에서 인사의 곡절 많은 험난함을 제시하여 자신의 처지와 불평을 기탁하였다. 더불어 '신령이 비록 복을 준다 해도 힘이 되지 않으리'라 하여, 전반부의 장엄하고 엄숙한 배알을 모두 무화시켜 구성에 파란과 변화를 기하였다. 805년 연주(連州) 양산령(陽山令)에서 강릉 법조참군으로 가면서 형산을 지날 때 지었다.

동소남을 탄식하는 노래(嗟哉董生行)[84]

淮水出桐柏山,[85]　　회수(淮水)는 동백산(桐柏山)에서 나와
東馳遙遙千里不能休.　동으로 멀리 천 리를 쉬지 않고 내달리지만
淝水出其側,[86]　　비수(淝水)는 그 옆에서 나와
不能千里,　　천 리를 가지 못하고
百里入淮流.　　백 리를 흘러 회수로 들어간다
壽州屬縣有安豐,[87]　　수주의 속현 안풍에

---

83) 杲杲(고고) : 해가 막 떴을 때의 밝은 빛.
84) 董生(동생) : 동소남(董召南). 수주(壽州) 사람.
85) 桐柏山(동백산) : 지금의 하남성 동백현 서남에 소재. 동남으로 호북성 수현(隨縣)과 접하며 회수가 발원하는 곳이다.
86) 淝水(비수) : 안휘성 합비 자봉산(紫逢山)에서 발원하여 북으로 수주 동쪽을 거쳐 회수로 들어간다. 시의 첫머리에 회수와 비수를 들어 비유한 것은, 동소남이 낮은 처지에 있어 사회에 대한 영향이 적음을 환기한다.
87) 壽州(수주) : 지금의 안휘성 수현. ○安豐(안풍) : 지금의 안휘성 곽구현(霍丘縣) 서쪽.

唐貞元時,	당 정원 연간
縣人董生召南,	현의 사람 동소남이
隱居行義於其中.	그곳에 은거하며 의를 행하였지
刺史不能薦,	자사가 천거하지 않아
天子不聞名聲,	천자가 그 이름을 듣지 못하여
爵祿不及門.	벼슬과 녹봉이 문에 이르지 못해라
門外惟有吏,	문밖에는 오로지 아전들이
日來徵租更索錢.	날마다 조세를 징수하고 또 돈을 내라 한다네
嗟哉董生朝出耕,	아아 동소남이여, 아침이면 나가서 밭을 갈고
夜歸讀古人書.	밤에는 돌아와 고인의 글을 읽는구나
盡日不得息,	하루 종일 쉬지 않고
或山而樵,	때로 산에 가 나무하고
或水而漁.	때로 물에 가 고기 잡아
入廚具甘旨,[88]	부엌에 들어가선 맛있는 음식 만들고
上堂問起居.[89]	대청에 올라가선 안부를 묻는구나
父母不慼慼,[90]	부모가 근심 없고
妻子不咨咨.[91]	처와 아이들은 원망이 없구나
嗟哉董生孝且慈,	아아 동소남이여, 효도하고 자애로우나
人不識,	사람들은 알지 못하고
惟有天翁知.	오로지 하늘만이 알아
生祥下瑞無時期:	상서로운 일을 수시로 내리는구나
家有狗乳出求食,[92]	집에 어미 개가 먹이를 구하러 나간 사이
鷄來哺其兒.[93]	닭이 그 강아지를 먹였다지

---

88) 甘旨(감지) : 맛있는 음식. 부모께 봉양하는 음식을 말한다.

89) 심주 : 시의 주제이다.(作詩主意.)

90) 慼慼(척척) : 근심하는 모양.

91) 咨咨(자자) : 탄식하는 소리.

92) 狗乳(구유) : 젖을 먹이는 어미 개.

啄啄庭中拾蟲蟻,　　　마당의 벌레와 개미를 쪼아다 모아
哺之不食鳴聲悲.　　　먹였으나 강아지가 먹지 아니하고 슬프게 우니
徬徨躑躅久不去,　　　이리저리 오가고 머뭇거리며 떠나지 않고
以翼來覆待狗歸.[94]　　날개로 덮어주고 어미 개가 오기를 기다렸다지
嗟哉董生,　　　　　　아아 동소남이여
誰將與儔?　　　　　　누가 그대와 짝하리오?
時之人,　　　　　　　세상 사람들은
夫妻相虐,　　　　　　부부는 서로 학대하고
兄弟爲讐.　　　　　　형제는 원수가 되어
食君之祿,　　　　　　임금의 녹을 먹어도
而令父母愁.　　　　　부모가 근심하게 하였어라
亦獨何心,　　　　　　이는 또한 무슨 마음인가!
嗟哉董生無與儔!　　　아아 동소남이여, 너와 짝할 자 없어라!

평석 이 시는 주희가 『소학』에 넣었으니 효도와 자애가 사람들에게 본을 보이기 때문이다. 직설적이고 수식이 적어 참으로 이렇게 쓰기 어렵다.(此詩朱子取入小學中, 見孝慈之行可以 矜式衆人也. 直白少文, 正是不可及處.) ○ 청대 유서월이 말했다. "기발하고 자유로운 건 용운 에 있으니, 한 번에 일관하여 내려간 이후에 앞의 뜻이 충분히 드러났을 때 멈추었다. 예컨 대 '하루 종일 쉬지 못하고', '이는 또한 무슨 마음인가!' 등의 구가 그러하다.(俞犀月云 : "奇 橫在用韻處, 貫下一筆, 然後截住, 以足上意, 如'盡日不得息'、'亦獨何心'等句是也.")

해설 마음이 고결하고 행동이 의로우나 벼슬에 나가지 못한 동소남의 행 위를 칭송하였다. 더불어 이 시로 추천하는 뜻이 있다. 한유의 문장 가운 데 「동소남을 보내며―서문」(送董召南序)도 조정에 벼슬을 구하지 못하고

---

93) 兒(아) : 강아지. 고대에는 닭이 개를 먹이는 일을 상서로운 일로 보았다.
94) 심주 : 동물에게 감화가 미칠 정도이니 그 사람이 어떤지 알 수 있다.(化及物類, 其人 可知.)

하북의 절도사 속관으로 떠나는 상황을 아쉬워하였다. 한유가 서주절도
종사로 있던 799년 가을부터 800년 5월 사이에 지었다.

한식날 나가 놀며(寒食日出遊)[95]

李花初發君始病,	오얏꽃 막 피어날 때 그대 병 들었는데
我往看君花轉盛.	내가 병문안 갈 때는 꽃이 한창이라
走馬城西惆悵歸,	성 서쪽으로 말 타고 갔다가 마음 아파 돌아와
不忍千株雪相映.	눈 온 듯한 수많은 꽃들도 차마 보지 못할레라
爾來又見桃與梨,[96]	근래에 다시 보는 복사꽃과 배꽃
交開紅白如爭競.	흰색과 붉은 색이 서로 다투어 피었어라
可憐物色阻携手,[97]	찾아갔으나 손잡고 나갈 수 없음이 아쉬워
空展霜縑吟九詠.[98]	하얀 편지지 펼쳐놓고 그대 시를 읽노라
紛紛落盡泥與塵,	분분히 떨어져 진흙과 먼지에 묻히니
不共新粧比端正.	새 차림으로 단정히 함께 할 수 없어라
桐華最晩今已繁,[99]	가장 늦은 오동 꽃이 지금 벌써 번성하니
君不强起時難更.	그대 일부러라도 일어나 힘쓰기 바라오
關山遠別固其理,	관산 멀리 헤어짐은 본디 이유가 있지만
寸步難見始知命.	한 걸음 두고도 못 보는 건 운명임을 알겠소

95) 심주 : 장서(張署) 원장이 '병중에 꽃을 기억하며' 9편을 보여주기에 한식일 나가 놀
다 밤에 돌아와 시를 써서 주다.(張十一院長見示病中憶花九篇, 寒食日出遊夜歸, 因
以投贈.)
96) 爾來(이래) : 근래. 최근.
97) 可憐(가련) : 아쉽다. ○物色(물색) : 형상과 모습을 찾다. 여기서는 부르다. ○阻(조)
: 병으로 막히다.
98) 霜縑(상겸) : 서리처럼 하얀 명주. 그림이나 글을 쓰는 바탕으로 썼다. ○九詠(구영)
: 장서(張署)가 지은 「병중에 꽃을 기억하며」 9편을 가리킨다.
99) 桐華(동화) : 오동나무 꽃. 『예기』 「월령」에 계춘의 달에 오동나무 꽃이 피기 시작한
다고 하였다.

憶昔與君同貶官,   예전에 그대와 함께 폄적된 일 생각하니
夜渡洞庭看斗柄.[100]   밤중에 동정호 건너며 북두성 보며 길을 찾았지
豈料生還得一處,[101]   살아 돌아와 함께 지내게 되리라 생각도 못한지라
引袖拭淚悲且慶.   소매로 눈물을 닦으며 슬퍼하면서도 기뻐했지
各言生死兩追隨,   각기 생사를 두고 추구하는 바를 말하며
直置心親無貌敬.[102]   겉으로만 공경하지 않고 내심으로 친하였지
念君又署南荒吏,[103]   그대 다시 남방의 황막한 곳으로 내려가
路指鬼門幽且夐.[104]   길에서 어둡고 먼 귀문관을 가리키겠지
三公盡是知音人,   삼공은 모두가 그대의 재능을 아는데
曷不薦賢陛下聖?   어찌하여 어진 폐하께 현사로 추천하지 않는가?
囊空甑倒誰救之?[105]   돈 한 푼 없고 쌀독이 비어도 누가 구해주나?
我今一食日還倂.[106]   나도 지금 이틀에 한 번 밥을 먹는다오
自然憂氣損天和,[107]   우울한 기운을 방치하면 원기를 손상하니
安得康强保天性?   어찌하면 강건하여 천성을 보존할 수 있겠소?
斷鶴兩翅鳴何哀,[108]   학도 깃촉이 꺾이면 슬프게 울고

---

100) 斗柄(두병) : 국자의 자루. 북두칠성의 다섯 번째 별에서 일곱 번째 별에 해당한다. 여기서는 북두칠성을 가리킨다. 고대에는 밤중에 길을 갈 때는 북극성과 북두성을 보고 방향을 판단하였다.

101) 一處(일처) : 한 곳에 살다. 한유는 장서와 함께 803년 폄적되었으며 805년 재폄적될 때도 함께 강릉으로 갔다.

102) 直(직) : 다만. ○置(치) : 확립하다. ○心親(심친) : 내심으로 친하다. ○貌敬(모경) : 용모가 공손하다. 겉으로만 공경하다.

103) 署(서) : 대리하다. ○南荒吏(남황리) : 남쪽 황벽한 곳의 관리. 옹관경략부(邕管經略府, 광서 南寧) 판관으로 부임하는 것을 말한다.

104) 鬼門(귀문) : 귀문관. 용주(容州) 북유현(北流縣, 광서) 남쪽에 소재. 양편에 바위가 마주 보고 있으며 그 사이는 삼십 보의 거리이다. 관문의 남쪽은 장려(瘴癘)가 심해, "귀문관을 넘어가면 열에 아홉은 돌아오지 못한다"(鬼門關, 十人九不還.)는 속담이 있었다. ○夐(형) : 멀다.

105) 囊空(낭공) : 주머니가 비어 돈이 없다. ○甑倒(증도) : 솥을 뒤집다. 쌀이 없음을 형용한다.

106) 一食日還倂(일식일환병) : 이틀에 한 번 밥을 먹다.

107) 天和(천화) : 인체의 원기.

縶驥四足氣空橫.[109]	천리마도 네 다리가 묶이면 기운을 부릴 수 없다오
今朝寒食行野外,	오늘 아침 한식이라 교외에 나갔더니
綠楊匝岸蒲生迸.[110]	푸른 버들은 강가를 두르고 부들이 깔렸더라
宋玉庭邊不見人,[111]	송옥의 저택 부근에는 사람 없이 조용하고
輕浪參差魚動鏡.[112]	거울 같은 호수에는 물고기가 물결 일으키더라
自嗟孤賤足瑕疵,	세력 없고 지위 낮아 불리함이 많음을 탄식하나
特見放縱荷寬政.[113]	특별히 관대한 정치관을 만나 자유롭게 지냈네
飲酒寧嫌觴底深,	술 마시는데 잔 바닥이 깊은 걸 따지지 않았고
題詩尚倚筆鋒勁.	시를 쓰는데 언제나 굳센 필력에 의지했지
明宵故欲相就醉,	내일 아침까지 애초에 함께 취하기로 했으니
有月莫辭當火令.[114]	한식을 만나 달도 떴으니 사양하지 말게나

해설 한식날 감회를 토로하였다. 주로 병든 친구 장서(張署)를 위문하는 어조로, 두 사람의 어려웠던 경력과 처지를 그렸다. 더불어 곧 옹주(邕州, 광서 南寧)로 다시 옮겨가는 장서를 위로하였다. 806년 봄 강릉에서 지었다.

---

108) 斷鶴兩翅(단학양시) : 두 마리의 학의 날개를 꺾다. 동진의 지둔(支遁)은 어떤 사람이 학 두 마리를 선사했는데 얼마 지나자 날개가 자라 날아가려고 했다. 지둔이 이를 아쉽게 여겨 깃촉을 꺾었다. 학이 날개를 폈으나 날 수 없어 고개를 떨구고 날개를 내려다보았다. 『세설신어』「언어」참조.

109) 橫(횡) : 거칠고 멋대로 하다.

110) 匝(잡) : 돌다. 두르다. ○迸(병) : 도처에 자라다.

111) 宋玉庭(송옥정) : 송옥의 고택. 강릉성 북 삼리에 있었다. 남조의 유신이 서위(西魏)로 가 억류되었을 때 그곳에서 살았다.

112) 鏡(경) : 거울. 여기서는 거울처럼 맑고 잔잔한 호수.

113) 特見(특견) 구 : 이 구는 강릉의 지방관이 관용을 베풀어 비교적 자유롭게 활동할 수 있음을 말한다.

114) 當(당) : 만나다. ○火令(화령) : 한식(寒食)을 가리킨다.

정군이 기증한 대자리(鄭群贈簟)[115]

蘄州笛竹天下知,[116]	기주(蘄州)의 적죽(笛竹) 대나무는 천하에 유명한데
鄭君所寶尤瓌奇.[117]	정군이 가진 것은 더욱 진귀하고 아름다와
携來當晝不得臥,	가져와도 대낮이어서 누을 수 없지만
一府傳看黃琉璃.[118]	노란 유리 같은 자리를 부중 사람들 돌려 보노라
體堅色淨又藏節,	재질은 단단하고 빛깔은 맑으면서 마디도 없어
盡眼凝滑無瑕疵.	아무리 살펴봐도 윤기 흐르고 흠결이 없네
法曹[119]貧賤衆所易,[120]	나는 가난하여 사람들이 가벼이 여기는데
腰腹空大何能爲?[121]	배와 허리만 공연히 커 할 수 있는 일 없어
自從五月困暑濕,	오월부터 더위와 습기로 곤혹스러워
如坐深甑遭蒸炊.[122]	마치 찌는 시루 속에 앉아 있는 듯하오
手磨袖拂心語口:	손 비비고 소매 떨치며 마음속으로 말하니
慢膚多汗眞相宜.[123]	'살찌고 땀 많은 사람에게 딱 맞겠네'
日暮歸來獨惆悵,	저녁에 집에 돌아와 홀로 낙담해 있나니
有賣直欲傾家資.	살 수만 한다면 집안 돈 긁어 사고 싶어라
誰謂故人知我意,	누가 알았으랴, 친구가 나의 뜻을 아는지

---

115) 鄭群(정군) : 자는 홍지(弘之)이며 형양(滎陽, 하남성) 사람이다. 진사과에 급제하여 비서성 정자가 되었으며 나중에는 감찰어사가 되었다. 형남절도사 배균(裴均) 아래 전중시어사로 들어갔다. ○ 簟(점) : 대나무 또는 갈대로 엮어 만든 자리.

116) 蘄州(기주) : 지금의 호북성 기춘(蘄春). ○ 笛竹(적죽) : 대나무의 일종으로 죽간이 높고 크며 껍질이 얇아 자리를 짜는데 쓰인다. 그 밖에 악기 재료나 약재로도 쓰인다.

117) 瓌奇(괴기) : 아름답고 특이하다.

118) 琉璃(유리) : 지금의 투명한 유리. 당시 유리는 무척 드문 것이나 당대 유물 중에 유리로 만든 기물이 더러 있다.

119) 심주 : 자신을 말한다.(自謂.)

120) 易(이) : 경시하다. 무시하다.

121) 空(공) : 부질없이. 공연히.

122) 甑(증) : 시루. 여기서는 밥을 짓는 솥.

123) 慢膚(만부) : 살이 찌다. 비만.

卷送八尺含風漪.[124)	물결이 자르르 흐르는 팔 척 대자리 보내왔어라
呼奴掃地鋪未了,	종을 불러 바닥에 다 펴보게 하기도 전에
光彩照耀驚童兒.	광채가 뿜어 나오니 아이들이 놀란다
青蠅側翅蚤蝨避,	파리는 날개 기울여 피하고 벼룩과 이는 달아나
蕭蕭疑有清飆吹.[125)	맑은 바람이 솔솔 불어 나오는 듯해라
倒身甘寢百疾愈,	몸을 누워 달게 자면 온갖 병이 나을 듯
却願天日恒炎曦.[126)[127)	오히려 날씨가 언제나 무덥기를 바라네
明珠青玉不足報,[128)	명월주나 청옥으로 보답해도 부족해
贈子相好無時衰.	그대에게 내 깊은 마음을 주니 약해질 때 없으리

해설 정군으로부터 선사받은 대자리를 노래했다. 대자리의 유래에서 시작하여 형상과 특징을 묘사하고, 대자리를 받게 된 경위를 그렸다. 각 장면이 선명하고 어조가 경쾌하며, 구절구절이 정취가 넘친다. 정군은 시어사로 강릉에 있었으며, 한유가 양산에서 강릉으로 갔을 때 함께 근무하게 된 동료였다. 806년 5월에 지었다.

---

124) 含風漪(함풍의) : 대자리 위의 문양이 바람이 불어 물결이 일어나는 모양이란 뜻이다.

125) 蕭蕭(숙숙) : 바람 소리. ○ 清飆(청표) : 청풍. 맑은 바람.

126) 심주 : '가져와도 대낮이어서 누울 수 없지만'과 함께 한 단계를 돌아왔다.(與'携來當晝不得臥', 俱透過一層法.)

127) 炎曦(염희) : 덥고 열이 남.

128) 明珠青玉(명주청옥) : 명월주와 청옥안. 한대 장형(張衡)의 「네 가지 근심의 시」(四愁詩)에 "미인이 나에게 담비 가죽옷 주셨으니, 달 같은 명월주로 보답해야 하리라"(美人贈我貂襜褕, 何以報之明月珠.)와 "미인이 나에게 비단 한 필을 주셨으니, 청옥 반상으로 보답해야 하리라"(美人贈我錦繡段, 何以報之青玉案.)는 구절을 환기한다.

최립지 평사에게(贈崔立之評事)[129][130]

崔侯文章苦捷敏,[131]	최립지의 문장은 무척 민첩하여
高浪駕天輪不盡.[132]	높은 파도가 하늘 높이 쉼 없이 내달리는 듯
曾從關外來上都,[133]	일찍이 함곡관 동쪽에서 장안에 올 때
隨身卷軸車連軫.[134]	여러 대의 수레에 서적과 글을 실어왔지
朝爲百賦由鬱怒,[135]	아침에는 쌓여진 기세로 백 구의 부(賦)를 짓고
暮作千詩轉遒緊.[136]	저녁에는 굳세고 강인한 천 구의 시(詩)를 지어
搖毫擲簡自不供,	쉬지 않고 붓을 휘두르고 목간을 던지니
頃刻靑紅浮海蜃.[137]	삽시간에 푸르고 붉은 것이 신기루처럼 쌓인다
才豪氣猛易語言,	호방한 재주와 맹렬한 기세가 언어로 바뀌어져
往往蛟螭雜螻蚓.[138][139]	때로 교룡이 지렁이 속에 섞여 있어라
知音自古稱難遇,	예부터 지음은 만나기 어렵다는데
世俗乍見那妨哂![140]	속세에서 잠시 만났으니 비웃어도 무방해

129) 심주 : 이름이 최사립이다.(名斯立.)

130) 崔立之(최립지) : 본명은 최사립(崔斯立)이며 박릉(博陵, 하북 安平) 사람이다. 788년 진사과에 급제했으며, 790년 박학굉사과에 급제하여 비서성 교서랑이 되었다. 원화 초기에 대리평사가 된 이후 남전승(藍田丞), 국자감 박사를 역임하였다. ○評事(평사) : 대리시의 속관으로 사건의 추리와 심문을 담당한다. 품계는 종8품하.

131) 崔侯(최후) : 최립지를 가리킨다. 당대에는 성씨 다음에 후(侯)를 붙여 존경을 나타냈다. ○苦(고) : 무척. 아주.

132) 駕(가) : 능가하다. 넘어서다. ○輪(륜) : 쓰다.

133) 關外(관외) : 함곡관의 동쪽. ○上都(상도) : 장안을 가리킨다. 처음에는 경성(京城)이라 했고, 742년부터 서경(西京)이라 했다가, 762년부터 상도라 불렀다.

134) 卷軸(권축) : 두루마리와 족자. 서책과 서예를 가리킨다. ○車連軫(거련진) : 여러 대의 수레가 연달아 있다. 진(軫)은 수레의 뒤턱나무.

135) 百賦(백부) : 일백 구에 달하는 부(賦). ○鬱怒(울노) : 쌓여진 강한 기세.

136) 千詩(천시) : 천 구에 달하는 시. 『양서』「무제기」에 "붓을 대면 문장이 만들어지고, 백 구의 부와 천 구의 시가 바로 만들어졌다"(下筆成章, 百賦千詩, 直疏便就.)는 말이 있다. ○遒緊(주긴) : 강경하고 엄격하다.

137) 海蜃(해신) : 바다의 신기루.

138) 심주 : 공교함과 서투름이 함께 보인다.(工拙竝見.)

139) 螻蚓(누인) : 땅강아지와 지렁이.

勿嫌法官未登朝,[141][142]　　법관으로서 상참관이 아님을 아쉬워 말지니

猶勝赤尉長趨尹.[143]　　적현의 현위로 경조윤에 절하는 것보다 낫다네

時命雖乖心轉壯,[144]　　시대의 운수로부터 어긋나도 마음 더욱 굳세고

技能虛富家逾窘.　　기예와 능력이 많아져도 집은 갈수록 가난해져

念昔塵埃兩相逢,　　생각하면 예전에 속세에서 둘이 만나

爭名齟齬持矛楯.[145]　　창과 방패 들고 명리를 다투고 서로 대립하였지

子時專場誇觜距,[146]　　그대는 때로 출중하여 부리와 발톱을 자랑하고

余始張軍嚴鞿靷.[147]　　나는 군진을 펼치고 전투를 준비하였지

爾來但欲保封疆,[148]　　그로부터 다만 영토를 보호하려고만 했을 뿐

莫學龐涓怯孫臏.[149]　　방연처럼 손빈을 겁쟁이라 하지 않으려 했지

---

140) 哂(신) : 비웃다.

141) 심주 : 당시 평사였다.(時爲評事.)

142) 法官(법관) : 대리평사를 가리킨다. ○ 未登朝(미등조) : 상참관(常參官)이 아님을 말
한다. 정해진 시간에 입조하는 관리를 상참관 또는 등조관(登朝官)이라 하였다. 최
립지는 남전위(藍田尉)에서 평사로 승진하였으며, 아직 어사(御史)가 아니기 때문에
상참관이 아니었다.

143) 赤尉(적위) : 도성에서 다스리는 현의 현위. 당대에는 현을 적(赤), 기(畿), 망(望), 상,
중, 하 등 여섯 등급으로 나누고, 도성에서 다스리는 장안현과 만년현을 적현이라
하고, 도성 부근의 함양현과 남전현 등 열여덟 개 현을 기현(畿縣)이라 하였다. 기현
의 현위는 임기가 차면 상참관인 어사, 대리평사, 적현의 현위 등 세 직위 가운데 하
나로 나갔다. ○ 尹(윤) : 경조윤. 경조윤은 적현 두 개와 기현 열여덟 개를 관할하였
으므로, 현령과 현위들은 모두 그에게 절해야 한다.

144) 時命(시명) : 시대의 운수.

145) 爭名(쟁명) : 이름과 이익을 다투다. ○ 齟齬(저어) : 이빨의 위아래가 일치되지 않음
을 형용한 말로, 고르지 못하고 어긋난 상태를 뜻한다.

146) 專場(전장) : 일정한 장소에서 필적할 대상이 없음. 기예가 출중함을 가리킨다. ○ 觜
距(자거) : 부리와 발톱. 기예를 비유한다. 장형(張衡)의 「동경부」(東京賦)에 "진나라
영정(嬴政, 나중의 진시황)이 날카로운 부리와 긴 발톱으로 결국 승리하였다"(秦政
利觜長距, 終得擅場.)는 말이 있다.

147) 張軍(장군) : 군사를 배치하다. ○ 鞿靷(현인) : 말뱃대끈과 말 가슴걸이. 전투에서 준
비를 다 하고 공격을 기다린다는 뜻으로 쓰인다.

148) 爾來(이래) : 그때 이후.

149) 龐涓怯孫臏(방연겁손빈) : 방연이 손빈을 겁이 많다고 생각하다. 전국시대 위나라 대
장 방연(龐涓)이 한나라를 공격하자, 제나라에서는 전기(田忌)와 손빈(孫臏)이 야전
에서 병사들의 부뚜막을 줄이는 방법으로 방연을 방심하게 만들었다. 이에 방연은

竄逐新歸厭聞鬧,[150][151]	유배되었다가 새로 돌아온지라 소란함이 싫더니
齒髮早衰嗟可閔.[152]	이빨과 두발이 일찍 노쇠하여 시름겨워라
頻蒙怨句刺棄遺,[153]	그대의 내쳐진 원망의 시 자주 받았는데
豈有閒官敢推引?	어찌 한직에 있는 내가 감히 추천할 수 있겠소?
深藏篋笥時一發,[154]	바구니에 깊이 모아둔 시를 한 번 열어보니
戢戢已多如束筍.[155]	죽순처럼 가지런히 묶여 이미 많아라
可憐無益費精神,	아쉽게도 무익하게 정신을 소모했으니
有似黃金擲虛牝.[156][157]	마치 황금을 빈 골짜기에 던져버린 듯해라
當今聖人求侍從,	지금 황제께서 신하를 구하시니
拔擢杞梓收楛箘.[158]	좋은 재목을 발탁하고 바로 조릿대를 모으시네
東馬嚴徐已奮飛,[159]	동방삭, 사마상여, 엄조, 서락이 이미 날아오르고

제나라 군사들이 겁이 나 달아난 줄 알고 손빈의 계략에 걸려든다. 『사기』 「손자오기열전」 참조.

150) **심주**: 강릉 법조참군에서 국자감 박사가 된 일을 말한다. (自江陵法曹召爲國子博士.)

151) 竄逐新歸(찬축신귀): 유배되었다가 새로이 돌아오다.

152) 閔(민): 근심하다.

153) 怨句(원구): 한대 반첩여(班婕妤)가 지었다고 전해지는 「원가행」(怨歌行)을 말한다. 시에 "언제나 두려운 건 가을이 되어, 찬바람에 더위가 사라지면, 부채는 바구니에 버려지고, 은정도 중도에서 끊어지는 일"(常恐秋節至, 涼飇奪炎熱. 棄捐篋笥中, 恩情中道絶.)이란 구절이 있다. 여기서는 최립지가 자신이 중용되지 못한 처지를 원망하여 쓴 시를 가리킨다.

154) 篋笥(협사): 옷 바구니. '협'(篋)은 측면에서 여닫는 대바구니 상자, '사'(笥)는 네모꼴의 바구니. ○發(발): 열다.

155) 戢戢(집집): 가지런하게 모여 있는 모양.

156) **심주**: 문인은 이러한 병폐가 있지만, 후세에 전해지는 것도 이러한 이유 때문이다. (文人每坐此病, 然可傳亦正在此.)

157) 虛牝(허빈): 골짜기. 『회남자』 「지형훈」(地形訓)에 "구릉은 수컷이며, 계곡은 암컷이다"(丘陵爲牡, 溪谷爲牝.)는 말이 있다.

158) 杞梓(기재): 구기자와 개오동나무. 모두 좋은 목재로 쓰인다. ○楛箘(고균): 고목과 균죽. 화살 만드는 재료로 쓰인다. 일반적으로 뛰어난 인재를 비유한다.

159) 東馬嚴徐(동마엄서): 동방삭, 사마상여, 엄조(嚴助), 서락(徐樂). 모두 한 무제 때의 뛰어난 문사들이다. 무제는 대외적으로 영토를 확장했고, 대내적으로 제도를 개선했으며, 현능한 인사들을 많이 등용하였다. 엄조, 주매신(朱買臣), 오구수왕(吾丘壽王), 사마상여, 주부언(主父偃), 서락(徐樂), 엄안(嚴安), 동방삭, 매고(枚皋), 교창(膠

枚皋卽召窮且忍.[160] 막히고 힘겨운 매고(枚皋)도 징초될 것이라
復聞王師西討蜀,[161] 또 듣자니 왕의 군대가 촉 지방을 토벌하여
霜風冽冽摧朝菌.[162] 차가운 서릿바람에 하루살이가 꺾였어라
走章馳檄在得賢,[163] 주장과 격문을 쓰는데 현능한 자 필요하고
燕雀紛拏要鷹隼.[164] 제비와 참새가 떠드는 데는 송골매가 필요해
竊料二塗必處一,[165] 내가 보기에 두 가지 길은 반드시 하나로 모이니
豈比恒人長蠢蠢?[166] 어찌 평범한 사람이 우왕좌왕하는 것과 같으랴!
勸君韜養待徵招,[167] 그대는 재능을 숨기고 징초를 기다리길 권하니
不用雕琢愁肝腎.[168] 문장을 조탁하며 간과 신장을 졸일 필요 없으리
牆根菊花好沽酒, 담장 아래 국화 필 때 좋은 술 사오려니
錢帛縱空衣可準.[169] 월급이 박하다면 옷을 저당 잡히리
暉暉簷日暖且鮮, 처마 밑의 해가 따뜻하면서 고운데
摵摵井梧疎更殞.[170] 툭툭 오동잎이 떨어져 성기어져 가는구나

倉), 종군(終軍), 엄총기(嚴蔥奇) 등을 임용하였다.

160) 枚皋(매고) : 서한 문인. 매승(枚乘)의 아들. 나이 열일곱에 양공왕(梁共王)에 상서를
올려 임용되었다. 나중에 참훼를 받아 적몰되자 장안으로 도망갔다. 사면을 받은 후
북궐에 상서를 올리자 무제가 기뻐하여 대초로 불렀다. 흉노에 사신으로 간 적도 있
다. 부 작품은 많으나 사마상여보다 뛰어나지 못한 것으로 평가된다.

161) 討蜀(토촉) : 촉 지방을 토벌하다. 806년 1월 고숭문(高崇文)이 검남서천절도부에서
반란을 일으킨 유벽(劉闢)을 토벌한 일을 가리킨다.

162) 朝菌(조균) : 균류 식물. 벌레라는 설도 있다. 아침에 생겼다가 저녁에 죽는다. 『장자』
「소요유」(逍遙遊)에 "조균은 그믐과 초하루를 모르고, 쓰르라미는 봄과 가을을 모른
다"(朝菌不知晦朔, 蟪蛄不知春秋.)는 말이 있다.

163) 走章馳檄(주장치격) : 주장과 격문을 신속히 씀. 매고(枚皋)는 글을 빨리 쓰고 사마상
여는 느리게 썼지만 모두 이름이 높았다. 양웅이 말하기를 전장에서 격문을 쓰는 데는
매고가 적합하고, 조정에서 책명(冊命)을 쓰는 데는 사마상여가 적합하다고 하였다.

164) 紛拏(분나) : 어지럽게 섞여있는 모양.

165) 二塗(이도) : 두 가지 길. 문인의 길과 무인의 길.

166) 恒人(항인) : 평범한 사람. ○ 蠢蠢(준준) : 소란스런 모양.

167) 韜養(도양) : 재능을 숨기다.

168) 雕琢(조탁) : 새기고 쪼다. 공들여 사부(辭賦)를 써서 조정의 추천을 바람.

169) 錢帛(전백) : 돈과 비단. 봉록을 가리킨다. 당대에는 월급을 돈과 비단으로 지급했다.
○準(준) : 저당 잡히다.

高士例須憐麴蘗,[171]   높은 선비는 모름지기 술을 사랑하나니
丈夫終莫生畦畛.[172]   장부는 평생 경계를 지어서는 안 될 것이오
能來取醉任喧呼,   올 수 있으면 술을 마시고 마음껏 소리지르세
死後賢愚俱泯泯![173]   죽으면 현인이든 바보든 모두 사라지나니!

해설 최립지의 추천에 대한 부탁을 완곡히 거절한 시이다. 내용으로 보아 최립지가 여러 차례 시를 써 보내온 데 대한 답시로 작성하였다. 이러한 거절의 과정에서 최립지의 능력과 사람됨을 서술하고, 자신과 상대의 경력을 쓰고, 시사와 세상에 대한 감회를 함께 표현하였다. 806년 9월 국자감 박사가 되었을 때 지었다.

사문 노사 형의
「가을을 조망하다」에 답하며(酬司門盧四兄雲夫院長望秋作)[174][175]

長安雨洗新秋出,   장안이 비에 씻기더니 가을이 되었는데
極目寒鏡開塵函.[176]   밝은 달이 먼지 상자에서 나온 듯 해라
終南曉望蹋龍尾,[177]   함원전의 용미도를 밟고 새벽 종남산 바라보니

---

170) 摵摵(색색) : 나뭇잎이 떨어지는 소리. 또는 잎이 떨어져 나뭇가지가 빈 모양.
171) 麴蘗(국얼) : 누룩. 또는 술을 가리킨다.
172) 畦畛(휴진) : 밭두렁. 격막이나 거리를 나타낸다. 여기서는 예의에 제한되지 마라는 뜻이다. 또는 한유가 최립지를 추천하지 못한 데서 오는 불만의 마음을 가리킬 수도 있다.
173) 泯泯(민민) : 사라지다. 적막하다.
174) 심주 : 이름이 노정이다.(名汀.)
175) 司門(사문) : 형부(刑部)의 속관으로, 궁문의 개폐를 담당하고 행인을 검사하는 일을 맡는다. ○盧四(노사) : 노정(盧汀). 자는 운부(雲夫)이다. 785년 진사 급제. 우부랑중 등을 거쳐 중서사인, 급사중에 이르렀다. ○院長(원장) : 어사 또는 습유를 부르는 호칭.
176) 寒鏡(한경) : 차가운 거울. 가을밤의 밝은 달을 비유하였다.
177) 龍尾(용미) : 용미도(龍尾道). 장안 대명궁의 함원전 양측에 있는 굽이진 계단 길. 평

倚天更覺靑巉巉.[178]　　하늘에 기댄 모습 더욱 푸르고 우람하여라

自知短淺無所補,　　스스로 견식이 얕아 보필할 능력 없는데

從事久此穿朝衫.[179]　　나라 일 한다고 오래도록 조복을 입었어라

歸來得便卽遊覽,[180]　　낙양에서 장안으로 돌아와 바로 유람을 하니

暫似壯馬脫重銜.　　마치 씩씩한 말이 재갈을 푼 듯하네

曲江荷花蓋十里,　　곡강지에 연꽃이 십리를 덮으니

江湖生目思莫緘.　　강호의 모습 같아 그리움 막을 길 없네

樂遊下矚無遠近,[181]　　낙유원에서 내려다보면 멀고 가까운 곳 없이

綠槐萍合不可芟.[182]　　푸른 홰나무가 덮여 있어 베어낼 수 없을 정도라

白首寓居誰借問?[183]　　백발로 객지에서 사니 누구에게 물어보나?

平地寸步局雲巖.　　평지를 반걸음 딛는 것도 험한 산처럼 힘드네

雲夫老兄有狂氣,[184]　　노사(盧四) 형은 광방불기(狂放不羈)의 기개라

嗜好與俗殊酸鹹.[185]　　기호가 세속과 달라 특별한 흥취가 있지

日來省我不肯去,　　날마다 날 보러 와서는 갈 생각 않고

論詩說賦相諵諵.[186]　　시를 논하고 부(賦)를 토론하며 떠들곤 하였지

望秋一章已驚絶,　　「가을을 조망하다」 한 편이 이미 뛰어난데

猶言低抑避謗讒.[187]　　더구나 함축적인 어조라 날카로운 비판을 피하였네

지에서 일곱 번 굽이돌아 조당에 들어선다. 멀리서 보면 용의 꼬리가 땅에 내려온 것 같다고 하여 이름 붙여졌다.

178) 巉巉(참참) : 높고 험한 모양.

179) 從事(종사) : 종정(從政). 나라의 정치에 참여하다.

180) 歸來(귀래) : 돌아오다. 여기서는 낙양에서 장안궁에 돌아와 근무한 일을 가리킨다.

181) 樂遊(낙유) : 낙유원. 곡강의 동북쪽에 소재한다.

182) 槐(괴) : 홰나무. ○萍合(평합) : 개구리밥처럼 붙어 있다. ○芟(삼) : 베다.

183) 寓居(우거) : 남의 집이나 타향에 임시로 살아감.

184) 狂氣(광기) : 광방불기(狂放不羈)의 기개.

185) 殊酸鹹(수산함) : 시고 짠 맛이 섞여 보통과 다르다. 송대 문당(文讜)은 "소금에서 짠 맛을 취하고 매실에서 신 맛을 취한다. 옛날에 국의 맛을 낼 때는 반드시 시고 짠 것으로 조화시켰으므로 세속과 다르다고 하였다"(鹽取其鹹, 梅取其酸. 古者調羹須鹹酸以和之, 故與俗殊異也.)고 주석하였다.

186) 諵諵(남남) : 수다스러운 모양.

若使乘酣騁雄怪,　　흥에 겨워 웅장하고 괴이한 형상 만들면
造化何以當鐫劖?[188]　새기고 깎는 조물주가 어찌 이에 맞서랴?
嗟我小生値强伴,[189]　아아, 이 소생이 힘센 사람을 만나니
怯膽變勇神明鑒.　　겁 많던 마음에 용기가 생기고 정신이 맑아온다
馳坑跨谷終未悔,　　계곡을 건너뛰며 놀던 일 후회하지 않으니
爲利而止眞貪饞.[190]　이익을 위해 그만 둔다면 진실로 탐욕스런 것이네
高揖群公謝名譽,　　여러 사람에게 읍례하고 명예를 버리려니
遠追甫白感至誠.[191]　지극한 정성으로 멀리 두보와 이백을 좇아가리
樓頭完月不共宿,[192]　누각 위에 둥근 달 떴으나 묵지 않고 떠나니
其奈就缺行攕攕![193]　이지러져 기울어지면 어찌 갈 수 있겠는가!

해설 노정(盧汀)과 유람했던 일을 그렸다. 내용으로 보아 811년 가을 하남령(河南令)에서 직방원외랑으로 장안으로 전임되고 나서 썼다. 곡강지와 낙유원을 둘러보고 묘사하는 과정에, 노정의 시문과 사람됨을 쓰고 자신의 처지도 함께 서술하였다. 노정은 한유의 손위 처남으로, 한유의 시집에는 그와 관련된 시가 많다.

---

187) 低抑(저억): 시문이 비판의 칼끝이 드러나지 않고 함축적임. ○ 謗讒(방참): 헐뜯고 중상하다.
188) 鐫(전): 새기다. ○ 劖(참): 뚫다. 깎다. 이 구는 노사의 시문이 형상을 창조하는데 뛰어나 조물주의 능력보다 뛰어나다는 뜻이다.
189) 小生(소생): 자신을 낮추어 부르는 말.
190) 利(리): 이익. 여기서는 이익과 지위 등을 통칭한다. ○ 貪饞(탐참): 이익을 탐하다.
191) 甫白(보백): 두보와 이백. ○ 至誠(지함): 지성(至誠).
192) 完月(완월): 둥근 달.
193) 就缺(취결): 이지러지다. ○ 攕攕(섬섬): 纖纖이라고도 쓴다. 가늘고 긴 모양.

우부랑중 노사의 한림 전칠이 지은 「적등 지팡이 노래」에 대한 답시에 화답하며(和虞部盧四¹⁹⁴⁾酬翰林錢七¹⁹⁵⁾赤藤杖歌)¹⁹⁶⁾

赤藤爲杖世未窺,	적등(赤藤)으로 만든 지팡이 세상 사람들 본 적 없는데
臺郎¹⁹⁷⁾始携自滇池.¹⁹⁸⁾	노정이 전지(滇池)에서 처음 들고 왔어라
滇王掃宮避使者,¹⁹⁹⁾	전왕(滇王)이 궁문을 쓸고 사신을 맞이하며
跪進再拜語嗢呬.²⁰⁰⁾	무릎 꿇어 바치고 다시 절하며 이국 말을 했다지
繩橋拄過免傾墮,²⁰¹⁾	승교(繩橋) 다리 건너면서도 떨어지지 않았고
性命造次蒙扶持.²⁰²⁾	목숨이 경각에 달렸을 때도 부지하고 있었지
途經百國皆莫識,²⁰³⁾	도중에 지나온 백 개의 나라에서도 모두 본 적 없어
君臣聚觀逐旌麾.²⁰⁴⁾	군신들이 몰려와 구경하느라 깃발들이 이어졌더라
共傳滇神出水獻,²⁰⁵⁾	모두가 말하길 전수(滇水)의 신이 물에서 나와

---

194) 심주 : 노정.(汀)

195) 심주 : 전휘.(徽)

196) 虞部(우부) : 공부(工部)의 속관으로 경도의 가로수를 비롯하여 산과 호수와 정원을 관리한다. ○盧四(노사) : 노정(盧汀). 앞의 시 참조. ○錢七(전칠) : 전휘(錢徽). 전기(錢起)의 아들. 정원 연간 초에 진사과에 급제하였으며, 호북관찰사 장서기, 좌보궐, 사부원외랑, 한림학사, 중서사인, 사봉랑중, 괵주자사, 예부시랑, 상서좌승, 이부상서 등을 역임했다.

197) 심주 : 우부.(虞部.)

198) 臺郎(대랑) : 상서랑. 우부랑중은 공부(工部)에 속하며, 공부는 상서에 속한다. ○滇池(전지) : 지금의 운남성 곤명시의 곤지(昆池)와 전남택(滇南澤). 당대에는 남조(南詔)왕조의 강역이었다.

199) 滇王(전왕) : 남조의 왕을 가리킨다. 전국시대 초나라 사신 장교(莊蹻)가 운남 지역을 공격하여 할거하면서 전왕(滇王)이라고 칭하였다. ○避(피) : 양보하다.

200) 嗢呬(올이) : 알아듣지 못하는 말소리를 형용한 말. 여기서는 현지 사람의 사투리를 형용하였다.

201) 繩橋(승교) : 대나무나 끈으로 만든 다리.

202) 造次(조차) : 경솔하다. 황급하다. 위급하다.

203) 百國(백국) : 남조(南詔) 경내에 있는 여러 부족.

204) 旌麾(정휘) : 정절(旌節)과 기치. 이 구는 각국의 군신들이 깃발을 앞세우고 연이어서 지팡이를 보러 왔다는 뜻이다.

赤龍拔鬚血淋漓.[206]	적룡의 수염을 피가 나도록 뽑아 바친 것이라 말하네
又云羲和操火鞭,[207]	또 말하길 희화(羲和)가 불 채찍을 들고
暝到西極睡所遺.	저녁에 서극(西極)에서 잘 때 떨어뜨린 것이라네
幾重包裹自題署,	몇 겹으로 감싸고 자신의 글을 써서 붙여
不以珍怪誇荒夷.[208]	진귀하다고 변방의 민족에게 자랑하지 않으려 했네
歸來捧贈同舍子,[209]	돌아와 동료들에게 받들어 증정하니
浮光照手欲把疑.[210]	빛나는 광택이 쏟아져 잡으려다 주저했네
空堂晝眠倚戶牖,[211]	빈 방에서 낮잠 잘 때 창 옆에 기대두니
飛電著壁搜蛟螭.[212]	번개가 벽을 치며 교룡인 줄 알고 찾아오더이
南宮清深禁闈密,[213]	상서성의 노정(盧汀)은 맑고 한림원의 전휘(錢徽)는 깊어
唱和有類吹塤篪.[214]	두 사람의 창화는 훈과 젓대 소리가 어울리는 듯
妍辭麗句不可繼,	나의 시는 곱고 미려한 시구(詩句)를 잇기 어려워

---

205) 滇神(전신) : 전지(滇池)의 신.
206) 심주 : 이러한 기이하고 걸출함은 한유만의 독창이다.(此種奇傑, 昌黎獨造.)
207) 羲和(희화) : 신화에 나오는 태양을 수레에 담고 천공을 달리는 신. ○ 火鞭(화편) : 희화가 들고 있다고 하는 채찍.
208) 荒夷(황이) : 황벽한 곳에 사는 비한족 민족.
209) 同舍子(동사자) : 동료.
210) 浮光(부광) : 지팡의 주위에서 나는 광택. ○ 欲把疑(욕바의) : 잡으려 하다가 다시 주저하다.
211) 倚戶牖(의호유) : 지팡이를 문에 기대어 놓다.
212) 蛟螭(교리) : 교룡. 여기서는 지팡이를 비유하였다.
213) 南宮(남궁) : 본래 남방의 별자리 이름. 상서성을 비유한다. 여기서는 노정(盧汀)이 근무하는 곳. ○ 禁闈(금위) : 궁중. 위(闈)는 궁중의 작은 문. 여기서는 전휘(錢徽)가 근무하는 한림학사원.
214) 有類(유류) : 비슷하다. 마치. ○ 塤篪(훈호) : 훈과 젓대. 훈은 모과 모양에 안이 빈 악기이며, 호는 피리 모양의 악기이다. 부는 원리가 같고 음색이 비슷하므로 함께 연주하여 조화로운 소리를 얻는다. 여기서는 노정과 전휘가 창화하는 시가 고아하고 아름답다는 뜻이다.

見寄聊且慰分司. [215][216]   받아든 시로 잠시 낙양에 있는 자신을 위로한다네

해설 노정(盧汀)이 남조(南詔)에 사신으로 갔을 때 가져온 적등 지팡이를 노래한 영물시이다. 구하게 된 경위에서 시작하여 가져오며 일어난 일과 장안에서의 반응까지 적등 지팡이를 중심으로 사실과 상상을 엇갈아 가며 썼다. 비록 작은 사물이지만 발상이 다채롭고 구성에 변화가 있어 새로운 의경을 만들었다. 이러한 제재와 구성은 두보의 시에서 특징적이며, 한유 역시 완성도 높은 작품으로 만들어내었다. 송대 구양수가 이를 모의해 「능계의 큰 바위」(凌溪大石)를 썼지만 전인에 미치지 못하였다. 809년 6월 도관원외랑으로 낙양의 분사에 있을 때 지었다.

석고가(石鼓歌)[217]

張生手持石鼓文, [218]   장적이 손에 「석고문」을 들고 와
勸我試作石鼓歌.   나에게 「석고가」를 지어보라 권하였지
少陵無人謫仙死, [219]   두보 같은 사람 없고 이백은 죽었는데
才薄將奈石鼓何!   나는 재주가 없으니 석고를 어이하랴!
周綱陵遲四海沸, [220]   주나라의 기강이 해이하고 나라가 들끓을 때

---

215) 심주 : 한유는 당시 낙양 분사에 있었다.(公時爲分司.)
216) 分司(분사) : 중앙의 관서가 낙양에 설치된 관서 및 그곳에서 근무하는 사람. 여기서는 한유를 가리킨다.
217) 石鼓(석고) : 당대 초기 천웅(天應, 섬서 寶鷄) 삼주원(三畤原)에서 발견된 각석 유물. 북 모양의 돌 열 개에 글씨가 새겨져 있는데, 글씨체는 선진시기의 대전(大篆)이며, 내용은 진나라 군주의 사냥을 찬미한 것이다. 때문에 현대 학자들은 춘추 또는 전국시대 진나라의 각석으로 보지만, 한유는 주 선왕(周宣王) 때에 제작한 것으로 보았다.
218) 張生(장생) : 장적(張籍). ○石鼓文(석고문) : 석고에 새겨진 글자의 탁본.
219) 少陵(소릉) : 장안 남쪽의 교외. 두보가 이곳에 살면서 스스로 '두릉 야로'라 하였다. ○無人(무인) : 사람이 없어지다. 죽다. ○謫仙(적선) : 원래 하늘의 신선이었는데 지상으로 귀양 온 사람. 하지장이 이백에 대해 붙여준 별명이다.

宣王憤起揮天戈.[221]　　선왕(宣王)이 분연이 일어나 창날을 휘저었지

大開明堂受朝賀,[222]　　명당을 크게 열고 조회를 받자

諸侯劍珮鳴相磨.[223]　　제후들이 검과 패옥 부딪힐 정도로 많이 왔지

蒐于岐陽騁雄俊,[224]　　기산의 양지에서 사냥하며 웅대함을 드날리고

萬里禽獸皆遮羅.[225]　　만 리의 짐승들이 모두 그물에 걸렸었지

鐫功勒成告萬世,[226]　　이룩한 공을 바위에 새겨 만세에 알리려고

鑿石作鼓隳嵯峨.[227]　　바위 캐어 돌북 만드니 높은 산이 낮아졌지

從臣才藝咸第一,　　따르는 신하들의 재주가 모두 제일이니

揀選撰刻留山阿.[228]　　돌 고르고 사람 뽑아 쓰고 새기어 산기슭에 두었다네

雨淋日炙野火燎,　　비에 젖고 해에 그을리고 들불에 탔으나

鬼物守護煩攜呵.[229]　　귀신이 휘두르고 꾸짖어 해를 막아냈더라

公從何處得紙本?　　그대는 어디에서 탁본을 얻었는가

毫髮盡備無差訛.　　터럭 하나 차이 없이 모두가 일치하네

辭嚴義密讀難曉,[230]　　말이 엄격하고 뜻이 은미하여 해독하기 어려운데

---

220)　周綱(주강) : 주나라의 통치 기강. ○陵遲(능지) : 凌遲라고도 쓴다. 원래 산이나 언덕
의 경사가 점점 내려가는 모습을 말한다. 쇠퇴하다. 몰락하다.

221)　宣王(선왕) : 주 선왕. 여왕(厲王)의 아들로 이름은 희정(姬靖). 46년 동안(기원전 827
~788년) 재위하면서 주나라를 부흥시켰다. ○揮天戈(휘천과) : 천자의 군대가 창을
휘두르다. 선왕 때 외족과의 전투가 많았고, 승전으로 국세를 과시하였다. 기원전
825년 서융과 전투하였고, 기원전 823년 험윤(玁狁), 형만(荊蠻), 회이(淮夷), 서융(徐
戎) 등과 전쟁하였다.

222)　明堂(명당) : 주나라 천자가 조회와 제사를 거행하고 정교를 선포하는 장소.

223)　劍珮(검패) : 검과 패옥. ○鳴相磨(명상마) : 서로 부딪쳐 소리가 나다. 이 구는 검과
패옥이 많은 것으로 몰려든 제후가 많음을 형용하였다.

224)　蒐(수) : 사냥하다. ○岐陽(기양) : 기산의 남면. 기산은 지금의 섬서성 기산현 동북에
소재.

225)　遮羅(차라) : 길을 막고 주위를 벌리다. 이 구는 짐승이 많음을 형용하였다.

226)　鐫功(전공) : 바위에 공적을 새기다. ○勒成(늑성) : 글자를 새기다.

227)　嵯峨(차아) : 산이 높고 험한 모양. 여기서는 높은 산을 가리킨다.

228)　揀選撰刻(간선찬각) : 돌을 고르고, 장인을 선발하고, 글을 쓰고, 글자를 새기다. ○山
阿(산아) : 산기슭.

229)　攜呵(휘가) : 휘두르고 꾸짖다. 엄히 보호하다는 뜻.

230)　辭嚴(사엄) : 언어가 엄정하다. ○義密(의밀) : 뜻이 은미(隱微)하다.

字體不類隷與蝌.[231]　　글꼴도 예서나 과두문과 비슷하지 않아라

年深豈免有缺畫,　　햇수가 오래되어 획수가 빠졌으니

快劍斫斷生蛟鼉.　　예리한 검으로 교룡과 악어를 자른 듯해라

鸞翔鳳翥眾仙下,　　봉황이 춤추고 신선들이 내려온 듯하고

珊瑚碧樹交枝柯.　　산호와 푸른 나무가 가지를 뻗은 듯해라

金繩鐵索鎖紐壯,[232]　　황금 밧줄과 쇠사슬로 씩씩하게 묶은 듯하고

古鼎躍水龍騰梭.[233]　　물속에서 정(鼎)이 솟구치고 북이 용이 되어 나르는
　　　　　　　　　　듯해라

陋儒編詩不收入,[234]　　그 시는 비루한 유생이 '시경' 속에 넣지 않았으니

二雅褊迫無委蛇[235)236]　　'대아'와 '소아'는 촉급하여 이와 같은 넉넉함 없어라

孔子西行不到秦,　　공자가 서쪽으로 진나라에 가지 않았기에

掎摭星宿遺羲娥.[237]　　별들은 모으면서 해와 달은 빠뜨린 격

---

231)　隷與蝌(예여과) : 예서와 과두(蝌蚪) 문자. 예서는 한대의 통용 문자이며, 과두 문자
　　는 한대 후기에 나온 것으로, 글자의 윗부분이 두껍고 아랫부분이 가늘어 모양이 올
　　챙이 같은 문자를 말한다.

232)　鎖紐(쇄뉴) : 잠그고 꿰매다.

233)　古鼎躍水(고정약수) : 정(鼎)을 강에서 끌어올리다. 진시황이 동순 갔다가 돌아오다
　　팽성(彭城)에 들렀을 때 주나라 때 주조했던 정이 사수(泗水)에서 때로 보였다. 이에
　　천 명의 인부를 시켜 찾게 했으나 결국 찾지 못하였다. 『사기』「진시황본기」 참조.
　　여기서는 필획이 웅건함을 비유하였다. ○龍騰梭(용등사) : 베틀 북이 튀어 올라 용
　　이 되다. 서진 때 도간(陶侃)이 고기를 잡다가 베틀 북을 하나 얻었는데 벽에 걸어
　　두었다. 한 번은 비가 오고 번개가 치자 북이 적룡으로 변하더니 집을 나가 하늘로
　　올랐다. 유경숙(劉敬叔)의 『이원』(異苑) 참조.

234)　編詩(편시) : 『시경』을 편찬하다. 주나라 때 시는 원래 삼천여 편이 있었는데, 악관이
　　채집과 정리하였으며, 공자가 삼백오 편을 정리하여 『시경』을 편찬하였다고 한다.

235)　심주 : '비루한 유생'은 당시 채풍관을 가리켜 말했다. '대아'와 '소아'에 실리지 않은
　　것은 공자가 뽑을 수 없기 때문이었다. 어찌 공자에 불만을 가진 뜻이 있겠는가?('陋
　　儒, 指當時采風者言. 二雅不載, 孔子無從采取也. 焉有不滿孔子意?)

236)　二雅(이아) : 대아(大雅)와 소아(小雅). 『시경』의 부분. ○褊迫(편박) : 좁고 궁색하다.
　　○委蛇(위타) : 委佗라 쓰기도 한다. 조용하고 느린 모양. 여기서는 넉넉한 모습을
　　형용하였다.

237)　掎摭(기척) : 골라 뽑다. ○羲娥(희아) : 희화(羲和)와 항아(嫦娥). 여기서는 해와 달을
　　가리킨다.

嗟余好古生苦晚,[238] 아아, 내가 고대 유물 좋아하나 너무 늦게 태어나
對此涕淚雙滂沱. 이 석고문을 보고 두 눈 가득 눈물을 흘리노라
憶昔初蒙博士徵,[239] 돌이켜 생각하니 처음 박사로 징초되었을 때
其年始改稱元和. 그 해에 연호를 바꾸어 원화라 했었지
故人從軍在右輔,[240] 친구는 종군하여 봉상부에 있는데
爲我量度掘臼科.[241] 나를 위해 재어보고 구덩이에 안치했네
濯冠沐浴告祭酒,[242] 목욕하고 관을 털고 좨주에 알리기를
如此至寶存豈多? 이처럼 값진 보물 몇이나 있으리오?
氈苞席裹可立致, 모포로 싸고 자리로 말아 금방 가져올 수 있으니
十鼓只載數駱駝. 열 개의 돌북은 몇 마리 낙타면 실어올 수 있다오
薦諸太廟比郜鼎,[243] 고(郜)나라 정(鼎)처럼 태묘에 옮긴다면
光價豈止百倍過?[244] 그 빛과 가치는 어찌 백배에 그치리오?
聖恩若許留太學,[245] 군주께서 만약에 태학에 두신다면
諸生講解得切磋. 생도들이 읽고 풀어 절차탁마할 것이요

---

238) 苦晚(고만) : 아주 늦다.

239) 博士徵(박사징) : 박사로 임명되다. 806년 한유는 강릉 법조참군에서 국자감 박사가 되었다.

240) 右輔(우보) : 도성의 오른쪽(서쪽) 날개 부분의 땅. 한대에 도성의 서쪽을 우부풍(右扶風)이라 하고, 장릉(長陵) 이북을 좌풍익(左馮翊)이라 하고, 장안 동쪽을 경조윤(京兆尹)의 관할지로 하였다. 우보는 곧 우부풍이며, 당대에는 봉상부(鳳翔府)를 설치하였다. 당시에 한유의 친구가 봉상절도부 종사로 있었다.

241) 臼科(구과) : 구덩이. 석고를 안치할 움푹 파인 자리.

242) 祭酒(좨주) : 국자감 좨주. 품계는 종3품. 당시 정여경(鄭餘慶)이 임직하고 있었다. 좨주는 나라의 최고학부 수장으로 나이가 많고 명망이 높고 학식이 뛰어난 사람을 임명하였다.

243) 太廟(태묘) : 천자의 종묘. ○郜鼎(고정) : 춘추시대 고(郜)나라에서 만든 정(鼎). 『춘추』 '환공 2년'조에 기원전 710년 노 환공이 "송나라에 있던 예전에 고나라에서 만든 큰 정(鼎)을 가져와, 무신일에 주공(周公)의 사당에 바쳤다"(取郜大鼎于宋; 戊申, 納于大廟.)고 하였다.

244) 光價(광가) : 빛과 가치.

245) 太學(태학) : 국자감 산하의 교육기관. 5품 이상의 관원 및 군현공(郡縣公)의 자제, 그리고 종3품 이상 관원의 증손을 교육한다.

觀經鴻都尙塡咽,[246]　　희평 석경 보러 와 홍도문이 붐볐듯이

坐見擧國來奔波.[247]　　온 나라 사람들이 달려와 볼 것이라

剜苔剔蘚露節角,　　이끼를 파내어 필획의 마디와 모서리를 드러내고

安置妥帖平不頗.　　적절하게 안치하고 알맞게 수평 맞추고

大厦深簷與蓋覆,　　큰 건물 세워 깊은 처마로 덮는다면

經歷久遠期無佗.[248]　　시간이 오래 가도 다른 탈이 없으리라

中朝大官老於事,[249]　　조정의 대신은 처세에 노련하여

詎肯感激徒媕婀?[250]　　머뭇거리기만 할 뿐 어찌 뛰어다니겠소?

牧童敲火牛礪角,　　목동이 부싯돌로 쓰고 소가 뿔을 간다면

誰復著手爲摩挲?[251]　　누가 다시 손을 얹고 어루만질 수 있으랴?

日銷月鑠就埋沒,　　날마다 닳고 달마다 삭아 매몰되어버린다면

六年西顧空吟哦.[252]　　육 년 동안 서쪽을 보며 부질없이 탄식한 셈이 되리

羲之俗書趁姿媚,[253)254]　　왕희지는 통속적인 서체를 아름답게 써

數紙尚可博白鵝.[255]　　몇 장의 글씨로 흰 거위를 바꿔왔다네

---

246) 鴻都(홍도) : 홍도문. 동한 영제(靈帝) 때 광화(光和) 원년(178년)에 설립한 강학 기관.
○塡咽(전인) : 막히다. 붐비다. 동한 희평(熹平) 4년(175년) 채옹 등이 육경(六經)의
문자를 바르게 정하자는 주청을 올려, 경전의 문자를 석각으로 새겨 태학문 밖에 새
웠다. 비석이 세워진 후 이를 보거나 옮겨 쓰려고 몰려든 자가 거리를 메웠다. 『후
한서』「채옹전」 참조. 한유는 태학문이어야 하는데 홍도문으로 잘못 쓴 것으로 보
인다.

247) 坐見(좌견) : 장차 보다. 여기서는 예상하다.

248) 期無佗(기무타) : 그 밖의 다른 변고가 없기를 바라다.

249) 中朝(중조) : 조정. 중조대관(中朝大官)은 정여경(鄭餘慶)을 가리킨다.

250) 媕婀(암아) : 머뭇거리며 주견이 없다. 다른 사람에 따르다. 당시 정여경은 취임한지
얼마 되지 않았는데, 곧 이임하였으므로 한유의 요구를 채납하지 못하였다.

251) 摩挲(마사) : 어루만지다.

252) 吟哦(음아) : 읊다. 여기서는 탄식하다.

253) 심주 : 예서의 풍속이 통행되었기에 이는 전서와 다르므로 '속서'라 하였을 뿐 왕희지
를 폄하하는 뜻은 없다.(隸書風俗通行, 別於古篆, 故云'俗書', 無貶右軍意.)

254) 羲之(희지) : 왕희지. 동진의 명문세족 출신으로 명필가. ○俗書(속서) : 통속적인 서
체. 왕희지는 행서, 초서, 진서 등에 능하였는데, 여기서는 전서와 예서에 상대적인
개념에서 말하였다. 그러므로 한유는 전서를 높이 치는 것으로 보인다. 이 구에 대
해 역대 주석가들의 의견이 분분하다.

繼周八代爭戰罷,[256]	주나라 이후 여덟 왕조 거치며 전쟁이 끝날 때도
無人收拾理則那![257]	아무도 수습하지 않았으니 어찌된 일인가?
方今太平日無事,	바야흐로 이제는 나라가 태평하고 나날이 무사하며
柄任儒術崇丘軻.[258]	유학을 중시하고 공자와 맹자를 숭상하네
安能以此上論列?	어찌하면 이를 조정에 올려 논할 수 있을까?
願借辯口如懸河.	원컨대 말 잘하는 사람 시켜 변호하고 싶어라
石鼓之歌止於此,	석고의 노래는 여기에서 그치니
嗚呼吾意其蹉跎![259]	아아, 나의 뜻은 아마도 이루어지지 않을 것인가!

평석 지금 석고가 태학에 장구하게 보존된 것은 한유의 시가 있었기 때문이다. 전중하고 화평한 내용은 글씨와 일치한다.(於今石鼓永留太學, 昌黎詩爲之先聲也. 典重和平, 與題相稱.)

해설 당대 초기 발견된 '석고'에 대해 쓴 시이다. 석고의 기원에서 시작하여 그 가치를 서술하고, 태학에 옮겨와 보존하기를 건의하였으나 이루어지지 않은 전말을 썼다. 시를 쓴 목적은 나태한 관리를 질타하고 사람을 격동시켜 문물을 보호하려는 데 있다. 일운도저(一韻到底)로 끌어나간 각운과 함께 기세가 넘치며, 노련한 수법으로 구성의 변화를 꾀하였다. 한유의 호소 덕분인지 석고는 당시 봉상부 문묘에 보관된 이래, 역대로 보존되어 현재 북경 고궁박물원에 소장되어 있다.

---

255) 博白鵝(박백아) : 흰 거위와 바꾸다. 왕희지는 거위를 좋아하였다. 산음(山陰)에 한 도사가 거위를 잘 길렀다고 해서 왕희지가 보러갔다. 왕희지가 무척 좋아하며 도사더러 팔라고 했다. 그러자 도사는 『도덕경』을 써주면 모두 주겠다고 하였다. 이에 왕희지가 즐거이 써주고 거위를 광주리에 담아서 왔다. 『진서』 「왕희지전」 참조.
256) 八代(팔대) : 주대 이후의 여덟 왕조. 석고가 있는 섬서 지역을 강역으로 했던 진(秦), 한, 위, 진(晉), 북위, 북제, 북주, 수 등을 말한다.
257) 那(나) : 하(何)의 뜻이다. 어찌 할 것인가? 왜.
258) 柄任(병임) : 중시하고 믿다. ○ 丘軻(구가) : 공구(孔丘)와 맹가(孟軻). 즉 공자와 맹자.
259) 蹉跎(차타) : 넘어지다. 좌절하다. 이 구는 일이 이루어지지 않는데 대한 실의를 나타냈다.

화산의 여자(華山女)

街東街西講佛經,[260]	거리의 여기저기에서 불경을 강론하고
撞鐘吹螺鬧宮庭.[261]	종을 치고 소라 부니 궁정까지 들려라
廣張罪福資誘脅,[262]	널리 죄와 복의 설법을 펼쳐 유혹하고 위협하니
聽衆狎恰排浮萍.[263]	서로 불러 찾아온 청중들이 부평처럼 깔렸어라
黃衣道士亦講說,	노란 옷 입은 도사가 강설하는 곳에서는
座下寥落如明星.[264]	자리에 앉은 사람이 새벽 별처럼 드물어라
華山女兒家奉道,[265]	화산의 여자는 집안 대대로 도교를 신봉해
欲驅異教歸仙靈.[266]	불교도들을 도교로 몰아오려 했다네
洗粧拭面著冠帔,[267]	화장 지우고 얼굴 닦고 관과 도포를 입더니
白咽紅頰長眉青.[268][269]	흰 목과 붉은 뺨에 검은 눈썹을 길게 그렸어라
遂來昇座演眞訣,[270]	그리하여 높이 앉아 진결(眞訣)을 풀이하되
觀門不許人開扃.[271]	도관의 문을 닫아 사람들이 들어오지 못하게 했더라

---

260) 講佛經(강불경) : 불경을 강하는 방법은 여러 가지이나, 여기서는 중당 때부터 흥미 있는 대목들을 대중들이 알기 쉽게 풀이하여 이야기와 노래를 섞어 알리는 '속강'(俗講)을 말한다.
261) 撞鐘吹螺(당종취라) : 종을 치고 소라를 불다. 속강을 할 때 하는 반주를 가리킨다. ○鬧宮庭(뇨궁정) : 궁정을 시끄럽게 하다. 속강과 강경의 소리가 궁전까지 들린다는 뜻이다.
262) 廣張(광장) : 널리 펼치다.
263) 狎恰(압흡) : 서로 부르다. ○排(배) : 붐비다.
264) 明星(명성) : 계명성. 금성을 가리킨다. 또는 새벽이 밝아올 때의 별들이라 풀이할 수도 있다.
265) 家奉道(가봉도) : 집안에서 대대로 도교를 신봉하다.
266) 異教(이교) : 불교를 가리킨다. ○仙靈(선령) : 신선.
267) 帔(피) : 도포.
268) 심주 : 그 사람을 보는 듯하다.(如見其人.)
269) 咽(인) : 목구멍. 여기서는 목을 가리킨다.
270) 眞訣(진결) : 도교의 깊고 현묘한 이치.
271) 開扃(개경) : 빗장을 열다. 문을 열다. 이 구는 여도사가 자신을 신비화시켜 대중의 호기심을 일으키려 했음을 말한다.

不知誰人暗相報,　　　그 누가 서로 알렸는지 모르겠는데

訇然振動如雷霆.[272]　　우르릉 천둥소리처럼 진동하였네

掃除衆寺人跡絶,　　　모든 절을 휩쓸어 사람 자취 끊어지고

驊騮塞路連輜軿.[273]　도관 앞에 화류마가 길을 막고 수레가 이어졌네

觀中人滿坐觀外,　　　도관 안이 가득 차서 도관 밖에 앉고

後至無地無由聽.　　　늦게 온 사람은 자리가 없어 들을 도리 없어라

抽釵脫釧解環佩,　　　비녀 뽑고 팔찌 내고 가락지를 푸니

堆金疊玉光青熒.　　　금이 쌓이고 옥이 포개져 푸른빛이 휘황하더라

天門貴人傳詔召,[274]　궁중의 환관이 황제께서 부르신다고 전하니

六宮願識師顔形.[275]　육궁의 후비들도 여도사 얼굴 보고싶어 했더라

玉皇頷首許歸去,　　　옥황상제가 고개를 끄덕이며 입궁을 허락하니

乘龍駕鶴來青冥.[276]　용을 타고 학을 부려 하늘 같은 궁에 왔더라

豪家少年豈知道,[277]　부호 집안의 젊은 청년 어찌 도를 알리오만

來繞百匝脚不停.　　　백 번이나 쉬지 않고 빙빙 맴도누나

雲窓霧閣事恍惚,[278]　구름 낀 창문과 안개 낀 누각에 일어난 일 알 수 없어

重重翠慢深金屛.　　　겹겹의 비취 휘장과 깊은 금빛 병풍에 가리어있어라

仙梯難攀俗緣重,[279]　신선이 되기도 어렵지만 속세의 인연도 무거워

浪憑青鳥通丁寧.[280]　때때로 파랑새를 통해 소식을 전하누나

---

272) 訇然(굉연): 우르릉. 큰 소리를 형용하다.

273) 驊騮(화류): 준마. ○輜軿(치병): 수레의 앞 휘장과 뒤 휘장. 여기서는 수레를 가리
킨다.

274) 天門(천문): 천자가 있는 궁문. 궁전을 가리킨다. ○貴人(귀인): 중귀인. 환관을 가
리킨다.

275) 六宮(육궁): 후비(后妃)들이 거주하는 곳. 여기서는 후비. ○師(사): 스승. 화산의 여
인을 가리킨다.

276) 심주: 여기서는 「불골을 논하는 표」(論佛骨表)와 마찬가지로 군주의 불찰을 보였
다.(此與迎佛骨, 同見人主之不察也.)

277) 知道(지도): 종교의 교리를 알다.

278) 심주: 추악하고 외설스런 뜻이 들어 있다.(中藏褻慢之意.)

279) 仙梯難攀(선제난반): 신선 세계로 가는 사다리는 오르기 어렵다. ○俗緣重(속연중):
속세의 인연이 무겁다.

평석 한유의 「사자연의 시」가 명시적으로 비판하였다면 이 시는 은미하게 비판하였다. 신선에 관한 설법이 모두 사람을 미혹함을 보였다. 『소계어은총화』는 한유의 이 시가 상당히 관용적이라 하였는데, 옳지 않은 듯하다.(謝自然詩顯斥之, 華山女詩微刺之, 總見神仙之說之惑人也. 漁隱叢話謂退之此詩頗用假借, 豈其然乎?)

해설 화산의 여도사를 통해 당시 도교의 병폐를 비판한 시이다. 미색으로 대중을 미혹하고, 심리를 이용하여 신도를 모으고, 믿음을 빌어 재물을 쌓고, 궁중에서 일어난 애매한 분란을 차례로 서술하였다. 그 의미에 대해 송대 허의(許顗)는 신선의 풍도가 있는 것으로 보았으나, 심덕잠은 도교를 비판한 것으로 판단하였다. 이후 학자들은 대체로 심덕잠의 견해에 동의하였다. 한유의 일반적인 시풍과 달리 기험하지 않고 평이하고 농염한 편이다.

유주 나지 사당의 비석(柳州羅池廟碑)[281]

荔子丹兮蕉黃,[282]	여지는 붉고 파초 열매 노란데
雜佳蔬兮進侯堂.[283]	좋은 채소 모아서 신당에 올리네
侯之船兮兩旗,[284]	제후(諸侯)의 배에 깃발 두 개
度中流兮風泊之.	강을 건너다가 바람에 밀려 떠다니네

280) 浪憑(낭빙) : 마음대로 의지하다. ○靑鳥(청조) : 서왕모의 편지를 전해주는 새. ○丁寧(정녕) : 叮嚀과 같다. 부탁하다. 분부하다. 여기서는 소식을 전하다.

281) 柳州(유주) : 지금의 광서 유주시. ○羅池廟(나지묘) : 유후사(柳侯祠). 유종원이 죽은 후 822년 그를 기념하여 세운 사당.

282) 荔子(여자) : 여지(荔枝). ○蕉(초) : 파초의 열매.

283) 侯堂(후당) : 유종원의 신당. 후(侯)는 제후의 뜻과 남자에 대한 미칭으로 쓰인다. 유종원(柳宗元)은 유주자사로 있었으므로 고대의 제후 등급이라 할 수 있다.

284) 侯之(후지) 구 : 유주 사람들이 신을 영접할 때 깃발을 두 개 세운 배에 목마와 인형을 싣고, 악기를 두드리며 강안으로 이끈 다음 사당으로 간다. 주정옥(朱廷玉)의 「나지묘비 전해」(羅池廟碑全解) 참조.

待侯不來兮,　　　제후를 기다려도 오지 않으시니

不知我悲.　　　　내가 얼마나 슬픈지 몰라라

侯乘駒兮入廟,　　제후가 말을 타고 사당에 들어와

慰我民兮不嚬以笑.²⁸⁵⁾　우리 백성을 위로하시니 얼굴을 펴고 웃네

鵝之山兮柳之水,²⁸⁶⁾　아산(鵝山)이여, 유수(柳水)여

桂樹團團兮,　　　계수 열매는 둥글둥글하고

白石齒齒.²⁸⁷⁾　　흰 바위는 들쭉날쭉 가파르네

侯朝出遊兮暮來歸,　제후는 아침에 놀러나가 저녁에 돌아오니

春與猿吟兮,　　　봄에는 원숭이와 읊조리고

秋鶴與飛.　　　　가을에는 학과 함께 날으시는구나

北方之人兮,　　　북방의 장안에서는

爲侯是非.²⁸⁸⁾　　제후를 비난한다지

千秋萬歲兮,　　　그러니 천 년 만 년이 되도록

侯無我違.²⁸⁹⁾　　제후이시여, 우리를 떠나지 마소서

福我兮壽我,　　　우리에게 복 주시고 우리를 살게 하시며

驅厲鬼兮山之左.²⁹⁰⁾　산의 왼편에 악귀를 물리치소서

下無苦濕兮高無乾,　낮은 곳엔 수해가 없고 높은 곳엔 가뭄이 없으며

秔稌充羨兮,²⁹¹⁾　메벼와 찰벼가 충분하고

蛇蛟結蟠.²⁹²⁾　　뱀과 교룡이 서리 틀고 나오지 말게 하소서

---

285) 嚬(빈) : 미간을 찡그리다.

286) 鵝之山(아지산) : 아산(鵝山). 유주시 남쪽에 소재하며, 강을 두고 유후사(柳侯祠)와 마주하고 있다. 산꼭대기의 바위가 거위 같아 이름 붙여졌다. ○柳之水(유지수) : 유강(柳江). 유주의 동, 남, 서를 둘러싸고 흐른다.

287) 齒齒(치치) : 가파르고 험한 모양.

288) 是非(시비) : 옳고 그름. 여기서는 편의복사(偏義複詞)로 그르다는 뜻에 치중되어 있다.

289) 無我違(무아위) : 우리를 떠나지 마라.

290) 厲鬼(여귀) : 재난을 몰고 오는 흉악한 귀신.

291) 秔稌(갱도) : 메벼와 찰벼. ○充羨(충선) : 충분하고 여유 있다.

292) 蛇蛟(사교) : 뱀과 교룡. ○結蟠(결반) : 서리다. 이 구는 뱀들이 나와서 해를 입히지 말기를 바란 말이다.

我民報祀兮,　　　　우리 백성들 신령께 알리노니
無怠其始,[293]　　　　사당이 이루어진 지금 게으르지 않고
自今兮欽於世世.[294]　　이제부터 세세토록 공경하리라

평석 『초사』 중의 『구가』의 유풍이다.(九歌之遺.)

해설 유종원의 신령을 모시는 노래이다. 현지 백성의 말투로 영신(迎神)하며 공경하는 마음을 나타냈다. 유종원은 유주자사로 819년 현지에서 죽자 다음 해 고향 만년현(서안시 교외)으로 귀장하였다. 그러나 현지 사람들은 그를 위해 의관총을 만들고 나지 신(羅池神)으로 여겨 사당을 세워 모셨다. 위 시는 822년 사당을 건립할 때 지었다. 현재 유주시 유후 공원에 소동파의 필적으로 새겨진 비석이 남아 있다.

구유조(拘幽操)[295][296]

文王羑里作.
문왕이 유리에서 지었다.

---

293) 無怠其始(무태기시) : 그 시작에 게으르지 않다. 사당을 만들고 난 이제부터 부지런히 모신다는 뜻.
294) 欽(흠) : 공경하다.
295) 심주 : 본 선집에는 이러한 형식이 적으므로 칠언고시 뒤에 붙인다.(集中少此格, 今附七言古後.)
296) 拘幽操(구유조) : 거문고의 곡 이름. 채옹이 지은 『금조』(琴操)에 다음과 같이 기록하였다. 주 문왕(周文王)이 좋은 방법과 도덕을 갖추자 백성들이 의탁하러 몰려들었다. 숭후호(崇侯虎)가 질투하여 주왕(紂王)에게 참훼를 하자 주왕이 주 문왕을 유리(羑里, 하남 湯陰)에 유폐하고 죽이려 하였다. 문왕의 네 신하가 국내에서 두 미녀를 찾아 주왕에게 진헌하였다. 이에 주왕이 기뻐하며 문왕을 석방시켰다. 문왕은 유리에 있을 때 시름에 차 노래를 지었다.

目窈窈兮,[297]	눈이 어두컴컴하여
其凝其盲.[298]	막히고 보이지 않아라
耳肅肅兮,[299]	귀가 적막하여
聽不聞聲.	들어도 소리가 들리지 않아라
朝不見日出兮,	아침에는 떠오르는 해를 보지 못하고
夜不見月與星.	밤에는 달과 별을 보지 못해라
有知無知兮,	생각이 있는 듯 없는 듯하고
爲死爲生.	죽은 듯 산 듯하여라
嗚呼!	아아!
臣罪當誅兮,	소신의 죄 응당 죽어 마땅하니
天王聖明.	천왕이시여 성명을 베푸소서

평석 이 시는 『대학』에서 문왕이 "신하로서는 공경을 다하였다"는 말의 주석이다. 정이(程頤) 선생이 말하기를 "문왕의 마음을 말하였으며, 전후로 인애의 길이 이만한 지경에 이른 사람이 없다"고 하였다.(此爲 '人臣止於敬' 註脚也. 程伊川先生云 : "道文王意中事, 前後仁道不到此.")

해설 유리에 유폐된 주 문왕의 시련을 그렸다. 문왕의 독백체로 서술되었으며, 보이지 않고 들리지 않는 감각과 내심을 말하여 상황과 처지를 드러내었다. 설사 불의에 의해 고통을 당하더라도 지극한 복종과 완전한 수용으로 위계질서의 예를 지키는, 전형적인 중국적 감정 표현의 방식이다. 이 시를 포함하여 한유는 「금조」(琴操) 10수를 지었는데 여기서는 4수를 뽑았다. 모두 한대 채옹이 지은 『금조』의 해설에 따르며, 그 의미를 연역하여 시로 지었다. 청대 방세거(方世擧)는 '소신의 죄 응당 죽어

---

297) 窈窈(요요) : 어두운 모양.
298) 凝(응) : 응결되다. 막히다. 닫히다.
299) 肅肅(숙숙) : 고요한 모양.

마땅하니'(臣罪當誅)라는 말에서 조주자사(潮州刺史)로 폄적된 이후에 쓴
것으로 보았다. 이에 따르면 작시 시기는 대략 819년이다.

월상조(越裳操)[300]

　　周公作.
　　주공이 지었다.

雨之施,[301]	비가 내리니
物以孳.[302]	만물이 번성하는구나
我何意,	내가 무슨 마음을 가지고
於彼爲.[303]	이 나라를 위해 일하였나
自周之先,[304]	주나라는 선조 때부터
其艱其勤.	어려웠어라, 수고하였어라
以有疆宇,	강역이 생기게 되었으니
私我後人.[305]	우리 후세에게 물려주리
我祖在上,[306]	우리 조상이 하늘에 계시고

---

300) 越裳操(월상조) : 거문고의 곡 이름. 채옹이 지은 『금조』에서 다음과 같이 기록하였
　　다. 주공(周公) 희단(姬旦)이 성왕을 보좌하여 왕도를 시행하니 천하가 태평하고 멀
　　리 있는 월상국에서 흰 꿩을 헌상하였다. 이에 주공이 덕을 문왕에게 돌리고 거문고
　　를 타며 노래하였다. 월상(越裳)은 주대의 월남 지역에 있는 나라이다.
301) 施(시) : 뿌리다. 흩어지다. 『주역』 「건」(乾)괘에 "구름이 흐르고 비가 뿌리어, 만물이
　　자라고 형상을 이룬다"(雲行雨施, 品物流形.)는 말이 있다.
302) 孳(자) : 낳다. 늘어나다.
303) 彼爲(피위) : 주나라.
304) 周之先(주지선) : 주나라의 선조. 주나라의 선조는 요 임금 때의 농관인 후직(后稷)으
　　로, 백성들에게 백곡을 심는 방법을 가르쳤다. 그 후 공류(公劉)가 계승하였으며, 고
　　공단보(古公亶父) 때 융적을 피하여 기산(岐山) 아래로 이사하였다.
305) 私(사) : 물려주다. 또는 '이롭다'는 뜻으로 새길 수도 있다.
306) 祖(조) : 조상. 여기서는 조상의 신령. ○上(상) : 위. 여기서는 하늘.

四方在下.　　　　　사방의 영토가 지상에 있어
厥臨孔威,[307]　　　장엄하게 내려다보시니
敢戲以侮!　　　　 어찌 가벼이 업신여기랴!
孰荒于門?[308]　　 누가 궁문 안에서 황음을 일삼으면서
孰治于田?　　　　 교외 밖을 다스릴 수 있으랴?
四海旣均,　　　　 사해가 먼저 화평해지고 나서
越裳是臣.　　　　 월상이 신하의 예를 갖추었어라

평석 누가 황음하고 누가 다스리는지 우리 조상이 모두 내려다보신다.(孰荒孰治, 皆我祖所臨臨也.)

해설 주공의 덕을 칭송하였다. 비가 내려 만물이 혜택을 입는 것으로 흥을 일으켜 왕정을 비유하였고, 조상의 은덕을 잊지 말고 근면하고 성실하게 행정에 임할 것을 당부하였다. 말미의 네 구에서 외국과의 우호는 내치가 선행되어야 함을 말하였다.

장귀조(將歸操)[309]

孔子之趙, 聞殺鳴犢作.
공자가 조나라에 가다가 두명독이 살해됐다는 소식을 듣고 지었다.

---

307) 臨(임) : 임하다. 여기서는 감시하다. ○孔威(공위) : 아주 위엄이 있다. 무척 장엄하다.
308) 荒(황) : 탐닉하다. 무절제하게 행동하다.
309) 將歸操(장귀조) : 거문고의 곡 이름. 채옹이 『금조』에서 다음과 같이 기록하였다. 조간자(趙簡子)의 초빙을 받고 공자가 가는 도중 적수(狄水)에 이르렀을 때 조나라 대부 두명독(竇鳴犢)이 조간자에 살해되었다는 말을 들었다. 공자가 말하기를 조나라가 다스려진 건 두명독이 참정했기에 가능했는데, 이제 살해되었으니 내가 가서 무얼 하겠는가라며 탄식하였다. 이에 공자가 거문고를 뜯으며 노래하였다.

狄之水兮,[310]   적 지방의 강물은
其色幽幽.   그 빛이 검고 검어
我將濟兮,   내 장차 건너려 하매
不得其由.   방도를 얻지 못해라
涉其淺兮,   얕은 곳을 건너려 하니
石齧我足.[311]   돌이 내 발을 찧고
乘其深兮,   깊은 곳을 건너려 하니
龍入我舟.[312]   용이 내 배에 들어오겠어라
我濟而悔兮,   내 건너면 후회할 터이니
將安歸尤![313]   장차 무엇을 원망할 것인가!
歸兮歸兮,   돌아가자, 돌아가자
無與石鬭兮,   돌과 다투지 말고
無應龍求.   용이 들어오지 말게 하리라

해설 공자가 조나라에 가지 않은 연유를 썼다. 조간자(趙簡子)가 세력이 미약했을 때 진(晉)의 대부 두명독과 순화에게 도움을 청하였는데, 일단 정권을 얻은 다음에는 두 사람을 죽였다. 당시 조간자의 초빙으로 조나라에 가던 공자는 두 사람이 살해되었다는 소식에 강가에서 탄식하며 되돌아왔다. 공자의 일화는 성인은 위험한 나라에는 가지 않는다는 뜻으

---

310) 狄之水(적지수) : 여러 설이 있다. 『사기』 「공자세가」에서는 공자가 위나라에서 조간자를 보러 간다고 했으니, 이에 따르면 그 경로에 있으리라 추측된다. 전중련(錢仲聯)은 적적(赤狄) 노국(潞國)의 강이라 보았다. 지금의 산서성 장치현(長治縣) 동북에 소재.

311) 齧(설) : 물어뜯다.

312) 龍入我舟(용입아주) : 용이 나의 배에 들어오다. 『회남자』 「정신훈」(精神訓)에 "우 임금이 남방을 순시하는 중 배를 타고 장강을 건너게 되었는데 황룡이 나타나 배를 들어올렸다. 배 안에 있던 사람들이 모두 두려워하며 얼굴빛이 변하였다"(禹南省方, 濟於江, 黃龍負舟. 舟中之人, 五色無主.)는 이야기를 환기한다.

313) 尤(우) : 허물. 원망.

로 해석되지만, 한유는 불의한 자들의 타격을 받은 적이 많아 이를 경계
하는 뜻을 기탁한 것으로 보인다.

의란조(猗蘭操)[314]

孔子傷不逢時作.
공자가 때를 만나지 못했음을 슬퍼하며 지었다.

蘭之猗猗,[315]	난초 꽃이 아름다이 무성하여
揚揚其香.[316]	향기를 흩날리는구나
不採而佩,	꺾어서 차는 이 없다 해도
於蘭何傷!	난초에게 무슨 아쉬움 있으랴!
今天之旋,[317]	오늘 내 노나라로 돌아가니
其曷爲然!	어찌하여 이렇게 되었는가!
我行四方,	내 사방을 다니다
以日以年.	날이 가고 해가 갔네
雪霜貿貿,[318]	눈과 서리가 어지러운데
薺麥之茂.[319]	냉이와 보리가 무성하구나

---

314) 猗蘭操(의란조) : 거문고의 곡 이름. 채옹이 『금조』에서 다음과 같이 기록하였다. 공
자가 열국을 주유하였으나 제후들의 임용을 받지 못하였다. 공자가 위나라에서 노
나라로 돌아오며 은곡(隱谷)을 지나는데 난초가 여러 풀 사이에 무성하였다. 공자가
이에 탄식하며 수레를 멈추고 거문고를 뜯었다.

315) 猗猗(의의) : 무성하고 아름답다.

316) 揚揚(양양) : 향기가 멀리 날리는 모양.

317) 旋(선) : 돌다. 여기서는 노나라로 돌아가다.

318) 貿貿(무무) : 어지러운 모양.

319) 薺麥(제맥) : 냉이와 보리. 추운 때 성장하여 여름에 결실을 맺는 식물로, 춥다고 하
여 위축되지 않고 보는 사람이 없다고 하여 향기를 안 내지 않는, 난초와 동일한 종
류의 대상으로 보았다.

子如不傷,　　　　　난초여, 그대가 슬프지 않다면
我不爾覯.[320]　　　　난 그대를 만나지 못했으리
薺麥之茂,　　　　　냉이와 보리가 무성하고
薺麥之有.[321][322]　　냉이와 보리가 많으니
君子之傷,　　　　　군자의 슬픔이요
君子之守.[323]　　　　군자의 절조로다

해설 공자가 임용되지 못한 슬픔을 동정하였다. 아름다운 난초꽃을 자신과 동일시하고, 마음속의 깊은 원망과 하소연할 길 없는 울결을 토로하였다. 냉이와 보리도 겨울에 성장하는, 난초와 같은 종류의 식물로 어려운 시절을 견디는 군자를 상징하였다.

---

320) 覯(구) : 만나다.
321) **심주** : 저들에게 본래 있는 성질이다.(彼自有之性.)
322) 有(유) : 부유하다. 많다.
323) **심주** : 군자의 슬픔은 바로 군자의 절조이다.(君子之傷, 正君子之守也.)

유종원(柳宗元)

양백화(楊白花)[1][2]

楊白花,	버들개지여
風吹渡江水.	바람에 실려 강을 건너는구나
坐令宮樹無顏色,[3]	이로 인해 궁중의 나무들이 빛을 잃고

---

1) 심주 : 양백화는 양대안의 아들이다. 호 태후가 핍박하여 관계를 맺으니 양백화가 화를 입을까 두려워 남쪽 양나라로 달아났다. 호 태후가 「양백화」 노래를 지어 궁인들에게 팔을 걸고 발을 구르며 노래부르게 하였다.(楊白花, 楊大眼之子. 胡太后逼幸之, 白花懼禍, 南奔於梁. 太后作楊白花歌, 使宮人連臂踏足歌之.)
2) 楊白花(양백화) : 악부의 제목으로 잡곡가사에 속한다. 사람 이름이자 버들개지의 뜻을 중의적으로 가지고 있다.

搖蕩春光千萬里.　　　천 리 만 리 봄빛이 요동치는구나
茫茫曉月下長秋,[4]　　망망한 새벽 달이 장추궁을 비추면
哀歌未斷城鴉起.　　　구슬픈 노래 그치지 않고 까마귀 날아가네

평석 장추궁은 태후가 거처하는 곳이다. 전편이 뜻을 바로 드러내지 않고 '장추' 두 글자로 나타냈으니, 용필과 용의가 드러날 듯 말 듯한 그 사이에 있다.(長秋宮太后所居. 通篇不露正旨, 而以'長秋'二字逗出, 用筆用意在微顯之間.)

해설 북위의 명장 양대안(楊大眼)의 아들 양백화(楊白花)는 몸이 훤칠하고 용모가 아름다워 호(胡) 태후가 핍박하여 사통하였다. 양대안이 죽자 양백화는 화가 미칠까 두려워 부대를 이끌고 양나라로 귀순하였다. 이를 한 없이 애석해한 호 태후는 노래를 지어 불렀다. 그 말미에 "가을 가고 봄이 와 제비 쌍쌍이 돌아오면, 원컨대 버들개지 물어다가 둥지에 돌아오기를"(秋去春還雙燕子, 願銜楊花入窠裏.) 바랐다. 유종원은 호 태후의 노래를 받아 그 처연하고 애절한 마음을 형상화하였다.

어옹(漁翁)

漁翁夜傍西巖宿,[5]　　고기잡이 노인은 밤에 서산 바위 옆에서 잠자고
曉汲清湘燃楚竹.[6]　　새벽에 맑은 상수(湘水) 긷고 대나무로 불 땐다

---

3) 坐令(좌령) : 이 때문에 ~하게 하다. ○無顏色(무안색) : 아리따운 자태나 용모가 없다. 나무에 광채가 없다.
4) 長秋(장추) : 장추궁. 한대에 세운 궁으로 황후가 거주하였다. 여기서는 호 태후가 거처하는 궁.
5) 西巖(서암) : 서산을 말한다. 영주(永州, 호남성 永州市) 성 밖의 상수(湘水) 서안(西岸)에 있다.
6) 清湘(청상) : 맑은 상수.

煙消日出不見人,　　　　안개 걷히고 해 뜨니 사람 보이지 않는데
欸乃一聲山水綠.⁷⁾　　뱃노래 한 곡조에 산과 강이 푸르다
廻看天際下中流,　　　　강 가운데로 배 저어가며 하늘 끝 돌아보니
巖上無心雲相逐.⁸⁾　　산 위의 구름만 무심히 따라오네

평석 소식은 말 2구를 없애면 여운이 무한할 것이라 했는데 참으로 그러하다.(東坡謂刪去末二語, 餘情不盡, 信然.)

해설 맑고 깨끗한 자연 속에 살아가는 어옹의 생활을 그렸다. 밤에는 산기슭에서 자고 아침이면 물 길어 댓잎으로 불 때며 밥을 짓는다. 스스로 경작하여 먹고, 구속 없이 자유자재로 자연에 돌아가 살아가는 이상적인 삶을 형상화하였다.

자고새를 놓아주며(放鷓鴣詞)⁹⁾

楚越有鳥甘且腴,¹⁰⁾　　초 지방에 맛있고 기름진 새가 있으니
嘲嘲自鳴爲鷓鴣.¹¹⁾　　자자자자 스스로 울며 제 이름을 부르네
狗媒得食不復慮,¹²⁾　　후림새를 따라와 걱정 없이 모이 쪼을 때

---

7) 欸乃(애내) : 삐거덕. 노 젓는 소리. 당대 민간의 뱃노래에 「애내곡」(欸乃曲)이 있다.
8) 無心(무심) : 사심이 없다. 도연명의 「귀거래사」에 "무심한 구름은 바위굴에서 나오고"(雲無心而出岫)란 말이 있다. 일반적으로 『장자』에서 말한 물아일체의 경지를 말한다.
9) 鷓鴣(자고) : 메추리 비슷하면서 몸집은 꿩만큼 큰 새. 추위를 싫어하고 따뜻한 곳을 좋아하여 주로 강남에 살며, 아침과 저녁에는 잘 나타나지 않는다. 중국인은 그 우는 소리를 "씽부더이에 꺼꺼"(行不得也哥哥)라 들어 "가지 말아요, 형야"로 이해하였으며, 객지를 가는 사람에게 가장 쉽게 시름을 일으키는 새로 알려졌다. 여기서는 새의 고기 맛이 좋아 희생을 당하는 남방의 새로 나왔다.
10) 楚越(초월) : 초 지방과 월 지방. 남방 지역을 가리킨다.
11) 嘲嘲(조조) : 새 우는 소리.

機械潛發罹罝罦.[13][14]	쇠뇌가 날아가고 그물이 덮치네
羽毛摧折觸籠籞.[15]	깃털이 꺾이고 어리에 갇힌 다음
煙火煽赫驚庖廚.[16]	불길이 훨훨 타오르는 주방 앞에서 놀라네
鼎前勺藥調五味,	솥에는 오미에 맞추어 작약이 끓고
膳夫攘腕左右視.	주방장은 팔을 걷고 이리저리 둘러보네
齊王不忍觳觫牛,[17]	제 선왕(齊宣王)도 차마 벌벌 떠는 소를 보지 못하고
簡子亦放邯鄲鳩.[18]	조간자(趙簡子)도 한단의 비둘기를 방생 하였다지
二子得意猶念此,[19]	두 사람은 높은 신분이면서도 이같이 하였으니
況我萬里爲孤囚!	하물며 만 리 멀리 갇힌 나에게 그런 마음 없으랴!
破籠展翅當遠去,	조롱을 부수었으니 날개 펴고 멀리 날아가
同類相呼莫相顧.[20]	친구 새들이 불러도 돌아보지 말게나

해설 붙잡혀 죽게 된 자고새를 살려주는 일을 빌어, 자신의 처지를 나타내었다. 자고새를 잡을 때 후림새를 이용하는 일화는 불교의 『본생경』(本生經)에 나오는데, 여기서는 이 일화를 이용하여 남의 말에 쉽게 유혹되지 말기를 함께 경계하였다.

---

12) 狥(순) : 따르다. ○媒(매) : 후림새. 다른 새를 꾀어 들이기 위해 훈련시킨 새.

13) 심주 : 왕숙문이 불러 화를 입은 일을 간접적으로 가리킨다.(暗指王叔文招之及罹禍事.)

14) 罹(리) : 걸리다. ○罝罦(저부) : 그물.

15) 籞(어) : 어리. 땅에 대쪽을 박아 우리를 만들고 그 위를 덮어 새를 기르는 곳.

16) 煽赫(선혁) : 불길이 거센 모양.

17) 觳觫(곡속) : 두려워 벌벌 떠는 모양. 『맹자』「양혜왕」에 보면, 제 선왕(齊宣王)이 종에 피를 칠하기 위해 끌려가는 소가 벌벌 떠는 모습을 보고 "내 차마 두려워 벌벌 떠는 모습을 보기 어렵구나"(吾不忍其觳觫.)라고 하였다.

18) 簡子(간자) 구 : 전국시대 조간자(趙簡子)가 비둘기를 방생한 일을 가리킨다. 한단의 백성들이 정월 초하룻날에 조간자에게 비둘기를 헌상하자, 조간자가 크게 기뻐하며 후한 상을 내렸다. 객이 그 이유를 묻자 조간자는 "정월 초하루에 방생하면 은혜를 보이는 것이오"라 하였다. 『열자』「설부」(說符) 참조.

19) 二子(이자) : 제 선왕과 조간자. ○得意(득의) : 권세가 있음.

20) 심주 : 이후로는 더욱 자신을 방비하여 유혹에 이끌리지 말라는 뜻이다.(見此後當自檢束, 勿更爲所引也.)

고황(顧況)

단가행―서문 붙임(短歌行幷序)[1]

情思發動, 聖賢所不能免也.[2] 故師乙陳其宜,[3] 延陵審其音.[4] 理亂
之所經,[5] 王化之所興也.[6] 信無逃於聲敎,[7] 豈徒文彩之麗. 遂作此歌.

---

[1] 短歌行(단가행) : 시의 제목과 편수에 대해서는 역대로 여러 이본이 있다. 『재조집』
에서는 「비가」(悲歌)라 되어 있고, 『문원영화』에서는 「단가」라 되어 있다.

[2] 情思(정사) 2구 : 『시경』 「대서」(大序)에 "감정이 안에서 움직여 말로 나타나게 되는
데, 말로써도 부족하기 때문에 감탄하고, 감탄으로도 부족하기 때문에 길게 노래하
며, 길게 노래하는 것으로도 부족하면 저도 모르게 손발을 흔들며 춤추게 된다."(情
動於中而形於言, 言之不足, 故嗟歎之 ; 嗟歎之不足, 故永歌之 ; 永歌之不足, 不知手
之舞之, 足之蹈之也.)고 하였다.

[3] 師乙(사을) : 고대의 악관. 『예기』 「악기」(樂記)에 나오는 공자의 제자 단목사(端木
賜)의 질문에 대한 사을의 대답을 가리킨다. "자공이 사을을 보고 물었다. '저는 노
래가 각각 알맞은 것이 있다고 들었는데 저 같은 사람은 어떤 노래가 맞습니까?' 사
을이 대답하였다. '저는 천한 악공입니다. 어찌 알맞은 것에 대하여 물으십니까? 청
컨대 그 들었던 것을 이야기 할 것이니, 우리 선생께서 스스로 가려잡으십시오. 너
그럽고 조용하며 부드럽고 바른 사람은 『송』(頌)을 노래하는 것이 알맞고, 넓고 크
면서 편안하며 소탈하고 활달하면서 신실한 사람은 『대아』(大雅)를 노래함이 알맞
고, 공손하고 검소하면서 예를 좋아하는 사람은 『소아』(小雅)를 노래함이 알맞고,
정직하면서 안정적이며 청렴하면서 겸손한 사람은 『풍』(風)을 노래함이 알맞습니
다.'"(子贛見師乙而問焉, 曰 : "賜聞聲歌各有宜也, 如賜者, 宜何歌也?" 師乙曰 : "乙賤工
也, 何足以問所宜. 請誦其所聞, 而吾子自執焉. 寬而靜、柔而正者, 宜歌頌 ; 廣大而
靜、疏達而信者, 宜歌大雅 ; 恭儉而好禮者, 宜歌小雅 ; 正直而靜、廉而謙者, 宜歌風.")

[4] 延陵(연릉) : 춘추시대 오나라 공자 계찰(季札). 연릉에 봉해졌기에 연릉계자라 칭하
여졌다. 기원전 544년 노나라에 갔을 때 주 왕실의 음악과 노래를 듣고 정치의 득실
을 평하였다.

[5] 理亂(이란) : 치세와 난세. 고대에는 시(음악)와 정치의 관계를 매우 밀접하게 보았
다. 『시경』 「대서」(大序)의 기록이 이를 잘 말해준다. "치세의 음은 평안하면서 즐겁
고 그 정치는 평화롭다, 난세의 음은 원망스러우면서 분노하고 그 정치는 사리에 어
긋난다. 망국의 음은 슬프면서 시름겹고 그 백성들은 곤궁하다."(治世之音, 安以樂,
其政和, 亂世之音, 怨以怒, 其政乖. 亡國之音, 哀以思, 其民困.)

[6] 王化(왕화) : 왕의 교화. 『시경』 「대서」에서 『주남』과 『소남』은 '왕화의 기초'(王化之
基)라고 하였다.

감정과 생각이 발동하는 것은 성현도 어찌할 수 없는 일이다. 그러므로 사을(師乙)은 음악의 적절한 사용을 말하였고, 계찰(季札)은 음악과 정치의 관계를 살폈다. 치세와 난세가 거쳐 가는 길이요, 왕화가 시작되는 곳이다. 진실로 예악을 통한 교화에서 벗어날 수 없으니 어찌 문장의 아름다움만 도모하리오. 이에 이 노래를 짓는다.

제1수

城邊路,	성 옆의 길가에
今人犁田昔人墓.	지금 사람 쟁기질하는 밭은 예전엔 무덤이었고
岸上沙,	강변의 모래톱은
昔時江水今人家.	예전엔 강이었는데 지금은 집이 들어섰구나
今人昔人共長歎,	지금 사람 옛 사람 함께 탄식하니
四氣相催節回換.[8]	네 계절이 서로 재촉하여 절기가 바뀌는구나
明月皎皎入華池,[9]	밝은 달 교교히 화지를 비추고
白雲離離度靑漢.[10]	흰 구름 선명하게 푸른 은하수 건너가네

제2수

我欲升天天隔霄,	내 하늘에 오르려 하나 허공이 멀고
我思渡水水無橋.	내 강물을 건너려 하나 강에 다리가 없어라
我欲上山山路險,	내 산에 오르려 하나 산길이 험하고
我欲汲井井泉遙.	내 우물을 길으려 하나 샘이 멀어라
越人翠被今何夕,[11]	월 지방 여인이 비취 이불 덮고 자는 오늘 밤

---

7) 聲敎(성교) : 예악을 통한 교화.
8) 四氣(사기) : 춘하추동 네 계절. ○節回換(절회환) : 절기가 돌아가며 바뀌다.
9) 華池(화지) : 전설에 나오는 곤륜산에 있다는 못.
10) 離離(이리) : 분명한 모양.

獨立沙邊江草碧.　　　강 풀이 푸르른 모래톱에 혼자 서 있어라
紫燕西飛欲寄書,　　　서쪽으로 날아가는 제비에 편지 부치려 하나
白雲何處蓬萊客?　　　흰 구름 어느 쪽에 봉래섬의 신선이 있나?

평석 상상이 유연하게 멀리 퍼져나간다.(悠然神遠.)

제3수

新繫青絲百尺繩,　　　　푸른 실 백 척 끈을 새로 매었으니
心在君家轆轤上. 12)　　마음은 그대 집 도르래에 있어라
我心皎潔君不知,　　　　나의 마음 깨끗하나 그대는 알지 못해
轆轤一轉一惆悵.　　　　도르래 돌 때마다 내 마음 슬퍼라

제4수

何處春風吹曉幕?　　　어느 곳의 봄바람이 새벽 휘장에 불어오나?
江南淥水通朱閣.　　　강남의 맑은 강물 붉은 누각을 지나가네
美人二八顏如花,　　　미인의 열여섯 얼굴 꽃과 같은데
泣向春風畏花落.　　　꽃이 떨어질까 두려워 봄바람에 우는구나

제5수

臨春風,　　　　　봄바람 맞으며
聽春鳥.　　　　　봄 새 소리 들어라

---

11) 越人(월인) 구: 춘추시대 초나라 악군(鄂君) 자석(子晳)이 호수에 배를 띄웠을 때, 노
　　를 젓는 월 지방 여인이 노를 안고 노래하며 사랑을 고백하였다. 이에 악군이 긴 소
　　매로 끌어안더니 수놓인 이불을 들어 덮었다. 『설원』 「선세」(善說) 참조.
12) 轆轤(녹로) : 도르래.

別時多,　　　　　　헤어짐은 길고

見時少.　　　　　　만남은 짧아

愁人一夜不得眠,　　시름 깊은 사람 밤새 잠 못들어

瑤井玉繩相對曉.[13]　새벽까지 요정(瑤井)과 옥승(玉繩) 별을 마주하여라

평석 절실한 마음이 상대에게 전해지지 않음을 말하여, 모두 은미하고 완곡하게 나타내었다.(言悃忱之無由上達也, 總以微婉出之.)

해설 멀리 떨어져 있는 사람에게 자신의 진정을 호소한 시이다. 이러한 제재는 전통적으로 많았는데, 한대 장형의 「네 가지 근심의 시」(四愁詩) 등에서 볼 수 있다. 이 연작시는 통합성이 헐거워 각기 다른 때 다른 처지에서 쓴 시를 모은 것으로 보인다.

건(囝)[14]

囝, 哀閩也.[15]

「건」은 민 지방의 아이를 슬퍼하였다.

---

13) 瑤井(요정) : 별 이름. 삼성(參星) 아래에 있다. ○ 玉繩(옥승) : 별 이름. 북두칠성 제5성인 옥형(玉衡)의 북쪽에 있다. 여기서는 이 두 별자리와 '우물가의 두레박줄'이라는 뜻을 중의적으로 사용하였다.

14) 심주 : 囝의 음은 蹇(건)이다. 민(지금의 복건성) 지방에서는 아이를 건(囝)이라 부르고, 아비를 낭파(郞罷)라 불렀다. 『청상잡기』에 "당대에는 민 지방의 아이를 거세하여 노비로 삼는 경우가 많았으므로, 고황이 그 고통을 서술하여 풍자하였다"고 하였다.(囝音蹇. 閩俗呼子爲囝, 父爲郎罷. 靑箱雜記云 : "唐世多取閩童爲閹奴, 故況陳其苦以諷.")

15) 哀閩(애민) : 민 지방 사람을 슬퍼하다. 당대에 환관은 대부분 민 지방 출신이었다. 매년 각 도(道)에서 엄아(閹兒)를 진궁하면 이들을 '사백'(私白)이라 하였는데, 민 지방과 영남 지방이 가장 많았다. 『신당서』「환자」(宦者) 참조.

囝生閩方,	'건'(囝)이 민 지방에 태어나면
閩吏得之,	민 지방의 관리가 얻어다가
乃絕其陽.[16]	바로 그 양물을 자른다지
爲臧爲獲,[17]	천한 '종'을 만들고 '놈'을 만들면
致金滿屋.	금덩이로 집을 가득 채운다지
爲髡爲鉗,[18]	머리를 빡빡 깎고 칼을 씌워
如視草木.	풀이나 나무 보듯 한다지
天道無知,	하늘도 모르니
我罹其毒.[19]	우리 아이들 그 해악을 당하고
神道無知,	신령도 모르니
彼受其福.[20]	저들은 그 이익을 받는다네
郎罷別囝:	낭파(郎罷)가 '건'을 보내며 말하네
"吾悔生汝!	"내는 너를 낳은 게 후회된단다!
及汝旣生,	네가 태어났을 때
人勸不擧.[21]	사람들이 죽이라 권했지
不從人言,	사람들 말을 따르지 않았더니
果獲是苦."	결국 이 고통을 받는구나"
囝別郎罷,	'건'이 낭파를 떠나니
心摧血下:	심장이 부서지고 피눈물이 흐른다
"隔地絕天,	"땅 멀리 하늘 멀리 가니
及至黃泉,	황천에 이르기 전에는
不得在郎罷前!"	낭파를 만날 수 없겠나이다!"

---

16) 絕(절) : 자르다. ○陽(양) : 남성의 생식기.

17) 臧(장) : 노비를 폄하하여 부르는 호칭. ○獲(획) : 노비에 대한 멸칭. 양웅 『방언』 참조.

18) 髡(곤) : 머리를 깎다. ○鉗(겸) : 죄수의 목에 채우는 칼.

19) 罹(리) : 걸리다. 병이나 재난 등 나쁜 일을 당하다. ○毒(독) : 화를 입다.

20) 彼(피) : 저. 엄아를 매매하는 민 지방의 관리들.

21) 不擧(불거) : 기르지 않다. 키우지 않다. 곧 아이를 키우지 않고 죽이다는 뜻이다.

평석 민 지방의 아이도 사람의 아들이거늘 무슨 죄를 지었기에 이같은 해악을 당하는가? 사실에 맞추어 직서하니 이를 듣는 자는 족히 경계가 될 것이다.(閩童亦人子, 何罪而遭此毒耶? 卽事直書, 聞者足誡.)

해설 노예로 팔리는 아이들의 고통을 동정하였다. 특히 민 지방(복건성)에 성행하던 노예 매매 풍습을 고발하였다. 당대의 사회생활을 생동적이고 힘찬 언어로 쓴 뛰어난 사언시이다.

백거이(白居易)

칠덕무(七德舞)[1]

美撥亂、陳王業也.
난리를 바로잡고 왕업을 펼친 일을 찬미하였다.

七德舞,	칠덕무
七德歌,	칠덕가
傳自武德至元和.	무덕 연간에서 원화 연간까지 전해오니
元和小臣白居易,	원화 연간의 소신 백거이는

---

1) 七德舞(칠덕무) : 당대 지어진 춤 이름. '칠덕'은 『좌전』 '선공 12년'조에 나오는 말로, 폭력을 금지하고(禁暴), 병기를 모으고(戢兵), 지위를 보존하고(保大), 공훈을 이루고(定功), 백성을 편안히 하고(安民), 무리를 화합시키며(和衆), 재물을 풍족히 하는(豐材) 일곱 가지를 말한다. 627년(貞觀 원년) 1월 3일, 군신에게 연회를 베풀며 '진왕파진악(秦王破陣樂)'을 연주하였으며, 그 후 위징, 우세남, 저량, 이백약 등에게 가사를 고쳐 짓게 하고 이름을 '칠덕무'라 바꾸었다. 『당회요』(唐會要) 권33 참조.

觀舞聽歌知樂意,	춤을 보고 노래를 듣고 그 뜻을 알겠나니
曲終稽首陳其事 :	곡이 끝나자 머리 조아리며 그 일을 진술한다
"太宗十八擧義兵,[2)	"태종 나이 열여덟에 의병을 일으키어
白旄黃鉞定兩京,[3)	흰 깃발에 황월 들고 양경을 평정하시고
擒充戮竇四海淸.[4)	왕세충을 사로잡고 두건덕을 죽이니 사해가 맑아졌어라
二十有四功業成,	스물넷에 공업을 이루시고
二十有九卽帝位,	스물아홉에 제위에 오르시니
三十有五致太平.	서른다섯에 천하가 태평해졌어라
功成理定何神速?	공업을 이루어 사회를 안정시킴이 어찌 그리 빠른가?
速在推心致人腹,[5)	그것은 바로 성심으로 사람을 대했기 때문이니
亡卒遺骸散帛收,[6)	죽은 병사들의 유골을 비단에 싸 거두고
飢人賣子分金贖.[7)	주린 자와 팔린 아들은 황금을 내어 해결하였네
魏徵夢見子夜泣,	꿈속에서 위징(魏徵)을 보고는 한밤에 우시고
張謹哀聞辰日哭.[8)	장공근의 죽음에는 슬퍼 신일(辰日)에도 곡하셨다

---

2) 太宗(태종) 구 : 당 태종 이세민이 나이 열여덟에 의병을 일으키다. 『정관정요』(貞觀政要) 「재상」(災祥)에 이세민이 자신의 경력을 말하였다. "짐은 나이 열여덟에 왕업을 경륜하였는데, 북으로 유무주(劉武周)를 타격하고, 서쪽으로 설거(薛擧)를 평정하고, 동으로 두건덕(竇建德)과 왕세충(王世充)을 사로잡았다. 스물넷에 천하를 평정하고, 스물아홉에 자리에 오르니, 사이(四夷)가 엎드리고 나라 안이 편안해졌다."

3) 白旄(백모) : 흰색의 군기(軍旗). 깃봉에 물소 꼬리로 장식하며, 전군을 지휘하는데 쓰인다. ○黃鉞(황월) : 황금 도끼. 황제가 쓰는 의장용 물건. ○兩京(양경) : 서경 장안과 동경 낙양.

4) 擒充戮竇(금충육두) : 왕세충을 사로잡고 두건덕을 죽이다. 두 사람은 당시 하남과 하북 지역에서 최강의 세력이었다. 620년에 왕세충을 사로잡고 621년에 두건덕을 죽였다.

5) 심주 : 이 한 구가 이하 시구를 이끌었다.(一句領起下文.)

6) 亡卒(망졸) 구 : 병사들의 유골을 거둔 일은 628년 이루어졌다. 『자치통감』 참조.

7) 飢人(기인) 구 : 백성들을 위해 아이들을 대속한 일은 『정관정요』 「인측」(仁惻)에 보인다.

8) 張謹(장근) : 장공근(張公謹). 원래 왕세충 아래 있었으나 이연(李淵)이 당을 건국하자 귀순하였다. 나중에 위지경덕 등이 이세민에게 추천하였다. 이세민이 '현무문의

怨女三千放出宮,[9]　　　궁녀 삼천 명을 방환하고

死囚四百來歸獄.[10]　　　사형수 사백 명을 옥으로 돌려보냈지

剪鬚燒藥賜功臣,[11]　　　수염을 잘라 태워 약으로 공신에게 내렸으니

李勣嗚咽思殺身.　　　이적(李勣)이 감읍하여 살신성인을 다짐했었지

含血吮瘡撫戰士,[12]　　　피와 종기를 빨아 병사들을 위로하매

思摩奮呼乞效死.　　　이사마(李思摩)가 높이 소리치며 죽음으로 싸웠어라

不獨善戰善乘時,　　　전투를 잘 하였을 뿐만 아니라 시기도 잘 타고

以心感人人心歸."　　　마음으로 감동시키니 백성의 마음이 모였어라"

爾來一百九十載,　　　그로부터 백구십 년

天下至今歌舞之.　　　세상에선 지금도 노래하고 춤추네

歌七德,　　　칠덕을 노래하고

舞七德,　　　칠덕을 춤추니

聖人有作垂無極.　　　성인이 이룬 일이 무한히 이어지리

豈徒耀神武?　　　어찌 무력만 일삼을 것인가?

변'을 일으키는데 공을 세웠다. 627년에 대주(代州)도독이 되었고 곧 추국공(鄒國公)에 봉해졌다. 632년 병으로 죽으니 나이 39세였다. 고대의 예와 풍습에는 신일(辰日)에는 울지 않는 것으로 되어 있었는데, 태종은 그의 죽음을 슬퍼하여 신일에도 곡을 하였다.

9) 怨女(원녀) 구: 궁녀를 방환한 일은 『정관정요』 「인측」(仁惻)에 보인다.

10) 死囚(사수) 구: 사형수를 감옥으로 보낸 일은 634년 9월에 있었다. 『자치통감』 참조.

11) 李勣(이적): 본명은 서세적(徐世勣). 당 고조 이연(李淵)이 이씨 성을 내려 이세적(李世勣)이 되었다가, 이세민(李世民)의 이름을 피휘하여 이적(李勣)이라 하였다. 당초 명장으로 공을 세웠으며 나중에 영국공(英國公)에 봉해졌다. 641년 병부상서가 되었을 때 갑자기 폭질에 걸렸는데, 약방문에 수염을 태운 재를 섞어 마셔야 한다고 하였다. 이 말을 들은 당 태종은 자신의 수염을 잘라 주었다. 『정관정요』 「인측」(仁惻) 참조.

12) 思摩(사마): 이사마(李思摩). 본래 돌궐 사람으로 성씨는 아사나(阿史那)이고 이름이 사마(思摩)였다. 당나라가 돌궐 힐리가한(頡利可汗)을 치고 난 후, 그 부족들에게 내지로 와 거주하고 관리가 되는 것을 허락하였는데, 이때 아사나사마도 귀화하였다. 나중에 이씨 성을 하사받았다. 당 태종이 요동을 공격할 때 백암산(白巖山) 전투에서 우위대장군이었던 이사마가 화살에 맞자 당태종이 피를 빨아주었다. 『정관정요』 「인측」(仁惻) 참조.

豈徒誇聖文?　　　　어찌 문장만 자랑할 것인가?
太宗意在陳王業,　　태종의 뜻은 왕업을 펼치는 데 있었으니
王業艱難示子孫.　　왕업의 어려움을 자손에게 보이고자 하였음이라

평석 '성심으로 사람을 대하는 것'이 전편의 주제이다. '궁녀 삼천 명을 방환하고, 사형수 사백 명을 옥으로 돌려보냈다'는 특히 놀랍다. 비록 사형수에 대한 일은 구양수가 논의하여 비판하였지만 당시로는 실제로 뛰어난 일이었다. 송 태종 또한 '짐은 이에 미치지 못한다'고 말하였다.('推心置腹', 通篇主意. '怨女'一聯, 尤爲警動. 縱囚事歐公作論貶之, 然當時實爲盛擧也. 宋太宗亦謂朕不及此.)

해설 칠덕무를 보고 들으며 당 태종 이세민의 왕도정치를 칭송하였다. '신악부' 50수 가운데 첫 번째 시이다. 백거이의 '신악부'는 시의 첫머리에서 제목으로 따오고, 주지를 말미에 드러내었다. 809년 좌습유로 있을 때 지은 것으로, 일종의 시로 올린 간언이라 할 수 있다. 여기서는 50수 중 8수를 골랐다.

바다는 아득하고(海漫漫)

戒求仙也.
신선술 추구를 경계하였다.

海漫漫,　　　　　　바다는 아득하고
直下無底傍無邊.　　아래로 바닥을 모르고 옆으로 끝이 없어
雲濤煙浪最深處,　　구름과 안개에 쌓인 가장 깊은 곳에
人傳中有三神山.[13]　사람들이 삼신산이 있다 하네
山上多生不死藥,　　산 위에는 불사약이 많아

服之羽化爲天仙.　　　　　이를 먹으면 우화하여 신선이 될 수 있다네
秦皇漢武信此語,　　　　　진시황과 한 무제가 이 말을 믿고
方士年年采藥去.[14)]　　　 방사들에게 해마다 약 캐러 보냈다네
蓬萊今古但聞名,　　　　　봉래산은 예나 지금이나 이름만 있을 뿐
煙水茫茫無覓處.　　　　　안개 낀 바다가 망망하여 찾을 곳 없어라
海漫漫,　　　　　　　　　바다는 아득하고
風浩浩,　　　　　　　　　바람은 드넓어
眼穿不見蓬萊島.[15)]　　　아무리 돌아보아도 봉래섬은 보이지 않아라
不見蓬萊不敢歸,　　　　　봉래섬이 보이지 않으니 돌아갈 수 없어
童男丱女舟中老.[16)]　　　동남동녀들이 배 안에서 늙어버렸어라
徐福文成多誕誕,[17)]　　　 서복과 소옹이 뱉은 황탄한 말에
上元太一虛祈禱.[18)]　　　상원부인과 태일 신에게 부질없이 기도했어라

---

13) 三神山(삼신산): 신선이 살고 있다는 세 개의 섬. 기원전 219년 서불(徐市)이 진시황
에게 상서를 올리기를, 동해 바다에 봉래(蓬萊), 방장(方丈), 영주(瀛洲) 등 삼신산
(三神山)이 있는데 여기에 신선이 거주한다고 하였다. 이에 진시황이 서불에게 동남
동녀(童男童女) 수천 명을 데리고 불사약을 캐어오라고 하였다. 기원전 216년 다시
한종(韓終), 후공(侯公), 석생(石生) 등을 보내 불사약을 찾게 하였다.

14) 方士(방사) 구: 진시황 이후 한 대의 제왕들도 신선술을 찾았다. 한대에는 신원평(新
垣平), 제인 소옹(齊人少翁), 공손경(公孫卿), 난대(欒大) 등이 신선 이야기나 제사 또
는 바다로 약초를 캐러간다며 황제의 총애를 받고 천 금을 하사받았다. 『한서』 「교사
지」(郊祀志) 참조.

15) 眼穿(안천): 눈이 뚫어져라 바라보다. 간절히 찾다.

16) 丱女(관녀): 머리를 양쪽으로 쪽진 소녀.

17) 徐福(서복): 서불(徐市). 제(齊) 지방 낭야 사람으로 진나라의 방사이다. 박학다식했
으며 의학과 천문 등에도 밝았다. ○文成(문성): 소송(少翁). 한 무제 때 방사로 난
대와 함께 공부하여 사형지간이 되었다. 한 무제의 죽은 왕비 왕부인의 혼백을 불러
왔으며, 태일 신을 제사하여야 한다고 주장하였다. 문성장군에 봉해졌다. 글씨를 써
서 소에게 먹이면 소의 배에 물건이 생긴다고 하였는데, 이를 의심한 한 무제의 의
해 살해당하였다.

18) 上元(상원): 상원부인(上元夫人). 전설에서 말하는, 서왕모 아래에서 천상의 선녀를
통괄하는 여신. 『한무내전』(漢武內傳)에서는 서왕모의 요청에 따라 한나라 왕궁에
강림하여 무제에게 도가 수련의 방법을 가르친다. 무제는 포악함(暴), 음란함(淫),
사치스러움(奢), 잔인함(酷), 간사함(賊) 등 다섯 가지 성질 때문에 신선이 되는데 장
애가 되므로 먼저 이 다섯 가지 성질을 없애야 한다고 말하였다. ○太一(태일): 하

君看	그대 보게나
驪山頂上茂陵頭,[19]	여산의 꼭대기와 무릉의 무덤가를
畢竟悲風吹蔓草!	결국은 슬픈 바람에 넝쿨풀들만 날리는 것을!
何況	더구나
玄元聖祖五千言 : [20]	현원성조 노자께서 남기신 오천 자에는
不言藥,	불사약도 없고
不言仙,	신선도 없고
不言白日昇靑天.	대낮에 승천한 일도 적혀 있지 않아라

평석 이 시는 신선술 추구의 망령됨을 말하였다. 당대는 노자를 숭상하였지만, 『도덕경』 오천 자에는 신선에 대해 말하지 않았다 하니 갑자기 크게 깨닫겠다.(此言求仙之妄也. 唐代崇奉老子, 而五千言中不言神仙, 恍然可悟矣.)

해설 진시황과 한 무제가 신선술을 구한 사실을 풍자하였다. 동해의 선산이 원래 아득하여 찾을 수 없고 방사의 말이 황탄하여 믿을 수 없음을 말했으며, 말미에서 『도덕경』에 신선에 관한 말이 없음을 지적하여 중요한 논거로 삼았다. 이는 곧 당시 당 조정에서의 장생불사와 구선(求仙) 풍조를 겨누어 말하였다.

늘의 신.

19) 驪山(여산) : 진시황의 능묘가 있는 곳. 지금의 섬서성 서안시 임동구. ○茂陵(무릉) : 한 무제의 능묘. 서안시 서북 흥평시(興平市) 소재.

20) 玄元聖祖(현원성조) : 노자를 가리킨다. 당 조정에서는 743년 노자에게 대성조현원황제(大聖祖玄元皇帝)라는 존호를 붙였다. ○五千言(오천언) : 『노자』를 가리킨다. 책의 글자 수가 약 오천 자이다.

상양궁의 백발 궁녀(上陽白髮人)[21][22]

愍怨曠也.

궁녀의 원망을 불쌍히 여겼다.

上陽人,	상양궁의 궁녀
紅顏暗老白髮新.	홍안이 늙어 시들고 백발이 덮였어라
綠衣監使守宮門,[23]	녹색 옷의 감사가 궁문을 지키니
一閉上陽多少春!	상양궁이 한 번 닫히고 몇 번이나 봄이 지나갔나!
明皇末歲初選入,[24]	현종 말기 처음 선발되어 입궁하였으니
入時十六今六十.[25]	당시에는 열여섯이 지금은 육십이라
同時采擇百餘人,	함께 뽑힌 백여 명
零落年深殘此身.	해가 갈수록 흩어져 죽더니 이 몸만 남았어라
憶昔呑悲別親族,	생각하면 친지들과 슬픔을 삼키며 헤어질 때
扶入車中不敎哭.	수레에서 부축하며 울지 마라 하였지
皆云入內便承恩,	입궁하면 바로 승은을 입는다고 모두들 말할 때
臉似芙蓉胸似玉.	얼굴은 부용 같고 가슴은 옥 같았지
未容君王得見面,	군왕을 볼 수 있도록 허용되기도 전에

21) 원주 : "천보 5년 이후 양귀비가 총애를 독차지하면서 후궁에서 더 이상 승은을 입는 사람이 없었다. 육궁에 미색이 있는 사람은 곧잘 다른 곳으로 배치되었는데 상양궁도 그중 하나였다. 정원 연간에도 있었다."(原注 : "天寶五載已後, 楊貴妃專寵, 後宮人無復進幸矣. 六宮有美色者, 輒置別所, 上陽是其一也. 貞元中尙存焉.")

22) 上陽(상양) : 상양궁. 동도 낙양에 소재했다. 고종 상원 연간에 세웠다.『당양경성방고』(唐兩京城坊考) 참조.

23) 綠衣監使(녹의감사) : 녹색 옷을 입은 내감(內監). 당대 궁성과 궁원에는 사면의 궁문마다 궁궐 출입을 관리하는 종6품하 품계의 감 1인씩과 종7품하 품계의 부감 1인씩을 두었다.『구당서』「직관지」참조. 또 6품과 7품은 녹색 관복을 입었다.『구당서』「여복지」참조.

24) 明皇(명황) : 현종. 현종의 시호인 지도대성대명효황제(至道大聖大明孝皇帝)의 준말. ○末歲(말세) : 현종의 재위 기간의 끝 부분. 천보 연간 말기를 가리킨다.

25) 今(금) : 지금. 백거이가 이 시를 쓰는 809년경을 말한다.

已被楊妃遙側目,[26]　　　　벌써 양귀비가 멀리서 흘겨보았지

妬令潛配上陽宮,　　　　　그 질투에 몰래 상양궁으로 보내져

一生遂向空房宿.　　　　　일생 동안 빈방에서 지내야 했지

宿空房,　　　　　　　　　빈방에서 지내니

秋夜長,　　　　　　　　　가을밤이 길어

夜長無寐天不明.　　　　　긴 밤에 잠 못 들고 새벽은 더디 오는구나

耿耿殘燈背壁影,[27]　　　희미한 등불 아래 그림자만 벽에 흔들리고

蕭蕭暗雨打窓聲.　　　　　창문에 밤비 때리는 소리가 후두둑 들려라

春日遲,　　　　　　　　　봄날은 길고 길어

日遲獨坐天難暮.　　　　　긴 날에 홀로 앉으니 하늘이 저물지 않아라

宮鶯百囀愁厭聞,　　　　　궁 안에 꾀꼬리 지저귀니 시름에 차 듣기도 지겹고

梁燕雙栖老休妬.　　　　　들보에 제비가 쌍쌍이 깃들어도 늙었기에 부럽지도
　　　　　　　　　　　　　않아라

鶯歸燕去長悄然,　　　　　꾀꼬리 떠나고 제비 돌아가 오래도록 적막하니

春往秋來不記年.　　　　　봄 가고 가을 오길 몇 해인지 몰라라

惟向深宮望明月,　　　　　오로지 깊은 궁에서 명월을 바라보니

東西四五百廻圓.[28]　　　동서로 뜨고 지며 사오백 번 둥글었어라

今日宮中年最老,　　　　　이제 상양궁에서 내가 가장 늙었으니

大家遙賜尙書號.[29]　　　황제께서 멀리서 '상서' 호칭 내리셨네

小頭鞋履窄衣裳,[30]　　　작은 신발에 조이는 옷 입고

---

26) 側目(측목) : 흘겨보다. 투기하는 모습을 형용하였다.

27) 耿耿(경경) : 희미하게 밝다.

28) 東西(동서) 구 : 달이 뜨고 지고, 둥글었다 이지러진 것이 이미 사오백 번 된다는 뜻
이다.

29) 大家(대가) : 황제를 가리킨다. 궁중에서 사용하는 구어이다. 채옹(蔡邕)의 『독단』(獨
斷)과 『북제서』「신무기」(神武紀)에 보인다. ○尙書(상서) : 궁중의 여관(女官). 남조
시기에 '여상서'(女尙書)란 말이 있었다. 왕건(王建)의 「궁사」에서는 '내상서'(內尙書)
라 하였다.

30) 窄衣裳(착의상) : 몸에 달라붙는 옷. 당대 요여능(姚汝能)『안록산 사적』(安祿山事跡)

靑黛點眉眉細長.³¹⁾　　　눈썹먹으로 가늘고 길게 눈썹 그리네
外人不見見應笑,　　　바깥사람들 보았으면 응당 웃으리니
天寶末年時世粧.　　　천보 연간 말기에 유행했던 화장이라
上陽人,　　　상양궁의 궁녀여
苦最多 :　　　괴로움이 가장 많으리
少亦苦,　　　젊어서도 괴로웠고
老亦苦,　　　늙어서도 괴로우니
少苦老苦兩如何!　　　젊어서도 늙어서도 괴로우니 어찌 할 건가!
君不見　　　그대 보지 못하는가
昔時呂向美人賦,³²⁾　　　예전에 여향(呂向)이 쓴 ‘미인부’를
又不見　　　그대 또 보지 못하는가
今日上陽白髮歌!　　　지금의 ‘상양궁의 백발 궁녀 노래’를!

평석 ‘오로지 깊은 궁에서 명월을 바라보니, 동서로 뜨고 지며 사오백 번 둥글었어라’ 두 구에서 궁인의 괴로움이 이미 나타났다. 양귀비의 질투와 총애는 족히 난리를 가져올 만하니, 여인으로 일어나는 화를 경계해야 함이 천고에 뚜렷하다.(‘惟向深宮望明月, 東西四五百廻圓.’ 二語, 已見宮人之苦, 而楊妃之嫉妒專寵, 足以致亂矣. 女禍之誡, 千古昭然.)

해설 젊어서 입궁하여 궁에서 늙어버린 궁녀의 괴로움을 서술하였다. 임금의 공허한 은총과 꽃다운 청춘의 상실을 침통한 분위기 속에 신랄하

을 보면, 천보 연간 초기에 귀족들은 사족(士族)과 평민들과 함께 놀았으며 호복(胡服)을 입기 좋아하였고 표범 가죽으로 만든 모자를 썼다. 여인들은 머리에 보요(步搖)를 꽂고, 당시 편복의 양식으로 옷깃과 소매가 좁았다. 백거이가 생활하던 정원 말기에는 소매가 넓었다.

31) 眉細長(미세장) : 눈썹이 가늘고 길다. 천보 말년에는 눈썹을 가늘고 길게 그렸으나, 정원 말기에는 짧게 그렸다.
32) 원주 : “천보 말기에 비공개적으로 미색이 있는 여인을 찾는 관리가 있었는데 당시 화조사라 하였다. 여향이 「미인부」를 지어 이를 풍자하였다.”(原注 : “天寶末有密采艶色者, 當時號花鳥使. 呂向獻美人賦以諷之.”)

게 드러내었다. 이는 말할 것도 없이 지나치게 많은 궁녀를, 방환하여야한다는 현실적인 문제를 지적하였다. 백거이는 이 시를 쓴 809년에 「후궁 나인을 골라 방환하기를 청함」(請揀放後宮內人)을 상주하였는데 같은뜻이다.

신풍의 팔 부러진 노인(新豐折臂翁)[33]

戒邊功也.
변방의 공훈을 경계하였다.

新豐老翁八十八,	신풍의 노옹은 나이가 여든 여덟
頭鬢眉鬚皆似雪.	머리카락 눈썹 수염 모두가 흰 눈 같아
玄孫扶向店前行,[34]	현손이 부축하며 점포 앞에 나가니
左臂憑肩右臂折.	왼팔은 현손 어깨 불잡으나 오른 팔은 부러져있어
問翁臂折來幾年?	여쭈노니 팔이 부러진 지 몇 년이나 되셨소?
兼問致折何因緣?[35]	그리고 부러진 이유가 무엇이오?
翁云"貫屬新豐縣,	노인께서 이르시길 "나는 적관이 신풍인데
生逢聖代無征戰.[36]	태평성대를 만나 전쟁이라곤 없었소
慣聽梨園歌管聲,[37]	이원의 음악 소리만 익숙하게 들었고
不識旗槍與弓箭.	깃발과 창, 활과 화살이 뭔지도 몰랐소이다
無何天寶大徵兵,[38]	오래지 않아 천보 연간에 대규모로 징병하더니

---

33) 新豐(신풍) : 장안의 동쪽에 있던 현으로, 지금의 섬서성 서안시 임동구 동쪽에 소재
    했다.
34) 玄孫(현손) : 증손의 아들. 자신을 1대로 쳤을 때 5대에 해당한다.
35) 因緣(인연) : 원인.
36) 聖代(성대) : 태평시대.
37) 梨園歌管(이원가관) : 궁정에서 연주하는 음악. 이원은 당 현종 때 궁정에서 음악을
    관장하던 기관.

戶有三丁點一丁.　　　　　한 가구에 장정이 셋이라면 한 명씩 뽑았지요

點得驅將何處去?[39]　　　 뽑은 장정은 어디로 몰아갔나?

五月萬里雲南行.　　　　　오월에 만 리 멀리 운남으로 갔소이다

聞道雲南有瀘水,[40]　　　 듣자하니 운남에는 노수가 있는데

椒花落時瘴煙起.[41]　　　 산초 꽃 떨어질 때 풍토병이 심하다 하더이다

大軍徒涉水如湯,[42]　　　 대군이 맨발로 열탕 같은 강을 건너면

未過十人二三死.　　　　　채 건너기도 전에 열에 두셋은 죽는다 하더이다

村南村北哭聲哀,　　　　　마을의 남쪽과 북쪽에 곡소리 구슬퍼

兒別爺娘夫別妻.　　　　　아들은 부모와 헤어지고 남편은 아내와 이별했다오

皆云前後征蠻者,　　　　　모두가 말하기를 그동안 남만 땅에 간 사람들

千萬人行無一廻.　　　　　천만 명 중 한 사람도 돌아오지 못했다오

是時翁年二十四,　　　　　이때 내 나이 스물넷

兵部牒中有名字.[43]　　　 병부의 명단에 이름자가 있었소

夜深不敢使人知,　　　　　밤 깊어 남 몰래 일어나

偸將大石搥折臂.　　　　　큰 돌을 들어 팔을 내리 쳐 분질렀다오

張弓簸旗俱不堪,[44]　　　 활 당기고 깃발 흔드는 일 모두 할 수 없으니

從茲始免征雲南.　　　　　이때부터 비로소 운남 원정에 면제되었소

---

38) 無何(무하) 구 : 당 조정은 751년 장안과 낙양, 하북과 하남에서 병사를 모아 남조(南詔)를 공격하였다. 운남은 장려(瘴癘)가 많아 전쟁을 하기도 전에 사졸들이 열에 여덟아홉은 죽었다. 무하(無何)는 오래지 않아.

39) 驅將(구장) : 몰아가다.

40) 雲南(운남) : 당시의 남조국(南詔國). ○瀘水(노수) : 지금의 운남성 요안현(姚安縣)에 흐르는 금사강(金沙江). 고대인들은 노수가 장기(瘴氣)가 심해 삼사월에 건너면 사람이 죽고, 오월 이후가 되어야 건너기 안전하다고 생각하였다. 제갈량의 「출사표」(出師表)에 "오월에 노수를 건너 불모지로 깊이 들어갔습니다"(五月瀘渡, 深入不毛.)는 말이 있다.

41) 椒花落時(초화낙시) : 산초 꽃이 떨어질 때. 오월을 가리킨다. ○瘴煙(장연) : 장기(瘴氣). 장독(瘴毒).

42) 徒涉(도섭) : 도보로 강을 건너다. ○湯(탕) : 뜨거운 물.

43) 兵部(병부) : 상서성의 육부 가운데 하나. 병무를 담당한다. ○牒(첩) : 징병의 명부.

44) 簸(파) : 까부르다. 흔들다.

骨碎筋傷非不苦,　　뼈가 부서지고 근육이 상하여 무척 아팠으나
且圖揀退歸鄕土.[45)]　　그래도 탈락되어 고향에 돌아가려 했었소
臂折來此六十年,　　팔이 부러진 지 이제 육십 년이 되었으니
一肢雖廢一身全.　　지체 하나 버렸지만 몸 하나를 살렸소
至今風雨陰寒夜,　　지금도 비바람 치고 추운 밤이면
直到天明痛不眠.　　새벽까지 아파서 잠들지도 못한다오
痛不眠,　　밤새 아프지만
終不悔,　　결국 후회하지 않으니
且喜老身今獨在.　　늙은 몸이 지금까지 살아 있음을 기뻐한다오
不然當時瀘水頭,　　그렇지 않으면 당시 노수의 강가에서
身死魂孤骨不收.　　몸이 죽고 혼은 남아 뼈도 거두지 못했을 터
應作雲南望鄕鬼,　　틀림없이 운남에서 망향 귀신이 되어
萬人塚上哭呦呦."[46)47)]　만인총 위에서 밤마다 곡을 했을 것이오"
老人言,　　노인이 말하시니
君聽取.　　그대들 들으시오
君不聞　　그대 듣지 못하는가
開元宰相宋開府,[48)]　　개원 연간에 재상이었던 송경(宋璟)은
不賞邊功防黷武.[49)]　　공을 세워도 상을 내리지 않아 무력 남발을 막았음을

---

45) 揀退(간퇴) : 신병이 입대하면 검사를 하는데, 여기서는 장애를 입었기에 입대 대상
에서 제외되었다는 뜻.

46) 원주 : "운남에 만인총이 있는데, 선우중통과 이복의 군대가 패한 곳이다."(原注 : "雲
南有萬人塚, 卽鮮于仲通、李宓曾覆軍之所.")

47) 萬人塚(만인총) : 지금의 운남성 하관(下關) 서쪽에 소재. 751년 4월, 검남절도사 선
우중통이 군사 육만을 이끌고 운남을 공격하여, 남조의 왕 각라봉과 노수에서 싸웠
으나, 관군이 크게 패하고 노수에 빠져 죽은 자가 헤아릴 수 없을 정도로 많았다.
754년 6월 이복이 시어사 및 검남절도유후가 되어 군사를 이끌고 운남을 공격하였
으나, 각라봉에 잡히고 전군이 괴멸되었다. 『구당서』「현종기」참조. ○呦呦(유유)
: 귀신의 울음소리.

48) 宋開府(송개부) : 송경(宋璟). 시인 소전 참조. 개원 연간에 개부의동삼사가 추가되었다.

49) 심주 : 송경이 돌궐묵철을 참수한 학운잠의 공훈에 대해 높은 상을 내리지 않았다.
(宋璟不重賞郝雲岑斬突厥默啜之功.)

又不聞　　　　　　　또 듣지 못하는가
天寶宰相楊國忠,[50]　천보 연간에 재상이었던 양국충은
欲求恩幸立邊功.[51]　은총을 얻으려 변방에서 공훈을 세우려 했음을
邊功未立生人怨,　　공훈을 세우기도 전에 백성의 원망만 사는 것을
請問新豐折臂翁.　　신풍의 팔 부러진 노인에게 물어보시오

평석 군사력을 제멋대로 남용한 결과가 가져온 재앙을 간절하고 절실하게 말하였다. 말미에서 송경과 양국충을 대조하여 말함으로써 개원의 태평과 천보의 난세가 여기에서 나뉘어졌음을 보였다.(窮兵黷武之禍, 慨切言之. 末以宋璟、楊國忠對言, 見開寶治亂之機, 實分於此.)

해설 스스로 자신의 팔을 부러뜨린 노인의 자술을 통해 전란이 가져오는 고통을 호소하였다. 천보 말기 두 차례에 걸친 남조(南詔) 공격을 배경으로, 백성에 대한 관심을 일으키고 조정의 무력 남용을 경계하였다. 선명하고 독특한 제재를 평이하고 쉬운 언어로 표현하였다.

백련경(百鍊鏡)[52]

美皇王鑒也.
황제께서 거울로 살핌을 찬미하였다.

---

50) 楊國忠(양국충) : 천보 말기의 재상. 양귀비의 친척 오빠이다. 751년 촉군도독부장사로 검남절도부대사로 충임되었으며 절도의 일을 맡았다. 선우중통과 이복을 추천하여 군사를 이끌고 운남을 공격하게 하였으나 모두 패하였다. 안사의 난이 일어나자 피난하던 중 마외역에서 관군에 의해 살해되었다.
51) 심주 : 양국충이 각라봉을 토벌하면서 전후로 이십만 군사를 보냈으나 돌아오는 자가 없었다.(楊國忠討閣羅鳳, 前後二十餘萬, 去無返者.)
52) 百鍊鏡(백련경) : 백 번 단련시켜 만든 청동 거울. 광물질 동 속에는 잡다한 물질이 섞여 있으므로 여러 번 제련해야 결이 고운 정밀한 동을 만들 수 있다.

百鍊鏡,　　　　　　백 번 단련한 구리거울은

鎔範非常規,[53]　　　주물의 틀이 보통의 것과 다른데다

日辰處所靈且祇,[54]　좋은 날에 만드니 신령스럽고 신기해라

江心波上舟中鑄,[55]　'강심경'(江心鏡)을 강물 위 배에서 주조하니

五月五日日午時.　　오월 오일 대낮 오시(午時)라네

瓊粉金膏磨瑩已,[56]　옥가루로 갈아내고 수은으로 발랐더니

化爲一片秋潭水.　　한 조각 가을 물로 변하였어라

鏡成將獻蓬萊宮,[57]　완성된 거울을 봉래궁에 바치고자

揚州長吏手自封.　　양주(揚州)의 관리가 손수 함에 넣었더라

人間臣妾不合照,　　인간 세상에 백성이 비추기엔 어울리지 않으니

背有九五飛天龍[58]　뒷면에 황제의 자리 있어 용이 날기 때문

人人呼爲天子鏡,　　사람마다 '천자경'이라 부르니

我有一言聞太宗：　나는 태종께서 하신 말이 생각나네

太宗常以人爲鏡,[59]　태종께서 일찍이 사람을 거울로 삼고

---

53) 鎔範(용범) : 주물 틀. 여기서는 거울을 만들 때 쓰는 주물 틀. ○非常規(비상규) : 일반적인 물건이 아니다. 양식이 아주 아름답다는 뜻이다.

54) 日辰(일신) 구 : 좋은 날과 시간을 선택하여 주조한다는 뜻. ○祇(지) : 신령스럽다. 신기하다.

55) 江心(강심) : 강심경(江心鏡). 당대 양주에서 공물로 바친 구리거울. 매년 5월 5일 단오에 강 가운데서 주조하므로 이름 붙여졌다.

56) 瓊粉(경분) : 옥가루. 거울을 가는데 쓰인다. ○金膏(금고) : 수은. 잘 비추도록 하기 위해 동경의 표면에 수은을 발랐다.

57) 蓬萊宮(봉래궁) : 장안성의 정궁인 대명궁을 가리킨다. 처음에는 대명궁이라 하였으나 662년 봉래궁이라 개명하였고, 701년에 다시 원래의 대명궁으로 복원하였다.

58) 九五(구오) : 황제의 자리. 원래 『주역』에서 아래에서 위쪽으로 다섯 번째에 있는 양효를 가리키는 이름이었으나, 「건」괘의 "구오는 비룡이 하늘에 있어 대인과 큰일을 하게 되니 이롭다"(九五, 飛龍在天, 利見大人.)라는 말에서 나중에 황제의 자리를 의미하게 되었다.

59) 太宗(태종) 구 : 당 태종이 말한 거울에 대한 비유를 가리킨다. "청동으로 거울을 만들면 의관을 바르게 하고, 옛일로 거울을 삼으면 성쇠를 알 수 있지만, 사람으로 거울을 삼으면 득실을 알 수 있다"(夫以銅爲鏡, 可以正衣冠, 以古爲鏡, 可以知興替, 以人爲鏡, 可以明得失.) 『정관정요』 「논임현」(論任賢) 참조.

鑒古鑒今不鑒容.　　고금을 거울로 삼아 얼굴을 비추지 않는다 했네
四海安危居掌內,　　사해의 안위가 손바닥 안에 있고
百王治亂懸心中.　　역대 제왕의 치란(治亂)이 마음 속에 걸려 있네
乃知天子別有鏡,　　천자에게 다른 거울이 있음을 알겠나니
不是揚州百鍊銅.　　그것은 양주의 백련동(百鍊銅)이 아니라네

평석 백련경은 한 사람을 비추지만, 군주의 거울은 사해를 비춘다. 장열이 지어 진헌한 『천추금감록』이 바로 이러한 뜻이다.(百鍊之鏡照一人, 君心之鏡照四海. 張曲江進千秋金鑑錄, 卽是此意.)

해설 백련경을 들어 얼굴을 비추기보다는 사람을 통해 자신을 살피기를 권하였다. 이러한 발상은 잘 알려진 전통적인 것이나, 백거이는 이를 양주에서의 거울 제조와 당 태종의 언급이라는 두 가지 점을 끌어와 구체적으로 형상화시키고 대비시켰다. 군주가 사람에게서 교훈을 얻고 간언을 받아들이기를 바랐다.

청석(靑石)[60]

激忠烈也.
충렬을 격려하였다.

靑石出自藍田山,[61]　　남전산에서 캐낸 청석을
兼車運載來長安.　　두 줄로 수레에 실어 장안으로 가져온다
工人磨琢欲何用?　　석공이 갈고 쪼아 어디에 쓰려는가?

---

60)　靑石(청석) : 푸른빛이 감도는 석질의 비석.
61)　藍田山(남전산) : 장안 남쪽 종남산에 붙어있는 작은 산. 옥의 산지로 유명하다.

石不能言我代言:　　청석이 말 못하니 내가 대신 말하리다

不願作　　되고 싶지 않은 건

人家墓前神道碣,[62]　　사람의 무덤 앞 비석

墳土未乾名已滅.　　봉분이 마르기도 전에 이름이 잊혀지기 때문이라

不願作　　되고 싶지 않은 건

官家道傍德政碑,[63]　　도로 옆에 세운 덕정비

不鐫實錄鐫虛辭.　　실제의 행적이 아니라 부풀려 새기기 때문이라

願爲顔氏段氏碑,[64]　　원컨대 안진경과 단수실의 비석이 되어

雕鏤太尉與太師.[65]　　태위와 태사의 일을 새기고 싶어라

刻此兩片堅貞質,　　단단하고 굳센 두 석질에 새겨

狀彼二人忠烈姿.　　저 두 사람의 충렬의 모습을 형용하고 싶어라

義心如石屹不轉,　　돌같이 의로운 마음은 우뚝 솟아 흔들리지 않고

死節如石確不移.　　돌같이 버린 죽음의 절기는 굳세어 변하지 않아라

如觀奮擊朱泚日,[66]　　마치 분연히 일어나 주차를 친 날을 보는 듯

似見叱呵希烈時.[67]　　마치 소리 높여 이희렬을 꾸짖는 때를 보는 듯

---

62) 神道碣(신도갈) : 묘 앞에 서 있는 비석.

63) 德政碑(덕정비) : 지방 행정관의 치적을 칭송하기 위해 세운 비석.

64) 顔氏(안씨) : 안진경(顔眞卿). 중당시기에 활동한 문인이자 서예가. 회서절도사 이희렬(李希烈)이 반란을 일으켰을 때 안진경이 회유하러 갔다가 784년 살해되었다. 안진경의 당시 직책이 태자태사(太子太師)였다. ○段氏(단씨) : 단수실(段秀實). 783년 태위 주차(朱泚)가 역모를 함께 하자고 꾀하자 사농경 단수실이 홀판으로 내리쳤다. 이때 주차에게 죽임을 당하였다. 사후 태위로 추증되었다.

65) 太尉(태위) : 단수실을 가리킨다. ○太師(태사) : 안진경을 가리킨다.

66) 朱泚(주차) : 중당시기에 활동한 무장. 742~784년. 처음에는 유주노룡군절도사 이회선(李懷仙)의 부장이었다. 나중에 농우절도사가 되고 공을 세워 태위에 올랐으나, 782년 동생 주도(朱滔)가 유주에서 반란을 일으킨 탓에 장안에 투옥되었다. 회서절도사 이희렬의 반란으로 장안이 혼란에 빠지자 탈출하여 반군에 들어갔다. 스스로 황제라 참칭하며 반란군을 이끌다가 784년 패하고 부장에게 살해되었다.

67) 叱呵(질가) : 꾸짖다. ○希烈(희렬) : 이희렬. 덕종 때 회서절도사로 781년 양숭의(梁崇義)가 일으킨 반란을 진압하였다. 그러나 782년 이납(李納)이 반란을 일으키자 그와 공모하였고, 나아가 하북의 주도(朱滔) 등과 연합하였으며, 스스로 황제라 참칭하였다. 오래지 않아 전투에 패하고 부장에게 살해되었다.

各於其上題名謚,	각각 비갈의 머리에 이름과 시호를 새기어
一置高山一沈水.[68]	하나는 높은 산에 하나는 강물 속에 두고 싶어라
陵谷雖遷碑獨存,	능선과 계곡이 변한다 해도 비석은 남고
骨化爲塵名不死.	뼈가 먼지로 변해도 이름은 남기고 싶어라
長使不忠不烈臣,	언제까지나 충렬하지 못한 신하들로 하여금
觀碑改節慕爲人.	비석을 보고 절개를 고치고 그 사람됨을 앙모하도록!
慕爲人,	사람됨을 앙모하고
勸事君.	임금 섬기기를 권하도록!

평석 단수실과 안진경 두 사람에 대해 묘사하니 늠름한 기운이 감돈다. 말미에서 사람들에게 충렬을 권했으니 시의 주지이다.(寫段、顔二公, 凜凜有生氣. 末勸人忠烈, 一篇主意.)

해설 이름과 행적을 새겨 보존하는 비석은 고대에 많이 세워졌다. 이 시는 비석에 새겨질 비문이 평범하거나 과장된 글이 아니라 충렬한 기록이 되기를 바라는 마음에서, 충신과 열사가 되기를 권면하였다. 비석이 화자가 되어 서술하는 방식이 신선하다. 백거이의 「비석 세우기」(立碑)와 함께 읽을 만하다.

---

68) 一置(일치) 구: 비석을 두 개 만들어 후세에 보존하도록 한다는 뜻이다. 서진의 두예(杜預)는 후세에 이름을 남기기를 좋아해서 공훈을 새긴 비석을 두 개 만들어 하나는 만산(萬山) 아래 가라앉히고 다른 하나는 현산(峴山) 위에 세우고 싶다고 말하였다. 세월이 오래 지나면 능선도 계곡으로 변할 수 있고, 계곡도 능선으로 변할 수 있기 때문이었다. 『진서』「두예전」 참조.

팔준도(八駿圖)[69]

戒奇物、懲佚遊也.[70]

기이한 물건을 경계하고 지나친 행락을 비판하였다.

穆王八駿天馬駒,[71]	주 목왕의 팔준은 신령스런 천리마
後人愛之寫爲圖.	후인이 이를 좋아해 그림으로 그렸지
背如龍兮頸如象,	등은 용과 같고 목은 코끼리 같아
骨竦筋高肌肉壯.	골격이 훤칠하고 근육이 튀어나와 씩씩하기도 하여라
日行萬里速如飛,	하루에 만 리를 날 듯이 달리니
穆王獨乘何所之?	주 목왕이 혼자 타고 어디로 갔는가?
四荒八極蹋欲遍,[72]	사방의 극지와 팔방의 끝을 돌아다녔으니
三十二蹄無歇時.	서른두 개 말발굽이 쉴 때가 없었으리
屬車軸折趁不及,[73]	속거(屬車)는 굴대가 부러져 따라가지 못하고
黃屋草生棄若遺.[74]	황옥(黃屋)은 풀 속에서 내버려진 남았어라

---

69) 八駿圖(팔준도) : 주 목왕(周穆王)이 부리던 여덟 필의 준마를 타고 가는 모습을 그린 그림. 팔준에 대해선 『목천자전』에서 적기(赤驥), 도려(盜驪), 백의(白義), 유륜(踰輪), 산자(山子), 거황(渠黃), 화류(驊騮), 녹이(騄耳)라 열거하였다. 유종원의 「팔준도를 보고」(觀八駿圖說)에서는 주 목왕이 팔준을 거느리고 곤륜산 위를 날아가는 모습이라 하면서 호사가들이 그린 것을 남조의 송제(宋齊) 때 이래 전해오고 있다고 하였다.

70) 佚遊(일유) : 안일에 빠져 제멋대로 놀다.

71) 穆王(목왕) : 주 목왕. 주(周)의 제5대 왕으로, 이름은 희만(姬滿)이다. 일찍이 서쪽으로 견융(犬戎)을 정벌하였기에 후대에 그의 서정(西征)을 각색한 신화가 널리 퍼졌다. ○天馬(천마) : 신령스러운 말.

72) 四荒八極(사황팔극) : 사방의 머나먼 극지. 『이아』 「석지」(釋地)에서는 사황을 고죽(觚竹), 북호(北戶), 서왕모(西王母), 일하(日下)라고 하였다. 『회남자』 「추형훈」(墜形訓)에서는 구주(九州)의 밖에 팔인(八殥)이 있고, 팔인의 밖에 팔굉(八紘)이 있고, 팔굉의 밖에 팔극(八極)이 있다고 하였다.

73) 屬車(속거) : 제왕이 출행할 때 호종하는 수레.

74) 黃屋(황옥) : 제왕이 타는 수레. 노란 비단을 차양의 안쪽에 대었기 때문에 황옥이라 했다.

瑤池西赴王母宴,[75]　　　서쪽으로 요지에선 서왕모가 잔치 열어
七廟經年不親薦.[76]　　　칠묘(七廟)의 종묘에는 일 년 내내 제사도 못했어라
璧臺南與盛姬遊,[77]　　　중벽대(重璧臺) 남에서는 성희(盛姬)와 놀아
明堂不復朝諸侯.[78]　　　명당에선 더 이상 제후의 조회 받지 못했네
白雲黃竹歌聲動,[79]　　　백운요와 황죽가 노랫소리 울리니
一人荒樂萬人愁.　　　한 사람이 환락에 탐닉하니 만백성이 시름겹네
周從后稷至文武,[80]　　　주나라는 후직부터 문왕과 무왕까지
積德累功世勤苦.　　　덕을 쌓고 공을 모아 대대로 노력하였지
豈知才及五代孫,[81]　　　어찌 알았으랴, 오대 손에 이르러
心輕王業如灰土!　　　왕업을 흙같이 여기는 가벼운 자 났음을!
由來尤物不在大,[82]　　　예부터 마음을 빼앗는 물건은 크기에 있지 않아
能蕩君心則爲害.　　　군주의 마음을 흔들 수 있으면 해악이 되는 법

---

75) 瑤池(요지) : 전설 속 곤륜산의 서왕모가 산다고 하는 곳.

76) 七廟(칠묘) : 황제의 시조묘를 비롯하여 자신에서 시작하여 가까운 육세 조묘를 함께 이르는 말. ○ 親薦(친천) : 몸소 제물을 올리고 제사 드리다.

77) 璧臺(벽대) 구 : 주 목왕이 탑수(漯水)에서 놀 때 성희(盛姬)라는 미녀를 만났기에 누대를 세우고 거주하게 하였는데, 그 누대를 중벽대(重璧臺)라 하였다. 『목천자전』 참조.

78) 明堂(명당) : 주나라 천자가 조회와 제사를 거행하는 장소.

79) 白雲(백운) : '백운요'(白雲謠). 서왕모가 주 목왕을 위해 부른 노래로 가사는 다음과 같다. "흰 구름이 하늘에 있고, 산 능선이 절로 뻗어나가네. 길과 마을이 아득한데, 산과 들이 사이사이에 있어라. 그대가 앞으로 죽지 않는다면 다시 올 수 있으리."(白雲在天, 山陵自出, 道里悠遠, 山川間之. 將子無死, 尚復能來.)『목천자전』 참조. ○ 黃竹(황죽) : 신화 속의 지명. 여기서는 주 목왕이 부른 노래. 주 목왕이 황대(黃臺)의 언덕에서 놀고 평택(苹澤)에서 사냥할 때 궂은비가 내리어 쉬었다. 추위가 닥쳐 북풍에 눈이 내리니 얼어 죽는 사람이 있었다. 천자가 시를 세 장 지어 백성을 슬퍼하며 "내 황죽에 가니 (…중략…) 그 백성과 예악을 같이 하노라."(我徂黃竹 (…중략…) 禮樂其民.)라 노래하였다. 『목천자전』 참조.

80) 后稷(후직) : 주나라의 선조. 이름은 희기(姬棄). 순 임금의 농관(農官)으로 태(邰)에 봉해졌다. 『사기』「주본기」 참조. ○ 文武(문무) : 주 문왕과 주 무왕.

81) 五代孫(오대손) : 주 문왕부터 시작하여 무왕, 성왕, 강왕, 소왕, 목왕까지 오대손이 된다.

82) 尤物(우물) : 원래는 특이한 사람을 가리켰으나, 나중에는 미녀를 가리켰다. 여기서는 팔준을 가리킨다. ○ 不在大(부재대) : 크기에 있지 않다.

文帝却之不肯乘,[83]	한 문제는 이를 물리치고 타지 않았으니
千里馬去漢道興.	천리마가 떠나가니 한나라가 흥했어라
穆王得之不爲戒,	주 목왕은 이를 얻어 경계하지 않았으니
八駿駒來周室壞.	여덟 필의 준마가 와서 주 왕실이 무너졌어라
至今此物世稱珍,	지금도 이 준마를 세상에서 귀하게 여기나
不知	알지 못하는구나
房星之精下爲怪![84]	방성(房星)의 정령이 내려오면 재앙이 일어남을!
八駿圖,	팔준도
君莫愛.	아끼지 말지라

평석 행락을 탐하면 정치가 황폐해진다. 한 문제가 천리마를 내친 일과 대조시키니 흥성과 쇠망이 뚜렷이 드러났다.(耽佚遊, 政治荒矣. 以漢文之却千里馬對照, 興壞顯然.)

해설 군주의 사냥과 일락을 경계하였다. 당시 덕종과 헌종이 모두 사냥을 좋아하였던 현실과 관련이 있다. 백거이는 고대의 역사에서 교훈을 찾으면서, 특히 잘 알려진 주 목왕의 신화를 통해 정치가 어그러진 일을 상기시켰다.

진길료(秦吉了)[85]

哀冤民也.
억울한 백성을 슬퍼하였다.

---

83) 文帝(문제) : 한 문제는 진상해 올라온 천리마를 타지 않았으며 나중에는 진상도 금지시켰다. 『한서』 「가연지전」(賈捐之傳) 참조.
84) 房星(방성) : 하늘의 별자리로 천마의 정령이라 생각하였다.
85) 秦吉了(진길료) : 구관조. 주로 중국의 남방에서 자란다. 개원 연간에 광주에서 헌상한 일은 『구당서』 「음악지」에 보인다. 앵무새보다 사람의 말 흉내를 더 잘 낸다.

秦吉了, 　　　　　　　　진길료

出南中, [86]　　　　　　　남중(南中)에서 왔으니

彩毛靑黑花頸紅. 　　　　암청색 털빛에 목덜미가 붉어라

耳聰心慧舌端巧, 　　　　귀는 밝고 마음은 지혜롭고 혀를 잘 굴려

鳥語人言無不通. 　　　　새 소리며 사람 말이며 못하는 게 없어라

昨日長爪鳶, [87]　　　　어제는 발톱 긴 솔개

今朝大觜烏. [88]　　　　오늘은 부리 큰 까마귀

鳶捎乳燕一窠覆, 　　　　솔개는 새끼들이 모여 있는 제비 둥지를 치고

烏啄母鷄雙眼枯. [89]　　까마귀는 어미닭의 두 눈알을 쪼았지

鷄號墮地燕驚去, 　　　　닭이 울고 땅에 떨어진 제비가 놀라 달아나니

然後拾卵攫其雛. [90]　　알을 줍고 새끼들을 채어 갔지

豈無鵰與鶚, [91]　　　　어찌 수리와 물수리가 없으랴만

嗉中食飽不肯搏. [92]　　모이주머니에 먹이가 많으니 막으려 하지 않았지

亦有鸞鶴群, [93]　　　　게다가 난새와 학의 무리도 있지만

閑立高颺如不聞. [94]　　한가히 서 있다가 못본 척 높이 날아가버렸지

秦吉了, 　　　　　　　　진길료여

人云爾是能言鳥, 　　　　사람들은 네가 말을 할 수 있다는데

豈不見鷄燕之寃苦? 　　　어찌하여 닭과 제비의 억울함을 보지 못하는가?

吾聞鳳凰百鳥主, [95]　　내 듣기로 봉황은 새들의 왕인데

---

86) 南中(남중) : 영남 지역.

87) 鳶長爪(장조연) : 발톱이 긴 솔개.

88) 大觜烏(대자오) : 부리가 큰 까마귀. 백거이의 「큰 부리 까마귀」에 화답하며」(和大觜烏) 참조. 여기서는 솔개와 함께 탐욕스러운 세력가나 고관을 비유한다.

89) 심주 : 백성을 해치는 사람을 비유하였다.(比害民之人.)

90) 攫(확) : 붙잡다. 움켜쥐다.

91) 鵰與鶚(조여악) : 수리와 물수리. 법을 집행하는 관리들을 가리킨다.

92) 심주 : 간관이 간언을 하지 않음을 비유하였다.(比諫臣不言.)

93) 鸞鶴群(난학군) : 난새와 학의 무리. 한림원과 같이 제왕의 가까이에 갈 수 있는 지위가 높고 한가한 직책의 사람들을 가리킨다.

94) 심주 : 대신이 말을 하지 않음을 비유하였다.(比大臣不言.)

爾竟不爲
鳳凰之前致一言,⁹⁶⁾　　결국 너는
　　　　　　　　　　봉황 앞에 나아가 말 한 마디도 못하고
安多嘈嘈閒言語!　　어찌하여 한가한 말들만 지지배배 떠드는가!

해설 여러 새들로 조정의 여러 직책의 사람을 비유하여, 정치적 난맥을
풍자하고 비판하였다. 솔개와 까마귀는 난폭하게 착취를 일삼는 세력가
를 말하고, 수리와 물수리는 법을 집행하는 사람들을 가리키고, 난새와
학은 높은 직위에 있는 지식인을 말하고, 제비와 닭은 힘없는 백성을 비
유하였다. 특히 진길료(구관조)는 간의대부, 보궐, 습유 등 간관(諫官)을 비
유하였는데, 억울한 백성들의 고통을 알면서도 이를 알리지 않고 한담만
일삼는 무능과 무책임을 질타하였다.

장한가(長恨歌)

漢皇重色思傾國,⁹⁷⁾　　한나라 황제는 경국지색 좋아해
御宇多年求不得.⁹⁸⁾　　나라를 다스리며 여러 해 찾았었다네
楊家有女初長成,⁹⁹⁾　　양씨 집안 여자아이 막 장성하였으니

---

95) 鳳凰(봉황) : 황제를 비유한다.
96) 심주 : 결국 한 마디도 말하지 않으면 백성의 억울함을 호소할 수 없다.(竟不一言, 民
　　冤無可伸矣.)
97) 漢皇(한황) : 한의 황제. 한 무제. 여기서는 당 현종을 가리킨다. ○傾國(경국) : 경국
　　지색. 한 무제 때 협률도위 이연년(李延年)이 자신의 여동생의 미모를 추천하면서
　　부른 노래에서 유래했다. "북방에 사는 가인은, 세상에 다시 없이 오로지 한 사람뿐.
　　한 번 돌아보면 성이 무너지고, 두 번 돌아보면 나라가 무너진다. 성이 무너지고 나
　　라가 무너질지 어찌 모르랴만, 그래도 이런 미인은 다시 얻기 어렵다네."(北方有佳
　　人, 絶世而獨立. 一顧傾人城, 再顧傾人國. 寧不知傾城與傾國, 佳人難再得.)
98) 御宇(어우) : 나라를 다스리다.
99) 楊家有女(양가유녀) : 양귀비를 가리킨다. 아명은 양옥환(楊玉環)이며, 홍농(弘農) 화
　　음(華陰) 사람으로 포주(蒲州) 영락현(永樂縣) 독두촌(獨頭村)에 이사가 살았다. 부
　　친 양현염(楊玄琰)이 일찍 작고하여 숙부 양현교(楊玄璬) 집에서 자랐다. 735년(17

養在深閨人未識.[100]　　　깊은 규중에 있는 탓에 본 사람이 없어라

天生麗質難自棄,　　　타고난 아름다운 바탕 가리기 어려워

一朝選在君王側.　　　하루아침에 간택되어 군왕 옆에 섰어라

廻眸一笑百媚生,[101]　　　돌아보며 웃으면 온갖 교태 다 나와

六宮粉黛無顔色.[102]　　　육궁의 궁녀들이 그녀보다 못해 부끄러워했어라

春寒賜浴華清池,[103]　　　봄추위에 화청지의 목욕을 하사하시니

溫泉水滑洗凝脂.[104]　　　온천의 매끄러운 물이 지방 같은 하얀 피부를 씻어라

待兒扶起嬌無力,　　　시녀가 부축하는 힘없는 모습이 더욱 사랑스러워

始是新承恩澤時.[105]　　　알고 보니 새로이 황제의 은총을 입은 때라네

雲鬢花顔金步搖,[106]　　　구름 같은 머리 단, 꽃 같은 얼굴, 황금 떨잠

芙蓉帳暖度春宵.　　　부용꽃 수놓인 따뜻한 휘장 안 봄밤 보내기 좋아

春宵苦短日高起,　　　봄밤이 짧아서 해가 높이 떠야 일어나니

從此君王不早朝.[107]　　　이때부터 군왕은 조회에 일찍 나가지 못했어라

세) 수왕(壽王, 현종의 아들)의 비로 책봉되었다. 740년(22세) 현종이 그녀를 여도사로 입적시켜 법명을 태진(太眞)이 하고 태진궁에 거주케 한 후 745년(27세) 환속시켜 귀비로 삼았다. 안사의 난이 일어나 장안이 함락되자 756년(38세) 현종을 따라 도주하던 중 사사받았다.

100) 심주 : 현종의 일이기에 은어를 사용하였다.(爲尊者諱.)

101) 廻眸(회모) : 눈동자를 굴리다. 즉 고개를 돌려 바라보다.

102) 六宮(육궁) : 여섯 개의 후궁. 정침(正寢) 하나에 연침(燕寢)이 다섯이므로 합하여 육궁이라 한다. ○粉黛(분대) : 얼굴에 바르는 분과 눈썹을 그리는 눈썹먹. 여기서는 비빈들을 가리킨다. ○無顔色(무안색) : 무안하다. 잘못했거나 처지가 불리하여 부끄러워 얼굴을 들지 못하다.

103) 華清池(화청지) : 화청궁에 소재한 온천을 가리킨다. 장안 동쪽의 여산(驪山) 기슭에 있다.

104) 凝脂(응지) : 응결된 지방. 미인의 피부가 희고 윤기있음을 비유했다. 원래『시경』「석인」(碩人)에 나오는 '피부는 엉긴 지방같고'(膚如凝脂)란 구에서 유래했다.

105) 承恩澤(승은택) : 은택을 입다. 승은을 입다. 군왕과의 동침을 의미하기도 한다.

106) 雲鬢(운빈) : 구름처럼 풍성한 여인의 머리타래. ○金步搖(금보요) : 귀족 여인이 머리에 하던 장식. 황금으로 만든 '산두'(山頭)에 공작이나 꽃 모양의 장식을 얹고 구슬을 매달았다. 걸을 때 흔들리므로 보요라고 하였다.

107) 심주 : 나중에 화를 입게 된 원인이다.(致禍之由.)

承歡侍宴無閑暇,　　　　함께 즐기며 연회에 모시니 한가한 틈 없고
春從春遊夜專夜.　　　　봄이면 봄놀이에, 밤이면 밤대로 독차지 하였다네
後宮佳麗三千人,[108]　　후궁의 미인이 삼천 명인데
三千寵愛在一身.　　　　삼천 명 총애를 한 몸에 받았어라
金屋粧成嬌侍夜,[109]　　황금 궁전에서 단장하고 밤 시중을 들고
玉樓宴罷醉和春.　　　　옥루에 잔치가 끝나면 봄바람에 취했어라
姊妹弟兄皆列土,[110]　　자매와 형제들이 모두 공후에 봉해지니
可憐光彩生門戶.[111]　　사랑스러워라, 온 가문에 광채가 빛나는구나
遂令天下父母心,　　　　그리하여 세상의 부모들에게
不重生男重生女.[112]　　아들 낳기보다 딸 낳기 바라게 했어라
驪宮高處入靑雲,[113]　　여산의 화청궁이 구름 높이 솟은 곳
仙樂風飄處處聞.　　　　신선의 음악이 바람에 나부끼며 곳곳에 들리어라
緩歌慢舞凝絲竹,[114]　　구성진 노래 느린 춤에 관현악 음악에 어우러지니

108) 三千人(삼천인) : 삼천 명. 현종의 후궁은 많을 때는 사만 명이었으므로, 여기서는 그 중 미인만 삼천이란 뜻이다.

109) 金屋(금옥) : 한 무제가 어렸을 때 아교(阿嬌, 나중의 진황후)를 위해 지어준다고 했던 황금으로 만든 집. 여기서는 양귀비를 위해 만든 대규모 궁전 증개축을 의미한다.

110) 姊妹弟兄(자매제형) : 양씨 일가를 가리킨다. 745년 양옥환이 귀비로 책봉된 후 부친 양현염은 태위와 제국공에 추증되었고, 숙부 양현교는 광록대부로 승진하였다. 세 자매는 각각 한국부인, 괵국부인, 진국부인으로 봉해졌다. 종형 양섬(楊銛)은 홍로경으로, 양기(楊騎)는 시어사로, 양소(楊釗)는 시어사가 되었다. 양소는 양국충(楊國忠)이란 이름을 받았으며 752년 우승상으로 승진하였다. ○列土(열토) : 열토(裂土)와 같은 뜻이다. 토지를 종친이나 공신에게 나누어주다.

111) 可憐(가련) : 사랑스럽다.

112) 不重(부중) 구 : 양귀비 하나로 가문의 사람들이 모두 출세하게 되니 부모들이 여자를 중시하게 된다는 뜻. 진홍(陳鴻)의 「장한가전」(長恨歌傳)에서 당시의 가요인 "딸을 낳았다고 슬퍼하지 말고, 아들을 낳았다고 좋아하지 마라"(生女勿悲酸, 生男勿喜歡)는 가사와 "아들은 높은 벼슬 못해도 딸이 황비가 되었으니, 딸 보기를 오히려 상인방 보듯 한다네"(男不封侯女作妃, 看女却爲門上楣.)라는 가사를 인용하였다. 또 『사기』 「외척세가」에도 "아들을 낳았다고 기뻐하지 말고 딸을 낳았다고 화내지 마라. 보지 못하는가, 위자부가 세상을 다스리는 것을"(生男無喜, 生女無怒, 獨不見衛子夫霸天下.)이란 노래를 싣고 있다.

113) 驪宮(여궁) : 여산(驪山) 기슭에 있는 화청궁. 현종과 양귀비는 주로 여기에서 지냈다.

盡日君王看不足.　　　　　군왕이 온종일 보아도 오히려 부족하였어라

漁陽鼙鼓動地來,[115][116]　어양의 북소리가 천지를 진동시키자

驚破霓裳羽衣曲.[117][118]　예상우의곡이 놀라 끊어졌어라

九重城闕煙塵生,[119]　구중궁궐에도 먼지와 연기가 일어나자

千乘萬騎西南行.[120][121]　수레 천 대 기마 만 필이 서남으로 떠났어라

翠華搖搖行復止,[122]　비취 깃발 흔들리며 가다 쉬다 다시 가며

西出都門百餘里.　　　　도성의 서쪽 백여 리에 머물렀어라

六軍不發無奈何,[123]　육군이 멈추어 섰으니 어찌 할 수 없어

宛轉蛾眉馬前死![124]　아미 가느다란 미인이 말 앞에 죽었어라!

花鈿委地無人收,[125]　꽃 비녀가 땅에 떨어져도 거두는 사람 없는데

---

114)　絲竹(사죽) : 관현악기.

115)　심주 : 안록산의 난을 말한다.(此言安祿山之亂.)

116)　漁陽(어양) : 군(郡) 이름. 742년(천보 원년) 계주(薊州)를 어양군으로 개명하였다. 치
　　　소는 지금의 천진시 계현(薊縣). 당시에는 범양절도사(范陽節度使)의 관할지였다.
　　　○鼙鼓(비고) : 군대에서 사용하는 북. 鼙(비)는 작은 북. 여기서는 전쟁을 가리킨다.
　　　이 구는 755년 11월 평로(平盧), 범양(范陽), 하동(河東) 삼진의 절도사 안록산이 반
　　　란을 일으킨 일을 가리킨다.

117)　심주 : 마치 봄 우렛소리를 듣는 듯하다.(如聞春雷一聲.)

118)　霓裳羽衣曲(예상우의곡) : 무곡 이름. 원래 인도에서 전래된 것으로 서량부 절도사
　　　양경술(楊敬述)이 헌상하였고, 현종이 윤색하였다.

119)　九重城闕(구중성궐) : 도성의 궁궐을 가리킨다. ○煙塵生(연진생) : 먼지가 일어나다.
　　　전란이 일어났음을 비유한다.

120)　심주 : 이 구는 도망나간 일을 말한다.(此言出奔.)

121)　西南行(서남행) : 756년 6월 안록산이 동관을 함락시키자 양국충이 촉 지방으로 도망
　　　갈 것을 건의하였다. 진현례(陳玄禮)가 이끄는 육군(六軍)을 앞세우고 현종과 양귀
　　　비는 연추문을 빠져나가 서남으로 달아났다.

122)　翠華(취화) : 물총새의 깃털로 장식한 깃발.

123)　六軍(육군) : 『주례』에서 말하는 천자의 군대. 각 군의 편제는 1만 2천 5백 명으로 되
　　　어 있다. 나중에는 황제의 군대를 가리켰다. 당시에는 좌용무군, 우용무군, 좌우림
　　　군, 우우림군 등 사군(四軍)이 있었다. 이 구는 현종을 호종하는 군대가 가려고 하지
　　　않는다는 뜻이다.

124)　蛾眉(아미) : 나방의 더듬이같이 가늘고 길게 휘어진 눈썹. 미녀의 눈썹. 여기서는 양
　　　귀비를 가리킨다.

125)　花鈿(화전) : 주옥으로 만든 꽃 모양의 장식이 박힌 비녀. ○委地(위지) : 땅에 떨어지다.

翠翹金雀玉搔頭.[126]　　취고, 황금 봉황, 옥잠도 함께 떨어졌다네

君王掩面救不得,　　군왕은 얼굴 가린 채 구하지 못하고

回看血淚相和流.　　돌아보는 눈에는 피눈물이 흘렀어라

黃埃散漫風蕭索,　　누런 먼지 흩날리고 바람 소리 쓸쓸한데

雲棧縈紆登劍閣.[127][128]　　굽이도는 높은 잔도(棧道) 검각을 넘었어라

峨嵋山下少人行,[129]　　아미산 가는 길에 행인이 드물고

旌旗無光日色薄.　　깃발은 광채를 잃고 햇빛도 흐려졌어라

蜀江水碧蜀山靑,　　촉 지방의 강물 푸르고 산도 파란데

聖主朝朝暮暮情.　　어지신 군주는 아침저녁 그리운 정 뿐이라

行宮見月傷心色,　　행궁에서 달을 보니 마음이 아프고

夜雨聞鈴腸斷聲.[130]　　밤비에 방울소리 애간장이 끊어졌네

天旋日轉廻龍馭,[131][132]　　세상이 바뀌어 어가 타고 장안으로 가는 길

到此躊躇不能去.[133]　　여기에 이르자 머뭇거리며 차마 떠나지 못해라

馬嵬坡下泥土中,[134]　　마외 언덕 아래 진흙 속

---

126) 翠翹(취교) : 물총새의 긴 꼬리 모양의 머리 장식. ○ 金雀(금작) : 황금으로 만든 봉황 모양의 비녀 장식. ○ 玉搔頭(옥소두) : 옥잠. 옥으로 만든 비녀머리.

127) 심주 : 이 구는 촉 지방으로 갔음을 말한다.(此言幸蜀.)

128) 雲棧(운잔) : 구름 높이 올라간 잔도(棧道). ○ 縈紆(영우) : 굽이굽이 휘돌아감. ○ 劍閣(검각) : 검문관. 지금의 사천성 검각현(劍閣縣) 동북에 소재. 동서로 이어진 검문산 중간에 갈라진 부분이 있는데 양쪽에 절벽이 구름 속으로 치솟아 있는 모습이 마치 검으로 세워진 문과 같아 검문이라고 하였고, 여기에 각도를 만들어 검각이라 하였다. 삼국시대 제갈량이 북벌을 하러 이곳을 지나가면서 관문을 설치하여 검문관(劍門關)이라 하였다. 예부터 관중에서 촉 지방을 오가는 요도였다.

129) 峨嵋山(아미산) : 지금은 峨眉山이라 쓴다. 지금의 사천성 아미산시에 소재한다. 현종은 이곳에 간 적이 없지만, 여기서는 이를 빌려 촉 지방의 험난한 산길을 가리켰다.

130) 夜雨(야우) 구 : 현종이 촉 지방에 갈 때 빗속에서 방울소리를 듣고 양귀비를 생각하며 「우림령」(雨霖鈴) 곡을 지은 일을 가리킨다. 장호(張祜)의 「우림령」 참조.

131) 심주 : 이 구는 촉 지방에서 장안으로 돌아온 일을 말한다.(此言自蜀回.)

132) 天旋日轉(천선일전) : 하늘이 뒤집어지고 해가 돌다. 나라의 거대한 변화를 가리킨다. 757년 9월 곽자의가 장안을 수복한 후, 12월에 현종이 촉 지방에서 장안으로 돌아왔다.

133) 此(차) : 양귀비가 죽은 마외역.

134) 馬嵬坡(마외파) : 마외역의 언덕. 지금의 섬서성 흥평시(興平市) 서쪽 소재.

不見玉顔空死處.[135]　　　옥안은 간 데 없고 죽은 자리만 있어라

君臣相顧盡沾衣,　　　군신이 서로 바라보며 모두 옷깃을 적시고

東望都門信馬歸.　　　동쪽으로 도성 향해 말 가는 대로 돌아왔더라

歸來池苑皆依舊,　　　돌아와 보니 연못과 정원은 모두 그대론데

太液芙蓉未央柳.[136][137]　　　태액지엔 부용꽃이요 미앙전엔 버드나무라

芙蓉如面柳如眉,　　　부용꽃 보면 얼굴 같고 버들잎 보면 눈썹 같아

對此如何不淚垂?　　　이를 마주하니 어찌 눈물 아니 흘리랴?

春風桃李花開日,　　　봄바람에 복사꽃과 오얏꽃이 만발한 날

秋雨梧桐葉落時.　　　가을비에 오동잎이 떨어지는 때

西宮南內多秋草,[138]　　　서궁과 남내(南內)는 가을 풀이 우거지고

落葉滿階紅不掃.　　　계단 가득 붉은 낙엽 쓸지도 않아라

梨園弟子白髮新,[139]　　　이원의 제자들은 이제 백발이 되었고

椒房阿監靑娥老.[140]　　　초방전의 시녀들도 모두가 늙었어라

---

135) 심주 : 환관을 몰래 보내 관곽을 갖추어 장사를 지내게 하였다.(潛遣中使俱棺以葬.)

136) 심주 : 아래는 상황이 남내에 있다가 다시 서궁으로 옮긴 일을 말했는데, 이 일로 숙종의 불효를 암시하였지만 드러내 놓고 말하지는 않았다.(以下言上皇在南內, 又遷西宮, 中暗藏肅宗之不孝, 然此處不用顯言.)

137) 太液(태액) : 태액지. 대명궁 안에 있다. 연못 가운데 봉래산이 있으며, 못가에 바로 봉래전이 있다. ○ 未央(미앙) : 미앙궁. 한대의 궁전으로, 여기서는 당대의 궁전을 가리킨다.

138) 西宮(서궁) : 태극궁(太極宮)을 가리킨다. 760년 환관 이보국(李輔國)이 숙종의 명의를 빌려 현종을 서내(西內, 태극궁) 감로전에 거주하게 하였다. 동시에 고력사와 진현례 등을 유배시키고 원래의 궁인들은 일체 주위에 있지 못하게 하였다. 이에 현종이 음식을 끊고 분개하여 병이 되었다. 『구당서』 「이보국전」 참조. ○ 南內(남내) : 흥경궁(興慶宮)을 가리킨다. 당대에는 황궁의 안을 '대내'(大內) 또는 '내'(內)라고 하였다. 현종은 757년 장안에 돌아온 초기에는 흥경궁에 거주하였지만, 760년 이후에는 태극궁에서 거주하였다.

139) 梨園弟子(이원제자) : 이원은 궁중에서 음악을 담당하는 기관이다. 714년 봉래궁에 교방을 설치하여 현종이 직접 악공들에게 음악을 가르쳤기에 악공들을 이원제자(梨園弟子)라 하였다. 또 천보 연간에는 동궁에 의춘북원(宜春北苑)을 설치하여 궁녀 수백 명을 이원제자로 삼았다.

140) 椒房(초방) : 초방전. 한대 미앙궁에 있던 궁전으로 벽에 진흙과 산초를 이겨 발랐기에 따뜻하고 향기가 난다. 또 자손이 많음을 상징한다. ○ 阿監(아감) : 궁중의 여관

夕殿螢飛思悄然,[141]　　저녁 궁전에 반디가 날아가니 그리움에 서글퍼져
孤燈挑盡未成眠.[142]　　외로운 등잔에 심지를 돋우며 잠들지 못해라
遲遲鐘鼓初長夜,　　종과 북이 울리고 밤은 길고 긴데
耿耿星河欲曙天.　　반짝이는 은하수에 새벽이 밝아오네
鴛鴦瓦冷霜華重,[143]　　차가운 원앙기와에 된 서리 내리고
翡翠衾寒誰與共?[144]　　비취금 서늘한데 누구와 함께 자나?
悠悠生死別經年,　　생사가 나뉘어져 여러 해 지났는데
魂魄不曾來入夢.[145]　　혼백마저 꿈속에 찾아오지 않았어라
臨邛道士鴻都客,[146]　　임공(臨邛)의 도사가 장안에 나그네로 왔는데
能以精誠致魂魄.　　정성으로 혼백을 불러낼 수 있다 하더라
爲感君王展轉思,　　군왕이 몸을 뒤척이며 그리워한 데 감동한지라
遂敎方士殷勤覓.[147]　　마침내 방사더러 은근히 찾아 달라 하였네
排雲馭氣奔如電,　　구름을 헤치고 기운을 부려 번개처럼 내달려
升天入地求之遍.　　하늘에 오르고 땅속에 들어가 두루두루 찾았어라
上窮碧落下黃泉,[148]　　위로는 하늘 끝까지 오르고 아래는 황천까지 찾
　　　　　　　　　　았지만
兩處茫茫皆不見.　　두 곳 모두 아득하고 그녀의 모습 보이지 않았어라

(女官). 6품 또는 7품이었다. ○ 靑娥(청아) : 젊고 아름다운 궁녀.
141) 悄然(초연) : 수심에 찬 모양.
142) 挑(도) : 심지를 돋우다. 고대에는 불이 밝도록 중간 중간 유등의 심지를 돋우어주어
　　야 했다. 도진(挑盡)은 심지가 다 돋우어졌다는 말로 밤이 깊음을 말한다.
143) 鴛鴦瓦(원앙와) : 암키와와 수키와가 한 쌍으로 된 기와.
144) 翡翠衾(비취금) : 물총새를 수놓은 이불.
145) 심주 : 방사가 유명 세계를 편력한 문단을 이끌어낸다.(引入方士尋幽一段.)
146) 臨邛(임공) : 지금의 사천성 공래현(邛崍縣). ○ 鴻都(홍도); 홍도문. 한대 낙양성 북
　　문 이름. 한대 말기에 이곳에 교육기관이 있어, 178년에 '홍도문 학생'을 처음 뽑았
　　다. 여기서는 도사가 낙양에 거주한 적이 있다고 볼 수도 있고, 홍도를 장안으로 보
　　고 장안에 객으로 왔다고 새길 수도 있다. 여기서는 후자로 본다.
147) 方士(방사) : 바로 앞의 도사(道士). 신선술을 익히는 도사.
148) 窮(궁) : 다 돌아보다. ○ 碧落(벽락) : 도교에서 말하는 동방 제1천. 하늘을 가리킨다.
　　○ 黃泉(황천) : 지하세계를 가리킨다.

忽聞海上有仙山,　　　　　홀연히 바다에 신선산이 있다 들었는데
山在虛無縹緲間.[149]　　　신선산은 있는 듯 없는 듯 아득하기만 하여라
樓閣玲瓏五雲起,[150]　　　영롱한 누각이 오색구름처럼 솟아나니
其中綽約多仙子.[151]　　　그 가운데 우아한 자태의 선녀들이 많았어라
中有一人字太眞,　　　　　그중에 한 사람 자가 태진(太眞)이라 하는데
雪膚花貌參差是.[152]　　　눈 같은 살결에 꽃 같은 모습이 아마도 그 사람이라
金闕西廂叩玉扃,[153]　　　금궐에 들어가 서쪽 행랑의 옥문을 두드리고
轉敎小玉報雙成.[154]　　　소옥(小玉)을 시켜 동쌍성(董雙成)에게 알리라 했네
聞道漢家天子使,　　　　　한나라 천자의 사신이 왔다는 말 듣고
九華帳裏夢魂驚.[155]　　　구화장 안에서 꿈을 꾸던 선녀는 놀라 깨어
攬衣推枕起徘徊,　　　　　옷을 들고 베개를 밀치고 일어나 나오니
珠箔銀屛邐迤開.[156]　　　주렴과 은병풍이 차례로 열리더라
雲鬢半偏新睡覺,　　　　　머리 단이 기운 것이 막 깨어난 모습인데
花冠不整下堂來.　　　　　화관이 기울어진 채 대청에서 내려왔어라
風吹仙袂飄飆擧,　　　　　바람이 선녀의 옷자락을 하늘하늘 들어올리니
猶似霓裳羽衣舞.　　　　　마치 예상우의무를 추는 듯하여라
玉容寂寞淚闌干,[157]　　　옥 같은 얼굴 쓸쓸한데 눈물을 종횡으로 뿌리니

---

149) 심주 : '허무표묘'란 말이 있으므로 이후는 모두 방사의 망령된 말임을 알 수 있다.(著
'虛無縹緲'字, 知以下皆方士誑言.)

150) 五雲(오운) : 오색구름.

151) 綽約(작약) : 여인의 자태가 나긋나긋하고 우아하다.

152) 參差(참치) : 대강. 거의. 아마도.

153) 金闕(금궐) : 도교에서 말하는 상청궁에 있다는 궁궐. 왼쪽에 금궐이 있고 오른쪽에
옥궐이 있다고 한다. ○玉扃(옥경) : 옥으로 된 문고리 또는 빗장. 여기서는 옥으로
된 문.

154) 小玉(소옥) : 오왕(吳王) 부차(夫差)의 딸. ○雙成(쌍성) : 전설에서 말하는 서왕모의
시녀인 동쌍성(董雙成). 생황을 잘 분다. 『한무내전』(漢武內傳) 참조. 소옥과 쌍성은
양귀비를 모시는 신선세계의 시녀를 가리킨다.

155) 九華帳(구화장) : 여러 가지 문양이 수놓인 화려한 휘장.

156) 珠箔(주박) : 구슬로 만든 발. 주렴. ○銀屛(은병) : 은으로 장식한 병풍. ○邐迤(이
이) : 끊이지 않고 계속 이어진 모양.

梨花一枝春帶雨.[158]　　　가지에 핀 배꽃이 봄비에 젖은 듯하여라

含情凝睇謝君王,[159]　　　정 담아 응시하며 군왕에게 감사하고

一別音容兩渺茫.　　　헤어진 후 두 사람의 소식 아득하니

昭陽殿裏恩愛絶,[160]　　　소양전의 은혜와 사랑은 끊어졌는데

蓬萊宮中日月長.[161]　　　봉래궁의 해와 달은 길고 길어라

回頭下望人寰處,　　　고개 돌려 아래로 인간 세상 돌아보니

不見長安見塵霧.　　　장안은 보이지 않고 운무만 보이는구나

惟將舊物表深情,　　　옛 물건 보내어 깊은 정 표하고자

鈿合金釵寄將去.[162]　　　향합과 금비녀를 가져가라고 내어놓네

釵留一股合一扇,　　　비녀 반쪽과 향합 반 조각

釵擘黃金合分鈿.[163]　　　비녀를 쪼개고 향합을 나누어라

但令心似金鈿堅,　　　마음이 다만 금비녀처럼 단단하기만 하다면

天上人間會相見.　　　천상과 지상에 나뉘어 있어도 만날 날 있으리

臨別殷勤重寄詞,　　　헤어질 때 정성스레 당부의 말 거듭하니

詞中有誓兩心知.　　　말 속에 두 사람만이 아는 맹서가 있더라

七月七日長生殿,[164]　　　칠월 칠일 장생전에서

夜半無人私語時:　　　인적 없는 한밤에 두 사람이 말하였지

"在天願作比翼鳥,[165]　　　"하늘에서는 비익조가 되길 바라고

---

157) 闌干(난간) : 눈물이 종횡으로 어지러이 떨어지는 모양.

158) 심주 : 눈물을 표현한 말이 뛰어나다.(寫淚語妙.)

159) 凝睇(응제) : 응시하다.

160) 昭陽殿(소양전) : 한대 궁전. 조비연(趙飛燕)이 거주한 곳. 여기서는 당의 궁을 가리
키며, 동시에 인간세계를 가리킨다.

161) 蓬萊宮(봉래궁) : 전설에 나오는 신선 세계의 궁전. 여기서는 양귀비가 거주하는 신
선 세계.

162) 鈿合(전합) : 황금과 보옥으로 꽃모양을 상감한 합(盒). ○寄將去(기장거) : 가져가기
를 부탁하다.

163) 擘(벽) : 쪼개다.

164) 長生殿(장생전) : 화청궁에 있는 전각. 742년 10월에 완공하였으며, 신에게 제사지내
는 곳으로 처음에는 집령대(集靈臺)라 하였다. 또 당대에는 침전을 '장생전'이라 부
르기도 했다.

在地願爲連理枝."166)   땅에서는 연리지가 되기 바라노라"
天長地久有時盡,   장구한 하늘과 땅도 언젠가 끝날 날 있겠지만
此恨綿綿無決期!167)168)   이 한은 영원하여 끝날 날 없으리!

평석 이 시는 현종이 여색에 미혹되어 깨어나지 못함을 비판하였다. 여인을 총애하여 거의 나라를 잃을 지경까지 이르렀으니 응당 지난 일의 잘못을 알아야 할 것이다. 그러나 여전히 방사를 찾아, 방사가 허망하고 아득한 언설로 대답하자 마침내 여인의 사사로운 언약을 믿고, 그녀가 선녀가 된 것도 믿었다. 세상에 어찌 요염한 여인이 선녀가 될 수 있겠는가? 시는 본래 진홍의 「장한가전」에 기초하여 지었는데 유연하고 하늘거리는 풍모에 감정이 지극하고 수식이 절로 생겨나니, 이는 본디 왕발, 양형, 노조린, 낙빈왕 등 초당사걸의 풍격에 다시 변화를 준 것이다. 당시 어느 기녀가 사람들에게 "난 백 학사의 「장한가」를 암송할 수 있으니 어찌 다른 기녀와 같겠소!"라 자랑하였다고 하니, 당시에도 이처럼 중시되었음을 알 수 있다.(此譏明皇之迷於色而不悟也. 以女寵幾於喪國, 應知從前之謬戾矣. 乃猶令方士遍索, 而方士因得以虛無縹緲之詞爲對, 遂信鈿釵私語爲眞, 而信其果爲仙人也. 天下有妖艶之婦而成仙人者耶? 詩本陳鴻長恨傳而作, 悠揚旖旎, 情至文生, 本王楊盧駱而又加變化者矣. 時有一妓誇於人曰: "我能誦白學士長恨歌, 豈與他妓等哉!" 詩之見重於時如此.)

해설 당 현종과 양귀비의 사랑을 노래한 서사시이다. 안사의 난을 배경으로 두 사람의 사랑과 이별을 그렸으며, 여기에 더하여 민간에 전승되는 전설과 노래를 흡수하여 곡절 많은 줄거리로 완성하였다. 전체를 다섯 단락으로 나누어 볼 수 있다. 첫째 단락은 양귀비의 성장과 총애를

---

165) 比翼鳥(비익조) : 전설 속의 새로, 눈 하나와 날개 하나가 달린 새로 다른 한 마리와 함께 붙어야 날 수 있다고 한다. 사랑이 깊은 부부를 비유한다.
166) 連理枝(연리지) : 뿌리가 떨어진 두 그루 나무의 나뭇가지가 서로 잇닿아 한 덩어리가 된 나무.
167) 심주 : 어지러이 나부끼면서 마무리를 짓지 않았는데, 이것이 바로 절묘한 작법이다.(迷離恍惚, 不用收結, 此正作法之妙.)
168) 綿綿(면면) : 면면하다. 끊이지 않고 계속 이어지다. ○決期(결기) : 헤어지는 때.

얻는 과정과 가문의 극성을 묘사했고, 두 번째 단락에서는 안록산 난의 발발과 현종의 피난 중에 양귀비가 죽게 되는 경과를 서술하였고, 셋째 단락은 장안에 돌아온 현종의 양귀비에 대한 그리움을 그렸다. 넷째 단락은 도사가 신선산에 가 양귀비를 찾은 경과를 썼고, 다섯째 단락은 양귀비의 말을 기록하였다. 전반부는 비교적 사실적인 필법이나, 후반부는 환상적인 수법을 운용하여 허실이 호응하는 구성을 취하였다. 이 시는 806년(원화 원년) 11월 주질(盩厔)현 현위였던 백거이가 친구 진홍(陳鴻)과 왕질부(王質夫)와 함께 선유사(仙遊寺)에 놀러갔을 때 현종과 양귀비 이야기를 하다가 친구들의 권유를 받고서 지었다. 현재 진홍이 지은 전기(傳奇) 소설 「장한가전」도 남아있다. 역대로 널리 전송된 명편으로 정련된 언어와 아름다운 형상으로 서사와 서정을 결합하였다. 시의 초점이 되는 '장한'(長恨)은 구체적으로 말하지 않고 전편의 서술 속에 펼쳐놓았다. 시의 주제에 대해서는 역대로 논란이 되었다. 현종에 대한 풍자의 측면도 없지 않지만, 오히려 성세(盛世)에 대한 회고로 보는 시각도 있다.

비파행—서문 붙임(琵琶行幷序)

元和十年, 予左遷九江郡司馬.[169] 明年秋, 送客湓浦口.[170] 聞舟中夜彈琵琶者, 聽其音, 錚錚然有京都聲. 問其人, 本長安倡女. 嘗學琵琶於穆、曹二善才,[171] 年長色衰, 委身爲賈人婦.[172] 遂命酒使快彈數曲. 曲

---

169) 九江郡(구강군) : 수대의 군. 당대에는 강주(江州) 또는 심양군(潯陽郡)이라 하였다. 치소는 지금의 강서성 구강시. ○司馬(사마) : 군병을 담당하는 직책이나, 일반적으로 좌천된 사람이 맡는 경우가 많다.
170) 湓浦口(분포구) : 분구(湓口). 심양의 성 서쪽에 분수(湓水)가 장강으로 들어가는 곳.
171) 善才(선재) : 비파를 연주하거나 음악을 아는 사람에 대한 통칭. 궁중의 악사를 가리킨다.
172) 委身(위신) : 몸을 맡기다. 여인이 남자에게 시집가는 일을 가리킨다. ○賈人(위가인) : 상인.

罷憫然,[173] 自敍少小時歡樂事, 今漂淪憔悴, 轉徙於江湖間. 予出官二年, 恬然自安,[174] 感斯人言, 是夕始覺有遷謫意. 因爲長句, 歌以贈之, 凡六百一十二言,[175] 命曰琵琶行.

　　원화 10년(815년) 나는 구강군사마로 좌천되었다. 다음 해 가을 손님을 전송하러 분포의 어구로 나갔다. 배 안에서 밤에 비파를 타는 소리를 들었는데, 쟁쟁하게 울리는 그 소리가 장안에서 듣던 가락이었다. 비파 뜯는 사람에게 물어보니 본래 장안에서 노래하던 여자라 했다. 일찍이 목씨와 조씨 두 예인에게서 비파를 배웠지만, 나이가 들고 얼굴이 시들어 상인에게 시집가 몸을 맡기게 되었다고 하였다. 술을 차리게 하고 몇 곡 들려 달라고 하였다. 곡이 끝나 시름에 차 있었더니, 젊었을 때의 즐거웠지만 지금은 초췌해져 강호 사이를 떠돌게 되었노라고 말하였다. 나 또한 외직으로 나온 지 두 해로, 담담하고 편안하다 여겼지만 이 사람의 말을 들으니 오늘 밤 비로소 폄적되어 있는 느낌이 들었다. 그리하여 장구로 노래를 지었다. 모두 612자로 제목을 「비파행」이라 붙인다.

潯陽江頭夜送客,[176]　　　　심양 강가 밤중에 손님을 보내는데
楓葉荻花秋瑟瑟.[177]　　　　단풍잎과 갈대꽃이 가을바람에 서걱이네
主人下馬客在船,　　　　　　나는 말에서 내려 손님 따라 배에 타
擧酒欲飮無管絃.　　　　　　술잔 들어 마시는데 관현 음악도 없어라
醉不成歡慘將別,　　　　　　취해도 서글퍼 참담히 돌아가려는데
別時茫茫江浸月.[178]　　　　아득히 먼 달이 강물에 빠져 있어라
忽聞水上琵琶聲,　　　　　　홀연히 강물 위로 비파소리 들리니

---

173)　憫然(민연) : 시름에 찬 모양.
174)　恬然(염연) : 마음이 평안하고 한가한 모양.
175)　六百一十二(육백일십이) : 612자. 그러나 실제로는 88구이므로 616자이다.
176)　潯陽江(심양강) : 장강 가운데 심양 지역을 말한다.
177)　荻花(적화) : 갈대꽃. ○瑟瑟(슬슬) : 나뭇잎이나 풀잎이 바람에 서걱이는 소리.
178)　심주 : 강의 달을 가지고 문장의 기복을 일으켰다.(以江月爲文瀾.)

主人忘歸客不發.[179]　　나는 돌아가기 잊고 손님도 떠날 줄 몰라
尋聲暗問彈者誰?　　소리 나는 곳 찾아 누구시냐고 물으니
琵琶聲停欲語遲.　　비파 소리 그치더니 답하는 소리 없어라
移船相近邀相見,　　배를 옮겨 다가가 마주보길 청하고
添酒廻燈重開宴.[180]　　술잔 붓고 등 심지 돋우어 다시 자리 열어라
千呼萬喚始出來,　　천 번 만 번 부르니 비로소 나오는데
猶抱琵琶半遮面.　　여전히 비파로 얼굴 반을 가렸어라
轉軸撥絃三兩聲,[181]　　굴대 돌려 현을 뜯어 두세 소리 고르니
未成曲調先有情.[182]　　곡조가 아닌데도 벌써 정이 들어 있어라
絃絃掩抑聲聲思,[183]　　현마다 누르니 소리마다 시름겨워
似訴平生不得志.　　평생에 이루지 못한 뜻 호소하는 듯
低眉信手續續彈,　　눈썹을 숙이고 손 가는 대로 뜯어나가니
說盡心中無限事.　　마음 속 무수한 일들 모두 다 말하는 듯
輕攏慢撚[184]抹復挑,[185]　　가볍게 밀고 천천히 비비며 내리치고 올리니
初爲霓裳後六么.[186]　　처음에는 '예상우의곡'이요, 나중은 '육요'라
大絃嘈嘈如急雨,[187]　　굵은 현은 소나기 내리는 듯 둔중하고
小絃切切如私語.[188]　　가는 현은 속삭이듯 경쾌해

179) 不發(불발) : 몸을 움직이지 않다.
180) 廻燈(회등) : 등잔에 기름을 붓고 심지를 돋우어 환하게 하다.
181) 轉軸(전축) : 음조를 맞추기 위해 굴대를 돌려 현을 조이거나 풀다. ○撥絃(발현) : 현을 튕기다.
182) 先有情(선유정) : 연주하기 전에 벌써 정감과 운미가 전달되다.
183) 掩抑(엄억) : 가리고 누르다. 낮고 둔중한 소리가 나오게 하다.
184) 심주 : 내진절.(乃殄切.)
185) 攏(롱) : 왼손의 손가락으로 현을 눌러 안쪽(비파의 중심)으로 밀다. ○撚(년) : 왼손의 손가락으로 현을 눌러 좌우로 움직임. ○抹(말) : 오른손의 손가락으로 내리는 방향으로 현을 뜯다. ○挑(도) : 손가락으로 올리는 방향으로 현을 뜯다.
186) 霓裳(예상) : 예상우의곡. 무곡 이름. 앞의 「장한가」 참조. ○六么(육요) : 녹요(綠腰)라고도 한다. 무곡의 일종이다.
187) 大絃(대현) : 현 가운데 가장 굵은 현. ○嘈嘈(조조) : 소리가 둔중하고 무겁다.
188) 小絃(소현) : 네 개의 현 가운데 가장 가는 현. ○切切(절절) : 소리가 가볍고 촉급하다.

嘈嘈切切錯雜彈,　　　　둔중하고 경쾌함을 섞어서 타니
大珠小珠落玉盤.　　　　큰 구슬 작은 구슬 옥 소반에 떨어지는 듯
間關鶯語花底滑,[189]　　 꾀꼬리가 꽃 아래서 구성지게 지저귀고
幽咽泉流冰下灘.[190]　　 물소리가 얼음 아래 흐느끼며 흐르네
下泉冷澁絃凝絶,　　　　물소리 차고 막히면 현이 엉기어 끊긴 듯
凝絶不通聲暫歇.　　　　엉기고 끊기니 소리가 잠시 멈추어라
別有幽愁暗恨生,　　　　새로이 깊은 시름과 숨은 한이 일어나니
此時無聲復有聲.[191]　　 이때 소리가 없다가 다시 소리가 나더라
銀瓶乍破水漿迸,[192]　　 은병이 갑자기 깨지더니 물이 쏟아져 나오고
鐵騎突出刀槍鳴.　　　　철기가 삽시간에 뛰쳐나와 칼과 창이 부딪치더라
曲終收撥當心畫,[193]　　 곡이 끝나 비파 안고 발자로 한 번 그으니
四絃一聲如裂帛.　　　　네 현이 한 소리로 비단 찢는 소리더라
東船西舫悄無言,　　　　동쪽 서쪽 두 배가 말없이 조용한데
唯見江心秋月白.[194]　　 강 가운데 가을달만 하염없이 밝아라
沈吟放撥插絃中,[195]　　 깊은 시름에 발자를 현 사이에 끼워두고
整頓衣裳起斂容.[196]　　 옷매무새 가다듬고 표정을 바로잡아라
自言"本是京城女,　　　 스스로 말하기를 "본디 장안의 여자로
家在蝦蟆陵下住.[197]　　 집은 하마릉(蝦蟆陵) 아래 살았습니다

---

189) 間關(간관) : 의성어. 새가 구성지게 우는 소리.

190) 幽咽(유열) : 소리가 막힌 듯 흐느끼다.

191) 심주 : 잠시 멈추었다가 다시 타니, 이는 마무리 소리이다.(小住復彈, 此餘聲也.)

192) 迸(병) : 흩어지다.

193) 撥(발) : 발자(撥子). 현을 탈 때 사용하는 작은 발편. ○當心畫(당심화) : 발자로 비파
　　 의 가운데에서 네 현을 스치면서 한 번에 뜯음. 보통 곡을 마무리할 때 자주 사용하
　　 는 수법이다.

194) 심주 : 강의 달과 호응한다.(應江月.)

195) 沈吟(침음) : 깊이 생각하며 말을 하려다가 머뭇거리다.

196) 斂容(염용) : 표정을 바르게 하다. 연주할 때는 얼굴에 마음을 드러내었지만 곡이 끝
　　 났으므로 낯선 사람과 마주하는 모습으로 돌아가다.

197) 蝦蟆陵(하마릉) : 하마릉(下馬陵). 장안성 동남의 곡강 부근에 있는 유람처로, 술집과
　　 누각이 많았다. 『국사보』(國史補) 참조.

十三學得琵琶成,　　　　열세 살에 비파 기예를 익혔고
名屬敎坊第一部.¹⁹⁸⁾　　교방의 제1부에 이름을 올렸습니다
曲罷曾敎善才服,¹⁹⁹⁾　　매번 곡을 마치면 선재께서 탄복하셨고
粧成每被秋娘妬.²⁰⁰⁾　　화장을 마치면 가기들의 질투를 받았습니다
五陵年少爭纏頭,²⁰¹⁾　　오릉의 부호 자제들이 다투어 전두(纏頭)를 내었
　　　　　　　　　　　으니
一曲紅綃不知數.²⁰²⁾　　곡조마다 쌓이는 홍초(紅綃)가 부지기수였습니다
鈿頭銀篦擊節碎,²⁰³⁾　　박자를 맞추다 나전 은빗이 자주 부서졌고
血色羅裙翻酒汚.　　　　붉은 비단 치마가 넘어진 술잔에 얼룩졌습니다
今年歡笑復明年,　　　　한 해 한 해 즐거이 웃으며
秋月春風等閑度.　　　　가을 달과 봄 바람을 한가히 보냈습니다
弟走從軍阿姨死,²⁰⁴⁾　　동생은 종군하고 언니는 죽어
暮去朝來顔色故.　　　　저녁이 가고 아침이 오니 저도 나이 먹었습니다
門前冷落鞍馬稀,　　　　문 앞은 쓸쓸하고 거마도 드물어
老大嫁作商人婦.　　　　나이 들어 시집 가 상인의 아내가 되었습니다
商人重利輕別離,　　　　상인은 정보다 이익을 중시해 쉬이 집 나가니
前月浮梁買茶去.²⁰⁵⁾　　저번 달엔 부량(浮梁)으로 찻잎 사러 갔습니다

---

198) 敎坊(교방) : 당대 음악과 잡기를 관장하는 기관. 714년에 좌교방과 우교방을 설치하
여 속악을 가르쳤다. 교방에는 궁중에 소속된 '내인'(內人)과 민간의 예인으로 임시
로 궁중에 소환되는 '외공봉'(外供奉)이 있다. 여인의 전후 말로 보아 외공봉에 속한
것을 알 수 있다. ○部(부) : 악대의 편제 단위. 제1부라 함은 가장 우수한 악대임을
환기한다.
199) 敎(교) : 시키다. 使(사)와 같은 뜻. ○服(복) : 탄복하다.
200) 秋娘(추낭) : 당시 장안의 명창(名唱).
201) 五陵(오릉) : 장안성 밖에 있는 한대 다섯 군주의 능묘. 나중에 귀족들이 이 지역에
거주함으로써 풍속이 호방했고, 권세가의 자제들이 출몰하는 장소로 알려졌다. ○纏
頭(전두) : 가무기나 예인들이 공연을 마칠 때 손님들이 선사하는 비단.
202) 紅綃(홍초) : 붉은 비단.
203) 鈿頭銀篦(전두은비) : 자개를 상감한 빗 모양의 머리 장식품. ○擊節(격절) : 박자를
치다.
204) 阿姨(아이) : 늙은 기녀. 여기서는 가족이나 친척 중의 자매로 보인다.

去來江口守空船,[206]　　　그가 떠난 후로 강가에서 빈 배를 지키다가
繞船明月江水寒.[207]　　　명월을 벗 삼으니 강물이 쌀쌀하였습니다
夜深忽夢少年事,　　　　깊은 밤 홀연히 젊은 시절 꿈을 꾸었더니
夢啼粧淚紅闌干."[208]　　꿈에서 운 탓에 화장 범벅이 되었답니다"
我聞琵琶已歎息,　　　　나는 비파 연주를 듣고 탄식했는데
又聞此語重唧唧.[209]　　더하여 이 이야기를 들으니 처연하였다
同是天涯淪落人,[210]　　다 함께 하늘 끝에 떠도는 사람이거늘
相逢何必曾相識![211]　　어찌 안면이 없다고 해서 친구가 아니리오!
我從去年辭帝京,　　　　나는 작년에 장안을 떠나
謫居臥病潯陽城.　　　　폄적되어 심양에 와 병들어 눕곤 했었지
潯陽地僻無音樂,　　　　심양은 편벽된 곳이라 음악도 없어
終歲不聞絲竹聲.　　　　해가 다하도록 관현 소리 들을 수 없었지
住近湓江地低濕,　　　　낮고 습한 분강 가까이 사는데
黃蘆苦竹繞宅生.　　　　누런 갈대에 조릿대가 집 주위에 우거졌어라
其間旦暮聞何物?　　　　그 속에서 아침저녁으로 들을 수 있는게 무엇이리?
杜鵑啼血猿哀鳴.　　　　피울음 우는 두견이와 구슬픈 원숭이 울음 뿐이라
春江花朝秋月夜,[212]　　봄 강에 꽃 핀 아침과 가을 강에 달 뜬 밤
往往取酒還獨傾.　　　　종종 술병을 끌어와 홀로 술잔을 기울였어라
豈無山歌與村笛?　　　　비록 산가(山歌)와 피리 소리가 있긴 했지만
嘔啞嘲哳難爲聽.[213]　　재잘재잘 시끄러워 듣기 힘들었어라

---

205) 浮梁(부량) : 요주(饒州)의 속현. 지금의 강서성 경덕진시(景德鎭市). 당시 찻잎 무역
　　이 성행했다.
206) 去來(거래) : 떠난 이후.
207) 심주 : 다시 강의 달과 호응한다.(又應江月.)
208) 夢啼(몽제) : 꿈을 꾸다가 상심하여 울다. ○粧淚(장루) : 화장과 눈물이 섞이다.
209) 唧唧(즐즐) : 탄식하는 소리.
210) 淪落(윤락) : 낮고 어려운 처지에 내몰리다. 떠돌거나 실의에 빠진 상태를 가리킨다.
　　여기서는 떠돌다.
211) 심주 : 두 구는 전편의 관건이다.(二語通篇關鍵.)
212) 花朝(화조) : 꽃 핀 아침.

今夜聞君琵琶語,　　　　오늘 밤 그대가 탄 비파와 들려준 이야기
如聽仙樂耳暫明.　　　　마치 신선의 음악 같아 귀가 잠시 밝아져
莫辭更坐彈一曲,　　　　부디 다시 한 번 연주해주길 사양치 마소
爲君翻作琵琶行.214)　　 그대 위해 '비파행'으로 바꿔 써보리다
感我此言良久立,　　　　내 말에 감동하여 오래도록 서 있더니
却坐促絃絃轉急.215)　　 자리에 다시 앉아 굴대를 조이고 촉급한 소리 내니
淒淒不似向前聲,　　　　처절한 소리가 금방 연주한 소리와 달라
滿座重聞皆掩泣.216)　　 자리에 앉은 사람 모두가 얼굴을 가리고 울어라
座中泣下誰最多?　　　　좌중에 앉은 사람 그 누가 제일 많이 우는가?
江州司馬青衫濕.217)218)　강주사마 청색 옷자락이 가장 많이 젖었어라

평석 동병상련의 뜻을 썼으니 비통함이 사람을 감동시킨다.(寫同病相憐之意, 惻惻動人.) ○ 여러 판본에서 '此時無聲勝有聲'이라 하였는데, 소리가 없다고 하면서 어찌 다음 두 구가 이어지는가? 송본에는 '無聲復有聲'이라 했으니 멈추었다가 다시 연주한다고 하였다. 고본은 이처럼 귀중하다.(諸本'此時無聲勝有聲', 旣無聲矣, 下二語如何接出? 宋本'無聲復有聲', 謂住而又彈也. 古本可貴如此!)

해설 심양의 강가에서 만난 여인과 그녀의 비파 연주를 통해 시인의 정치적 실의의 감개를 토로하였다. 시는 손님 전송, 음악에 대한 묘사, 여인의 자술, 시인의 독백 등 네 단락으로 전개되며, 특히 여인의 비파 연주와 경력 자술이 중심을 이룬다. 송대 홍매(洪邁)는 비파 타는 여인은 시

---

213) 嘔啞(구아) : 말소리나 음악소리 등이 시끄러운 모양. ○啁哳(조찰) : 번쇄한 소리.
214) 翻作(번작) : 곡조를 가사로 바꾸다.
215) 却坐(각좌) : 원래 자리로 돌아가 앉다. ○促絃(촉현) : 현을 더욱 팽팽하게 조이다.
216) 掩泣(엄읍) : 얼굴을 가리고 흐느끼다.
217) 심주 : 마무리를 잘 하였다.(結得住.)
218) 青衫(청삼) : 청색 관복. 청색은 당대 8품과 9품의 관복색으로, 당시 비록 사마로 있었지만 종9품의 처지였다.

인이 자신의 천애윤락(天涯淪落)의 심정을 드러내기 위해 가공으로 만든 것이라 추측했지만, 그 여부를 떠나 시 속에 나타난 여인은 선명한 형상으로 예술적 진실성을 갖는다. 여인의 음악은 전후 두 부분으로 이루어졌으며, 중간중간 가을 강의 달밤을 배경으로 끼워 넣어 음악과 서경과 정감이 어우러진 처연하고 우미한 의경을 창조하였다. 약 삼십 년 후 선종(宣宗)이 지은 시에서 "아이들도 '장한가'를 읊을 줄 알고, 호아(胡兒)들도 '비파행'을 노래할 줄 알아라"(童子解吟長恨曲, 胡兒能唱琵琶篇.)고 한 데서 알 수 있듯 그 당시부터 널리 알려진 명편이다. 원화 11년(816년) 가을에 지었다.

진낭의 무덤(眞娘墓)[219)220)]

眞娘墓,	진낭의 무덤은
虎丘道.[221)]	호구로 가는 길 옆에 있어
不識眞娘鏡中面,	진낭의 거울 속 얼굴은 볼 수 없고
惟見眞娘墓頭草.	보이는 건 진낭 무덤의 풀 뿐이라
霜摧桃李風折蓮,	도리꽃이 서리에 시들고 연꽃이 바람에 꺾이듯
眞娘死時猶少年.	진낭이 죽을 때는 아직도 한창 때라
脂膚葇手不牢固,[222)]	하얀 피부에 띠풀 싹 같은 손가락 아직 어렸으니

---

219) 심주 : 무덤은 호구사에 있다.(墓在虎丘寺.)
220) 眞娘(진낭) : 당대의 명기(名妓)이다. 오현(吳縣, 소주) 사람으로 가무에 뛰어났다. 당대 범터(范攄)의 『운계우의』에 "진낭은 오 지방의 미인이다. 당시 사람들이 전당의 소소소(蘇小小)와 비겼으며, 오궁의 옆에 묻었기에 나그네들이 그 화려함을 숭모하여 다투어 무덤가 나무에 시를 썼다."고 하였다.
221) 虎丘(호구) : 호구산. 해용산(海涌山)이라고도 한다. 소주 서북 소재. 춘추시대 오왕 합려(闔閭)가 이곳에 묻혔는데 삼일 후 호랑이가 무덤 위에 웅크리고 있었다고 해서 이름 붙여졌다.
222) 脂膚葇手(지부이수) : 지방 같은 피부와 띠풀의 싹과 같은 손가락.

世間尤物難留連.[223]　　　세상의 아름다운 것은 오래 남기 어려워라
難留連,　　　　　　오래 남기 어렵고
易消歇:　　　　　　쉽게 시드는 건
塞北花,　　　　　　북방의 꽃
江南雪.　　　　　　강남의 눈

평석 작법에 있어 흔적을 남기지 않으니 다른 시작들보다 뛰어나다. 유우석은 '향기로운 영혼이 죽었어도 사람들은 부끄러워 않으니'라 했으니 정말로 우습다!(不着迹象, 高於衆作. 夢得云: '香魂雖死人不怕', 眞可笑人也!)

해설 진낭의 무덤에서 그녀의 죽음을 애도하였다. 특히 진낭을 통해 세상의 모든 아름다우면서도 쉽게 사라지는 것에 대한 아쉬움을 표현하였다. 꽃과 눈이 아름다운 것이라면 이러한 아름다움을 소멸시키는 것을 바람과 서리로 하여 대비시켰다. 백거이는 825～826년 소주자사로 있는 일 년 여 임기 동안 호구에 열두 번 갔으며, 호구 가는 길에 복사꽃 등 이천 그루 나무를 심었다.

한식날 들을 바라보며 읊다(寒食野望吟)

丘墟郭門外,[224]　　　외성의 문밖 무덤에서
寒食誰家哭?　　　　한식날 곡하는 사람 누구인가?
風吹曠野紙錢飛,[225]　바람 부는 넓은 들에 지전이 날고

---

223) 尤物(우물): 특별한 물건이나 사람. 일반적으로 뛰어난 미인을 가리킨다.
224) 丘墟(구허): 무덤. ○郭門(곽문): 외성의 문.
225) 紙錢(지전): 동전 모양의 종잇조각. 제사할 때 공중에 뿌리거나 무덤 위에 걸거나 또는 태운다.

古墓纍纍春草綠.　　　올망졸망 무덤 위엔 봄풀이 푸르러
棠梨花映白楊樹,　　　팥배나무 꽃이 백양나무에 환한데
盡是死生離別處.　　　모두가 생자와 사자가 헤어진 곳
冥漠重泉哭不聞,[226]　　저승과 구천에선 곡을 해도 들을 수 없으니
蕭蕭風雨人歸去.　　　우수수 비바람에 사람들이 돌아가누나

해설 한식날 무덤에 제사하는 광경을 악부제의 형식으로 그렸다. 한식날에는 당대에 성묘하는 풍습이 성행하였다. 꽃과 신록을 배경으로 무덤과 곡을 하는 장면을 대비시켜 생사의 모습을 더욱 뚜렷이 대비시켰다.

취한 후 미친 말을 하며 소협률과 은협률에게(醉後狂言酬贈蕭、殷二協律)[227]

餘杭邑客多羇貧,[228]　　여항 사는 나그네들 가난에 묶인 자 많은데
其間甚者蕭與殷.　　　그중에서 심한 자는 소씨와 은씨라
天寒身上猶衣葛,[229]　　날씨가 추운데 몸에는 여전히 베옷 걸치고
日高甑中未拂塵.[230]　　해 높이 떠올라도 솥에는 먼지가 그대로라
江城山寺十一月,　　　강가의 성, 산 위의 절에 십일월이 오니
北風吹沙雪紛紛.　　　북풍에 모래바람 불고 눈이 분분하여라
賓客不見綈袍惠,[231]　　손님들에게 두터운 비단 도포 내리지 못했고

---

226) 冥漠(명막) : 저승. ○ 重泉(중천) : 구천(九泉)과 같다. 사람이 죽으면 간다고 하는 곳.

227) 狂言(광언) : 제멋대로 말하다. ○ 蕭、殷(소은) : 소열(蕭悅)과 은요번(殷堯藩).

228) 餘杭(여항) : 항주 여항현. 지금의 항주시 여항구(餘杭區). ○ 邑客(읍객) : 외지에서
　　와 성읍에서 사는 사람. ○ 羇貧(기빈) : 빈곤하게 살다.

229) 葛(갈) : 갈포. 베옷.

230) 甑(증) : 시루. ○ 未拂塵(미불진) : 먼지가 그대로 있다. 가난하여 오랫동안 솥을 쓰지
　　않은 탓에 먼지가 쌓였다는 뜻이다. 동한 때 내무(萊蕪, 산동 淄川) 현령이었던 범염
　　(范冉)은 청빈한 것으로 유명했는데, 마을 사람들이 "시루에 먼지가 생기는 범사운,
　　솥에 물고기가 나오는 범내무"(甑中生塵, 范史雲. 釜中生魚, 范萊蕪.)라 노래하였다.
　　『후한서』「독행열전」(獨行列傳) 참조.

黎庶未霑襦袴恩.[232]　　백성들에게 아직도 바지를 주는 은혜 베풀지 못했어라
此時太守自慚愧,　　이러한 때 태수는 스스로 부끄러워
重衣複衾有餘溫.　　겹옷에 겹이불로 온기에 싸여 있어라
因命染人與針女,[233]　　그리하여 염색공과 침모에게 명하여
先製兩裘贈二君.　　먼저 가죽옷 두 벌을 만들어 두 사람에게 주었어라
吳綿細軟桂布密,[234]　　오 지방 면사는 부드럽고 계주의 옷감은 촘촘해
柔如狐腋白似雲.[235]　　여우 겨드랑이 털처럼 부드럽고 구름처럼 하얗구나
勞將詩書投贈我,　　수고스럽게 시를 써서 나에게 보내니
如此小惠何足論?　　이처럼 작은 은혜 어찌 논할 만한가?
我有大裘君未見,　　나에겐 그대들이 보지 못한 큰 가죽옷 있으니
寬廣和暖如陽春.　　봄날의 햇볕처럼 드넓고 따뜻해라
此裘非繒亦非纊,[236]　　이 가죽옷은 비단도 아니요 솜옷도 아니니
裁以法度絮以仁.[237]　　바른 도리로 자르고 인(仁)으로 만든 솜옷이라
刀尺鈍拙製未畢,　　서툴게 마르고 재어 아직 다 만들지 못했지만
出亦不獨裹一身.　　내놓으면 한 사람만 덮을 수 있지 않을 터
若令在郡得五考,[238]　　만약에 군(郡)에서 다섯 번 평정을 받을 수 있다면

---

231) 綈袍惠(제포혜) : 두터운 비단 도포를 베푼 은혜. 전국시대 범수(范睢)는 원래 위나라 중대부 수고(須賈)의 문객이었는데, 박해를 받아 진나라로 달아났다가 이름을 바꾸고 살며 그곳에서 재상이 되었다. 나중에 수고가 진나라에 사신으로 갔을 때 범수가 걸인으로 변장하여 수고를 만나러 갔다. 수고는 그를 불쌍히 여겨 제포(綈袍)를 주었다. 『사기』「범수채택열전」 참조. 여기서는 우정을 잊지 않고 가난한 친구를 도와줌을 비유한다.
232) 黎庶(여서) : 백성. ○襦袴恩(유고은) : 저고리와 바지의 은혜. 동한 때 염범(廉范)이 촉군태수가 되어 행정을 잘 하였기에 현지 백성들이 부유해졌다. 이에 노래를 지어 칭송하였다. "평생 저고리도 없었는데 지금 바지가 다섯 벌이라네."(平生無襦今五袴) 여기서는 어진 정치를 가리킨다.
233) 染人(염인) : 염장(染匠). ○針女(침녀) : 바느질 하는 여자 공인.
234) 吳綿(오면) : 오 지방에서 나는 면사. ○桂布(계포) : 당대 계주(桂州)에서 나는 목면으로 만든 옷감.
235) 狐腋(호액) : 여우 겨드랑이의 가죽과 털.
236) 繒(증) : 옷감. ○纊(광) : 솜옷.
237) 絮以仁(서이인) : 인정(仁政)으로 솜을 만들다. 솜옷같이 따뜻한 정치를 의미한다.

與君展覆杭州人.　　　그대들과 함께 펼치어 항주 사람을 모두 덮으리

평석 항주 사람을 모두 덮는 것은 사실 어려운 일이지만, 관직에 있는 사람이라면 이러한 마음이 없어서는 안될 것이다. 두보의 '넓고 큰 집 수만 칸'을 노래한 것과 같은 지향이다. (欲遍覆杭人, 實有所難, 然居官者不可不存此心也. 與老杜之'廣廈萬間', 同一志向.)

해설 친구 소열(蕭悅)과 은요번(殷堯藩)에게 옷을 선사한 일을 빌어 항주의 모든 사람을 따뜻하게 입힐 일을 생각하였다. 822년 항주자사로 있을 때 지은 시로, 전통적인 유가적 정치 이념을 구체적인 생활의 일을 빌어 시화하였다.

원진(元稹)

연창궁사(連昌宮詞)[1]

連昌宮中滿宮竹,　　　연창궁 어디에나 대나무가 가득해
歲久無人森似束.[2]　　긴 세월 사람 없어 다발로 들어선 듯
又有牆頭千葉桃,[3]　　게다가 담장 위엔 복사꽃이 피어
風動落花紅簌簌.[4]　　바람 불면 붉은 꽃잎 분분히 떨어져라

---

238) 五考(오고) : 807년 규정에 의하면 자사들은 업무 평정을 다섯 차례 받아야 전보될 수 있다. 『당회요』 권81 참조.
　1) 連昌宮(연창궁) : 하남군(河南郡) 수안(壽安, 하남 宜陽)에 소재했던 궁.
　2) 森似束(삼사속) : 다발로 묶인 듯 빽빽하다. 대나무가 밀집하여 자란 모양을 형용하였다.
　3) 千葉桃(천엽도) : 벽도(碧桃). 꽃잎이 겹쳐져 있으므로 만들어진 어휘이다.
　4) 簌簌(속속) : 휠휠. 꽃잎이 분분히 떨어지는 모양.

宮邊老人爲予泣：　　　궁 옆의 노인이 나를 보고 울며 말하길

"小年進食曾因入,⁵⁾　　　"젊었을 때 음식을 진헌하면서 들어가봤지요

上皇正在望仙樓,⁶⁾　　　현종께선 마침 망선루에 계시고

太眞同憑欄干立.⁷⁾　　　양귀비께선 나란히 난간에 기대어 섰지요

樓上樓前盡珠翠,⁸⁾　　　누대 위와 누대 앞은 모두가 미인들

炫轉熒煌照天地.⁹⁾　　　휘황한 빛이 하늘과 땅을 비추었지요

歸來如夢復如癡,　　　돌아와 생각하니 꿈같아 멍했는데

何暇備言宮裏事.¹⁰⁾　　　궁중의 일을 어느 겨를에 다 말하겠어요

初屆¹¹⁾寒食一百六,¹²⁾　　동지 후 백육일 한식이 막 되었을 때

店舍無煙宮樹綠.　　　집에는 불이 없고 궁중엔 나무가 푸르렀지요

夜半月高弦索鳴,　　　밤중에 달 높을 때 현악기가 울리고

賀老¹³⁾琵琶定場屋.¹⁴⁾　　하회지가 타는 비파는 연회장에서 제일이었죠

力士傳呼覓念奴,¹⁵⁾　　고력사가 전갈을 넣어 염노(念奴)를 찾으니

---

5) 小年(소년) : 少年(소년)과 같다. 원진은 자주 이렇게 썼다.

6) 上皇(상황) : 현종. 현종은 안사의 난이 일어난 후 제위를 숙종에 물려주었으므로 태상황(太上皇)이 되었다. ○望仙樓(망선루) : 화청궁에 있는 누각 이름. 빌려와 사용하였다.

7) 太眞(태진) : 양귀비가 여도사였을 때의 법호. 현종과 양귀비는 연창궁에 함께 간 적이 없다. 여기서는 시인이 상상하여 말하였다.

8) 珠翠(주취) : 보옥과 비취옥. 진주나 비취로 패식을 하거나 머리 장식을 한 궁녀들을 가리킨다.

9) 炫轉熒煌(현전형황) : 빛이 휘황하게 빛나는 모습.

10) 備言(비언) : 자세히 말하다. 궁중의 일은 끝이 없이 많으므로 아래에서 한두 가지를 예시하여 말하였다.

11) 심주 : 다른 판본에서는 '初過'라 되었는데 잘못이다.(他本作'初過', 誤.)

12) 寒食(한식) : 동지 후 백오 일이 한식이고, 백육 일이 소한식이다. 한식 전날부터 소한식까지 사흘 동안 화식을 금지했다. 소한식 다음날은 청명으로 이날 신화(新火)를 일으킨다.

13) 심주 : 하회지.(賀懷智.)

14) 賀老(하로) : 하회지. 현종 때 악인으로 비파를 잘 탔다. ○定場屋(정장옥) : 현장을 압도하다.

15) 力士(역사) : 고력사(高力士, 684~762년). 현종의 총신을 받았던 환관. ○念奴(염노) : 천보 연간의 명창(名娼)으로 노래를 잘 하였다. 원진의 자주(自注)에 보면, "매번

念奴潛伴諸郎宿.¹⁶⁾¹⁷⁾　　염노는 여러 남자와 함께 묵고 있었더랬소

須臾覓得又連催,　　　삽시간에 찾아내어 또 연달아 재촉하여

特敕街中許然燭.¹⁸⁾　　특별히 궁중에 초를 켜도록 허락했지요

春嬌滿眼睡紅綃,¹⁹⁾　　교태가 가득한 눈은 붉은 비단에서 일어나

掠削雲鬟旋裝束.²⁰⁾　　구름 같은 머리를 손질하고 금새 단장을 하였죠

飛上九天歌一聲,²¹⁾　　노래 한 곡조는 구천 위로 날아오르고

二十五郎吹管逐.²²⁾²³⁾　　이십오랑의 피리 소리가 이에 맞추어 울렸지요

逡巡大遍涼州徹,²⁴⁾　　대곡(大曲) 〈양주〉의 유장한 곡조를 모두 연주하고

色色龜茲轟錄續.²⁵⁾　　색색가지 쿠차(龜茲) 음악이 떠들썩하게 이어졌지요

李謩擪笛傍宮牆,²⁶⁾　　이기(李謩)란 청년이 성 밖에서 피리 구멍 누르며

신춘에는 궁전의 누각 아래 연회를 열었는데, 군중들이 소란하여 엄안지와 위황상 등이 물리쳐도 중지할 수 없었고 음악도 계속 연주할 수 없었다. 이에 현종이 고력사를 누대 위로 보내며 말했다. '염노를 불러 노래하고 빈이십오랑(邠王 李承寧)이 맞추어 피리를 분다면 사람들이 듣는지 보세.' 그렇게 하면 모두 조용해지지 않은 때가 없었다."

16) 심주 : 추잡하다.(穢瑣.)

17) 諸郎(제랑) : 여러 젊은 자제들.

18) 심주 : 아직 불을 피우지 못하므로 '특사'라 하였다.(尚在禁煙, 故下云'特敕'.)

19) 春嬌(춘교) : 여성의 아리땁고 고운 자태. 또는 그러한 여자. 여기서는 의역하였다.

20) 掠削(약삭) : 손으로 다듬다. ○ 旋裝束(선장속) : 잠시 사이에 단장을 마치다.

21) 九天(구천) : 하늘. 여기서는 궁중.

22) 심주 : 빈왕은 피리를 잘 불었다.(邠王善吹小管.)

23) 二十五郎(이십오랑) : 빈왕(邠王) 이승녕(李承寧). 항제가 25번째였다. ○ 吹管逐(취관축) : 노래에 따라 관악기로 반주하다.

24) 逡巡(준순) : 머뭇거리다. 여기서는 곡조가 유장하게 이어진 모양을 가리킨다. ○ 大遍(대편) : 당송시대 사용된 음악 용어이다. 악곡의 한 대목을 편(遍)이라 하고, 이러한 편이 십여 개 모아진 것을 대곡(大曲)이라 하는데, 대곡의 전체를 완정하게 연창하는 것을 말한다. ○ 涼州(양주) : 곡조 이름. ○ 徹(철) : 처음부터 끝까지 하다.

25) 龜茲(구자) : 쿠차. 한대 서역의 나라 이름. 지금의 신강위구르자치구의 쿠처(庫車)와 사야(沙雅) 일대. 여기서는 서역에서 전래한 음악. ○ 錄續(녹속) : 계속 이어지다.

26) 李謩(이기) : 장안의 피리를 잘 부는 청년. 원진의 자주(自注)에 이와 관련된 일화를 적고 있다. "현종이 일찍이 상양궁에서 밤에 곡을 한 수 만들고는, 다음날 저녁은 정월 대보름 밤이니 관등놀이 하면서 몰래 나가 놀기로 하였다. 다음날 밤 홀연히 주루 위에서 전날 밤에 만든 새 곡을 누군가 피리로 연주하길래 크게 놀랐다. 다음날 피리 분 사람을 비밀리에 수색해 따져보았다. 그 사람이 말하기를 '그날 밤 천진교

偸得新翻數般曲.　　　궁에서 흘러나오는 새 곡조를 옮겨내기도 했지요
平明大駕發行宮,[27)]　　새벽에 황제 어가 행궁을 나서니
萬人鼓舞途路中.　　　길가에는 백성들이 북치고 춤을 췄죠
百官隊仗避岐薛,[28)]　문무백관의 대오는 기왕(岐王)과 설왕(薛王)에 길을
　　　　　　　　　　　내주고
楊氏諸姨車鬪風.[29)]　양귀비 언니들 수레는 바람과 다투며 질주했었소
明年十月東都破,[30)]　다음 해 시월 동도(東都) 낙양이 함락되고
御路猶存祿山過.[31)32)]　어로(御路) 위로 안록산이 지나갔는데
驅令供頓不敢藏,[33)]　강제로 물자를 내놓으라 명하니 감출 수 없어
萬姓無聲淚潛墮.　　　백성들이 모두 소리 없이 눈물을 떨구었지요
兩京定後六七年,[34)]　장안과 낙양이 수복된 지 육칠 년
却尋家舍行宮前.　　　돌아와 연창궁 앞 내 집을 찾았지요
莊園燒盡有枯井,　　　논밭과 정원은 불타고 있는 건 마른 우물 뿐
行宮門閉樹宛然.　　　연창궁은 닫혔으나 나무는 그대로라

에서 달구경을 하고 있었는데 궁중에서 새로 지은 곡이 울려나오는 소리를 듣고 다리의 계수나무 기둥에 악보를 기록했습니다.'고 하였다." ○擪(엽) : 누르다.
27) 大駕(대가) : 황제가 출행할 때 타는 수레. ○行宮(행궁) : 연창궁을 가리킨다.
28) 岐薛(기설) : 기왕(岐王) 이범(李範)과 설왕(薛王) 이업(李業). 둘 다 현종의 동생으로 현종이 태평공주의 난을 진압할 때 도왔기 때문에 신임을 받았다. 이범은 726년에 죽고, 이업은 734년에 죽었다. 이 시의 배경은 안사의 난이 일어난 754년으로, 이때 두 사람은 이미 죽었으나 당대 시인들은 현종과 두 사람을 함께 제시하는 경우가 많았다.
29) 楊氏諸姨(양씨제이) : 양귀비의 언니들인 한국부인, 괵국부인, 진국부인을 가리킨다. ○鬪風(투풍) : 바람과 다투다. 수레가 경쾌하게 달리는 모양을 형용하였다.
30) 明年十月(명년십월) : 다음 해 755년 10월. 사실은 12월에 안록산이 낙양을 함락시켰다. 여기서는 대략적인 숫자를 말하였다.
31) 심주 : 안록산의 난을 아주 가볍게 말하였다.(祿山之亂, 說得太輕.)
32) 御路(어로) : 연창궁 앞의 길로 낙양에서 장안으로 가는 도로. 안록산은 낙양을 함락시킨 후 자신은 낙양에 머무르면서 부장 손효철(孫孝哲)에게 군사를 이끌고 장안을 공격하게 하였다. 시의 내용은 역사적 사실이 아니다.
33) 驅令(구령) : 강압적으로 명령하다. ○供頓(공돈) : 제공하다.
34) 심주 : 곽자의가 장안과 낙양을 수복하였다.(郭子儀收復兩京.)

爾後相傳六皇帝,[35]　　　그 후로 여섯 황제 이어졌지만

不到離宮門久閉.　　　이궁에는 오지 않아 문은 오래 닫혔소

往來年少說長安,　　　장안을 오가는 청년들이 말하기를

玄武樓成花萼廢.[36]　　　현무루가 세워지고 화악루가 부셔졌다 하였소

去年敕使因斫竹,　　　작년에 황제의 사신이 와 대나무를 벤다기에

偶値門開暫相逐.[37]　　　우연히 궁문이 열려 잠시 따라 들어갔었죠

荊榛櫛比塞池塘,[38]　　　가시나무 즐비하고 연못은 메꿔졌고

狐兎驕癡緣樹木.[39]　　　대담한 여우와 토끼가 나무 위를 돌아다녔소

舞榭欹傾基尚在,　　　춤추던 누대는 기울어지고 주춧돌만 남아

文窓窈窕紗猶綠.[40]　　　조각된 창살은 그윽하고 휘장은 아직 녹색이었소

塵埋粉壁舊花鈿,[41]　　　벽에 걸린 꽃 비녀에 먼지가 쌓이고

鳥啄風箏碎珠玉.[42]　　　풍경은 까마귀가 쪼아대 옥 부서지는 소리 났소

上皇偏愛臨砌花,　　　현종께선 계단 옆의 꽃들을 좋아했는데

依然御榻臨階斜.　　　어탑은 여전하되 계단은 기울었소

蛇出燕窠盤鬪栱,[43]　　　제비 둥지에 뱀이 나와 두공을 감싸고

菌生香案正當衙.[44]　　　책상에는 버섯이 자라 거처를 막아섰소

寢殿相連端正樓,[45]　　　침전이 이어진 단정루

太真梳洗樓上頭.　　　양귀비가 누대 위에서 빗질하였죠

---

35)　심주 : 숙종, 대종, 덕종, 순종, 헌종, 목종 등이다.(肅、代、德、順、憲、穆.)

36)　玄武樓(현무루) : 대명궁 북면의 누각으로 덕종 때 신책군 숙위의 장소로 지었다. ○花
　　萼(화악) : 화악상휘루(花萼相輝樓). 현종 때 흥경궁 안에 지은 누각이다.

37)　暫相逐.(잠상축) : 잠시 따라 들어가 둘러보다.

38)　荊榛(형진) : 가시나무와 개암나무. 국난을 비유할 때 쓰인다. ○櫛比(즐비) : 빗살처
　　럼 나란하다. 촘촘하고 빽빽하다.

39)　심주 : 이 대목은 신이 들린 필치이다.(此一段神來之筆.)

40)　文窓(문창) : 꽃무늬로 창살이 조각된 창. ○窈窕(요조) : 깊고 그윽한 모양.

41)　심주 : 벽 위의 장식이다.(壁上之飾.)

42)　심주 : 풍경의 소리이다.(風箏之音.)

43)　盤鬪栱(반투공) : 두공 위에 서리 틀다.

44)　菌生香案(균생향안) : 향기롭던 책상 위에 버섯이 자라다. ○衙(아) : 천자의 거처.

45)　端正樓(단정루) : 화청궁의 누각. 빌려와 사용하였다.

晨光未出簾影黑,　　　　　새벽빛이 트기 전 주렴 그림자 어두운데
至今反挂珊瑚鉤.[46]　　　　지금도 산호 갈고리 거꾸로 걸려 있었소
指似傍人因慟哭,[47]　　　　옆 사람에게 가리키며 통곡을 하고
却出宮門淚相續.　　　　　되돌아 궁문을 나와도 눈물 계속 흘렸소
自從此後還閉門,　　　　　그 후로 다시금 궁문이 닫혔으니
夜夜狐狸上門屋."　　　　　밤마다 여우가 문과 지붕에 올라다녔소"
我聞此語心骨悲:　　　　　내 이 말을 듣고 마음 깊이 슬펐다
"太平誰致亂者誰?"　　　　"태평은 누가 만들었고 난리는 누구 때문이오?"
翁言"野父何分別?[48]　　　촌로가 말하기를 "늙은이가 어찌 알겠소?
耳聞眼見爲君說:[49]　　　귀로 듣고 눈으로 본 것만 그대에게 말하리다
姚崇宋璟作相公,[50]　　　요숭(姚崇)과 송경(宋璟)이 재상이 되었을 때
勸諫上皇言語切.　　　　　현종께 올린 간언 모두가 절실했고
燮理陰陽禾黍豐,[51]　　　음양을 조화시키자 오곡이 풍년 들고
調和中外無兵戎.　　　　　내외를 화해시키자 전란이 없었소
長官清貧太守好,　　　　　관리들은 청빈하고 태수는 좋아
揀選皆言由至公.[52][53]　고르고 뽑을 때는 모두 공정하다 말했소
開元之末姚宋死,　　　　　개원 말기에 요숭과 송경이 죽자
朝廷漸漸由妃子.　　　　　조정은 점점 양귀비에 기울어졌지요

---

46) 珊瑚鉤(산호구) : 산호로 만든 갈고리.
47) 指似(지사) : 지시하다. 가리키다.
48) 野父(야부) : 촌로.
49) 심주 : 개원과 천보 연간의 치란을 원진이 모르지 않을 터인데 꼭 촌로가 말해야 하
　　는가? 이는 입언이 잘못되었다.(開元、天寶之治亂, 微之豈不知, 而必野老言之乎? 此
　　立言之失.)
50) 姚崇(요숭) : 관료 가정 출신으로 무측천, 예종, 현종 삼조에 걸쳐 재상을 지냈다. ○宋
　　璟(송경) : 개원 연간의 재상으로 치적이 많다. 시인 소전 참조.
51) 燮理(섭리) : 조화시키다. 조정하다. ○陰陽(음양) : 사회 현상. 재상은 구체적인 분
　　야를 담당하는 것이 아니라 황제가 정상적으로 국정을 운영하도록 보좌한다는 뜻.
　　『상서』「주관」(周官) 참조.
52) 심주 : 다른 판본에서는 '相公'이라 되어 있는데 잘못이다.(他本作'相公', 誤.)
53) 至公(지공) : 지극히 공정하다. 인재 선발과 행정이 공정하다.

祿山宮中養作兒,[54)55)]　　안록산이 궁중에서 양자가 되고

虢國門前鬧如市.[56)]　　곽국부인 문 앞은 시장처럼 사람이 몰렸소

弄權宰相不記名,　　권세를 농단한 재상의 이름은 모르겠으나

依稀憶得楊與李.[57)]　　아마도 양국충과 이림보로 기억이 나오

廟謨顚倒四海搖,[58)]　　조정의 국가 대계는 전도되고 사해는 흔들려

五十年來作瘡痏.[59)]　　오십 년 동안 상처와 흉터가 가득하다오

今皇神聖丞相明,[60)]　　지금의 황제는 어질고 재상은 밝아

詔書才下吳蜀平.[61)62)]　　조서를 내려 오 지방과 촉 지방을 평정하였소

官軍又取淮西賊,[63)64)]　　관군이 다시 회서의 도적을 잡았다 하니

此賊亦除天下寧.　　이 도적이 제거되었으니 천하가 편안해질 것이오

年年耕種宮前道,[65)]　　해마다 연창궁 앞길에서 밭을 갈았는데

今年不遣子孫耕."　　올해는 자손을 보내 밭 갈지 말라 해야겠소

---

54) 심주 : 충언을 받아들이지 않았다.(不應斥言.)

55) 祿山(녹산) 구 : 안록산은 현종과 재상 이림보의 신임을 받아 평로, 범양, 하동 절도사가 되었다. 스스로 양귀비의 양자가 되기를 청하였다.

56) 虢國(괵국) : 괵국부인. ○鬧如市(뇨여시) : 시장처럼 떠들썩하다. 권세에 빌어 뇌물을 주는 사람이 많음을 형용하였다.

57) 심주 : 이림보와 양국충은 길 가는 사람도 모두 그 간사함을 알고 있으니 은미하게 말할 필요가 없다.(林甫、國忠, 路人皆知其奸, 不必微言.)

58) 廟謨(묘모) : 종묘사직의 모의와 계획. 조정에서 계획하는 국가 대계를 가리킨다.

59) 瘡痏(창유) : 상처와 흉터. 백성을 해치는 나쁜 일과 난리가 남긴 혼란.

60) 今皇(금황) : 헌종(憲宗)을 가리킨다. ○丞相(승상) : 배도(裴度)를 가리킨다.

61) 심주 : 이기, 유벽.(李錡、劉闢.)

62) 吳蜀平(오촉평) : 오 지방과 촉 지방을 평정하다. 805년 서천절도사 유벽이 반란을 일으켰으나 다음 해 평정되었다. 809년 진해군절도사 이기가 반란을 일으켰으나 그 해에 평정되었다.

63) 심주 : 오원제.(吳元濟.)

64) 淮西賊(회서적) : 회서의 도적. 회서절도사 오원제는 815년 반란을 일으켰다. 당시 배도가 재상으로 있으면서 삼 년의 과정을 걸쳐 817년 11월 난을 진압하였다. 당시 회서는 반란 군벌 가운데 가장 규모가 컸다.

65) 年年(연년) 구 : 안사의 난 이후로는 군벌이 혼전하면서 낙양은 군사적 위협을 받게 되어 황제는 동도에 갈 수 없었다. 연창궁의 앞길은 백성들이 밭을 만들어 농사지었다. 지방 군벌이 평정되고 황제가 다시 연창궁에 행차할 가능성이 있기 때문에 아들들에게 궁 앞에 농사지으러 가지 말라고 하였다.

老翁此意深望幸,[66]　　늙은이의 마음은 황제의 행차를 깊이 바라니
努力廟謀休用兵![67]　　조정이 힘써 모의하여 전란을 그치고저!

평석 시 속에 질책이 있으므로 선시(選詩)하지 않아도 될 것이다. 그러나 원진은 고관으로 발탁되었고 환관 최담준이 이 시를 진헌하였으며, 궁중에서 '원재자'라 불린 것도 이 시 때문이었다. 게다가 여러 선집에서 「장한가」, 「비파행」과 나란히 뽑아 두고 '원백체'라 하므로, 초판에서와 마찬가지로 여전히 싣는다.(詩中旣有指斥, 似可不選. 然微之超擢, 因中人崔潭峻進此詩, 宮中呼爲元才子, 亦因此詩; 又諸家選本與長恨歌、琵琶行竝存, 所謂元白體也, 故已置而仍存之.)

해설 연창궁 옆에 사는 노인의 입을 빌려 연창궁의 변천을 통해 안사의 난 전후 일어난 정치상의 홍폐와 그 원인을 서술하였다. 현종과 양귀비는 연창궁에 행차한 적이 없고 원진도 가본 적이 없어, 어느 정도 전해 들은 말과 상상을 섞어 시를 만들었다. 때문에 사실과 가공을 오가는 소설의 작법과 시 속에 의론을 기탁하는 신악부의 수법이 융합되어 독특한 세계를 이루었다. 이 시는 회서절도사 오원제의 반란을 진압한 후인 818년 봄에 원진이 통주사마로 있을 때 지었다.

새가 있어(有鳥)

有鳥有鳥如鸛雀,　　새가 있어 새가 있어 황새와 비슷해
食蛇抱甖天姿惡.[68]　　뱀을 먹고 돌을 안으니 천성이 추악해

---

66) 深望幸(심망행) : 황제가 행차하기를 깊이 바라다.
67) 심주 : 결말은 단정하고 장중하지만, 전편에 걸쳐 무력 남용의 뜻이 없으므로 이 구는 근거가 없다.(結似端重, 然通篇無黷武意, 句尙無根.)
68) 甖(각) : 돌 이름.

行經水滸爲毒流,　　강이나 호수를 지나가면 독물이 되어 흐르고
羽拂酒杯爲死藥.⁶⁹⁾　　깃털을 술잔에 넣어 흔들면 독약이 된다네
漢后忍渴天豈知?⁷⁰⁾　　한대 여후가 목마름을 참고 독살한 일 하늘도 몰랐고
驪姬墳地君寧覺?⁷¹⁾　　여희가 신생을 독살할 때 땅에 부어 진 헌공도 몰랐네
嗚呼爲有白色毛,　　아아, 흰 깃털이 있다고 하여
亦得乘軒謬稱鶴!⁷²⁾　　수레를 타고 가며 학이라 잘못 부르는구나!

평석 외모가 화려하면서 독침을 가지고 있는 자를 풍자하였다.(刺有文采而中毒螫者.)

해설 독을 가진 짐새를 빌려 타인을 해치는 사람을 비유하였다. 그 형식은 『수신후기』에 나오는 정령위(丁令威) 노래를 연상시킨다. 모두 20수 가운데 위 시는 제4수이다. 810년 원진이 강릉사조(江陵士曹)로 있을 때 지었다.

---

69) 羽拂(우불) 구 : 전설에 의하면 짐새의 깃털을 술에 우려내어 마시면 바로 죽는다고 한다. 『초사』「이소」(離騷)의 왕일(王逸) 주석 참조.

70) 漢后(한후) : 한고조 여후(呂后). 이름은 여치(呂雉). 일찍이 짐주(鴆酒)로 조왕(趙王) 유여의(劉如意)를 독살하였고, 제도혜왕(齊悼惠王) 유비(劉肥)를 독살하려고 했다. 『사기』「여후본기」참조.

71) 驪姬(여희) : 춘추시대 진 헌공(晉憲公)의 부인. 짐주로 태자 신생(申生)을 독살하고 자기 소생의 해제(奚齊)를 태자로 세웠다.

72) 軒(헌) : 대부가 타는 화려한 수레. 『좌전』'민공 2년'조에 "위 의공(衛懿公)은 학을 좋아하였기에, 학 가운데는 수레를 타는 놈도 있었다"(魏懿公好鶴, 鶴有乘軒者.)는 기록이 있다.

겨울 백저(冬白紵)[73]

吳宮夜長宮漏款,[74]	오 왕궁 긴 밤에 물시계 소리 더딘데
簾幕四垂燈焰暖.	사방에 주렴 드리운 방에 등불이 따뜻해라
西施自舞王自管,[75]	서시가 춤추고 오왕이 피리를 불어
雪紵翻翻鶴翎散,[76]	눈 같은 모시가 휘돌아 가면 학 깃털이 흩어져라
促節牽繁舞腰懶.	빠른 장단 번성한 선율에 춤추는 허리가 나긋해
舞腰懶,	춤추는 허리 나긋해
王罷飮,	오왕이 술을 마시고 나서
蓋覆西施鳳花錦.[77]	봉화 비단으로 서시를 덮어주는구나
身作匡床臂爲枕,	몸을 침상으로 삼고 팔을 베개로 삼아
朝佩樅玉王晏寢.[78]	아침에 곡옥(曲玉) 차고 왕은 늦게 자는구나
寢醒閽報門無事,	일어나면 문지기가 무사하다 보고하고
子胥死後言爲諱.[79]	오자서가 죽은 후엔 간언하는 사람도 없어라
近王之臣諭王意,	근신들은 왕의 뜻을 알아
共笑越王窮惴惴,[80]	함께 월왕이 벌벌 떠는 모습 비웃지만
夜夜抱冰寒不睡.[81]	월왕은 밤마다 얼음 안고 지새더라

---

73) 冬白紵(동백저) : 원래 남조 양나라의 심약(沈約)이 양 무제의 명을 받고 지은 「백저」 가운데 하나에서 시작되었다. 「백저」는 5장으로 「춘백저」, 「하백저」, 「추백저」, 「동백저」, 「야백저」로 되어 있다. 백저(白紵)의 본뜻은 지금의 화동 지역에서 나는 흰 모시로, 춤추는 사람의 옷이나 소매 또는 무곡을 가리킨다.

74) 吳宮(오궁) : 춘추시대 오왕 부차의 궁. ○款(관) : 느리다.

75) 管(관) : 동사로 쓰였다. 피리나 퉁소와 같은 관악기를 불다.

76) 심주 : 상성.(上聲.)

77) 鳳花錦(봉화금) : 봉황과 꽃의 무늬가 들어간 비단.

78) 樅玉(종옥) : 개의 이빨처럼 휘어져 나온 모양의 옥. 다른 판본에는 '摐摐'(창창)이라 되어있는데, 그 뜻은 옥이 부딪치며 나는 소리이다. ○晏寢(안침) : 늦게 잠자다.

79) 子胥(자서) : 오자서. 춘추 말기 오나라 대부. 이름은 오원(吳員).

80) 惴惴(췌췌) : 두려워하는 모양.

81) 夜夜(야야) 구 : 월왕 구천(句踐)이 오나라에 패하자 이를 설욕하기 위해 투지를 다지면서 십 년 동안 와신상담하면서 노력한 일을 가리킨다.

해설 춘추시대 오왕의 사치를 풍자하였다. 남조 양 무제가 지은 「백저가」나 심약이 지은 「사시백저가」(四時白紵歌) 등은 인생의 즐거움이나 춤의 아름다움을 묘사하였는데, 원진은 이 형식을 빌려 정치적 풍자를 하였다. 여인의 팔을 베고 자는 오왕과 얼음을 안고 자는 월왕의 대조가 선명하다. 「악부 고제」(樂府古題) 19수 가운데 한 수이다.

농가의 노래(田家詞)

牛吒吒,[82)]　　　　　　소 모는 소리에

田確確,[83)]　　　　　　논밭은 팍팍하고

旱塊敲牛蹄趵趵.[84)]　　마른 땅에 소 발굽 우둑두거린다

種得官倉珠顆穀.[85)]　　심어 거둔 주옥같은 알곡들 관가 창고에 쌓이네

六十年來兵簇簇,[86)]　　육십 년 동안 전란이 끊이지 않아

月月食糧車轆轆.[87)]　　달마다 식량 실은 수레가 덜컹덜컹 지나갔네

一日官軍收海服,[88)]　　어느 날엔가 관군이 해내를 수복할 때까지

驅牛駕車食牛肉.　　　소도 몰아가고 수레도 끌어가고 소도 잡아 먹는구나

歸來收得牛兩角,　　　돌아와 보니 남은 것이라곤 소의 두 뿔뿐이라

重鑄鋤犁作斤劚[89)]　　다시 호미와 쟁기를 불리고 도끼를 만든다

姑春婦擔去輸官,　　　시어머니 절구질하면 며느리 짊어져 관가로 가져가고

---

82) 吒吒(타타) : 소를 모는 소리.

83) 確確(확확) : 딱딱하고 척박하다.

84) 趵趵(박박) : 소 발굽 소리.

85) 珠顆穀(주과곡) : 진주와 같은 곡식의 알.

86) 六十年(육십년) : 755년 안사의 난부터 이 시를 쓰는 817년까지의 기간. ○兵簇簇(병주주) : 무기가 많다. 전쟁이 끊이지 않았다는 뜻이다.

87) 轆轆(녹록) : 수레가 굴러가며 내는 소리.

88) 海服(해복) : 사해 안의 토지. 도성을 중심으로 사방 천 리를 경기(京畿)라 하고, 그 밖의 오백 리 지역을 '복'(服)이라 한다.

89) 斤劚(근촉) : 도끼.

輸官不足歸賣屋.　　　　　관가로 가져간 게 적으면 돌아와 집을 팔아 보낸다
願官早勝讎早覆.⁹⁰⁾　　원컨대 관군이 하루 빨리 이겨서 원수를 갚기를
農死有兒牛有犢,　　　　농부가 죽으면 아들 있고 소가 죽으면 송아지가 있어
誓不遣官軍糧不足.⁹¹⁾　맹세코 관군에게 군량이 부족하지 않게 하리라

평석 음절이 예스럽다.(音節入古.)

해설 국내의 혼전으로 전란이 끊이지 않은 때 쉼 없이 군량을 징납해야 하는 상황을 그렸다. 시인은 끝없이 계속되는 징발에 고통 받는 농민이, 아군이 전쟁에서 이겨 징발이 멈춰지기를 바라는 모순된 감정을 포착하였다. 「악부 고제」(樂府古題) 19수 가운데 하나이다.

대숙륜(戴叔倫)

여인이 밭가는 노래(女耕田行)

乳燕入巢筍成竹,¹⁾　　제비 새끼 둥지에 들고 죽순이 자라는 때
誰家二女種新穀.　　　　누구 집의 두 딸인지 곡식을 심는구나
無人無牛不及犁,²⁾　　사람도 없고 소도 없고 쟁기질도 안했는데
持刀斫地翻作泥.　　　　칼 가지고 땅을 파고 흙을 뒤집어놓는구나

---

90) 讎早覆(수조복) : 하루빨리 복수하다.
91) 不遣(불견) : ~하지 않도록 하다.
1) 乳燕(유연) : 어린 제비. 제비 새끼.
2) 不及犁(부급리) : 쟁기가 닿은 적이 없다. 밭을 쟁기로 갈아보지 못했다.

自言“家貧母年老,	스스로 말하기를 “집이 가난하고 노모께선 연로해
長兄從軍未娶嫂.	오빠는 군대 갔기에 결혼도 못해 올케도 없어라
去年災疫牛圂空,[3)	작년에 역병이 돌아 소 우리가 텅 비었는데
截絹買刀都市中.[4)	끊어낸 명주 들고 시장에서 칼을 사왔다네
頭巾掩面畏人識,	남들이 볼까봐 두건으로 얼굴을 가리고
以刀代牛誰與同?”[5)	쟁기 대신 칼로 찌르니 도와주는 이 없어라”
姊妹相携心正苦,	손잡은 자매는 마음이 한창 쓰라려
不見路人唯見土.	길 가는 사람을 보지 않고 땅만 바라보는구나
疎通畦壟防亂苗,[6)	밭두둑을 만들어 잡초를 방지하고
整頓溝塍待時雨.[7)	밭이랑을 파내어 때맞춰 내리는 비를 기다려
日正南岡下餉歸,[8)	해가 남쪽 언덕에 오르면 점심 먹으러 가니
可憐朝雉擾驚飛.[9)	사랑스러운 아침 장끼가 놀라서 날아가네
東鄰西舍花發盡,	동쪽 서쪽 이웃에 꽃이 만발하였는데
共惜餘芳淚滿衣!	핀 꽃이 질까 안타까워 눈물로 옷을 적시는구나

평석 말 두 구는 친탁 기법으로 두 여자의 고통과 함께 두 여자의 올바름이 더욱 두드러진다.(末二語一襯, 愈見二女之苦, 二女之正.)

해설 노모는 연로하고 오빠는 군대에 갔기에 농사를 짓지 않을 수 없는

---

3) 牛圂(우돈): 소 우리.
4) 截絹(절견): 베틀 위의 명주를 끊다. 당시 시장에서 교역은 돈과 함께 명주도 사용되었다. 자매는 명주를 끊어 가지고 가서 칼을 사왔다.
5) 誰與同(수여동): 누구와 함께 할까? 아무도 도와주는 사람이 없다는 뜻.
6) 畦壟(휴롱): 밭두둑.
7) 溝塍(구승): 밭이랑.
8) 下餉(하향): 점심이 되어 일을 멈추고 집에 가서 식사를 하다.
9) 朝雉(조치): 아침 장끼. 『시경』「소변」(小弁)에 “장끼가 아침에 울어, 아직도 까투리를 찾고 있어라”(雉之朝雊, 尚求其雌.)는 말이 있어, 이로부터 처녀가 혼인 상대를 찾음을 의미한다.

두 처녀의 처지를 그려, 전란의 시대를 살아가는 민중의 모습을 전형화시켰다. 쟁기가 없어 칼로 땅을 파내는 극한의 환경에서 결혼도 하지 못하는 자매의 모습이 안타깝게 그려졌다.

이신(李紳)

선재를 슬퍼함—서문 붙임(悲善才幷序)[1]

　余守郡日, 有客遊者, 善彈琵琶. 問其所傳, 乃善才所授. 頃在內庭日, 別承恩顧, 賜宴曲江, 敕善才等二十人備樂. 自余經播遷, 善才已歿, 因追感前事, 爲悲善才.

　내가 군을 다스리는 동안 어떤 나그네가 놀러왔는데 비파를 잘 탔다. 누구에게 배웠냐고 물으니 선재에게서 가르침을 받았다고 했다. 전에 내가 궁중에 있을 때 특별히 성은을 받아 곡강의 잔치에 참가했는데, 선재 등 20명으로 문덕을 갖춘 음악을 구비했음을 보았다. 내가 외직으로 나오면서 선재도 이미 작고하였으니 이전의 일을 생각하여 「선재를 슬퍼함」을 짓는다.

穆王夜幸蓬池曲,[2][3]　　주 목왕이 밤에 봉래지 못가에 행차하니
金鑾殿開高秉燭.[4]　　금란전이 열리고 촛불을 높이 들었더라

---

1) 善才(선재) : 비파를 연주하거나 음악을 아는 사람에 대한 통칭. 궁중의 악사를 가리킨다.
2) 심주 : 곡강에서 잔치를 베푸는 것으로 시작하였다.(從賜宴曲江說入.)
3) 穆王(목왕) : 주 목왕(周穆王). 여기서는 당 목종을 가리킨다. ○蓬池(봉지) : 봉래지(蓬萊池). 태액지(太液池)라고도 한다.
4) 金鑾殿(금란전) : 금란궁. 장안 대명궁의 태액지 남쪽에 있던 전각.

東頭弟子曹善才,	동두(東頭) 제자 조 선재(曹善才)
琵琶請奏新翻曲.	비파를 들고 새로 만든 곡을 연주하더라
翠蛾列坐層城女,[5]	비췻빛 아미의 미희들이 궁성에 나란히 앉아
笙笛參差齊笑語.	생황과 피리 불며 더불어 웃고 말하더라
天顏靜聽朱絲彈,	천자가 붉은 현을 타는 걸 조용히 들으니
眾樂寂然無敢舉.	모든 음악이 적막하게 감히 소리 내지 못하더라
銜花金鳳當承撥,[6]	발자에 새겨진 꽃을 문 황금 봉황
轉腕攏弦促揮抹,[7]	팔뚝을 돌려 현을 만지며 손가락을 내려 뜯더라
扶花翻鳳天上來,	꽃들과 봉황이 천상에서 내려오고
徘徊滿殿飛春雪.	춤추며 전각 가득 봄눈이 휘날려라
抽弦度曲新聲發,[8]	현을 당겨 곡을 만들어 새 곡조를 연주하니
金鈴玉珮相瑳切.[9]	금방울과 패옥이 서로 부딪치는구나
流鶯子母飛上林,[10]	어미와 새끼 꾀꼬리가 상림원에 날고
仙鶴雌雄唳明月.	암컷 수컷 학이 명월 아래 우는구나
此時奉詔侍金鑾,	이때 칙명을 받들어 금란전에 시립했고
別殿承恩許召看.[11]	편전에서 승은을 입어 보도록 허락받았네
三月曲江春草綠,	삼월 곡강에 봄풀이 푸를 때
九霄天樂下雲端,[12]	하늘 위의 음악이 구름 끝에 내려왔지
紫髯供奉前屈膝,[13]	자주 수염 공봉이 앞에 나와 무릎 꿇고

---

5) 翠蛾(취아) : 여성의 가늘고 길게 굽어진 눈썹. 미인을 가리킨다. ○層城(층성) : 신화
에 나오는 곤륜산의 가장 높은 곳. 여기서는 궁성을 가리킨다.

6) 銜花金鳳(함화금봉) : 꽃을 문 황금 봉황. 발자(撥子)에 장식된 문양.

7) 攏弦(농현) : 현을 어루만지다. ○揮抹(휘말) : 비파를 타는 탄지법(彈指法). 손을 내
리는 방향으로 현을 탐.

8) 度曲(탁곡) : 작곡하다.

9) 瑳切(차절) : 서로 부딪히다. 비파의 맑은 울림을 형용하였다.

10) 上林(상림) : 상림원. 진한시기의 황가 정원. 여기서는 당 궁중의 원림.

11) 別殿(별전) : 편전(便殿). 황제가 휴식하는 장소.

12) 九霄天樂(구소천악) : 구소천의 음악. 가장 높은 하늘에 사는 신선들의 음악. 여기서
는 궁정 음악을 가리킨다.

盡彈妙曲當春日.[14]　　봄날을 맞아 신묘한 곡을 모두 연주하였지
寒泉注射隴水開,[15]　　차가운 샘물이 뿜어져 농수가 흐르고
塞雁翻飛向天沒.　　북방의 기러기가 날아올라 하늘에 사라졌지
日曛塵暗車馬散,[16]　　날 저물고 먼지 어두워지며 거마들이 흩어지고
爲惜新聲有餘歎.　　새 음악에 감탄하며 많아 무척 아쉬워하였지
明年冠劍閉橋山,[17]　　다음 해 목종의 검과 옷이 교산에 묻히고
萬里孤臣投海畔.[18][19]　　만 리 멀리 외로운 신하 바닷가로 나갔지
籠禽鎩翮尙還飛,[20]　　조롱의 새는 깃털을 다쳤어도 그래도 날아
白首生從五嶺歸.　　흰 머리 나서 오령(五嶺)에서 돌아왔어라
聞道善才成朽骨,　　선재는 이미 죽어 뼈가 썩었다는데
空餘弟子奉宣徽.[21]　　부질없이 제자들은 선휘원에 봉직하누나
南譙寂寞三春晚,[22]　　남초주(南譙州)는 적막하여 봄빛이 더딘데
有客彈弦獨淒怨.[23]　　나그네가 현을 타니 특히나 처연해라
靜聽深奏楚明光,[24]　　조용히 '초명광'(楚明光) 연주를 들으니

---

13) 供奉(공봉) : 황제의 신변에서 근무하는 사람. 여기서는 악공을 가리킨다.
14) 심주 : 더불어 이십 명이 연주하는 음악을 말한다.(兼言二十人備樂.)
15) 隴水(농수) : 농산(隴山)의 정상에서 나뉘어 흐르는 물. 비파의 소리를 형용한다.
16) 日曛(일훈) : 해가 저물다.
17) 冠劍(관검) : 의관과 패검. ○橋山(교산) : 황제(黃帝)의 묘가 있는 산. 지금의 섬서성 황릉(黃陵) 성북에 소재한다. 산의 형상이 다리 같다고 하여 이름 붙여졌다. 황제가 신선이 되어 승천하자 군신들이 그 의관을 교산에 묻었다. 이 구는 824년 목종이 죽은 일을 가리킨다. 그렇다면 곡강의 잔치는 그 전해인 823년에 있었던 셈이다.
18) 심주 : 목종이 죽고 이신도 외직으로 나갔다.(穆皇宴駕, 紳亦播遷.)
19) 孤臣(고신) : 외직으로 나간 신하. 단주(端州, 광동 肇慶)로 간 자신을 가리킨다.
20) 鎩翮(쇄핵) : 날개를 다치다. 배척을 받아 실의에 빠진 상황을 비유한다.
21) 宣徽(선휘) : 선휘원(宣徽院). 숙종 때 만든 관서로 환관이 담당한다. 관리와 내시의 명부를 관리하고 교사(郊祀)와 조회 등의 연향(宴饗)을 관장한다.
22) 南譙(남초) : 남초주(南譙州). 양대 교주(僑州)로 설치하였는데, 수대에 저주(滁州)로 개명하였다.
23) 심주 : 선재가 죽은 후 그 기예를 전수받은 사람의 곡을 듣는 걸 말한다.(此言善才歿後, 聽其指授者所彈.)
24) 楚明光(초명광) : 거문고 곡조 이름.

憶昔初聞曲江宴.[25]　　곡강의 잔치에서 처음 듣던 때가 생각나는구나
心悲不覺淚闌干,　　　마음이 슬프니 저도 모르게 눈물이 어지러운데
更爲調弦反覆彈.　　　다시금 곡조를 바꾸어 되돌아서 타는구나
秋吹動搖神女佩,[26]　가을바람이 선녀의 패옥을 흔들고 가는 듯
月珠敲擊水晶盤.[27]　명월주가 수정 소반을 두드리는 듯
自憐淮海同泥滓,[28]　멀리 회해에서 진흙처럼 낮게 내려왔는데
恨魄癡心未能死.　　　한스럽고 어리석은 마음 죽지 않았구나
惆悵追懷萬事空,　　　슬프게 지난 날 돌아보니 만사가 헛되니
雍門琴感徒爲爾![29]　옹문의 거문고 듣고 이렇게 느낄 뿐이라

평석 서문에서 군을 다스리는 데서 시작하였지만, 시는 오히려 먼저 곡강에서 베푼 잔치에 대해 완곡하고 충분히 쓰고, 그런 연후에 자신의 외직과 선재 제자의 처연한 연주를 듣고, 말미에서 두 갈래를 마무리했으니 정감이 무한하다.(題係守郡說入, 詩却先寫賜宴曲江, 婉曲淋漓, 然後轉入播遷, 復聽善才弟子彈絃淒怨, 末路雙收兩層, 神情無限.)

해설 비파의 명수 조 선재의 제자가 타는 비파 연주를 들은 후 이미 작고한 선재를 그리며 지은 시이다. 자신의 회상을 중심으로 시대와 인사와 음악을 서로 결합하였다. 829년(大和 3년) 봄 저주(滁州)자사로 있을 때 지은 것으로 보인다.

---

25) 심주 : 곡강에서 잔치를 베푸는 일로 되돌아갔다.(回環賜宴曲江.)
26) 秋吹(추취) : 추풍. 가을바람. ○神女佩(신녀패) : 선녀의 패옥. 정교보(鄭交甫)가 한고대(漢皐臺) 아래에서 우연히 두 선녀를 만났는데, 그녀들이 준 패옥을 안고 기뻐했는데 조금 후 패옥이 없어졌고, 뒤돌아보니 두 선녀도 사라졌다. 『열선전』 참조.
27) 月珠(월주) : 명월주. 이 구는 비파의 소리를 형용하였다.
28) 淮海(회해) : 회하에서 황해 일대까지를 말한다. 지금의 강소성 북부와 안휘성 동부 지역. 여기서는 저주를 가리킨다.
29) 雍門(옹문) : 옹문자주(雍門子周). 전국시대 사람으로 거문고를 잘 탔다. 맹상군이 듣고는 울면서 "선생의 거문고 연주는 저(이름은 田文)로 하여금 나라와 성읍을 잃은 사람처럼 만듭니다"(先生之鼓琴, 令文若破國亡邑之人.)고 하였다. 『설원』 「선세」(善說) 참조.

이익(李益)

밤에 서성에 올라 〈양주〉를 들으며(夜上西城聽梁州)[1]

行人夜上西城宿,[2]	행인이 밤에 서성에 올라 묵는데
聽唱梁州雙管逐.[3]	쌍봉관으로 연주하는 〈양주〉 노래 듣노라
此時秋月滿關山,	이때에 가을 달빛 관산(關山)에 가득하니
何處關山無此曲?	그 어느 관산인들 이 곡조가 없으랴?
鴻雁新從北地來,	이제 막 북방에서 날아오던 기러기가
聞聲一半却飛回.	그 소리 듣고는 반은 거꾸로 돌아가더라
金河戍客腸應斷,[4]	금하의 수자리에서 애간장이 끊어지니
更在秋風百尺臺.[5]	더구나 가을바람이 백 척 누대에 부는데

해설 변방에서 〈양주〉(梁州) 곡을 듣고 고향을 생각하며 지은 시이다. 달빛 가득한 밤 가을바람 불 때 들려오는 노래와 피리 소리는 어찌 할 수 없는 향수를 불러일으킨다. 날아오던 기러기들마저 차마 듣기 힘들어 반은 되돌아 날아간다고 하였다.

---

1) 西城(서성) : 서수항성(西受降城)의 약칭. 지금의 내몽골 항진허우치(杭錦後旗) 소재.
   ○梁州(양주) : 涼州曲(양주곡)을 가리킨다. 『악부시집』에서는 근대곡사로 분류했다.
2) 行人(행인) : 출정나간 사람. 작자 자신을 가리킨다.
3) 雙管(쌍관) : 쌍봉관(雙鳳管). 피리 따위를 두 개 나란히 합쳐 묶은 형태의 취주악기.
4) 金河(금하) : 서수항성 동쪽에 있는 하천. 지금의 내몽골 황하 북안의 우량쑤(烏梁素) 호수 북쪽에 소재.
5) 百尺臺(백척대) : 백 척 높이의 봉화대.

들밭의 노래(野田行)

日沒出古城,	해 저물어 성을 나오니
野田何茫茫!	들녘이 어찌 그리 망망한가!
寒狐嘯靑塚,	여우가 무덤 위에서 울고
鬼火燒白楊.[6]	도깨비불이 버드나무에 가득하구나
昔人未爲泉下客,[7]	고인이 아직 황천에 가지 않고 살아 있을 때
行到此中曾斷腸.	이곳에 왔을 땐 애간장이 끊어졌으리

해설 성 밖의 넓은 들녘의 황폐한 정경을 보고 삶과 죽음을 생각하였다. 무덤과 버드나무가 늘어선 곳에서 사자가 생자였을 때를 회상하며, 생자 역시 사자될 것을 암시하며, 인생에 대한 깊은 감개를 나타내었다. 『악부시집』에서는 '신악부사'로 분류하였다.

하주 성루에 올라 출정하는 병사를 보며
　　'육주호아가'를 제목으로 지음(登夏州城樓觀征人, 賦得六州胡兒歌)[8]

六州胡兒六蕃語,[9]	육주의 호아들은 쓰는 언어도 제각각인데
十歲騎羊逐沙鼠.[10]	열 살 때 양을 몰고 모래쥐를 쫓아다니지

---

6) 鬼火(귀화) : 인광(燐光). 도깨비불.
7) 泉下客(천하객) : 황천 아래의 나그네. 곧 죽은 사람.
8) 夏州(하주) : 치소는 삭방(朔方)으로, 지금의 섬서성 정변현(靖邊縣). ○賦得(부득) : 제목이 지정되었거나 한정되었음을 가리킨다. ○六州(육주) : 679년(調露 원년) 돌궐에서 항복한 가호를 모아 영주(靈州) 남쪽에 설치한 노주(魯州), 여주(麗州), 함주(含州), 새주(塞州), 의주(依州), 거주(契州) 등 여섯 주를 말한다.
9) 六蕃語(육번어) : 여섯 가지 비한족의 언어.
10) 沙鼠(사서) : 모래쥐. 황무지쥐. 건조한 지역에서 서식하며, 토끼만 한 크기로 식물의 뿌리나 씨를 먹고 산다.

沙頭牧馬孤雁飛,[11]　　말을 치는 모래밭에 외기러기 날아가는데
漢軍遊騎貂錦衣.[12]　　한나라 유격 기병은 담비 가죽옷 입었더라
雲中征戍三千里,[13]　　운중의 수자리까지 삼천 리
今日征行何處歸?　　오늘 떠나면 어느 곳에서 돌아오나?
無定河邊數株柳,[14]　　무정하 강가에 몇 그루 버드나무
共送行人一杯酒.　　행인을 송별하며 술 한 잔을 나눈다
胡兒起作和蕃歌,　　호아는 일어나 이민족 노래 부르고
齊唱鳴鳴盡垂手.[15]　　함께 노래하며 모두 '수수'(垂手) 춤을 추는구나
心知舊國西州遠,[16]　　고향 서주(西州)까지는 아득히 먼 것을 아는데
西向胡天望鄉久.　　서쪽 하늘 향해 오랫동안 고향을 그리는구나
回頭忽作異方聲,　　고개 돌려 홀연히 이방의 소리 울리니
一聲回盡征人首.　　소리 한 자락에 병사들의 머리가 모두 돌아가누나
蕃音虜曲直難分,　　이민족 말과 노래는 진실로 알아듣기 어렵지만
似說邊情向塞雲.　　마치 구름을 향해 마음을 호소하는 듯
故國關山無限路,[17]　　고향까지는 끝없는 길에 관산이 이어져
風沙滿眼斷征魂.　　두 눈 가득 모래바람 병사의 혼이 아득해라
不見天邊青草塚,[18]　　보지 못하는가, 하늘 끝에 있는 푸른 무덤을

---

11) 沙頭(사두) : 강가의 모래밭.
12) 遊騎(유기) : 순찰과 돌격의 임무를 맡은 기병. ○ 貂錦(초금) : 담비 가죽옷과 비단 전포(戰袍). 한대 우림군이 입는 옷으로 정예부대를 가리킨다.
13) 雲中(운중) : 운중군. 진한(秦漢)시대의 지명으로 지금의 내몽골 후허하오터(呼和浩特)시의 속현인 투어커투어(托克托) 동북 지역에 해당한다. 여기서는 변경을 가리킨다.
14) 無定河(무정하) : 황하의 지류. 섬서성 북부에 소재한다. 삭주 삭방현에서 발원하며 일명 삭수(朔水)라 한다. ○ 數株柳(수주류) : 몇 그루 버드나무. 송별할 때 버드나무 가지를 꺾어주는 풍습이 있다.
15) 垂手(수수) : 춤 이름. 두 손을 내리고 추는 춤.
16) 西州(서주) : 640년(貞觀 14년) 고창을 멸하고 세운 행정구역. 791년(貞元 7년)에 티베트 강역으로 편입되었다.
17) 故國(고국) : 고향.
18) 青草塚(청초총) : 청총. 한대 왕소군(王昭君)의 무덤을 가리킨다. 북방은 백초가 많은데 왕소군의 무덤만은 홀로 푸르렀다고 한다.

古來愁殺漢昭君![19]　　예부터 한나라 왕소군이 시름겨워 했음을!

평석 이익은 변새시를 가장 잘 지어, '회악의 봉화대 앞 모래는 눈과 같고' 일절 뿐만 아니라 다른 시도 사람을 감동시키기 족하다.(君虞最長邊塞詩, 不獨'回樂烽前'一節, 足以動人.)

해설 출정하는 호아들을 보내며 쓴 시이다. 이들은 당나라에 귀화한 비한족 병사들로, 하주를 떠나 운중으로 행군하려고 한다. 일부는 투루판 등지에서 온 사람도 있어, 시는 주로 변방의 황량한 정경 속에 그들이 고향을 그리워하는 모습을 묘사했다.

양거원(楊巨源)

버들개지 떨어지고(楊花落)

北斗南回春物老,[1]	북두칠성 남으로 돌아 봄이 깊어지면
紅英落盡綠尚早.	붉은 꽃 다 지고 신록이 푸르러지네
韶風澹蕩無所依,[2]	부드러운 바람은 메인 데 없이 흔들리고

---

19) 昭君(소군) : 서한 원제(元帝) 때 궁녀. 본명은 왕장(王嬙). 소군(昭君)은 자(字)이다. 기원전 33년 흉노의 왕 호한야(呼韓邪)가 한나라에 화친을 구하며 청혼할 때 자원하였다. 『한서』「흉노전」참조.

1) 北斗(북두) 구 : 고대인은 초저녁에 북두칠성의 자루가 가리키는 방향을 보고 계절을 판단하였다. 동쪽을 가리키면 봄이고, 남쪽을 가리키면 여름이고, 서쪽을 가리키면 가을이고, 북쪽을 가리키면 겨울이다. 북두칠성 자루가 동에서 남으로 이동하면 봄이 지나고 여름이 시작된다. 『갈관자』「환류」(環流) 참조. ○春物(춘물) : 봄날의 경치. 일반적으로 꽃과 초목을 가리킨다.

2) 韶風(소풍) : 부드러운 바람. ○澹蕩(담탕) : 물결이나 바람이 흔들리다.

偏惜垂楊作春好.	특히나 수양버들 좋은데 봄 되어 더욱 좋아라
此時可憐楊柳花,	이때 사랑스러운 버들개지는
縈盈艶曳滿人家.3)	선회하고 하느적거리며 집집마다 가득해라
人家女兒出羅幕,	집안의 여인이 비단 휘장에 나와
靜掃玉庭待花落.	마당을 조용히 쓸고 버들개지 떨어지길 기다려
寶環纖手捧更飛,	옥팔찌 낀 섬섬옥수로 받아도 다시 날아가고
翠羽輕裾承不著.4)	비취색 가벼운 치마에 얹혀도 묻지 않아라
歷歷瑤琴舞態陳,	거문고 앞에서는 뚜렷이 춤추는 모습이고
霏紅拂黛憐玉人.5)	붉은입술 먹빛 눈썹 스쳐가며 옥인(玉人)을 사랑하네
東園桃李芳已歇,	정원에 복사꽃과 오얏꽃은 이미 시들었는데
獨有楊花嬌暮春.	오로지 버들개지만이 늦봄에 아리따워라

평석 아이들이 버들개지를 잡는 모습은 별다른 운미가 없는데, 미녀가 버들개지와 노는 것은 풍신(風神)이 무한하다. '옥팔찌 낀 섬섬옥수' 두 구는 형용을 지극히 잘 했다.(兒童捉柳花, 無甚情味, 美人遊戲楊花, 風神無限矣. '寶環纖手'一聯, 形容盡善.)

해설 늦봄에 분분이 나부끼는 버들개지를 노래하였다. 가볍게 날리며 춤추는 모습을 묘사하는데 주력하여, 바람과 신록과 여인과 다른 꽃들을 차례로 내세워 뚜렷이 그 풍치를 드러내었다. 일반적인 버들개지 관련 시편들이 갖기 쉬운 감상의 정조가 없으며, 필치가 경쾌하고 정감이 풍부하다.

---

3) 縈盈(영영) : 가볍게 선회하다. ○艶曳(염예) : 여인의 자태가 곱고 빼어나다. 여기서는 꽃잎이 나부끼며 떨어지다.
4) 翠羽(취우) : 물총새 깃털로 장식한 옷.
5) 霏紅(비홍) : 붉은 꽃잎이 날리다. 여기서는 붉은 화장을 한 여인 앞에 날리다.

장적(張籍)

옛 비녀에 대한 탄식(古釵歎)

古釵墜井無顔色,	옛 비녀가 우물에 떨어져 빛을 잃었다가
百尺泥中今復得.	백 척 아래 진흙에서 지금 다시 찾았어라
鳳凰宛轉有古儀,[1]	휘어도는 봉황 문양은 고대의 형식이어서
欲爲首飾不稱時.	머리에 꽂으려 해도 시속의 유행과 맞지 않아라
女伴傳看不知主,	여자 친구들에게 돌려 보아도 주인을 알 수 없는데
羅袖拂拭生光輝.	비단 소매로 닦아 보니 광휘가 생겨나오네
蘭膏已盡股半折,[2]	머리 기름은 흔적 없고 한쪽도 부러져
雕文刻樣無年月.[3]	조각된 문양으론 언제 만들었는지 알 수 없어라
雖離井底入匣中,	비록 우물 바닥에서 나와 향갑 속에 들어가도
不用還與墜時同.	쓰지 않은 바에야 우물 속과 마찬가지라

해설 우물 속에서 찾은 오래된 비녀를 통해 재능이 있으나 쓰이지 못하는 사람의 처지를 비유하였다. 비녀가 고대의 형식이라 현재에 쓰이지 않고, 향갑 속에 들어가니 우물 속과 다름없음을 말하였다. 이는 능력을 발휘하지 못하고 묻히는 사람을 비유한 것이지만, 다른 한편 사람은 현실에 적응하여 자신의 재능을 발휘하도록 노력해야 한다는 뜻으로도 볼 수 있다.

---

1) 宛轉(완전) : 부드럽고 완곡한 모양. ○古儀(고의) : 고대의 형식.
2) 蘭膏(난고) : 여인들이 머리에 바르는 기름. ○股半折(고반절) : 두 쪽으로 된 비녀가 부러져 한쪽은 없어지다.
3) 無年月(무연월) : 제작한 해와 달을 알 수 없다.

출정한 병사를 기다리는 아내의 원망(征婦怨)

九月匈奴殺邊將,	구월에 흉노가 변방의 장수를 죽이니
漢軍全沒遼水上.⁴⁾	한나라 군대는 요수 강가에서 전몰하였다
萬里無人收白骨,	만 리 멀리 백골을 거두는 사람도 없어
家家城下招魂葬.⁵⁾	성 아래 집집마다 초혼장을 지낸다
婦人依倚子與夫,⁶⁾	지어미란 자식과 남편에 기대어 사니
同居貧賤心亦舒.	가난해도 함께 살면 마음은 편하거늘
夫死戰場子在腹,	남편은 전장에서 죽고 아이는 뱃속에 있어
妾身雖存如晝燭!⁷⁾	소첩이 살아있다 해도 대낮의 촛불인 것을!

평석 이화가 지은 「조고전장문」의 축소본이라 할 수 있다.(李華弔古戰場文, 篇中可云縮本.)

해설 출정한 사람을 둔 아내의 입장에서 전쟁과 자신의 처지를 그려 전쟁의 참혹함을 나타내었다. 역대로 이 제재를 사용한 시는 많으나 글자마다 가슴이 저리는 말을 쓴 것으로 이 시가 손꼽힌다.

---

4) 漢軍(한군) : 한나라 군대. 여기서는 당나라 군대를 비유한다. 앞 구의 흉노도 거란(契丹)을 가리킨다. ○遼水(요수) : 요하(遼河). 지금의 길림성과 요녕성에 소재한 강. 당대에는 거란, 해(奚), 실위(室韋), 갈말(鞨靺) 등의 민족이 거주하였다.

5) 招魂葬(초혼장) : 혼을 불러 장례를 치르다. 의관장(衣冠葬)이라고도 한다. 사람이 객지에서 죽으면 시신을 염습할 수 없으므로 생전에 입던 옷으로 혼백을 부르고 옷을 관 속에 넣어 매장한다.

6) 依倚(의의) : 의지하다.

7) 晝燭(주촉) : 대낮의 촛불. 불필요한 물건을 비유하였다.

상가행(傷歌行)[8]

黃門詔下促收捕,[9]	문하성에서 조서를 내려 체포를 재촉하니
京兆尹繫御史府.[10]	경조윤이 어사대에 압송되었어라
出門無復部曲隨,[11]	문을 나서도 더 이상 부하들이 따르지 못하고
親戚相逢不容語.	친척들을 만나도 말을 할 수 없어
辭成謫尉南海州,[12]	판결이 확정되니 남해의 현위로 좌천되어
受命不得須臾留.[13]	명을 받으니 잠시라도 머물 수 없어라
身著青衫騎惡馬,[14]	청색 도포를 걸치고 비루먹은 말 타고
東門之外無送者.[15]	동문 밖에는 전송하는 사람도 없더라
郵夫防吏急喧驅,[16]	역졸과 호졸이 구경나온 사람들 몰아내는데
往往驚墮馬蹄下.	때때로 말발굽 아래로 놀라 떨어지더라
長安里中荒大宅,	장안 성안에 황량해진 대저택
朱門已除十二戟.[17]	붉은 대문 앞엔 이미 열두 창극이 치워졌어라

---

8) 傷歌行(상가행) : 악부제로 『악부시집』에는 '잡곡가사'로 분류하였다. 주로 세월이 흘러 노년이 되고 친구도 없어진 처지를 제재로 한다. 『전당시』에서는 위 시에 대해 "원화 연간에 양빙이 임하위로 폄적되었다"(元和中, 楊憑貶臨賀尉.)는 주석이 있다. 양빙은 809년 어사중승 이이간(李夷簡)의 탄핵으로 하주(賀州) 임하(臨賀, 광서 賀縣)현위로 좌천되었다.

9) 黃門(황문) : 문하성. 황제의 명령을 받아 시행한다.

10) 京兆尹(경조윤) : 경조부의 장관. 양빙은 809년에 경조윤이 되었다. ○ 繫御史府(계어사부) : 어사대에 압송되다. 어사대는 형법을 집행하며 백관의 죄를 규찰하는 관서.

11) 部曲(부곡) : 부하.

12) 辭成(사성) : 판결이 확정되다. ○ 謫尉(적위) : 현위로 폄적되다. ○ 南海州(남해주) : 남해의 마을.

13) 須臾(수수) : 잠시의 시간.

14) 青衫(청삼) : 청색 도포. 당대 8품과 9품 관리가 입는 관복.

15) 東門(동문) 구 : 양빙이 죄를 지으니 친척과 인척이 연루될까 꺼려 인사하러 가는 사람이 없었다. 오직 서회(徐晦)만이 남전에서 양빙을 전송하였다. 『신당서』「양빙전」 참조.

16) 郵夫(우부) : 역졸. ○ 防吏(방리) : 호송을 담당하는 관리. ○ 喧驅(훤구) : 큰 소리로 백성들을 몰아내다.

17) 十二戟(십이극) : 열두 자루의 창극. 당대에는 3품 이상의 관원은 관사 앞에 의장으

高堂舞榭鎖管絃,　　　높은 대청 춤추던 누각엔 관현악이 끊기고
美人遙望西南天.　　　미인이 멀리 서남쪽 하늘을 바라보더라

평석 이 시는 양빙이 임하현 현위로 폄적되어 가기에 지었다. 경조윤 양빙은 희첩을 많이 두고 저택을 규정 이상의 규모로 지었기에 탄핵을 받아 폄적되었다.(此爲楊憑貶臨賀尉而作. 憑爲京兆尹, 廣蓄姬妾, 築第逾制, 爲人糾劾, 貶之.)

해설 원화 연간 경조윤 양빙(楊憑)의 폄적을 제재로 하였다. 아마도 명리를 추구하는 사람을 경계하는 뜻으로 보인다. 809년 장적이 태상시의 태축(太祝)으로 있을 때 지은 것으로 보인다.

오서곡(烏棲曲)[18]

西山作宮花滿池,[19]　　　서산에 궁전을 지으니 연못 가득 꽃이요
宮烏曉鳴茱萸枝.　　　궁중의 까마귀는 새벽에 수유 가지 위에서 울어라
吳姬采蓮自唱曲,　　　오 지방 여인이 연밥을 따며 절로 노래하니
君王昨夜舟中宿.　　　군왕은 어젯밤에 배 안에서 잤더라

해설 오 지방의 수려한 경관을 배경으로 군왕에 대한 완곡한 비판을 보였다. 전반부는 경관을 묘사하고 후반부는 인사를 서술했다. 군왕이 배에서 묵었다는 내용은 사소하며 풍경의 일부 같아 보이지만, 다른 한편으로 역사적 이미지를 환기하여 경미한 풍자를 보인다.

　　　로 창극을 거꾸로 세워둔다.
18)　烏棲曲(오서곡) : 악부제로 『악부시집』에서는 '청상곡사'(淸商曲辭)로 분류하였다.
19)　西山(서산) : 태호의 호수 가운데 있는 섬. 지금의 강소성 오현(吳縣) 서남에 소재.

단가행(短歌行)[20]

靑天蕩蕩高且虛,[21]	푸른 하늘 드넓고 높고도 광활해
上有白日無根株.[22]	위에는 태양이 정처 없이 움직이네
流光暫出還入地,[23]	흐르는 빛 잠시 나와선 다시 땅속에 들어가니
使我年少不須臾.[24]	우리 젊은 시절 잠시라도 더 연장하지 못 하네
與君相逢勿寂寞,	그대와 만났으니 무위도식하지 마세나
衰老不復如今樂.	늙어지면 다시는 지금 같은 즐거움 없으리
金卮盛酒置君前,[25]	황금 잔에 술을 담아 그대 앞에 놓아두고
再拜勸君千萬年.	다시 한 번 절하며 천 년 만 년 살기 바라네

평석 축원하는 말이 바로 아픈 곳이다.(祝辭正是可傷之處.)

해설 드넓은 공간과 시간 속에 힘써 노력하기를 축원하였다. 전통적으로 급시행락(及時行樂)을 강조하던 「단가행」을 분발과 노력이라는 긍정적인 뜻으로 바꾸어놓았다.

촌로의 노래(野老歌)

老翁家貧在山住,　　　노옹의 집 가난하여 산에서 사는데

---

20) 短歌行(단가행) : 악부제로 『악부시집』에서는 '상화가사'(相和歌辭)로 분류하였다. 주로 향락의 때를 놓치지 마라(及時行樂)는 내용이다.

21) 蕩蕩(탕탕) : 끝없이 광활한 모양.

22) 根株(근주) : 뿌리가 있는 나무. 無根株(무근주)는 한 곳에 정해 있지 않고 뿌리 없이 움직이는 태양을 가리킨다.

23) 流光(유광) : 흐르는 물같이 움직이는 햇빛.

24) 須臾(수유) : 머물다. 연장하다.

25) 金卮(금치) : 황금으로 만든 술잔.

耕種山田三四畝,　　갈고 뿌리는 산밭이 서너 마지기 있다네
苗疎稅多不得食,　　싹은 성기나 세금은 많아 먹고 살기 어려운데
輸入官倉化爲土.　　관가 창고로 들어가면 썩어서 흙으로 변한다네
歲暮鋤犁傍空室,　　연말이면 빈 집에 호미와 쟁기를 기대놓고
呼兒登山收橡實.[26]　아이 불러 산에 올라 도토리를 줍는다네
西江賈客珠成斛,[27]　서강의 상인은 진주 한 말 있다는데
船中養犬長食肉.　　배안에서 개를 기르며 고기를 먹인다네

해설 가난한 촌로의 생활을 부유한 상인과 대비하여 그렸다. 일 년 내내 고생하여 농사를 짓지만 결실은 모두 세금으로 수탈되고 도토리를 먹으며 연명한다. 관아의 수탈로 쌓인 곡물은 관리를 제대로 하지 못하거나 가볍게 여기는 탓에 '흙으로 변하며', 사회상의 불공정한 처지는 상인의 생활과 비교되어 제시된다. 중당 이후 '전원의 어려움'(田園苦)을 노래한 시들 가운데 하나이다.

북망의 노래(北邙行)[28]

洛陽北門北邙道,　　낙양성의 북문에서 북망산 가는 길
喪車轔轔入秋草.　　상여 실은 수레가 가을 풀숲 지나간다
車前齊唱薤露歌,[29]　수레 앞에서 일제히 '해로가'를 부르니

---

26) 橡實(상실) : 도토리.
27) 西江(서강) : 장강의 중상류. 구강에서 무한 일대를 가리킨다. ○斛(곡) : 도량형 단위. 일 곡은 십 말.
28) 北邙(북망) : 북망산. 낙양의 북쪽에 있는 낮은 언덕으로, 풍수 명당 자리여서 동한과 위진시대에 공경대부들이 묘지로 삼았다.
29) 薤露歌(해로가) : 한대 악부에 나오는 「해로」(薤露)를 가리킨다. 해로(薤露)는 염교 위의 이슬을 말한다. 가사는 다음과 같다. "염교 잎의 이슬, 얼마나 쉽게 마르나? 이슬은 마르면 내일 아침 다시 내리는데, 사람은 죽어 한 번 가면 언제 다시 돌아오

高墳新起白峨峨.　　　높은 무덤 하얗게 새로 높이 솟아난다
朝朝暮暮人送葬,　　　아침마다 저녁마다 상여가 나가지만
洛陽城中人更多.　　　낙양성엔 사람이 더욱 많아졌어라
千金立碑高百尺,　　　천 금으로 세운 비석 높이가 백 척인데
終作誰家柱下石!30)　　결국에는 남의 집에 기둥 받침대 되었구나!
山頭松柏半無主,　　　북망산 소나무와 측백나무 반은 주인이 없고
地下白骨多於土.　　　지하에는 백골이 흙보다 많더라
寒食家家送紙錢,　　　한식일에 집집마다 지전을 보내는데
烏鳶作窠銜上樹.31)　　까마귀와 솔개가 둥지 지으러 물어가더라
人居朝市未解愁,32)　　조정과 시장에 사는 사람들 죽음을 모르니
請君暫向北邙遊.　　　그대 잠시 북망산에 올라가 둘러보고 오게나

해설 낙양의 북망산을 둘러보고 생사의 의미에 대해 사색한 시이다. 한
대 악부시 「해로」와 「호리」를 시작으로 생사를 함께 바라보라는 의미를
표현하는 경우가 많다. 서진 장협(張協)의 「등북망부」(登北邙賦)도 동일한
제재를 다루었다. 악부제 「양보음」과 「호리행」도 같은 계열의 시이다.

먼 길 가는 사람을 보내며(送遠曲)33)

戲馬臺南山簇簇,34)　　희마대 남쪽으로 산봉우리 올망졸망

　　나?"(薤上露, 何易晞? 露晞明朝更復落, 人死一去何時歸?)
30)　**심주** : 장지를 지나치게 따지는 사람은 이 구를 읽으면 확연히 깨달을 수 있을 것이
　　다.(沈溺於葬地者, 讀此可以恍然.)
31)　烏鳶(오연) : 까마귀와 솔개. ○窠(과) : 둥지.
32)　朝市(조시) : 조정과 시장. 이익과 명예를 추구하는 곳.
33)　送遠曲(송원곡) : 악부제로 '고취곡사'에 속한다.
34)　戲馬臺(희마대) : 서주 팽성(彭城, 강소 서주시) 성남에 소재한 누대. 일찍이 항우가
　　진나라를 멸망시키고 서초패왕이 되어 팽성을 도읍지로 하였을 때, 성남의 남산에

山邊飮酒歌別曲.　　　　산 옆에서 술 마시며 이별 노래 부르네
行人醉後起登車,　　　　떠나는 사람 취하고서 수레에 오르고
席上回尊勸僮僕.³⁵⁾　　자리에서 술잔 돌리며 동복에게 술잔 권하네
靑天漫漫覆長路,　　　　푸른 하늘 광활하게 먼 길을 덮고 있는데
遠遊無家安得住?　　　　멀리 나가 집도 없이 어디에서 머무려나?
願君到處自題名,　　　　원컨대 가는 곳마다 그대 이름 써 놓기를
他日知君從此去.³⁶⁾　　다음에 그대가 어디에 갔는지 알 수 있도록

해설 친구를 보내며 쓴 송별시이다. 악부제의 형식으로 이별의 일반적인 의미를 광활한 배경 속에 소탈한 마음으로 표현하였지만, 희마대라는 지명으로 구체적인 일을 가리키고 있는 듯하다. 이 시는 구체성과 일반성이 맞물리는 지점에 놓여 있어 묘미가 있다. 말 두 구는 조만간 친구를 찾아가겠다는 뜻으로 깊은 운미를 남긴다.

왕건(王建)

농가의 노래(田家行)¹⁾

男聲欣欣女顔悅,²⁾　　　남자의 목소리 즐겁고 여자의 얼굴은 기뻐

축대를 쌓고 누대를 올려 말을 부리는 것을 관람하였다고 한다. ○簇簇(주주) : 모여 있는 모양.
35) 尊(존) : 술잔. ○勸(권) : 술을 권하다.
36) 심주 : 먼 길 가는 사람을 보내는 시 가운데 말 2구와 같은 말을 쓴 사람이 없었다. (從前送遠詩, 此章未曾寫到.)
 1) 田家行(농가행) : 악부제로 '신악부사'에 속한다.
 2) 欣欣(흔흔) : 즐거운 모양.

人家不怨言語別,[3]	농가에는 원망 없고 말들이 떠들썩해
五月雖熱麥風淸,[4]	오월이라 더워도 보리 바람은 맑아
檐頭索索繰車鳴,[5]	처마 아래 윙윙윙 물레소리 울린다
野蠶作繭人不取,[6]	야생 누에가 고치를 지어도 거두는 사람 없어
葉間撲撲秋蛾生.	잎 사이에 퍼덕퍼덕 가을 나방이 나온다
麥收上場絹在軸,	보리는 타작마당에 쌓이고 견사는 축에 감기어
的知輸得官家足.[7]	헌납하면 관가에서 만족하리라 분명히 알겠어라
不望入口復上身,[8]	보리를 먹으면서 견사를 걸치리라 바라지 않지만
且免向城賣黃犢.	성으로 들어가 누런 송아지 팔지 않아도 되겠네
回家衣食無厚薄,[9]	집에 돌아와 옷과 음식에 여유가 없어도
不見縣門身卽樂![10][11]	현의 관아에 들어가지 않으면 그것이 즐거운 일!

해설 늦봄에 농가에서 일하는 사람의 복잡한 심사를 그렸다. 누에친 견사와 타작한 보리가 거의 다 관아로 들어가 먹고 입을 게 없지만, 그래도 송아지를 뺏기지 않고 소송으로 관아에 들어가지 않는 것을 낙으로 삼았다. 이 시는 먹고 입을 것이 없어도 차라리 관리의 핍박을 받는 것보다 낫다는 뜻을 나타낸다고 할 수 있다. 장기간 관리의 수탈을 당한 농민의 절망감이 자기 위안의 방식으로 기형적으로 드러났다.

---

3) 人家(인가) : 농가.
4) 麥風(맥풍) : 보리가 익을 때 부는 바람.
5) 索索(삭삭) : 물레 켜는 소리. ○繰車(소거) : 소사거(繰絲車). 고치로 실을 켜는 물레.
6) 野蠶(야잠) 구 : 야생 누에가 고치를 만들어도 거두는 사람이 없음. 견사를 많이 생산하였음을 말한다.
7) 的知(적지) : 확실하게 알다.
8) 入口(입구) : 보리를 입에 넣다. ○上身(상신) : 견사를 몸에 걸치다.
9) 無厚薄(무후박) : 얇고 두터움을 따지지 않는다. 힘들어도 견디다.
10) 심주 : 이것을 지키는 것이 곧 좋은 농민이다.(守此於便爲良農.)
11) 不見(불견) 구 : 소송으로 관청에 가지 않으면 그것이 곧 즐거운 일이다.

창 앞에서 베를 자며(當窓織)

歎息復歎息,	탄식하고 또 탄식하니
園中有棗行人食.	정원에 있는 대추를 행인이 먹었습니다
貧家女爲富家織,	가난한 여자가 부잣집에서 베를 짜니
翁母隔牆不得力.[12]	시어머니가 벽 건너 계셔도 도와주지 못하네요
水寒手澁絲脆斷,[13]	손이 차고 서툴러서 실이 자주 끊어져
續來續去心腸爛.[14]	이리저리 잇자니 심장과·애가 터지네요
草蟲促促機下啼,[15]	귀뚜라미 귀뚤귀뚤 베틀 아래서 우는데
兩日催成一匹半.	이틀을 서둘러서 한 필 반을 짰네요
輸官上頭有零落,[16]	관리 앞에 납부하고 그래도 남았지만
姑未得衣身不著.	시어머니께 입힐 만큼 되진 않네요
當窓却羨青樓倡,[17]	창 앞에서 오히려 청루의 기녀를 부러워하니
十指不動衣盈箱.[18]	손가락 까닥 안 해도 상자에 옷이 가득하네요

해설 가난한 여인의 고생을 형상화하였다. 일하는 사람은 가지지 못하고, 가진 사람은 일하지 않는 불합리한 사회 현상을 들추어냈다. 어조와 표현이 악부의 예스러움을 가지고 있다. 첫머리 2구는 비흥의 방법으로 자신의 노력을 남이 가로챔을 환기하였다.

---

12) 翁母(옹모) : 시어머니. ○不得力(부득력) : 힘을 쓸 수 없다. 도울 수 없다.

13) 澁(삽) : 날씨가 추워 손이 서툴다.

14) 心腸爛(심장란) : 심장과 창자가 문드러지다. 마음이 초조하다.

15) 促促(촉촉) : 벌레 우는 소리. 귀뚜라미를 촉직(促織) 또는 추직(趨織)이라 부르는 것은 그 우는 소리가 베틀을 빨리 움직일 대 나는 소리가 연상되기 때문이다. 더불어 서둘러 베를 짜라는 뜻을 중의적으로 사용하였다.

16) 上頭(상두) : 위. ○零落(영락) : 잉여 물건.

17) 青樓倡(청루창) : 기녀. 청루는 기녀의 거처를 가리킨다.

18) 심주 : 본뜻은 이를 비판한 것이니 '부러워하다'는 말은 적절하지 못하다.(本意薄之, 然'羨'字失言矣.)

거울을 품고 점을 치다(鏡聽詞)[19]

重重摩挱嫁時鏡,[20]	시집 올 때 가져온 거울 여러 번 문질러서
夫婿遠行憑鏡聽.	객지에 나간 남편 소식 거울로 점쳐보자
回身不遣別人知,[21]	몸을 돌려 다른 사람들이 알지 못하게 하고
人意丁寧鏡神聖.[22]	사람의 뜻 간절하니 거울이 신령함 보이리라
懷中收拾雙錦帶,[23]	비단 띠 묶인 거울을 가슴에 품어 안으니
恐畏街頭見驚怪.	길거리 사람들이 보게 되면 놀랄까 두려워라
嗟嗟嚌嚌下堂階,[24]	낮게 탄식하며 대청 섬돌을 내려가
獨自竈前來跪拜.	혼자 부뚜막 앞에서 꿇어앉고 절을 하네
出門願不聞悲哀,	문을 나서니 슬픈 점괘 듣고 싶지 않아
郎在任郎回未回.	낭군이 살아있다면 오지 않아도 괜찮은 일
月明地上人過盡,	달 밝은 곳에 사람들 다 지나가고
好語多同皆道來.[25]	좋은 말이 다 같아 모두 '온다'고 말하네
卷帷上床喜不定,	휘장 걷고 침상에 누웠어도 기쁨을 누르지 못해
與郎裁衣失翻正.	낭군에게 줄 옷을 마름하다 안과 밖이 바뀌었네
可中三日得相見,[26]	만약에 삼일 안에 만날 수 있을까 싶어
重繡鏡囊磨鏡面.	주머니 다시 수놓으며 거울을 닦는다네

평석 여인의 말투를 묘사하였는데 아주 닮았다.(摹寫兒女子聲口, 可云惟肖.)

---

19) 鏡聽(경청) : 점복을 치는 방법 가운데 하나. 연말의 제야 또는 새해의 원단에 가슴
   에 거울을 품고 문밖에 나가 오가는 사람의 말을 몰래 듣고 그 첫 번째 들은 말로써
   다음 해의 길흉을 점친다.
20) 摩挱(마사) : 손으로 문지르다.
21) 遣(견) : ~하게 하다.
22) 丁寧(정녕) : 간절하다. ○神聖(신성) : 신령스럽다.
23) 錦帶(금대) : 비단 띠. 거울의 등에 있는 단추에 끼우는 손잡이용 띠.
24) 嗟嗟嚌嚌(차차철철) : 낮은 소리로 탄식하다.
25) 皆道來(개도래) : 모두 '래'(來)라고 말하다. 모든 사람들이 '온다'는 말을 하다.
26) 可中(가중) : 만약. 당대의 속어이다.

 밤중에 거울을 품고 나가 행인의 말소리를 듣고 점을 치는 풍속을 제재로 하여 남편을 기다리는 여인의 마음을 그렸다. 특이한 제재를 잘 잡아 여인의 행동과 마음을 완곡하고 섬세하게 포착하였다. 사람의 진정은 구체적인 풍속과 행위를 통해 드러남을 보였다.

망부석(望夫石)[27]

望夫處,	남편 떠난 쪽 바라보는 곳
江悠悠.	강물은 유유히 흘러라
化爲石,	바위로 변하여
不回頭.	돌아보지 않아라
山頭日日風復雨,	산에는 날마다 바람 불고 비 내리는데
行人歸來石應語.	남편이 돌아오면 바위는 분명 말을 하리라

 민간 설화를 시화한 작품이다. 애절하고 간결한 언어로 돌이 된 여인의 견결한 형상을 그려냈다. 애절함과 견결함이 서로 어우러져 높은 비극적 정서를 완성하였다.

단가행(短歌行)

人初生,	사람이 막 태어나면

---

27) 望夫石(망부석) : 아낙이 객지에 나간 남편이 돌아오기를 기다리다 바위로 변하였다는 전설을 말한다. 망부석 이외에 망부산(望夫山)과 망부대(望夫臺)의 이름으로 중국의 여러 곳에 관련 전설과 유적이 있다. 비교적 초기의 자료로는 유의경(劉義慶)의 『유명록』(幽明錄)에 나오는 무창(武昌)의 북산(北山)에 있는 망부석으로, 전장에 나가는 남편을 아낙이 아이와 전송하다가 돌로 변했다고 한다.

日初出.[28]	해가 막 떠오른 것과 같아
上山遲,	산을 오를 때는 더디지만
下山疾.	산을 내려갈 때는 빨라
百年三萬六千朝,	백 년은 삼만 육천 일
夜裏分將强半日.[29]	밤을 빼면 하루의 반보다 약간 길어
有歌有舞須早爲,	노래와 춤이 있으면 모름지기 일찍 즐기세
昨日健於今日時.	어제는 오늘보다 더 젊었다네
人家見生男女好,	사람은 아이 낳으면 좋아하지만
不知男女催人老.	아이 때문에 사람이 늙어가는 줄 모르더라
短歌行,	단가행
無樂聲.	음악 소리 없어라

평석 이 가사를 읽어보니 세상 사람들이 일생 동안 평범하게 자손들을 위해 소와 말이 된 것을 생각하니 참으로 어리석기 그지없다.(讀此辭, 覺世人一生碌碌爲兒孫作馬牛者, 眞癡絶也.)

해설 인생의 짧음을 말하면서 즐거움을 찾기를 당부하였다. '단가행'은 악부제로 주로 향락의 때를 놓치지 마라(及時行樂)는 내용으로 되어 있다. 조조는 「단가행」에서 "술을 마주하고 노래를 하나니, 인생이란 얼마나 짧은가?"(對酒當歌, 人生幾何?)라 하였고, 육기도 「단가행」에서 "고당에 술 동이를 놓고, 술잔을 마주하며 슬픈 노래 부르노라"(置酒高堂, 悲歌臨觴.)라 하였다. 이 시는 정감으로 호소하기보다는 직접적인 각성을 강조하였다.

---

28) 심주 : 고악부의 정신이 있다.(古樂府神理.)
29) 分將(분장) : 나누다. ○强(강) : 많다.

다니며 달을 보고(行見月)

月初生,	달이 막 초승이어서
居人見月一月行.³⁰⁾	집안사람 달을 볼 때 나는 한 달째 걷는다네
行行一年十二月,	걷고 걷다 보니 일 년 열두 달
强半馬上看盈缺.³¹⁾	언제나 말 위에서 차고 기우는 걸 보았어라
百年歡樂能幾何?	백 년 동안 살면서 기쁨은 얼마큼인가?
在家見少行見多.	집에서는 안보아도 걸으면서 많이 봤지
不緣衣食相驅遣,³²⁾	옷과 밥 때문에 떠도는 게 아니라면
此身誰願長奔波?	이 몸은 누굴 위해 오랫동안 다니랴?
篋中有帛倉有粟,	바구니에 비단옷 있고 창고에 좁쌀 있다면
豈向天涯走碌碌!	어찌 하늘 끝에서 힘들게 다니리!
家人見月望我歸,	식구들이 달을 보며 내 돌아오길 기다릴 때
正是道上思家時.	나는 마침 길 위에서 집안 생각한다네

해설 장기간 객지에서 떠도는 사람이 집을 그리는 마음을 썼다. 객지를 떠도는 이유를 옷과 밥 때문이라고 명확히 말하고 있어 고금의 유랑과 행역이 하나임을 갈파하였다. 시는 시종 달을 중심에 두고 가족과 자신을 연결시키고 있다.

---

30) 居人(거인) : 집에 있는 사람.
31) 强半(강반) : 대부분. 거의.
32) 緣(연) : 때문에. ○驅遣(구견) : 쫓기다. 파견하다.

누에 섶(簇蠶辭)[33]

蠶欲老,	누에가 다 자라
箔頭作繭絲皓皓.[34]	대자리에 고치를 만드니 실이 하얗고 하얗구나
場寬地高風日多,	마당은 넓고 선반도 높아 맑은 바람 많아서
不向中庭晒蒿草.[35]	마당에 나가 쑥을 말릴 필요 없어라
神蠶急作莫悠揚,[36]	신령스런 누에가 재빠르게 고치를 짓게 하려고
年來爲爾祭神桑.	올해도 신령스런 뽕나무에 제사했다네
但得靑天不下雨,	다만 맑은 하늘에 비가 내리지 않기를 바라고
上無蒼蠅下無鼠.	위에는 파리가 없고 아래에는 쥐가 없기를 바라네
新婦拜簇願繭稠,[37]	젊은 아낙은 제사하며 고치가 많기를 기도하고
女灑桃漿男打鼓.[38]	여자는 복숭아나무 물 뿌리고 남자는 북을 치네
三日開箔雪團團,[39]	삼 일만에 열어보니 둥글게 뭉쳐진 눈과 같으니
先將新繭送縣官.[40]	제일 먼저 새 고치를 관아에 보내어야 하네
已聞鄕里催織作,	마을에서는 벌써 베를 짜라 재촉하는데
去與誰人身上著?	가져다 바치면 그 누구의 몸에 걸치게 되나?

평석 시의 주제는 다른 시인의 작품에도 있지만, 이 시는 더욱 정감이 있다.(意亦他人同有,

---

33) 簇蠶(족잠) : 누에가 고치를 짤 때 사용하는 섶.
34) 箔(박) : 누에를 키우는데 사용되는 대자리.
35) 晒(살) : 햇볕을 쬐다. ○蒿草(호초) : 쑥.
36) 神蠶(신잠) : 신령스러운 누에. 고대에는 누에의 신에게 제사를 지냈다. ○悠揚(유
  양) : 느리다.
37) 拜簇(배족) : 젊은 아낙이 섶에 올라가 고치를 짜는 누에를 위해 누에의 신에게 제사
  를 지내다. ○稠(조) : 빽빽하다. 많다.
38) 灑桃漿(쇄도장) : 복숭아나무를 담근 물을 뿌리다. 고대에 복숭아나무는 귀신을 쫓아
  낸다고 믿었다. 민간에서 누에의 신에게 제사지내는 의식에 사용된다. ○打鼓(타고)
  : 북을 치다. 신을 맞이하는 의식이다.
39) 雪團團(설단단) : 둥글둥글한 눈 같다. 고치가 눈같이 희고 조밀함을 형용하였다.
40) 縣官(현관) : 현의 관아.

然此覺入情.)

해설 누에가 고치를 짤 때의 긴장된 상황을 배경으로 신중하고 근면하게 일하는 사람들의 모습을 그렸다. 말미에서는 노동의 결과를 착취하는 데 대한 분노를 표현하였다. 누에치기의 작업 과정을 구체적으로 그린 수작 이다.

이하(李賀)

높은 수레의 방문―서문 붙임(高軒過幷序)

韓員外愈、皇甫侍御湜見過, 因而命作.
한유 원외랑과 황보식 시어의 방문을 받고 명에 따라 지음.

華裾織翠靑如蔥,	화려한 관복에 비췻빛 장식은 파처럼 파랗고
金環壓轡搖玲瓏.	굴레에 매달린 금 고리는 흔들리며 영롱한 소리로다
馬蹄隱耳聲隆隆,[1]	말발굽 소리 귀에 가득하고 수레 소리 우릉우릉
入門下馬氣如虹.	문에 들어와 말에 내리시니 무지개 기운이라
云是東京才子,[2]	말하기를 낙양의 재자요
文章鉅公.[3]	문장의 대가라

---

1) 隱耳(은이): 殷耳(은이)와 같다. 소리가 귀에 가득하다. ○隆隆(융륭): 수레가 굴러 가는 소리.
2) 東京才子(동경재자): 낙양의 재자. 황보식을 가리킨다.
3) 鉅公(거공): 巨公(거공)의 뜻. 거물. 중요한 인물. 한유를 가리킨다.

二十八宿羅心胸,[4]　　이십팔수 별자리가 가슴 속에 늘어서 있고
元精耿耿貫當中.[5][6]　　하늘의 정기가 형형하게 그 가운데에 빛나는구나
殿前作賦聲摩空,　　궁전에서 부(賦)를 지으면 명성이 하늘에 닿고
筆補造化天無功.[7]　　문필로 조물주의 부족을 보완하니 하늘보다 뛰어나다
龐眉書客感秋蓬,[8]　　눈썹 짙은 서생은 가을철 쑥대처럼 시들었는데
誰知死草生華風?　　누가 알았으랴, 죽은 풀이 봄날의 바람을 만날 줄을
我今垂翅附冥鴻,[9][10]　　내 지금 깃털 처진 새인데 하늘의 기러기에 의지하니
他日不羞蛇作龍.　　언젠가는 부끄럽지 않게 뱀이 용으로 변하리라

해설 한유와 황보식의 방문을 받고 지은 시이다. 실의에 잠겼을 때 두 사람의 관심을 받아 발탁해주기를 바라며 크게 분발하려는 뜻을 나타내었다. 『당척언』(唐摭言)에서는 이하가 7세 때 한유와 황보식의 방문을 받고 지은 시라고 하지만, 시 가운데 추봉(秋蓬), 사초(死草), 수시(垂翅) 등의 말로 보아 과거에 낙제한 후의 참담한 심정이었을 때 지은 것으로 보인다. 시의 기세와 어조가 한유의 시를 모방하였다.

---

4) 二十八宿(이십팔수) : 천상의 스물여덟 개 별자리. 동서남북 각각 일곱 개 별자리로 구성되어 있다. 여기서는 우주를 가슴에 품고 있다는 뜻으로 사용하였다.

5) 심주 : 광휘가 뒤챈다. 네 구는 한유의 시에 충분히 맞설 만하다.(精光煜燼, 四語韓公足以當之.)

6) 元精(원정) : 하늘의 정기(精氣). ○耿耿(경경) : 밝다.

7) 筆補造化(필보조화) : 조물주가 세상을 만들다 부족한 부분을 문필로 보완하다. ○天無功(천무공) : 하늘이 공이 없다. 하늘의 공적보다 더 뛰어나다는 뜻이다.

8) 龐眉書客(방미서객) : 눈썹이 굵은 서생. 이하 자신을 가리킨다. 이하는 눈썹이 짙고 굵으며 두 눈썹이 이어졌다. 이상은(李商隱)은 「이장길 소전」에서 '통미'(通眉)라고 하였다. ○秋蓬(추봉) : 가을의 마른 쑥대.

9) 심주 : 자신이 두 사람의 뒤를 따르고자 한다고 말하였다.(言己欲附二公後.)

10) 垂翅(수시) : 날개를 접다. 실의에 빠졌거나 낙담한 모습을 비유하였다. ○冥鴻(명홍) : 하늘 위로 높이 나는 기러기.

안문 태수의 노래(雁門太守行)[11]

黑雲壓城城欲摧,[12]	하늘의 검은 구름 성을 짓누를 듯한데
甲光向日金鱗開.[13][14]	햇빛 받은 철갑이 비늘처럼 번쩍인다
角聲滿天秋色裏,	가을 하늘 가득히 퍼져가는 뿔피리 소리
塞上燕脂凝夜紫.[15]	저무는 변방에 짙어지는 연지 빛 노을
半捲紅旗臨易水,[16]	붉은 깃발 펄럭이며 역수 강가에 다다르니
霜重鼓寒聲不起.[17]	된서리 혹한에 북소리도 얼었다
報君黃金臺上意,[18]	임금이 황금대에서 베푸신 후의에 보답하러
提携玉龍爲君死![19]	옥룡검을 빼어들고 임금 위해 죽으리라!

11) 雁門太守行(안문태수행) : 악부제로 『악부시집』에서는 '상화가'(相和歌)로 분류하였다. 현존하는 가장 오랜 가사는 한대의 작품으로 낙양령(洛陽令) 왕환(王渙)의 덕정(德政)을 기리는 내용이다. 육조와 당대의 작품은 모두 변방 병사들의 고난을 소재로 하고 있다. 안문은 안문군으로 지금의 산서성 서북부에 소재했다.

12) 黑雲(흑운) : 검은 구름. 『진서』「천문지」에 "견고한 성 위에는 검은 구름이 별처럼 떠 있는데 이를 군사의 정기라고 한다"(凡堅城之上有黑雲如星, 名曰軍精.)는 말이 있다. 이 구는 출병할 때의 구름 긴 모습에서 병사들의 비장하고 기개에 찬 정신을 표현하였다.

13) 金鱗(금린) : 금빛 비늘. 구름을 뚫고 내려온 햇빛에 갑옷이 번쩍이는 모습을 형용하였다.

14) 심주 : 어두운 구름이 하늘을 덮고 있을 때 갑자기 붉은 해가 나온다. 실제로 이러한 경관이 있다.(陰雲蔽天, 忽露赤日, 實有此景.)

15) 燕脂(연지) : 연지 색. 석양의 노을을 가리킨다. ○凝夜紫(응야자) : 장성(長城) 부근의 흙은 대부분은 자주색 진흙이기에 '자새'(紫塞)라고 하는데, 황혼 때 변방의 산야가 짙은 자줏빛으로 물들여지는 모습을 형용하였다.

16) 易水(역수) : 지금의 하북성 역현(易縣)에 소재한 강. 북경의 서남 방향으로 상당히 떨어진 곳에 위치한다. 전국시대 말기 진시황을 암살하러 가던 형가(荊軻)가 「역수의 노래」(易水歌)를 불렀던 곳이다. 여기서는 실제 전투 지역이라기보다는 비장감을 높이기 위해 이 지명을 끌어왔다.

17) 霜重(상중) 구 : 북방의 혹한 속에 이루어지는 전투를 묘사했으며, 동시에 환경 묘사를 통해 전투의 불리함을 암시하였다.

18) 黃金臺(황금대) : 전국시대 연 소왕(燕昭王)이 지은 누대. 천 금을 두고 각지의 유능한 인재를 초빙하였다.

19) 玉龍(옥룡) : 검을 가리킨다. 서진의 뇌환(雷煥)이 풍성(豐城, 지금의 강서성 풍성현)에서 용천(龍泉)과 태아(太阿) 두 자루 검을 구했는데, 나중에 용천검이 물에 들어가

평석 글자마다 단련하여 시구를 만들었다. 이하 시집 가운데 원숙한 작품으로 칠 수 있다.

(字字鍾鍊而成, 昌谷集中定推老成之作.)

해설 나라를 위해 자신을 헌신하는 병사의 기개를 기렸다. 비장하고 창량한 정조 속에 열렬하고 격앙된 감정이 흐르고 있어 독특한 풍격을 이루었다. 멀리 굴원의 「국상」(國殤)과 상응하고 있으며, 여기에서 더 나아가 말 두 구에서 인정과 보답이라는 전통적인 주제도 포함시켰다. 이 시는 807년 이하가 한유에게 자신의 시를 보여줄 때 올린 첫 번째 시로 한유의 상찬을 들었다고 한다.

금동선인이 한궁을 떠나는 노래—서문 붙임(金銅仙人辭漢歌幷序)

魏明帝靑龍元年八月,[20] 詔宮官牽車西取漢孝武捧露盤仙人,[21] 欲立置前殿. 宮官旣拆盤, 仙人臨載乃潸然淚下.[22] 唐諸王孫李長吉遂作金銅仙人辭漢歌.

위 명제 청룡 원년(233년) 8월, 조서를 내려 관리더러 수레를 끌고 서쪽으로 가서 한 무제가 세운 승로반을 들고 있는 금동 선인 동상을 가져오라고 하고선, 이를 앞 전각에 세우려고 하였다. 관리가 승로반은 철거하니 신선 동상이 눈물을 철철 흘렸다. 당의 왕손 이하가 이에 '금동선인

용으로 변했다고 한다. 『진서』「장화전」(張華傳) 참조.

20) 元年(원년): 다른 판본에서는 九年(9년)이라 되어 있는데 청룡 연호는 5년까지 있으므로 잘못이다. 그러나 원년도 역사적 기록과도 일치하지 않는다. 『삼국지』의 『위서』「명제기」에는 장안의 동인을 낙양으로 옮긴 것은 청룡 5년(237년)이라 되어 있다.

21) 漢孝武(한효무): 한 무제. ○捧露盤仙人(봉로반선인): 승로반을 들고 있는 신선 동상. 한 무제가 방사의 말을 믿고 장안성의 건장궁(建章宮)에 청동의 신선상을 세웠는데, 높이 이십 장에 크기 칠 길이며 팔을 벌려 승로반을 받들고 있는 형상이다. 승로반에 고이는 하늘의 이슬을 받아 옥가루와 섞어 먹으면 장생할 수 있다고 한다.

22) 潸然(산연): 줄줄. 눈물이 흐르는 모양.

이 한궁을 떠나는 노래'를 짓는다.

茂陵劉郎秋風客,[23]	무릉에 묻힌 한 무제는 가을을 슬퍼한 사람
夜聞馬嘶曉無迹.[24][25]	밤에 그가 탄 말 울음을 들었다지만 새벽에는 흔적 없어
畵欄桂樹懸秋香,	화려한 난간 옆에 계수나무가 가을 향기 날리는데
三十六宮土花碧.[26]	서른여섯 궁전에 이끼가 푸르구나
魏官牽車指千里,	위나라 관리가 수레 끌고 천 리 밖 낙양으로 향하니
東關酸風射眸子.[27]	동문 밖 찬 바람이 눈동자를 쏘는구나
空將漢月出宮門,[28]	보름달을 함께 싣고 궁문을 나서니
憶君淸淚如鉛水.[29]	동상이 무제를 생각하며 납 같은 눈물을 흘리네
衰蘭送客咸陽道,[30]	장안성 밖 길에서 시든 난초가 이를 보내니
天若有情天亦老.[31][32]	하늘이 만약 정이 있다면 하늘도 늙으리라

---

23) 茂陵(무릉): 한 무제의 능묘. 지금의 섬서성 흥평시 소재. ○劉郎(유랑): 한 무제 유철(劉徹)을 가리킨다. ○秋風客(추풍객): 가을을 슬퍼하는 사람. 유철이 지은 「추풍사」(秋風辭)에 "환락이 다하자 슬픈 마음 깊어져, 청춘이 다 갔으니 늙음을 어이 할까"(歡樂極兮哀情多, 少壯幾時兮奈老何!)란 구절이 있다.

24) 심주: 승로반이 없어졌다는 뜻으로 풀이하는 것은 근거가 없는 듯하다.(少承露盤意, 便嫌無根.)

25) 夜聞(야문) 구: 한 무제의 혼백이 한궁을 드나들어 밤중에 그가 탄 말이 우는 걸 들었다는 사람이 있다는 뜻.

26) 三十六宮(삼십육궁): 한대의 이궁과 별관이 삼십육 개소에 이른다. 장형(張衡)의 「서경부」(西京賦)에 나오는 말이다. ○土花(토화): 이끼.

27) 東關(동관): 장안성 동문. ○酸風(산풍): 사람의 마음을 슬프게 하는 바람. ○眸子(모자): 눈동자. 눈.

28) 將(장): 함께. ○漢月(한월): 한나라 때의 보름달. 여기서는 보름달같이 생긴 승로반.

29) 君(군): 한나라의 군주. 한 무제를 가리킨다. ○鉛水(연수): 납으로 된 액체. 동상에서 흘러내리는 눈물을 형용하였다.

30) 衰蘭(쇠란): 시든 난초. ○客(객): 나그네. 여기서는 신선 동상을 가리킨다.

31) 심주: 기이한 시구이다.(奇句.)

32) 天若(천약) 구: 하늘이 만약 감정을 가지고 있다면 이러한 역대의 흥망성쇠의 변화를 대하고는 자주 슬퍼하게 될 것이고 그 결과 늙을 것이다. 심덕잠의 평석은 적절하지 못하다.

携盤獨出月荒涼,　　　황량한 달빛 아래 동인이 승로반만 가지고 떠나니
渭城已遠波聲小.³³⁾　　갈수록 장안은 멀어지고 물결 소리도 잦아들더라

평석 한 무제가 쓴 「추풍사」가 있으므로 '추풍객'이라고 하였는데 이는 지나치게 기이함을 추구하였다. 감정이 풍부한 것은 천성으로 살아있는 물건을 중심으로 볼 수 있지만, 여기서는 무정한 마음으로 보면서 가슴 속의 분노와 불평을 쏟아냈으니 시인의 수명을 재촉했음을 이 시에 이미 조짐이 보인다.(漢武有秋風辭, 遂名'秋風客', 好奇之過也. 多情者天, 以生物爲心可見, 兹以無情目之, 寫胸中憤懑不平, 而年命之促, 已兆於此.)

해설 삼국시대 위나라에서 한 무제가 세웠던 장안성의 신선 동상을 옮긴 일을 제재로 하여 나라의 흥망성쇠에 대한 감개를 나타내었다. 승로반 동상은 한나라를 상징하는 보물로, 이것이 장안을 떠난다는 것은 한나라가 망하고 위나라로 대체되었다는 뜻이다. 동상이 장안을 떠나며 눈물을 흘렸다는 전설은 그 자체가 기이한 제재로, 이하는 이를 고도 장안과 망국에 대한 무한한 감개를 나타내는 상징으로 여겼다. 청대 요문섭(姚文燮)은 장생술에 몰두하고 토목공사를 일으키는 헌종(憲宗)을 풍자하는 뜻이 있다고 하였고, 청대 진항(陳沆)은 종친의 후손인 시인이 장안을 떠나는 슬픔을 기탁하였다고 해석하였다.

춘방정자의 보검 노래(春坊正字劍子歌)³⁴⁾

先輩匣中三尺水,³⁵⁾　　선배의 갑 속에는 세 척의 물이 있어

---

33) 渭城(위성): 함양성(咸陽城). 서안의 서북 위수(渭水) 북안에 소재. 여기서는 장안을 가리킨다.
34) 春坊正字(춘방정자): 동궁의 관직으로 서적을 교감하고 정리하는 직책이다. 좌춘방(左春坊) 사경국(司經局)에 속한다. ○劍子(검자): 검.
35) 先輩(선배): 춘방정자를 가리킨다. 당대에 거인(擧人)이 먼저 과거에 급제한 사람을

曾入吳潭斬龍子.³⁶⁾	일찍이 오 지방 강물에서 교룡을 베었지
隙月斜明刮露寒,³⁷⁾	구름 틈의 달빛처럼 차갑게 이슬을 비추고
練帶平鋪吹不起.³⁸⁾	펼쳐진 명주 띠 같으나 바람에도 흔들리지 않아라
蛟胎皮老蒺藜刺,³⁹⁾	상아 가죽의 칼집에는 납가새 문양 박혀있고
鸕鶿淬花白鵬尾.⁴⁰⁾	흰 꿩의 꼬리 같은 칼날에 되강오리 기름이 번들거리네
直是荊軻一片心,⁴¹⁾	형가의 한 조각 마음과 같으니
莫教照見春坊字.	춘방정자에게만 비추지 말게나
挼絲團金懸麗鞣,⁴²⁾	지금도 금실로 꼰 술이 늘어져 있고
神光欲截藍田玉.⁴³⁾	신령스런 빛은 남전의 옥마저 자를 듯해라
提出西方白帝驚,⁴⁴⁾	꺼내들면 서방의 백제(白帝)도 놀라고
嗷嗷鬼母秋郊哭.⁴⁵⁾	귀신의 어미가 가을 교외에서 곡을 하리라

부르는 호칭. ○三尺水(삼척수) : 세 척 길이의 물. 검의 날빛이 물과 같음을 형용하였다.

36) 曾入(증입) : 서진 때 주처(周處)가 의흥(義興)에서 강물에 들어가 교룡을 제거한 일을 가리킨다. 『세설신어』 「자신」(自新) 참조.

37) 隙月(극월) : 구름의 틈으로 보이는 달빛. 검을 비유한다.

38) 練帶(연대) : 백색의 명주로 만든 띠. 검을 비유한다.

39) 蛟胎(교태) : 상어 껍질로 만든 칼집. ○蒺藜(질려) : 납가새. 가시가 달려 있으며 열매는 다섯 조각으로 갈라진다. 여기서는 칼집에 새겨진 문양.

40) 鸕鶿(벽제) : 되강오리. 논병아리. 고대에는 그 기름을 금속에 발라 녹을 방지하였다. 양웅(揚雄) 「방언」(方言)에 "들오리는 작고, 물속에 잠기기를 좋아하고, 그 기름은 도검을 빛내는데 쓰인다"(野鳧也, 甚小, 好沒水中, 膏可以瑩刀劍.)고 하였다. ○淬(쉬) : 바르다. ○白鵬(백한) : 흰 꿩.

41) 荊軻(형가) : 전국시대 위(衛)나라 사람. 일찍이 연나라 태자 희단(姬旦)의 요청에 따라 함양성에 들어가 진시황을 암살하려 했으나 실패하였다. 『사기』의 「연소공세가」(燕召公世家)와 「자객열전」(刺客列傳) 참조.

42) 挼(뇌) : 두 손을 비비다. ○麗鞣(녹속) : 늘어뜨려진 모양.

43) 藍田玉(남전옥) : 장안 남쪽 종남산의 남전에서 나는 옥. 남전은 옥의 산지로 유명하다.

44) 西方白帝(서방백제) : 신화에 나오는 서방의 신.

45) 嗷嗷(오오) : 슬프게 우는 소리. ○鬼母秋郊哭(귀모추교곡) : 귀신의 어미가 가을 교외에서 곡을 하다. 유방이 술에 취해 밤길을 가다가 길을 막는 큰 뱀을 만나자 칼을 휘둘러 참살하였다. 나중에 한 할미가 울고 있는데 자신의 아들은 서방의 백제(白帝)인데 지금 적제(赤帝)의 아들에게 살해당했다고 하였다. 『사기』의 「고조본기」 참조.

평석 그동안 검에 대해 쓴 사람은 그 예리함을 그렸지만 여기서는 더불어 그 정신까지 묘사하였다. 말미에서는 한 고조가 백사를 참살한 일을 암용하였다.(從來寫劍者, 只形其利, 此並傳其神. 末暗用漢祖斬白蛇事.)

해설 춘방정자가 가지고 있는 보검을 노래한 영검시(詠劍詩)이다. 전반부는 검의 날카로움과 외양을 형상성이 강한 이미지로 형용하였고, 후반부는 검으로 사람의 능력을 비유하였다. 보검은 곧 춘방정자를 비유하며 시인의 처지를 비유한다. 구상이 새롭고 기이하며, 정련된 글자들로 응집된 이 시 역시 한 자루의 검처럼 날카롭다.

장진주(將進酒)[46]

琉璃鍾,[47]	유리 술잔에
琥珀濃,[48]	호박이 진해라
小槽酒滴眞珠紅,[49]	술통의 술 방울이 붉은 진주같아라
烹龍炮鳳玉脂泣,[50]	용을 삶고 봉황을 구우니 기름이 우는데
羅屛繡幕圍香風,[51]	비단 병풍 수놓인 장막 안에는 향기로운 바람

---

46) 將進酒(장진주) : 악부제로 『악부시집』에서는 '고취곡사'(鼓吹曲辭)로 분류하였다. 일반적으로 술을 마시고 호탕하게 노래하는 내용이다. 제목을 글자 그대로 풀이하면 '손님에게 술을 권한다'는 뜻이다.

47) 琉璃(유리) : 옥의 일종으로 광택이 있는 반투명의 광물이다. 보통 유약을 바른 도자기나 기와도 유리라고 한다. ○鍾(종) : 술을 담는 그릇.

48) 琥珀(호박) : 소나무나 측백나무 따위의 진이 땅속에서 오래 있다가 변한 광물질. 윤기 있고 아름다운 붉은 기가 있는 진황색의 술을 형용하였다.

49) 小槽(소조) : 주조용 압착기. ○眞珠紅(진주홍) : 술 방울이 진주처럼 붉다.

50) 烹龍炮鳳(팽룡포봉) : 용을 삶고 봉황을 볶는다. 요리의 진귀함을 극도로 과장하였다. ○泣(읍) : 요리할 때 나는 소리를 비유하였다.

51) 羅幃繡幕(나위수막) : 비단에 자수를 놓은 휘장. ○香風(향풍) : 향기로운 바람. 무희가 춤을 추고 가기가 노래를 부르면서 일어나는 바람을 나타낸다.

吹龍笛,[52]	용 울음 피리 소리
擊鼉鼓.[53]	악어 가죽 북소리
皓齒歌,[54]	하얀 이 노래하고
細腰舞.[55]	가는 허리 춤춘다
況是青春日將暮,[56]	더구나 봄날에 해는 장차 저무는데
桃花亂落如紅雨.[57]	복사꽃 어지러이 붉은 비처럼 떨어지네
勸君終日酩酊醉,[58]	그대에 권하니 해종일 취하기를
酒不到劉伶墳上土.[59]	죽으면 유령(劉伶) 무덤이라 해도 술 한 방울 못 적시니

평석 달인의 말이다.(達人之言.)

해설 화려한 언어와 고아한 이미지로 봄날의 주연을 그리며 술을 권하는 시이다. 그 주제는 '좋은 때가 지나가기 전에 즐겨야 하는' '급시행락'(及時行樂)이다. 아름답고 강렬한 언어로 시각, 청각, 미각, 후각 등 오감의 표현력을 극대화시켰다. 연상이 활발하고 민첩하며 표현의 밀도가 높아 새롭고 선명한 인상을 준다. 말구는 특이한 발상으로 주제를 강조하고 있어 완결성을 더하였다. 이하의 시 세계가 잘 드러난 시이다.

---

52) 龍笛(용적) : 용 장식이 된 피리. 피리가 길기 때문에 용과 같다고 하거나, 소리가 용의 울음을 내기 때문이라고도 볼 수 있다.
53) 鼉鼓(타고) : 악어 비슷한 동물의 껍질을 펼쳐 만든 북. 원래 타(鼉)는 비가 오려고 하면 운다고 한다.
54) 皓齒(호치) : 하얀 이. 미인을 가리킨다.
55) 細腰(세요) : 가는 허리. 호치(皓齒)와 마찬가지로 미인을 가리킨다. 『전국책』과 『묵자』 등에 "초왕이 가는 허리를 좋아하자 궁중에는 굶어죽는 여인이 많아졌다."(楚王好細腰, 宮中多餓死.)는 말이 있다.
56) 青春(청춘) : 봄. 오행 사상에 따르면 봄은 오색 가운데 청색과 상응한다. 또 봄에는 초목이 푸르다는 의미를 포함하고 있다. 여기서는 젊은 시절이란 뜻도 들어가 있다.
57) 심주 : 뛰어난 시구는 조각할 필요가 없다.(佳句不須雕刻.)
58) 酩酊(명정) : 크게 취하다.
59) 劉伶(유령) : 위(魏)의 죽림칠현(竹林七賢) 가운데 한 사람. 술 마시기를 좋아했으며 술을 예찬하는 「주덕송」(酒德頌)을 남겼다.

미인의 머리 빗질 노래(美人梳頭歌)

西施曉夢綃帳寒,⁶⁰⁾   차가운 비단 휘장 안에 서시가 새벽 꿈 꾸는데

香鬟墮髻半沈檀.⁶¹⁾   기울어진 향기로운 머릿단 박달 베개에 얹혔어라

轆轤咿啞轉鳴玉,⁶²⁾   도르래 구르며 옥구슬 소리 울려와

驚起芙蓉睡新足.⁶³⁾   놀라 깬 부용꽃이 잠을 실컷 잤어라

雙鸞開鏡秋水光,⁶⁴⁾   한 쌍의 난새가 여는 거울은 가을 강물 빛인데

解鬟臨鏡立象床.⁶⁵⁾⁶⁶⁾   쪽을 풀고 상아 침상에 서서 거울을 본다네

一編香絲雲撒地,   엮어진 실타래는 구름처럼 땅에 풀어지고

玉釵落處無聲膩.⁶⁷⁾   옥비녀 떨어져도 머릿결이 미끄러워 소리가 없어라

纖手却盤老鴉色,⁶⁸⁾   섬섬옥수로 까마귀 빛깔을 틀어 올리니

翠滑寶釵簪不得.   옥비녀는 비췻빛에 광택이 흘러 꽂을 수 없어라

春風爛熳惱嬌慵,⁶⁹⁾   흐드러진 봄바람 속 수심에 교태로우면서 나른해

十八鬟多無氣力.   열여덟 살에 슬은 무성한데 연약해 보여라

粧成鬘鬌欹不斜,⁷⁰⁾   단장하니 어여쁜 머리는 기울었으나 떨어지지 않고

雲裾數步踏雁沙.⁷¹⁾   가벼운 옷깃에 발걸음은 모래 밟은 기러기 같아라

---

60) 西施(서시) : 서시와 같은 미인.

61) 墮髻(타계) : 왜타계(倭墮髻). 말이 떨어지는 모양의 타래머리라 하여 타마계(墮馬髻)라고도 한다. 후한 때 양기(梁冀)의 처가 머리를 한쪽으로 쏠리게 한 이런 모양을 하자 낙양의 여인들이 모두 따라하여 유행하였다고 한다. ○沈檀(침단) : 단침(檀沈). 박달나무로 만든 베개.

62) 轆轤(녹로) : 도르래. ○咿啞(이아) : 물체가 회전하거나 요동칠 때 나는 소리.

63) 芙蓉(부용) : 연꽃. 미인을 비유하였다.

64) 雙鸞開鏡(쌍난개경) : 한 쌍의 봉황이 거울을 연다. 거울 덮개에 한 쌍의 봉황이 수 놓여 있음을 말한다.

65) 심주 : 머리카락이 길다.(髮長也.)

66) 象床(상상) : 상아 침상.

67) 膩(니) : 머릿결이 부드럽고 매끄럽다.

68) 老鴉色(노아색) : 까마귀처럼 검은 색.

69) 嬌慵(교용) : 교태가 있고 나른한 모습. 미인을 가리킨다.

70) 鬘鬌(와타) : 머릿결이 아름다운 모양.

71) 雲裾(운거) : 구름처럼 가벼운 옷깃. ○踏雁沙(답안사) : 모래 위에 선 기러기의 발.

背人不語向何處,　　　등을 돌려 말없이 어디로 향하는가
下階自折櫻桃花.[72)]　계단을 내려가 스스로 벚꽃을 꺾는구나

해설 미인이 머리를 빗는 모습을 그렸다. 서시같이 아름다운 여인이 잠에서 깨어나 머리를 풀고, 머리를 빗고, 단장을 하고, 걷는 모습까지 순서대로 그렸다. '염체시'(艶體詩)의 전통을 발전시켜 농염한 언어로 여성의 우아한 외모와 동작을 섬세하게 묘사하였다.

이상은(李商隱)

한비(韓碑)[1)]

元和天子神武姿,[2)]　　원화 연간의 천자는 영준하고 용맹해
彼何人哉軒與羲![3)]　　그는 누구인가? 헌원씨와 복희씨와 같아라
誓將上雪列聖恥,[4)]　　전대 황제들의 치욕을 씻고자 맹서하고

　미인의 가볍고 균형 잡힌 발걸음을 비유하였다.
72) 심주 : 머리를 빗고 난 다음의 정취이다.(梳頭以後之神.)
1) 韓碑(한비) : 한유가 지은 「평회서비」(平淮西碑)를 가리킨다. 817년 10월 재상 배도(裴度)가 군사를 이끌고 반란을 일으킨 오원제(吳元濟)를 토벌하였으며, 12월에 칙명을 받아 한유가 「평회서비」를 지었다.
2) 元和天子(원화천자) : 원화 연간의 천자. 곧 헌종(憲宗)을 가리킨다. ○神武(신무) : 영용한 모습. 헌종은 재위 기간(806~820년) 동안 각지의 반란을 종식시켜 '중흥'을 일으켰다.
3) 彼何人哉(피하인재) : 『맹자』 「등문공」(滕文公)에 나오는 "노력하는 자는 이와 같이 될 수 있으니, 순은 어떤 사람이며 나는 어떤 사람인가"(有爲者亦若是. 舜何人哉, 予何人哉!)라는 뜻이다. ○軒與羲(헌여희) : 헌원씨(軒轅氏)와 복희씨(伏羲氏).
4) 雪(설) : 씻다. 설욕하다. ○列聖恥(열성치) : 여러 성왕의 굴욕. 헌종 이전의 현종, 숙종, 대종, 덕종, 순종 등 역대 황제들이 받았던 치욕. 현종이 안사의 난으로 성도로

坐法宮中朝四夷.[5]	전당에 앉아 사방의 이민족의 조회를 받으려 했네
淮西有賊五十載,[6]	회서에 있는 도적은 오십 년이 넘어
封狼生貙貙生羆.[7][8]	이리가 추(貙)를 낳고 추가 곰을 낳았네
不據山河據平地,	산과 강이 아니라 평지에 웅거하면서
長戈利矛日可麾.[9]	길고 날카로운 창으로 태양을 되돌린다네
帝得聖相相曰度,[10]	황제께선 어진 재상 얻었으니 이름이 배도(裴度)라
賊斫不死神扶持.[11]	도적이 죽이려했으나 신령이 도와 지켜주었다네
腰懸相印作都統,[12]	허리에는 재상의 관인을 차고 도통이 되었으니
陰風慘澹天王旗.	차가운 바람이 참담하게 황제의 깃발에 불어라
愬武古通作牙爪,[13]	이소, 한공무, 이도고, 이문통이 부장이 되었고

피난가고, 덕종이 주비의 난으로 봉천으로 피난가는 등의 일을 말한다.

5) 法宮(법궁) : 제왕이 정무를 보는 정전(正殿).

6) 淮西(회서) : 창의군절도사(彰義軍節度使). 신주(申州), 광주(光州), 채주(蔡州)를 관할한다. 지금의 하남성 동남부 신양(信陽)과 여남(汝南) 일대. 회서 지구는 762년 이충신(李忠臣)이 부임한 후 반란 수장 주비를 도운 이래 이희렬(李希烈)이 반란을 일으켰고, 진선기(陳仙奇), 오소성(吳少誠), 오소양(吳少陽), 오원제(吳元濟)에 이르기까지 조정에 반기를 들었다. 그 기간이 오십여 년이다.

7) 심주 : 일곱 자가 모두 평성이다.(七字平.)

8) 封狼(봉랑) : 큰 이리. ○貙(추) : 추. 맹수 이름. ○羆(비) : 큰 곰.

9) 日可麾(일가휘) : 태양도 부릴 수 있다. 춘추시대 초나라 노양공(魯陽公)이 전투를 마저 끝내기 위해 창으로 지는 해를 잡아 별자리 세 개의 거리만큼 되돌렸다는 이야기가 있다. 『회남자』 「남명훈」(覽冥訓) 참조.

10) 심주 : 일곱 자가 모두 측성이다.(七字仄.)

11) 賊斫(적작) : 절도사들이 암살을 시도한 일을 가리킨다. 815년 치청절도사(淄靑節度使) 이사도(李師道)가 자객을 파견하여 주전파의 재상 무원형(武元衡)을 암살했으며, 당시 어사중승이었던 배도(裴度)는 등과 머리에 상해를 입고 구덩이에 떨어졌다. 암살자는 배도가 죽은 것으로 여기고 달아났다.

12) 相印(상인) : 재상의 관인. 배도는 817년 재상 겸 창의군절도사가 되었다. ○都統(도통) : 각 도(道)의 징병 권한을 가진 통수(統帥). 배도는 그 전부터 도통으로 있던 한홍(韓弘)을 그대로 두고 회서선위초토처치사(淮西宣慰招討處置使)란 직함을 사용하였지만, 실제로는 통수의 업무를 하였다.

13) 愬(소) : 이소(李愬). 수당등절도사(隨唐鄧節度使). ○武(무) : 한공무(韓公武). 한홍의 아들. ○古(고) : 이도고(李道古). 악악기안황단련사(鄂嶽蘄安黃團練使). ○通(통) : 이문통(李文通). 수주단련사(壽州團練使). ○牙爪(아조) : 무장.

儀曹外郎載筆隨.[14]	예부원외랑 이종민이 붓을 들고 따랐어라
行軍司馬智且勇,[15]	행군사마는 지략과 용기가 있고
十四萬眾猶虎貔.[16]	십사만 군사는 호랑이와 비휴같이 용맹하다네
入蔡縛賊獻太廟,[17)18]	채주를 기습하여 도적을 포박하고 태묘에 바치니
功無與讓恩不訾.[19]	세운 공이 제일 높고 은전도 헤아릴 수 없다네
帝曰"汝度功第一,	황제께서 말씀하시길 "배도의 공이 제일이니
汝從事愈宜為辭."[20]	너의 부하 한유가 응당 문장을 지어야 하리라"
愈拜稽首蹈且舞:[21]	한유가 머리를 조아리고 뛸 듯이 기뻐하며
"金石刻畫臣能為,[22]	"금석에 글자를 새기는 일은 소신이 할 줄 아온데
古者世稱大手筆,[23]	고래로 조정의 대사를 기록한 '대수필'은
此事不係于職司.[24]	담당 기관에 국한되어 작성하지 않았기에
當仁自古有不讓",[25]	어진 일은 예부터 사양하지 말라 하였사옵니다"

---

14) 儀曹外郎(의조외랑) : 예부원외랑. 배도가 출정할 때 이종민(李宗閔)이 판관서기로 수행하였다.

15) 行軍司馬(행군사마) : 각급 부대의 군사를 지휘하는 참모장에 해당한다. 당시 우서자(右庶子) 한유(韓愈)가 행군사마가 되었다.

16) 虎貔(호비) : 호랑이와 비휴(貔貅). 용맹한 군대를 비유한다.

17) 심주 : 일곱 자가 모두 측성이다.(七字仄.)

18) 入蔡(입채) 구 : 817년 10월 이소가 눈 내린 밤에 채주를 기습하여 오원제를 사로잡았다. 11월에 오원제를 태묘에 바쳤다.

19) 功無與讓(공무여양) : 다른 사람에게 양보하지 않을 만큼 세운 공이 많다. 배도는 환관의 감독을 받지 않도록 주청하여 불필요한 지휘력의 분산을 막았으며, 군법을 엄정히 하여 호령을 통일하고, 이소의 채주 야습 건의를 받아들여 시행하도록 하였다. ○恩不訾(은부자) : 은혜가 헤아릴 수 없을 만큼 많다. 배도는 회서를 평정한 공으로 금자광록대부와 홍문관대학사가 추가되었고, 진국공(晉國公)에 봉해졌다.

20) 從事(종사) : 속관. 부하. 한유는 배도의 부하 직원이다.

21) 稽首(계수) : 머리를 조아리다. 구배(九拜) 가운데 가장 정중한 예로 엎드려 머리를 땅에 닿게 하며 절하는 일.

22) 金石刻畫(금석각화) : 종정(鐘鼎)이나 비석 위에 글자를 새김.

23) 大手筆(대수필) : 조정의 중대한 일을 기록한 뛰어난 문장 또는 이를 쓴 대작가.

24) 職司(직사) : 직무. 여기서는 조정에서 조칙을 초안하는 관리인 한림학사를 가리킨다.

25) 當仁(당인) 구 : 『논어』 「위령공」에 나오는 '당인불양어사'(當仁不讓於師)를 가리키며, "어진 일을 행하는 데는 스승에게도 양보하지 마라"는 뜻이다.

言訖屢頷天子頤.²⁶⁾ 말을 마치자 천자께서 고개를 끄덕이셨네

公退齋戒坐小閣,²⁷⁾ 한유는 작은 방에 앉아 재계하고

濡染大筆何淋漓! 큰 붓에 먹을 적시니 얼마나 철철 넘치던가!

點竄堯典舜典字,²⁸⁾ '요전'과 '순전'의 문자를 빼거나 더하고

塗改淸廟生民詩.²⁹⁾ '청묘'와 '생민'의 시를 지우거나 고쳐

文成破體書在紙,³⁰⁾ 문장이 완성되니 새로운 문체가 종이에 쓰여 있어

淸晨再拜鋪丹墀.³¹⁾ 새벽에 재배하고 붉은 계단 위 뜰에 펼쳐라

表曰"臣愈昧死上", 표문에서 "신 한유 죽기를 무릅쓰고 올립니다" 하니

詠神聖功書之碑. 성덕의 공로를 노래한 내용이 비석에 새겨졌어라

碑高三丈字如斗,³²⁾ 비석은 높이 세 길에 글자는 됫박만큼 커

負以靈鼇蟠以螭.³³⁾ 신령스런 거북이 지고 교룡이 그 위에 서리 틀었어라

句奇語重³⁴⁾喩者少, 어구는 기특하고 어휘는 장중하나 이해하는 사람 적어

讒之天子言其私.³⁵⁾ 천자께 중상하여 사실과 다르다고 말한 자 있더라

---

26) 頷(함) : 턱. 여기서는 동사로 쓰여 끄덕이다라는 뜻. ○頤(이) : 턱.

27) 齋戒(재계) : 채식, 목욕, 독거하며 사고를 맑게 하여 경건함을 표시하는 일.

28) 點竄(점찬) : 획을 빼거나 더함. 글자를 바꿈. ○堯典舜典(요전순전) : 『상서』의 「순전」과 「요전」.

29) 塗改(도개) : 글자를 지우고 고침. ○淸廟生民(청묘생민) : 『시경』의 「청묘」와 「생민」. 한유가 쓴 비문은 『상서』와 같이 장중하고 명문은 『시경』과 같이 전아하다는 뜻.

30) 破體(파체) : 당시 조정에서 사용하는 사륙문(四六文)의 형식에서 벗어나다.

31) 丹墀(단지) : 전각 앞의 붉은 칠을 한 계단 상면.

32) 字如斗(자여두) : 글자가 됫박만큼 크다.

33) 靈鼇(영오) : 신령스런 거북. 비석을 짊어지고 있는 거북 모양의 기단석. ○蟠以螭(반이리) : 교룡이 서리를 틀다. 비석의 머리 부분에 조각된 서린 튼 교룡을 가리킨다.

34) 심주 : 넉 자로 한유 시문을 품평하였다.(四字品定韓公詩文.)

35) 讒之(참지) 구 : 한유의 비문은 배도의 공로를 위주로 서술하였다. 당시 채주에 들어가 오원제를 사로 잡은 이소는 이에 대해 불만을 가졌다. 이소의 처 당안공주(唐安公主)가 궁중에 들어가 비문이 사실과 다르다고 호소하였다. 헌종은 한유의 비문을 깎아내고 한림학사 단문창(段文昌)에게 새로이 써서 새기게 하였다. 『구당서』「한유전」 참조.

長繩百尺拽碑倒,　　　　　백 척의 긴 끈으로 비석을 끌어 넘어뜨리고
麤沙大石相磨治.[36]　　　 굵은 모래와 돌로 갈아내었어라
公之斯文若元氣,[37]　　　　한유의 비문은 천지의 원기가 있는 듯
先時已入人肝脾.　　　　　이미 사람들의 간과 지라에 들어갔어라
湯盤孔鼎有述作,[38]　　　　탕왕의 동반(銅盤)과 정고보의 정(鼎)에 문장이
　　　　　　　　　　　　　있으니

今無其器存其辭.[39]　　　　그 기물은 없어져도 명문은 남아 있음과 같아라
嗚呼聖王及聖相,　　　　　아아, 성명한 왕과 어진 재상이여
相與烜赫流淳熙![40]　　　　위업이 빛나며 바르고 큰 광명이 비쳐라!
公之斯文不示後,　　　　　한유의 이 비문이 후세에 남겨지지 않는다면
曷與三五相攀追?[41]　　　　어찌 헌종의 업적이 삼황오제와 짝함을 알리오?
願書萬本誦萬遍,　　　　　원컨대 만 번 쓰고 만 번 읊어
口角流沫右手胝.[42]　　　　입에서 침이 날리고 오른손 손가락에 굳은살 박
　　　　　　　　　　　　　이기를

傳之七十有二代,[43]　　　　일흔 두 번째 황제에게 전해져
以爲封禪玉檢明堂基.[44]　　봉선할 때 옥석이 되고 명당의 기단이 되기를

---

36)　麤沙(추사)：굵은 모래.　○治(치)：고치다.
37)　斯文(사문)：이 문장. 한유의 「평회서비」.　○元氣(원기)：천지의 근본적인 기운. 생기.
38)　湯盤(탕반)：상나라 탕왕의 목욕용의 동반(銅盤). "진실로 새로움을 구한다면 날로
　　새로워지고 또 날로 새로워져라"(苟日新, 日日新, 又日新.)는 명문이 새겨져 있다.
　　○孔鼎(공정)：공자의 칠 세 선조인 정고보(正考父)의 정.
39)　심주：천지간의 위대한 문장은 그 기세와 지위가 마멸될 수 없다. 문인을 위해 격분
　　을 토하는 글은 응당 이와 같아야 한다.(天地大文, 勢位不能磨滅. 爲文人吐氣, 語應
　　如是.)
40)　烜赫(훤혁)：명성이나 위엄이 밝게 드러남.　○淳熙(순희)：바르고 크게 빛남.
41)　三五(삼오)：삼황오제.　○攀追(반추)：높이 오르고 멀리 따름.
42)　胝(지)：굳은살.
43)　七十有二代(칠십유이대)：칠십이 대.『사기』「봉선서」에 관중(管仲)이 말하기를 "고
　　대에 태산에서 하늘에 제사하고 양보산에서 땅에 제사한 사람이 칠십이 명이었다"
　　(古者封泰山禪梁父者, 七十二家.)고 하였다.
44)　封禪(봉선)：제왕이 자신의 공업을 알리기 위해 태산에 제단을 차리고 하늘에 제사
　　하고 양보산에 땅을 파 땅에 제사하는 일.　○玉檢(옥검)：봉선 의식에서 제문 겉을

평석 만당 시인의 고시는 농려하고 부드러워 사(詞)에 가깝다. 이상은의 칠언고시도 언어 방면의 수사가 앞선다. 오직 이 시만이 뜻이 정정당당하고 언어가 힘차게 펄럭거려, 그 당시에 있어서는 상서로운 별이나 구름과 같이 우연히 한 번 나타났다.(晩唐人古詩, 穠鮮柔媚, 近詩餘矣. 卽義山七古, 亦以辭勝. 獨此篇意則正正堂堂, 辭則鷹揚風翽, 在爾時如景星慶雲, 偶然一見.) ○ 단문창이 지은 비문도 밝고 순통하나 한유의 비문과 비교하면 풀 사이의 벌레 울음에 불과하다. 송대 진향은 단문창의 비문을 깎아내고 한유의 시문을 새겨 세웠으니 한바탕 통쾌한 일이다.(段文昌改作亦自明順, 然較之韓碑, 不啻蟲吟草間矣. 宋代陳珦磨去段文, 仍立韓碑, 大是快事.)

해설 회서의 전역(戰役)을 예찬하고 이를 기록한 한유의 비문을 칭송하였다. 회서 군벌의 장기간 할거부터 시작하여 배도의 통솔과 한유의 참전을 서술한 후, 회서를 평정한 이후 한유가 비문을 짓게 된 경위와 그 비문이 폐기된 과정을 그렸다. 전편에 걸쳐 헌종과 배도의 공적을 높이 예찬하고 한유의 「평회서비」의 뛰어남을 극력 옹호하였다. 서사를 위주로 하면서 사이사이 의론을 삽입하여 통일된 구성을 만들었다. 기세가 강건하고 변화가 있으면서 언어가 통창하고 청신하다.

진윤(陳潤)

북악관에서 묵으며(宿北樂館)

欲眠不眠夜深淺,[1]　　　자려 해도 잠들지 못해 밤은 깊어가는데

싼 옥석으로 만든 석함. ○明堂(명당) : 천자가 정교를 베푸는 장소. 조회나 제사를 거행하는 정전.

越鳥一聲空山遠. [2]　　남방의 새 울음이 빈 산 멀리 퍼져간다
庭木蕭蕭落葉時,　　마당의 나무들 우수수 낙엽이 떨어질 때
溪聲雨聲聽不辨.　　계곡의 물소리와 빗소리 구분하기 어려워라
溪流潺潺雨習習, [3]　　계곡 물은 졸졸거리고 비는 우두둑 내려
燈影山光滿窓入.　　등잔의 그림자와 산 빛이 창 가득 들어오네
棟裏不知渾是雲, [4]　　방안에선 몰랐는데 온통 다 구름이라
曉來但覺衣裳濕.　　새벽 되어 살펴보니 옷이 다 젖었어라

평석 맑고 그윽하기는 맹호연의 「밤에 녹문에 돌아가는 노래」보다 못하지 않다. 다만 타고 난 천성의 높낮이가 다르고 맛의 진하기가 다르다.(淸幽何減孟襄陽歸鹿門作, 而天然有昇降 之別, 氣味有厚薄也.)

해설 역참의 관사에서 묵으며 지은 시이다. 시의 내용을 보아 가을날 낙엽지고 비가 오는 때 북방에 있는 깊은 산 속의 역참이다. 제2구의 '월조'(越鳥)에서 시인은 원래 남방 사람으로 북방에서 나그네로 다니고 있음을 알 수 있다. 청진한 의경을 창조한 산수시이다.

---

1) 深淺(심천) : 깊고 얕음. 여기서는 편의복사(偏義複詞)로 깊다는 뜻.
2) 越鳥(월조) : 남방의 새. 남방이 고향인 나그네가 북방에 와 있음을 중의적으로 나타 낸다.
3) 習習(습습) : 의성어. 비가 내리는 소리.
4) 棟裏(동리) : 마룻대 아래. 집안. ○渾(혼) : 전부. 온통.

장필(張泌)

늦봄의 노래(春晩謠)

雨微微,[1]	비가 부슬부슬 내리고
煙霏霏,[2]	안개 흩어져 날리는데
小庭半析紅薔薇.[3]	작은 정원에 붉은 장미 반쯤 터져있구나
細箏斜倚畵屛曲,	그림 그려진 병풍 아래 작은 고쟁 기대어 있고
零落幾行金雁飛.	흩어진 기러기들 줄지어 날아간다
蕭關夢斷無尋處,[4]	소관을 향한 꿈 깨어나니 찾을 곳 없는데
萬疊春波起南浦.[5]	만 겹의 봄 물결이 남포에서 일어나네
凌亂楊花撲繡簾,	어지러운 버들개지 비단 주렴에 달라붙고
晚窓時有流鶯語.	저녁 창문에 때때로 꾀꼬리 울음 들려오네

해설 출정한 남편을 그리는 아낙의 규중을 중심으로 늦봄의 정경을 그렸다. 비록 머나먼 소관을 말하고 만 겹의 물결로 이별의 처지를 환기한다고 하더라도, 남편에 대한 그리움은 날아드는 버들개지로 형상화시켜 봄의 정경 가운데 일부가 되게 하였다. 그러므로 늦봄의 애상감이야말로 이 시의 중심이라 할 수 있다.

---

1) 微微(미미) : 가는 모양.
2) 霏霏(비비) : 비나 눈이 많이 흩어져 내리는 모양.
3) 析(탁) : 터지다. 여기서는 꽃이 피다.
4) 蕭關(소관) : 지금의 영하회족자치구의 고원현(固原縣) 동남에 있던 관문. 관중(關中)에서 북방으로 통하는 교통의 요지이다. 여기서는 서북의 변새 지방을 가리킨다. ○夢斷(몽단) : 꿈이 깨다.
5) 南浦(남포) : 남쪽의 포구. 이별의 장소를 가리킨다. 굴원의 『구가』 「하백」(河伯)에 "그대 장차 동으로 떠난다니, 내 남포에서 미인을 보내네"(子交手兮東行, 送美人兮南浦.)에서 유래했다.

봄 강의 비(春江雨)

雨溟溟,[6]	빗줄기 흐릿하고
風泠泠,[7]	바람은 청량한데
老松瘦竹臨煙汀.	노송과 마른 대가 안개 낀 모래섬에 서 있네
空江冷落野雲重,	빈 강은 쓸쓸하고 들의 구름 짙은데
雲中孤月微如星.[8]	구름 속의 초승달이 별처럼 희미해라
夜驚溪上漁人起,	물가의 어옹이 밤에 놀라 깨어나니
滴瀝篷聲滿愁耳.	오봉선에 물방울 떨어져 귀에 가득하여라
子規叫斷獨未眠,[9]	두견새 울음 그치는 새벽까지 홀로 잠 못 드는데
罨岸春濤打船尾.[10]	강 언덕에 일어나는 봄 파도가 고물을 치는구나

해설 봄비 내리는 강가의 모습을 그렸다. 낮에서 밤을 거쳐 다시 새벽까지의 시간 속에 화자는 오봉선 안에서 변화하는 강변 풍광을 보고 있으며, 강의 물결에 흔들리는 배에 몸을 맡기고 있다. 배 위에 있는 감각을 잘 전하는 것이 이 시의 특징이라 하겠다.

---

6) 溟溟(명명) : 흐릿한 모양.
7) 泠泠(영령) : 맑고 서늘한 모양.
8) **심주** : 비 내린 후의 초승달이다. (是雨後微月.)
9) 子規叫斷(자규규단) : 두견새가 울음을 그치다. 새벽이 되어 하늘이 밝아 옴을 가리킨다.
10) 罨岸(엄안) : 강가를 덮다. 강가에 가득하다.

포군휘(鮑君徽)

봄꽃을 아쉬워하며(惜春花)

枝上花,　　　　　　가지 위에는 꽃이요
花下人,　　　　　　꽃 아래는 사람인데
可憐顔色俱靑春.　　사랑스러운 모습마다 모두가 봄이라
昨日看花花灼灼,[1]　어제 본 꽃은 불타는 듯했는데
今朝看花花欲落.　　오늘 아침 본 꽃은 떨어지려 하는구나
不如盡此花下歡,　　차라리 모두가 꽃 아래서 즐거워할지니
莫待春風總吹却.　　봄바람에 불려가길 기다리지 말아라
鶯歌蝶舞媚韶光,[2]　꾀꼬리 노래하고 나비 춤추는 환한 날
紅爐煮茗松花香.　　붉은 화로에 차를 끓이니 송화 향기 퍼진다
粧成形影自矜惜,[3]　외로운 몸을 단장을 하고 스스로를 아끼나니
獨把花枝歸洞房.　　홀로 꽃가지를 들고 동방으로 돌아가네

해설 봄의 꽃을 노래하였다. 주로 봄과 꽃과 청춘의 아름다운 시간은 오래 가지 못하고 쉽게 사라진다는 아쉬움이 전편을 지배하고 있으며, 이러한 애석감에 젊은 시절을 즐기고 소중히 여길 것을 말하고 있다.

---

1) 灼灼(작작) : 꽃이 선연하고 번성한 모양. 『시경』 「도요」(桃夭)에 "복숭아나무 무성하니, 그 꽃이 선연하여라"(桃之夭夭, 灼灼其華.)는 구절이 있다.
2) 韶光(소광) : 밝고 화창한 풍광. 일반적으로 봄 풍경이나 아름다운 시절을 가리킨다.
3) **심주** : 여학사의 인품이다.(女學士品.)

장부인(張夫人)

새 보름달에 제사하니(拜新月)[1]

拜新月,	새 보름달에 제사하니
拜月出堂前.	달에게 절하러 대청 앞에 나가네
暗魄初籠桂,[2]	초승달이 계수나무를 감싸니
虛弓未引弦.	풀린 활이 아직 줄을 당기지 않은 듯
拜新月,	새 보름달에 제사하니
拜月粧樓上.	달을 향해 절하러 누대 위에서 단장하네
鸞鏡未安臺,	거울은 아직 누대에 오르지 않은데
蛾眉已相向.	아미는 이미 달을 향해 있어라
拜新月,	새 보름달에 제사하니
拜月不勝情.	달을 향해 절하니 넘치는 정을 어쩌지 못해라
庭前風露淸.[3]	마당에는 바람 속 이슬이 맑아라
月臨人自老,	달 아래에서 사람은 절로 늙어가고
人望月長生.	사람의 눈길 속에서 달은 언제나 둥글어가네
東家阿母亦拜月,	동쪽 이웃 할머니 달을 향해 절하니
一拜一悲聲斷絶.	절할 때마다 슬픔에 소리가 끊어지네
昔年拜月逞容輝,	작년에 절할 때는 모습이 빛났는데
如今拜月雙淚垂.	올해 절할 때는 두 줄기 눈물이 흘러라
回看衆女拜新月,	돌아보니 여인들이 모두 절을 하고 있어

---

1) 拜新月(배신월) : 새 보름달에 제사하다. 주로 여인들이 달의 신에게 제물을 차리고
   복을 비는 일을 말한다. 新月(신월)은 새로 둥그러진 보름달을 가리킨다.
2) 暗魄(암백) : 초승달.
3) 심주 : 단구로 압운을 하였다.(單句用韻.)

却憶閨中年少時.[4]　　돌이켜 규중의 젊었을 때를 생각하여라

해설 팔월 보름날 달을 향해 제사를 지낸 일을 제재로 하였다. 이 시는 특히 세월이 흘러도 달빛은 언제나 그대로 새로운 모습인 데서 청춘과 미모가 달빛처럼 영원히 유지되기를 기원하였다. 달을 보고 떠오르는 세월과 인사에 대한 무한한 감개를 나타내었다. 작자는 덕종 때 호부시랑이었던 길중부(吉中孚)의 처이다. 이단(李端)의 같은 제목의 시와 함께 읽으면 당대에 달에 대한 제사가 풍속으로 널리 퍼졌음을 알 수 있다.

배우선(裴羽仙)

출정나간 남편에게 옷을 부치며(寄夫征衣)[1]

深閨乍冷開香匣,	깊은 규중이 갑자기 추워져 옷상자를 여니
玉箸微微濕紅頰.[2]	옥 젓가락 같은 눈물이 붉은 뺨을 적셔라
一陣霜風殺柳條,	한 가닥 서릿바람에 버들가지 시들고
濃煙半夜成黃葉.	한밤의 짙은 안개에 나뭇잎도 시들어라
重重白練如霜雪,	겹겹의 흰 비단은 서리와 눈 같은데
獨下寒階轉凄切.	홀로 계단을 내려가니 더욱 쓸쓸하여라

---

4) 심주: 이름난 선비가 노년이 되어 등불 아래에서 공부할 때를 회상하는 것도 이와 마찬가지이다.(名士老年, 回憶靑燈誦讀時, 亦復如是.)

1) 征衣(정의): 출정나간 병사가 입는 옷. 여기서는 겨울에 입을 군복.

2) 玉箸(옥저): 옥 젓가락. 여인의 눈물을 비유한다. 『백공육첩』(白孔六帖) 권64에 "견후의 얼굴이 희었는데, 눈물이 두 줄기 흐르면 옥 젓가락 같다"(甄后面白, 漏雙垂, 如玉箸.)는 기록이 있다.

只知抱杵搗秋砧,　　　오로지 방망이 들고 다듬잇돌 두드리니
不覺高樓已無月.　　　높은 누대에 달이 이미 기운지도 몰랐어라
時聞寒雁聲呼喚,　　　때로 가을 기러기가 부르는 소리 듣고
紗窓只有燈相伴.　　　박사 창가에서 등불하고만 짝 하여라
幾展齊紈又懶裁,[3]　　몇 번이나 흰 비단을 펼치고 느리게 마름하니
離腸空逐金刀斷.　　　이별의 심사는 부질없이 가위를 따라가누나
細想儀形執刀尺,[4]　　몸의 모습 자세히 생각하며 자와 칼을 들고
回刀剪破澄江色.　　　돌아가는 가위는 맑은 강물을 잘라라
愁捻銀針信手縫,　　　시름에 은 바늘로 구르고 손 가는 대로 기우니
惆悵無人試寬窄.　　　몸에 맞는지 입어볼 사람 없음이 슬퍼라
時時擧袖勻殘淚,　　　때때로 소매 들어 흘어진 눈물을 누르고
紅箋漫有千行字.　　　붉은 편지지엔 천 줄의 글씨가 가득하여라
書中不盡心中事,　　　편지 속에 마음 속 일을 모두 다 적지 못하니
一片殷勤托邊使.[5]　　한 조각 간절한 마음을 사신에 맡겨라

해설 변방에 나가 있는 남편에게 겨울옷을 보내며 쓴 시이다. 가을이 되어 날씨가 추워지는 데서 시작하여 옷감을 다듬이질하고, 옷을 만들고, 편지를 써서 함께 부치는 데까지 일련의 과정을 서술하였다. 여인의 동작과 마음이 섬세하게 묘사되어 깊은 정감이 드러난다. 다른 판본에서는 당대 말기 배열(裴說)의 작품으로 되어 있으며 제목도 「다듬이소리를 들으며」(聞砧)라 되어 있다.

3) 齊紈(제환) : 제 지방에서 나는 가는 명주.
4) 儀形(의형) : 남편 몸의 형태와 크기.
5) 邊使(변사) : 내지와 변방을 오가며 소식을 전해주는 사람.

은만(隱巒)

촉중에서 여산으로 놀러가는 사람을 보내며(蜀中送人遊廬山)

君行正値芳春月,	그대 떠나는 때는 마침 향기로운 봄
蜀道千山皆秀發.[1]	촉에서 가는 길에 모든 산에 꽃이 피리
溪邊十里五里花,	시내 옆 십 리나 오 리마다 꽃들이요
雲外三峰兩峰雪.	구름 너머 봉우리 셋이나 둘마다 눈이 덮였으리
君上匡山我舊居,[2]	그대 여산에 가면 내 살던 곳 가보게
松蘿抛擲十年餘.[3]	송라를 잊고 지낸지 십 년이 넘었네
君行試到山前問:	그대 그곳에 가면 산 앞에서 물어보게
山鳥只今相憶無?	산새는 지금도 나를 기억하느냐고

해설 여산으로 가는 친구를 보내며 쓴 송별시이다. 일반적인 송별시와 달리 친구의 여로를 격려하는 것이 아니라 자신이 살았던 여산의 은거지에 대한 그리움과 예전과 달라진 자신의 생활을 되돌아보는 데 집중하였다. 특히 '송라를 잊고 지낸지 십 년이 넘었네'에서 일말의 애착과 아쉬움을 읽을 수 있다.

---

1) 秀發(수발) : 식물이 무성하게 자라고 꽃이 많이 피다. 또는 산세가 빼어나고 아름답다는 뜻으로도 쓰인다.
2) 匡山(광산) : 여산(廬山). 지금의 강서성 구강시(九江市) 남부에 소재. 상주(商周)시대에 광속(匡俗) 형제 일곱 명이 여기에 여막(廬幕)을 짓고 살았다고 하여 이름이 만들어졌다고 한다.
3) 松蘿(송라) : 소나무겨우살이. 이끼류 식물로 주로 소나무에 기생하는데, 줄기와 가지에 붙어 황록색의 실 모양으로 주렁주렁 매달린다.